雍正

天地古今惟一嘯

鄭小悠——著

目次

序言

近幾年我的運氣很好，連續有作品出版，涵蓋學術專著、歷史普及讀物、古籍整理多個方向。夜深人靜想一想，每每有些不真實感湧上心頭。掰著手指算算它們的來頭，似乎總是充滿了偶然性。結識漢唐陽光的尚紅科先生，出版三部非虛構歷史讀物，是託賴張帆老師一言謬讚。整理《英和日記》，是借了邀請叢書主編張劍教授到國圖講座的東風。博士論文的付梓沒有通過常規學術渠道，而是直接交給了微博上結識的世紀文景公司編輯章穎瑩女史。至於這本格外跨界的歷史小說，就更是如此。

和長江文藝的緣分，來自《年羹堯之死》序言中隨意提到的早年寫作經歷——大學時代的我，曾在文學網站上連載過一部關於雍正朝史事的小說。陽繼波先生看到後輾轉聯繫，準備為之提供出版機會。對於這樁從天而降的好事，我起初很惶恐，拒絕了多次。雖然常把「曾經是網文寫手」的標籤貼在身上，但純粹出於自嘲調侃，我深知自己的性情並不近於文學創作一路，少年放誕文字，實不宜災梨禍棗，年已老大還拿來充數。奈何陽先生對我格外鼓勵，且肯留下足夠的時間，容我把舊稿大刪大改後交差。既蒙前輩下顧若此，也只好將少作再翻出來，塗塗抹抹，覥顏向人。

小說原名取作《天地古今惟一嘯》，寫得是雍正帝即位後到權臣年羹堯被賜死之間的故事。因為是網絡連載，舊稿冗長而隨意，拉拉雜雜，全無間架結構可言。決意出版後，我將舊稿刪去一半約三十萬字的內容，並向友人戲稱，這是拿出了武昭儀掐死親生女兒的狠勁。但又另外添上康熙末年皇子奪嫡的一小部分，既為增加全書的戲劇化效果，又對後續情節的故事背景作出交代。所以這部小說，亦可視為我兩部非虛構作品《九王奪嫡》與《年羹堯之死》的虛構版。

同一主題，兩樣寫法。《年羹堯之死》這樣的普及向歷史讀物，固不同於學術著作的嚴謹規範、繁文縟節，可以將敘事技巧融入問題闡發，個人猜測加諸史料辨析，但總還要帶著鐐銬跳舞，不能將一作二、無中生有。

寫小說的體驗則大不相同。雖然是虛構作品，但矜於科班出身的虛名，我極欲在書中塑造一種融情入境的歷史氛圍。大到政治制度，中到人物關係，小到生活方式，都想盡可能與寫作的時代相貼合，哪怕為了情節需要，把非主要人物的履歷略加改動，也會強迫症發作，生出愧對古人之感。不過正是基於這樣的自我要求，小說寫作給我帶來的精神愉悅，又迴非他比。

一則這是場高難度的專業考試：逼著作者調動全部腦力，把能派上用場的歷史知識場景化、細節化；把大小人物的命運經歷故事化、衝突化；把一篇篇板著面孔的上諭、奏疏、碑傳表記具象化、口語化，還要起承轉合，情節自洽，實在不易為之，卻格外迷人。

二則小說最重人物，務必千人千面，見情見性，雖比跡誅心而不以為過苛。所以哪怕清代留存的史料多而且細，作者在塑造人物形象，排布人際關係時，仍有很大發揮空間，魏收所言「舉之則使上天，按之可使入地」，實在是個恰當的比喻。對於亦步亦趨追隨史料，不敢越雷池半步的現代歷史學研究者而言，驟然掌握這樣的「大權」，那一種發自內心的洋洋得意，確乎難以描摹，而如何在寫作中控制權力的膨脹感，又是一番對個人精神的磨練。

因書中涉及歷史人物眾多，我在文末附上了人物表，簡要介紹其生平，以及出場時的大致年齡，便於讀者直觀感受。

本書得以出版，除得到長江文藝出版社陽繼波先生的大力支持外，還蒙國家圖書館張志清研究館員、北京大學張帆、趙冬梅教授撥冗指點；清華大學周思成副教授給出可行建議；我親密無間的好友團成員王冕森、吳菲帆、馮宜君等七嘴八舌，填充腦洞。在此一併致謝。

鄭小悠

二〇二三年二月十九日於家中

第一章 密晤

孟夏之季，草木繁茂。其時晨光熹微，京北驛路上兩行高柳隨熏風而擺，萬點宮燈夾御道而紅，數里之外平疇一望，即可見玉驄金鈿千騎萬乘，霓旌羽扇冠蓋如雲。久在這一帶的兵民百姓盡知，這正是翠華出都、鑾輿北幸——今上皇帝從西郊暢春園啟程，往熱河離宮避暑行圍去了。

皇帝賦性雄烈，喜好戎馬，雖已年近七旬，又曾中風，卻從不肯耽於安閒。宵旰之際，仍不忘騎射祖業，必定年年出塞，於重巒疊嶂間彎弓射虎，才算心滿意足。特別是這兩三年，因青藏一線屢屢奏捷，他的心氣兒就又高起來，把往前十幾年兒子們奪嫡謀儲、爭鬧不休的悶氣略消了幾分。今年是他君臨天下的第六十一個年頭，歷數前朝，可稱亙古未有。頭兩天，他把自己的第十四個皇子、先頭在青海總領入藏軍務的大將軍王胤禎二次派回西路大營，又寫朱諭給駐紮阿爾泰的北路將軍富寧安，望他們早日合兵西向、放馬天山。

京師裡才送走了十四阿哥，老皇帝就帶著嬪妃皇子、王公百官、八旗營伍數千人，浩浩蕩蕩離京往熱河去。這一路經州歷縣，要駐蹕六座行宮才能到達。而出京不遠，即可見青山列翠，雲樹肩齊，吟鞭遠眺，令人生出許多壯懷。

出京頭一天，老皇帝駐在順義州的南石槽行宮，第二天若趕得緊些，就能到密雲縣城的劉家莊行宮歇駕。可他興味盎然，沿途或賞景，或射雁，或與迎在路旁的紳民里老共話農桑，幾下裡就耽擱了時辰，是以乾脆下旨，往東一偏，駐蹕在懷柔縣東南九十里的丫髻山行宮。丫髻山形如年幼女孩兒頭上的雙髻，其西峰頂上有敕修的碧霞元君祠，堪與東嶽的碧霞靈宮齊名並價。康熙五十二年皇帝六十大壽時，又有大臣於東峰修造玉皇閣作萬壽道場，數日之內進香祝禱者有兩三萬人之多。老皇帝聞之大喜，特意在此地興建行宮一座，敕撰碑文、欽題匾額，讚為「近畿福地」「北方泰岱」。

老皇帝此行所帶的皇子甚多，除留下七阿哥胤祐、十阿哥胤䄉、十二阿哥胤祹看家之外，其餘成年皇子，連體弱多病、久不出門的十三阿哥胤祥也隨同前來。諸皇子一色行服，各乘駿馬，隨在豹尾班侍衛之後。因為山間的蹕道寬窄不定，是以行走的隊列也不甚嚴謹，眾兄弟不過三三兩兩，各尋說得來的人，廝跟著雜沓而行。

行四的雍親王胤禛和行八的貝勒胤禩一路並轡閒談，漸漸落在眾人後頭。左邊胤禩四十出頭年紀，容長臉，面色白淨，細眉彎眼，觀之十分可親。再聽他言詞款款，也是不徐不疾不矜不盈的樣子，要不看那腰間黃帶，就說是位書香世家的翰林，也不算過譽。右邊胤禛年長三歲，已經有些發福。他原本也是長臉，顴骨高聳清臞，可這會兒看著，卻是地閣方圓，雙目狹而小，然則內蘊真光，含神不露，一望便見聰明。他語速飛快，說起話來一刻不停，與乃弟的柔聲細語、娓娓道來大不相同。

他們談論並非別個，正是前日十四阿哥返回甘州大營之事。胤禎既是雍王的同胞母弟，又與胤禩相交最契，所以二人說起他來，無不是親切熱絡口吻。胤禩先感慨一番大丈夫在世，最可喜不過立功邊庭，成就勛業，何況我大清本就是馬上得天下，作皇子的，正該有此歷練。胤禛亦在旁附和，說難得他從小留心兵事，身子又強，膽氣又壯，年齒也最合宜，真是作大將的遭際。又難為你和九弟替他八面維持，四處張羅，端的眾望所歸，將士用命，連延信、年羹堯這樣有本事的人，也肯替他效力。

胤禩聽他提起自己，不免微微泛上酸楚，旋又釋然笑道：「他雖有些偏得，總歸要吃都護鐵衣冷難著的辛苦，親兄弟安坐京師，必得竭力幫襯才是。我們這些還算小事，阿哥替他在妃母跟前盡孝，他豈有不加倍承情之理？」

「都是分內該當的，哪裡也值一提。」胤禛騰出一隻握著韁繩的手擺了擺，將下巴一抬，朝前努了努，抿嘴笑道，「父皇為兄弟們不和睦的事，氣惱了十來年，如今又是十四弟報捷，又見咱們一心疼他，龍顏已經喜悅多了。明兒個再看他兵鋒所向，直下烏魯木齊，自然愈發大喜，必能得彭祖之壽。」

「咱們何曾不是一心，這會子單看三哥的了。」胤禩將眼梢一掃轉山道上獨個帶隊前行的誠親王胤祉，與皇兄相視竊笑起來。

二人正說笑間，就聽身後一陣馬蹄作響，緊接著便有呼喚兄長之聲。二人自以為落在皇子班次最末，故而言語無甚忌諱，及聽後頭有人，不免心中驚疑，一齊回過頭去。卻見來的不是別人，乃是十年裡頭一次隨扈出巡的十三阿哥胤祥。胤祥今年三十六歲，是皇子中數得上的美男子，他身段頎長，劍眉鳳目微微挑起，頗有英凜之氣，只是過於清瘦，且又面帶潮紅，氣覺微喘，顯出些許病態。胤禩是個最和氣不過之人，雖與他素無好處，見此亦蹙眉關切道：「十三弟是長途跋涉不慣，還是身子又不爽利？」

胤祥就馬上朝二人打了個半躬，先謝過胤禩的好意，又報赧道：「這條蹕路從沒走過，實在不能熟慣，幾次跑到岔道上，這不，就落在最後頭了。」

「丫髻山行宮是康熙五十三年才修造的，你不曾來過，自然道路不熟。」胤禩聞言，曉得他不是特意來聽小話，遂放下心，微笑著正要寬慰。一旁胤禛在馬上縱送幾下，近前插話道：「行宮周遭的名勝不少，平日裡香火很旺，你這南陽高臥久不出山的，等到了地方，不得好生逛一逛麼？」

「還請阿哥指教。」

「最可看的自然是西峰碧霞元君祠，你先前代皇父祭過泰山，也可把兩處的靈宮比一比。」胤禛興致極高，口說手比又將丫髻山的景致描了幾描。待前頭御前侍衛傳下話來，說萬歲爺要在頭道尖營小憩，這裡三兄弟才住了話，各自整衣，趕到御前伺候。

申正時分，行駕到了丫髻山行宮。老皇帝畢竟是有年紀的人，寅初起行，騎了五六個時辰的馬，這會兒已有了倦意，因見京中無甚要事來回，就命群臣散去，自與妃嬪在花園閒敘消遣不提。

諸皇子連年隨扈，常於此地過境，所以並無遊山玩景之心，多是招呼相好親友飲酒取樂。唯胤祥是個有心之人，回到帳中稍歇片刻，就換上便服，帶著兩個心腹近侍，只作消閒一般，往西峰頂上信步攀去。他素有足疾，又長年不走遠路，所以這一路走走停停來得緩慢，待到碧霞元君祠前，天色已近黃昏。因有聖駕臨蒞，祠前遊人香客俱已驅散，唯有三五道童進進出出，行些取放柴米、灑掃庭院之事。門上管事看他面生，又是輕裝簡從，正要上前盤問，便見東角門處急匆匆跑來個白面無鬚的中年人，先向胤祥打千兒笑道：「我們主子候爺多時。」再轉臉兒朝門上人一點頭，就引著胤祥主僕往殿前去。

本地自唐貞觀年間便有道士結廬修煉，元時改奉天仙玉女，稱為碧霞元君祠，而後香火日盛。前明世宗皇帝崇奉道術仙方，聞此山神氣所感，數有應靈，特賜「護國天仙宮」門額，大張其勢。故嘉萬以來，每逢四月初八神降前後，京師婦女傾城而出，無論王侯貴家、士農工商，祈福求子者不計其數。到康熙朝復經敕修，更覺殿宇宏大，非同凡響。其形制與泰山祠相近，大殿五楹，九脊歇山式頂，瓦壟三百六十條，以象周天之數。殿宇雕梁畫棟，晚霞照映下金光璀璨，蔚為壯觀。

因見簷下高懸今上皇帝御筆所題的「敷錫廣生」匾額，胤祥先在階前肅然一躬；待要拾級而上，又瞥見旁邊的御碑亭一座，遂踱至跟前，借著餘暉細看碑文。一時才看了兩行，就聽身後四兄胤禛漫步過來邊笑道：「天暗，仔細看花了眼。咱們先屋裡坐坐，過會兒秉燭夜遊不好麼？」

「讓阿哥久等。」胤祥自失一笑，就與胤禛穿廊過殿，聯袂往東路一間淨室裡去，邊走邊自嘲道，「我這一天價東張西望的，倒像個鄉下人進城。」胤禛聞言大樂，調笑道：「韜略故家傳圯上，行藏高志似隆中。鄉下人最不得了！」

說話間進了門，二人攜手相讓挨肩落座。彼時室內燈燭盈壁，龍涎香熏，已是待客氣象。雍邸奴輩捧茗甌進果餌，又忙了一陣，照例魚貫退去，將門掩住。胤祥又定了定，聽四下靜寂無聲，方笑道：「路上見您同八哥的談興高，不便過去打攪。」

「我同他早沒多的話了，不過虛應酬罷。」胤禛「咳」了一聲，彈衣站起身來，在香爐前繞了兩繞，喟然嘆道，「我們當年要說不好也是假的，可這些年物是人非——」

「我倒很佩服他，也不論自己的斤兩，叫人吹捧幾句，就一門心思往高處奔。」胤祥嗤地笑出聲來，又啜茶道，「待到登高跌重，仍不罷休，又舉出個更沒斤兩的來，指著退而求其次，去作攝政王。」他是鬱結已久之人，遂將話說得十分刻薄，連胤禛這個公認的刻薄人，也有些自愧不如，只是輕拍他的肩膀幾下，含笑附和而已。

胤祥亦覺出言太重，兀自強笑了笑，又嘆一口氣，似悲似喜瞧著胤禛，略帶顫音道：「如今這個局面，旁人或可縱橫委蛇，我唯指靠阿哥才有生路。」

說來本朝儲位之爭，堪堪是老皇帝一大心病。先者元后赫舍里氏難產而亡，皇帝念及髮妻，匆匆將嫡子胤礽立為儲君。也難為他螽斯慶衍，瓜瓞綿延，往後四十年裡，單皇子，就長成二十餘位，且是芝蘭玉樹，各懷其璧。滿洲肇興時，原無立嫡備儲之俗，鳳子龍孫捷己爭勝、八旗勛貴站腳助威，俱是天經地義。可到了今上皇帝建規立制的年頭，這樣恣行無忌，卻大大行不通了。先是太子驕縱，又禁不住強敵環伺的煎熬，與外親大學士索額圖夥結黨羽，將有不安於位的舉動。皇帝幾番忍耐，到底不容大權旁落，遂先於康熙四十二年將索額圖囚死，康熙四十七年將太子廢黜。然則儲位一經開缺，即成逐鹿之局。諸皇子攘臂紛爭，滿漢大臣率相奔走，直鬧得宮府不寧、朝野不安。皇帝見勢不好，也只得擔個不信之名，僅過了半年工夫，就將太子之位歸於原主。只是經此一遭翻覆，君儲父子間的恩情早已耗了個乾淨。往後幾年裡，太子渾似驚弓之鳥，諸皇子卻非曳尾之魚，至於老皇帝，更是備甲枕戈，惶惶然有不能終考命、盡天年之憂。如此這般，自然不能長久，到康熙五十一年，皇帝將太子二次廢黜，幽居咸安宮中，雖經群臣百般奏請，再不肯提建儲之事。

再說當今皇子二十幾人，除胤礽外俱係庶出。一廢太子以前，年長諸皇子大說分作兩夥，一夥是同太子好的，其中最親密者，即是十三阿哥胤祥。他一出生，就因生母敏妃受寵而得皇帝的青眼，可十歲出頭，敏妃就故去了。皇帝自己是個孤兒，推己及人，對這樣的孩子頗多幾分偏疼，落地沒娘的太子如是，胤祥也是一樣。是以他常囑咐這兩個愛子多加親近，互相有個倚仗。太子性情暴躁，對諸王多擺架子，唯待胤祥有些如父如兄的垂憐。胤祥少年老成，沉穩機變，太子每以帝佐王臣、心膂股肱相期；且因自己高高在上不便，就讓他代為籠絡宰輔近臣家的俊秀子侄，日後為己所用。然則東海揚塵，滄桑莫問。兩廢之際，胤祥先以助太子為非失歡於慈父，繼而身染鶴膝風頑疾，英發之年居家閒散。如今年長兄弟多有爵號，唯他一人仍是平頭阿哥。

另有一夥，便是太子的對頭，內中公推八阿哥胤禩為首，另有皇長子胤禔、皇九子胤禟、皇十子胤䄉、皇十四子胤禎諸人。胤禩的性情溫厚仁愛，慣有賢王美名。怎奈外家位卑，齒序又不居長，皇帝原待他有些好意，可一聞他有奪嫡之心，又得孚眾之望，便打心眼兒裡厭惡起來，幾次當面痛斥，欲將他的癡念妄想斷絕了事。胤禩心雖未甘，到底不敢篡逆，只好將滿腔的熱衷略作收斂，另捧著如今聖眷日隆的大將軍王、十四阿哥胤禎行事——此弟是個血氣正盛漢子，一向最服他的八兄。

至於雍親王胤禛，原是最聰明穎悟之人，早年卻有些自視過高、不能合群。他與胤禩自幼同宮居住，本來是相親相近的手足，可一個呼朋引伴，一個孤立自持，平日裡行走一處，未免叫為兄的有向隅之嘆。等到人大心大、成家封爵，就漸次擱起心來。只是他練就的城府淵深，心裡雖另打主意，可面上看著，照舊十分熱絡。胤禛早年不得太子喜歡，幾次齟齬，甚至動起手來。待到太子被廢，群雄蜂起，他反倒拿穩了老父的心意，言必孝友，行尚安靜，迥與胤禩等人的輕浮躁進不同。皇帝屢加稱讚，將其封為親王，作眾兄弟的表率。如今儲位空虛，他動心忍性數十年，斷無抽身束手、降心相從之理。他二十年前就看重胤祥的識見高明、行事幹練，只是礙於太子，不敢過從太密，等到胤祥受太子之累悒鬱沉滯，他便常寫書信勸慰幫襯，久而久之，倒成了無話不談的腹心之寄。不過皇帝對皇子結交百般戒備，胤祥又為此吃過大虧，是以二人來往極為慎重，平日裡淡淡的一如平人，唯背人耳目時，才肯露出親切。

去年十四阿哥入藏功成，奏捷回京，禮部備陳大典，將他像迎國寶一般迎進城來。一時輿情紛紛，都讚他式遏寇虐、柔遠能邇，簡直是太祖太宗下凡轉世，特來佑我邦家。他在北京住了半年，凡有軍國大事，老皇帝大都召其議論，可不但沒透立儲的口風，連一頂親王的帽子也不肯相贈。胤禛心裡著急，就向相好的諸兄討教。九阿哥胤禟替他揣摩道：「你年輕，序齒又靠後，要是現在就立了你，必叫三哥他們不服。皇父年紀老了，禁不得這個。可等你滅了準部，進了伊犁，旁人就再不能比，哪怕皇父不肯，列祖列宗也不能答應。」胤禛聽他說得有理，又幾次奏請，極欲再赴西陲。前日心願達成，他自己躊躇滿志不說，就胤禩等，也多將欣喜之情溢於言表。

胤禛明明煩悶，當眾卻要作從容神色，待胤禩拿話來試，就更要帶出幾分歡快盼望。難為他避違心敷衍了一天，這會兒乍聽胤祥直白白說出本衷，不免一陣失落，先閃過他殷切的眼神，一面蠕動喉頭，坐立不安道：「賢弟矚望雖厚，我怕難保萬全。老十四堪不堪大任另說，可他如今聖眷最優，也是大夥兒看在眼裡。」

「聖眷雖優，怕不及二阿哥當年？」胤祥唯恐他心意不堅，當即措身近前低語道，「皇父春秋已高，豈有將儲副之選置於萬里之外的？不過他們自說自話惑人耳目，阿哥萬不可聽信浮言把自己誤了！」

「你不知道，老九他們巴不得皇父再打發他西邊去，說是克復拉薩不過尋常功勞，明兒要下了伊犁，哪怕烏魯木齊呢，他這儲位必定穩了。」胤禎撇了撇嘴，又想起皇帝近來龍體日健，像是耄耋期頤都不在話下的樣兒，轉思自家人到中年，要是再耗個十年八載，又何止大位沒有指望。是以他嘆息一聲，一拍大腿道：「髀肉復生，老之將至，哪抵得過他這正當年呢！」

「軍前的事瞬息萬變，皇父親征噶爾丹，還要三次出口，他是什麼孫武在世、白起重生，就能連戰連捷、犁庭掃穴了？如今諸事都無定論，天命所歸，八分還在人為。」胤祥冷笑一聲，隨手一彈盛果子的玻璃缸，聽得「當當」兩聲，又故意激將笑道，「阿哥早先成日價勸我，怎麼自己倒說洩氣的話？您召我到這保生送子的應靈宮來，難不成是要求田問舍作阿翁了麼？」

「哈哈，賢弟既肯為蒼生起，我豈有不捨命相陪之理。」胤禎本有淩雲之志，不過為十四阿哥的勢派作酸，故發牢騷之語，才叫胤祥幾句話說在心坎兒裡，便將酸氣逗引出來，吐盡了，重又抖擻精神，拱手失笑道：「勞動貴步，哪能單為抱怨訴苦？是想咱們平日說話艱難，既出來了，得商量個便於見面的法子。」

「熱河行宮地小人多，要想背人說話，比在京裡還難。等到了圍場，就便宜了。」

「可你這身子骨兒，能去行獵不能？」

「趕明兒個皇父在行宮閱看眾人騎射，我叫您瞧瞧能也不能。」胤祥一陣朗笑，露出久違的豪爽，又伸出右手，晃了晃那戴了十幾年的緬玉扳指，隨又微蹙眉頭，拇指食指一分，看著胤禛道，「要能想個說辭，叫他們不去最好。」

「好，這件事由我去辦。你就善保尊體，等著一展英風！」胤禛抵掌仰身大笑，笑罷站起來，上前將門板緊拍了兩下，便有貼身的內侍躬身進內，等他吩咐。胤禛見天已透黑，遂命若輩掌燈，邀胤祥同往碧霞元君殿一遊。那老觀主久得雍王府的布施，這會兒自是不多言不少語，帶笑相陪。這殿內富麗堂皇，梁柱之間斗拱相圍，上有八角藻井，內雕盤龍戲珠圖案。殿中設石雕蓮紋須彌座，上供神龕，內置碧霞元君貼金銅坐像，端的雲冠羽衣，慈顏和藹。又東次間神臺供眼光奶奶並二侍女銅像，西次間神臺供送子娘娘和二侍女銅像，各自安詳端莊。二人看著，就感慨起十幾年前隨父南巡，同遊岱嶽玉皇頂的話；再與觀主應酬幾句，便命人將兩乘肩輿抬至祠外。臨登輿前，胤祥忽而拉住皇兄衣袂，問道：「先前說過隆科多舅舅的事，怎麼樣了？」

「他不是常人，已經吹了風，再看機會。」胤禛低語回了一句，便不再說。二人各自會意，借著月色往行宮去了。

第二章 敘誼

御駕於四月下旬到達熱河行宮，而後一住數月，預備到八月初秋草微黃時節，再前往木蘭圍場行獵。且不說皇帝在山莊一面避暑，一面會宴蒙古王公、料理日常公事，單說十四阿哥胤禎躊躇滿志，快馬兼程，不過半個月，就回至甘州，升座大將軍行轅。

甘州古屬雍涼，其地處河西腹內，南枕祁連，北依黑水，城雖不大，卻是個人文薈萃、風光宜人的所在。且不說漢墓遼佛，前明的烽燧，只憑一湖山光，半城塔影，葦溪嫋嫋，古剎幽幽，放在承平時節，說是個塞上江南，也不算過譽。隆慶開邊以來，這座古城百餘年太平無事。及到康熙二十七年，喀爾喀內附、準噶爾犯邊，就一變而成備兵禦敵的重鎮。先是甘肅提督由肅州移防至此，繼而康熙五十六年，準噶爾大將策零從和田突襲拉薩，毒殺拉藏汗，則河西之地，烽煙又起。康熙五十七年，今上皇帝置廷議於不顧，乾綱獨斷，命皇十四子胤禎為撫遠大將軍，統兵三路平藏。胤禎除一度深入青海，紮營木魯烏蘇河渡口外，多數時候都將中軍大營紮在甘州城內。如今他二度統兵，進城頭一件事，就是急發令牌，召他的總糧臺、川陝總督年羹堯前來，商議西征準部、籌糧備餉的大事。年羹堯在西安接著將令，自然不敢耽擱，忙不迭輕騎簡從，星夜就往甘州而來。

奔波數日馬不離鞍，待進了甘州城，年羹堯一氣未歇，就直奔大將軍行轅遞上手本。胤禎在軍前的派頭雖大，卻不能怠慢督糧官，因此隨到隨見，即請他行府商議軍機。

年羹堯字亮工，號雙峰，是漢軍鑲白旗下湖廣巡撫年遐齡的次子。他是個少年早達的才子，二十歲中進士、成翰林，又娶權相明珠的孫女為妻，三十歲放四川巡撫，才過四十又作川陝甘三省的總督，仕宦之順遂，彷彿叫老皇帝認作義子乾兒一般。此人雖說是個文士，卻自幼好武，且身形高大，面帶雄壯之色。因為列藩開府日久，又常率兵剿匪平亂，故而步履鏗鏗，言談間大有殺伐決斷氣魄。他既得軍令進得正堂，先三跪九叩請了皇帝聖安，復與大將軍見過軍中之禮，便廝跟著往胤禎的書房去說機密軍務。豈料才說了一盞茶工夫，就聽廊下一聲喊稟：「回大將軍，東山寺大人有信到了！」

年羹堯一向規矩嚴謹，這會兒正凝神和胤禎說話，忽聽外間人聲喧嚷，就將眉頭狠皺了皺，暗道中軍綱紀懈怠若此，實在不成體統。只是他身為下屬不便多言，不過乜斜著瞟了胤禎一眼。胤禎先要動怒，等聽見「東山寺」三個字出來，卻又消了氣，向年羹堯說聲稍候，即命來人進內。其人乃是京中隨來的護衛，待至座前單膝跪地，先呈上一札，又賠笑道：「二公爺遣人送信，說請主子即刻就看。」

胤禎吐氣瞪眼一拍信札，年羹堯還當要扔在一旁不理，卻不想他竟當即拆開，看罷又一瞠目，站起來著惱道：「我與年總督有正事說，老先生要敘舊，請等一等罷。」

這護衛顯係胤禎跟前極親近之人，聽他令下，卻不就走，只晃著腦袋擠眉弄眼，連說「請爺三思」。胤禎是個爆炭脾氣，抬起一腳，就踹在他的屁股上，待他嘟嘟囔囔跑出去三步遠，又帶氣高聲道：「去叫人預備，送總督到東山寺！」轉而又向年羹堯道，「總歸你要住兩天，這會子你一個故交要敘舊，就在東門外寺裡，你先去罷。」

其時紅日西斜，晚霞初照，遠處祁連峰頂若有火雲片片，也是難得的奇景。偏是年羹堯滿心疑惑，無意賞玩，單向引路之人連番詢問：「東山寺裡住的是誰？怎麼恁大架子？」

「是佟府二公爺，萬歲爺派來參贊軍機。」

年羹堯雖聽稱呼耳熟，卻是百般記憶不起，這會兒也只得丟開不想，懵頭懵腦隨人前去。

東山乃是甘州城北龍首山的主峰，其山下盡是戈壁，唯此一峰，每清晨雨後，縷縷薄霧從山腰而起，隱峰頂於輕嵐之中，望之若蓬瀛。東山寺建於西夏，有殿宇而無僧侶，香火綿延全仗城中善眾並往來遊客為之。其正殿名曰靈宮殿，又有個俗名稱作「黑虎殿」，外人欲遊此殿，需在四五里外停車歇馬，沿一羊腸小道，步行於峭壁之間。年羹堯耐著性子走了幾里地，及至山路盡頭，卻是豁然開朗模樣。他常年戎馬倥傯，並無優遊之暇，乍到此遠山近殿、毓秀鍾靈地界，心裡也漸起幽情。正要四下裡觀賞一番，又聽殿西瓦屋內胡樂聲起，嗚咽如訴。他一時詫異，遂止住引路之人，獨個循聲前去。及至門前，就見兩個十來歲的小童坐在石階上無聊猜悶兒，看他過來，便拍拍衣裳站起身，打量他未及更換的官樣服色道：「這位老爺來錯了，我家主人不見城裡的客。」

「哥兒沒見過，這是西安的年總督。」領路之人笑嘻嘻上前搭話。不料小童十分氣盛，將頭一偏，哂道：「什麼總督將軍，除非十四爺來，旁人再沒有多說！」

年羹堯原不是個好脾氣的主兒，一聽這話，拂袖便下階去。他正待要走，就聽屋內胡笳聲止，房門吱呀一響，先一個老僕在前引導，繼而隨出一人。此人五十來歲年紀，褐緞夾袍青緞帽，劍眉長面花白髯，邊往出走，邊擊掌大笑道：「你差事當得也太紅了，在我這耽擱片刻也使不得？」

「尊駕是……」

「原任翰林院侍講法海。怎麼？揆院長花園一別，制軍步步高升，就認不得在下了？」

「陶庵先生！」年羹堯聞言大悟，忙搓著手幾步上前，一個長揖笑道，「聽說二公爺要見，我就想不起來，早說是您，就上天入地也不能忘。」

要說這法海的身分，實在非同凡響。他是今上皇帝母舅、一等公佟國綱的次子。其人雖是戚畹勛舊子弟，卻能通經達史，於康熙三十三年高中進士，而後又選翰林。皇帝嘉其勤學，又是自己的親表弟，遂命其入南書房、懋勤殿，為十三、十四兩皇子課讀。如今甘州城裡人人敬怕巴結他，就為了他是大將軍王授業恩師的緣故。

年羹堯與他年分長幼、科名亦有早晚之別，可畢竟是玉堂的前後輩，在京時也見過幾面。且二人性情投合，都有些天不管地不收的直脾氣，雖說宦海羈旅，日久路遙，如今邊城一見，到底親熱掛念，是以各自上前拉住臂膀，說笑著相偕入內。待至階上，瞥見那兩個童子訕訕不敢說話，年羹堯便點指著他們戲謔道：「先生既參贊軍務，怎麼住到這深山古寺裡來？況您這應門五尺之童，真好利口！」

「城裡一班俗物，好沒意思。至於我這小童麼，嘴裡要沒個三言兩語，只怕我躲到大漠沙土裡也不得清靜。」法海大笑著領年羹堯進到屋內，見有兩個身著蒙古袍的老者分持胡笳、胡琴立於一側，又解說道，「這是喀喇沁王爺贈給先父的蒙古樂師，我閒來無事，常聽他們吹奏解悶兒。」邊說著要令二人退去。年羹堯止住道：「河西邊地，正是五族雜處，我與先生飲酒，該當胡樂相佐。」

「這是佛家清淨之地，我自來就不曾飲酒。」法海先搖搖頭，繼見年羹堯面露微憾之色，又頓了頓，拈鬍髯笑道，「要飲酒也使得，就請亮工舞一回劍看，我便獨擔這個佛門饕餮之罪，不令彌陀怪你，怎麼樣？」

「先生跟前，甘願獻醜！」年羹堯本是風流灑脫、文武兼長之人，只是十餘年專閫一方，總要端著長官的架子，再不曾放縱性情，今天好容易見著故人，很肯賣弄賣弄。二人一壁裡棄茶溫酒，說些京中趣事，待至微醺時節，法海先說聲「亮工不可食言」，繼而朝樂師頷首道：「可與此公吹奏起來。」

一時樂聲復起，法海半仰在座椅上擊節而歌。年羹堯掀袍站立，先一拱手，又解佩劍而出，就著皓月初升，山風瑟瑟，到院中憑樂漫舞起來。法海初在屋內觀賞，等到曲如疾風、人似鳳翥時，就不免披衣執酒走至階前，近看霜鋒雪刃，更覺目眩神飛。一曲舞罷，法海已看得呆住，及聽兩個小童跳腳叫好，才醒過來，連呼「真正大將」不已。

「雕蟲小技，不入方家之眼。」年羹堯一廂收了勢，額前已見微汗，接過小童遞來的手巾自揩了揩。再進屋時，便見冷酒殘羹俱已撤去，另換本地的土產杏皮茶供他解酒。二人興沖沖又敘了幾句，年羹堯便笑問道：「原聽先生放了粵撫，又管粵關，真是人人爭羨的好缺，怎麼忽剌八又到軍前來？我想您生長公府，久在內廷，到這荒蠻僻遠之地，必定有些難過，偏是氣色倒比早年更好。」

法海原本興頭，一聽這話，就將茶盞撂下，換作一張苦臉，自嘲道：「作這一任粵撫，真知書生無用。不怕你見笑，我三月到廣州，先見珠江口遍布花船，實在不成體統，就下了札子給廣州府，叫他嚴禁。他面上應得痛快，不過三天就把人船兩清。四月的水大，海水倒灌漫堤，我幾下裡忙著修堤，就有紳商來找，又賄買了我的師爺，一起進言。說廣府幾十年不見水患，撫憲一來就出事故，想必是有些不合天心的舉動。如今船房遭禁，蛋戶失業，他們久在賤籍，除了江上營生，百業都不容納，長久下去，豈非斷人的生路？眼見水勢愈大，一個月不見退去，我也急了，只好叫廣州府又貼告示，免了這一款。怪道告示貼了七八天，那水果然退了，後來我才曉得，這五羊城的海水，原本幾年就要漫一回堤，四月漲五月退，不過風候的緣故。我被他們誆這一遭不要緊，末了江上的花船不減反增，比來時還多了五成不止。」

年羹堯是個文吏兩兼之才，一面暗笑他迂，一面強為寬解道：「我才作川撫時，也和先生一樣，幾次叫下頭蒙蔽，唯有百事留心，再得幾個良幕輔佐，才堪堪好些。」

「地方上麻煩，京裡部臣更麻煩得很。那些人我在北京看著，也不曾覺著討嫌，等到了外任上再瞧，一個個都是四十里路不換肩——抬槓的好手！也是我不曾打點他們周到，所以今兒駁這一條，明兒駁那一條，又幾次到御前囉唣。虧得皇上聖明，准我不當這個窩囊官。」

「先生乃是帝師王佐的大才，不宜此等風塵俗吏。」年羹堯方還強挨著，至此已是忍俊不禁。法海聽他話帶揶揄，倒也不以為意，兀自說道：「去年有旨隨大軍參贊，十四阿哥又不拘束，倒正合我意。只有一件事情惱人——先我住在甘州城裡，每天賓客盈門，說是請教學問。一干粗人，字也認不得幾個，不過指望我同十四阿哥說兩句好話。如今這混帳世道，人人都是勢利眼，今兒瞧這個得意，明兒看那個風光。人道我當年肯幫十三阿哥求情，如今又輔佐十四阿哥軍務，也來說我是什麼黨，真叫我有話也說不出來！」

要說法海本支佟佳氏，乃是順治、康熙兩朝后族，人多勢大，素有「半朝」之稱。他的親叔父佟國維、嫡長兄鄂倫岱，當年都是反太子的首腦，曾公然舉薦胤禩為儲君。唯法海不立黨援，且最肯扶危濟困。康熙四十七年太子一次被廢後，他的學生十三阿哥胤祥因為與之相好獲咎。皇帝震怒之際，無人敢置一詞，只有法海挺身上書，聲言皇子有錯，需得詔告天下，按律治罪，豈有偷偷摸摸、不教而懲的道理；何況十三阿哥自幼誠孝，臣知之最深，可保其無悖逆之心。

皇帝意不能堪，當面責問。豈料法海渾不懼怕，叩頭高道：「教不嚴，師之惰，阿哥若有不是，都是臣的罪過。皇上要治阿哥的罪，亦須將臣一體處之，不然日後無顏與阿哥見面。」皇帝叫他氣得打戰，當即旨下吏部，將其革職拿問，末了落個罷官閒住，一晃就是七八年。

到康熙五十五年，皇帝想他是勛戚中難得的讀書人，總不能一輩子閒置，遂將他的前愆一筆勾銷，復起為廣東巡撫。無奈法海實在不勝繁劇，不過兩年工夫，又落個罷職回京。待十四阿哥命將西征，皇帝又將他召進宮去，好言託付道：「你這學生人雖勇健，卻有些莽撞之病。這會兒雖要歷練他，命他統率大軍，可也要防著他輕敵冒進，貪功求成。好在他素來怕你，你去罷，替我約束約束，別叫一起小人捧得他心忒大了。」

法海聞命之下，便覺肩頭有泰山之重，又見皇帝龍鍾老態嘴顫眼花模樣，當即含淚答應：「十四阿哥若為宵小所動，不肯作忠臣良將，請皇上治臣死罪！」他是個重信義的人，既然宮中一諾，自是力持不殆。故而一到軍前，就督責胤禎用心兵事，不得恣肆妄為。胤禎此來征西，為國立功之念不假，可到底頭一件動心的，還是萬里之外的御座。所以一得閒暇，就要翹首東顧，念叨京裡的人事紛紜。法海起初也肯聽一聽，往後就不耐煩起來，前日再聽，竟至大怒，當即拂袖而出，跑到城外東山寺住下，任胤禎百般央告也不肯回。

他在寺中一住半月，因惦念皇帝囑託，又不敢離開胤禎日久。正苦惱沒有臺階下，便聽說年羹堯來了。難得欣逢舊友百感交集，法海不免說出這些掏心窩子話來，再想起老皇帝的戚容，更是聲色哽咽，借酒含悲道：「皇上望七的年紀，每每要為兒孫操心。我的學生不孝，家兄輩也仗勢撒瘋，一味攪合——」他雖仕途屢蹶，到底無改忠赤之心，話到此處，不免感時觸事，泣不成聲。

這幾句話說的是法海自家胸臆，在年羹堯聽來，卻也觸著肝腸。他舉家隸在漢軍鑲白旗下，是肅親王府庶支、貝勒延壽的屬人。康熙四十八年，皇帝大封諸子，將鑲白旗內原係貝勒的皇四子胤禛晉封雍親王。按照定例，胤禛既經晉爵，所管的屬人也要增添。宗人府在本旗之內先作調劑，就將原屬延壽門下的年家佐領，撥到雍親王府，年羹堯也隨著成了胤禛的本門屬人。只是這樣的事行在當年十月，他早在九月便由禮部侍郎外放四川巡撫，山水迢迢，一連十餘年未曾進京，是以二人雖有主屬之分，卻無甚面會之機，年節禮敬全憑書信而已。倒是年羹堯的小妹，不幾年又嫁給雍親王作了側室福晉，兩家結了親戚，淵源日漸深厚不假。

諸皇子為了儲位明爭暗奪，照理與他萬里之外的地方大員無甚相干。然自康熙五十七年十四阿哥督師入藏，年羹堯奉命辦理軍需以來，他這個四十歲不到的巡撫就成了香餑餑。除頂頭上司大將軍王將他待若上賓之外，京裡他的本主雍親王也愈發上起心來，三日一信，五日一札，大事小事都要打聽明白。這還罷了，不多時又有一個叫孟光祖的旗人，說是奉京中三千歲差遣，來成都向自己致意。這三千歲不是別人，正是如今的皇三子誠親王胤祉。皇帝的長子、次子都獲罪圈禁，胤祉名雖行三，實則居長，要照古人以嫡以長之說，也算是依次當立之人。雖說這孟光祖來由不明，朝廷又有皇子不得結交外官的戒律，可年羹堯略一忖量，終歸存了個寧可信其有、不可信其無的心思，捎帶手送了這姓孟的幾匹馬、幾百兩銀子，打發他出川別往。不合此人一路要錢，等要到直隸保定府，就叫巡撫趙弘燮舉發了。一面是皇帝動怒，將孟某處死，一面是雍親王氣得七竅生煙，寫信將年羹堯痛罵。說他平日作為就殊無禮節，即此一事，更是現在負皇上，將來必定負我。信到最後，又命他把隨任的十歲以上兒子、弟侄全部送回北京，形同質子一般。可去年輪他入覲，雍親王一見之下，相待卻極殷勤，款接之歡，如同老友重逢，絲毫芥蒂也無。

年羹堯辦事精明，為人疏闊，眼下一個上司一個府主，親兄弟面上熱乎，心裡較勁，自己夾在當間兒，真正難以兩全。是以聽了法海的話，也自悶聲不語，半晌才長吁一聲，擇言寬慰道：「先生一片赤心，是臣道的楷模。我想只要聖主景福齊天，龍體康健，朝廷萬事都無妨礙。」說罷看法海心緒稍定，又斟酌探道，「先生與四王爺熟不熟？我外任太早，這本主也沒見過兩回，出兵後雜務又多，或有疏於問候之處，連家父家兄也埋怨我的不是。我想四王爺和十四爺是一母同胞，照說只有比旁人更近？」

法海想了好一會兒，他本是個言無不盡之人，可與胤禛實在無甚往來，只好就其所知說道：「四王爺性子深沉，也不喜結納；不似十四阿哥直率，肯同人交道。不過皇上近些年很誇他孝順，沒有那些急赤白臉要錢要名的毛病。旗下老禮兒，主僕之分最嚴，你是他門下最出息的，想必也有個愛之深、責之切的意思。」法海說著，見年羹堯仍是若有所思模樣，乾脆將手一揮，滿不在意道，「十四阿哥那你不用操心，凡事都有我呢。」

二人言談至此，便將煩心事暫且拋去，命人添酒回燈，又是一番暢飲。等到盡歡時節，已見東方之既白。

第三章　逐鹿

年羹堯當夜在東山寺歇宿，次日一早又回城中去見大將軍王。他這裡尚未開言，反是十四阿哥小心問道：「亮工替我問過先生安麼？他的身子可好？神氣如何？」

年羹堯見他像是理虧模樣，心中竊笑，又遞上法海的手書一札，說道：「老先生身子尚好，神情似有些不樂，又叫我帶信來，請大將軍過目。」胤禎聽得氣短，隨即將信展開，見法海寫道：「阿哥勤習弓馬，然於大將用兵之略尚未嫻熟。年亮工命世才也，予所深知。今承總調度諸事，阿哥唯虛懷以聽，方能不負委任，克成厥勛。」

胤禎看過也笑起來，將信遞給年羹堯道：「陶庵先生目下無塵，倒難為你們這樣好，我更不敢不敬賢了。」兩人各自謙遜一番，再議進兵籌餉大事不提。

且說年羹堯在甘州又住三天，與胤禎等商定了許多細事，而後辭過眾人，又馳回西安總督任上，竭力調集馬乾料豆、僱覓駝隻車腳，以備西征之用。這一天忙著接見屬官，眼見日正當午，才要用飯歇一口氣，就有家下人送進一封信來，乃本主胤禛的親筆。他自三年前被雍王痛罵一遭，此後就小心了許多，旬月之間即有京信送到王府，或談任上見聞，或是請安問候。雍王批回之語，多交給他留在北京的長子年熙，連同奏摺、家信一併遣心腹家人往返傳遞。今見王府之信單送，年羹堯先以為是甚要緊之務，忙屏退從人拆看，實則仍舊款敘家常之語，不過因從熱河寄來，才落了單。

胤禛信中先說離京之前，曾見過年羹堯之父年遐齡、長兄年希堯，知其全家上下各自平安。又說年家小妹在自己府中甚好，亦於書中代為問候。後頭更是拉拉雜雜，說此次扈從聖駕前往熱河，途經懷柔縣丫髻山行宮駐蹕。因去年正月裡，年側妃曾在碧霞元君祠祈福求子，當年孟冬就一舉得男，可見保生送子娘娘果然靈驗。那所生之子如今雖未及歲，可胎裡帶來的模樣周正，聰明壯實，很討眾人喜歡，已經取了小名叫作福惠。這一回側妃雖不得隨來行宮，自己也替她上了三炷香，又布施了許多財物，算是還過所許之願。

年羹堯前後看了兩遍，見所言盡是家事，才鬆了口氣。只道小妹與這位王爺雖非敵體的夫妻，倒也有些舉案之好、畫眉之情，想來在王府中不曾受過委屈。再者雍邸屬人委實不少，內外做官的也有十來個，可唯獨年家是主屬而兼親戚，往來走動之勤，忒與旁人不同。想至此，他又把對雍王的戒懼放下幾分，一面搦管濡墨另作啟帖，備言自己往返甘州，面見胤禎諸事。

回啟送到熱河時，雍親王已經隨著扈從人馬開拔，途經中關、波羅河屯、張三營等處行宮，就到了圍場的哨門入口，預備一年一度的木蘭秋獮。木蘭是滿語哨鹿之意，這裡本是蒙古喀喇沁、敖漢、翁牛特各盟旗的領地，康熙十六年皇帝北巡塞外時，看中了這塊「萬里山河通遠徼，九邊形勝抱神京」的寶地，各部王公乘興獻納，將二十餘萬頃林海莽原充作大清國的長楊上林，供這位神武之君馳騁畋獵、瞭敵備兵、肄武綏藩。皇帝用了二十餘年經營整飭，將木蘭圍場的規制格局大體確定下來。其據地勢共分七十二圍，滿語稱為七十二佛勒。圍場外立定界碑，稱為柳條邊，照八旗方位，各設營房護衛。七十二圍或山緩野曠，或密林叢生，或河谷密布，氣象各不相同。圍場平日由各營八旗兵丁看守，禁樵牧、禁伐植，周邊的蒙漢百姓更不能在圍中射獵。皇帝御駕蒞臨之前，要依祖宗關外行獵舊例，先以方位選定十幾個佛勒，作為備獵之區。隨後派定管圍大臣率領騎兵，按預先選定的範圍合圍聚攏，引誘百獸入甕。隨獵的貴胄重臣不論老幼，都要著盔甲，配撒袋、插箭壺，又有持著火銃的近侍在御前相隨，以為射擊猛獸之用。

此次秋獮，皇帝派定了先在青藏立下大功的宗室輔國公延信和御前近臣、步軍統領隆科多充當管圍大臣，查勘各圍水草，布置行圍路線。二人都是此中的老手，先到圍場不幾日，便將諸事安排妥帖，請得聖駕前來。老皇帝一生好武，這些年體衰多病，凡在京師居住理政，總免不了頭疼腦熱、手腳不靈，可一到塞外圍場，就立刻生龍活虎，矯健異常。這會兒見著二人奏報，也是倍覺振奮，即召諸皇子道：「前頭已經預備停當，這一去總要個把月才能盡興。這回京裡留值的人少，七阿哥等又老實，日子太長，怕他們不能應付。你們不拘是誰，回去兩個，幫他們料理料理，不必都在這裡伺候。」他邊說著，邊用眼睛去看胤祉等年長的皇子。這幾個如今正得寵，誰也不願意離開御前，遂都佯低著頭，裝沒聽見。再往下看時，就見八阿哥胤禩出列跪稟：「前兒宮裡有信來，說惠妃額涅＊入秋後溼熱積食，腹痛不止，彷彿患了痢症。臣實在不放心，想請旨回京探望。」

皇帝今天這番話，諸皇子本有預料，且都私底下盤算過了。胤禩早先謀儲君不成，叫皇帝幾番痛斥，看管最嚴，在老父跟前，每有背若芒刺之感，如今京中留下七阿哥胤祐、十阿哥胤䄉、十二阿哥胤祹幾個皇子，都是迷糊不成事的人，自己要能回去，真如魚入海鳥歸林，說不盡的暢快。可他唯恐話說出來，要叫老父疑他搗鬼，且又想拉著最好的九阿哥胤禟同回，故而連日不得主意。這一天正犯躊躇，就叫四兄胤禛看出來，直綽綽問他緣故。胤禩曉得皇兄素有智謀，就同他實說。胤禛思量片刻，便道：「這會子三哥自然不肯回去，我是可有可無的人，你要想回，我不回就是。你只託言惠妃額涅的病，有這個『孝』字在前頭，皇父必無別話，不定還要誇你。」

「那老九呢？」

「宜妃母好挑理。你回去，她的兒子不回，她豈不要鬧性子？皇父想著這個，也要把老五、老九打發回一個。他們哥兒倆什麼話不能說，叫老九同他阿哥說下就是。」

「阿哥實在高明，我佩服至極！」胤禩聞言連連稱道，又百般感謝。且說惠妃姓那拉氏，年紀已過七十，是皇帝大婚前的舊人。她親生的皇長子胤禔先前因謀害皇太子而遭圈禁，就為這個，皇帝對惠妃也頗有些憐憫遷就之意。惠妃因為年長資深，先曾撫養過許多皇子，而於諸子中，又最疼愛八阿哥胤禩，胤禔被禁後，更如親母子一般。現下既然抱病，叫胤禩回去參酌醫藥，亦屬理所當然。宜妃郭絡羅氏亦是宮中要緊妃嬪，又久得皇帝的寵愛，慣肯任性使氣，她所生的五阿哥恆親王胤祺、九阿哥貝子胤禟這回都隨扈出京，故而胤禛有此主意。

果不出雍王所料，皇帝年老，最愛看兒孫孝順，遂痛痛快快准了胤禩、胤禟之請，末了又看著十三阿哥胤祥，淡笑道：「你的身子能不能行？不行就回去罷，病在大草甸子裡麻煩。」

胤祥聞言一驚，忙出班跪下，又伏地向前幾步，連連叩首道：「這兩個月在外歷練行走，身子已

＊額涅：滿語，即母親。

經結實多了。臣長久不在膝下盡孝，實在戰慄不安，求皇父准臣隨駕伺候。」

皇帝略一沉吟，說聲「隨你」，便命眾人散去，各自預備行圍之事。

御駕浩浩蕩蕩進了圍場的哨門，按照管圍大臣所奏，先在正南阿圭圖地方紮下大營。大營內方外圓，內城有皇帝所居的黃幔城，御幄居中而建，外加黃網城，又設連帳百餘座，供妃嬪皇子並宿衛近臣居住。外城更是連綿擴大，設有連帳數百座，供隨來的京官與各旗兵丁居住。皇帝見林莽而心開，進哨當日不曾小憩，就命前鋒營各隊即刻撒圍，親自張弓搭箭，射下十幾隻野兔，全當活動筋骨。

一連幾天，皇帝都在東南界各佛勒行圍紮營。這裡的山勢欹仄，樹木叢雜，又趕上天氣忽晴忽雨，道路泥濘難行，騎術欠佳的人，難免視為畏途。可皇帝的豪情甚壯，動輒親挾弓矢，策馬高岡，不但獵得麅鹿無算，還用鳥槍射殺了三頭野豬、一隻走單的孤狼。白天飛鷹走狗不說，到傍晚回營也不消閒，待管圍大臣將眾人所獲計數論賞已畢，皇帝就命人拿各色獵物炮炙佐飲，蒙古王公並隨侍諸臣不分部族年資，都在黃幔城前團團圍坐，載歌載舞，通宵達旦。

然則皇帝畢竟是有年歲的人，如此這般五六天過去，未免也感勞累，遂於晚間傳下旨意，次日在巴顏布爾哈蘇臺紮營，眾人仍欲行圍者聽其自便，人馬不支者亦准隨營休整。既然皇帝有此一說，皇子班中為首的胤祉、胤禛二人自然都要奏請在大營隨侍——除了親近聖駕之外，二人的年紀都在四十五六歲上下，連日奔波，也著實不堪其苦。倒是幾位年輕皇子，貪戀行獵之樂，不願在營中拘束，第二天仍舊躍馬彎弓，到佛勒上比試本領。又有侍衛們興致高昂，自告奮勇大張巨網，去到伊遜河裡操舟捕魚。老皇帝嘉許他們的意氣，一早尋得山頂平曠之地，備下膻肉酪漿，邊與近侍諸臣飲食談笑，邊向河谷處行圍捕魚的眾人遠眺觀望，雖山風如吼，亦視若等閒。

不一時，就見對面平岡之上，百千隊中一騎縱出，渾如霹靂電光。皇帝心裡叫了一個「好」字，忙要過黃銅千里眼欲看究竟，惜乎所遺者不過馬後揚塵而已。又過了一盞茶工夫，便是群情雷動，鼓角爭鳴情景。皇帝看得興起，遂命跟前侍衛：「瞧瞧對面坡上是誰，得了什麼好物。」

侍衛去不多時，便引著一位行服馬褂、執弓背矢的皇子上來，後跟戎裝侍從，捧著好大一個托盤。眼看臨近御座，皇子先將隨身所帶的刀劍除去，又親自要過托盤來，走到皇帝跟前直挺挺跪下，將托盤過頂一擎，朗聲道：「臣方才射中一鹿，該當割尾進獻。」

「是你呀。」皇帝欠身一看，案前長跪之人正是十三阿哥胤祥，因為來得匆忙，說話氣息還不甚勻稱，一身行裳未及更換，塵灰之上斑斑點點，盡是野獸的血跡。托盤中一條新割的鹿尾血淋淋十分粗壯，可見那鹿的體格著實不小。獲鹿獻尾乃是滿洲舊俗，照理應予獎賞。只是父子二人芥蒂多年，平日又少獨對，皇帝一時便怔住了，半晌才微笑道：「果然你的身子健旺了些。」邊說著看了看自己身上的佩飾，才想取下一件遞過去，卻鬼使神差住了手，改口道，「不過你早年擊熊射虎不在話下，如今獲鹿就賞，未免太輕易了。」

胤禛在一旁心裡著急，卻絲毫不敢掛臉，只好賠笑著說些「不減當年」的場面話。倒是胤祥自己早練就寵辱不驚的功夫，雖未得賞，照舊從容叩首，謝恩退去不提。

見他舉動淡然，老皇帝倒有些悵然若失，只好端起案上奶茶飲盡，又轉向眾人笑道：「十三阿哥病了多年，這會子竟一點兒也看不出來，到底是年輕的好處。照《黃帝內經》上說，他這四八之年，正是筋骨隆盛、肌肉滿壯的好時候，要到五八、六八，就難免陽氣衰弱，原本無病的還奔著下坡去，若是本來氣體虛弱，再要強健可就難了。」皇帝說本無心，可話一落地，下手侍立的胤祉、胤禛二人，登時就把滿臉的堆笑都收起來，好一會兒才緩過神，悻悻應聲而已。實因二人的年紀都在五八至六八之間，精神體力也不如前，倒是十四阿哥胤禎年正四八，又在軍營中打熬得好筋骨。皇帝如此說法，他們有心攀比之人，焉能不犯嘀咕。

皇帝見此情狀，把個觀獵賞景的興味早散了多半，懶洋洋打了個哈欠，說聲「風大」，便命眾人散去，唯叫管圍大臣隆科多和幾個貼身侍衛陪著，回到黃幄大帳內歇息。

隆科多與法海同出一門，乃是二國舅佟國維之子、孝懿皇后的親弟。此人雖無學問，卻是勛戚中頂有力量的幹才，且正年富力強，皇帝信之如腹心，倚之如臂膀，稱得上御前第一等人物。他沒有領侍衛內大臣的職分，按理不該管扈從之事。可皇帝看著幾個該管的人，或是老朽，或是紈絝，或是心浮氣躁，一個個都不堪用；只有這位妻舅又忠又能，是個最可用的人，所以不但叫他兼任步軍統領、理藩院兩件要職，還讓他統管自己跟前親近之事，取個渾名兒叫御前大臣。

等進得帳內，皇帝也不肯坐，只在毛氈地上踱著步子，心緒頗覺沉鬱。半晌他才偏臉兒看了看隨在他身後的隆科多，強笑道：「我這些孽障，都養得過於要強了。」

「人人養子，巴不得要強。」隆科多一聽說起皇子，心裡就十分警覺，唯面上嬉笑道，「就外間大臣裡，為子弟不習文、不學武、不知上進的事生氣，一年不知氣死幾個。恕奴才放肆說一句，您這可算得身在福中不知福。」

皇帝原本煩悶，也叫他幾句話說得破顏一笑，又搖頭嘆道：「你看我才剛說四八之年身體健碩，五八、六八未免衰弱，一邊兒三阿哥、四阿哥就都不吭聲，這不是太要強之過麼？焉知我才說了半句，要是再說四八之年行圍接仗最好，若論經國濟世，倒不如年長些穩妥，待傳到十四阿哥耳朵裡，豈不又一個多心的？」隆科多吃他先父佟國維的教訓，於諸皇子謀儲君一事極為小心，見皇帝將話越說越白，就連顧左右言談也不敢，只咧著嘴唯唯點頭而已。

皇帝久不見十三阿哥射獵，今日一見，就生出許多感慨。想此子十歲喪母，和自己格外親暱，早年每次出巡都要帶在身邊。後來為了廢太子的事，父子間鬧得冷淡生分，又拿他的病體說事，一晃近十年，都不曾相隨左右。好一個聰強過人的孩子，也委實有些可惜。既想到十三阿哥，難免連上廢太子胤礽。他的早運更凶，落生就沒有親娘，全憑自己親愛教養。奈何他前世造下的業障，父母兄弟皆無善緣，雖自有不忠不孝、暴戾驕奢之罪，到底可恨之人不乏可憐之處。他這一想舊事，就再也收煞不住，又想起自己也是個六親緣薄的命數，不但幼失怙恃，還連喪三妻，如今從小一處的祖母、嫡母、兄弟、近臣也盡數謝世，唯留自己一個孤老，雖然子孫繁茂，得享遐齡，那些愴然煢子之悲，卻要時時湧上心頭。

他這裡思緒飄忽，如在夢境，不多時便覺眼睛發澀，將幾滴老淚止不住地滾落下來。這樣舉動，是他近年來常有的，所以近侍之人也不驚惶，只小心翼翼屏息而待，等他回過元神，才捧著一條熱手巾躡腳上前，請他拭淚擦臉。

皇帝一面緩了緩精神，吃一盞熱奶茶，將餘人打發出去，方慢悠悠向隆科多道：「到明年七十整壽，我想諸王大臣一定奏請慶賀。別人還好駁回，那些耆舊老臣的請是不能駁的，總要有個君臣偕老、萬民同樂的意思才好。回頭既要吃萬壽酒、擺千叟宴，就難免送些恩典給天下人，既是犯了國法王章的犯人都有赦詔，那皇子宗親裡有詿誤的，自然也要多擔待些。唉，人活七十古來稀，正是個大關節所在。這話我先同你說下，可別到外頭去傳。」

「奴才不敢。」

「眾人都怪我攬權，不肯立一儲君分去憂勞。」皇帝又嘆了一聲，也不用隆科多附和，只一門心思自說自話道，「你不讀史，不曉得古來高年的皇帝，建儲從不曾一蹴而就。我僥倖得天之厚，也把子孫的福澤占去不少，豈敢有邁越古人的指望？如今朝中與我年歲相仿的，多已經休致了，許多話年輕的人難以明白——連我二十年前也是不明白的。所以總要再看，天命屬誰，都是各人的緣法。」

隆科多在一旁傾耳細聽，雖揣摩得辛苦，卻仍舊雲裡霧裡，不能得其精髓，只好隨聲應諾，以備得閒再品。

第四章　查倉

皇帝在木蘭圍場停駐了三十幾天，一番遊獵盡興，到九月初回至熱河行宮。又盤桓了十來天，眼看塞上秋深，寒意漸濃，就有旨啟程南返，趕在十月以前，住進京西暢春園裡。聖駕久在塞外，雖軍國大事隨時奏陳，由扈從諸臣分理，但京師宮府之中畢竟積下許多文牘庶務，要等他回京來辦，是以連日繁忙，一晃就到了月中。

每年十月，都是京、通各倉糧食開兌的日子。按照本朝所定之例，京中王公大臣、官吏兵丁，一年內分上下兩季到儲貯漕糧的官倉去領俸米。上季是二月開兌，四月領完；下季是十月開兌，臘月領完。王公百官需得自備車馬腳夫，到通州大倉廒去領；至於八旗披甲、內府雜職，因為所領米糧數少，又兼道路擁擠、腳費高昂，故得一道恩旨，在朝陽門祿米、南新等倉就近關領，也是省時省費的好事。

今年各倉開兌才半個月，親自到通州坐鎮的戶部倉場總督張伯行就窩了一肚子火。實因通州乃運河咽喉，漕糧彙聚之藪，倉廒數目遠較京倉為多，那南、中、西三大倉，共有倉廒七十六座，每廒收貯漕糧以一萬一千六百石為額。按理說，東南八省漕糧陸續抵通之後，倉場官員即應督率吏役花戶，將各色糧米分門別類，從速收進倉廒。一免那乾圓潔淨的好米露天久置，雨水一淋日頭一曬，即腐爛霉變；二也能使漕船克日返程，不然數十萬漕丁聚在天子腳下，不但拖累生計，也易滋惹事端。

事情說來簡單，到臨頭卻全然兩樣。先就是一干皇子公主、勛臣貴戚的豪奴，全不顧朝廷兌糧之法是取完一廒，再取一廒，依次取空之後，便於來年新糧收貯。這些人總以為倉廒闊大，放在上頭的是新米，積在底下的是陳糧，所以每每兌糧時，將各廒糧米只取一半，數目不足則另揀新廒霸占。且他們府中積粟如山，從不指望俸米過日子，所以也不顧兌糧期限只有兩月，常常一拖半年才姍姍來遲。鬧得舊糧積陳，新米暴露，膏脂虧折，漕丁抱怨。可這些朱邸豪門的派勢，莫說管倉的雜佐吏員不敢作聲，就是坐糧廳的司官，甚或尋常倉場總督，也不過睜一眼閉一眼而已。唯有張伯行理學名臣，早年當江蘇巡撫，就是個不畏權貴、直聲震天下的主兒。他做倉場總督已有數年，先還冷眼看著，這會兒實在忍耐不住，乾脆一本奏上，單等皇帝評理。

皇帝才從塞外盡興回來，看見這些繁複的錢糧情弊，心裡實不耐煩。可事情畢竟不小，張伯行話又說在理上，也絕沒有置之不問的道理，故而御門聽政時就與大學士等人說下，要派欽差徹查。至於派誰去查，皇帝想此事關係宗親貴戚，欽差之中，非有得力的皇子必不能辦，遂將幾個年長皇子逐個品擇一遍，才向眾人道：「這回就叫雍親王領銜，他心思明白，又不怕人說，另叫恆親王家的弘昇阿哥也去歷練歷練。唔，既然是倉場的事，自然也少不得戶部，就叫尚書孫查濟去。再者通倉兌糧的弊病不小，京倉也未必全無，既然要查，不如一體查個明白。那麼八旗都統裡也要有人，就是延信罷。」

班首的大學士馬齊連連應著，低頭琢磨了一會兒，又賠笑回道：「京倉多在朝陽門、東直門內外，若要確查其弊，也少不得步軍衙門。」

「那就叫隆科多去。再者兵部查弼納是能做督撫的材料，也讓他去學習。」皇帝一連圈出六個名字，才擱下朱筆，抬頭向馬齊道，「張伯行是個戇人，叫胤禛務必秉公細查，要讓漢大臣挑出理來，我可不能依他。」

胤禛是個心底裡最要做事的人，只為平日掩人耳目，充慣了富貴閒人，總要做出不在其位不謀其政的淡泊。眼下既得了這個大差，真樂得心花怒放。他思量自己於漕倉等事並無閱歷，就這樣懵懂著去了，難免被人蒙蔽，故而急得午飯也不肯吃，一迭聲找來主文的相公，命他多帶人手，先到戶部去借舊例、成案謄寫備用。等靜下心，便取過內閣抄出的張伯行的奏疏，翻來覆去讀了幾遍，凡有不通不明之處，就將府中常去通州兌糧的管事逐一喚進，細細問個端的。

一連用了三天功，到第四天，胤禛就約了其他幾位欽差，一早各自行路，晌午以前到通州坐糧廳衙門會合。張伯行帶領倉場屬員在外迎著，先聽過旨意，又與眾人寒暄見禮，繼而到正堂落座，齊聽雍親王指示。胤禛深思數日，早已打定了主意，當即胸有成竹道：「既是奉旨查倉，怕不能單聽官吏說辭，非得親履其地不可。只是京通倉廒甚多，要是逐個查去，未免拖延時日，不是辦事之法。我想咱們既來了六個人，不如權作三班，分頭去查，一俟通倉查過，就會同擬定奏稿，再查京倉為宜。」

他素來有個難打交道的名聲，這會兒話又說得堂皇，雖不似八貝勒那樣謙讓禮敬令人歡喜，到底沒人敢挑他的不是，故而各自應諾，奉承他所言極是。胤禛坐著欠了欠身，又續道：「咱們幾個人裡，舅舅、孫大人、查大人都是庶務歷練、老吏難欺之人，自然要帶一帶我們生手。不如打明兒起，我和舅舅一班，查西倉。」說罷朝延信一拱手，指著肅王府的行輩親熱道，「三哥同孫大人一班，查中倉。」轉而再向親侄弘昇，「你同查大人一班，查南倉。」待眾人俱頷首稱是，他便又囑咐：「眼下正是關領糧米的日子，咱們要是揚揚赫赫欽差做派，定要耽誤倉場的公事，也叫各府兌糧家人不敢照往常行事。不如安靜些，雖不必刻意隱瞞，總是輕車簡從，多看少說得好。」他這一番排布完畢，一應滿洲大臣尚不覺怎樣，唯張伯行心中暗讚道：「難為他這樣篤實周到，全不似未經庶務之人。」

西倉全名大運西倉，就在坐糧廳以北一箭之地。次日平明甫過，胤禛與隆科多即到木柵門前湊齊，各帶一個侍從相隨。張伯行先已在此等候，身後又有一司官、一筆帖式、一老吏，攜帶紙筆帳簿相陪。司官先解說幾句西倉各廒的儲糧情形，隨後六個人溜溜達達，就進了柵門往深裡去看。西倉乃是京、通第一大倉，國初原有倉廒一百零九座，康熙年間漸次添增，如今已有一百八十八座之多。倉廒所建都在地勢高處，四周有高大圍牆，內外俱鑿水井，飲水救火可兼兩用；倉內又有龍鬚溝，夏秋雨水多時，便於疏洩積水。內中五廒一排，連脊並山橫向相連，左右即是水道。各廒均以大城磚為垣，內則四梁八柱，兩山插柁，中間排山柱直達屋頂。廒內地基以三合土夯築，上墁方磚，又鋪楞木松板，上蓋席片防潮。廒頂各開氣樓，以透鬱熱之氣。廒內四壁圍置樟木防蟲，又用竹篾編成隔孔，釘在氣樓上防鳥。這是前明的規制，入清後又有添補，其營建整齊、布置周到，也算是有加無已。

倉內近門以東，先有七座空廒，內貯的白糧、粳米已經盡數兌完。往後十排，便是半滿之廒，那些臨近氣樓的好米業已叫人領去，所剩積陳之米不乏成色尚好的，但發變生蟲者也是舉目可見，或在廒底，或在表層，多的約有五六寸厚，少的也有一兩寸，實在暴殄天物。再往後看，不但有許多滿囤未兌之廒，而且其中牆垣損壞、內柱坍塌、氣樓不通、席片松板全無的壞廒亦復不少，其小損者尚能勉強積貯，大損者修葺不及，不過擺在原地充數而已。院子中間建有五間板房，乃是管倉章京、書吏的辦公之所。板房四周廣有空地，小山般堆滿了今年抵通的新糧，雖用油氈蓋住，亦抵不過兩月來秋雨連綿。將油氈一角掀開，便有受潮腐壞的霉味。胤禛信佛，向有惜物之心，見此情形不免退後兩步，雙手合十，閉目連呼「罪過」。又見十幾個布衣布褂、年輕力壯的小夥子推著板車，放著近處半空之廒不管，將這些露囤的糧食一車車往遠處空廒裡運，雖是初冬時節，仍忙得熱汗淋漓。

胤禛原打定了不說話的主意，這會兒卻有些忍耐不住。豈料他剛一回頭，尚未把「張大人」三個字叫出口，就聽前頭亂糟糟的，似是有人拌嘴爭鬧。他那貼身的從人十分機敏，只待雍王一個眼風，就小跑著去看究竟。

原來胤禛等在倉內閒步查看的工夫，天色已然大亮，那些兌糧的人家陸續進來，手持本旗發給的米票，按照本主品級高低，分白、粳、稷、粟四色支領。所謂白者，乃是江浙六府州特供的白糧，俗日糯米，全漕不過二十二萬石，乃是俸米中的「上色」，除宮廷禁苑外，多供王公宗親、大臣官員中的有力之家。那一起無錢的宗室、受窮的小官，俸米中雖也有白糧一項，只是所給甚少，糊口為難，所以常常捨去不要，寧以粳米、稷米抵換。那朱邸豪門喜做精細的克食點心，日常多用白糧，不但樂意抵換，碰見那不願換的，還常有強壓硬派之舉。

這會兒在此吵鬧的，就是為換糧的事。那強要換的不是別人，正是皇十子胤䄉家的管事。旁人前來兌糧，大多穿著簡便，唯他嶄新的袍褂，頭戴二等護衛的翎子，前呼後擁，十分威風。胤䄉是溫禧貴妃鈕祜祿氏所生，母家貴盛在諸皇子中首屈一指，連廢太子也不遑多讓。皇帝看重后妃的家世，對胤䄉也格外優容，雖說他的序齒只在第十，又粗俗無學驕縱貪鄙，可仍舊將其封為敦郡王，越過幾個哥哥一頭。既有皇帝偏疼，又有勢大的娘舅，這裡裡外外便無人肯去惹他。胤䄉自知資質庸劣，也從不作奪嫡之想，日常只和胤禩、胤禟、胤禎等人吃喝一處，作個酒肉交情；另養著一府豪奴，四處惹是生非。

這王府管事才一進門，就先斥罵引導他的書吏，抱怨外廒的新糧怎麼不等他來就空了。書吏倒很機靈，不敢說支給了別人，只順口編個瞎話，說叫大將軍王府裡先支走的，才讓他無話可說。管事又往裡走，撇開剩下半廒的不要，另指著兩個滿廒的粳米道：「這兩廒各取好的給我，要有一顆霉的，仔細你們坐糧廳的大堂要散架。」那書吏知道他的來路，只好嬉皮笑臉答應，一廂說著，又往前去兌白糧。

及到囤儲白糧的廒前，就見一個六旬老人帶領一名後生，正拿著引票支領自家俸米。管事見他們粗布舊襖，顯係貧寒人家的奴僕，便要與之抵換白糧。老人執意不肯，說我主人雖是遠支無爵的宗室，卻是個孝子，如今老太太年邁體弱，需用糯米煮粥進補，這一點兒白糧斷不能抵給旁人。管事的百般不依，只要硬換，又扯出十王爺的大旗，叉腰跺腳，以勢壓人。後生在一邊氣憤不過，就與他爭論起來。王府跟來的人多，這會兒一擁而上，咋咋呼呼的，若非書吏拉勸，儼然就要動粗的模樣。

雍親王從人冷眼看得明白，也不敢多言，忙悄悄回去稟告。胤禛素來看不起胤䄉不學無術，卻也不肯輕易得罪人，只向張伯行抱愧道：「我們兄弟家裡的混帳奴才甚多，不合在張大人這裡丟乖露醜。我原該去管教，可既擔著欽差的身分，為這起小人大張旗鼓的，也太失朝廷的體統，還煩老先生去教訓他兩句，叫他知道朝廷的法度。」

張伯行每逢漕糧開兌月份，常遇見這樣的事，是以心中苦笑，暗道「總叫你們瞧見自家的醜」。及聽胤禛發了話，也只好點頭答應，打了個躬，就親帶司官前去調停。胤禛又叫自己的從人在後廝跟，看著情形來回。豈知那管事原本是三等護衛的頂戴，本月得他主子的提拔晉為二等，才升了官，正在耀武揚威、不可一世時節，連見了張伯行這樣朝廷大員，也不肯收斂，兀自大喊道：「我與這老頭兒換米，又不礙著哪條王法，不消你老大人多事。」一旁倉場官吏嗔他無禮，他乾脆跳腳罵將起來，滿嘴裡他主子如何尊貴、漢官什麼東西地亂叫。

胤禛聽得從人回報，不免怒上心頭，當即就要亮明了身分過去說話。隆科多拉住道：「不過一個撒野的奴才，欽差要去，就成了正事，且須上奏，到時候十爺面上怕不好看。我想，如今的情形，大犯不著如此。」胤禛一聽，那拱到丹田的火，當即就去了八分。他既有心大位，雖不肯像胤禩、胤禟那樣，舉凡三教九流，一應收在囊中，可也不能似廢太子一般，盡樹些要緊的敵人。他正在躊躇，隆科多哈哈笑道：「王爺讓人去同張靜庵說，請他不用忍情，將人捆到衙門裡打一頓，後頭萬事都有王爺，也就完了。」

「正是，老十要連這啞巴虧也不肯吃，我再罵他不遲。」胤禛聞言大笑，連讚「舅舅高明」，便叫人傳話照辦不提。

這甥舅兩個一日辛苦，眼看天光到了下晌，因為次日還要到倉看帳，便不回城中府邸，只在蕭太后河畔的潞河驛住下。此乃運河邊為首大驛，端的院落軒敞，富麗堂皇，比京城裡貴官的宅第也不差分毫。胤禛先叫人備了酒食，稍息片刻，就打發人去請隆科多來，說要小酌消閒。

說來隆科多所任步軍統領一職，全名叫「提督九門步軍巡捕五營統領」，故又常喚作「九門提督」，這是個統率八旗、綠營馬步軍三萬餘，衛戍京城、兵刑兩兼的要缺，與兩漢執金吾相類，故漢官文士又雅以大金吾稱之。除了執掌內城九門，守衛門禁，並城內巡夜、救火、保甲、捕盜、斷獄諸事外，因任此職者必是天子心膂，又須多謀能斷，故而今上皇帝也常將其充作耳目，探查京師情形、百官隱祕，有些前明錦衣衛的意思。

隆科多自幼在宮中長大，十六歲就做了御前侍衛，與那既是表兄，又是姊夫的皇帝親而且近。一廢太子後，他的老父佟國維因力保八阿哥胤禩為儲，被皇帝十分冷落了一陣。隆科多見勢不好，即自收斂性情，萬事只以忠君為主，不肯同皇子諸王恣意往來。皇帝見他明白，便委以步軍統領重任，迄今已有十載。近年則越發倚賴，大事小事，無不與之商議。隆科多感念皇帝的盛情，宮府諸事也格外盡心賣力。只有一節，他父親佟國維先於康熙五十八年病故，留下一個公爵，如今無人承襲，三年來皇帝俱不肯提，他想得抓耳撓腮也不濟事。如今皇帝年紀愈老，儲位屬誰，乃是朝野矚目的頭一件大事，隆科多位在樞廷，自然更加關切，萬一是個不對頭的來做新君，他這一個懸在頭頂的公爵，怕不是要無翼而飛？只是他如今歷練得萬般謹慎，一天摸不透皇帝的意旨，就一天不肯在幾個年長皇子中稍有依違。

胤禛是個見事透徹、又能動心忍性的人，他早知道這位國舅的要緊，雖不敢公然結交，可數年來凡事恭敬，總在眾人之上。且他待隆科多的親妹、宮中的小佟貴妃也格外孝順，年節禮物儀注，都比自己的生母加厚。凡所提及，徑以「額涅」相稱，連「貴妃」兩個字也一概省去。要是旁人問起，他便抹著眼淚哽咽道：「我自幼長在孝懿皇后跟前，皇母盛年崩逝，我的福薄，不曾膝前盡孝。額涅是皇后的親妹，我孝順額涅，就同孝順皇母一樣。」這話傳到隆科多耳朵裡，自然也覺受用。

這一回同領要差，到通州查勘倉務，胤禛深知機不可失，特地將六人分作三班，方便與這御前的重臣一處交心。這會兒好容易將他盼到，自己忙在門外迎著，親親切切叫一聲舅舅，見他拘泥著還要打千兒，趕緊一把上前抱住，嘴裡說著「萬萬使不得」，就拉手請了進去。他一面親自斟酒布菜，又一面打發了奴輩，等前前後後忙活完畢，方舉杯笑道：「舅舅平日裡太忙，我是個閒人，不敢冒昧相邀。今兒好容易有個說話的當兒，可惜趕在外頭，一杯薄酒，幾個淡菜，也太簡慢了些。」

第五章　攀交

隆科多雖稱精幹，可畢竟是勛舊底色，不甚讀書，也不似雍王這樣客套迂曲。他忙了竟日，正想酒喝，是以將杯一碰，就仰頭一飲而盡，待放下杯子，才咂摸著後味問道：「這是什麼酒？倒是甘滑得很。」

「是我從家裡帶來的羊羔酒，山西汾州土產，年亮工封了幾十罈子給我，舅舅喜歡，我遣人與您送去。」

「那我就沾王爺的光了。」隆科多朗笑一聲拱手稱謝，一面又夾了幾箸紅煨羊肉、幾匙蘑菇煨雞墊墊肚子，一面飲酒閒話道，「我常聽上頭誇獎年亮工這個人，說十四爺打勝仗，盡靠他的幫襯，可見是王爺教導有方。你們兄弟一文一武，一裡一外，都這樣出息，就連屬人也比人強，實在叫德妃主子臉上有光。」

「唉，旁人提起這個，我的心裡就難過，更別說舅舅來提。十四弟年輕，許多事都沒有經過，我比他早生了十年，是皇母眼看著長大的，我但凡有些許進益，也不過是報皇母的慈恩。」胤禛淒然一嘆，又把話頭引到隆科多的親姊、自己的養母佟皇后身上。佟皇后出身顯赫，康熙二十年即以皇貴妃居六宮之首，二十八年病篤時立為皇后，旋即崩逝，諡以孝懿二字。胤禛幼時曾在佟皇后的寢宮景仁宮居住，要說養育之恩，屬實不算虛誇。只是景仁宮住過的皇子甚多，並非單他一個，連八阿哥胤禩也在其內。旁人礙著生母健在，外家俱全，多將這一層淡去不提，唯胤禛近年來欲討隆科多的好，又要合皇帝年老念舊的意，所以每每將此事掛在嘴邊。

隆科多見他說得誠懇，也自觸動了心事，遂停杯嘆息道：「娘娘在天有靈，若見著王爺的孝順，心裡自然安慰。唉，要說我們家兩位主子，雖都是九天鳳凰的命格，到底壽數短些，想起來叫人難過。兩下裡一比，孝康章皇后到底誕育聖主，香火有繼。我姊姊說起來是正位中宮的名分，可這身後的福澤，就大不如了。」

胤禛心知他的憂慮，偏是明知故問道：「舅舅這就差了。皇母生榮死哀，一應典禮都與仁孝皇后、孝昭皇后一般無二，有哪裡不如人呢？」

「既不是元后，又不是聖母，外頭禮數上不差什麼，內裡的實惠可就差得多了。」因只有他們二人相對，隆科多一天勞乏，幾杯酒下肚，話也漸漸多了，當即冷哼一聲，掰著手指頭道，「孝康章皇后留下的承恩公，推恩給了我們大房，到如今襲過三次，都是痛痛快快的。孝懿仁皇后的公爵，我阿瑪倒是得了，可如今黑不提白不提，怕不是要一代而終？皇上念著我阿瑪是親舅舅，尚且不肯施恩，後頭的就更不用說。我還能指望哪位爺得了大位，管我叫一聲舅舅？當今的三位皇后都是大族出身，往後還有聖母，這要喊舅舅的人，也未免太多了些。」

胤禛聞言豁然起立，以手指天高聲道：「旁人我不敢保證，我單認您是嫡親的舅舅。」

隆科多先叫他這突如其來的舉動駭得一怔，隨後心中一熱，又有十分的喜悅，只是不便托大答應，忙擺手道：「慚愧，慚愧，我於王爺沒一點兒功勞，當不起這樣抬舉。」

「舅舅每天承應皇父，參贊機樞，雖掛著武職的名兒，實則是個真宰相。如此大功，但凡不是個瞎子，誰能見不真呢。至於我，譬如才在西倉，舅舅若不拿我當真外甥幫襯，又豈能那樣教導我來著？」

胤禛見他謙遜，又將好話連說了幾車，直說得隆科多腳底下踩了棉花一樣，暈暈乎乎，雖只三分微醺，倒似八分酣醉，不過咧著嘴，赤紅著臉大笑道：「外間都說王爺的眼高，不似八爺厚道、十四爺爽快，回頭我再聽見，就要同他們辯理，都是他們不知道王爺的過罷！」

「咳，人家說得也不為錯，我確有個眼高之病。」胤禛自嘲一笑，又慨然喟嘆，自斟自飲了一盅，忽而猛拍桌案道，「所以我只看舅舅是當世的豪傑。那些徒有顯爵虛名之人，雖入八弟他們的眼，在我不過酒囊飯袋，斷沒有把臭屁當香聞的道理！」

隆科多也是個心極高、性極傲之人，旗下的勛舊巨公，盡不在他眼裡，又兼著襲爵之事有些委屈，聽胤禛這話，真覺投合得很，當即敞開心懷，將當今數得上的滿漢權要，逐個評騭一番。胤禛日常雖肯留心人物，到底交際短少，不能深知底細，這會兒聽隆科多侃侃而談，連人也聽得迷了，末了仗著五六分醉意，拊掌大讚道：「我看舅舅識人的本領，最不濟也值個吏部尚書，就作首輔，也不在話下。我若得了大位，斷不肯叫舅舅屈才！」

此言一出，不但隆科多瞠目相視，連胤禛也後悔自己的操切，當即將酒醒了三分。可是話既出口，又不能收回，只得訕然掩過；又忙著勸了兩回酒，就將席散了，各自歇息。

雍王既將衷腸吐露大半，這一宿，兩個吃酒的人就任誰也不能入眠。胤禛一壁裡忐忑難安自不必提，單說隆科多回至東廂下處，亦不能安枕而臥。自己先與胤禩相好不假，可這十年來有意避嫌，也就漸漸淡了；何況聽皇帝的口風，待他也早無鍾愛之意。至於胤禎，因生得晚，未經姊姊孝懿皇后養育，且他與胤禩本係一體，在宗室勛戚中廣有人望，如今率軍西征，又結下許多袍澤部屬，由他承繼大統，於自己雖無甚壞處，怕也說不上什麼好處。

至於行三的誠親王胤祉、行四的雍親王胤禛，論年資聖眷，都算是旗鼓相當，卻各自有些孤傲難拿的秉性，泛常之人不敢親近，在朝的勢力也不及胤禩、胤禎那樣大。然則事至今時，隆科多不免又生出一個念頭。他目下論信寵權要屈指可數，可論品階爵秩，列於其上者又非止數人。若去湊那人多勢眾的趣，就湊成了，仍不過論資排序，倚任之篤，怕還不及今日。倒是那孤介不合群的，若能得自己一臂之助，屆時必得委以重事，奉如上賓。照此說來，倒是這位舅舅不離口的雍親王爺，最有可保之處。

隆科多輾轉竟夜，待到五更梆響，就拿定了主意，復又假寐片刻，便自起身梳洗，用罷了早點整衣而出，已見雍王當院相候。潞河驛舊址在通州城東關，後為保障漕運移至張家灣鎮，故而乘馬去到坐糧廳衙門，總要兩刻鐘往上。這甥舅二人晨暉中並轡慢行，起初並無別話，待走出一二里，便是隆科多開門見山道：「皇上先在圍場的時候，說四八之年筋骨最壯，五八、六八陽氣衰弱，我看王爺有些不樂？」

「這是《黃帝內經》上的話，人人知道，有什麼不樂。」胤禛一打愣，趕緊搖頭不認。隆科多卻又不以為然地笑道：「何止王爺不樂，連誠親王也很不樂。又何止是我看見，連皇上也看得真切。」

這兩句話說得胤禛惶悚之至，直呼：「哪裡，哪裡——」

「論理御前的事我不該混傳，既然王爺念著孝懿皇后，認我是個舅舅，我也得看著娘娘多盡幾分心。至於有用沒用，我的本事有限，可就不好說了。」隆科多邊說著，邊在馬上欠身四顧。只見初冬的晨霧薄如輕紗，運河上已經小有浮冰，兩相夾湊，顯得陰冷寂寥。此際漕船皆已南下回空，張家灣一路的熱鬧已經減去許多，又兼天光尚早，往來行人二三里不見一個，即是兩人的親隨，也慢悠悠跟在後頭，刻意不往前湊。他這才放了心，側臉看著雍親王道：「那天皇上心裡煩悶，回到大帳中說：『方才的話不過說了半句。四八之年行圍接仗最好，若論經國濟世，倒不如年長些穩妥。』王爺聽聽這話，倒是樂不樂呢？」

「舅舅啊舅舅，您可真是我的親娘舅！」胤禛一聽這話，喜得兩手一搓，身子大顫。他的騎術不甚精妙，如此猛一打晃，險些栽下馬來，忙一把拉穩了轠繩，又將馬脖子抱住，好一會兒才神魂粗定。他趕忙飛起眉梢問道：「皇父還有什麼話，舅舅再讓我樂一樂罷！」

「王爺千金貴體，可仔細著了！」隆科多久知胤禛行事沉穩、喜怒有恆，從不見他如此失態，故曉得他心中歡喜異常，不由暗自得意，又吊他的胃口道，「皇上還說，天命屬誰，都是各人的緣法。古來高年的天子，立太子都不能一蹴而就，明年七十聖壽，又是一大關節。這話我聽得糊塗，王爺是最明白的人，你看是喜是憂？」

胤禛聽在耳中，一時也沒回過味兒來，前望通州城就在眼前，想著近城人多，不宜多言，遂將話頭打住，預備得空細想。然此行能賺得隆科多之心，已經大稱快慰，等到坐糧廳調閱帳目時節，他便尋一個當兒，草草作書一封，交心腹之人帶回京去，密送給十三阿哥。

在通州一連忙了三天，到第四天頭上，六位欽差和倉場總督張伯行齊聚坐糧廳，一道商量給皇帝的本章。因其事繁且大，本章所敘也頗詳盡，內中條分縷析，說了七款意見：一是通州各倉露囤霉壞之米甚多，請遣部院大臣會同張伯行，將變色之米減價糶賣；二是諸王支領倉米，確有挑三揀四、霸占多廒之弊，嗣後再有此事，令倉場總督將該王參奏，領米官員嚴加處分；三是每逢放米之季，令各旗派官一員，監視約束，勿許以次充好，強換強支；四是兌米本有兩月之限，嗣後領米之家無故拖延逾限者，不予支給，倉場官吏勒索不成拖延不放者，交部治罪；五是將現存變色之米交予直隸總督，運至鄰近各縣，來年開春之前能食者減價糶賣，不能食者給耕種百姓充作肥料；六是倉米霉變，多因廒舍年久失修，且通州現有之廒，也不足用，請由工部確估其價，修理添增；七是通倉之米用少存多，難免陳陳相因，易於腐壞，而京倉之米所用甚多，請於京內再建一倉，每年漕船到時，將應卸通倉之米多卸京倉，損有餘而補不足。

待本章寫就，由內閣遞至御前，皇帝瀏覽一過，便十分高興，連稱胤禛精細篤實，議論公允，不但將那陳年積弊一一看透，且有通盤整理之法，更兼上裕天庾、愛民惜物，實屬難得。當即批了「依議」兩個字，交戶、工二部照此辦理。

胤禛既得了誇獎，一發卯起勁來，返京後不及回府歇腳，就又帶著眾人到京倉查勘。京倉儲糧雖少，名目卻多。譬如朝陽門內有舊太倉和祿米、南新二倉，往北有富新倉、興平倉，門外另有太平倉；東直門內有海運、北新二倉；城北稍遠，還有清河的本裕倉。通計九倉五百六十二廒，以大通橋監督管理其事。故而六人仍作三班，馬不停蹄赴倉巡查，會齊議事則在東便門外大通橋衙署。

這邊胤禛等人忙碌辦差不提，單說皇帝從熱河回京才歇不足月，就不肯在暢春園空坐，又起了捕魚涉獵的興致。只是天氣寒冷，不能再往北去，就帶著近臣內侍並宮眷等住到南海子行宮，預備到禁苑去打野兔取樂。此地因係永定河故道，地勢低窪，遂使泉源充沛，成澤國百頃，草木繁茂，獐鹿群集。元世祖定都燕京後，便相中了此地，取名下馬飛放泊，自此就成了皇家獵苑。本朝以馬上得天下，世祖皇帝並今上都喜好行圍，故將此處著力經營，建造行宮廟宇，圈養獅虎，既供皇帝玩賞射獵，又作檢閱八旗、操練營伍之用。

是以胤禛將京倉勘畢，並非去到暢春園覆旨，而是直接到了南苑黃村，在德壽寺行宮蔭榆書屋面聖。他們先用題本奏了京倉處置各款，款目多與通倉的相近，譬如霉米折賣、修葺倉廒，等等，皇帝亦批「依議」二字，原本不必面奏。不過他另有幾番思量，想要面承聖訓，所以和隆科多兩人單遞了牌子，皇帝亦予准允。

德壽寺行宮在南苑小紅門西南，建自前明，順治年間加以修葺。行宮不大，內有四層殿宇，蔭榆書屋在後殿以東，是皇帝在行宮讀書見人、日常辦事之所。二人進內行禮請過聖安，見皇帝連日射獵，精神十分健旺，不免又是一番讚歎。皇帝也滿面慈祥，笑呵呵很誇了他們幾句，再問此來面奏何事。胤禛忙從袖中取出一封摺子，向上呈遞道：「臣等本中所言，都是就事論事，能治標不能治本。臣另有些小見識想要請旨，卻恐操切輕浮，妄生物議，不敢不先來面陳，指聖明指示。」

皇帝推說眼睛發澀，並不去看摺子，單命胤禛口奏。胤禛答應一個「是」字，便徐徐道：「臣此次前去查倉，深體荀卿『有治人，無治法』之說。臣看倉米變色霉變，故有雀耗鼠耗、倉廒損壞、露囤淋雨之過，可歸根到底是管倉官吏或貪婪無厭，或辦事糊塗，以致米石收貯疏忽短少，以次充好所致。臣查了康熙三十年以來各任監督的舊帳，有任內虧空十幾萬石之人，也有全無虧空、帳目明白之人，廉貪難掩，賢愚立判。臣想，要是單單查倉修廒，於辦事之人沒有獎優罰劣之法，怕不能足倉廩而明吏治，並非長久之道。」

皇帝聽至此，就忍不住將摺子打開，見上頭赫然許多名字，任內虧空多者何人、少者何人，又有全無虧空者何人，捐資修理倉廒者何人，都一一開列明白。他將那虧空大的下力多看了幾眼，就合上奏摺，問胤禛：「你的意見，是怎麼個獎罰之法？」

「臣以為凡任內米糧加緊收貯、交代明白之員，應由倉場總督奏准，交吏部給予議敘，幾個捐俸修廒的更應從優議敘。」

「倉監督是個難做的差事，倒也應該。」皇帝點點頭，邊喝著熱奶茶又問，「那虧空之員，自然該有處分？」

「倉場是上上的優缺，碰上貪鄙之員，單一個處分，怕不足以示懲。臣想應照虧空之數，著落他們家產賠補。」

「你說抄家？」皇帝將手一抖，就把熱騰騰的奶茶溢出來，濺了些許在手背上，見有內侍拿著手巾趨前伺候，卻將其止住，自己胡亂抹了幾下，皺眉道，「光是虧空就要抄家，未免有些過苛了。」說罷又轉向一旁半晌不語的隆科多，問道，「你怎麼說？」

「奴才以為雍親王見得是。倉場是第一等的上差，光茶飯貼補就是別人的幾倍，那許多見不得光的好處，就更不知有多少。漕糧打南邊百姓手裡徵來，一路車船人馬運到京城，是何等不易。好容易進了倉，卻落下許多虧空，少了朝廷的兵糧俸米，就抄家，也是該當。」

隆科多自幼習武，故而音色鏗鏘，說話如同斬釘截鐵，讓人聽著心旌動搖。本朝入關已經八十五年了，幾與元朝的國祚相當，皇帝近年來異常小心，生怕應了「胡虜無百年之運」一說。而日常行政，每以省刑薄賦，行善安靜為要，凡聽見抄家二字就很不樂，更何況各官所犯又非大罪，單為虧空米石。可如今倉場的弊病實在不小，一味姑息，養下許多倉蠹不說，於國課也過於靡費。他左右想了想，一時不得主意，便向二人道：「這是另出枝節的事，還是交部臣議過再說罷。」

胤禛雖尚有未盡之意，聽皇帝如此說，也只好諾諾應著。他正要跪安下去，卻被皇父叫住，又拿起案上的一道本，邊執起青玉筆架上的朱筆，邊向他道：「眼看就是冬至，禮部列了各處代祭行禮的銜名，你們兄弟多在上頭。孝陵我已經圈了五阿哥出來，你就到圜丘壇祭天去罷。這是大典，務必小心恭敬才是。」胤禛一聽，忙伏跪謝恩，待退至行宮以外，就想法子去找胤祥單獨說話。

至於隆科多，因有內廷行走管理侍衛的差事，便叫皇帝留住，先說幾句別事，又問道：「難得四阿哥辦理庶務老練，是有什麼人指點他麼？」

隆科多心中一喜，遂將一應查倉之事，都備細說了，末了又道：「倒沒見有幕客跟著，不過雍親王辦事肯聽人說，幾次同奴才並張伯行幾個參酌議論。」

「群謀獨斷，詳慮力行，又耐煩瑣屑，這是滿洲王子*大臣裡少見的好處。」皇帝點了點頭，又沉吟一回，他原欲說胤禎「只是有些小題大做，不能容人之病」，想著隆科多也贊同虧空抄家之議，便收住了，又改口道：「他這些年長進不小，比早先沉穩多了。」

*「王子」是清朝皇室對親王、郡王的口頭稱呼。

第六章 染疾

皇帝在南苑行宮一住十來天，半理公事，半行遊樂，眼看就到了仲冬時節。連著兩日霰雪紛飛，南海子的樹林水泊銀裝素裹，顯得別有情味。皇帝這一向不過放鷹捉些個鵪鴣、用軟弓打幾隻野兔，雖比宮裡住著暢快，到底未能盡興，這會兒一見著下雪，便想將筋骨大動一動，出身痛快透汗再進城去。內侍等探得他的心意，就出了個打老虎的主意，皇帝興沖沖說了個「好」字，便命人將圈養在禁苑的老虎預備，八旗各營官兵照例伺候。

初六日一早，皇帝帶著隨扈的親貴近臣先到晾鷹臺紮下帷幄大帳，除御前侍衛並親軍、護軍之外，另有虎槍營官兵百餘人，手持長矛，依旗色各據方位嚴陣以待，謹防受傷的猛獸突襲大帳。不一時，就有禁苑養虎之人用巨大的鐵籠將一隻黃毛黑斑公虎運至晾鷹臺下，一條杯口粗的大繩把鐵籠纏了五圈，繩子一端繫在鐵籠門上，另一端放在百步以外的草地上。那老虎正在壯年，已空了幾頓沒有進食，如今禁錮樊籠，見著周遭人頭攢動、犬吠馬嘶，自是暴躁異常，在籠子裡前衝後突，發出駭人的怒吼。這邊一個久經陣仗的虎槍營校尉得了令，從草地裡撿起繩頭，飛身上馬，拉著繩子繞鐵籠反跑五圈，就見籠門驟而彈開。那虎先是一懵，繼而縱身舞爪，咆哮而出，背著大帳的方向往遠處跑去。皇帝站在晾鷹臺上，居高臨下看得明白，先頭校尉去開籠門時，他就從侍衛手裡要過御用的鳥槍，此時眼見老虎躥出要逃，端起槍瞄準了連擊兩發。可惜北風甚疾，虎跑得又快，頭一槍不過蹭著皮毛，第二槍就全然放了空。猛虎吃這一驚，登時掉過頭，狂怒著向晾鷹臺衝來，外圍的虎槍營官兵恐其傷人，遂一齊挺動長矛，將虎斃於臺下。

皇帝先發未中，不免有些懊惱，連命管苑大臣再放虎來。養虎人依法炮製，又將虎籠打開一個。此虎猙獰雄健，較前虎更甚，且性極狡詐，雖見籠門洞開，卻不肯出來，只在籠內大張其勢，不令官兵近前。帶隊營官把那各色虎豹俱都見過，是以一聲令下，命營兵盡將手中的獵犬鬆開，唆其衝向鐵籠，對著老虎狂吠不止。見虎仍不就範，眾人又一齊向大鳴槍，才逼著牠躍籠而出，順風而逃。

皇帝這次並不用槍，另取了當年多倫會盟時與喀爾喀蒙古大力士競技的牛角樺皮硬弓來射。皇帝善射，又膂力過人，年輕時縱橫馳騁，曾有弓開十七力的偉績，雖不及其祖太宗文皇帝的千鈞之重，但與當世的武魁驍將相比，倒也不遑多讓。他如今雖上了年紀，可仍有十二三力的把握，一時滿弓緊弦，羽矢驟發，箭鏃帶風，直貫虎背。那老虎長嘯一聲，就要撲近處的騎兵，騎兵將身一閃，堪堪躲過。老虎帶傷欲跑，卻叫人犬一擁而上，堵塞了逃生之路，雖是左支右絀，終於體力不支，被幾個勇士用槍鉤住。皇帝聞報大喜，把什麼舊疾也忘了個乾淨，忙從晾鷹臺上疾奔下來，趁著那虎尚有一口氣在，親自將長矛刺入虎頭，結果了它的性命。

皇帝一喜非常，又叫人再放第三隻虎來，侍側的近臣恐他勞累太過，便要上前諫阻。然他意氣風發，也不顧內有淋漓大汗，外衣上血跡雪水混雜不堪，執意要放新虎。群臣不敢掃興，只好任他又殺二虎，大樂而歸。不料他回到行宮後寬衣太速，飲食太急，高齡之人禁受不住，當晚就發起熱來。

他先也不甚在意，不想後半夜愈發厲害起來，不但高熱不退，又加上嘔吐乾噦的症狀。隨來的兩位太醫都是跌打損傷見長，見此情形不敢遽發斷語，只求另調內科的前來。皇帝雖燒得有些發昏，心裡還算明白，曉得此地不是養病之所，遂連夜下旨，回駕暢春園調治頤養。

聖駕一經回園，住在左近，並內城的皇子重臣們自然都來請安。皇帝發熱萎頓，自然不欲見人，不過聽內侍奏上名字，閉目說幾聲「知道了」而已。如今御前太監中，以總管魏珠最得聖意，皇帝這一病，他就成了眾人眼裡的黃金餑餑，千方百計要拉住打聽。魏珠是個善面人，見誰都嬉笑和氣，然他的心機最深，又極愛財，故與九貝子胤禟最好，常受他的鉅資厚禮，幫他傳遞內廷消息。

此次皇帝在南苑行圍，所帶都是十六阿哥以下的年輕皇子，那幾個烏眼雞似的好兄弟，除了胤禛為查倉之事去過一回，餘者一概未蒙召見，如今於老父病狀若何，都是兩眼一抹黑。胤禟因有魏珠作眼線，較旁人最能捷足先登，遂趁園門請安之便，煩魏珠的徒弟遞了一張條子進去。當日下晌即有回紙一張，說萬歲爺此病是過勞傷身、寒邪侵體，來勢雖洶，可他老人家的底子強健，將養數日應無大礙。胤禟得了這話，就從自家園子角門溜達到隔壁胤禩花園，商量要不要給十四阿哥去一封信，告訴此事。

胤禩低頭想了想，便將字條扯碎了一扔，撣著手道：「要說皇父這幾年，也是大病小病不斷，平白寫一封信去甘州告訴，大冬天的，路又難走，等信到了，病也好了，還得再告訴一聲，沒的叫他分心。好歹有魏珠在跟前兒，且看罷。」

胤禟聽他說得在理，便點頭應了，卻見胤禩又笑吟吟看著窗外殘雪道：「每每皇父一病，咱們兄弟處就成了是非窩子。這回四哥五哥祭天的祭天，祭陵的祭陵，都能躲得清閒，偏不知三哥在家做什麼呢。」

胤禟聞言哈哈笑道：「他能做什麼，左不過和陳老頭兒又問卦呢。」

他二人所言三阿哥胤祉，也是諸皇子中大位有望之人。論才具，他也算文武兩兼，不但擅騎射、通經史，還精於天文曆算，總將各色西洋奇技掛在嘴邊，是以頗得老皇帝賞識，委派他許多編纂典籍、辨勘曆法的差事，又常到他在西郊的花園走動，既為天倫之樂，又看儒生們編書。

可惜胤祉雖有萬般聰明，唯是一處不盡人意：他從小養在宮外大臣家裡，不知哪裡教得不好，落下個口吃的毛病，到五六歲回宮時，說話還烏里烏塗聽不清楚，見著父母長輩也躲躲閃閃，言語情態都不及兄弟們老練。長大後一面自矜身分才幹，一面悚懼人情世故，說話辦事總是彆彆扭扭的，叫不知底細的人難以親近，就想上門巴結，也無措手之處。唯有一個忘年的師友最為要好，即是名世的碩儒、倒運的魁首——省齋陳夢雷。

這位陳老先生本貫福建侯官，早年中了本朝的進士，回鄉探親時趕上三藩亂起，福建耿精忠率部謀叛。叛軍既以滿門性命逼迫，陳夢雷也只得假意效順，背地裡卻與同鄉同榜的好友李光地謀劃，以蠟丸為信，向北京密奏請兵，暗為接應。豈料李光地貪天之功，將奏疏中陳夢雷的名字隱去不寫，福州克復後，自己聲名鵲起、平步青雲，而陳氏則以附逆獲罪，雖僥倖保住了命，卻落個披枷戴鎖，發配奉天近二十年。幸而皇帝東巡祭祖，又想起他的滿腹學問，遂將他帶往京中，派在皇三子府中課讀切磋，編修煌煌巨著《古今圖書集成》。福建人鄉音甚重，陳氏生得瘦削，性情枯澀，又遭放逐多年，哪怕重回帝都繁花似錦的所在，照舊是個孤高冷僻的怪秀才，儒林學苑中無一人是友，唯與胤祉主客相投，心腹相待。

陳夢雷雖然半生落魄，可壯懷卻未全灰，眼看著李光地取功名如草芥，一路做到內閣大學士，班居漢臣之首，他實在恨極羨極，唯將一腔帝佐王臣的心血，全灌在胤祉身上，不見他升儲御極，斷斷不肯罷休。依著漢人說法，廢太子和大阿哥胤禔獲罪囚禁後，胤祉依次當立，不過早晚而已。可自從西兵大舉以來，十四阿哥威名日顯，聖眷日隆，胤祉和陳夢雷就有些坐不住了。二人的學問廣博，於扶乩之術也有些鑽研。胤祉礙著身分，尚不敢放膽聯絡僧道術士，陳夢雷無官無職沒有忌諱，便往直省訪求請仙卜卦的名家，請至王府通靈施法，拜斗降仙，保佑胤祉長沐聖恩，先登儲位。然則書生行事，總有些不謹不密之處，誠王府如此舉動，早給一干耳目靈通的兄弟窺透了，言來語去，全當個笑話來說。

果不出胤禟所料，這會兒聽說皇帝染病不得見人，旁的阿哥都忙著四處打探消息，唯胤祉到暢春園請安已畢，就在賜園淨室內沐浴焚香，來問自己的命數。扶鸞之禮須有六部三才之人，其中正鸞副鸞各一人，唱生二人，記錄二人。那正鸞名叫周昌言，是陳夢雷從南方請來的有名的術士，餘者五人俱是他的徒弟。這周神仙道骨仙風，一身四龍八卦長袍，大模大樣的，見著三王爺來也不行禮。胤祉來前，他已備下一個沙盤放在室內正中，又製丁字形桃木架，懸錐下垂，架放在沙盤上。兩名唱生各用食指分扶橫木兩端，再以竹圈固定柳木乩筆，由副鸞執著，揮舞成字，口中念念有詞，說的是有請太祖皇帝附體下降，保佑大清江山雲仍衍慶，萬福來崇。

胤祉並陳夢雷伏跪一旁，並不敢看沙盤上形形畫畫的鳥跡蟲絲，待聽那副鸞叨念完畢，就有一個仙音響在耳畔，說出「天命在茲，慎密勿洩」八個字來。胤祉將一顆心懸在嗓子眼兒裡，一聽這話，登時淚流滿面，忙就著金磚的硬地叩頭，將「臣惶恐」三個字憋在喉嚨中，半晌才擠出來。那仙音頓了頓，又道：「陳夢雷乃是股肱之臣，所降神牌一副，叫他供奉就是。」這邊陳夢雷也五體投地磕了七八個頭，二人才直起身來，見兩個記錄生已將神批錄下，果然是「天命在茲，慎密勿洩」不假。更奇者，沙盤之上多了一副精雕細刻的桃木神牌，上有「天降大位」四字，下有一男子小像，面目與胤祉酷肖。旁有小字，正是「敕陳夢雷供奉」字樣。二人大喜過望，正要上前細看，忽見周道士走了真魂一般，腿一軟，撲通一聲栽倒在地。眾人笑說上仙駕返天宮，就上前將他扶起來，清茶熱水，慢慢呼喚回神。

胤祉心中雖樂，終不肯太掛在臉上，先將周道士等賞賜一番打發了，又自己擦了一把臉，見陳夢雷百般道喜，便作不經意之態道：「鬼神之說，先生也不可全信，他既託太祖爺之命，我不能不加敬意，所以才行大禮。可真要是太祖爺降臨，豈有不用國語，反說漢話的道理？」

陳夢雷早已樂得合不攏嘴，見他尚挑毛病，忙解說道：「太祖爺微時，曾寄居在遼東李成梁署中，漢語是最曉暢不過，且知道王爺通經達史，能得漢臣之心，所以才用漢話下旨，勉勵王爺登極之後大興文治。」胤祉聽他圓得周全，不免也笑起來。一面請他將神牌收貯，不可令人知曉，一面命周昌言等暫住園中，留為皇帝祛病祈福之用。

且不說胤禩、胤祉等各自忙碌，單說雍親王從南苑回到內城府邸，正要收拾隨身細物，以備冬至前齋戒之用。歷來皇帝冬至祭天前，都要在齋宮中齋戒三日，清心寡欲，不沾葷、不飲酒、不理刑名，以示敬天行道之至意。胤禛等人代行祭天之禮，雖不能居於齋宮正殿，但也要住在陪祭王公大臣的淨室之內，恪遵三日致齋之制。不合他先得了隆科多的口信，說皇帝射獵時感染風寒，高熱不退，已經起駕回到暢春園去。胤禛聽得心驚，意中又有兩難：眼下離祭天齋禮不過一天光景，若是趕去園子問安，怕要耽誤大典；若是不去，則不能明晰病況，預為餘地。

他這幾天不知怎麼，心裡總不安靜，眼皮不住地亂跳。目下再有了這件心事，未免更加焦灼，一時半刻間就把口瘡都生出來，喝一匙湯水也疼得冒汗。他深怪自己讀經念佛的慎獨功夫不到，皇帝近年小病不斷，何以一個傷風感冒，就先亂了陣腳。可越是這樣想，就越是輾轉難眠，乾脆坐起來，暗地裡先告了罪，再用皇父的四柱八字去推流年流月。這一推不要緊，果然是大不吉利。他旋即拿定主意：十幾年來，自己旁的好處都肯捨去，獨把「孝」之一字當仁不讓，如今聽聞君父有疾，必得亂首垢面，親侍湯藥，才能不負這個孝子的美名。想至此，他一翻身下了熱炕，離了暖烘烘的屋子，夜半冒雪出西直門，次日五鼓剛過，就跪在園門以外叩請聖安。又煩奏事太監代為陳奏，說皇父龍體欠安，眾兄弟無不就近伺候，唯臣遠赴南郊，實在於心未安，求皇父鑒臣愚孝，准許在園侍疾，另遣王大臣代行祀典。

奏事太監即將這話帶進去，老皇帝病中多思，不禁生出許多安慰。只道祭天行禮是個頂體面能說嘴的差遣，皇子諸王一向爭競要去，難為四阿哥得了此差還肯撒手，說個孝心可感也不為過。他心有此想，嘴上卻不肯說，仍擺出君父的款兒來，嗔怪胤禛不識大體，豈有將國家大典任意耽擱之理，該當從速前去為是。及見奏事太監諾諾應聲，要向雍親王去傳口諭，皇帝卻又將其叫住，溫言道：「同他說，我的病不礙事，他雖在齋所住著，每天打發人請安來，這裡自有平安信兒知會他就是。」

胤禛得了這話，將心放下一半，又借著再議倉官獎懲定例的話，到暢春園以東的佟家花園去見隆科多，向他打聽皇帝患病的實情。隆科多見他滿面焦灼，風塵僕僕，連早飯也不曾用，不免失聲笑道：「皇上不過偶感風寒，太醫都說沒甚妨礙，王爺怎麼唬得這樣，連祭天大典也不敢去？」

「不是我駁舅舅，有年紀的人，誰能說得準呢。」胤禛神凝心會地搖了搖頭，見隆科多滿臉的不以為然，很怕他輕忽誤事，忙湊前低聲道，「要真有大事，不定一半刻光景就見分曉，我離得遠，怕趕不及呢。」

「南郊再遠，還能遠過甘肅？」隆科多「嗤」的一笑，仰身靠在官帽椅上，大咧咧道，「王爺寬心去，漫說聖體沒什麼要緊，就有事，也在我的身上，不才總是做了十年的九門提督。」

「舅舅的大恩，容我日後仰報。」胤禛感激地打了兩個躬，可仍舊不甚放心，又怕說得太細叫他不耐煩，是以沉吟半晌方道，「魏珠這奴才面上老實，心裡卻有算計，每日裡狗皮膏藥似的跟著皇父，最肯四處傳小話兒，舅舅不可不防。」

「他是九貝子餵的雀兒，不過瞞著皇上，哪能遮了我的眼。」隆科多「嘁」了一聲，坐直了身子，歪頭想一想，又感慨道，「皇上到底老了幾歲，最戀舊，不肯把使慣的奴才往壞處想，旁人也說不得。」旋即又拍著椅子扶手，冷笑道，「這些閹人全仗主子庇護，要把大樹倒了，就連個臭蟲也不是，王爺且放心罷。」

「好，好，萬事都仗舅舅。」胤禛最是謹慎，不肯在此久留，嘴裡一面說著告辭，一面就往外走。待至門前，又似想起什麼，轉回身道，「萬一有事，舅舅可同十三阿哥商量，他是頂聰明謹慎的人，必能助您一臂之力。」

隆科多聞言驚訝怔住，把那渾不在意的神情都收煞了，不覺站起身來，張大了嘴道：「十三阿哥這些年門也不出，二位爺何時好來？」說罷又拊掌讚歎，「好奇兵！你們竟連我的耳目也瞞過了，旁人一定不曾料著。」

「情勢所迫，有什麼法子。」胤禛苦笑著拱了拱手，也不肯多說，就從佟園的角門出去，打點行裝，趕奔天壇齋所。

等到了齋所，與陪祭眾人寒暄一過，他便回至下處，搦管揮毫，寫下兩封信來。一封寫得簡便，是交代胤祥凡事留心，當斷則斷。另一封寫給西安年羹堯的，下筆卻頗費斟酌，有些點透不是、不點透也不是的為難。一壁裡盤算半晌，他才有筆下的巧思，寫如今皇上龍體欠安，或許有叫十四阿哥回京盡孝的意思：萬一西邊有這樣的調動，想來十四阿哥一定屬意延信接印，咱們一家人不說兩家話，我又豈能不將此等大任許你？甘州距京窵遠，西安居於其中，你需格外在意大將軍行轅的動靜，諸事明晰，方不負日後的重任。

第七章　跌仆

確如太醫們所說，老皇帝雖冒了風，卻並無大的妨礙，接連幾日早睡晚起、清粥淡菜的將養，到第五天頭上，他牛吼樣的深咳就漸淺起來，濃痰也顯得略清，身上雖還比平日熱些，可畢竟高熱了多日，那些躁悶交加、周身寒戰的難過，挨也挨得差不多了。

康熙四十七年一廢太子以來，他的身子再不像從前那樣鋼鑄鐵打般結實，每年總要病上兩次：端陽前冒一回溼邪，隆冬時感一回風邪。到康熙五十七年，他的嫡母孝惠章皇太后駕崩，老皇帝操心費神，力不能支，更要緊的是傷感至親長輩盡皆往生，自己說著來日方長，實則去時無多，幾下裡急火攻心，就又得了一場重病。這場病來得很凶，最險時嘴歪臉麻，手腳僵硬，連字也寫不成，一連三個月，行動都靠人扶掖。可他終歸是精武好強之人，年輕時打熬得底子扎實，好醫好藥慎加調養，就漸次康復回來，照舊聽政辦事，行圍打獵不妨。

所以這一次在南苑的病，他也當作常情。病榻上輾轉了四五天，覺著稍好些，就要下地活動，甚或要到院子裡打一套拳來舒散筋骨。總管太監魏珠的心最細，想他是打獵勞累受風，體熱也未全退，這兩天連日有雪，地凍天寒，於年邁之人最不相宜，遂邊掖著他在屋內緩步走動，邊賠笑勸道：「外頭冷得很，再緩緩罷。」

「我倒成了怕冷的人了。」老皇帝剛要嗤笑，就順著嘴角流出些涎水來。魏珠眼疾手快，忙掏出隨身的帕子替他擦乾淨了。還要再攙時，他卻輕輕推開胳膊，指著明窗外的雪景道：「冬月雪最能解毒。兵營裡有手腳麻木的人，拿雪水搓洗，專能活筋熱血，比藥還管用。」即見魏珠擰眉苦笑還要再勸，另幾個有體面的太監也要附和同勸，遂不耐煩聽他們囉嗦，自己直著腰擺手道：「那就歇了晌午覺，等出太陽再去。」

幾個人互相看了看，不敢再多言語。這一面伺候著老皇帝用膳歇下，大夥兒就在外頭小聲議論，說如今跟來暢春園的，都是些年輕的貴人、常在，討萬歲爺舒心快活使得，碰見正經事，就怯生生不敢說話；要是惠、宜、德、榮幾位有年紀、有體面的妃主子在這裡兩個，總能勸得萬歲爺不再抱病逞強。

這邊正扯閒篇兒，就聽見外頭御前侍衛換班的動靜。魏珠撣撣皮袍起身往外去看，見隆科多也不避雪，右手按著腰刀，徑在清溪書屋院外來回走動，同侍衛們指指點點說話。隆科多自己是侍衛起家，自然對侍衛們辦差好歹格外上心，這幾天皇帝病著，他趕上換班的當兒，就要進來查看。這會兒迎面瞧見魏珠，因他佩著刀，不便進內，魏珠便笑呵呵走出去，拉手問好。

隆科多是個自視極高的人，打心眼兒裡瞧不起這些閹人，不過礙著他們是御前近侍，又得寵，也只好勉強應付。先請了聖安，再問老皇帝的病情。聽說已經見好，他心中不免微微一動，又說了幾句外間大小事務俱都照例妥辦、無煩聖慮之類的淡話，就各幹各的去了。

魏珠再進暖閣時，老皇帝已經翻身坐在床邊。他的身上還有些發瘮，睡不著實，不過打個盹兒，起來吃一碗熱酥酪，仍舊要去院子裡走動。眾人攔勸不住，只好伺候他淨面擦臉，換上醬色暗雲紋的棉袍、古銅色暗牡丹紋的斗篷，再蹬上青緞氈羊皮裡的皂靴，戴好中毛薰貂緞的帽冠。好一番收拾，竟又顯得這年近古稀、身染屙疾的天子容光煥發起來。眾人這幾日擔驚受怕，乍見他這樣精神，懸著的心又都放回腔子裡，一面連聲讚歎，一面又出散心解悶兒的主意，或說叫隨來的主位們陪著聽戲，或說看年幼的皇子皇孫們比試射箭。老皇帝對著玻璃鏡看看自己的氣色，心緒也大好起來，笑呵呵邊聽他們說著，邊自往外走去。

外頭的雪不大，雪花任情地散著，屋頂、地面、樹木之上，各有一層薄雪，絨毛似的，晶瑩透亮。老皇帝自小好動，一刻也不願安閒，更別說連著幾天悶在殿閣裡，連日頭也見不著。這會兒站在便殿的高階上，任由西北風刺得臉疼，他也渾然不覺。他對身邊的人並不忒講規矩，跟年輕的侍衛們也十分親熱，相待如同子弟。所以一見他出來，幾個剛換了班的侍衛都是一陣雀躍，有幾個格外得臉的，就趕著湊近請安。

老皇帝心裡痛快，也不肯叫人扶持，自己就往臺階下走。他邊走邊同左邊迎上來的侍衛說：「好乾淨雪，去看看南書房今兒誰在，問他們有詩沒有。」不待他應聲去辦，又衝右邊過來的人道，「前天八旗大臣來請安，沒得精神見，叫他們明兒來罷。」說完又回頭同魏珠笑道，「在南苑打的野雞沒顧上分派，宜妃的身子好些沒有，多勻她幾隻補一補——」

他正四顧著和人說笑，不合就踩在臺階的小豁口上，因這幾日進食寡少，腿軟無力，豁口處又有積雪，只聽「哎」一聲，老皇帝的身子就勢向右傾去。魏珠原在左手邊虛扶著他，見此情形，忙要搶前半步，加上力道將他掖住。可魏珠的個子矮小，人又跟在後頭，皇帝披著頂厚的雲豹皮斗篷，他一把空抓了衣料，並沒握住胳膊，心裡一急，腳下一滑，反而自己絆個趔趄，手也大鬆開來。老皇帝原本只是仄歪不穩，叫他重重地往後一帶，自己又往前一努，竟真個連跌幾步，撲身在殿階下頭。

眾人見此都驚得岔聲兒，有幾個腿快的忙奔過來，先看老皇帝的情形。只見人倒在地上，雖然滿頭虛汗，卻無大呼大痛，單咬著牙關，想要以肘撐地坐起身來。兩個侍衛豢著手上前要攙，他微微搖頭，一手扶額說了句「暈得很」。兩人待要磕頭請罪時，就見他上身一陣抽搐，連著乾噦幾聲，隨即身子一伏，就翻江倒海嘔吐起來。先是胃裡的積食，再是殘渣黃水，最後連葉綠色的苦膽汁也從口鼻裡不斷湧出來，全然抑制不住。

魏珠心裡怕得要命，可頭腦倒很警醒，也顧不得禮節，一邊招呼大夥兒連背帶架，將老皇帝撮弄回暖閣床上，又使人飛也似的去召太醫。幾位內外科的高手都在暢春園值宿，所以來得甚快。可就這一半刻工夫，皇帝吐已止住，人卻昏厥過去，任誰呼喚不應。眾人遍體篩糠，也不知該去請哪位皇子、大臣，唯有二等侍衛阿齊圖跺腳叫道：「怎麼不請隆大人來！」

魏珠一聽，心裡很不情願——老皇帝摔這一跤，自己的罪過甚大，在場多是御前的相好，換別的外臣來問，或能眾口一詞，掩住不提；可隆科多是最精細之人，又一向不買自己的帳，要他抬抬手過去，實在不那麼容易。是以他腦筋一轉，忙道：「也該將近處的幾位爺和大人們一併請來。」

豈料他話才出口，外頭便傳來一陣厚底官靴在雪地裡嘎吱作響之聲，緊接著明間裡就是隆科多洪鐘似的聲音：「皇上又怎麼樣了？」

魏珠生怕小太監說漏了嘴，忙兩步趕出來，抱著隆科多的胳膊抹淚道：「萬歲爺又犯了急症，大夫都說沒有法子，咱們唬得什麼似的，正要去請阿哥們和幾位中堂、內務府大人來料理，可巧您這個做主的就來。」

隆科多剛才還是焦灼神色，一見他來，登時黑下臉，將胳膊一甩，斷喝道：「就是你這閹奴大逆！」說罷大手一揮，就有同他一心的侍衛，將魏珠並他幾個至近的管事太監當地按住。及見剩餘的醫官、內侍各個瞠目，隆科多厲聲道：「我是十年的九門提督，辦欽案的出身，什麼事還想瞞得住我！他們激起皇上的病，原本該殺。現在龍體要緊，顧不上這幾條賤命，可又要防著他們和外頭奸黨串通，只好先看起來。你們各辦各事，回頭阿哥們進來，我看誰的嘴碎！」

眾人諾諾已畢，又引隆科多去看暖閣龍床上躺著的老皇帝。他此時雙目緊閉，嘴裡雖有嚅動囁語，卻說不出一句整話。隆科多想著這位至親的姻兄，待自己恩情甚厚，特別是這三兩年裡，委任之專，幾乎無以復加。且他人生一世七十春秋，就不說是天子，也是風雲叱吒、萬裡無一的豪傑，怎麼一個小跟頭摔下去，就到了這步田地！

隆科多心裡想著舊事，不覺喉嚨發酸，眼中也滴下幾點淚來。可他終究非兒女情長之人，心裡的事情又多，是以用手將眼角一抹，往後退了兩步，跪地磕了三個響頭，就站起來。待走到外間，看看外頭已經暗下的天色，即向戰戰兢兢的眾人道：「皇上病得兇險，不能不預備後手。」隨後先叫來同自己早有交情的首領太監，並兩名幹練侍衛道：「你們快回宮去，悄悄將皇上又得急症的事啟知貴妃娘娘，務必說緩和些，別嚇著了她。」說完頓了一頓，想著自己的親妹妹小佟貴妃雖然位居六宮之首，可資歷不及幾個年長皇子的生母，性情又溫和，遂不甚放心，另叫那首領湊近了些，低聲囑咐道，「那幾個老的，一貫仗著有兒子不服她管。你同她說，叫她心裡有數，切莫聲張，實在拿不準的事，就遣跟你的兩個人來問我。城裡園子裡都有我，宮裡能不能安靜，可就看她了，千萬要彈壓得住。」

安排完這件大事，他又叫來幾名樣貌老成近侍，板著臉問道：「皇上病這幾日，皇子大臣都在宮門外請安，並沒人進內伺候。或是有什麼要緊的朱筆、口諭，是我們不知道的？」

幾個人一聽問話，登時嚇得跪倒，哆嗦著連磕了一串頭，才哭哭啼啼道：「萬歲爺貼身的事，只有魏爺幾個知道，奴才們都是外路的小差事，哪能聽見什麼要緊話。求大人去問魏珠。」

「他是大逆奸黨，哪句話能信？胡說八道！」隆科多瞪著眼一哼，就不理他們。先搓著手原地繞了幾圈，又躡手躡腳進內，將龍床前半真半假施針把脈的太醫們遠遠打發了，自己跪在床前泣道：「皇上的聖壽原該千秋萬歲，可為著列祖列宗江山社稷，奴才不敢不明白請旨，哪位阿哥是皇上默定的新君？」他把這話朗聲問了三遍，可老皇帝神志昏沉，一句也不能聽見，更遑論回言。

隆科多見狀長嘆兩聲，又深吸一口氣，將手按在床邊，直起上身，幾乎貼臉對著老皇帝道：「皇上總同奴才們說，所立的新君，必須要以皇上之心為心，是個堅固可託的人。年長皇子裡頭，您幾次誇雍親王誠孝；上個月通州查倉回來，又說他辦事歷練。您看他這個人——」

他這面自言自語，就見老皇帝蠟黃著臉仰在床上，雖然雙眼合住，可嘴巴微張，喉頭上下聳動，總像是要說什麼話的樣子。隆科多做了半輩子忠臣良將，這會兒硬生生要替一代英主當回家，也實在心虛驚懼到了極處。他生怕這十六歲就擒拿了鰲拜巴圖魯的主兒一睜眼睛坐起來，怒斥他是亂臣賊子。是以三九寒冬，通身大汗，滴滴答答的汗珠順著額角淌下來，把龍床的褥子都浸溼了一塊兒。他想用衣袖去擦，奈何又有新汗滴下去，只好作罷了。剛喘了幾口粗氣要起身，一不留神，又把床下放著的銀唾壺抬腳踢翻。

其時已至夜分，寢宮裡燈火通明，除了窗外越來越大的落雪聲，安靜得叫人發瘆。忽然來這一聲脆響，把外頭等候的眾人嚇得心都要跳出嗓子眼兒來。幾位太醫離得較近，更覺悚然，有兩個資淺年輕的按捺不住，伸頭就要往裡去瞧，卻叫院使劉聲芳一把拉將回來，狠瞪了他們兩眼。隆科多聽這一聲，索性把一身的冷汗都縮回汗毛孔裡，又定了定神，才起身走出來，當眾揩了揩眼角道：「皇上的病實在厲害，言語也有些艱難。我請示了幾回旨，才問出一句口諭，是命雍親王從速回來，想必要有大事囑託。」說罷看看外頭雪夜，叫過一個騎術最好、口齒明白的侍衛，命道，「你即刻到齋所去傳皇上的口諭，叫雍親王快進園子！」

這一番排布完畢，已是四更時分。隆科多先欲等著雍親王到來再作計較，可等著等著，他的心裡就不踏實起來，左右張皇著坐立不定，殿裡殿外負手亂走。那侍衛阿齊圖是個得力之人，見他如此，便尋了一壺熱燒酒近前，請他小酌提神。隆科多因他是個心腹，且素有智謀，遂拉他走到殿外廊下，借著月色一盞飲罷，悶聲道：「這會子雪大路滑，雍王得信趕來，少說也得兩個多時辰。這院子裡的奴才固然叫我震嚇住了，可別處未必沒有耳朵長的，要到相好的阿哥跟前獻勤遞話。若是明天一早園門不開，或是不叫人進內請安，他們豈有不疑心的？再不然皇上先賓了天，叫我一個人在這兒，擔的干係也太大了，阿哥們亂鬧起來，外頭也不及準備。」

「不如乾脆把皇上大漸的事遍告阿哥們，准他們進來，您老洗脫了嫌疑，就好行事。他們赤手空拳來，怕怎的？四王爺落在後頭，更顯得正大光明。」

「有理。你小子倒是個大將之材！」隆科多當局者迷，叫他幾句話，頗有撥雲見日之奇效，於是用手在他的肩頭重重一拍，又將酒壺塞給他道，「拿去罷，怕喝多了誤事。趕明兒自有好酒請你。」隨即又往龍床前探看一遭，就叫人取了紙筆，親自寫下兩道手令，用蠟丸封固。復將衣襟一掀，取下隨身佩戴的鑰匙，交予阿齊圖，細細吩咐：「這是我九門提督的印鑰，煩你趕快帶到衙門裡，讓當月官換出大印金牌。先發這道急令，調左營官兵到西郊集結操練。你自己住在衙門裡安靜別動，一等信到，就拿我的金牌去北海白塔山放信炮。各營各門聽見炮響，自會放炮響應，備戰戒嚴。這件事你辦得漂亮，一定是個頭功。」

又過了半個時辰，想著阿齊圖快馬將已進城，隆科多才在袍褂以內換上軟甲，別上短刀，頂著已經大如鵝毛的疾雪，逐次叫來可信之人，命他們將皇帝突發急症之事，告訴各位西郊園居的皇子，就說皇上病中口諭，叫眾皇子連夜進內，不許稍有耽擱。

且不說眾皇子睡夢中乍聞大變，各自驚惶，單說那位去給雍親王胤禛報信的侍衛，一路冒著大雪縱馬疾馳，不到一個時辰就到了天壇西面的齋宮。這會兒夜靜更深，陪祭王公大臣多已各自就寢。唯胤禛心裡有事，幾番輾轉不能入眠，乾脆盤膝坐在熱炕上，鋪紙抄經，養心平氣。

眼見漏盡更殘，忽聽一陣馬蹄聲急，胤禛倏地跳下炕來，頂想開門去問究竟，可到底忍住坐回炕上，順手抓起一本書來亂翻。緊跟著就聽外間腳步雜亂，待叫門之聲甫起，他便連說幾句「快進來」，而後整衣立待。那侍衛進門先傳旨意，令雍親王即刻進園。聽胤禛叩頭答應過了，他便轉到下手要行禮，卻讓胤禛一把拉住，叫他「不必囉嗦」，就急問皇帝的病情。那侍衛又不曾親見龍顏，如何說得清楚，總歸三句話不離國舅大人。胤禛先還犯嘀咕，再琢磨他的口風，想是隆科多已能在園中行權，一顆心才稍稍定下兩分，遂拿穩了身分向侍衛道：「祭天畢竟是大典，隨我在這裡的王公大臣有好幾位，等我叫他們來稍做安排，就和你一道進園子去。」

這一廂安頓停當，囑咐鎮國公吳爾占代行祭天之禮，胤禛就揀了八名精幹侍從，同他往暢春園去。胤禛的騎術在皇子裡不過中下，加上雪疾天黑，路滑難行，這一路跌跌撞撞地趕到西郊，沒有馬失前蹄，已屬萬分僥倖。及行至高粱河廣源閘西萬壽寺時，便覺天光微開，前有一人在道旁將他們攔住。胤禛借著晨曦勒馬細看，來人正是胤祥跟前的心腹護衛。他上前抓住雍王坐騎的轡繩，待他翻身下來，便跪下磕了幾個頭，再站起來湊前低語道：「萬歲爺已經不能言語，眾位爺都在園子裡伺候，三爺八爺已經鬥起口來，隆大人尚能維持。我們主子說，王爺此時若去，不過一同混鬧；不如在此聽信兒，後發制人。」

胤禛翻來覆去琢磨半晌，也以為此言或許不錯，遂從跟著的八個人裡點出四個，即隨來人返回暢春園，往來傳遞消息。自己帶著餘人暫在萬壽寺歇馬，雖是心急如焚，但不過望著佛像默誦彌陀而已。

第八章　承詔

因老皇帝連日病著，多數皇子和年長皇孫們都住在左近的賜園之內，一為每天到暢春園問安以表孝心，二為打探消息方便。如今眾人各自一團心事，夜間都不能安眠，所以叫隆科多派去的人火急火燎一招呼，沒半個時辰，就陸陸續續從園子各角門進內，聚在寢宮院外的小廣場上，三五一夥，翹首以待。

他們兄弟之中，有皇三子誠親王胤祉、皇七子淳郡王胤祐、皇八子貝勒胤禩、皇九子貝子胤禟、皇十子敦郡王胤䄉、皇十二子貝子胤祹、皇十三子胤祥、皇十五子胤禑、皇十六子胤祿、皇二十子胤禕，這十個成年皇子趕到。廢太子胤礽、皇長子胤禔已經幽禁，皇五子恆親王胤祺冬至大節正在遵化的孝陵致祭，十四阿哥貝子胤禎遠在甘肅領兵，十七阿哥胤禮輪在紫禁城值班，自然都不能來；餘者二十一阿哥以下的，還在幼稚之年，來了也無甚用處。唯胤礽的長子弘晳、胤祺的世子弘昇，是老皇帝心愛的孫輩，年歲也老大不小，所以一併召來，和眾叔伯混在一處。

這十幾個鳳子龍孫又各帶隨侍，所以一經到齊，寢宮以外就從方才的嚴整肅然，變得挨挨擠擠，熱鬧不堪。聞訊才到的內務府官員顧頭顧不了腚地一勁兒張羅，可這些人的心裡實在焦躁，又兼大雪紛飛寒氣逼人，故而沒有一個肯聽招呼，也顧不得什麼天家體統，都急赤白臉，吵著進殿去請聖安。

內務府的官員們維持不住，只好將隆科多請了出來。他是位高權重的近臣，又是皇子們的嫡母舅，說出話來自然比旁人的分量重。是以他才一露面，下頭七嘴八舌說話的人們就安靜了不少。待他朝眾皇子行個羅圈兒禮，一向最會說話的八阿哥胤禩就先趕上去扶住，哽咽著喚一聲「舅舅」，再拭淚道：「夜間召我們都來，一定是皇父的龍體又有些欠安。舅舅日夜在御前代我們盡孝，自然無所不知。還請您指點，這會兒是怎麼個請安承旨的章程？」

論理，在場年紀最尊、爵位最高的，乃是三阿哥誠親王胤祉，胤禩一上來就越次發言，不能不叫這位兄長不痛快。可胤祉其人萬般聰明，只是口訥，言語不甚便捷，也只好等胤禩說完，與他同道的胤禟、胤䄉又附和一過，才自恃身分上前，卻不接著胤禩的話說，另外問道：「皇父的精神怎麼樣？我們這會子進去，便當不便當？」

隆科多原想以老皇帝病重不宜驚動為由，將這一干人拘在外頭不動。這會兒見兩個為首的人先磕絆起來，心下一喜，就改了主意，嘆息幾聲皺著眉頭道：「皇上的精神頂衰弱，時睡時醒，人多了進去，一定不便；人太少了嘛——有什麼要緊的話，又怕生嫌疑。」

「我聽說民間的宗族裡有事，也少不得請母舅來做見證。只要有舅舅在，誰進誰不進的，哪還有什麼嫌疑呢？」隆科多一番話說完，胤祉、胤禩正琢磨答對之言，就聽廊子轉角處有人緩緩說話。那一帶黑漆漆的，眾人張望了半天，也看不清說話人的面目，全靠辨別音色，才曉得是十三阿哥胤祥。他一向體虛畏寒，刻意找了這個地方避風，又從頭到腳裹得嚴嚴實實。且他帶來的從人最少，別人身前身後都有宮燈數盞，映如白晝，他只叫人打了一盞羊角燈在前頭，照著腳下的路而已。他這話說得很圓融，又是給眾人臺階下的意思，隆科多聽了十分高興，忙上前兩步打了半個千兒道：「不敢在各位爺跟前托大，阿哥這樣說，叫我臊得慌。阿哥身子弱，外頭站久了使不得。」說罷又轉過身去，看著胤祉道，「王爺帶著年長的兄弟進去，叫十五阿哥往下的各位爺在外間暫候，如何？」

胤禑、胤祿、胤禕三個皇子，都是漢人妃嬪所生，年紀又輕，從來大位無望。皇孫們等而下之，更不必提。這會兒叫他們殿外等候，自然都沒二話。胤祉見狀頷首，由隆科多在前引路，他打頭帶著胤祐、胤禩、胤禟、胤䄉、胤祹、胤祥幾個，屏氣凝神，魚貫而入。待至老皇帝臥寢的暖閣以外，就見龍床前幔帳重垂，內有太醫，並大小太監多人，都是眼觀鼻鼻觀心，聲欬不聞。七阿哥胤祐忠厚膽小，又有殘疾，與老皇帝純然一派父子恩情，見此光景，只覺眼澀鼻酸，手腳發軟，他雖是平日裡從不出頭之人，這會兒倒率先伏跪檻外，哀哀抽泣起來。胤祉等見他如此，也不能乾站著發呆，遂都提著袍角跪下，口中聲言請安。

老皇帝人事不省，自然不能理會。隆科多向前喚過太醫院使劉聲芳來，劉院使搖頭嘆氣，衝著眾皇子擺擺手，做了個噤聲的手勢。胤祉等自然不敢多話，只好向內磕了幾個頭，由著隆科多將手一讓，又垂頭喪氣地走到外間。邊走著，胤禟就輕輕一扯八哥胤禩的袖口，湊近低聲道：「你看御前忙活的人裡，怎麼不見魏珠幾個？」胤禩叫他說得一怔，可來不及細想，就聽胤祉問隆科多：「昨兒一早我在宮門請安，裡頭傳出來，說皇父的病已經見好，把我進的吃食也賞收了。怎麼平白又添了急症？到底症候是怎麼樣的？用了什麼藥？」

「都是魏珠幾個狗奴才不經心，竟讓皇上吃了一跌，想必碰著要害內損，就到了這步田地。藥已經吃不進去，單靠行針通絡。」隆科多說著，就瞥了常同魏珠稱兄道弟的胤禟一眼，恨道，「我早將那些混帳東西拿了，等得了空，必得將他們嚴辦。」

胤禟心裡不悅，要開言再問。胤禩一個眼神將他止住，自己先連連稱讚「舅舅辦得極是」，又字斟句酌問道：「不知舅舅幾時進內？皇父可有什麼要緊話？」

「皇上言語吃力，只叫傳——」隆科多說到這稍頓了頓，想想時機未到，總要穩妥為上，是以又補道，「叫傳雍親王和各位爺都來聽旨。」因為胤禛單住在天壇齋所，與眾兄弟近在西郊不同，所以他這樣說，無意的人聽了，本來不覺有異。可此時的皇子們各懷心事，就是一杯涼水放在舌頭底下，也能叫他們咂摸出百味千品來，遂有幾個腦筋快的，就生出何以單說雍親王的疑惑。不過心裡想著，卻不能行之於色，只好仍作憂心忡忡之態，一個個顰眉蹙目，搓手撚髯。

正當他兄弟幾個等在外間，五脊六獸地難過，就見一個內侍躡手躡腳走出來，到隆科多跟前稟道：「萬歲爺的喉嚨才又動了幾動，發出些聲音來。」眾皇子雖是心不在焉模樣，可各個都把耳朵豎得像隻兔子似的，凡有話音，無不入內；是以內侍一言已畢，大夥兒的目光就齊聚在隆科多身上，叫他想糊弄過去也難。胤禩是頭一個好替人打圓場的人，當即招呼了大夥兒湊過來，自向隆科多道：「想必皇父要有口諭，咱們一同進去恭聆聖訓？」

事情到了現在這個地步，胤祉這個做長兄的，就是達摩祖師轉世，也不能不心炙神飛起來。他想著胤禛雖是勁敵，人卻不在這兒，又沒有代庖的替他張目，可以暫不計較。最可恨這胤禩叫皇父連番痛斥，老實了幾年，到底野心不死，這會兒多嘴多舌做好人，也不曉得是為他自己，還是為他的死黨十四阿哥胤禎，總歸不能叫他牽著走才是。想至此，他便另作言語道：「皇父力氣有限，咱們這麼多人都圍上去，既不成禮數，又難為他老人家說話。不如揀兩個人聽旨，餘下的等傳罷。」他說著話，就去拉一旁七阿哥胤祐的胳膊，意思咱們兩個年長的一同進去。不料胤祐老實，並沒回過神來，倒叫九阿哥胤禟劈臉兒擋住去路，氣哼哼道：「三哥說揀兩個人去，這不誠心把八哥和我們擋在外頭？」

「你這話又是疑心誰？」胤祉的口齒一向跟不上，這會兒不知怎麼，倒十分敏捷起來，雖然心裡突突突打鼓一樣，可仍舊將臉一沉，擺出皇長子的派頭斥道，「四弟、五弟兩個親王都不在園子，你們倒一定要在御前，這是什麼道理？」

「恆親王離得也太遠了，雍親王倒是可以等一等。」隆科多巴不得再拖下去，等他的兵來。正好就坡下驢，掇了條板凳坐下，掏出鼻煙壺來，慢悠悠嗅著，是不欲入內的意思。如此一來，胤祉著實氣得肝疼。眼下他的年紀、爵位，都較眾人高出一大截，只要把胤禩等人攔在外頭，老皇帝發昏一指，自己承繼大位，便是順理成章。若是再等胤禛，豈不橫生枝節？可隆科多既是順著他的話說，就叫他難以駁回，只好將氣撒在胤禟身上，狠狠剜了他一眼。

胤禟心裡得意，連說幾句「舅舅公道」，回過頭去掩口竊笑。胤禩一眼瞥見，正要止住他的輕狂，就見稍遠處的胤祥踱步過來，像是衝著自己，又似衝著隆科多，微蹙眉宇嘆道：「只怕皇父時好時壞的，不能等人。」說著掏出帕子擦了擦眼角的淚痕，又向胤祉、胤祐打了個半躬，懇切道，「咱們兄弟一體，在裡在外有什麼要緊？四哥、五哥都是孝順人，想必也不會多這個心。再者舅舅裡頭主持，豈有信不過的道理？不如都在帳子以外跪候，有什麼話，聽舅舅傳罷。」

胤祥本是兄弟中最千伶百俐一個人，凡事都有主意，只是近年深居簡出，從不在人前多話，唯一開口，見地就與常人不同。胤禩聽他這話，心中無盡歡喜。他以為佟家一向和自己最好，隆科多礙著老皇帝的眼睛，這些年雖少有往來，可畢竟還有許多舊交情在。且這一半天的光景也看得出，他是有偏著自己、壓制胤祉的意思，所以由他御前聽旨，而把胤祉打發出來，真再叫人稱心不過。更難得胤祥這個妙人，十幾年孤立自持，趕上這緊關節要的日子，倒也識得時務，肯幫自己的忙。他是以邊思量著此人日後可用，邊上前拉住手道：「賢弟這話，可說到我心裡頭去了。」

隆科多聽胤祥替自己發了不能發之言，自然也是大樂，只是一勁謙讓道：「這怎麼使得，不如再請幾位大學士來承旨。」

「中堂們都住得遠，又年老，哪裡趕得及。這樣的關頭，舅舅是國戚，豈有不多擔待幾分，以報聖恩的道理？」諸皇子除了胤祉之外，都爭相上前抬舉他，你一言我一語說得他推辭不過，便慨然承當起來。

隆科多領著眾人二次進了老皇帝寢宮，待他兄弟們按次跪在重重簾帳之外，就自己趨至龍床以前，眼看著近侍之人搭起最裡一層帳子，將老皇帝的臉露了出來。與夜間相比，那張面皮已經明顯青紫起來，口鼻諸竅都急促向外呼氣，發出嗚嚕嗚嚕的聲響，像是急欲說話，卻什麼也聽不清。隆科多先喚了他好幾聲，實在不得要領，又往旁邊看了看伺候的人，各個如聾似啞，紋絲不動，遂附耳去問嗣君之事。眾皇子伏跪在地抻著脖子，緊盯他掩在簾帳中的背影，眼珠一點兒也不肯錯。大夥兒揪心扒肚，足挨了一頓飯工夫，卻見隆科多滿頭大汗退將出來，搖頭嘆氣道：「實在聽得不真。」此言一出，眾皇子當即汗下如漿。胤祉就地軟成一團；胤禩眼前一黑，天旋地轉了幾回，才勉強站穩身形。

一干人無可奈何，又退到外間，如此反覆兩回，天已經亮了。內務府跑前跑後預備，來供應這許多人的早飯。趁著這一通忙亂的當，隆科多抽身到了清溪書屋院外一個不顯眼的所在，正要叫人去問步軍衙門官兵調動的情形，就聽身後有輕微的腳步聲臨近。他自幼習武，又多年執掌宿衛，最忌諱身後的響動，遂不由自主將軟甲內別著的短刀抽出半截。猛一轉身，卻是胤祥穩穩當當站在那。胤祥看他已經露出的刀柄，不免微微笑道：「真難為您。」

「阿哥怎麼不去用膳？」隆科多四下裡看了看，見周遭的人都上下忙活，並不向這裡張望，才約略放心，邊將短刀照舊藏好，邊有一搭無一搭和胤祥說話。

「舅舅傳旨極便，何苦拖著？」

「等兵。」隆科多斬釘截鐵打斷了他，將兩個拳頭攥了攥，又把身子背過去，低聲道，「回去罷，看人起疑。」

「舅舅當斷則斷，皇父龍體怕不等人。」胤祥點點頭，又在雪地裡隨意轉了轉，像是疏散筋骨的樣子，再慢慢踱回眾人歇腳的配殿。就這個工夫，即有隆科多的心腹之人來報，說阿齊圖已到步軍衙門傳令布置，駐紮西郊的左營各部俱已集齊。隆科多如釋重負地點點頭，待皇子們飯罷稍息，又招呼著到寢宮裡去問安。

眾兄弟折騰了半夜，一時如三冬抱冰，一時如炎夏握火，早已心力交瘁。待吃過早飯，就愈發顯得疲怠。像胤祐這樣身體孱弱、腿腳不靈的，幾乎是癱坐在椅子上不能動彈，一說叫他再去，幾乎愁出了哭音兒。就是胤祉、胤祺幾個躍躍欲試的人，滿腔的雄心壯志，也有些再而衰、三而竭了，不過強撐著精神，再隨隆科多進內。

又過了這大半個時辰，隆科多近前再看老皇帝的臉，已經腫脹得十分厲害，彷彿手指肚一按上去，就要陷一個坑。太醫又給他指了指老皇帝小腿往下各處，說也腫得駭人，不過用錦被蓋著不得見罷了。隆科多曉得事情不容耽擱，乾脆橫下一條心來，擺手命內侍等往後退了退，又把那問過幾遭的話說了一遍，再將耳朵緊湊到老皇帝的臉前頭，叨叨念念半晌，才霍然用滿語應道：「是，是，奴才聽得清，是四阿哥胤禛！」

後頭皇子們跪得腰酸腿僵，正想著又要白白等候一回，忽聽見這句話，都驚得激靈一下子。隆科多的聲腔很正，中氣又足，他脫口而出「四阿哥胤禛」，別人都聽得真切。唯有胤禩心有旁騖，自然而然就把「四阿哥」上頭，多添了一個「十」音，又把「胤禛」聽作「胤禎」。既說是十四阿哥繼承大統，胤禩心裡先是一灰，又是一喜。灰的是自己終不能得天獨厚，君臨萬方；喜的是朝野人心都在十四弟這裡，且他一向肯拿自己當個主心骨，如今皇帝雖當不成，當個主持樞機的親王，必定十拿九穩。因為十四阿哥遠在甘肅，他自然要替這個最親近的好弟弟作主意，恍惚間見眾人都愕然跪著不動，便先站起來，向隆科多道：「既這樣，快叫兵部發六百里加急的旨，恭請嗣君回京。」

「八貝勒說什麼？」隆科多聞言一怔，轉念就曉得他聽岔了自己的話，忙從龍床邊走下來，改用漢語正色道，「皇上才有口諭，說皇四子胤禛為人誠孝，自能承繼大統。是四阿哥，花里雅蓀王*！」

* 花里雅蓀王即滿語雍親王意。

說罷也不等眾人應答，他就招手叫人吩咐道，「快些沿路去催，請雍王爺趕早進園子來！」

胤禩懵懂之間，渾然不敢相信，跌跌撞撞往前幾步，像是要到龍床邊去問老皇帝的意思。胤禟、胤䄉比他的脾氣更急，這會兒也氣啾啾站起來，越過眾人要向前去。隆科多將臉一沉，橫身把他們攔住，質問二人何以失禮若此。餘者看他們各有激怒之色，忙都站起來拉勸。正在不可開交之際，就有外間的侍衛來稟，說雍親王已到園子外頭，正往清溪書屋來。

隆科多聽著心中一寬，便不肯再與胤禩、胤禟糾纏，單向侍衛道：「我這就去接。」一旁胤祥卻將他攔住，說：「舅舅去接，怕落個私相授受的話。」隆科多點點頭，順勢拱手道：「那就煩勞阿哥去接一接。」胤祥答應個「該當效力」，就帶著侍衛出了寢宮，雖說已是汗透重襟，可心裡真有十分的暢快。

胤祥待走至半路，就見迎頭裡的胤禛直著眼睛，急匆匆大步向前，招手叫了一聲「阿哥」。他彷彿才被從夢中叫醒了一般，平地裡打晃，好懸絆了一跤。他當即連趕幾步，兩手抓住胤祥的雙肩，如鯁在喉好一會兒，方回過神來，口中問的卻是：「皇父的龍體怎麼樣？」胤祥先衝他使了個「放心」的眼色，再反過手來掖住，急催他快走，又似埋怨道：「阿哥怎麼才來，皇父苦等著你了。」

胤禛邊解說著路滑難走，邊同胤祥到了寢宮。這裡無干的眾兄弟、內侍看見他，都像看見個天外之人似的不知所措，竟是請安問好的巴結不是，不理不睬裝沒看見也不是。幸而胤禛的心思不在他們身上，他一入正殿就叫隆科多拉住，讓他到龍床前看老皇帝。實因方才胤祉、胤禩等都不服氣，聲言要面承皇父的口諭。隆科多滿口答應，卻說要與雍親王一道才算公允。此刻三人既已湊齊，自然相偕而入。及見老皇帝昏迷失語、呼喚不應的情態，胤禛先就伏地落起眼淚。那一兄一弟縱有怒火萬丈，也不能公然作色，以不孝之狀落人話柄；只好忍氣吞聲，也陪著哭將起來。

第九章　升遐

往後又過了幾個時辰，老皇帝仍舊昏睡不醒，由著太醫們胡亂救治。眾兄弟游思蕩魂般各尋一個地方，或倚柱，或憑欄，都似老僧入定，一聲不吭。間有要更衣如廁，或是到院外透氣、叫下人取東西的事，即由侍衛相隨，再不能隨意出入、交談。隆科多一面交代內務府官員，讓他們悄悄先預備一應喪服儀物，以備不時之需，又幾次陪著雍王進內看視，四下裡照顧，忙得腳不著地。及到下晌，便覺老皇帝脈息浮散，寸部如絲，一呼一吸如同嘆氣一般，叫旁邊人看了也跟著胸悶心慌。再到黃昏時節，劉院使就悄無聲息地走出來，衝著隆科多搖頭嘆息。眾人復又進去，就見幾位太醫、近侍跪伏垂泣，龍床上的老皇帝瞳孔散大、手腳皆涼，正是睡夢中痰壅氣閉，拋卻了萬里江山。

一見老皇帝崩逝，胤禛先就撕心裂肺，捶地痛哭，驚得外間寒鴉四起，繞梁柱而飛。其餘兄弟在內的跟著號哭，在外的也跌跌撞撞趕進來，顧不上齒序爵位，就地胡亂一跪，也都大哭起來。隆科多陪著哀哭了一會兒，就匍匐上前，拉住胤禛的胳膊，高聲正色道：「王爺才沒進來時，大行皇帝已有旨給諸位阿哥，說王爺居心誠孝，必能克承大統。還請王爺節哀，先正大禮，再趕辦大行皇帝的喪儀。」

胤禛既到暢春園，隆科多並許多兄弟、侄輩，待他的禮節就已不同，只是不得一個機會，當眾明白告訴。這會兒眾目睽睽之下說出來，胤禛就像叫雷擊了似的，掙開近侍人等撲到龍床上，抱著老皇帝的雙足，哭得鬼泣神驚。隆科多也不再勸，只叫人搬來一把交椅，欲攙架他先坐定了，受眾人的禮，然後再議別事。

這邊胤禛嗚嗚咽咽，尚在謙讓推託；那邊隆科多放眼一看，暖閣中卻不見了最要緊的八貝勒胤禩。他登時心裡一沉，忙叫人四處去尋。幾個小太監出去轉了一圈，不一會兒就來回報，說八貝勒在廊下站著，也沒穿大衣裳，一動不動的，任誰都不理睬。胤禛深知胤禩的性情，意活心軟，最要面子，斷不至於當眾破臉兒硬來，所以不待隆科多說話，他就擦了擦眼淚，親自走到殿外。他先叫了兩聲「八弟」，見胤禩頭朝外站著渾然不理，便替他撣了撣身上的浮雪，又向人要過一件外氅來，給他披在肩頭，方帶著哭腔道：「我曉得你孝順，在裡頭忍不得情。可天實在冷，凍出病來還怎麼守靈呢？還是進去罷，趁沒有外人，咱們兄弟一道，再哭一回皇父。」他一言未盡，就情不自禁地大哭起來，一手扶著柱子，幾乎站立不穩。

胤禩從小和這位四兄交厚，早年無話不談。先頭十四阿哥二次離京時，他也曾幾次試探，都叫胤禛三句兩句糊弄過去，從來沒有著實的話。他只思量著和十四阿哥乃是一母同胞，十四阿哥盡得朝野人心，他這做胞兄的，豈有不肯擁戴的道理？哪料到胤禛的心術如此厲害，竟悄無聲息地攏住了隆科多替他出力——這位舅舅自當了九門提督，慣以孤臣示人，不然如何能得皇帝的倚信？這半晌胤禩看著眾人紛紛攘攘，自己只在腦海裡思量那些亂麻一樣的舊事，一會兒清明，一會兒糊塗，總是百思不得其解。待老皇帝賓天，寢宮裡哭得震天動地，胤禛又儼然一派嗣君模樣，他的心裡更是又惱恨、又煩亂、又驚怕，想著這麼一位深不可測的新主登基，自己的前路實不可問。是以在寢宮中待不住，就恍恍惚惚走到外頭凝神發怔。一時聽見身後胤禛的聲音，他才轉過身來，像看個生人似的看著皇兄頓足失聲，心裡雖有一萬句想要質問的話，終究不敢擔悖逆不孝之名，只好長嘆一聲，跟著又回了寢宮。

兩人剛進正殿，就聽裡頭亂嚷嚷的聲音。胤禛連忙趕將進去，就見先頭給自己預備的交椅，已叫九阿哥胤禟一屁股坐了上去，又大咧咧叉著兩條腿，橫指著隆科多道：「快把魏珠放出來，他一定知道皇父的手諭在哪！」

隆科多並不跟他對口，只一揮手，命兩名侍衛道：「這是新主子的座位，快扯他下來！」兩個侍衛剛要動手，胤禛、胤禩已從外頭進來。胤禟愈加氣大，身子前傾，對著胤禛瞪眼咬牙道：「明是你們做局，當誰是個傻子！」

「皇父靈前，你敢抗旨！」一旁的胤祥忽然斷喝一聲，似是把十四年來的積鬱都喊出來，嚇得滿寢宮的人都噤住聲，倒咽了兩口唾沫。胤祥三兩步走到胤禛跟前，行了個五體投地的大禮，鄭重道：「請皇上先受臣等之禮，再議大行皇帝喪儀。」

「賢弟這是——唉，叫我何以克當！」胤禛抹著眼淚又謙了兩回。那面兩個侍衛早緩過神來，將胤禟連拖帶架拉下來，騰出交椅。胤禛定定心，整衣落座，下頭胤祥、隆科多為首，緊接著胤祐、弘晳等皇子皇孫，並太醫、近侍之人，俱伏地叩拜不已。

胤祉這半晌也琢磨過味兒來，他所倚仗的，不過年齒最長、依次當立。可這是群龍無首時的說辭，如今既糊里糊塗出了個遺命，眾人又多認下，自己這個虛名就再落不實了。若是一口氣頂著強項不拜，只怕眼下就有大禍。他心裡想著，就拿餘光去斜胤禩、胤禟、胤䄉三兄弟，見他們或冷眼、或背目，兀自站著不動，不覺大生怨恨，暗罵三人盡是蠢物，給人送殯，卻把自家埋在墳裡，倒要看你們的現報。他想至此膝下一軟，自也跪在地上，邊哭邊拜道：「請皇上節哀，辦理大行皇帝喪儀要緊。」

「阿哥說得極是。那就煩阿哥辛苦，攬總操辦皇父盛殮，並近御之事。」新君見他也服帖了，當即又鬆了口氣，先離座將這唯一的兄長扶持住了，又看著胤禩道，「那麼外頭張羅的事，就委賢弟統籌如何？」

他一連說了三遍，胤禩別著臉兒，都不答言。新君也不同他攔氣，另拍拍十二阿哥胤祹的肩頭，溫聲叫他起身說：「你辦過皇太后祖母的大喪，皇父的事，怕要多操些心。」胤祹是個老實人，此刻嚇得頭也不敢抬，不過諾諾而已。新君見他曉事，自然頷首稱道；隨即照此給諸弟侄逐個安排差事，譬如回宮安設几筵、肅護宮眷，以及駐守暢春園，等等，信手拈來，如同打了腹稿一般。待至最末，他才俯身將胤祥攙起來，執手道：「舅舅要先進城去，沿途整治御道關防。還煩賢弟代掌禁衛儀仗，咱們一道護送皇父的靈柩回宮。」他言及於此，眼淚就止不住地淌下來，放下眾人不理，又撲到龍床上痛哭了一遭。眾人懵懵懂懂的，也只好陪著舉哀。

正哭到傷心處，就有內務府總管帶領一干執事，捧著人行皇帝的全套小殮冠服，並孝子們的喪服進內。大夥兒先各自換孝，再由胤祉等依次接過大行皇帝的冠服來，跪捧如儀，由新君親自帶著執事人等為老皇帝抹身、梳髮、穿衣、覆衾。好一通忙罷了，再往外看時，雖說夜黑如墨，卻叫幾百盞宮燈照得明亮如晝；滿眼的重孝喪服，配上接天連地的大雪，白茫茫一片，直叫人睜不開眼睛。隆科多見大局已定，遂將內廷宿衛之事交代胤祥，又引薦了鑾儀衛、護軍營、步軍衙門的幾名心腹給他，隨即帶領兩隊將校，披堅執銳，躍馬揚鞭，向南而去。

再說紫禁城裡，佟貴妃先得了兄長隆科多老皇帝大漸的信兒，可又囑咐她不要聲張。是以她的心裡雖亂，卻不敢叫人來排解，只是跪在佛堂裡整夜念佛，連粥飯也不肯用。宮人們不知就裡，也只能暗自揣摩，不敢多說多問。

乾清宮外的值房裡每天都有皇子或是近支王公值宿，老皇帝擇著那日是皇侄裕親王保泰值班，次日清晨就換了十七阿哥胤禮。胤禮只是個二十五歲的小夥子，十幾年來諸兄奪嫡，本來不與他相干。可他的嫡妃鈕祜祿氏乃是八王黨魁首、一等公阿靈阿的女兒，他自己的性情又屬好強熱衷一路，所以胤禩、胤禎幾個就常常招呼他看戲聚飲。在胤禩等人，不過圖個人多聲勢熱鬧，在他則有幾分為日後地步的倚仗之心。

胤禮到了值房，先遣兩個貼身的太監去暢春園給老皇帝請安，豈知才吃過晌午飯，他派去的人就著急忙慌跑回來。其中一個說暢春園不知怎麼回事，護軍營以外又加了許多兵，城裡來請安的人都不准進去，只在大宮門外磕頭就完了。另一個機靈些，又補道，各位爺並幾個年長皇孫都在園子裡，聽說連四王爺都從天壇趕回來了。胤禮聽著這話，心裡很犯嘀咕，遂派人到宮中侍衛處、內務府、南書房等衙門打聽，不想這些人也都摸不著頭腦，全似熱鍋螞蟻樣的原地亂轉。直到晚間戌正時分，就有隆科多的大堂兄、領侍衛內大臣鄂倫岱掀門而入，滿臉熱淚都凍成冰花掛在絡腮鬍子上，咕嘟著嗓子大聲叫道：「皇上在園子裡駕崩了，阿哥快去啟稟主位們知道！」

胤禮才喝了一碗熱奶茶，正要看幾頁書再睡，就被鄂倫岱炸雷一樣的話嚇得目瞪口呆。及見鄂倫岱跺腳再來狠催，才稍醒過來，卻仍站在當地囁嚅問道：「那——妃母們要問大位的事，怎麼說？」

「我也不得確信。」鄂倫岱叫屋裡的熱氣一烤，鬍子上的冰碴就化開了，滴滴答答往下流水，只好用隨身帶的手巾擦了兩把，含糊道，「聽說是雍親王。」

胤禮滿心裡以為接大位的是十四貝子胤禎，乍聽這話，不由大驚失色，一迭聲問了好幾遍「當真？！」鄂倫岱是個粗疏剛強的人，又是長輩，自己一肚子的疑惑尚不可解，這會兒更叫他問得心煩，遂將眼睛一瞪，沒好氣道：「又沒有旨，我怎麼知道真不真，不信你自己問去！」

他本是氣話，卻給魂不歸位的胤禮提了醒，心道這樣天大的事，糊里糊塗到內宮去說，實在禁不住問，不如先到暢春園看看。是以他答應一聲「正是」，就把鄂倫岱撂在值房裡，自己穿戴整齊，只帶一個跟著的人，冒雪騎馬出了西華門。

其時天已經黑透了，胤禮不過借著月光，並值更兵丁堆撥房的隱約燈火而行。不想才到了西直門內，就聽遠處馬蹄聲亂，由遠及近，愈發如悶雷滾過，少說也有幾百騎的樣子。折過這條街，又見西北方燈火通明，似攜著連天的煞氣。不等胤禮回過神，前頭為首幾騎已是氣勢洶洶飛馳過來。因為喪服尚未齊備，故而來者仍著行裳，頭繫白布孝帶而已。為首的近前來把鞭子一舉，開口剛想喝罵，就聽後頭舉燈火的人喊了一聲「是用黃韁的」，這才將鞭子放下，抹一把臉上的雪花，叫道：「我們奉旨沿街警戒，前頭是什麼人？」

「十七爺的駕前，你也敢咋咋呼呼！」胤禮的侍從剛挺身罵了一句，便見迎面許多騎兵，又跟著大隊的步兵，已經趕上來。為首之人通身重孝外罩油衣，一張長方臉沉得瘆人，馬上幾縱到了胤禮跟前。胤禮覷著眼睛借光一看，來者不是別人，正是隆科多。他見隆科多的打扮，知道老皇帝駕崩的信是實，當即韁繩一勒，掩面放聲，險些從馬上摔將下來。他哭了一陣待要說話，卻被隆科多截住道：「阿哥節哀。你不在宮裡值日，怎麼跑到街上來？這會子有旨戒嚴，快請回去。」

「有旨？誰的旨？」

「奉大行皇帝遺命，雍親王已經在靈前正了大位。」

「竟不是十四阿哥！」胤禮畢竟年輕，無甚城府，一時萬般驚詫，如癡似癲，渾然不覺就把心裡話當眾脫口而出。隆科多氣得大「咳」一聲，雙腳狠磕了一下馬肚子，將他理也不理，徑直就往東去。倒是跟他的侍從尚存三分神智，等眾將校都走遠了，就哭爹喊娘抱怨道：「爺可闖了大禍！」胤禮叫他一嚷嚷，似從噩夢中驚醒過來，將馬韁繩往南一帶，狂喊一聲：「家去」！就敗兵一樣，奔回平安里西大街的私邸去了。

且說隆科多撂下胤禮不管，自帶著人將進城的御道巡視一趟，又命心腹之人看過九門關防無事，便遣人向新君回報，說可以啟蹕回宮。暢春園處倒還安靜，唯有胤禩、胤禟、胤䄉三人仍彆彆扭扭不聽使喚。新君倒也大度，並不強求他們辦事，只暗地裡叫人看其舉動，不與人私相授受就是。

老皇帝的金絲楠木梓宮*雖然早已漆就，卻停放在宮中，此時既要挪動，只好仍用生前乘坐的黃輿，將遺體供奉其中。新君攀著車轅哭號了一通，不顧眾人勸說，定要隨輦步送。胤祥想起隆科多的囑咐，忙趁他哭天搶地的當兒，在旁小聲勸道：「夜深雪大，跟著御輦的閒雜執事之人太多，心術也難辨。皇上乘馬前導，令誠親王等步行扶柩，才是萬全之策。」新君讓他說得心動，待眾人合辭再請時，便就坡應承。他自己擦擦眼淚，叫侍衛連扶帶架撮弄上馬，由胤祥帶領數百護軍陪著，在黃輿前頭開道。餘下胤祉兄弟，並在西郊居住的王公大臣、內廷近侍，一同伴著大行皇帝靈柩，走在已經清理了積雪的官道上，一步一哭，緩緩往西直門進發。

宮中此時已得了舊主駕崩、新君正位的確信。又有十二阿哥胤裪、十六阿哥胤祿、皇孫弘昇三人奉了新君的旨，先回紫禁城裡，一則在乾清宮安設停靈的几筵，二則寬慰妃嬪，張羅上上下下成服接駕諸事。

這叔侄三個一身重孝進了內宮，先把妃嬪們哭了個死去活來。老皇帝是個好色卻又重情念舊的人，雖然日常多由年輕宮人侍奉起居，可對早年的嬪妃、年長皇子的生母，也頗見關懷，時常存問，很有些老友契交的意思。所以乍聽皇帝駕崩的消息，那宮中年資為首的惠、宜、德、榮四妃，一下驚厥過去三個，剩下一個雖睜著眼，卻是空洞失神，周身抽搐，連眼淚也不能掉下來半滴。佟貴妃因為稍有準備，所以尚能把持，自己一面哭，一面指揮宮人摩挲這個前胸，捶那個後背，熱湯熱水好一通灌。等把眾妃救醒過來，安慰定了，她才淚眼婆娑地問胤裪：「那現如今，園子裡是誰做主？」

＊梓宮是皇帝、太后、皇后棺槨的專稱。

「皇父病重的時候，是隆科多舅舅在跟前承旨，說叫——」胤禵說到這，就抬頭去看靠在宮女懷裡倒氣的德妃烏雅氏。挨著德妃坐的是宜妃郭絡羅氏，她是五阿哥胤祺和九阿哥胤禟的生母，一向得寵，凡有上檯面的事都落不下，現見胤禵去看德妃，想那新君必是十四阿哥無疑，心裡雖犯上一陣酸勁兒，可到底在意料之中，遂伸手拉住德妃的袖子，小聲哭道：「我就說，十四阿哥是個有福的孩子。咱們姊妹的下半輩子，可就靠著姊姊您了。」

「說叫雍親王承繼大統！」胤禵讓她一句話嚇得不輕，忙挺直了上身朗聲宣告，竭力替她遮蓋。宜妃最是快言快語，抓尖兒要強的秉性，如此一來，真個又羞又惱，氣急敗壞忽刺巴站起身來，指著胤禵淒厲叫道：「你再說一遍是誰！」

那同來的皇孫弘昇是恆親王胤祺的世子、宜妃的親孫，眼見祖母變顏變色，大有不服新君之意，忙扯著兩個叔叔跪在德妃跟前，齊稱「宮中的事，全憑太后做主」。佟貴妃見狀也靈醒起來，叫宮女攙扶著離座降階，在德妃跟前拜倒。她這一拜，眾妃嬪自然跟隨盡拜，唯有宜妃進也不是，退也不是，兀自坐在原地掩面大哭。德妃一意念著老皇帝舊恩，心口窩陣陣絞疼。她沒料著大兒子胤禛即位的事，心裡也確乎偏些小兒子，所以驚駭之下，更連話也說不來一句，唯有顫巍巍仆下身子，和眾姊妹抱頭痛哭而已。

胤禵等人見她們都拿不出著實主意，又看時辰不早，只好拿場面話再勸幾句，自己便退下去，分派各宮辦理喪儀諸事，省得新君到了挑禮。這面緊趕慢趕，才將乾清宮的几筵設下，香燭排好，外頭就有新君前導著大行皇帝鑾輿，先行進宮的信到。胤禵等出去接著，又同新君一起在隆宗門等了半個來時辰，便是胤祉等人扶著盛放先帝遺體的黃輿緩緩而來。新君率眾跪接，又哭了一陣，就將遺體停在乾清宮正殿之內。他連著奔忙了兩日，精神卻極亢奮，也顧不得稍歇，便命內務府總管道：「明兒往後，瞻拜行禮自有朝廷的大典，不如趁天還沒亮，先請諸位妃母來哭一哭，盡盡一家子的心罷。」

既有這話，不多時，就聽東西六宮方向的哭聲越來越大，幾十位白裙白襖、妝容首飾一齊除去的宮眷，在宮女、太監的簇擁下，打著素色宮燈，跌跌撞撞而來。新君帶著兄弟子侄站在丹陛下等候，大夥兒各懷心事，多是低頭啜泣，聽著哭聲漸近，有幾個好奇的，就不由悄悄抬頭去看。只見佟貴妃側了半個身子，攙著德妃走在前頭，往後大略按著年資，是諸妃嬪雜錯步行。唯有一乘四人抬的肩輿夾在中間，格外突兀，等走得近了，便有人暗扯住胤禟的衣角，低聲道：「是宜妃母。」

第十章　君臨

新君見宜妃乘著肩輿而來，是在自己面前拿大的意思，心中甚為不快，可又不能發作，只好將後槽牙一咬，裝作沒看見一樣，兀自撲倒，跪在生母德妃面前，頓首大哭。德妃胸有千言萬語，口中總無一字可答，只好掩面繞過他，進至殿內去哭先帝。

妃嬪們這一哭，就哭到時近五鼓。內務府總管瞧眾人都熬得上下眼皮打架，便斟酌著詞句請示新君，是否到乾清宮以西的殿內暫作安頓，也叫皇子皇孫們稍歇片刻。新君點一點頭，先送眾妃各歸本宮，自己就由著內總管引導，到了隆宗門外的養心殿。

這一處院落是前明嘉靖年間建成，地方不大，卻四四方方十分齊整。迎頭的琉璃花正門題額養心門，門檻內正中是木照壁，兩側又有琉璃影壁，往後就是古樹參天、花木扶疏的小院。殿宇坐北朝南，是工字形樣式，前殿面闊七間，上則黃琉璃瓦單簷歇山屋頂。因此處也曾作世祖皇帝、大行皇帝臨時的居所，所以殿中亦有寶座之類的陳設，雖較乾清宮顯得狹窄簡陋，但這嚴謹密實格局，倒很稱新君的心意。他先在前殿的敞間與東西暖閣轉了兩圈，又穿過工字廊看了後殿，即頷首道：「這一處樸拙得很，離乾清宮又近，你們上緊將陳設都換了素，就做個廬墓之所最好。」內總管答應一聲，正要去傳，又聽新君吩咐：「請十三阿哥和隆科多舅舅來，再看南書房哪個值宿，也叫來暫候。」

隆科多正在宮城各門巡視，不及速至，胤祥尚在乾清宮左近，所以來得甚快。他進得殿來，先就欲行大禮，卻叫新君一把扶住，緊著說：「往後有你囉嗦，今兒大可不必。」新君重孝在身不宜高坐，不過鋪了白氈坐在地上，以合「席薪枕塊」之禮。他一時拉著胤祥對面盤膝坐定，方自捶著腰道：「忙起來不覺著，這會兒渾身散了架似的。」說罷又探身關切問道，「你久不這樣折騰了，身子還禁得住？」

「還好，還好。」胤祥先還拿捏不準和他說話的分寸，見他口氣如此家常，便也鬆弛下來，從懷裡掏出個油紙包，打開一看，是晌午在暢春園吃過的竹節饅首，隨即雙手奉上笑道：「想著皇上從今兒夜間起，人前定要水米不進。實不得已，為此懷橘事君之舉。」新君見而大笑，自己也從袖中取出兩個餅來，連稱「所見略同」。二人先欲叫人拿去熥熱了吃，又恐宮中閒言流布，說他們做孝子的耐不住餓，是以因陋就簡，乾脆將這殘冷之物胡亂大嚼起來，品其滋味，倒有得勝酒、慶功宴般甘美。

二人一邊吃，一邊就說起往後的事。新君先掰著手挨次數道：「你看今天那些人的模樣，西邊的做何安置，是第一要緊。應照咱們早先說的，讓人從速替他回來，另叫年羹堯相機而行，便宜從事。」

「這正是當務之急。」

「二來麼，也要將眼前的人安撫安撫。當年世祖爺登基時有二王攝政，皇父御極時也有四個輔政大臣，我雖不是沖齡即位，定要人教導扶持，可要全然拋開舊例，也難免叫人議論戀權。我想過幾回，不如立個總理事務的名目，選兩親藩兩重臣來輔佐政事，就以三年喪期為限。兩親藩麼，自然不能沒有賢弟，另一個——要是胤禩肯服帖，倒可以用他的人望。」新君雖是幾個時辰前才正了大位，可這兩年寤寐輾轉之間，早不知將這些折衝樽俎、運籌帷幄的事，排布了幾千幾百個來回，是以脫口而出，毫無窒礙。胤祥嘆服不已，連連稱是，又作謙遜之態道：「臣的資望實在不足，又沒有辦過事——」

「誒，這可不是推脫的時候。」新君擺擺手，並不理會他的話，自將身上的餅屑撣了撣道，「大臣麼，舅舅不能沒有。另選一個識趣的耆老，足數就是。你看馬齊怎麼樣？」

胤祥與馬齊一家交情甚好，自然樂得如此，所以點點頭放下他不提，另皺眉道：「倒是誠親王沒有缺了。」

「又不是梁山泊大秤分金銀，也不必人人有份。」新君滿不在意地冷笑一聲，隨又懇切道，「從前的事，這會兒也難盡言，你放心，等皇父大殮一過，即刻就有封親王的話。往後愈要賢弟多辛苦些，愚兄定不相負。」胤祥既聞此言，便不肯聽新君的阻攔，當即伏地叩了兩個頭，哽咽道：「皇上再造之恩，臣何以報，但有驅使，敢不竭忠盡力。」

正說著，就有新君從舊邸隨帶的太監叩窗，說隆科多已在外頭候旨。二人遂站起來迎至殿門，待隆科多迎著風雪一進來，便一左一右上去，各執手道：「舅舅太辛苦了！」說完就拉他到暖閣裡，一同席地而坐。待他將宮城、內城各處值守一一回說無事，新君又搓著手連說幾十個「好」字，方含笑道：「剛同賢弟說，我初來乍到，大喪又要分心，必須有最歷練政事的人匡正輔佐。現擬了總理事務的名目，虛位以待，舅舅你看如何？」

隆科多是喜事攬權的人，這等要缺自然當仁不讓，遂豪言壯語應下了。他再問別的人選，不料新君才一告訴，他就立起眉毛道：「看今天八貝勒的樣兒，豈是盡忠朝廷之人？叫他參贊中樞，一定援引匪類和皇上作對。」

新君曉得，先帝駕崩這一檔子事，讓隆科多和胤禩等人結下死疙瘩，現見他憤憤之態，不免撲哧一笑，又奉承道：「他的人緣雖好，可膽氣不足，凡事患得患失的，以舅舅之才對之，豈不綽綽有餘？」隆科多得此一言，總算氣順不少，乾脆乘興又獻一策：「眾阿哥的名字，也該避一避聖諱，十四阿哥更該兩字全避。」

「可兄弟們的名字都是皇父欽定——」新君心裡雖肯，但總歸要做謙態，一面斟酌著，一面就朝胤祥看去。胤祥亦附和道：「這是尊君的大道理。只要太后准許，旁人有什麼話說。」

三人志得意滿，全無倦色，這一廂說得興起，渾忘了還有南書房的漢官在外候旨。眼見五鼓已盡，宮門待開，新君才想起要加緊擬幾道諭旨的事，忙將來人喚進殿內，又命胤祥、隆科多先去小憩。

這一日南書房值宿的是吏部侍郎張廷玉，他是已故大學士張英之子，現雖有六部的職事，可因其有過目不忘的本領，又極謹慎，所以仍在南書房行走，是先帝寵任的文學侍從之臣。新君自詡孤立不黨，同百官少有往來，連張廷玉這樣的御前近臣，也不過點頭的交情。這會兒見他行君臣之禮，就先矜持著頷首致意，又抹著眼睛說了幾句追念先帝的話，再入正題道：「明兒要有兩道旨發出去，你斟酌著寫來我看看。頭一件先說十四阿哥，就說皇考大事，他做兒子的不來，自然於心不安，叫他和弘曙兩個接旨之後，即刻馳驛來京。不過軍前事務要緊，不能沒人料理，輔國公延信是熟手，就著他速赴甘州，暫代大將軍之職。川陝總督年羹堯辦理軍需糧草也最要緊，叫他同延信和衷辦事。前方的情形朝廷不能盡知，年羹堯該駐肅州，或是該駐甘州，或是該在西安辦總督的事，讓他便宜安頓了再奏。」

「是。」

「第二道麼，就說朕初經大喪，心中惶惑，朝廷政事紛紜，多有不能明晰的。從即日起，就命貝勒胤禩、十三阿哥胤祥，還有馬齊、隆科多四個總理事務。內外大小事，都交這四個人面奏；朕有諭旨，也交這四個人傳出。六部八旗大臣官員各司其職，凡有應辦速辦的事，都要盡心盡力，有條不紊，才算不負皇考的教養之恩。」

這兩道旨要得甚急，不容張廷玉退回值房從容草擬。幸而他生就倚馬高才，哪怕揚揚千言，也能揮筆成文。所以他乾脆就著內侍送來的四件文房，將紙在殿內金磚上一鋪，當著新君的面伏下身子，屏息敬書，不到一刻鐘工夫，就將兩篇稿子端楷寫成了奉上。新君粗看一過，大加稱道，讚他的辭章工穩，甚能盡意，更兼寫得如此之快，實在是大方家、大作手。再上下打量其人，雖是一身的喪服，然眉目清朗，器宇雅正，舉動雍容，望之可敬可喜。因此待張廷玉遜謝過了，便又與之閒談道：「先前雖也常見，倒沒問過貴庚、貴郡？」

「臣是康熙十一年生人，本貫江南桐城縣。」

「桐城縣？和張敦復先生有親麼？」

張廷玉一聞此言，忙就地叩頭道：「正是先父。」

「怪道面善！要在你們漢人堆裡，我該稱呼世兄。」新君才要拊掌大笑，忽然記起是居喪，忙咳嗽兩聲掩住了，含笑道，「敦復先生是我的恩師，咱們倒沒交情，說出去實在大笑話了。」說罷略想了想，又道，「照例過幾天要頒大行皇帝的遺詔，等定了如何寫法，就由你來執筆罷。」

待到天光放亮，外頭就開了宮門，住在南城的漢官夜裡並未聽見北邊的響動，到此時見著宮門護軍穿孝，才知道大行皇帝先在暢春園駕崩，連夜送回紫禁城的信，一時又哭個驚天動地。內城旗丁老幼，多是夜間就叫淨街兵丁的馬蹄聲驚醒，這會兒按照規矩，自是男摘冠纓、女去妝飾，家家掛白，戶戶舉哀。至於王公大臣、妃主命婦則一應趕到乾清宮廣場齊集，按著禮部官員的引導，或殿內，或丹墀，或丹陛，依著品級成服哭拜。

鑾儀衛和內務府忙了一宿，將大行皇帝三大祭時所用的鹵簿大駕全數安設，除了大件的輅、輦、轎外，還有天地、日月、雲雨、風雷、五嶽、四瀆、五星、二十八宿各旗；青龍、赤龍、黃龍、白龍、黑龍各纛；絳引、傳教、告止、政平、訟理各幡；青龍、白虎、朱雀、神武各幢；黃柄、紅柄、白柄、青柄、黑柄各傘；鸞鳳、紅龍、黃龍各扇，以及筤頭、畫角、鉦鼓、拍板、弓矢、儀刀、仗馬、立瓜、方天戟、豹尾槍、金盆、金爐、金盒、金瓶、金鐙、金交椅、金足踏、金水盂等儀物器皿，浩浩蕩蕩，綿延不絕，在積雪的映襯下，顯得愈發明豔奪目。

新君連著兩夜沒有合眼，又跑了幾個時辰的馬，哭了幾個時辰的喪，困意全無。他先同禮部、欽天監定了本日大殮時辰、儀注這件急事，又見胤禩、胤祥、馬齊、隆科多四人。這四人中，胤祥、隆科多心如明鏡，胤禩怨氣未消，馬齊一頭霧水。等養心門外一會面，胤禩先滿腹狐疑地和胤祥招呼一聲，又把那位舅舅如同沒看見一般，抬腿就邁進門檻。新君見他們進內，先交代下同內閣六部諸臣會議，擬上大行皇帝廟號、尊謚，並太后尊號的話，再將張廷玉所草的兩道諭旨拿出來，遞給滿眼血絲、沒精打采的胤禩道：「你們看看，要還妥當，今兒就趕著發出去罷。」

四人既得總理事務的名義，自然先要拜謝聖恩。等行過禮，卻是胤禩寡著臉另出言道：「臣有兩件要奏的事。一來誠親王是為兄的，早先也曾奉旨辦事，論年齒論爵位，臣和十三弟都趕不上，驟然越過他入樞，實在於心不安。二來舅舅雖是國戚，卻是武職，如今天下太平，武臣輔政，怕也叫人議論。」

「職以任能，原不在為兄為弟，是文是武。」皇帝本是好言好語，見他這大不領情，又要在胤祉處當好人的模樣，心裡很是不悅，不過佯作和顏道，「我思量這一宿，兩位賢弟都是年富力強、聰明能事的人，輔佐我最是得宜。至於爵秩麼，自然也該封為親王，才能服眾。」說完不待二人謝，又轉向隆科多道，「孝懿皇后家裡的公爵幾年沒有人襲，自然該給舅舅。往後明發上諭、官私文書，也都以舅舅二字加在名諱上，才合我敬奉皇母的孝心。再者八弟說的也是，武臣執政，於咱們滿洲舊制本來應該，現在看反有些欠妥。可惜滿缺的大學士一時還不得，就請舅舅以吏部尚書輔政如何？」這一席話說得隆科多心花怒放，嘴角掩不住就往上咧，正琢磨著要說兩句客套話，可還沒有想出來，就聽皇帝又道：「那麼十四弟和軍前調動的事，就這樣定了？」

胤禩將新君這番巴結冷笑了七八遍，暗道我早當你是房頂上開窗戶——六親不認的人，敢是八字裡缺個好舅氏沒有認準。他又猛然想起頭天夜裡德、宜二妃哭喪的情形，遂悶聲悶氣道：「既礙著十四弟，怕不要請下太后的旨來？」

既說到太后，新君於情於理不能駁回，只好頓一頓，說道：「大事既安排得了，二位賢弟隨我到永和宮給太后額涅請安罷。」

且說眾妃嬪從乾清宮哭靈畢回到寢宮，一個個如大夢初醒，哪裡還能安寢。端的淚溼寒衾追念舊恩者有之，獨坐孤燈哀傷前路者有之。最不能堪的，是那幾位年過耳順的老姊妹，都哭得神魂顛倒，幾欲輕生。佟貴妃生怕德妃有個閃失，自同幾位年輕的宮眷到永和宮陪伴了半宿，這會兒聽見他們三兄弟來，正往外避，卻迎面遇見新君。只見新君百般孝順，就地行一大禮，站起來方道：「我自幼蒙孝懿皇后的深恩教養，妃母是皇后的親妹，自與旁人不同。我想請太后的懿旨，尊妃母為皇貴妃。妃母統領六宮日久，不比太后當日同列人多，若有太后自行歉抑不便出頭的事，還請妃母多多贊襄調停。」

佟貴妃曉得他加意籠絡之心，自然不能拂他的意，遂答應了；又說了幾句勸皇帝節哀節勞的好話，便回自己宮中去。這邊三人進得永和宮後寢，就見德妃將哭軟了的身子靠在大枕上，臉兒蠟黃，鬢髮散亂，眼空無神，一夜之間，竟老了十歲般憔悴。她任由宮人舉著盛粥的碗跪在地上苦求，卻全然不理，及等新君連喚幾聲額涅，才長嘘一聲，又對著親兒子流起眼淚來。

新君先陪著哭了一陣，再好言勸慰一陣。等將這些例行的話都說完了，方轉入正題。先說晚間大殮的時辰、儀注，因這些事情十分繁冗瑣碎，德妃上年紀的人，心裡又亂，如何動得許多頭腦，遂有氣無力地擺手道：「你們商議就是。」

新君答應一聲，又說尊封先帝妃嬪的事。德妃是厚道人，交代下有子女之人都要從優，餘者也就由著新君自為。新君連連稱是，說了一車必定孝養各宮的話，才又道：「漢人向來有避天子名諱的規矩，咱們祖宗時候沒有，到皇父一朝就有了。所以隆科多舅舅奏說，應將眾兄弟名字上頭一個字改一改，十四弟兩個字都近，只好一總兒都改。兒子想，眾兄弟頭一個字或可改作『允』，十四弟的名字就改作允禵，妥當不妥當，還請太后定奪。」

「漢人實在多事。」德妃聽說叫她的小兒子改名，心裡很不樂意，可她畢竟不曾念書，見新君說得振振有詞，也不知從何處駁起，只好抱怨一句作罷。轉而卻想起一件更要緊的事，她就撐起身子來問：「先帝爺的大事，告訴十四阿哥沒有？」

「正要差人告訴，特來回給額涅。」皇帝像是單等她這句話一樣，當即接過腔來道，「兒子想叫延信去軍前替了他回來，快馬加鞭，不定能趕上滿月致祭。」

「先帝爺這些年最惦記的是他，可偏偏他的福薄，臨了都不得見上一面——」德妃想起傷心事，又不禁哀哀垂泣。胤禛心裡貓抓一樣躁，站在皇帝後頭一勁兒皺眉頭，卻不見德妃理會，只好拿話點著她道：「這會子風雪連天，西邊的路一定極難行走。十四弟本就是急性子，要再催得緊，只怕他命也不要了，只管日夜兼程地趕，萬一跌了碰了，又叫太后傷心。皇父最記掛西邊軍務，叫他從容安頓妥當再來，才算盡了子臣的孝道。」

「延信和年羹堯原是幫著他的人，軍務上斷不至於落空。額涅正難過，不必說這些外事。」皇帝斬釘截鐵將他的話止住了，警覺地朝胤祥看了一眼。胤祥躬身緩緩補道：「或是太后親自給十四弟一道懿旨，囑咐他早來奔喪，可要小心行路，想他就能仰體聖母拳拳之心了。」

德妃一夜裡哭得頭暈，才說話間，於新君身上也留意有限，這會兒聽胤禩、胤祥兩個先後接言，才聚起神來，一上一下打量了二人幾眼，滿不解地向新君看去。新君見狀忙躬身解說：「兒子擬請八弟和十三弟總理事務，也讓外頭百官萬民看看我們兄弟的和睦。」

德妃滿腹疑惑地「嗯」了一聲，先要叫他們退去，張了幾回嘴，終歸替小兒子氣不過，心一硬改口道：「用人的事，照理我不該管，不過白提一提。先帝爺經歷得多了，愛哪個不愛哪個，自然都有道理。」她這一句話，把叫先帝貶抑過的胤禩、胤祥都說了個大紅臉，連新君也訕訕的，勉強應個「是」字，便拜辭出去。

第十一章　閉門

臘月裡，京城裡死氣沉沉的。先帝賓天一個月，雖沒有下雪，但地上、樹梢上、房脊上，還多有白幡、白布的殘片，七零八落，叫風一刮，也如同下雪一般。沿街鋪面上的五彩招牌都摘了下來，門楣尚有對聯留下的殘紅。家裡有些積蓄的，大都關門閉戶不開張了，誰也不想在這個節骨眼上找巡街兵丁的不痛快。

內城裡旗人為主，雖然窮富貴賤不一，但到此時節，就把個八旗一體家天下的情分顯出來了。許多有閱歷的老人們絮絮叨叨同孫輩人反覆講著：「怨不得先帝爺的廟號是聖祖，那些個聖明你們都不知道。那個憐貧愛下，那個通情達理，親征還朝那個威風，南巡北狩那個氣派——如今九州升平，海清河晏，都是託他老人家的福！」

還有一些好事的人，沒人說還要四處打聽，是以聽到這裡，就要插嘴去問老人家：「您還記得當年世祖爺駕崩是什麼樣呢？如今先帝爺大事一出就封城門，看著實在嚇人，還當是準噶爾要打進來了一樣。我表姊夫的三舅在宗人府當差，聽說封城門是防著十四爺，當今皇上和十四爺一母同胞——」

這裡話音未了，就聽「啪」一聲響。「胡沁什麼！快挺你的屍去！」說話的正著挨了媳婦一巴掌，知道回了嘴晚上也沒好處，當著人面子難過，只得罵罵咧咧地走開了。

有心思說閒話的都是中等往上人家，真正窮人，這時節可難過了。人說大喪必遇大旱，果然不錯。今年一入夏，京城、直隸的雨就下得零零星星，再沒一天痛快。到秋天，就有二十幾個州縣二麥歉收。如今一眾災民聚在城外，各色糧食的價錢都翻著跟頭漲。前門大街西面的糧食店街，是京城糧店雲集的地方。大喪以來，幾十家店鋪的水牌幾個時辰一換，到昨天，南米已經兩吊錢一斗了。「再這樣下去要餓死人！」一面是天災，一面新皇整日價戒嚴不知何時到頭，直鬧得人心惶惶，越發要買些糧食存著才好。

往日四敞大開的糧店一個個都關了大門，一大早只開個小窗口迎客。看著夥計又換水牌，外面等待的人流不免躁動起來，有高大的漢子已經捏起了拳頭，女人們也指指點點說個不停。站在店門口的夥計焦急地向南望去，他們也不明白，怎麼派去買糧的人還沒有回來。難道城門口真的連糧車也不讓進來？米再不來，保不定這群等米下鍋的人，是要鬧事啊！

「又漲了！」前街一家店鋪的水牌再換了新的掛出來，一個女人尖利地叫了一聲。

「奸商！砸他的！」幾個火氣大的壯漢將糧食口袋往地上一摔，衝著夥計直撲上去，店門前頓時一片亂仗。挨次的店家眼看情形不好，連忙就要打烊。買主們自然不依，一下裡擠一下裡罵，整條街開鍋了一般。

「讓他們住手！大喪期間哄搶米市，還有王法嗎？」正鬧得凶，街口前呼後擁著過來幾匹高頭大馬，後面跟著一隊兵丁。馬上的人五十多歲，方面濃眉，古銅色的臉，貌不出眾，卻是氣盛神足、嚴威赫赫的樣子。雖然穿著素服不知道品級，但那份官威，京城的人看得出，絕不是等閒之人。聽著他的令，跟隨兵丁們跑步上前，支起佩刀，幾下裡縱橫吆喝，就隔開了撕扯作一團的人們，把為首的幾個壓跪在馬頭前。「這是國舅隆公爺！」懷抱文書的筆帖式在旁邊喊了一聲。兩旁看熱鬧的人們面面相覷，哪想到這樣人物竟親自到街面上彈壓事體，也趕忙跪下磕頭。

「隆公爺」即是如今的總理事務大臣、吏部尚書隆科多。他本是總攬京城治安的九門提督，可這幾天城裡胡亂傳言，說今上皇帝得位不正，都靠著他九門的兵，才能強登大寶。且這個把月來，他一個外臣，又常拿著威勢壓派天家骨肉。譬如先帝頭七大祭，他就告了九貝子允禟的刁狀，說他舉哀時一滴眼淚也沒有，光衝著廉親王允禩擠眉弄眼。允禟氣得當眾掏出帕子來，挨個給皇帝並王公大臣們指著上頭的淚漬看。

如此一來，未免要激起眾怒。因為抱怨的人太多，連皇帝也不能不稍作表示。所以幾天前就有旨意，說舅舅隆科多總理事務過於繁忙，九門的差事又最要緊，不如仍兼著職銜不動，另委原任護軍統領袞泰代他辦理日常公事。就為這，隆科多堵著一口氣，卻又說不出來。他眼見又有行權的事由，自然忍耐不住，單要看看京師的地面，離不離得了我隆某人的通天眼。

「我一下子耳目不到，都要造反？兵馬司的人呢？巡城御史呢？」隆科多沉著臉，提著聲音質問。

「回公爺話，小的米行這些日子短貨，實在賣不出——」被砸糧店的掌櫃撥開人群跪前幾步磕著頭，聲氣裡委屈，幾乎帶了哭腔。

「這個奸商，每斗米賣兩吊錢還多，裡頭小一半都是沙子！」旁邊的婦人抹著眼淚一口打斷了他，引來大家連聲附和。

「公爺明鑒，並不是小的故意抬價，實在是去買糧的夥計回不來。公爺問問這一帶的商戶，如今家家斷貨，都是這個價錢了。」掌櫃的滿臉冤屈。再看其他幾個店家，也都無奈碰頭應合。

「這怎麼說？」隆科多一臉狐疑坐在馬上，他記著前天還在御前聽順天府說過，今年雖是大旱，但京城的糧米還接濟得上，何至於難為到這個地步。

「聽說城門封了，糧食也運不進來——」下面一個人小聲嘟囔。

「哪個說的？」隆科多身子倏地一挺，馬也跟著原地踏了幾下。要依著他本來的性子，聽了這樣聳人聽聞的話，原本就要發起雷霆之怒來。只是如今時局微妙，他又要加意學習宰相氣度，是以自己就壓下火來，欠欠身，吩咐兵丁道：「去！把砸店打架的拿了，交給兵馬司衙門處置。告訴這街上店鋪，糧價都按著十天前的價，誰敢囤積居奇，都給我拿了！」

「公爺英明！」一片讚頌倒像是起哄，給他這各打五十大板來了個碰頭彩。

這邊隆科多腳步生風進到內廷時，其餘三位總理事務王大臣已經先到了，都在隆宗門板房裡閒坐候旨——只為養心殿裡的皇帝正在召見前來奔先帝之喪的喀爾喀蒙古大喇嘛——哲布尊丹巴呼圖克圖。

總理王大臣裡為首的八阿哥允禩現已封為廉親王，管辦工部事務。他剛去驗看了祭禮的木器，雖然另換了衣服，身上還隱約帶些漆味兒。坐在炕桌右邊的十三皇子允祥封為怡親王，他的身體一向虛弱，雙頰總泛著潮紅，加上熱孝之中不能修飾，所以很露出幾分倦色。靠窗坐的是大學士馬齊，兩位王子都默坐不語，他也不便開腔，只是一口一口地抽著煙，有一搭沒一搭地看著窗外忙忙碌碌的蘇拉太監們。

「二位爺，又出事了！」正在幾個人沒意思時節，就見外頭的小太監先哈了腰，再就是隆科多自己挑簾進來，先朝允禩、允祥一個半躬，就徑直坐在馬齊對面。

「舅舅——」兩位親王聞聲都站起來。允禩因為顧命的事對他很有芥蒂，此時見他拿大，就更不樂，不過看看允祥沒接話茬。允祥倒不在意，只笑一笑，就招呼小太監奉上熱奶茶，道：「舅舅歇歇慢說。」

「城裡米價竟到了兩吊錢一斗，又出了搶米鋪的事，幸得我舊使過的番役發覺快，我親自去止住了。如今這些辦事的人，真真木頭做的，一個也指望不上。」

允祥這兩天聽了他幾百遍的抱怨，只好耐性子勉強奉承幾句，才得空問：「哪有這麼貴的米價？」

「都說外頭的糧食運不進城來，還有說——」隆科多瞟了一眼允禩，就頓在那兒，沒再說話。

「必定有人囤積居奇。」馬齊放下煙袋咳嗽一聲。他是久經沉浮、揚歷中外的耆舊，斷事比隆科多更覺老辣穩當。

「國家大喪，誰掙這不要命的錢！」隆科多一拍桌子，做出義憤填膺的樣，眼睛卻不住地瞥著允禩。他任九門提督十來年，曉得敢做這檔子事的，除了幾位皇子，實在難有別人。是以邊說著，邊招手叫人道：「囤米的人一定在城外攔買商鋪的米，我這就讓人去城外，把為首的拿了嚴審！」

「隆公少安勿躁。」馬齊見炕上二人都不出聲，知道他們各懷心思，就忙叫住隆科多道，「還是先請過旨罷。」

「好，先請旨。」兩兄弟異口同聲，半尷不尬對看了一眼，就任誰都不吭聲了。

過了一頓飯工夫，養心殿就傳出話來，說有旨召見總理事務王大臣。待四人走到養心門處，便見哲布尊丹巴呼圖克圖迎面走出來。其人九旬高齡，行動已頗不便捷，由理藩院尚書在旁攙架著，一步一顫，面目上還帶著淚痕。他和先帝的因緣最為深厚。當年喀爾喀蒙古被準噶爾部自西向東趕得潰不成軍，部中便有向南投奔大清皇帝，抑或向北投奔俄羅斯沙皇的爭論。這大喇嘛乃是土謝圖汗的尊親，佛法又最高明，虧他疾呼一聲「莫若全部內遷，投誠大皇帝」，才有日後先帝三度親征的偉績，開疆拓土的功勛。先帝感其至誠明達，欽封為呼圖克圖*，隨後駐京十餘年，常在宮中傳法。噶爾丹西躥後，大喇嘛返回喀爾喀故土，臨行前先帝與他執手相約，說等自己七十萬壽之日，再與九十整壽的大喇嘛相會京師，同承天覆地載之恩，享八荒歡慶之樂。如今時移世易，物是人非。九十歲的外藩高僧尚在，不到七十歲的先帝反而棄卻萬里江山，情悵惘，意不得，怎不令人傷感。

養心殿布置得雪洞一般素淨，皇帝坐在暖閣炕上，正回味方才見大喇嘛的情形。他即位已經一個月了，得意之態漸漸退去，種種煩難漸次湧來。可才見了這位久違的要客，他的心氣不免又激動起來：遠有祖宗肇基草創之艱苦，近有先帝撫綏藩服之偉烈，自己如今雖不免些鬩牆的煩惱，可畢竟是個太平天子，許多事都可以從容處之。若能在繼武祖業、克紹箕裘上多下功夫，譬如將準噶爾部一舉蕩平，則必能堂皇正大見祖宗、皇考於地下，餘者小節耳，又何必多說。不過用兵西北，到底以選將

* 呼圖克圖，蒙古語，意聖者、活佛，清代專用於中央政府冊封的藏傳佛教高僧。

派兵為先，十四阿哥是再不能用的，其餘諸人麼——

他尚在聯翩浮想，允禩等人已經魚貫而入，齊聲問安。皇帝遂忙拉回神思來，先命四人起身，又道：「才見大喇嘛，說起陳年舊事，實在叫人難過。」說著就用手巾拭淚不已。

允禩、允祥到底也是皇子，想起那些舊淵源來，心裡也不免酸楚，又要各顯誠孝，是以邊勸說「皇上節哀」，邊也陪著哽咽吞聲。

隆科多見兩人只管陪著哭，都也不提搶米的事，心裡不由犯急。他很想再討回九門提督的差事來，思量成敗在此一舉，於是越過二王發言道：「臣才過前門大街，見米價連漲幾天，已過兩吊錢一斗了。城裡的窮旗兵，還有南城的民人，多有鬧事搶砸米鋪的。這裡頭一定有人囤積糧米，居奇待價。臣等剛才公議過，預備請旨，到城外查拿。」

這話說得另外三人都是一愣，剛才雖說議了「請旨」，但「查拿」可是你一個人的主意，怎麼成了公議？允禩登時拉著臉不言聲，允祥也不想屈就，開腔道：「大喪之期囤積糧米的，絕不是尋常人，查拿怕急不得，還要從長計議。這會子要緊的，是平抑米價，以息民怨。」

「不論什麼人，一體都拿！」一看允禩不說話，皇帝就有些火氣，心道他又要做好人了。大喪大災囤積居奇，除了自己幾個好兄弟，旁人並不曾長了兩個腦袋。今上自己當皇子時，仗著財勢，也並非全沒有與民爭利的事，但逢災囤積這類勾當，他自忖幹不出來，此時問個說法，倒還理直氣壯。只是他有些疑惑，允祥話說得如此迂曲，難道另有隱衷不成？

允禩早恨得隆科多牙癢癢，很怕他將是非引到九貝子允禟頭上，思量不如先發制人了，拉扯個法不治眾，遂道：「十三弟說的是，能做這事，絕非常人。前兒齊集上香，臣就聽誠親王、恆親王說起糧食的買賣，不過一聽，也沒有當回事。不想他們如此糊塗！臣沒有及早奏陳，是臣的不是，請皇上治罪。」

他的話一落地，養心殿裡就是一陣靜默。皇帝遲了半晌，才陰惻惻地向馬齊道：「叫內閣擬旨給戶部，如今諸王大臣中有人囤積糧米，以致京糧騰貴，朕都知道了。往後外府糧食抵京，無論王府官商，都不許出城遠迎爭買。叫戶部嚴行傳示，照舊不聽的，就叫步軍衙門一體緝拿問罪。再發通州倉存米二十萬斛，平價糶賣。」待馬齊答應著先去傳旨，又轉向低頭不吭的允祺，冷笑道，「賢弟既曉得誰囤糧食，趁著通倉不及調動，就先招呼他們，上緊把囤糧平價賣了，小心虧了老本。」

「臣不敢洩露聖旨，只叫他們嚴守法紀就是。」允祺一腔冷氣頂上來，也自諾諾而退。

這邊隆科多曉得自己魯莽，故將盛氣略消了消，恨聲道：「城裡還有風傳，說朝廷為攔阻大將軍王進城，將九門封禁備戰，連糧食也不讓進來。」

皇帝一聽，連罵了幾聲「混帳」，站起來原地打幾個轉，才氣鼓鼓坐下，用手比著三、五兩個數問：「這兩個老的什麼意思？也和他們一路？」

允祥唯恐他的疑心病上來，立時就要理論，忙勸道：「倒也未必，慣來貪財好貨罷了。」

皇帝脾氣上得快，頭腦靈醒也快，又罵了兩句「都不是東西」，便向隆科多道：「前兒我叫人接辦九門上的差事，實在大失了算計。依目下的情形，只怕舅舅還要再操勞些，兼回這個要職來。」說完不待隆科多滿面春風謝恩，又向允祥道，「他們都張羅弄錢，咱們也要精心些。不如你先擔個三庫的差事，等熟了，再把戶部也兼起來。」

三個人待要細說，就有奏事太監慌慌張張跪在門檻外頭，稟說太后動了氣，正掉眼淚，請萬歲爺這就過去。皇帝聞言大不耐煩，掉過頭猛喝一口水，又隨手亂翻案上的摺本。他左右思忖不妥，只好心煩意亂地抬起頭來，擰眉看著允祥道：「替我去一趟永和宮，瞧瞧是怎麼了。」待見他張口結舌為難模樣，又負氣改口道，「那就知會皇后去一趟，或是你們不拘誰去，說我正見外藩。」

說歸說，到底太后指名要見，皇帝不敢真正推託。先因聖祖賓天，太后悲痛欲絕，勾起痰疾舊症，又聽見宮中渾傳的小話，更加憂心忡忡。她原本是個溫柔厚重之人，不合就執拗自專起來，既不肯受太后的尊號，又不願移居太后理應居住的寧壽宮。窮其緣由，一來聽說先帝本意立她的小兒子——邊庭拜帥的十四阿哥為嗣君，今上皇帝有矯詔之嫌，老母愛幼子，代為氣不過；二來皇帝一登大位，張口閉口孝懿皇后「慈撫朕躬，恩勤備至」，對隆科多更是舅舅長舅舅短呼不住口，反將親娘親舅，做了不打緊之人，實在叫人不是滋味。加之皇帝初登大寶，百事待舉，許多話又不便出口，每天照例請安都是五鼓未至，太后還不及梳洗，說聲免了，磕頭就走，並無依戀承歡之意。即便特意請安，也和眾兄弟一處，或是帶著皇后嬪妃，少有母子說貼心話的工夫。回想十四阿哥在京之日，每每相見，總是母慈子孝情形，太后愈發憂思難解。

等皇帝趕到永和宮，他的髮妻烏拉那拉皇后帶著眾嬪妃都已經齊集伺候。眾人無所適從地站在殿外，顯見是吃了閉門羹。這廂遠遠瞧見皇帝過來，就有太后跟前的總管太監戰戰兢兢傳出懿旨，說這單叫皇帝進內，旁人一概不必祇候。

永和宮是太后作德妃時的寢宮，如今她雖已貴為帝母，一應鋪宮陳設並無絲毫更張。後殿的暖閣裡熱騰騰冒著白氣，宮人們麻衣孝裙，輕手輕腳收拾散落在地上的碎瓷片。及見皇帝進來，就都停下手裡的事，眼觀鼻口問心，默默退出殿去。

「兒子請太后額涅的安。」皇帝跪下磕一個頭，又強擠出幾分笑來。他剛要抬頭覷太后的氣色，就被迎頭打斷：「又想叫人成群結隊糊弄我？咱們娘兒兩個也該說幾句體己的話。」

「臣不敢。」

太后看著大兒子一副雷打不動的樣，想著小兒子此刻必在城外受苦，眼淚便撲簌簌滾落下來，邊擦邊數落道：「皇帝已經正了尊位，十四阿哥還能礙著什麼？他回來奔喪，天寒地凍的，怎麼能不讓他進城？」

「額涅說哪的話，他還沒到保定。」

太后一愣，見他應答便捷，氣度從容，倒不像是說謊，想著自己的信兒未必盡準。她囁嚅半晌，終究放不下心，只改作平氣問道：「那怎麼聽說封了城門？城裡連糧食都運不進來，可憐見，怕不要餓壞了人麼？」

這一句話，直氣得皇帝血貫瞳仁。他想辯駁，又極力忍住，悶聲答道：「並沒有關城門的事。糧食不足用，一來天旱本就缺糧，二來有人故意囤積，高抬糧價。兒子體貼太后的慈心，已經讓戶部備辦過了。」

太后臉一熱，擦淨了眼淚，將聲調更緩和下來，另換作商量口吻，問皇帝要給允禵留什麼爵位差事。言來語去，是要替他也討個總理事務名義。皇帝硬著頭皮壓住火，三言兩語搪塞一陣，末了方道：「這是朝廷大事，兒子總要和王大臣們商議。額涅放心，總不虧待他就是。」

皇帝待退出暖閣行至丹陛石前，便見永和宮的總管太監體似篩糠跪在階下，中氣十足先「哼」一聲，又瞪眼道：「你們當的好差！」總管體知皇帝之意，連磕了幾個頭道：「是宜妃主子來過，和太后叨叨念念說了兩頓飯工夫，偏不讓奴才們靠前。」

皇帝早聽人報，說宜妃之子允禟，近來常借哭靈請安，將外頭消息遞到宜妃處，再轉至太后跟前。他厭極了這對母子，卻一時不得措手，只好吩咐總管：「她再來時，只准外頭請安，或是和眾位妃母一處請安。若要獨對，斷然不可。你們先想法子攔住了，再到養心殿告訴。」

第十二章 哭殯

眼見年關將近，雖說是喪期，登基大典不宜太過隆重，但適逢改元，畢竟也要小有一番慶賀。禮部奉旨以「雍正」為新君的年號，又細細開列儀注，由皇帝發到議政處，要他們和總理事務四王大臣合議。議政王大臣會議的議所在中和殿西中左門外，此時雖沒了國初的權柄，到底威風尚在，氣派之大，僅次於朝儀。

當日正值酷寒，議所裡因燒著不少炭盆，倒還暖和。列座的諸王和六部滿尚書、八旗都統都脫了外穿的袍服，聽禮部筆帖式用滿洲話念奏稿。不合颼一陣冷風進來，眾人都是一凜，齊齊回過頭去。只見門開了一道縫，一個司官模樣的人縮手縮腳站在外頭。按理各衙門無干官吏，斷沒有擅闖議政處的規矩。這司官原想悄沒聲的，叫本衙門主事之人出去回稟，誰知剛一露頭，就引著議所裡的人都往他身上看。來人實在窘迫，只好戰戰兢兢走進來，朝上面諸王跪安問候。

來人是禮部的堂主事，新近管部的十二阿哥履郡王允祹近視得厲害，於屬員又不相熟，等人走到跟前，才眯著眼睛認出是自己衙門的官。他頓覺沒有臉面，使勁揮了揮手，是打發人出去的意思。

「必是有急事才找到這來，外頭天寒地凍，你且進來說話。」允祼是出了名的心慈憐下，見其人惶恐不可名狀，隨即點手叫過他來，順帶拿過他手裡文書，又將自己的手爐遞過去道：「給你暖和暖和。」

來人感激廉親王寬厚，忙叩頭接了，才轉臉訕訕地對允禩道：「實在是一件要緊的事，部裡急著請爺的示下。」

「這不十四弟的諮文麼，」沒等允禩說話，拿著文書的允禩已經脫口而出。待把眾人目光聚過去，他卻微笑著，將文書還給允禩，衝挨坐的允祥道：「想他也該到了。」

「他問覲見皇上的儀注？」允禩翻開文書，看了看，不耐煩地用手指著，向那堂主事道，「他前年打西邊回來，自然有覲見先帝的儀注，部裡照例就是，怎麼考起我來？」

然則不等他說完，那面允祥就走到跟前來，抽過文書粗看幾眼，隨即扔在一邊。他是精明強記之人，康熙六十年十四阿哥凱旋時，先帝曾命誠親王、雍親王兩位年長皇子，率領王公百官出城相迎。為這件事，今上皇帝心裡頗有些拈酸之意，只不便宣之於口，如今舊事重提，豈有不觸霉頭之理？唯允禩糊里糊塗的人，自然不能見此精微。是以允祥略一思量，即向眾人道：「十四阿哥這一問大不妥帖，也不能引前年的例。他是奔喪而來，不是凱旋班師，有什麼儀注可說？又何以當了三十多年臣子，倒不明白面君之禮？」

「我看這一問也不是全沒道理，他是軍前立了大功的人，到底不是尋常人。」允祥話音未了，就有裕親王保泰在旁抬槓。他是先帝的親侄子，素與允禩兄弟交厚，故要替十四阿哥說幾句辯解的話。

他這一起頭，眾人亦肯幫腔，允禩遂作勉從眾議之態，向允禩道：「既然禮部為難，咱們就連著這件事一道議過如何？」允禩巴不得將此事推託出去，當即朝允禩作了兩個揖，忙不迭命本部司官取紙筆記下。

「十二爺可別錯拿了主意！」隆科多看了看眉頭緊鎖坐著沒動的允祥，一推几案先站起來，斷喝一聲，嚇得允祹當即閉了嘴。自先帝駕崩以來，他的威勢實在很大，一立起眉眼，眾人便不敢作聲。只有允祥心裡暗笑，想了想，向允祹道：「這件諮文還是擱著罷。十四弟要是催問，禮部再請旨定奪。」

十四阿哥先在甘肅時就接了旨，說他的原名胤禵犯了聖諱，奉太后懿旨改作允禵。他一路行來，只帶了幾十個王府護衛、親兵，此時遠遠望見城樓，卻無一人相迎。城外來來往往的商賈民夫看戲般打量著這些人——個個披麻斬衰，泥地裡滾出來一樣。允禵本是國字臉，在西邊風吹日曬、心力焦勞的緣故，這會兒下頷已經凹下去。連鬢絡腮的鬍子，是他兄弟中的獨一份，所以人稱達摩蘇王。絡腮鬍原就顯得蓬亂，又兼幾十天不曾刮過，連上前額長出的駿青髮碴，只覺得一頭一臉都是黑黝黝的。他半是急著進京，半是裝瘋賣狂，一路也不受督撫地方的迎送，凡到了省府名郡，就號哭穿城而過。各處百姓議論紛紛，前後打聽了才知道，原來是大將軍王孝子奔喪來了。

想起一年前大兵入藏、奏捷回京的場面，那是何等風光。如今物是人非，實令人有恍若隔世之感。他是先帝晚年的愛子，自奉敕西征之日，便得舉朝矚目，視為立儲之兆。那競奔門下請託打點的，每天把門檻也踏破了。朝野既這樣議論，他自己也將儲位視作囊中物一般，以為唾手可得。哪承想噩耗甫至，即有回京的旨意相隨，他待要問明了情形再去，卻叫年羹堯三兩天一封稟帖，催得急如星火，無奈之下，也只得簡從進京。

等到了直隸境內，允禵便負氣給禮部行文，問見這雍正新君要用什麼禮儀。可左等右等，並不見禮部的回信，他也只得氣鼓鼓，如同外來督撫一般，自行進城了事。一時到了安定門內，就見真武廟前早候著一名內大臣傳旨，讓他先到梓宮前行禮盡哀，再進宮去拜見太后。

先帝梓宮已送至景山壽皇殿內，允禵跌跌撞撞走到壽皇門，就見允禩在此迎他。他滿心的怨憤，也不顧四下人多，便恨道：「你是總理事務的親王了？倒很尊榮體面！」說著一窩眼淚噴湧出來，蓬頭垢面就往裡跑，把允禩一人撂在當地，自顧自痛哭哀號。

允禵進得殿去，也不要禮官贊禮，就哭著胡亂磕頭，旁人勸而不得。正不可開交之際，就覺外間忽然肅靜下來，不多時，便是今上皇帝在眾人的簇擁下緩步入內。新君的規矩，百日釋服期內，每天都要親自在梓宮前獻食三次，現在日近正午，正是獻食的時辰。眼看允禵兀自哭個沒完，跟進來的允禩也著了忙，又不好上前叫他，只能退到皇帝身後靜觀其變。允禵早知道是皇帝進來，可想著自己種種委屈，畢竟忍情不過，心一橫，直挺挺仍跪在當地，仰臉朝新君看去。

皇帝初還冷眼瞧著，僵持了一會兒，終歸還是要做出兄長的樣子來。是以他長嘆一聲，說：「你這一向辛苦了，回來就好，太后額涅很盼著你。」說著緊走幾步，去湊合允禵。陪他同來的王公大臣各自咂舌，只好跟著過去。一旁誠親王允祉最曉得皇帝睚眥必報的脾氣，直在心裡嘟囔「要壞事」。

皇帝走到跟前又喚兩聲。大殿裡靜得瘆人，只有允禩在旁緊說：「十四弟急痛迷心，緩緩就好。」可允禵偏就不下臺階，看得允祥也急起來，點手叫過身後的一等侍衛、副都統拉錫，小聲吩咐道：「你和他素來過得去，快拉他起來給皇上行禮，這像什麼話！」

拉錫哪要在這個光景裡出頭，沒奈何被點到頭上，只得在眾目睽睽下上前幾步，邊去架允禵的胳膊，邊哭喪著臉連聲道：「大將軍王該當給皇上行禮。」

「你是個什麼東西，也敢來拉扯我！」拉錫一面去架允禵，眼睛卻緊往皇帝這邊來看，哪料允禵急火攻心，應聲而起，「謔」一巴掌，正打在他的臉頰上。眾人直驚得一齊愣在當地，連皇帝也半晌回不過神來。

「你瘋了嗎？」到底允禩見機得快，幾步搶上去搡了搡仍舊揮著老拳的允禵，恨道，「還不過來跪下！」

「我是先帝皇子，當今天子的親弟！他一個外藩擄來的下賤奴才，仗了誰的勢，敢來拉扯我！」允禵攘臂頓足，先指著一旁的拉錫大罵，又直盯盯看向皇帝道，「如今大清朝都亂為王了，容得奴才這樣欺凌皇子！若我有不是，皇上自可以來處分我；若我沒有不是，皇上就該把拉錫正法，以重國體！」

「好好好，你既自認皇子，就該在皇父的梓宮前安靜些！」皇帝臉上急風驟雨了好一陣，心頭肉擰了又擰，終究沒有當場發作，只咬著牙道，「怡親王去永和宮，就說允禵到京了，請問太后的懿旨，見他不見。舅舅去傳旨給今天不該班的王阿哥們，叫他們這會子都到養心殿去，我有話要說。」

不到一個時辰，先帝十五歲以上的皇子們，除了被幽禁的皇長子允禔、廢太子允礽，到遵化看視陵工的皇十七子允禮，和前去永和宮的允祥外，都已在養心殿外候見。獨允禵仍執拗著不和眾人站在一起，背了手獨個立在一邊。別人雖是孝子守靈，不飾衣冠，可好歹穿得潔淨，只有他滾在泥裡的雄獅子一般，鬍子頭髮粘起來分不清爽。乍一進來的九阿哥允禟瞧他這副尊容，差點笑出聲來，扯扯允禩衣襟，一努嘴道：「怎麼剛回來就扮上《醉打山門》了？」

皇帝沉著臉，也站著。眼見眾人要拜，便止住了，又請允祉坐在高凳上。隨即斥退餘人，將殿門一關，滿殿裡除了他們兄弟，就只有一個隆科多還在。皇帝邁步走到允禵跟前，撣撣他身上的灰，一手搭在他肩上，一手指著炕上的御座道：「今天咱們兄弟到得齊全，舅舅也不是外人，你若不服氣，拿出什麼憑據來，這會子就請上坐！」

一句話說得眾口啞然。別人瞪眼張嘴死盯著皇帝，允禩卻極力低著頭，使勁舔自己乾澀的嘴唇，手心裡黏糊糊的全是汗。他知道皇帝這不過是紅口白牙的便宜話，允禵一兵一卒未帶，就是先帝曾有什麼言語給他，這會兒也全無用場。可話趕話既到了這個分上，他也真想見識，這大將軍王到底在黃沙戈壁間練就了多大膽量，皇帝又能把同胞親弟作何開銷。

允禩正百爪撓心樣焦灼，就見隆科多一躍而起，打最後幾步走到最前，跪地高聲道：「奴才親耳聽見先帝的口諭，傳大位於皇上。十四阿哥若敢有違，就是宗室的叛逆，自絕於玉牒！」

允禵是個禁不住激的人，他回京路上時，曾見著允禟派去報信的親信，聽說了先帝駕崩當日，御榻之側謹承末命的只有隆科多一人。今上能夠坐穩了大位，是否先帝遺命未可盡知，全憑國舅口含天憲、手握重兵倒是實情。所以允禵此一來惱恨皇帝還在其次，最切齒的就是這位顧命重臣。此時見他行動跋扈，毫不將眾兄弟看在眼裡，且一張嘴就要問自己「叛逆」的罪名，不免新仇舊恨齊湧上來，也顧不得許多，衝上去伸手抓住隆科多的前襟，向前一帶暴怒問道：「你說！皇父駕崩到底怎麼個情形？遺詔何在？」

他此舉一出，不但把膽小的兄弟嚇得丟魂，就連坐著的允祉也顏色大變。允祉從小有口訥的毛病，一擔驚受怕，就顯得言語艱難。可此時自忖身分，又不能不有所表示，只好硬著頭皮上前，「你你你」了好幾回，偏就你不出下文來。皇帝的口快，不待他擠出一句整話來，便先來將他的軍，說道：「這裡既有不服天條管的孫大聖，就換作玉皇大帝，也在凌霄寶殿坐不安穩。三哥帶著兄弟們評評看，若說他鬧得有理，就憑他鬧；不但憑他鬧，還需成全了他，讓他當這個皇帝。」

「皇上是萬——世之主，允禵是大——大不敬的罪過！」允祉一口氣順上來，趕緊匍匐在地。後面眾兄弟也只有隨同拜倒，嘴裡呼嚕呼嚕，不知念些什麼。

皇帝長噓一聲，上前先扶起允祉，又轉對允禩道：「既說他有罪，你倒說說，他的罪有幾款？該怎麼處置？」允禩磨蹭許久，也曉得沒人幫他的腔，只好支吾道：「允禵拜祭皇父梓宮無狀，又君前失儀、毆打大臣——」

「你說的都是眼前事，他在甘州的所作所為，連你這要好的阿哥，怕也不全知道！」皇帝一嗤一哂打斷了他，又繃起臉，恨恨指著允禵，一字一頓數落道，「他在甘州是極快活的，恣意酗酒淫縱，強娶人家有夫之婦不說，還引河水入城結冰，博佳人一笑。這是你做出來的不是？虧你瘋疾尚淺，等真做出烽火戲諸侯的事來，我大清在外藩的臉面，都要被你掃盡了！」皇帝說得興起，乾脆在殿裡負手踱步，侃侃而言。及走到允祉跟前，就停下來，俯身嘆道：「三哥你說，趕到尋常人家，出了這樣不肖子弟，咱們為兄的，羞不羞、臊不臊，替他寒磣不寒磣？這事是不能拿到朝廷上說的，就家法，依三哥說，該不該治他的罪！」

「該——」允祉剛吐了一個字，就見皇帝一轉身，仗著好口齒，疾雨落地般又道：「帶兵入藏的是延信、噶爾弼、岳鍾琪這幾個人，後頭籌糧運餉的是年羹堯，你是做什麼去的？你不過是到了烏魯斯，就死了幾千滿洲兵丁，倒斃了幾千馬駝牲畜。你給皇父上的摺子，枉叫用兵方略，平白令皇父操心著急——」

皇帝滿臉燥紅滔滔不絕，竟是越說越見興頭。隆科多在旁聽著，眼見時機已到，正要帶頭請將允禵交部議罪，就聽見廊下奏事太監的聲音：「皇太后懿旨，大將軍王不必單見，叫他跟著皇帝，還有兄弟們一道來罷。」

永和宮正殿裡，太后烏雅氏靠在寶座的迎手上，直著眼睛發了好一會兒怔，等總管太監回說皇帝在外候見，才勉強坐直身子，把方才允祥說過的話，又反覆嚼了幾遍。

「臣和十四弟是一個師傅教導，太后說臣作踐他，臣心裡一萬個冤枉。可他在壽皇殿逞強大鬧，驚動皇父的靈，皇上想不治他的罪，也斷然不能服眾。眼下大位已定，他難道敢做國家的叛逆？若不敢，鬧又有什麼益處？他要不能收一收脾氣，好生做個忠臣孝子，不但臣和廉親王不敢給他求情，就是太后，也未便落個溺愛的名兒。臣替太后想，這會兒您待他淡些，皇上的氣就消些。若能教訓他回心轉意，旁人才好說講情的話——」

太后雖不曾念書，可在宮裡浸了這幾十年，胸中多少也有些溝壑，很能聽出允祥話裡鋒芒畢露的意思來。不過事已至此，她的小兒子註定成了砧板上的魚肉，為娘的風燭殘年，就管，又能管到幾時？沒奈何抹著眼淚，命人傳了句違心的話去，叫允禵隨眾同來。

諸兄弟成群結隊一進殿，太后打眼就看見落拓不堪的允禵，眼睛隨著他的行走起跪而動，卻不能多說一句額外的話。及見他也抬頭看向自己，就趕忙收了淚，溫言強笑著叫眾人起身。

「過幾天就是新春，可巧十四弟回來，雖說不能慶賀，也該一起來給您請安。兒子們還想改元前為您敬上尊號，請您移駕寧壽宮頤養，以合聖朝孝治天下的體統。」皇帝在路上已經盤算過了，此番若得太后應允，允禵治罪的事，或許也可以緩辦。

「你們的孝心我領了，皇帝改元是喜事，喜上添喜的事，我怎麼能不答應。可先帝的妃嬪多，移宮也要穩妥些，你們這會子也太忙，這些婆婆媽媽的事，等先帝爺奉安大禮之後再辦也使得。」太后眼睛看著小兒子，口中不過囫圇作答。允禵見狀，再忍不住滿心的委屈，大叫一聲「額涅」，就要越眾而出，卻被一旁的兄弟死死掖住，掙了幾掙，不能動彈。

皇帝回頭看他一眼，再看太后時，卻見她全沒聽見一樣，咬一咬嘴唇狠心道：「十四阿哥在外頭幾年，性子越發學得野了，回來可要知道好歹，回頭叫人參了，沒得讓你哥子為難。皇帝也要督管他嚴些，丟了祖宗和先帝爺的體面，我是不依的。」

「太后教訓得是，他一向聽廉親王的話，兒子就叫八弟多約束著。」皇帝心裡一陣得意，對允禵的氣也消了五六分。他正要順著再說幾句體貼的話，就見太后按了按胸口擺手道：「我的心裡又有些悶，想躺一躺，你們都去罷。」

第十三章　戡亂

因為是在喪期，雍正元年的春節過得很冷清。等過了上元節，各衙門開印在即，旁人不說，戶部上下就有些人心惶惶。大夥兒剛得了消息，說那位新朝新貴怡親王允祥，這些天就要到部視事了。

本朝立國以來，六部衙門已有成例：凡在部的漢堂官*，不過應承辦事而已，滿堂官方有掌印坐纛的權柄。至於滿堂官中，若有個朝廷股肱、勳貴重臣，那就更不必說了，闔部上下都要馬首是瞻。凡是重臣寵臣，必然兼差最多，平日裡忙碌不見身影，在部中就要倚仗一兩個心腹司官做事。碰上這樣情形，這一二司官就成了要緊人物，遇事說出個道理來，連四位侍郎，或是漢尚書也不敢輕易駁回，因此青雲而上，指日可待。至於皇子、親王管理部務，那都是入關以前的舊事，眼下在部的人從未經歷。想來王駕一到，無論尚書、侍郎，就全是屬官一樣的擺設，倒是得力司官，反能借勢高升。

有了這層盼望，戶部裡的司官們就日夜忙活起來，四處打聽這位王爺的喜好。喜聽什麼話？與哪位大臣交好？愛清靜還是好熱鬧？性情粗疏還是精細？辦事耐不耐得煩？總之天上地下，犄角旮旯，無不在打聽之列。誰承想，眾人辛苦多日，全是白費工夫。允祥雖曾為先帝愛子，可一廢太子時受其牽連後，深居簡出，銷聲匿跡十餘年。其喜怒行事，除了內廷行走的國戚、侍衛、翰林外，六部中幾乎無人知曉，不像允祉、允禩、允禵等人，早就明來明去。如此一來，可就愁壞了戶部上下，凡為官作宦的人，最怕不是別的，正是不知道上司的愛憎。

為官的沒頭蒼蠅亂撞，便宜的是作史之人。六部衙門的書吏，十個裡有九個是浙省紹興府人士。內中父子親戚，各有家學相傳，那些招搖索賄的本領，上下其手的奧妙，外人委實不能知曉。康熙年間的左都御史董訥曾有一個條陳，說該將紹興籍的書吏一體驅逐出京，另選各省識文斷字的人，雜色混充，以革舊弊。唯此言一出，就在京城掀起大風浪來，群吏譁然鼓噪，說六部中缺了哪位大人都不打緊，若缺了咱們紹興人，只怕朝廷也辦不下去。要說書吏之弊，別的衙門尚在小可，唯戶部乃是天下錢糧之總匯，例案章程汗牛充棟，堂司各官不能諳習，故而查例作稿、帳目銷核，都聽書吏的主張，由得他們內外勾結、恣意勒索。所以京城裡早有說法：稱闊書辦者，必首戶部；戶書之富，可埒王侯。

戶部的一項緊要職掌是收繳漕運送來的錢糧。康熙六十一年，六省漕運銀米沒能按數解到京城，加上前幾年積下的，足欠了八十多萬兩銀子，外加十萬石糧食。漕運總督張大有在京駐有提塘官**，替他傳遞入宮的章奏和各部的公文。漕項錢糧歸在戶部雲南司管理，所以那提塘官凡到戶部公幹，必得找雲南司掌班的書辦老葛交代囑託、說項打點一番。這老葛是紹興府山陰縣人，與張總督幕下管錢糧的師爺同里同宗，也最肯幫忙。這一日提塘官來送諮文，先在司務廳掛了號，就往右廊後北夾道內的

* 清代六部中的長官稱為「堂官」，即堂上之官的意思，內分尚書、侍郎兩個等級，相當於今天的正、副部長。堂官滿漢並立，故有滿漢尚書各一人，滿漢侍郎各二人。六部內設的二級機構稱為司，辦事官員稱為司官，司官分為三個等級，依次為郎中、員外郎、主事。

** 提塘官相當於今天的各省駐京辦。

雲南司去尋老葛。因一時不曾見人，他便在屋外轉悠等候，趕巧又被從陝西司新調本司的員外郎李衛瞧見，點手叫到屋去。

這李衛不過三十六七歲年紀，長得身高體闊，腰大十圍，彷彿是個行伍的樣子。他本是徐州豐縣的豪族，家裡田連阡陌，積粟如山，可惜念書不成，就從捐班中謀了一個出身，補在戶部任職。按理這樣的來頭，在部中應作吃虧是福打算，哪知他天生一股驕氣，為人狡黠多智，做官前的閱歷又多，所以不但不將同僚上司放在眼裡，且常有出人意料的行止，動輒叫人難堪。眾人背地裡指指點點，說他能到今天，全憑先帝晚年不喜多事，不然早叫本部大人參革了。這回新君登基，親王蒞部，只怕他的官也就做到了頭。

這邊李衛進屋剛剛坐定，才去出恭的老葛便趕了來。他是部中老資格的書辦，最得本司掌印的倚重，全沒拿李衛當一回事，只打個躬笑道：「李老爺剛來不曉得，這位是漕督張大帥的提塘，送的是張大帥諮部的文書。」

「我不曉得，你又怎麼曉得？」李衛橫了老葛一眼，全沒有年輕司官待老書辦的客氣，只詰問道，「你拆開看了，還是和誰打聽了，便知是諮部的文書，卻不是旁的？」

「葛爺說得不假，確是諮部的文書，已經在司務廳掛了號，專門送到司裡來。」督撫們派在京裡的提塘官，都是八面玲瓏慣會辦事之人，覷著這司官相貌粗魯，又是個刺兒頭，立時就加了小心，趕緊堆笑著把文書遞上。

李衛大咧咧接過諮文來，剛看了一半便發起火來，手點著文書，粗聲大氣道：「去年直隸荒歉，京裡的米都不夠吃，眼看將到二月，京通各倉又要開兌，部裡叫你們把積欠的銀米抓緊運來，怎麼不但不運舊的，反而又欠新的？」

「李老爺少安毋躁往下瞧，下文說等秋糧下了，連新帶舊一併解來。」老葛是老滑頭了，不急不慌探頭看著文書，似笑非笑徐徐言道，「如今腳價*貴，又短人工，朝廷也得體恤下頭人不是？張大帥這個法子好，等秋糧一併運來，省人省事。」

「好個屁！左不過換著花樣賴帳，立春拖到秋後，今年推到明年！」李衛一拍桌案，張口就爆個粗，把那兩人很吃一驚，心道衙門裡的漢官老爺慣來都是文縐縐的，哪有這樣的光棍作派？卻見他順手把諮文塞進袖裡，道：「分明是虧空的窟窿堵不上罷。我就找掌印去回，看告到堂上，是怎個說法。」

老葛見勢不好，忙將他的去路攔住，衝那提塘官緊遞了幾個眼色。提塘官醒過神來，朝著李衛連連打躬，又諂笑道：「我們大帥與部裡是老交道了，幾位堂官沒有不相熟的。久仰老爺的高名，往後自當拜會。本司老爺們的各項補貼，一貫是我們孝敬，想您新到司裡，去年的份例沒有得著，明天我趕早送去府上，請您一定笑納。」

「你們大帥好大方，連我這後來的都有。」李衛撇嘴一笑，又問老葛，「是大夥兒都有？」

「都有，都有。」

* 腳價即僱用民夫的運輸成本。

「部堂大人和各司老爺們也都有？」

「這是舊例，哪個司裡沒有。」老葛說著，已經伸手去掀棉簾，做出送客架勢，巴不得將他請到外頭。哪知這李衛是個滾刀肉，不依不饒仍舊問道：「聽說十三王爺要到咱們部裡管事，不知他老人家有沒有？」

老葛氣得乾咽，卻沒甚法子，正要再解說兩句，就聽外頭有那敲窗欞的聲響。隨後是司裡的雜役叫道：「王爺就往咱們部裡來了，大人們招呼快去站班！」

允祥的大轎停在戶部大門外的巷子裡，沒等他下來，為首的滿尚書孫查濟、漢尚書田從典，已是拂下馬蹄袖，隨著一聲「戶部堂司各官恭請怡親王爺金安」，百十位大小官員齊齊行下禮去。雖說親王禮絕百僚，但初來乍到的允祥十分客氣，滿面帶笑先答一禮，再向前拉住孫、田二尚書道：「本該一早就到，實在養心殿下來得晚些，辛苦諸公久等。我年輕，不曾辦過部務，往後多多仰仗。」隨後又讓了幾讓，才相偕著走進大門去。

孫查濟是八王一黨的要人，對皇帝這番調兵遣將頗多疑慮，這會兒允祥越客氣，他越是摸不著頭腦，不過廝跟著，並無半字多言。田從典是個漢臣，在戶部的日子又短，心中無事，自然顯得灑脫，一路順手指說各司的方位，又接口笑道：「王爺太謙虛了，自當唯王命是從。」

一時進得大堂，允祥居中而坐，本部六位堂官左右列坐，各司滿漢官員俱在外間廊下排列侍立。現堂役等奉茶已畢，允祥便向孫查濟道：「我做皇子時，從不敢干預政事，與部院大人們也不認識。

在奉旨管部，並不敢妄自尊大，各位往後與我辦公事，只當是同僚便好。戶部是國儲所在，朝廷的根本，我聽說各王公為門下人捐納官缺，都願意捐到戶部來；還聽人說，有某司某缺，指名要補某位王子的門下，可有這個話麼？」他邊說著，邊用蓋碗撇去茶湯上的浮葉，等孫查濟開口正要回話，卻又將他止住，提高了聲氣續道，「這樣的話四處傳說，雖然未必是真，也實在不成體統。往後本部堂司有與皇子王公結交，甚至賣放官缺、徇情買好的，倘或被人舉發是實，別怨我第一個動本參奏！」

「謹遵王爺鈞諭。」孫查濟心裡明白，所謂哪個缺定要補哪位王子門下的話，全是衝著九阿哥允禟和他所說，遂竭力穩住神，欠身稱是。待坐定了，又見允祥轉顏笑道：「我不過白提個醒，大夥兒都是久沐聖恩的人，也不至於如此。來，兩位大司農先將眾位與我引見引見，日後也好說話。」

幾句轉圜之詞一說，大堂裡又是雍容和睦氣象。緊接著幾位侍郎、各司掌印，滿漢司官就挨次上前見過。正說話間，便有一個筆帖式探頭探腦站在門口，是進不敢進、叫人又張不開嘴模樣。允祥坐在正面，看得十分真切，隨命跟來的王府護衛去問來由。孫查濟聞聲望見，正要將來人打發，不想那護衛的腿腳甚快，已經幾步上前，同來人說起話來。一時問清了緣故，敢是戶部所管的東四錢局鼓鑄廳出事，幾百匠役從夜間大鬧起來，不但打了匠頭，還要衝門上街，眼下步軍衙門官兵已將鼓鑄廳團團圍住，特遣武弁到部中報信。

允祥聽得一驚，他早曉得戶部是最難擺弄的地方，盤根錯節，無底洞一般。只是自己初來乍到，年紀又輕，原本打定了主意和氣為先。不料下車伊始，就出這樣亂仗，此時不能立威，往後萬難震懾。想到這裡，他倏地立起兩道劍眉來，面沉似水直盯著孫查濟道：「怎麼我一來就要鬧嘩變麼？」

「王爺息怒！我就去處置。」孫查濟暗道一聲不好，打個千兒就要出去。允祥將手一伸攔住，又指著內外堂司各官道：「諸位凡能騎馬的，都同我一道見識見識罷。」

北京城裡有兩個「錢局」，一個叫寶源局，歸工部；另一個叫寶泉局，歸戶部。寶泉局設有鼓鑄廳，專管造幣，下有東西南北四個廠，都在東城地界。如今出事的是東作廠，在東四北大街，離戶部衙門並不算遠。鼓鑄廳關防極嚴，不論是鑄造錢幣還是工匠吃住，都在一道高牆之內。大門上著巨鎖，非經該管官員准許，內中匠役人等，誰也不能出門。鑄幣的工匠都由匠頭管轄，隸屬匠籍，簽有文書。文書期限未到，即便逢年逢節、婚喪嫁娶，也不能回家團圓。平日吃穿，俱是匠頭供應，與外間不通買賣。匠人們雖是編戶良民，但受匠頭盤剝苛虐，如同奴隸一般。

允祥等人到時，平日門禁森嚴的鼓鑄廳已經亂作一團，高牆之內呼聲震天，彷彿攻城略地的一般。大片瓦礫從牆頭扔出來，以致牆外步軍衙門的兵丁不敢近前，端著刀槍兀自大聲呼喝。好幾個行人被飛磚砸傷，卻無大夫醫治，用粗布包紮的傷口滲著血，嘴裡恨恨罵個不停。牆內工匠正在合力撞擊大門，弄得大鐵鎖七擰八歪嘎吱作響。這幾百人真要是衝將出來，只怕在此預備的百十個兵丁未必抵擋得住。外面兵民正沒開交，就聽一聲驚呼：「有人從牆上爬出來了！」再抬頭看時，就見那兩丈多高的牆頭上，露出兩個人的腦袋來，一手扒著牆，一手拿瓦塊狠往外砸。

「預備火銃！」帶隊的步軍總尉看見有人露頭，立即招呼身後一個千總。千總聞命，就叫軍士架起幾支火槍，對準牆上人的腦袋，單等上司發令。

「先不要放槍！」眼見要出人命，還在馬上坐看情形的允祥高喊一聲；只是人聲鼎沸，前頭的官兵全然沒有理會。見前頭聽不見，允祥又回身吩咐隨來之人。可跟在他馬後的幾位都是戶部文官，見著這樣場面，哪裡還能動彈。只有一個人最機警，聞聲縱馬而出，向前挺身傳命道：「怡親王和戶部大人們到了，鈞諭不准放槍！」

那總尉趕忙下馬，隨他過去相見。允祥極賞識地打量了傳命之人，才向總尉詢問牆內的情形。

「回王爺話，這裡的工匠不能出門，衣食都是匠頭備辦。匠頭混帳，將外頭一錢的東西轉賣兩錢、三錢。工匠錢不夠使，都背了債。前兒有個工匠年老眼瞎，文書到限，匠頭說他錢債不清，不准他回鄉，他就在廳裡自盡了。其餘的人不服，鬧起來，衝進官廳裡，如今兩個匠頭都在他們手裡，連監督、庫大使也給綁了。他們鬧著要見戶部大人，不然就往外衝，卑職帶來的人少，正要去回隆公爺調兵。」

「這樣的事怕也不是一天兩天，你們都不知道？」允祥雖是個沉穩性子，這會子也忍不住發火。他側身使勁一拉孫查濟的馬韁繩，孫查濟正愣神，險些從馬上折下來。他一時顫巍巍下了馬，垂頭喪氣道：「都是下官們見事糊塗，給王爺惹事。」

允祥見他滿臉的不服氣，遂冷笑一聲，正過臉道：「要怎麼處，請大司農拿個主意。」

孫查濟年紀雖大，倒有一股殺伐決斷的狠勁，且又不想在這年輕王子面前跌了老體面，是以將牙一咬，腮幫子一鼓，高聲道：「工匠拘禁官吏，群謀作亂，正該一併全拿。有敢拒捕的，格殺勿論！」

豈料允祥還沒答言，就有一個官閃出身來，馬前單膝點地，朗聲道：「匠頭張狂，勾結監督無所不為，工匠都是糊塗粗人，法雖難恕，情有可原。」允祥馬上欠身往下一看，正是方才向前傳令之人，心中暗誇一個好字，就問道：「你是哪個司當差？叫什麼名字？」

「雲南司員外郎李衛請王爺安！」

「你知道匠頭勾結監督的事？」

「回王爺，寶泉局監督一職例由各司保送，是個人人爭先的美差。監督與匠頭分肥，也是人盡皆知的勾當。至於怎樣分法，王爺問經管的人，自然清楚。」

「難為你見事明白。」允祥邊聽邊作頷首許可之狀，又向孫查濟冷笑道，「既是官逼民反，又何必格殺勿論？煩老大人親自走一遭，就說是我的話，叫他們把主使之人交出來，為從的可以不問。」

孫查濟見牆內沸反盈天的架勢，坐在馬上斷然不肯向前，千方百計將推託之詞說了一車。允祥聽得不耐煩道：「大人不敢涉險，想必是要我去？」說罷吩咐步軍衙門的總尉，「把兵丁撤到後面，你們跟我到前頭說話。」

「王爺千金貴體，不可輕身赴險。」李衛見眾人都跪下懇求，自也伏地出主意道，「請王爺叫人寫一張鈞諭，加蓋寶印，用箭射進去，裡頭若能遵諭安靜，就是良民；若是仍敢抗拒，就叫放槍拿人，也不算是冤枉。」

「工匠怕不識得字，更不認得寶印。」

「既是監督和庫大使也在裡頭，不怕他們不認得。」允祥見步軍衙門將弁尚在遲疑，自己倒先認可，遂叫人把一樣的話寫了幾張紙，又用過隨身小印。果不出李衛所料，射進去半盞茶光景，牆內便安靜了；又略等片時，總尉一道令下，就有一隊官兵上前開門。

待到大門開啟，就見幾百個破衣爛衫、骨瘦嶙峋的工匠癱軟在院子裡，沙啞著嗓子嗚咽不能成聲。還有幾個躺在當地，四肢抽搐痛苦不堪，這是方才爬上牆頭又摔下去的人，傷了筋骨不能動彈。一個頭纏麻布的小夥子跪在最前頭，拿別人的破衣裳將自己綁了起來，撕心裂肺地哭喊。幾個匠頭都帶著重傷，監督和庫大使也被捆得粽子似的，一見開門就扯起嗓子喊救命。

允祥早年隨先帝北狩南巡，也見過許多攔輿喊冤的老幼、衣食不周的流民，但如此慘狀，畢竟從未見識。是以大正月裡，手心都汗津津的，定一定神才吩咐下去，先將監督、大使，並為首起釁之人，都押在步軍衙門，等奏明皇帝，再交刑部問罪。

等著諸事料理妥當，步軍衙門官兵撤去，允祥又叫出那李衛來，霽顏問道：「料理錢局的事，可有什麼長久之法？」

「回王爺，往後工匠食用，應叫庫大使每月領取，一體發給，不准匠頭從中漲價漁利。至於工匠欠債，原是匠頭重利盤剝，若蒙王爺開恩，自可一筆勾銷。再者工匠家凡有婚喪大事，哪怕文書期限未到，酌量給假也是人情。」

李衛一番話說下來，真叫允祥刮目相看。允祥遂笑道：「你說得很是，回去寫個稟帖我看。」又向孫查濟道，「此人很有歷練，還請借我用一用，講講公事的辦法。」

孫查濟哪敢說一個不字，只好瞪著李衛暗生悶氣。李衛最是個肯逞能的人，這下得了意，一路口說手比，連篇累牘道：「就卑職到雲南司後所見，戶部陋規之多，實在駭人聽聞。僅漕運一項，部中所收的耗外之耗，就和正項錢糧相差無幾。譬如茶果銀這一個名目，倉場滿漢侍郎每年各得銀兩千四百兩，坐糧廳每人每年兩千二百兩，大通橋監督各五百兩，幾個筆帖式共一千八百兩，庫使各二百兩，都從漕項裡支取。另外倉場和部中書辦、差役，哪怕廚子、小馬，每人每月都有飯銀八兩，光飯銀這一項，全漕每年就有六萬兩。還有各省地丁錢糧的平餘銀，部裡每年少得十幾萬，多得幾十萬，尚書侍郎各得一兩萬，各司官也得數千。這些雖是官吏們私得的，徵到小民百姓身上，哪個不指著朝廷的名義——」

養心殿裡正是例行的引見。新君登基，要遣官致祭五嶽四瀆、歷代帝王陵寢，派祭的官員多是四五品京官，奉差前先要面聖請訓。因允祥見皇帝比不得旁人煩瑣，只叫奏事太監奏過了，就溜達到養心門外等候。不一時，就瞧見吏部侍郎張廷玉領著十幾個人魚貫而出，他因存了心思認識官員，便有一搭沒一搭同張廷玉詢問這些人的職名。

張廷玉在吏部多年，記性又最好，是以隨口一說，職名履歷半點不差。恰其中一位鬚髮皆白，看年紀足有六七十歲，故而允祥十分詫異，虛指此人低問：「這樣年歲也要派外差麼？」

「這是派祭華嶽的侍讀學士，名叫田文鏡。因為要派的人多，就顧不得年紀了。」

允祥想起自己在戶部的煩惱，對這樣老當益壯之員頗有些耿耿於懷，待要品評兩句，就見內侍來請，故無多言，整冠隨入殿內。皇帝剛正襟危坐著見人，這會兒已走下寶座來，邊聳肩動臂疏散筋骨，邊向近前施禮的允祥道：「千金之子坐不垂堂，你怎麼親自戡亂去了？」

允祥積了一肚子火，原就要結結實實告孫查濟一狀，見皇帝迎頭問起，就把頭天在戶部的事一五一十講了，末了又添道：「雖說不聾不啞不做阿翁，皇父他老人家也實在忍耐得緊——」

皇帝的性子更急，尚未聽完，就拍案怒道：「換作是我，就當場革了他們頂子！皇父仁慈，又不耐煩，才落得上到部院衙門下到省府州縣，無處不有虧空。戶部光漕項就有八十萬的積欠，我去年查倉見得真真的，要奏請定例處分，卻被皇父心軟攔住。就這樣一鍋漿糊似的，等明兒用兵興工，能不捉襟見肘？這一干老不羞只會巴結皇子，挾制朝廷，哪有經國裕民的能力？正該全班開缺，才出我一口惡氣！」

皇帝說得興起，立時就要下旨處分。允祥攔下勸解，又說了許多大位初定、宜靜不宜動的道理。皇帝這才略消了氣，眯著眼睛想了半晌，方道：「戶部暫用不得了，不如另立一個衙門辦些正事。煩賢弟再兼一個會考府的名義，不但戶部，其餘在京衙門的錢糧奏銷、虧空清理，也一體全辦。六部司員隨你挑去，必得歷練出幾個明白會理財的人來。」

允祥答應一聲，轉念中樞財政集於一身，未免有些忌諱，便又蹙眉道：「只是臣的差事太多，恐怕辦理不及，要再添派幾員更好。」

皇帝很知道他的顧忌，拍著他的肩膀呵呵一笑道：「只怕人多了又要掣肘。」見他並不答話，才又道，「那就內閣、吏部、都察院，各派一名堂官，你來掌總。這件事最要緊不過，需拿出上天入地的本事來了結。賢弟若不能辦，就只有另遣大臣；要再不能行，我非親自去辦不可！」

第十四章　匿災

自新君始立，由京城過直隸、山西，經風陵渡而至西安府的官道就顯得格外忙碌起來。年前十四阿哥允禵回京，就把沿線府州折騰得夠嗆。剛過了節，川陝總督年羹堯從甘州奉旨謁陵述職，就把山陝兩省官員的心又提了起來。其中最操心的，要數山西巡撫德音。

太原府城並不在從西安到北京的官道大路上，年羹堯一行在山西境內由南向北，自榆次過太安驛，就進入平定州境內。德音要想和這位年總督見上一面，得離開府城，向東南遠迎近百里。督撫平等，年羹堯又是自行趕路，按照通常的禮數，他是不必這樣謙卑的。然而這位年總督的身分大不尋常。他是漢軍旗人，進士出身，先帝十分看重，三十歲就位列封疆，十四阿哥大兵入藏時，又做了川陝甘三省的總糧臺。更要緊的，他還是新君在雍親王府的舊屬，其妹先是雍王側福晉，現在又被封為貴妃。新君早年慣以富貴閒人示人，在朝在外，沒見結交幾個要好的大臣，這位年總督，算是極難得的了。德音揣摩著這層關係，很想借年羹堯進京的當兒，和他見上一面，有用沒用，先過個人情也是好的。

還有一個緣由，實因為太原、平陽、平定等三四個府幾十個州縣大旱已經半年了。德巡撫一雙眼睛盯著京師，心思只在誰能登大寶的上頭，竟把個旱情荒歉壓了下來。起初以為天旱常事，下場雨就萬事大吉了，可這甘霖左等不來右等不來，直到新君登基，他反倒不敢上奏了。哪有個改元報災、成心給新君添堵的道理！緊接著，又有各省抓緊清查虧空的旨意，山西各府州縣有虧空的不在少數，但並不肯報，只想悄悄地填上完事。是以雖有天災，催徵錢糧倒比豐年還急，窮民小姓愈發難堪起來。

為了這個，德音也想去親自迎一迎年羹堯。想那被災州縣時有不耐饑寒為盜為賊的，可畢竟不敢劫掠護衛森嚴的總督車駕。但貧窮百姓投親的投親，討飯的討飯，官道左近少不了扶老攜幼的災民，衣衫襤褸的餓殍。要是讓年總督看在眼裡，到皇帝跟前說上兩句，自己也少不了麻煩。若是先去準備，預留地步，破綻自然露得少些。

當然，遠迎年羹堯的話不便出口。德音想好了說詞，他要去迎另一個人——為新君登基，奉旨到陝西祭祀華嶽的內閣侍讀學士田文鏡。田文鏡從北京出來，和年羹堯進京去，走的是同一條官道，算算日子，也是這三五天內經過太安驛。雖說他實在不算個要緊欽差，但是作巡撫的，借迎候欽差之名恭請聖安，倒比去迎接進京的鄰封總督更像一回事。

德音到太安驛的第二天下晌，年羹堯一行就到了。德音聞報，早帶著太原知府，榆次、壽陽兩知縣，以及參將游擊一應武弁迎出驛館。一瞧，好威風體面！不說別的，只前面八個引馬的親兵，便與尋常督撫的不同。個個目光炯炯，滿臉煞氣，一副百戰餘威架勢。國喪期間，雖不便渲染排場，但這一行的車馬之多，也足以讓他豔羨咂舌。德音知道，年羹堯才兼文武，特是傲氣，是以一見他的馬到，就越過眾多執事，徑直走到跟前，堆笑拱手道：「總督風塵辛苦！」

年羹堯一身素服騎在馬上，他雖是進士翰林的出身，卻生來高大雄壯，又兼四川剿匪、甘肅督糧，紮在武將群裡十幾年，氣象愈發英武起來。他跟德音原不熟悉，聽說他屈禮來接，知道必有所求，現在見他這樣巴結，就更生出輕慢之意，在馬上微一欠身，說聲「有勞遠迎」，才慢慢下馬，隨著德音走進驛館。太安驛地居要衝，房屋院落都很開闊富麗，眾人進到前廳，又客套一番才落了座。德音偷覷著年羹堯的神色，總覺得有些不對，待獻過茶，到底忍不住問道：「可是有些鞍馬勞頓麼？」

「謁見先帝梓宮怎麼敢說勞頓？是有一事不明白，想請教撫臺。」年羹堯呷了口茶，又放下蓋碗，冷臉問道，「祁縣、徐溝一帶的官道，我前年回西安還走過一次，行商坐賈很是熱鬧，怎麼如今人煙稀少，除了往來行路的，少見本地百姓？」

「現下正在農時——」德音早打好了腹稿。可他正要從容應對，就見親兵來報，說京裡來的欽差田大老爺這會兒將到太安驛了，已有長隨先來。德音一聽，大不耐煩，只好向年羹堯解說：「是京裡派去祭華山的一位。我見了平定州的帖子，說他前天就在壽陽歇馬，本料著昨天要到太安，今天一早就走了。哪知道今天才到，竟和您撞在這裡，真是不巧！還請稍待，他畢竟是個欽差的名義，既在這裡碰見，我還要去接一接，迎請聖安。」

年羹堯是個獨慣了的人，一聽又來什麼欽差，心裡很不痛快，只礙著面子不便發作，說聲「撫臺請便」，就另與山西文武聊些晉省的山川關隘、賦稅民情。

德音出去沒有一個時辰，驛站外就是一陣亂吵，隨即有親信家人向年羹堯回稟，說德巡撫已經回來了，正和一個精瘦老頭邊走邊嚷嚷。正說著，就見德音與一個六十歲上下的京官前後進來。德音冷著臉，早沒了方才殷勤周到的好氣色；那京官頭髮都花白了，一身夾棉袍上綻開好幾個口子，側頸上還有兩個血道子，模樣實在難看。年羹堯見著這個西洋景，不免大笑起來，強忍著問德音道：「這位就是去祭西嶽的田老爺麼？」

這田文鏡雖然年事已高，打扮又這樣奇特，可聲音很是響亮。他見年羹堯嘲笑他的狼狽，心中不悅，只冷言應道：「想必是川陝年大帥？在下是田文鏡。」

年羹堯多年不見這樣倨傲之人，心中騰地火起，正要同德音說話，卻見田文鏡理也不理，氣昂昂接著同德音拌起嘴道：「平定、壽陽一帶本來山險民窮，現在旱得寸草不生，沿途小民盡數逃荒，除了討飯的，連個賣水做挑夫的人也不見，行路的都苦不堪言。就是如此，也不見一個衙門放賑，倒有衙役四處捉人催徵——」

「是是是，沿途州縣伺候不周，讓老先生受了委屈，我給你賠禮就是，年制臺在此，何苦這樣東拉西扯的。」德音聽這老頭兒口無遮攔，已經急得跺起腳來。他是康熙六十年底外放的山西巡撫，此前曾在京中做內閣學士，說來與這田文鏡也算同僚。只是此老性情孤介，和人少有來往，所以雖稱同僚，卻全然沒有私交。方才驛站外相迎時，見他衣衫狼狽，問知是家道清苦，奉差辦事隨從人少；且平定、壽陽兩州縣山路難行，風沙漫天，驛站的馬匹、挑夫，都備著年羹堯用度，也不曾派人相送；沿途百姓多去逃荒，一個奉了欽命的京官，路上竟連吃水都很艱難，一天的路走了兩天才到。德音心裡原本有些過意不去，正要叫人準備銀兩禮物，聊做慰問，不想這位田老爺的秉性實在難拿，說了幾車好話，仍舊不能消氣，兀自責備自己匿災不報，地方官魚肉鄉民。德音的官比田文鏡大得多了，三說兩說，便有些承受不住。何況年羹堯在這裡坐著，眼見真情洩露，心裡如何能夠不急？偏是田文鏡占住了理，言辭又鋒利，眼裡又沒有旁人，直逼得他胸悶氣短，卻沒有法子。

「我奉旨離京時，皇上龍顏十分喜悅，說晉撫先奏省城喜降瑞雪，今歲必是一個豐年。田某並非要緊之人，不怕受什麼委屈，只想不到中丞封疆大吏，竟如此欺君害民！」田文鏡越說越是厲害。德音心裡發顫，臉上先紅一陣，又白一陣，也顧不得丟人，只朝年羹堯訕笑道：「制臺也幫小弟開解開解。」

年羹堯早叫他們聒噪得不耐煩了，霍然起身，衝外面喊道：「驛大夫何在？」

「小的在！」外頭伺候的驛丞早嚇得面無人色，聽他一叫，就跌跌撞撞跑進來，看看本省巡撫，跪在當地不敢作聲。

「照規矩，我與奉旨辦差的田老爺，應該哪個住正房啊？」

「回大帥，小的這裡有正房五間，兩位都可住正房。」驛丞一打愣，心想著田文鏡雖然官卑，應的也不是什麼要緊差事，可畢竟是個欽使，瞧性子又這麼橫，無論如何不能少禮。可年羹堯是何等人物？這些天來來回回打掃收拾，還不都是為了他，又如何能夠叫他屈尊？好在這驛丞腦子鬼靈，脫口就能應對。無奈年羹堯卻不領情，斜了一眼田文鏡道：「這怕不行。我自來不慣與旁人住得近，再者我隨身帶的，有進奉宮中的物件，也都要放在正房裡才是。」

「年制臺，田某位卑，本不敢與制臺爭長短，只是田某欽奉聖命，身上有御製祭文，並不是過路的閒員。」田文鏡也不示弱，愣眼看著年羹堯道，「我本該昨天到，不合落了難，想與德撫臺論說論說，既然制臺也在此相敘，田某只好叨擾了。」

「好好好，這位老先生倒實在！」年羹堯一陣大笑，轉向德音道，「既這麼著，撫臺就招呼這位落難的欽差罷。我戎馬多年，風餐露宿慣了，隨身帶全了東西，行轅設在哪都一樣。就此告辭！」說罷又回過頭，指著德音再向田文鏡道，「我也勸你一句，趁早離了山西地界，省得他送你一碗毒酒喝！」末了吩咐外頭「裝車啟程」，便扔下目瞪口呆的德音，大步而去。

年羹堯進京當天，皇帝就在養心殿東暖閣裡單獨召對。按先前的旨意，居喪期間，皇帝召見督撫，都要總理事務四位王大臣引見陪同，可對年羹堯，皇帝只令廉、怡二王和隆科多、馬齊四人在外間候旨，並不叫他們同見。

馬齊自知是個幫閒的，本來無可無不可。隆科多心裡卻大不是滋味兒。前些天皇帝透出風來，眼下青海蒙古和碩特部的羅卜藏丹津、察罕丹津二首領不合，羅卜藏丹津詭詐弄權，已經數次尋釁，不服朝廷，日久難免一戰。而現在西北諸文武中，年羹堯曾為十四阿哥調兵籌餉，對青海地理、各部軍情均稱熟悉；又是皇帝藩邸舊人，戰端一起，必得大用。到時候他內恃聖眷，外擁重兵，自己在皇帝跟前說話的分量，怕就比不得如今了。想著自己尚未得一個入閣拜相大學士的名頭，等三年喪滿總理事務的名義一撤，便空剩一個吏部尚書，還成什麼重臣！他越琢磨越是來氣，自己有國舅之尊、上公之重，一言以定天下之功，反比不上個後生晚輩、邊地外官，真真乾坤顛倒。想到這，他掏出袖子裡的鼻煙壺使勁嗅了嗅，重重拍在桌上，把旁邊伺候倒茶的小太監嚇得縮脖一吐舌頭。

「皇上和亮工也不知說什麼體己話呢，背著我們也罷了，怎麼連十三弟也要吃閉門羹？」允禩裝沒有瞧見隆科多生悶氣，反去問旁邊不說話的允祥。

允祥心裡也有些彆扭，面上卻不肯帶出來——他是先帝的皇子，和個外臣爭風吃醋，傳出去大沒有體面。遂淡笑道：「他要奏的事情多，皇上體恤人情，叫咱們白歇歇不好？」

「這倒也是，」允禩很想從他這裡探出蛛絲馬跡的消息，碰了釘子也不過一笑，又慢條斯理道，「我想年亮工這一回來，除了拜謁梓宮，一件大事是西邊的軍務。自打十四弟回來，西邊就剩下延信和他兩個堪用的人。亮工是個大將之材，延信也有百戰之威。不過延信是咱們宗室，祖宗立下的規矩，凡有命將征伐，沒有不用宗室的。」允禩頓了一下，看著另外三人半聽半不聽的樣，忽然嗤笑道，「當年皇父說，舅舅也有做將軍的才能。舅舅雖不是宗室，可比宗室還要親得多呢！」

「朝廷哪有一天能離得開舅舅呢。」允祥知道他二人之仇早已結死了，聽著這句風涼話，也不免笑出聲來，忙掩住道，「我可不願意提用兵的事，戶部早忙得四腳朝天了。」

隆科多沒工夫理會他二人，只自說自話道：「一個川陝總督裝不下他的文武全才，只怕早晚就要回京拜相。」

四個人各有各的心事，一時話不投機，都借著喝茶默不作聲。正沉悶間，就見御前太監蘇培盛從外頭進來，拿捏著聲氣道：「萬歲爺有口諭給總理事務王大臣。」

「臣等恭聆聖訓。」

「皇上口諭，年羹堯方才奏說，山西幾個府州本有旱情荒歉，巡撫德音匿災不報。著王大臣傳旨問德音，到底有災沒有；若說沒有，再問內閣侍讀學士田文鏡，看他是什麼說詞。」

四個人聽得面面相覷，不情不願叩了頭。待蘇培盛進去，隆科多率先站起來怒道：「好一個隨奏即辦，咱們倒成了年羹堯的聽差了？」

「隆公息怒。」馬齊看二王也都有些慍色，忙勸道，「這也是關係民命的大事，王爺們看是寫個片子去問？」

「叫內閣去寫，就說總理事務王大臣傳諭問德音的話。」允禩耐著性子吩咐一句，稍待一時便道，「下個月奉安大典，還有工程要再驗看，我現急著到工部去，有什麼事你們議罷。」

三人還沒回言，就見蘇培盛又走出來。四個人無奈再跪下，只聽他傳皇帝的話道：「自允禵回京，軍中應另派近支王阿哥效力，朕意可著九貝子允禟去，現問廉親王、怡親王的意見。」

一句話出，四人全愣在當地。允禩頂著一窩一窩的心火，摳著地縫在暗自怒罵。他恨得要死，活吃了人的心也有。允禟是他的臂膀兄弟，此去軍營，又無實權，落在年羹堯手裡，定與囚禁無異。前日皇帝剛派了十阿哥允䄉一個遠差——護送死在京師的哲布尊丹巴活佛靈柩回喀爾喀草原，這會兒還在路上磨蹭。這才過了幾天，就又故伎重施，要將允禟支出京去。可他再惱恨，也無濟於事，頭頂這個總理事務之名，叫他恰如烈馬套上了黃金鞍，想不馴服也難。

一旁的允祥也沒甚好氣。按理這樣大事，皇帝總要先打個招呼，怎麼和年羹堯說風就是雨？皇帝脾氣雖急，卻不是輕率人，何以向年某示寵若此？所以連他也不肯說話，獨把個蘇培盛晾在當地。幸有馬齊扯了衣襟小聲提醒，他才悶聲答道：「臣以為可行。」

他這一出聲，馬齊也趕緊附和應諾。允禩仍不言語，不過勉強磕一個頭，算是認了。

垂頭喪氣回到王府，允禩邊叫人「悄悄去請九爺來」，邊唉聲嘆氣走進內院房裡，一頭扎在炕上不想動彈，連福晉在旁說話，也當沒有聽見一樣。

允禩的福晉郭絡羅氏出身名門，是老安親王岳樂的外孫女。她自幼養在王府，最得外祖母嬌慣，長成後潑辣厲害，生叫允禩落下個懼內的大名。她那一雙長眼睛總是挑著，說話聲音也高，就算當著客，也敢直闖丈夫的外書房。允禩的子嗣單薄，多有福晉不讓他納側的緣故。

允禩少年時，與皇帝同住在孝懿皇后的景仁宮中，又曾一同讀書，分府後又是近鄰，本來手足之情匪淺。可自從郭絡羅氏進了門，就與這位大伯兄互相瞧不上眼：一嫌弟婦跋扈不順，挾制丈夫起了謀儲爭競之心；一嫌夫兄心機深沉、性情古怪，常愛指點兄弟的家事。今上即位伊始，原有以親王尊位、總理事務榮銜安撫允禩，使之服帖效順，能為己用之意。允禩雖不情願，可不肯丟賢王的名聲，所以人前遷就，倒還說得過去。唯福晉是爆炭一樣的性情，見胤禛久蓄深謀、言行不一竟至於此，實有滿心的憤懣，又恨丈夫無能，故而逢有娘家親戚前來賀喜，便當眾啐道：「說什麼加官晉爵夫貴妻榮，怎知不是一道催命符！」

既是心裡有這個疙瘩，凡允禩從宮裡回來，福晉便格外留心。頭一個月還罷了，等新君一改元，就有十阿哥派往蒙古出遠差的煩心事。今天再看，則似又添煩惱。福晉一貫的脾氣，凡允禩問而不應，她就要一聲高過一聲再問。允禩直煩得無可奈何，便兀自倒在炕上，有氣無力答道：「他要打發老九到軍中去。」

「你應了？」

「這由得我應不應？」允禩回過頭，看福晉火急火燎的樣子，長嘆一聲，撫著她的肩道，「你去預備些體己的東西給他，也算咱們心意。」

「你還要怎麼窩囊才好！」福晉猛站起身來，使勁一扯，差點把炕邊的珠簾拽下兩串，疼得搓手道，「他今天發落了老九，明天就輪到你！你還要怎麼逆來順受？他要給你喝砒霜酒，你也給他謝恩不成？」

允禩聽慣了她的嘮叨，也不肯辯解，只是煩躁擺手道：「你讓我清靜清靜，成不成？」

福晉憋著氣站了許久，到了不肯罷休，又坐下道：「總不能這麼便宜！要走，也得等送了先帝爺到陵上再走，敢情單他是親兒子呢！」

允禩正在愁容難解，聽見這話，突覺眼前一亮，就翻身坐起來，點頭道：「這主意很是，總能拖一拖再說。」

夫妻二人說著話，外頭九貝子允禟已經悄悄進了允禩的府邸。大出允禩意料，同來的竟還有十四阿哥允禵。允禵回京後，原疑他背負前盟，屈事新君，心裡對他存了芥蒂，一直不曾來往。近來聽人勸解，說八王爺在皇帝那裡並不得意，凡有議論都叫隆國舅擠對。剛在九貝子府裡吃悶酒，因允禩遣人說有急事，不堪允禟百般相邀，才肯跟來。一進書房門，覷著這位八千歲一臉的愁苦像，允禵便生出一股恨其不爭的惱怒來，也不待讓，自掇了把椅子坐在對面，沒好氣地問道：「佛爺這樣愁眉苦臉的，是叫閻王欺負著了？」

「知道八哥心煩，你何苦還去嘔他。」允禟自來和允禩最好，他是個有心計的人，生怕允禵滿身戾氣再鬧起來，忙揮揮手，像在自家似的，招呼人上茶拿熱手巾。

「都怨我無能——」允禩百般滋味湧上心頭，踟躕半晌，方怔忡看著允禟道，「他要打發你去年羹堯軍中。」

允禟將手裡的茶盞一晃，滾水溢出來，燙得「哎喲」一聲，起身驚道：「什麼時候的事？」

「就方才。」允禩說著話，淚水已在眼窩裡打開了轉，發狠壓了兩壓，仍舊順著眼角撲簌簌直流下來。

「八哥你真窩囊！」允禵一拳捶在官帽椅的扶手上，站起來緊走幾步，又一捶允禟的胸口，高聲道，「我去見額涅，就跪死在永和宮，也不能遂他的願！」

見他這裡拂袖即去，允禩忙小跑著出去將他拽住，揩淚道：「早有旨給宮門上，誰敢放你進去！就算進去，他說得正大光明，軍中需有近支宗室，九弟身分適宜、體格強健，在京裡又沒有緊要差事，連宜妃母也有五哥伺候，你讓太后怎麼駁回？難道硬不叫去？」

倒是允禟還有幾分鎮靜，衝他二人擺擺手，反安慰道：「八哥也甭哭，十四弟你也別惱，咱們一向看低了他，只好自食其果。如今身在矮簷下，走一步說一步罷。」

「先拖過皇父奉安大典再說。」

「要不准呢？」

「總得叫你去山陵磕個頭罷？」

「他又不是你，有什麼做不出的！已經叫他哄過一回，還不長長記性？」他們兄弟正愁眉苦臉說著，只見門簾一挑，八福晉獨個兒就闖進來。這位嫂夫人的做派，允禟、允禵早就習以為常，正要請安問候，就聽她高聲道：「人善被人欺，別學你八哥這顧面子不顧裡子的毛病。趕明兒足足帶上銀子，就算到了西邊兒，也未必是咱們吃虧！」

第十五章 備兵

次日皇帝再見年羹堯時，允祥、隆科多，外加新任理藩院尚書拉錫，也都一同在列。前面兩位不說，這拉錫是正白旗蒙古人，先帝的親信侍衛，早年曾奉命探察黃河源流，熟悉青海、甘肅一帶地理民風，回朝後很得先帝倚重，唯有年羹堯不以為然。他在軍中曾聽人說，拉錫當年上溯黃河源時，與如今大不安分的羅卜藏丹津之父——青海的和碩特親王達什巴圖爾甚為相得，故而憂慮其阻撓軍務。今日既在殿中見著，便知皇帝信用其人，竟與隆科多不相上下，心中遂大不喜悅。年羹堯的喜怒向來都在臉上，光他睨著拉錫的眼神，旁人就能瞧出七八分意思。

皇帝看在眼裡，卻不理會，只拿起一份摺子來，遞給允祥道：「這是察罕丹津的信，說羅卜藏丹津狼子野心，早晚必反，請朝廷先發大兵預備。你們議一議，各抒己見不妨。」

「皇上初登大位，京裡還不安靜，恁遠的事，要不是火燒眉毛，就不宜輕動。」隆科多很不願意年羹堯出兵立功，趁允祥看信工夫，乾脆率先說話。

「奴才也以為是。」拉錫見皇帝看著自己，忙躬身先回一句，而後頓了兩頓，又道，「還有一層，羅卜藏丹津是顧實汗的嫡孫，在青海的威望不比尋常。他和察罕丹津不合，是一家子窩裡鬥，朝廷插手，怕有拉偏架的嫌疑。當年大兵入藏，羅卜藏丹津也算是從征的有功之臣，萬一逼得他反了，往西去投準噶爾，豈不——」

「羅卜藏丹津排擠察罕丹津，是嫌先帝封察罕丹津為親王，擠了他。」年羹堯沒等拉錫把話說完，就忍不住張口駁回，且是任人不看，只昂然衝著皇帝道，「若是朝廷置之不理，一來羅卜藏丹津囂張日甚，將成獨大之勢；二來也叫親近朝廷的外藩王貝勒們寒心。朝廷駕馭藩服，總要計之長遠，恩威並用才是。」

允祥先已看完了信，眼見年羹堯說得激切，隆科多又站起來欲駁，再覷皇帝時，只覺他聽得仔細，卻無分別軒輊的神情，是以略想了想，才開口道：「總督說得不為不是，只是前幾年大兵入藏花費甚巨，陝甘的兵民也疲憊了，不如等一等，待羅卜藏丹津反相暴露再說。」

大凡前方將領，最不願聽人拿著錢糧說事。年羹堯尤不耐煩，當即脫口道：「實不該因噎廢食，養癰遺患。」

允祥作了幾個月的新朝新貴，別人巴結尚且不及，這會兒叫他頂得一愣，卻不肯當著皇帝爭執，只淡笑道：「國家財賦，不是一個『噎』字可以道盡。十四阿哥出兵，銀子花得淌海水一般，如今再張撻伐，實在不好措手。」

「要說去打準噶爾，倒是先帝爺的遺志；單為個羅卜藏丹津靡費錢糧，奴才以為不值，也叫那不安分的人又有話說。再者延信自打進藏回來，身子就虧虛得很，眼下再要出兵，也太勞累他了。」隆科多先接了允祥的話頭說錢糧，而後陡然一轉，就說到派將上頭，且有非延信不能膺其重的意思。年羹堯叫他一激，立時就赤紅了臉，待要開口，卻被皇帝攔住道：「今兒所說各自有理，你回去上緊籌劃，也免得措手不及。至於進兵，還是再看再議得好。」

既然皇帝一錘定音，四人也只有各自應命。隆科多就著低頭，往外斜瞟一眼，就見年羹堯胸前起伏，鼻孔直冒粗氣。他料想皇帝昨日召年密談，大約已經露出進軍之意，說不定還許了他總領大軍；今天被三個近臣一說，又動搖了心意，才引得年羹堯這樣氣惱。

因為青海事機萬變，年羹堯在京中也不宜久留。他拜謁了梓宮、問慰了老父，再應酬些親友雜務，不覺大半個月過去，就到了回任的日子。至於九阿哥允禟，甚至比他離京更早。允禩等人先想好的託詞，皇帝絲毫不予理會，沒辦法，等不到先帝入土為安，這位熱孝中的落魄皇子，就先西出陽關去了。

年羹堯前腳出了京師，後腳就接到消息，說山西撫、藩兩員因為匿災不報，都得了降革處分，另由內閣學士諾敏接任巡撫、侍讀學士田文鏡接任藩司。新巡撫諾敏是滿洲正藍旗人，今上即位時還是五品的戶部郎中，如今踩了風火輪似的，三兩下就成了封疆大吏。細一打聽，才知他與隆國舅比鄰多年，借其力薦，特加超拔。至於那田文鏡，確乎無甚門路，只為他據實奏陳災情，就落下個誠樸之名，憑皇帝一句話，讓他就地署理山西藩司，專辦賑災事宜。

看著邸報上這兩個名字，年羹堯的心裡很不自在。山西是京師通往陝甘的要津，自古錢糧富庶，河東一帶又有鹽利。其地富商巨賈眾多，西北的軍需，多由他們備辦轉運，萬一打起仗來，少不得也要地方官周旋幫襯。所以依著年羹堯的本意，這山西的巡撫、藩司兩要職，原該由他保舉才好。

前日在京面奏時，皇帝也問過他的意見。他當殿提了一個人，是他鄉試的同年，內務府員外郎鄂爾泰。此人隸在滿洲鑲藍旗下，學行兼優，夙懷大志，二十歲就中了舉人。可入仕後卻不得重用，沉淪下僚二十餘年，常寫些「看來四十猶如此，便到百年已可知」的句子自嘲。年羹堯向來倨傲，什麼皇親國戚、宰相狀元，一概都不放在眼裡，偏對這位時運不濟的老同年頗有惺惺相惜之意，凡有機會，就要提上一提。

不料皇帝一聽這個名字，也扶額大呼「記起來了」。實因為先帝在時，他那位十弟敦郡王允䄉常常違制去內務府索要東西，旁人不敢回絕，獨有鄂爾泰以理拒之。允䄉氣惱不過，將鄂爾泰叫到王府，言來語去說不對頭，就要命人施以杖責。哪知鄂爾泰早有預備，當即抽出身帶的匕首，眥目道：「士可殺，不可辱。」允䄉嚇得沒了主意，不但老老實實放人出府，往後幾年，也不再到內務府亂討沒趣。鄂爾泰既敢捋這個虎鬚，自然大名遠揚。今上時在潛邸，滿心好奇，想見見這厲害人物，卻被他頂了回來，傳話說：「皇子毓德清華，不宜結交外臣。」事情隔了多年，皇帝早已忘記，經年羹堯一提，才又想起來。因念他是滿洲旗下讀書之人，乾脆連山西也不肯放，立升為蘇州布政使，去和江南士子們打一打交道。

既然鄂爾泰另有重任，山西的缺，年羹堯也不便一味硬提。可這會兒聽說用了隆科多的心腹，心裡總歸有些說不出的滋味兒。不過無論如何，離開京師，總讓他有了鳥出樊籠的暢快。天子腳下，達官顯貴委實太多，外間再大的風頭，凡進了京，不知不覺也要收斂幾分。年羹堯雖做過十年的京官，但封疆日久，又常在軍中，再叫他受五更待漏的辛苦，充雍容揖讓的風度，就很有些強人所難。到此時過境保定，坐在直隸巡撫衙門內宅，就不免要把那套端莊客氣一風吹盡，改以高踞正位，侃侃而談。

新任的直隸巡撫名叫李維鈞，因他幾番升遷都靠年羹堯的舉薦，是以雖為地主，卻是誠惶誠恐神情，顫巍巍陪坐在側，聽他的座主發牢騷：

「皇上信用總理事務王大臣太過了，聽說現在吏部上下見了隆國舅，都像耗子見了貓。還有一些沒廉恥的小人，當面稱頌他是諸葛亮，他竟也常拿出來顯擺！前兒皇上也拿這個說笑話，說你們二位一個託孤，一個治蜀，竟是兩個諸葛亮。」

聖祖升遐之日，隆科多獨承遺詔，傳位當今，才有所謂白帝城託孤的話。李維鈞是外官漢人，哪裡敢接這個茬，聽年羹堯說得熱鬧，也只能含糊笑道：「大帥上馬軍下馬民，再有一場大捷建功邊庭，才是真武侯。」

「我看未必。」年羹堯輕嗤一聲，想起殿前奏對時自己的孤立，一陣光火道，「他們在朝的都不欲戰，我執意要打，怕沒有十二道金牌等著？」

這樣大逆不道的話年羹堯張口敢說，李維鈞卻不敢接，只好另賠笑道：「大帥這次進京，聖眷優隆，人所共見。如今皇上跟前，大帥和怡親王、國舅已成鼎足之勢，這是明眼人都看得出的。」

「鼎足之勢也有個曹魏和孫、劉之分。」年羹堯聽至此，臉上才微微帶了點笑意，旋又正色道，「皇上要清理虧空，怡親王在會考府折騰得雞飛狗跳牆，放出話來，在京各部衙門，連內務府也算，虧空了幾十幾百兩就要抄家。還遍諭直省，從督撫到州縣，都要動真格的。這一次山西不敢報災，十成裡三四成就是這個緣故。他這樣大手筆，放在別處還好說，放在我川陝怕行不通。這些年川陝的兵戈不斷，眼看青海又要打仗，我哪來的工夫同他看帳簿子？等回到西安，我打算上一道摺子，請皇上特旨免了兩省的虧空，你看可行麼？」

李維鈞心裡明白，川陝兩省連年備戰，大小官吏從中騰挪錢糧，最是趁手，哪裡經得住查？若真查下去，只怕挨次全抄也不冤枉。如今既有再度興兵的打算，請旨免去虧空，省得動搖軍心，情理上倒還說得過去，卻有和允祥打擂臺的嫌疑。他是實心盼著年羹堯好，見這直戳戳不留後路的舉動，不免有些憂懼，遂小心勸道：「大帥不妨先寫信和怡親王說一說，情形現擺著，王爺若通情達理，親自請旨減免，豈不落個八面光麼？」

「我同他沒有這個交情。」年羹堯擺擺手，全沒往心裡頭去，也不肯再議此事，轉而笑道，「如今舍妹封為貴妃，長兄也放了廣東巡撫，這次回京，家父雖然高興，到底有些一家子不能團圓的傷感。你是常進京的，還煩請多去探望探望。再者你當這個巡撫，也須做出兩件大事來，別的不說，必得比那諾敏強些才好！」

年羹堯離京之前，欽天監已經擇定了先帝梓宮啟行的吉日。為要不要親送梓宮到景陵的事，皇帝著實犯難。按隆科多造膝密陳的說法，先帝朝的幾件宮闈大事，都出在巡行路途中，幸而先帝爺是天地神佛一齊保佑的主子，才見逢凶化吉，遇難呈祥。如今京師不靖，諸王不服，聖駕此去送殯，少說也要大半個月，其間一旦有變，就不得了。可不去呢，朝野又難免要有話說。他這皇位坐得本來艱辛，要是叫人在「孝」字上挑理，就真真地百口莫辯。思來想去，皇帝還是決定親自護送梓宮，至於皇子皇孫、先朝嬪妃，則要一體隨駕，誰也不能留在京裡。

發引當天，皇帝先到景山壽皇殿行禮。遠遠望見殿門，就一發悲慟不能自勝。奠禮已畢，眾孝子合力將梓宮抬到大升轝上，算是「扶柩」之意；再恭敬退後，跟隨梓宮走出正殿。在京宗室親王以下、一品大臣以上的在壽皇殿外，二三品大臣在景山東門外，四品官員在朝陽門外，一齊跪送梓宮起行。又有皇太后率領先帝妃嬪和今上后妃從別道另行，在沿途搭建的蘆殿等候大殯。

城內城外的軍民都感念先帝厚澤，焚香祝禱，沿街叩拜。皇帝一身重孝，心事重重走在巨大的楠木梓宮旁邊，看著滿城哭泣不住的老幼婦孺，他既悲戚，又不免有些羨慕——先帝委實能得人心！大清一統區夏，能在立足未穩之際，得這樣勵精圖治、又享國長久的聖主，可說是天意之所鍾了。

一行人浩浩蕩蕩走了五天，就來到京東薊州境內。先被皇帝派來修繕陵寢的十七阿哥允禮、大學士蕭永藻已將此地的桃花寺、隆福寺兩行宮布置一新，以備迎駕。可來打前站的隆科多壓根兒信他們不過，又親自帶著侍衛、將校四處查看，把個一塵不染的行宮翻了個七零八落，連佛龕供桌下頭都用刀劍劈刺過，說是怕藏刺客。允禮等人看在眼裡，嚇得心旌動搖，卻只有乾站著賠笑，一句多話也不敢問。

皇帝入住行宮後，滿心惴惴的允禮先去請安。他的相貌很俊朗，言詞也爽利，和皇帝年紀差得又多，此前並沒有什麼瓜葛。可皇帝見著他卻不耐煩，隨意問了幾句就叫出去。允禮心裡明白，這是先帝晏駕當日，自己夜奔西直門的莽撞事被隆科多告到御前，叫皇帝起了疑心的緣故。先前一道旨意打發自己督工修陵，也大有疏遠閒置意味。

在景陵一住就是小半年，允禮先害怕、再後悔，深恐自己下半輩子就要空耗在這山林之間。這幾天冥思苦想，原準備趁皇帝親來送殯的當，面陳心跡，挽回聖心。可一見皇帝那冷言冷語的樣子，真叫人一句掏心掏肺的話也說不出口。允禮心裡難過，又沒有主意，只好自怨自艾低頭走路。忽覺幾個人迎面過來，他因無心招呼，本想胡亂走過去不理，卻被為首之人叫住問道：「你怎麼霜打了似的？」

「啊？」允禮打愣一抬頭，見允祥正笑呵呵看著自己，忙請安問候；又想起心裡的憋悶委屈，竟不住地哽咽起來。

「我遠遠兒就瞧著你不對勁。哎哎哎，怎麼還哭起來了？」允祥伸手扶住他，順勢覷了覷他的面色。他們兩人舊交不錯，允祥早年得意，每每隨先帝巡幸，不時帶著年幼的十六、十七兩阿哥。十六阿哥允祿是個貴公子性情，騎射舞樂俱是精通，只為人過於疏闊，辦事上頭欠些。十七阿哥行事利索，很有些剛明果斷的意思，頗得允祥賞識，只是往後物是人非，相見日短，終究隔膜了。皇帝將允禮打發到陵上來的事，允祥本沒有在意，眼下見他這副神情，心中不覺一動，倒想瞧瞧他和允禩等人交往如何，還有沒有轉圜餘地。

「阿哥救我！」他這一問不要緊，允禮倒像海上孤舟乍見了陸地一般，撲通一聲雙膝跪地，一身孝服也不怕髒，竟來了個五體投地。

「我又不做壽，怎麼還磕起頭來！」允祥往後退了兩步，訝異地盯了他半天，轉念就猜出他的心思，展顏一笑，才俯身攙起他道，「這裡人多不便說話，你晚間再來見我。」

用過晚點，允禮來見允祥時，卻見帳房中另有一個人。此人和允祥年紀相仿，白面笑眼，一身的喜氣，像是很熟慣模樣。允祥指著那人對允禮道：「這是伊學庭。」那人向允禮請了一個安，自稱

「內閣學士伊都立」。

「是伊老相國的公子？」允禮想了想，記起此人是允祥的連襟，先帝在時做到內務府郎中的，忙客氣起來，報赧道，「有些日子不見，實在面生了。」

「我說你該見過。他可是咱們滿洲裡的神童，十三歲就中舉人。我的二格格也指給了他的公子，還沒成禮，就趕上皇父的大事。」看伊都立要謙遜，允祥一擺手笑謂允禮道，「前些日子皇上說，如今閣部堂官裡，既不私不黨，又有守有為的人，實不多見，必得從各衙門司官裡破格超拔幾個。我記得你那個親家人很伶俐，又有科名，還是咱們滿州大家子弟，往後還要他多上進，做朝廷的棟梁才是。你看看，皇上這話，何等愛惜人才。」

「正是！正是！」允禮聽見這話，實在羨慕這個伊都立。伊都立之母姓赫舍里氏，是權相索額圖的女兒，所以他雖是內閣首輔伊桑阿的公子，又少年成名，但太子被廢、索氏零落之後，就成了太子黨的餘孽，一直不得升遷。不過，伊都立的夫人與允祥的福晉是親姊妹，往後又從連襟做成親家，如今時來運轉，有允祥這棵大樹可以升官不說，皇帝竟要以心腹待之，怎不令允禮生出這同命不同運的感慨。他這樣想著，見允祥滿面春風笑而不語，竟恍然醒悟過來，也不顧有旁人在，就掀衣跪在地上懇求道：「還請阿哥代我向皇上奏陳，我早先實在糊塗透頂，罪該萬死。您是不知道，如今舅舅把我當反叛一樣盯著，前兒查看行宮關防，連刀槍劍戟都用上了，我——」他說著，半年來的驚懼委屈就全冒上來，一時涕泗交流，連連以頭碰地道，「若得聖恩寬恕，允禮不敢不效死命。」

「好好好，你快起來，你的意思我都知道了，咱們兄弟犯不著這樣外道。」允祥見他靈敏識得時務，心裡很是歡喜，忙扶住他寬慰道，「我早間看你魂不守舍的樣，也猜出八九分。舅舅慣來如此，連我也怵了他這一驚一乍的，並不是單衝著你。我下晌已經和皇上奏過，說你不過是年輕孟浪沒有主心骨，並沒有結黨營私的心。皇上說現在正是用人之際，你自己上個摺子，把早先同他們相交的事說清楚，自然不叫你多受委屈。」

「皇上和阿哥的再生之恩，我——」允禮站在那兒，並不敢坐，兩手在胸前搓著，眼圈通紅也不知說什麼好，叫允祥笑話了句「怎麼大姑娘上轎似的」，便更覺臉熱。待皇兄慢悠悠呷了一口茶，才又老著臉問：「不知現在可有效力處沒有？」

「倒有一件不大不小的事，我正和學庭商量。」允祥知道他急欲立功，看了一眼伊都立，自己就不說話。

「皇上和王爺正為十四貝子怎樣安置犯難。」伊都立看看允祥的眼色，朝允禮一躬道，「既不能叫他再受小人的挑唆，風一陣雨一陣地鬧，太后那裡也要有個說法。」

「不如留他在陵上！」允禮衝口而出就是這句話。允祥雖笑著點頭稱是，心中卻暗自感慨：果然反戈一擊的才更狠些。

一通大禮下來，先帝入土為安。皇帝自覺孝心未盡，還想多留幾天，經群臣勸阻良久，才勉從其請，命誠親王允祉代為善後，自己即行回鑾。回鑾前，他先誇獎十七阿哥允禮修繕景陵甚為盡心，將他封為果郡王，隨同回京。緊接著又下一道旨意：留十四貝子允禵在馬蘭峪附近湯泉居住，守陵靜心。

第十六章　乞恩

送了大殯回到京城，皇帝就效法前朝舊制，開始御門聽政，親理政務。各部、寺、旗、營，及議政處的奏題從此直達御前，不再由總理事務王大臣代為批答。皇帝御門聽政的第一道旨意下給吏部，說往後凡有官員在任內錢糧虧空的，一律革職，不許留任；限期之內償還完畢，可以提請開復舊職，逾限不能償還，就一律抄檢家產歸公；舊年積欠的虧空一經查出，也不能免除，官員本人已經亡故的，就要著落子弟照數賠補。

消息一傳開，官場上立刻炸了窩。從前明到如今，一部一司、一省一縣，哪一處沒有虧空？哪個官交印時不為虧空犯愁？其中不乏貪贓肥己的墨吏，但也實在有制度所限的不得已之處。實因在京各部院，在外省府州縣各衙門，許多必需的公費並不在奏銷之列，事出無奈，不得不四處騰挪，做些拆東牆補西牆的功夫。地方上若有小災小欠，雖不值上奏，也不能把百姓逼得太狠，做官的或生些佛心，或是怕激出民變，稍一擔待，就難免益下損上，虧了朝廷賦稅。先帝在位時，雖知虧空太多了有損國用，卻不肯向百姓擔加稅的惡名，又不能讓做官的都去當叫花子，因此不過睜一眼閉一眼，圖個不聾不啞不做阿翁；偶然查出個大漏斗來，發發龍威，懲辦幾個也就罷了。

今上皇帝是個眼裡不揉沙子的人，看不得這樣一團漿糊局面。大清立國才八十多年，就這樣渾渾噩噩，上下相蒙，天長日久怎麼得了？不過對地方上，皇帝還不敢逼得太狠，逼得太狠，就要出山西德音那樣的事：當官的清不了帳，自然向百姓身上找尋。但京城裡的衙門不同，京官老爺，特別是旗下大爺們，既不臨民，不能搜刮百姓，當年又多向著允禩、允禵等人說話，所以皇帝逼起他們來，是一絲一毫也不心疼，就逼得投河上吊，也不過空出缺來，另補新人罷了。

在京衙門裡有兩個虧空大戶，頭一個是戶部，第二個是內務府。允祥在戶部自是嚴威赫赫，又有那個深得他倚重的李衛，常在私下裡說：「戶部私弊太重，恐怕一時難改。現在另有會考府糾察奏銷，司官書吏都是各部挑出來的年輕新進，大事盡可委託。若說戶部自家的虧空，不撤了滿尚書孫查濟的差，下頭人就有憑藉。王爺不肯用殺伐手段，他們必得心存僥倖。」

至於內務府，風氣最為奢華，又是一家一族世代辦一樣差事，盤根錯節，從沒人敢打他們的主意。哪知這一回見了真章，先拿幾個小人物還不打緊，隨後就有實權得寵的司官挨次抄家，緊接著蘇州織造李煦被革職逮問，查出虧空銀三十八萬兩。先帝的親近家臣大財主，眼下一個個披枷戴鎖，城門示眾，往來官吏凡見過他們高樓廣廈、烈火烹油過日子的，誰又能不肉跳心驚。

如今內務府管事的是十六阿哥莊親王允祿，另有兩位總管大臣：常明、來保。這三位都是新君即位後的新任，無債一身輕，又皆怕事，都不敢替舊家老人出頭求情。是以下頭人都慌了手腳，各自胡亂託人，什麼內廷太監、后妃娘家、諸王門下，能鑽的都鑽遍了。無奈會考府針插不進，只好死馬當活馬醫，仍舊求到戶部孫查濟頭上。孫尚書自己是頭一個虧空大戶，這會兒借著人多壯膽，胸脯一拍，去找允祥擺老資格。說王爺整頓六部也就罷了，皇上家裡院子裡的人，總不能太難為了。允祥行權的心正盛，哪容得他買好送情，遂當場拉下臉來，說句「宮中府中，俱為一體」，就叫送客，引得一眾年輕司官暗自竊笑。

孫尚書氣啾啾地從戶部出來，打轎就往廉親王府去。他正署理著工部尚書，找自己管部的親王光明正大，可以不必背人。他和允禩很有交情，門上知會一聲，徑直就到書房。他一進門便一迭聲叫道：「大夥都沒有活路了，八爺還不管管。」說罷雙膝跪下去，倚老賣老不肯起來。

允禩心裡正有別事，叫他背後嚷嚷著嚇了一跳，過來攙了兩攙，就見孫查濟硬挺著一動不動，便放開手，皺眉嘆道：「我要出頭，更給你們討嫌！」

「王爺不能見死不救！」孫查濟見他故意扭過身去不理會，只好站起來，拿起案上一柄金如意道，「當年大夥兒都給王爺遞這個，還不是您海量得人心麼？怎麼眼看著老人兒受苦，就能忍心不管？」他說的是康熙四十七年群臣議立太子的事。當年滿朝文武齊保這位不嫡不長的八千歲備位儲君，他也列在其中，雖然事情不成，允禩也受了連累，但擁戴之情，終究不比尋常。

允禩心裡明白，現在這個關頭，八旗舊臣都指著他這個總理事務的「佛爺」做主，得免賠補之累、抄家之苦。可眼下皇帝每每見他，都有七八個心眼子留著，多說不但無益，反而猜忌更甚。想到這兒，他抓心撓肝接過如意，看一看，又「唉」的一聲撂回案上，握了孫查濟的手道：「諸公待我的盛情，我一刻也不曾忘。可上頭執意要錢，我怎麼攔得住他？不如你列個單子，凡是至親好友，誰補不上這個窟窿，我賣了王府莊田，替你們還上就是。」

「八爺說這話，還叫我說什麼呢。」孫查濟聽得感動，設身處地替允禩想想，幾乎垂下淚來，唉聲嘆氣道，「我想著八爺原本同皇上也很好——」

「那都是什麼年月的黃曆，曹孟德和袁本初還好呢。」允禩慘淡一笑，比了個孫查濟能聽明白的典故，又懇切道，「聽我一句勸，別去管內務府的閒事。十三弟清鍋冷灶時節，難道沒吃過他們的委屈？戶部終究是公事，內務府可說不好。」

「我竟沒想到這一層！」孫查濟一聽這話，登時悔得打跌，忙請教以後的辦法。

允禩想了想，掰著手指頭同他逐個算道：「十二阿哥管過好幾年內務府，三哥當年開館修書，帳上也未必清楚；其餘的阿哥，還有宗室裡的王貝勒們，也很有幾位辦過大小差事。天塌下來個高的頂著，除了你們，叫他操心的人還多著呢。」他說著，連自己也笑起來，用手拍著大腿，嘖嘖感慨道，「要說磨礪性情這一條，我們兄弟裡，唯他們倆是一對兒。當今的主子我不敢胡亂議論，就說十三弟，荒廢了這許多年，成天捧著藥罐子當茶喝的主兒，竟還如此心高，可實在叫我服氣。」

果不出允禩所料，內務府轟轟烈烈抄家拿人，沒幾天，就把舊帳翻騰到十二阿哥履郡王允祹身上。別的不說，康熙五十七年，孝惠章皇后的大喪就由他主持辦理。內務府的老人都知道，逢上大喜大喪，自有從中發財的勾當。允祹雖也聽聞，可要論侵挪多少，有什麼門道，他是個老實沒計較的人，總是面子過得去，也就撂開手不管了。

當時不肯細究，現下就沒那麼便宜。那幾個隨他辦喪的要緊人，如今抄家的抄家，枷號的枷號，剩下三五個日日到他府裡求情哭鬧。他門下的人出去打聽，說會考府已經調了內務府歷年的帳冊查看，特別是孝惠章皇后大喪所用的物料。因為怡親王隨手翻看，說了「太貴」兩個字，會考府一干心高氣盛、只想往上升的司官，就必得手巾裡擰出金線來才肯罷休。眼看事到臨頭，允祹也坐不住，正打算找個明白人討教，看皇帝這頓殺威棒，到底要打到哪層算一站。

可還沒等他騰出工夫打聽，就有催債的找上門來。這天一大早，門上報說會考府掌印郎中塞愣額穿著公服前來。此人是個滿洲進士，又很精明，如今算個頭等當紅之人。一聽他來，王府長史的腿就有些發軟，迎至大門尚未開口，就接了塞愣額遞上的拜帖。塞愣額一副公事公辦口氣，拱手道：「奉怡親王爺的金諭，明天辰時會議內務府歷年虧空的事，請十二爺的大駕。」

長史接了帖，要請他去簽押房吃茶，塞愣額推聲忙，逕自就走了。等拜帖遞進去，一向好脾氣的允祹也不禁光火，將帖子扔還給長史，負氣道：「他這是要傳我過堂？要去你去，我可不去！」

「只怕推託不過——」長史接過帖子來囁嚅半晌。他知道，允祹一是嗔著會考府太失禮數，二是內務府那一屁股債，他也委實心虛。可當真不去，怡親王處如何交代？自己是什麼身分，怎麼頂得起這個雷！

「我好歹是他親阿哥，真要找我議事，他尊駕不該親自來一趟？打發這麼個勢利眼來！」允祹撇下垂頭喪氣的長史氣昂昂甩手就進了內院，走了老遠又攘臂喊一句，「這要錢沒人倫的混帳世道！」

要說允祥托大，也著實有些冤枉，這實在是忙得昏天黑地照顧不到之過。眼下戶部冊簿山積，會考府方興未艾，可這兩攤子事，他都得插著空才能問及。更要緊的是皇帝那裡：一則太后聽說允禵被留在景陵，就氣得一病不起；二來年羹堯一日數奏，說青海羅卜藏丹津拒稱朝廷所封的親王名號，自立為汗，並約蒙古眾台吉在察罕托羅海會盟，這已是反叛之行。察罕丹津在河州起兵相抗，卻力不能敵，故而屢次向朝廷求援。這一內一外兩件大事，皇帝時時要抓允祥商議辦法，所以他連著幾天住在宮中的值房裡，人也熬得頭暈眼花。

好容易有個閒，定了會考府的會議，頭天晚上卻又犯火牙疼，翻來倒去一夜未眠。晨起時又乏又躁，卻沒法子，還得打轎到衙門議事。他進門時，同管府務的大學士白潢、吏部尚書隆科多、左都御史朱軾已經到了，都在大門相迎，下頭司官書辦們更是齊聲請安。允祥強打精神客套幾句，便問隆科多：「請過履郡王了沒有？」

「你們誰去請的十二爺？」按允祥的意思，原要隆科多替自己去請才是禮數。可他哪裡肯去，只隨手又傳下去，叫一個司官去請。這會兒揚聲再往下問，就見廊下一個人顛顛跑上堂來，抹了抹額上的汗珠，打千兒道：「履郡王府長史請王爺安。」

「十二哥不肯賞臉？」允祥本就虛火上升，肝鬱氣結，聽見自己要請一個人，竟轉了八道彎不來，臉色更難看得緊。那長史本來張皇，聽他這麼說，竟不知如何回話才好，支吾了許久，才吐出一句話道：「十二爺叫下官來會議。」

「你會議？你好大面子！」隆科多先是一陣大笑，隨即將臉一沉，不屑道，「你主子在內務府虧空了多少銀子，你就會議得起？」

允祥臉色鐵青，看了看那長史，一手捂著下頷，強忍著牙疼，轉向白潢、朱軾二人道：「我知道，外間我已經落了個刻薄名，這也沒什麼，幹得這個討債的差事，能不得罪人？可笑連十二哥這樣厚道的人也惱我，可見是眾叛親離。本來想請他議一議，這內務府的積欠到底怎麼個還法才周全、不傷眾。他既不肯來，只好聽我的章程。唔，這件事我自來擔待，免得帶累了你們幾位的名聲。」

朱軾是個忠厚君子，看他這樣說，著實心裡不安，斟酌著詞句想要勸阻。但他卻連說話的空也不給人留，只衝著隆科多道：「從明兒起，先打內務府起，定四條規矩。頭一個，日後凡有虧空，抄沒家產還不能還的，就叫他們父子兄弟幫還，不幫的，一體抄沒；二一個，不是父子兄弟近親的，一律不得代還，需防著有居心叵測的借機邀買人心；三一個，因公挪移的，和因私侵漁的，一體追繳，不許聽人藉故躲賴；四一個，若有抗拒不還，徒賴自殺的，是他們成心敗壞朝廷的名聲，沒一絲可憐之處，需著落他們子孫加倍賠補。不知舅舅意下如何？或是您與吏部、步軍衙門商議了再定？」

「王爺說得很是，也不必商議，回頭我告訴吏部和步軍衙門，就照這個章程辦！」隆科多見他都這樣殺伐決斷，自己更不能示弱，當即大手一揮，一人做了兩個衙門的主。

允祥見狀點頭，又走到汗流浹背的履王長史身邊，沙啞著嗓子道：「回去代我請安，就說內務府的積欠，望十二哥拿出個榜樣來，我們斷沒有不承情的。」

這話說出去的第二天，平日熱鬧的崇文門就愈發熱鬧起來。沿街兩側皆插鑲白旗纛，下擺大小條案，放著各色器物。頭一案放文房，什麼紫檀的筆筒、鈞窯的筆洗、青玉的筆架；下一個放玩器，什麼豆青釉雙耳三足的香爐、景泰藍鎦金的銅佛、簪花仕女的內畫煙壺。再往下看，則金銀首飾、東珠寶石、貂褂裘衣、金鞍紫韁，一應俱全，且多內府規制。最後更有田房契書，大紅的官印在上，摞成幾疊。因為事情實在新鮮，那些進城出城的客商都不由放下自己事，趕到街邊來看稀罕。連崇文門稅監的官吏，那是何等見多識廣之人，也沒見過這樣場面。三五一處議論紛紛，連手裡查點外貨的事由也停下來。不過大夥兒看歸看，見這旗纛鮮明，排場盛大，到底有些膽怯，不敢上前詢問。不多時，就見一位頭戴瓜皮帽、身穿素袍素褂的中年人走出來，四下裡作了個羅圈兒揖，方道：「這是十二爺府裡的買賣，王爺不合有些積欠，現銀不措手，想請南來北往各位財東先生幫襯。」

這位是王府管當鋪的屬人，說話很有幾分買賣家的客氣，幾句話出口，就把看熱鬧的人們聽得興起，不過稍一踟躕，就有膽大的外埠客商肯往前湊。他看中那內府如意館仿製的澄心堂紙，端得膚卵如膜，堅潔如玉，以五十尺為幅，自首至尾均薄如一，叫喜書擅畫的人看見就撂不開手。他這裡一上來打聽價錢，後邊的人也都壯了膽，紛紛圍到近前，品鑒這些上方珍物。

城門邊出了這等奇事，南城御史、兵馬司並步軍統領衙門的營官很快就聞著信，等趕來一看是王府所為，又都奓著手不敢管，只好各自差人稟明上司。旁人還則罷了，唯有隆科多以為允祹氣不忿昨天的事，特意給他們難堪。他本來性傲，如今權大脾氣長，愈發容不下一點兒礙眼之處，當即吹鬍子瞪眼，拍案怒道：「他好大的邪火！這樣沒臉面的事要是不奏不辦，連我們也難說沒罪！」說罷點了幾名得力的校尉，帶足兵丁番役，趕到崇文門大街，將一應買賣之人為首的鎖拿，餘者盡行驅散。自己另備好了一篇話，當即趕到宮中告狀。

皇帝如今最肯賣隆國舅的面子，一聽他的話，果然發下嚴旨，說履郡王允祹「治事不謹，辜負朕恩」，將他革去郡王，降為貝子。皇帝拿親兄弟動了真格，餘者無不震懾。祿位祿位，雖是祿在位先，但無位何以言祿？內務府的官兒們本來有錢，只要有個怕字，自然就肯出血。哪怕一時不能湊手，也都約定了年限，以俸銀陸續抵補虧空。

第十七章　喪母

內務府起了頭，京城的各部衙門，大多咬著後槽牙開始補虧空，唯有戶部這第一個大戶，尚沒什麼動靜。一則歷年的積欠太多，就清查也要費不少日子；二則戶部畢竟是允祥親自管的，眼見皇帝打仗的心越來越盛，他也越來越小心起來，真鬧得一個個抄家罷官，誰還有心思辦事呢。

這一陣子允祥在皇帝跟前，總說起李衛這個名字，皇帝就留了意。一次他再說起時，皇帝突然道：「那就叫他出去歷練歷練。」允祥當然不捨得放手，一勁說「戶部的差事難辦」。皇帝拔擢新進的心很切，自然也不肯罷休，遂換了口氣笑道，「是不易，可你來應付還是綽綽有餘，不要過謙！」一句話說得允祥哭笑不得，他只好割愛道：「皇上看中是他的造化，我也不能攔著人家進身之路。」

皇帝雷厲風行，不幾日，就由吏部奉旨將李衛單獨引見，奏對十分稱旨。李衛是個極聰明的人，雖然在戶部只有兩年多，卻算得上一個老手，什麼冊籍戶口、地丁錢糧、鹽銅茶馬、關榷漕倉，凡戶部所管的事，沒有他不能發上幾句議論的。加上他最會察言觀色，心雖有七竅還多，卻是五大三粗、直言快語的外貌言談，很合滿洲人的脾胃。所以皇帝一見之下，就很賞識，特旨任他為雲南鹽驛道，又授以密摺專奏之權。

先帝開密奏之制，能專摺奏事的，除天子近臣外，只有各省的督撫將軍。今上即位後，又許了幾位要緊的學政、布政使、按察使，而由道員得此殊榮的，李衛還算是頭一個。不過，若是叫一個四品道員公然遞摺宮門，傳揚出去，未免有信不過督撫大臣的議論。所以皇帝特地囑咐他：「有尋常事件，交雲貴總督高其倬代遞奏摺；若是機密要事，就差家人送摺子到怡親王府，讓王子替你轉奏。」

這一遭君臣際遇，真叫李衛志得意滿。他出自富豪之家，就算要到雲南這樣偏遠的地方赴任，也不操心盤纏，只將打點行李、僱用車船之事交給家人去辦；自己趁著吏部文書未到，仍舊時不時到戶部去，再跟舊同僚交接應酬一番。這一天尚未坐定，外頭陝西司掌印郎中布蘭泰就來找他。這布蘭泰是滿洲鑲白旗人，原與李衛同司相好，進門也不客套，擰眉攢目遞過一份文書來道：「有件事還得煩你給看一看。這年總督好大口氣，竟要把陝西軍營的虧空來個一風吹！」

他拿的是陝西布政司給戶部的諮文，李衛接過來前後一瞧，也忍不住撇了撇嘴。實因諮文上寫的是，陝西支絀西邊戰事多年，官民疲弊，目下宜撫恤不宜搜求，所以清理積欠虧空一事，懇請寬免。雖說是求人的意思，可措辭十分理直氣壯，面上是布政司出名，實則就是年羹堯的口氣。李衛看罷眼珠轉了兩轉，就問布蘭泰：「你老兄打算怎麼回文？」

「這樣大事，司裡怎麼敢先拿主意，自然要請王命。」布蘭泰皺眉搖著頭，也不落座，只在屋裡轉磨犯難道，「不過話說回來，怕王爺到底要問司裡的意思，我拿不準，還得請教你這個智多星。」

「我看老年說得不無道理。」李衛是個不講究禮數的人，近日又得了好聖眷，更是輕狂起來，背著人，便稱呼了年羹堯一個「老年」。他也不落座，只大咧咧地靠在椅子上，狡黠一笑道：「陝西現在的情形，是不該催得他們太嚴。不過麼——」他回過身，見布蘭泰聽得點頭，就突然將眼睛瞪得大大的，掇把椅子放在布蘭泰近前坐下，故弄玄虛道，「這都是不要緊的。」

布蘭泰見他話鋒一轉，更是聚起精神來問道：「那什麼要緊？」

「兩條。」李衛比劃了兩個指頭，又點點那諮文，師傅教徒弟般繪聲繪色地說道，「頭一個，公事上說，清理虧空，本就是千難萬難的事，就看咱們孫老大人的情形，你就知道了。陝西是有難處，要破例。那江南就沒有難處了？直隸河南就沒有難處了？湖廣雲貴，哪一個是沒有難處的？既然各家都有本難念的經，那還清什麼虧空？聽他們哭窮罷！」李衛說著，就學了孫查濟會議時抱怨自己窮困的樣，樂得布蘭泰先前仰後合一陣，又不錯眼珠地盯著他問：「你是說這個口子開不得？」

「自然開不得，不然前功盡棄！再說，陝西窮什麼？要窮也是老百姓窮，打了這麼多年的仗，當官的早就撈夠了。」

「有理！」布蘭泰拍案叫了個好，又弓著腰貼近了問，「那第二個呢？」

「第二個麼，自然看老年討不討王爺的喜歡！」

「嗯？有什麼風聲？」

「老年正是紅的時候！」李衛故作詭祕地搖搖頭道，「王爺最能體會聖心，這個時候，哪能派他的不是。」

「咱們哥倆你還打太極拳！快說快說！」布蘭泰是個急性子，見他如此，忙又向前湊了湊催道。

「如今老年上奏的事，還有給六部的文書，從沒有駁回的。可他這回用了陝西藩司的名義說大事，原本不合規矩，他這是做什麼？」李衛是最要人捧的主，此時見布蘭泰凝神蹙目滿臉賓服，越發得意地笑道，「他這是試探，就算咱們駁回了，也就駁個藩司，不是駁他年大帥！」

「唔——」布蘭泰若有所悟地點點頭，又叮著李衛，等他再說。

「你還不懂？」李衛突然拉了布蘭泰的手，把著他的耳根子低聲道，「他們兩位要是真好，幹嗎不寫封信私下裡說準了，再由老年親自上奏過了明路？」

「多謝多謝！」布蘭泰一下子恍然大悟，一時又拍大腿又拊掌連歎，說了好幾句「苟富貴，勿相忘」之類的話，才作揖打躬，揣起諮文走了。

果不出李衛所料，布蘭泰將諮文報上時，允祥說了句只管照例，就把諮文扔還給他，叫陝西司擬了駁稿。

可沒過半個月，布蘭泰就知道，這回李衛是失策了。年羹堯繞過戶部又上了一個摺子，皇帝竟自准了。允祥頭天去西山大覺寺為太后拈香祈福，第二天下晌才接到這個信兒。他登時火冒三丈，琢磨著去見皇帝時，要怎樣論說。沒想次日一早進宮，在值房外隆科多先氣赳赳攔住他，問道：「年羹堯這樣跋扈，王爺也不說話嗎？」

「勞煩舅舅替我抱屈。」允祥微微一怔，以為他要說戶部的事。卻見隆科多冷笑一聲道：「我的屈也沒處說呢。你還不知道吧？前兒內閣給吏部抄出一個單子來，十五個道府，都是川陝的，都是才守兼優、諳練政務。吏部一個月能騰出幾個這樣的缺來？都伺候他一個人還不夠。」

「誒！果然舅舅比我還屈。」允祥漫應著他的話，一隻腳就要踏進值房裡去。就見從內宮裡疾走出兩個御前太監來，走到跟前氣喘吁吁道：「昨兒夜間皇太后的鳳體不好，萬歲爺在跟前服侍了一宿。現著怡親王也往永和宮去，國舅知會禮部、內務府先行預備。」

二人聽見這話，心裡都是一驚，也顧不得再說年羹堯長短，就各自依旨行事。待允祥趕到永和宮外永巷時，就見院裡院外的宮女、太監端藥的端藥、送水的送水，雖然穿梭不斷，卻都躡手躡腳，聲欬不聞。其時才過端午節，天氣很是燥熱，皇帝跟前的總管太監陳福正在宮門口邊擦著額頭上的汗邊向外張望，見他來，忙跟上去，將他引進前殿。永和宮是二進院子，太后日常起居都在後院同順齋，前殿是年節行禮和待客的地方。這會兒永和宮的宮女、太監都忙忙碌碌拿著各式東西往後院去，前殿廊下盡是養心殿伺候的人，顯見皇帝正在裡頭。

聽說皇帝侍奉湯藥一夜未眠，允祥以為他該很疲憊，且這樣急著叫自己到內宮來，必定要說太后的病狀，甚或後事。哪知一見面，皇帝的興頭兒全出他的意料，未待他行禮，就將案上一張墨蹟尚未全乾的上諭遞過來，道：「昨天晚間有年羹堯新到的摺子，說羅卜藏丹津攻下了河州城，察罕丹津就剩了一百多人逃出來，叩請內附朝廷。」皇帝在殿裡快速地走動著，語速也極快地說，「你看看這個有什麼不妥沒有，要是沒有，這會兒就交內閣發出去。」

允祥心中大詫，忙接過上諭細看，見上面龍飛鳳舞地寫著：

「青海台吉兄弟不睦，倘邊境有事，大將軍延信駐紮甘州，相隔遙遠，朕特將一切事務俱降旨交年羹堯辦理。若有調遣軍兵動用糧餉之處，著防邊辦餉大臣，及川、陝、雲南督撫提鎮等，俱照年羹堯辦理，邊疆事務斷不可貽誤。並傳諭大將軍延信知之。」

饒是允祥機敏過人，叫他這一番舉動下來，也有些措手不及，思量半晌方道：「羅卜藏丹津先頭也有信給理藩院，說自己世受國恩，斷沒有謀反的心，察罕丹津出兵河州，為的是割據青海，背著朝廷自立，他與察罕相爭，是為朝廷平叛。既然兩邊都說自己沒有反心，內訌又鬧大了，朝廷是否還要再調停調停？」

「備戰更要緊，你不要跟年羹堯鬧意氣嘛！」皇帝斬釘截鐵打斷了允祥，轉念又覺得自己話說得重了，頓了頓道，「調停也是要調停，省得說朝廷不教而誅。我已經批給年羹堯，讓侍郎常壽做欽使，到羅卜藏丹津軍中宣示旨意，叫他先從河州罷兵。」

允祥見他心意已定，也不能再說別的，答應一聲就要捧了諭旨出去。皇帝卻又叫他回來，嘆口氣，放緩了語氣道：「額涅的病很兇險，皇后她們都在後殿伺候，我也不便照常辦事見人。這道旨一發，必有人議論為什麼不用延信。可我昨天思量了一夜，也只有如此，才最穩妥。年羹堯實在是個有大將之才的人，你看久了就知道了。」

「甘州是要緊的所在，延信不宜輕動。況且他從入藏以後，身子就不很好；又一直在北路，若論川陝全域，是不如年羹堯熟悉。年羹堯也是皇父很信得及的人，自然有他的過人之處。」允祥深知皇帝不喜延信與允禵等人親厚，所以一心要改宗室統兵的舊制，獨用年羹堯這個漢軍旗下的藩邸舊人。但延信現在仍舊掌管著允禵所遺的撫遠大將軍印信，又是曾在青海苦戰的宗親名將，無緣無故置之不用，實在不能令宗室滿洲心服，皇帝也不能不有所顧忌。是以允祥略作沉吟，替他想了幾條說詞，又躬身道：「回頭議政王大臣會議上，臣就拿這個話和他們解說解說。」

「好好，有賢弟一個人，足可勝千勝百。」皇帝聞言很是高興，才要拊掌一笑，忽然想起後頭太后還在重病中，忙壓住了。及見允祥的神情，是問太后病狀的意思，便喟然嘆了一聲，搖了搖頭，無可奈何道：「舅舅不便進內宮來，只好勞動你多跑幾趟了。唉，老十四怕是還要弄回來的。」

說起前一天太后陡然加劇的病情，即便是對允祥，皇帝也難以啟齒。自景陵奉安先帝回來這兩個月，太后的身體是每況愈下，平日裡總喊心口疼，碰上陰雨天，或是吃得飽些，就更是疼痛難忍。太醫院方子開了十幾個，沒有一個管用的，皇帝自己知道，這實在怨不得太醫，說到底還在允禵留置景陵的事上。可這個口，他不願意鬆。把允禩、允禟、允禵和他們要緊黨羽分而置之，不能隨意聯絡，這是他和隆科多早商量好的法子——凡九門提督抓住大夥的盜犯，都要隔別審訊，以防串供才行。允禩是他們領袖，又做總理事務王大臣，自然要留在京裡。允禵是自己一母同胞，安置在景陵，已經是離京很近的地方，斷不能再讓一步。

頭天一早他去給太后請安，太后的脾氣又顯得格外大，直截了當就是一句：「你放他回來不放？要不放，就打發我也去給先帝爺守靈。」

「太后這樣說，折殺兒子了！」皇帝當即跪了下去。旁邊使喚的人也跪了一片。太后開始嗚嗚地哭，任誰也不理。皇帝事多心煩，也顧不得做什麼母慈子孝的樣子，忒有些不耐煩道：「他不過是住在陵上，又不是什麼處分。皇父的陵寢，總要一個兄弟輩的來照應，先頭派了十七阿哥，並不見額涅生氣。」

「他和你一個娘生養，怎麼能和十七阿哥一樣！再說，他是先帝爺命作大將軍王的人，自然有些能為。你這初經乍到的，跟前難道不要幾個輔佐的人？」太后一貫不是口舌鋒利之人，單在這件事上，要使出全身的精神本事，和能言好辯的皇帝講理。及到說起先帝，又不免傷心，愈發哭得接不上氣來。

聽母親又說起「大將軍王」千古名將般的能耐，皇帝心裡很不高興——當年允禵被舉朝目為儲君，還不就仗著這個「大將軍王」名義？可就皇帝自己說，他無論如何也看不上這個同胞幼弟。為籌劃青海戰事，他特地把允禵的奏摺找出來看，心裡只罵他「狗屁不通」。眼見太后又是這般口氣，他不由衝口辯道：「朝廷人才鼎盛，肯輔佐兒子的很多，要是一勁兒地任人唯親，反倒傷眾。如今朝廷拜近支王子作大將軍，早不是當年睿親王、肅親王的用法，不過重一個坐鎮的身分，取個和將士同甘苦的名兒。先頭允禵所帶兩千京旗，並不指望他們打仗，真正倚仗的，還是內外蒙古、川陝的漢將，還有西安的駐防滿兵才是要緊。這些人各有將帥統轄，論軍功論本事，都比允禵強得多呢。」

他原本不必為一個深宮婦人講解軍國大政，不料說到興起，竟自娓娓道來。末了意猶未盡，又補道：「額涅記得，當年我伯父裕親王是個厚道老實人，叔父恭親王更是個糊塗人，可皇父也派過他們欽命大將軍。擱到允禵，也是一個道理。」

「既然這麼容易，怎麼不叫你去？」太后哪容得別人說他的愛子沒有本事，當即反唇譏誚。豈料這話真正觸了皇帝的霉頭，他想用「兒子備位儲君」的話去駁，卻空口無憑，唯恐太后真發起怒來，又要扯出得位「正」與「不正」的說法。可真要咽下去不說，心裡卻忍不住氣，遂抬頭直視太后道：「額涅不該問這麼多朝廷的事！」

「你叫他回來，我才懶得問！」太后拿著靠枕重重往榻上一甩，想直斥皇帝不孝，轉念又吞下去，跌坐在炕上，瞪著皇帝的眼睛一下暗淡許多，復偏過頭去，恨聲道，「你這樣待自己的親兄弟，也不怕人說——」

「那兒子就給他封王，讓他在山陵盡孝！」皇帝叫太后激得一陣心火驟起，扔下一句話，起身想往殿外走。太后叫他氣得發蒙，心頭讓巨石砸了一樣，眼前黑了一大片，強撐著喊了一聲，想把皇帝叫住。

皇帝聞聲停了腳，回過身子打個千兒道：「既要封他為王，兒子去和大臣們商議，看給他個什麼好封號。不曉得額涅還有什麼吩咐沒有？若沒有，兒子辦事去了。」

太后的嗓子裡像壓了一團棉絮，哽著喉嚨說不出話來，兩手沒處擺沒處放的，只好捏著頸上的數珠，臉色由通紅變得煞白，眉眼幾乎擰在一起。宮人們全嚇傻了，都趴在地上，死人一樣不敢動彈。太后想叫人，又叫不出聲，想流淚，也流不下來，一陣天旋地轉，而後又聽見皇帝退去的腳步聲。她的眼前一片混沌，似有人影，卻說不清是先帝、皇帝，還是允禵，人影忽大忽小，一會兒又顛倒過來，末了就一絲全無，漆黑如夜了。

等皇帝的腳步聲全然消失在永和宮，一眾丟了七魂三魄的宮人才醒過神來。見太后癱坐著不動，忙擁過去，連聲呼喚。又有腿快的跑去招呼總管太監，叫太醫。太醫請脈時，直說了兩句不好，又叫人去奏報給皇帝。皇帝不得已又踅回來，看太后神迷氣短，呼喚不應，自己也後悔不迭。只好讓人取來要緊奏章，在永和宮晝夜陪侍。誰知下晌又接年羹堯的急奏，說羅卜藏丹津兄弟已經兵戎相見，察罕丹津丟城敗走，請求內地安置。如此重大的軍情，皇帝實在恨自己沒有分身之術，不能回養心殿從容處置。可畢竟一個孝字當前，是無論如何逾越不過的，他也只能熱鍋上的螞蟻一樣，在永和宮胡亂將就辦事。

再不過兩天光景，六十四歲的皇帝生母、仁壽皇太后烏雅氏就在住了大半輩子的永和宮離開人世。當天，皇帝將她的靈柩移到寧壽宮停放——那是太后本該移住的宮室——自己則在後宮的蒼震門內倚廬居喪。他讓張廷玉擬寫了一份遺誥，備述太后因為先帝駕崩而哀毀過甚，有損精神，以及不肯接受尊號、冊寶的緣故。又說皇帝雖稱至孝，也應該以祖宗社稷為重，因此一切喪儀應遵《會典》而行，不必另外添加，皇帝成服三日，即可照常聽政。

第十八章 攤丁

太后的大事很快傳到景陵所在的京東遵化地方。駐遵化的馬蘭峪總兵范時繹最近實在焦頭爛額，他的職責很重，京東一線，都是他的防禦範圍。最近直隸剛換了李維鈞做巡撫，一上來就忙著繳虧空，州縣官人心惶惶，都在到處湊糧食湊銀子。連著一年多天旱，夏糧沒有好收成，卻又不到蠲免的地步，衙役們如狼似虎下來，飛雞走狗催迫老百姓交皇糧，正是「吏呼一何怒，婦啼一何苦」的亂仗。

打前明役法改作一條鞭，百姓都不必親服徭役，但要交上一定的銀錢，作代役之用，稱為役丁銀。朝廷為了便利，將民戶分為上、中、下三等，下等就是家無寸土的赤貧。沒田自然沒糧，田賦可以不納，但丁銀卻免不了。先帝時有滋生人丁永不加賦的善政，是將丁銀的總額定下來，就照康熙五十年數目不變。從此以後，那添丁進口的家裡便宜，無論添了多少，所繳錢糧都不加增。唯有短人減口之家受苦，反要按著人多時候的數目攤派，這在民間叫作「子孫丁」，是兒孫輩要為已死父祖交丁銀的意思。京東各縣的丁銀、田賦比例不同，有五五的、四六的、三七的，最麻煩的是玉田、豐潤兩個縣，都是丁、田各半，丁銀過重，少丁下戶承受不起。

州縣將賦稅錢糧催得緊，地主問佃戶催租自然更緊，兩下裡都緊，窮苦人家就耐不住了，是以接連出了幾件抗稅抗糧的事，更有一兩處為盜為匪、劫掠商賈的案發。范時繹身為總兵，剿匪是職責所在，所以巡撫李維鈞就發諮文給他，要他去幫兩縣彈壓地面。可李維鈞哪裡知道，皇帝早給了范總兵密旨，要他務必在遵化盯住允禵，隨時奏報。范時繹兩頭一掂量，自己就不敢挪動，單遣屬下的玉田都司相機處置，若是盜情太洶，就再請添兵。

剛布置完這事，范時繹就接到北京的消息：太后駕崩了！他心裡暗道一聲「不好」，先派了幾個精幹武弁，跑到景陵邊允禵所住的湯泉地方，瞧著他的動靜。他自己再換了孝服，帶著隨身兵弁慢慢過去，做個報喪的模樣。

等他到了景陵，紅日已經偏西，卻不見允禵在住所，問了門上人，知道是往守陵大臣辦事的衙門去了。范時繹趲馬又到陵寢衙門，遠遠聽見大堂內有哭喊之聲，便知京中的喪報已經到了。他遞了手本入內，就見屋裡擺設零亂，允禵跪地仰天，一聲聲長號不止。同留在陵上的大學士蕭永藻和幾個內大臣、散秩大臣全都聚在這裡，各自散坐著，有的獨個抹淚，有的勸慰允禵。這些被派來看陵的勛戚、大臣，俱都場面上不得意，各有一份酸楚不服氣，這會兒觸景生情，發抒心裡的委屈，不怕落不下淚來。

「貝子節哀——十四爺！」范時繹進門行了禮，叫了幾聲。允禵也不理他，自顧自一味哭。范總兵乾站著沒法子，看看左右，因與蕭永藻都是漢軍旗人，便於說話，只得轉身作了個揖道：「老中堂和各位大人也請節哀。」

「去從你營裡找幾匹快馬，我要進京！」沒等蕭永藻答話，允禵忽一下站起來，抹了一把臉上的淚，向前幾步，推搡著范時繹就往外走。及等一隻腳倒退著跨出屋門，范時繹才拿穩了腳下的根，勉強站住。他是漢軍旗第一門閥的後嗣，祖父范文程在關外參贊機樞，草創擘畫，是本朝的耶律楚材。伯父范承謨三藩叛亂時任福建總督，死在耿精忠獄中，被先帝頒賜了「忠貞炳日」的牌匾。父親范承勛也官至兩江總督。他這樣門第，皇子王孫都要敬上三分，這會兒見允禵如此無禮，不免沉下臉來，定神正色道：「貝子先歇歇氣，不要失了身分。」

「我要回京奔喪。你曉得我的脾氣，自然說走就走。」允禵也覺得有些過分，鬆了手，揉揉哭腫的眼睛，仍舊昂著頭，指著范時繹命道。

「時繹不知道貝子的脾氣，卻知道朝廷的法度。」范時繹暗自揣度著，允禵是先帝皇子、當今御弟，雖說未必沒有翻身之日，但自己職司在此，既是監軍，又是看守，萬一在座的守陵大臣裡有皇帝心腹，現在稍一屈就，明天就要給皇帝知曉。是以思量再三，仍舊竭力端出上三旗貴臣的架子，一臉公事公辦，稱呼裡連慣常的「爺」字也沒有，只板著臉道：「貝子奉旨在此，沒有諭旨和部文，不能私自回京。」

「你說什麼！」允禵聞言一陣狂怒，若不是人攔著，真要上去給范時繹一腳。他血紅的雙眼瞪得滾圓，幾乎爆出血絲來，悲慟和絕望化作一股桀驁恣縱的戾氣，大叫道：「你是石頭縫裡蹦出來的孫猴子，死不了老子娘，不用去奔喪！」

「唉，十四爺可要慎言吶——！」蕭永藻是年近八十的先帝時的老臣，也曾親見允禵風虎雲龍，持節拜帥，好個心高氣傲的大將軍王。如今困在這一方小天地裡，連母喪也不能奔，還要同總兵鬥口，知情人冷眼看著，心裡也不是滋味。他原本不想多話，既怕惹禍上身，又恐火上澆油，可聽著允禵越罵越不中聽，也只好出來拉一拉，免得范時繹的奏摺上去，告自己個不加勸阻、姑息縱容。

允禵哪裡還聽得進勸，他搓著手，原地打了三個轉，想著這要是在甘州，一定軍法辦了這個王八蛋。可如今是自己人在矮簷下，馬蘭峪鎮所轄兵額數千，一應是他的「現管」。再念身後山陵中躺著的老父，數百里外剛剛離世的親娘，還有叫人四處驅散、連封書信也不能通的親兄弟，實在叫他椎心泣血，百感交集。

「等旨意一到，十四爺自然可以回京。」范時繹看他錚錚傲骨、哀哀情斷的樣，也不免生出幾分憐憫，遂放緩了口氣，招呼兩個親兵吩咐：「你們日夜看著驛道，欽使一到，即刻請來。」

「不勞你費心。」允禵卻不肯領情，一擺手，推開身邊眾人，跌跌撞撞逕自走出門去。范時繹看著他的背影漸遠，正思量要不要叫人跟上，卻見暮色中的允禵一個踉蹌，向前栽倒在新生的雜草叢裡，緊接著，又是一聲撕心裂肺的呼號，在山坳中發出慘厲的迴響。

第二天，准許允禵回京叩謁太后梓宮的旨意就到了，順帶還有晉封他為郡王的恩命。只是晉封的話說得很難聽，顯出皇帝一萬分的不情願。旨意說：「貝子允禵原屬無知狂悖，氣傲心高。朕屢加訓諭，望其改悔，以便加恩，但恐伊終不知改，而朕必欲俟其自悔，則終身不得加恩矣。朕唯欲慰我皇妣皇太后之心，著晉封允禵為郡王。伊從此若知改悔，朕自疊沛恩澤；若怙終不悛，則國法具在，朕不得不治其罪。」一個太監不知好歹，在旁說了句賀喜的話，就挨了允禵一個窩心腳。其餘人叫他唬得一句多話也不敢說，垂頭喪氣送他上了路，便各自散去。

恭送走了允禵這位瘟神，范時繹才顧得上本職止差。他先派人到玉田縣去，問了當地的盜情。然後詳告巡撫李維鈞，說景陵這邊的大事已經辦完，不日即將前去，請撫臺寬心。李巡撫很快有了批答，說是兩縣盜情事出有因，宜撫不宜剿，這會兒已由永平知府前往辦理，不勞范總鎮了。范時繹讓允禵的事熬得心焦力竭，再沒精神管這些事，正樂得悉聽尊便。

永平知府趙國麟雖是新任，卻是個有清譽的能員，一時領了憲命，就趕到玉田縣去查訪。他探得這些抗糧、為盜之事，歸根結底是丁銀太重、吏役科索、窮民難過的緣故，就與帶兵的都司商議，先在市井通衢杖責了幾個魚肉鄉里的衙役，又在各鄉坊村鎮都貼出告示，聲明首惡重辦、脅從不問的意思，還親自捐出俸銀，又挨家請縉紳富戶出資，幫無力佃戶買下秋糧種子。百姓們本是通情達理的良民，凡有謀生之路，誰人不務生理？漸漸的，便都各自回鄉去了。剩下幾個盜首，都司帶著官兵一擒而盡，再不消多說。

這一樁差事辦完，趙國麟親自到省城保定覆命。李維鈞賞識他才具老成，問慰之餘，就談起玉田、豐潤兩縣丁、田不均的事。趙國麟提及自己的家鄉山東泰安府，從明朝天啟、崇禎年間，就奉行「攤丁入地」之法*，很有益於窮民；若用此法辦理直隸各州縣的賦役，玉田、豐潤這樣的事，自然就能消弭。

晚間退至後宅，李維鈞還在想趙國麟的話。他是浙江嘉興人，仕宦途中在山東莒州做過知州，這兩地也從萬曆以後施行「攤丁入地」之法，頗有成效。所謂「攤丁入地」，就是將一縣丁銀的總額，攤入本縣的地畝，按畝均派。如此一來，本縣賦役的總額並沒有減少，卻免了無田赤貧的丁銀，改由田多的地主交納；縣衙門催征便宜，玉田、豐潤這樣的麻煩也就迎刃而解。他後來做直隸分守道，專管錢糧賦役，深知直隸京畿多是旗地，大富之家田連阡陌，平民佃戶投充寄居，土地兼併較別省更甚。所以無地窮民常有抗糧、抗租之舉，甚至群起為盜也不稀罕。如今他新官上任，做了封疆大吏，原想找幾件興利除弊的事來振作立威，再加上他的薦主年羹堯屢次寫信，要他多加留意，需使出個意想不到的手段來，令朝野側目，給自己爭臉。李維鈞思來想去，打量著上奏請旨，在直隸境內通行攤丁入地之法，便可算得一個大舉措了。

然則功也大，怨也大，出頭的椽子禍也大。李維鈞是個聰明人，不能不曉得其中的阻礙，他一個巡撫恐怕難以承受。最要緊的，是此法雖然施惠於無地窮民，卻有損紳衿豪強。更遑論直隸旗地眾多，朝堂上的王侯貴戚、袞袞諸公，誰家在直隸沒有良田舊產，誰願替窮民佃戶多攤丁銀？自己一個條陳上去，還不成了眾矢之的？

一件大事舉棋不定，擾得他很難入眠，在床上輾轉反側思慮不住。他的夫人早亡，愛妾張氏本是家奴的妻子，因生得很有姿色，就叫他巧取過來，隨在任上。張氏出身雖微，卻有十分的伶俐，不但能幫李維鈞料理家務，且敢在外人面前拋頭露面、百般張羅。為借重年羹堯的威勢，李維鈞特叫這位如夫人與年府的管家魏之耀認了乾親，作乾爹乾女兒的稱呼，自己對她也愈發倚仗起來。張氏見他夜不能寐，瞪著眼睛直發愣，便披衣起身，輕輕挑起幔帳，下地撥了燭花，才回來問道：「老爺怎麼睡

＊萬曆一條鞭法以後的農業稅主要分為兩部分，即人頭稅（丁銀）和土地稅（田賦）。人頭稅原本覆蓋所有十六至六十歲成年男子，康熙五十年間「滋生人丁永不加賦」政策頒布後，人頭稅總額被固定下來。所謂攤丁入地，即將人頭稅攤入土地稅中，名下沒有土地的赤貧男丁不再承擔國家賦稅。

不穩了？」

「心裡有事。」李維鈞也趁勢坐起來，由著張氏給他捏肩捶後背。張氏的臉微側著，在隱隱跳動的燭光下，顯得分外撩人。那一種小家碧玉的精明靈透、嬌俏媚人，讓李維鈞看在眼裡，心中兩搖三蕩的動起來，連公事上的煩惱，也拋去九霄雲外。他說著話，一撫她的玉臂，笑道：「你想要個一品誥命不想？」

「傻子才不想呢！」張氏一雙杏核眼波光流轉，看他滿面笑意，以為是玩笑話，遂別過身去，嬌嗔一聲，「現在這樣，老爺還怕人說三道四，又提什麼一品誥命，淨拿這沒影的事哄人！」

李維鈞見她不信，又沒了方才顧盼風流的媚態，不覺有些賭氣，雙手扳過她的香肩道：「我現在就有一件大事，若做成了，不愁你沒個一品夫人當。」

「這話當真？」

「怎麼不真！」李維鈞一把握住那半倚在床上的纖腰，使勁往懷裡一帶。張氏便「跌」在他身上，咯咯笑個不停，隨道：「老爺要打誑語，我可記著呢！」

「你激我！」李維鈞手一鬆，略略打了個愣，看那靠在自己懷裡的妙人兒，雲鬢斜倒、烏髻搖曳、朱唇小啟的樣，不由再想，只用微抖的雙手邊解身上扣襻，邊說：「管他好歹，你等著就是了——」

床笫之間的口舌之快，畢竟不能作數。次日一早，李維鈞還是要請巡撫衙門的首席幕友張師爺來商議這件大事。張師爺是諸暨人，六十多歲，原是年羹堯之父、前任湖廣總督年遐齡薦給他的。此人久在督撫幕中，諸事清楚，又最諳熟人物掌故。李維鈞是從州縣官做上來的，對朝中勾當並不深悉，多虧張師爺輔佐，才能不出大錯。

一時書房落座奉茶，李維鈞便開門見山道：「年公屢次要我做幾件興利除弊的大事，近日覓得一件，請老夫子幫忙參酌參酌。」師爺見他嚴謹慎重，知道事體非小，也自凝起神來聽著。李維鈞繼而又道：「老夫子知道，咱們浙省許多州縣，在前朝就行了攤丁入地之法，窮民少累，人口也不必隱匿，朝廷催科*也更便宜些。」

「是這話。不但浙省，其他省的州縣，凡紳衿不多的地方，也多有施行。晚生隨年老大人在湖廣時，就有所聞。」師爺半生在外，遍閱多省的風俗政體，又很博聞強記，聽李維鈞說起「攤丁入地」的話，不禁侃侃而談，把個萬曆以來哪裡奉行此法、哪裡有所裨益的舊事，一一說得周詳，直聽得李維鈞擊節稱讚，心裡更多了幾分堅定。李維鈞待他說罷，就略傾了上身，做出恭敬的姿勢，注目道：「老夫子真是見多識廣！那麼依您來看，我現在請旨，將此法在直隸施行，或者再通行各省，可行得通麼？」

「若做成了，倒是一件功德。」師爺敲一下手中的摺扇，見李維鈞面露喜色，卻又一笑搖頭道，「可東翁知道早些年，特為此事，就有廷爭麼？」

「略有耳聞，未知其詳，請老夫子明示。」

---

* 催科即催收賦稅。

「永不加賦的恩旨下過沒幾年，晚生正在年老大人的親翁、兩廣楊琳制軍幕館中做事，曾隨楊制軍進京陛見。」師爺蹙目回憶起舊日的情形，娓娓說道，「那時候一位姓董的御史就有本章，請旨敕下戶部，行文直省各地方，查明各縣地畝、丁銀，按畝均派，行攤丁入地之法。本章交部議奏，戶部駁了個『變更甚巨，難以施行』。這也罷了，更有混帳的部員，將消息洩露出去，朝中物議洶洶，沒有不怪董御史多事的。先帝英明，想著此法或有可取，不妨一試，就命楊制軍先在廣東試行。孟子曰『為政不難，不得罪於巨室』，這是晚生親見的。直隸各府中，丁浮於地、窮民最苦累的，乃是順天、保定、河間、永平、宣化五個旗地最多的所在，這件事辦起來，怕就更不容易。」

「多虧老夫子教我。」李維鈞先還聽得入神，後竟滲出一身細汗來。他抿著嘴唇沉思許久，仍有些不甘心，試探著問：「當今聖主似是真有興利除弊、振作刷新之意。年公是皇上藩邸舊臣，想必不會誤會聖心？」

「二世兄自然不會錯。可東翁奏陳上去，主上就便恩准，卻犯了眾怒，成了孤臣，他遠在西陲，保得住東翁安穩麼？」師爺一番話說得極有城府，李維鈞聽著，心裡早已寒了半截，只悶聲道：「那依老夫子的意思，還是多一事不如省一事好？」

「也不盡然。」師爺瞧他一腔熱炭似的，叫自己兜頭一盆涼水，潑得心灰意冷，也很過意不去，忙回旋道，「東翁知道，晚生素來有些過慮的毛病。這是於國於民有利的事，當做的，只不可急躁輕動就是。」

「先生是老成之言！」李維鈞慨嘆一聲，起身漫步良久，才又開言道，「什麼孤臣不孤臣的不說，僅就上奏一節，也很難辦。若是題本上去，倒是光明正大，可部臣拘泥成例，嫌我多事不說，萬一洩露出去，就要落得董御史那樣麻煩；要是先密奏*——」李維鈞住了口沒言聲，眉頭漸漸鎖起來。

「要是先密奏，皇上斷之不專，還是要發部議，東翁更擔了一個僭越瀆奏之名，得罪部臣。」師爺接口替他說了出來，正中肯綮。

「唔，年公多次說，如今戶部的王爺不喜歡外臣自作主張。」李維鈞話到嘴邊留了情，年羹堯和他抱怨怡親王刻忌攬權，遠不是這麼輕巧的說法。

師爺又想一想，出主意道：「東翁不如寫一封信，討一討亮工的主張，他若願意兩下呼應，那是最好的。」

李維鈞聞而頷首，篤定道：「今天我就寫信，急遞西安。」

---

* 雍正年間各地督撫向皇帝報告重要公務，主要採用兩種文書形式，一是正規管道的「題本」。題本需按照一定流程向皇帝遞呈，同時將副本送到六部中對應的機構。題本送到宮中後，由內閣協助皇帝進行「票擬」，通常批交給相應的部拿出具體意見，再由皇帝決策。題本之外還有大臣和皇帝進行一對一交流的「奏摺」，因為保密性強，故又稱為「密摺」。奏摺內容可以不經內閣、六部等衙門閱覽討論，由皇帝獨自決斷後批交相應機構執行。

第十九章　籌餉

待李維鈞的書信到西安時，年羹堯已經今非昔比。皇帝那道川、陝、雲南督撫提鎮皆聽節制的特旨一下，明眼人都知道，青海一旦有變，年羹堯就是理所當然的欽命大將軍了。

羅卜藏丹津與察汗丹津會戰河州，連帶鬧得河湟一帶都很不太平。周遭藏民受了羅卜藏丹津的挑唆，時有燒毀穀草，搶掠財物的事。年羹堯日日接到這些消息，倒也沉得住氣，只是遙勒官兵，不必理睬。

小打小鬧的不在話下，他現在最麻煩的是三件事。一是塔爾寺的大喇嘛察布諾門罕，他是青海黃教的首腦，威望非同小可，若是他率眾從逆，青海甚至川甘等地的僧人，怕就要跟著反叛，連各部王公們，也難保不會動心。

二是九阿哥允禟的事。近來皇帝給自己的朱批，除了過問羅卜藏丹津的動向，還有一件頂上心的，就是那位九貝子做何安置。允禟乃是八王一系的智多星、錢袋子，皇帝忌憚其人更勝於允禩、允禵，所以專找個說詞，打發到軍前來，是要年羹堯做他的看守、挑他的毛病。如今九貝子已經到了西寧，年羹堯身在西安鞭長莫及，就叫駐紮西寧的總兵黃喜林與他周旋應酬。可這黃喜林本是帶兵打仗的武將，從沒有同北京城的皇子貴冑打過交道，皇帝一見這樣的安排，就很不放心，雖不便說年羹堯的不是，但接連三催四問，恨不得將他的行動坐臥，日日奏來才好。年羹堯一心都在備戰上頭，原本無暇顧及這事，可皇帝如此看重，又不能不理會，實在叫人心煩。

第三仍舊是軍需錢糧的分撥調動。他先曾略作試探，請求免去虧空，卻給駁了回來，就知道戶部是個數鐵公雞的，萬萬指望不上。他是個爽利不喜糾纏的性子，一經此事，便再懶得和戶部討價還價，唯存我自為之的心思。自己一邊從川陝甘滇等處調用糧草，一邊密摺奏到御前，不過是打個招呼的意思，只待一個「知道了」的朱批而已。然而用兵西陲，僅僅軍需正額足備，還差得遠。青海乃苦寒之地，軍兵疲弊，轉運艱難，將帥手中若沒有得使用的銀錢，就絕不能籠絡軍心。這一條著實叫他有些犯難，是以數日之間軍報連連，他卻悶坐在衙門裡，仍舊一心琢磨來錢的法子。

這一天正思量著，外頭家人來稟，說胡方伯到了。胡方伯即是陝西布政使胡期恆，胡、年兩家通家世好，胡期恆與年羹堯之兄年希堯同歲，為人又很持正，所以雖是屬員，卻得年羹堯的敬重，視如兄長一般。聽說他來，年羹堯不肯怠慢，親自迎出二門，見胡期恆躬身行禮，忙疾走幾步扶住笑道：「沒有外人，元方兄又跟我客套了！」

「我是來問公事，不敢不拜大帥的虎威。」胡期恆一身寧綢素袍，清臞端正，含笑站住作了個揖，便隨進內宅花廳中去。落座後從袖中拿出一封信道：「直隸李中丞想請旨通行攤丁入地之法，要我們幫忙呼應，他說另有信給你，不知道你的意思。」

「他的信我看了，說得不為不是，可我正要做刀頭舔血的勾當，哪裡顧得上他。」年羹堯漫然回應著，並不很認真。對李維鈞，他原本自居恩主，呼來喝去，遠不如待胡期恆這樣尊重。及見胡期恆有些失望模樣，又大笑道：「他是我薦的人，皇上見是他奏的，又是好事，必也要給我三分薄面，不會駁的，用不著咱們多說。」年羹堯灑脫地在屋裡踱著步子，粗大水亮的辮子在腦後一擺一擺，顯得格外精神。見胡期恆的神情有些不以為然，就笑道：「我已經給他回了信，讓他不必去找戶部，都是些毫無見識之人；與其和他們磨蹭，不如直接上摺子。」

胡期恆原想事關重大，應當慎重做個主意，可看他這副神情，也不能再說什麼。琢磨一陣，仍舊放心不下，又道：「咱們這樣交情，說些不合時宜的話，想你不會怪我。當今聖主最通下情，又好誅心，你再不耐煩，也要小心恭敬些。再者戶部是天下錢糧總匯，也不能——」

「我都知道。」年羹堯先還認真聽著，見他皺著眉頭懇切陳詞，就從桌上拾起茶盞遞過去，先說，「歇歇氣，喝口水」，又攤開手道，「老兄你想一想，就是匹千里馬，只管驅馳，卻沒草吃，怕也不能。我如今恁大開銷，都不敢去煩他們，只是四省自籌，偶爾要些協餉。看人的臉色，遭人的駁回，我還要怎麼個小心恭敬法才是？」

「你是在外的人，和樞府爭長短，哪裡有你的好處？」

「我不稀罕他們的好處，能不給我掣肘，就是天高地厚了。」年羹堯本來還帶著笑容，提起這些，就不免有些動氣。他想起幾天前新接了皇帝的朱批，內中有一段很沒來由的話：

「近日怡親王甚怪你自春不寄一音，近日年興與送餉部員回來，你又寄東西來問好，他才喜歡了。有便當時常問候，亦當閒寄手札才是。他甚想念你，時時問及，你當深知他待你才是。」

年羹堯康熙四十八年就外放四川做巡撫，此後只回過兩次北京。他對允祥的記憶，全在早年做翰林的時候。當時的十三阿哥不過二十歲上下，整日與廢太子同出同入，並沒看出與當今皇上有多麼親近。這些年也不知怎麼回事，竟好得如膠似漆一般，比那位隆國舅的好，還顯得突如其來。眾皇子群雄逐鹿、合縱連橫的事，年羹堯離得遠，一向看不大明白，也不願看得太明白，可既然拉扯到自己，又不得不費些頭腦。他將這幾句話翻來覆去琢磨了三五遍，仍舊覺得不知所云：自己和這位總理王爺沒有一點兒舊交，他一面駁我的本章，一面這樣謙退親熱，到底是什麼意思？

胡期恆見他說著話走起神來，忙就要告辭。年羹堯攔住道：「先不說別人的好歹，我正要向你請教些正經事。洪武年間左都督寧正守河州的事蹟，老兄可知道麼？」

「記不得了，請賜教。」

「我從小就好時務，一直留心兵事。當年在翰林院，讀先朝焦太史《獻征錄》，有這位寧正的本傳。傳中說明太祖北伐時，拜徐中山為大將軍，逐王保保於臨洮，又下河州，命指揮使寧正守衛。這寧正實在不是個尋常人物。」年羹堯說著，彷佛追憶故人一般，雙手抱肩踱著步子，十分親切地道，「河州當年也是漢、蒙、吐蕃雜處之地，寧正駐守時，糧餉轉運艱難，官兵也多有逃亡的。他上奏天子，叫中原商賈運來糧帛，換回茶馬土物，糧帛交與衛所軍士，令其自相貿易，從此商賈得利，軍民富足。傳記上雖沒提，但我思量著，韋指揮從中略抽幾釐，大約也不缺銀子花。怪不得河州從此為樂土矣！」他說著，就好一陣開懷大笑，那得意洋洋如鬥雞模樣又掛在臉上。他踅回身，端起蓋碗，極有滋味一品，又咂摸兩聲，便笑問道：「元方兄，你看咱們效法先賢如何？」

「亮工真是博古通今，荒僻之地，也只好如此。不過，要說設卡中飽麼——」胡期恆是端正人物，素重義利之辨，對所謂「抽幾釐」之說，實在不能認可，但也不好駁他，就止住話，思忖著怎樣諫阻。

「有些事只能從權。老兄既然覺得可行，那就這麼定了！」年羹堯不待胡期恆再說，已經一拍大腿站起來，「明兒我就叫人把告示貼到山西去，招募晉省的商賈到西寧買賣！」

李維鈞那裡翹首以盼大半個月，終於接到年羹堯的回信。信中說凡有興利除弊的見識，只管先密奏上去，今上是個情願做事的主子，不必畏首畏尾。只是直隸川陝地隔千里，若遙為呼應，反而有串通的嫌疑，不如單銜奏請的好。朝廷上如有爭辯，我自有替你說話的辦法。李維鈞這下就心定了幾分，忙親自擬定了奏稿，備述攤丁入地的好處，然後交親信家人密送進京，宮門呈遞。

皇帝看了李維鈞的奏摺，想起兩個月前山東巡撫黃炳也有同樣的奏請。黃炳是漢軍旗的公子哥兒出身，初任封疆，就上奏論說這樣煩難的事，皇帝只當他是聽了屬官、師爺的攛掇，並非真有見地，所以並沒有理會。李維鈞卻是從州縣官一步一步做上來的幹吏能員，且是年羹堯舉薦的，同一件事由他說出來，皇帝自然要更經心些。他將黃、李二人的奏摺都反覆看過，又叫內閣找出康熙五十五年御史董之燧的題本與戶部議駁的舊檔，幾下裡一比，就有認可施行之意；再向幾個做過州縣官的大臣詢問，就愈發有了定見。不過，凡這類關係國計民生的大事，絕沒有不經部議就特旨特辦的道理，所以他先叫了允祥來，邊將李維鈞的密摺遞給他，邊笑道：「送給你一件功德。只是有句話寫得不好，看了可不要動氣。」

允祥接過來一看，果然，頭一頁就赫然寫著：「部臣只知成例，不知變通，仰祈皇上乾綱獨斷。」

因有皇帝那句鋪墊，他也就生不起氣來，反而撲哧一笑道：「說得也不為錯。只是臣下照例辦事乃是本分，要想有什麼革故鼎新的變通之舉，正要恩自上出。」

「哎，我早就說，這些州縣上來的人，雖能辦事，卻不會說話，也不懂得朝廷的體制。再說這樣的事，原也不能乾綱獨斷，正該集思廣益才是。」皇帝輕描淡寫地替李維鈞彌縫了幾句，方入正題道，「事倒是一件好事，只是很要得罪人。皇父在的時候原有御史奏過這件事，叫戶部駁了回來，弄得灰頭土臉的，你回去問一問就知道。雖說三年不改父道，可這是施惠窮民的事，皇父當年也是礙於眾議，忍而未決，別有一番不得已。何況這是李維鈞提的，也不比別人。」

允祥總理戶部半年有餘，對賦役上的利弊，已經很有心得，不待皇帝解說，也知道其中的關節。至於特地要賣李維鈞這個人情，不惜拿在直隸圈了大片良田的旗下大族們做伐，自然是礙著年羹堯的緣故。皇帝好面子，不願意直說，若說出來，倒像他有多遷就忌憚年羹堯似的。所以允祥也只會意地點點頭，仔細斟酌了才懇切回道：「自打催繳虧空起，臣看『得罪人』這三個字，早就是九霄雲外的事了。既是利國利民的善舉，又蒙皇上的首肯，無論是誰的奏請，臣不敢不盡力成全。只是這件事的干係極大，單是戶部議了，怕不能服眾，也難收集思廣益之效。」

「說得很是，戶部議過自然還要下九卿科道會議，到時候難保沒有麻煩。」皇帝略一沉吟，隨即釋然道，「不要緊，部裡的本章口氣著實些，廷議我自有辦法。」

沒幾天，戶部就議准了李維鈞攤丁入地的摺子遞上去，皇帝十分高興，即刻下旨，將戶部的本章發六部九卿詹事科道齊集會議。歷來九卿會議，先由主稿衙門將奏稿分送各衙門傳抄，再送本衙門與會大臣閱看。康熙末年的官場風氣，不是本管的事，各部堂官大多不肯另出見解，去白得罪人，所以每逢會議，不過附和畫諾而已，不願作仗馬之鳴。所以奏稿送到吏部，隆科多接過來只一掃，就遞給本部一旁同他議論別事的右侍郎史貽直：「這是賦役上的題目，不關咱們，我明兒步軍衙門有事，你們誰去會議，替我告個假。」

史貽直是個辦事留心的人，接過稿片看了半晌，就問前來送稿的司官：「貴部的這個議覆，從日子上看，只有兩天工夫，怕不是司裡起稿，王爺和幾位大人一同定擬的？」「是我們王爺的金諭，蔣大人的親筆。」司官十分仗勢地答應一聲。如今吏部雖居六部之首，可戶部的聲勢很盛，官吏說話也少顧忌。

史貽直「哦」了一聲，也不理會他的誇耀口吻，轉對隆科多道：「這是極大的一件事，人人有所干係，國舅還是親自去會議，才顯得鄭重。」

「這個事七八年前就議過，也沒有說法。如今青海大鬧起來，哪裡顧得上這些，戶部也是喝涼水剔牙縫——」隆科多很不以為然地一聳肩膀，猛想起戶部的人還在跟前，才收了那句到嘴邊的「多此一舉」回去。他沒意思一哂，向史貽直道：「不要緊，你去就是；可別多話，省得人家說咱們專擅浮躁。這些事，誰管誰招怨，讓御史們搶風頭去罷！」

稿子送到工部，又是另一番景象。孫查濟如今名義上兼著戶、工兩部的尚書，卻只在工部管事。在戶部，允祥全然倚仗新任的漢侍郎蔣廷錫，除了十天半月審賊一樣叫他去問積欠虧空，其餘的早已成了看客。這會子拿著攤丁入地的奏稿，他氣得滿臉的肉橫在一起，腮幫子不住地哆嗦。管部務的廉親王允禩只得好言勸慰：「平白一件公事，值得發這麼大火？」

「我還敢有火？」孫查濟氣咻咻嘟囔著，撚著八字鬍粗喘著氣，向允禩道，「王爺許是忘了，康熙五十幾年就有人張羅這一出，戶部本是駁回的！率土之濱莫非王臣，有田無田，都是朝廷的子民，該當一體服役，怎麼有田的就該替沒田的出丁銀？況且這回是打直隸興起來，您想這近京方圓五百里，多是咱們旗下的營生。入關八十多年，旗下的人口越來越多，地可沒見多，如今還要替佃戶出丁錢，這日子可更沒有過頭了！李維鈞是什麼東西？一個南蠻子，不過仗了年羹堯的勢，就敢這樣撒野！」孫查濟越說越氣，一把將抄來的奏稿抓在手裡，使勁抖落著，「我好歹還掛著戶部尚書的名，這麼大的事，竟問也不問我一聲！回頭廷議，讓我這張老臉還往哪放！」

「老大人莫氣莫氣——」允禩耐著性子聽完他的牢騷，笑著從他手裡取過奏稿，慢慢將摺了的邊角撫平了放在一邊，親自去扶孫查濟坐下道，「你是有歲數的人了，警惕氣大傷肝！」他說著，叫來隨侍的太監，指著案上奏稿吩咐道，「給兩位漢侍郎送過去，就說廷議讓他們費心去聽，孫大人身子欠安，告假。」

「我怎麼不去？我偏得去說道說道，他們欺人太甚！」孫查濟一聽，立即掙開允禩的胳膊站起來，聳成一根一根的花白眉毛向上一挑，不肯相讓。

「你還兼著戶部尚書，反去把戶部的事駁了，讓人看你的笑話麼？」允禩成日掛著笑容的臉一沉，按著孫查濟坐下，隨即又溫言道，「既是當年就議不成的事，現在就能議成了？我料他照舊議不成！如今的主子是什麼人，你還不明白？咱們還是避避嫌的好，旗下敢出頭的多著呢。」

與六部大員的事不關己不作聲不同，對攤丁入地這件事，都察院的御史、六科的給事中倒議論得很是起勁。自皇帝下九卿科道會議的旨意一下，科道官們立時就分成兩派。贊同的不必說，自然是有感貧民困苦，一力稱道這是救民水火的善政。可那不贊同的，說法就很多了。一些是洞悉世情的，知道凡事興一利必然生一弊，良法雖好，卻有難以便民之處，李維鈞和戶部的奏議尚嫌粗糙，應再詳加甄別，以期長遠。一些是家裡頭田連阡陌的，若是真興起攤丁入地之法，恐要多交許多丁銀出來，十分心疼。更有一流人物，自謂最會揣測上意，想著此事戶部本是應准了的，如何還要發交九卿科道會議？難道上頭另有什麼想法不成？一時議論紛紛，單等九卿會議見分曉。

第二十章 論政

九卿會議多是過午才開，翰林、科道和一些事少衙門的堂官往往先到，忙碌的六部大員則要等當天公事辦完，才急匆匆各自往金水橋西的議所裡去。這天所議的攤丁入地一件，本是戶部主稿，戶部上下原該全班都到，不過允祥想著，自己一到，旁人哪個還肯多話，所以並不親自前去，特委侍郎蔣廷錫代為主持。

眼見會議將近，趕來的九卿正堂只有吏部尚書朱軾，刑部尚書阿爾松阿、勵廷儀三個；其餘各部滿漢尚書，竟是各告各的假，都打發了侍郎們過來。至於通政司、大理寺等衙門，本來也是幫閒，進了門一窩蜂請安問好，拉著同年同鄉、親友故舊，三五個一處閒聊，什麼尋方劑、薦大夫、品鑒戲文、請教詩賦，無所不有。另有幾位年歲大的，總是一勁謙讓著往後頭找座位去，打量會議的時間一長，免不了就要假寐一會兒，萬一打起鼾來，坐在後頭也略能遮掩。這樣的情形老宦們經得多了，只道是尋常，年輕新進有不以為然的，也不敢多說。

新任的戶部侍郎蔣廷錫表字酉君，雖有五十四五歲年紀，但面相不過四十幾歲。他生得清標玉立、神采絕人，且兼能書善畫，樂律精通，是先帝侍從文臣中頭一等的風流俊雅之士，和張廷玉的氣象雍容、端凝自持稱為雙璧。他雖是翰林院、南書房一路做上來的文學侍從之臣，從未經過外任，但一向留心實務，其父蔣伊、長兄蔣陳錫，都是康熙年間做遍了道府州縣的能員，是以家學中自有經世致用一宗。且他早年在南書房時，與允祥很要好，所以皇帝特將他從禮部調到戶部，雖然目下只是堂官中位次在後的右侍郎，實則有「當家」的意思。

見人將到齊，蔣廷錫先說了幾句例行的話，就命一個嗓音洪亮、官話標準的書吏，將戶部的原奏念了一遍。待書吏念完，蔣廷錫又理了理跟前的文書，衝眾人一拱手道：「原稿抄送匆忙，實在抱歉。昨天已經接了幾位都老爺的商簽，與其叫人白念一念，倒不如各位親自解說。這是干係國計民生的大事，還請不吝賜教。」

他這幾句話說完，眾人都默然不應。先帝晚年無為而治，為官的也最講老成安靜四個字。凡是朝會廷議，趕著先出來說話的，都要給人譏諷：若是貴胄大臣，就說他專擅攬權；少年新進，便是輕狂浮躁。總歸沒有什麼好聽的話。因此議所裡一時靜得出奇，只偶爾傳出一兩聲微鼾，惹得人掩口發笑，特顯出「鳥鳴山更幽」的意境來。

「在下有些小見識。」等了好一會兒，才有個二十幾歲的清秀少年從後頭御史班中站起來，先打一個躬，而後含笑發言。眾人回頭一看，見是年羹堯的長子、浙江道監察御史年熙，立時心裡明鏡一般，曉得李維鈞如此膽大，必定有年家的仗勢。這年熙年紀雖輕，卻敢說話，頭兩個月御史輪奏，他就上了一個摺子，請將山西、陝西兩省的樂戶免除賤籍、開豁為良。皇帝一紙上諭批到禮部，立即就准了他的奏請，海內謳歌天子善政，順帶著年熙也聲名大噪起來。他前些日子受了李維鈞的託付，又接父親的信，要他在廷議時幫忙呼應。他先照規矩寫了一紙方簽送到戶部，以備書吏朗讀。這會兒見要簽商的人自行解說，又等了半晌沒人說話，他便清清嗓子，徐徐發言道：「本朝的循吏、四川提學曾道抰先生論說此事最為透闢，他在河南汅縣做知縣時，曾有三弊三利之說，甚合地方情形，請為少司農和各位大人一陳。」

見蔣廷錫微笑頷首，年熙便侃侃言道：「田賦、丁銀分徵，有三宗弊病。地方州縣要知道丁口的確數，就要時時地查戶口、編丁冊。若查得緊，難免就要擾民；若查得鬆，丁口不得實數，丁銀照數徵繳，也就成了虛文，這是第一個弊病。照說人丁死後，名字應從冊籍中開除出去，然則州縣衙門的吏役貪賄舞弊，常常改名換姓，把富豪之家的成丁，轉算在貧寒之家頭上，富家擔絕戶之名，貧家承丁銀之實，這是第二個弊病。窮苦之民不堪丁銀之累，或欠繳，或逃亡，朝廷徵不到應得的數目，就要里甲來代賠，州縣官也動輒就要受處分，弄得上下交怨，這是第三個弊病。」年熙說到此稍作停頓，蔣廷錫見在座做過州縣的人無不點頭，便問：「那三利呢？」

「若行攤丁入地之法，丁隨地起，就有三件好處。第一件好處，是便於田地的買賣：買田就增加丁銀，賣田就減去丁銀，沒有包賠之苦。第二件好處，是一縣之內，丁口變化多端，田畝歲有定額，朝廷照田徵稅，清楚明白，吏胥侵漁作弊之風可以一清。第三件好處，是無田之家不納丁稅，窮苦小民不必逃亡，里甲不必代賠，地方官也免去一遭處分，乃是上下交利之舉。」年熙口說手比，向著一眾人等慢慢講來，及至說完，方轉向蔣廷錫，篤定道，「去三弊而得三利，確是個十分妥當的窮變通久之法。」

「說得很是，且有我們所慮不及的地方。」蔣廷錫原看過年熙送到戶部的方簽，這會兒聽他條分縷析說得清爽，不由連連稱是。他先請年熙落座，又問眾人道：「諸位的高見呢？」

年熙雖說年輕官小，卻是年羹堯的長公子，他來個先聲奪人，旁人原本想說話的，也都噤聲不語。眼看議所裡又是一陣靜默，蔣廷錫乾咳一聲，只好招呼書吏去念餘下的商簽。然則未待書吏開頭，就聽九卿班首有人「誒」了一聲，緊接著一位三十上下、穿著考究素服的年輕人就著座位略欠了欠身，向蔣廷錫拱手道：「我沒有得閒寫片子，空口白說兩句話，蔣大人不要怪罪。」眾人循聲望去，都吃了一驚，原來說話的是刑部滿尚書阿爾松阿。

阿爾松阿姓鈕祜祿氏，人雖年輕，卻是一等一的大貴冑。他的曾祖是開國五大臣之首額亦都，祖父是康熙初年四輔臣之一的遏必隆，姑母是先帝孝昭仁皇后。近年廷議，多是科道、翰林肯於說話，除了軍政以及八旗、外藩事務，少有事不干己的勳貴大臣來出這個風頭，所以阿爾松阿才一開腔，就極引人注目。蔣廷錫也是一怔，直向與他並坐的刑部漢尚書勵廷儀望去，見勵廷儀輕輕搖頭，以示毫無準備，只得回了一禮，笑道：「就請賜教。」

「不敢當。照理這不是我本管的事，原不該多話。只是國家的大計，咱們做大臣的，都該盡心，原不在管與不管。」阿爾松阿先來了兩句很堂皇的開場，隨後站起來，他和年熙原本也是熟人，所以回頭拱了拱手道，「世兄才說了是哪個知縣的話，我也問過兩三個做外官的，聽人家說，攤丁之法固然有些好處，但也有兩個頂不好的地方，一個是眼前之弊，一個是萬世之弊，都是戶部摺子裡沒有議到的。」

年熙雖是年羹堯的兒子，可性情卻像他外曾祖納蘭明珠一家的做派，有些左右逢源的意思。李維鈞先有信來，說這件事必定有許多人阻撓，所以年熙心裡有數，不慌不忙回了一揖，抿嘴笑道：「竟有萬世之弊，還請公爺指教。」兩人雖然聲音不高，也把幾個酣然入夢的老先生都吵起來，一看是這二位發言，登時困意全無。

阿爾松阿頭天才請教過幾位精明善辯的夫子，備了說詞，這會兒背書一樣說道：「各地的畝制不同，地有大畝小畝之分，丁隨地起，已經不公了。何況各地土質也有肥瘠，直隸有窪地、蘇北有灘塗、雲貴有山地、陝甘有沙漠，這樣的地，就算一家有幾十畝地，也僅能糊口而已，哪有什麼餘財？若是按地派丁，叫這樣有地的窮民怎麼承受？這就叫眼前之弊。」

「那萬世之弊何來？」

「現在把丁銀攤到地畝裡，今天的人是知道的，天長地久，後來人又怎麼知道？不定以為民間只有田賦，沒有丁銀呢。到時候再有一等言利之臣，要向百姓重徵丁銀，豈不就是加賦害民了麼？」

蔣廷錫看他表情嚴峻，語氣激切，心裡卻有些不以為然，遂先說道：「這件事如果議成了，必得有煌煌聖諭載於國史，立為萬世之法。我朝愛民唯恐有差，從來沒有加賦之舉，想來日後聖子神孫代代相襲，也不會有違。」

「蔣大人說得是，後人辦事，也需查著舊例來辦。」年熙聽他義正詞嚴，心下便覺有趣，只道這動輒千秋萬世、加賦害民的話，哪裡是您這樣沒出過北京的朱門貴爵說得出來。所以他站起來衝阿爾松阿笑道：「公爺憂國憂民，令人佩服。只是照直隸李中丞說的，地、丁分徵，眼前就有民困，實在還說不到後世。至於田畝肥瘠，各省原本就有三等九則之分，丁銀攤入上、中兩等，下等不攤，也就是了。」

「沒地不攤，地薄的也不攤，十停裡丁銀，倒要攤到兩三停人身上，朝廷倒成了劫富濟貧的山大王了。」「沒地的人裡多是不務生理的閒漢，再連丁銀也免了，他們越發連傭工也不肯，倒是助著他們往下流裡走呢。」「沒地的也未必都是不務生理，小民薄產，一澇一旱就沒有收成，地都典賣了，再徵丁銀，怕就要官逼民反。」年、阿二人既開了頭，在座原本不說話的人也生出許多議論，一時間言來語去，議所裡就熱鬧起來。阿爾松阿面子上有些支撐不住，憋了個大紅臉道：「倒是那沒田沒地的要緊，還是有產的縉紳要緊？何況直隸是八旗生計的所在，這麼幹，也不怕動搖國本？」

「民為邦本，本固邦寧！」一個年輕的給事中不知打哪個犄角旮旯突然冒出一句，可把阿爾松阿氣得夠嗆，正抻著脖子到處尋這個人，就被旁座的同僚勸住。蔣廷錫也怕他們爭起來難看，趁這個空，忙再問旁人的意見。又有幾位科道挨次說了些瑣細的小節，譬如攤丁入地之後，若有田產買賣、事後取贖應該如何辦理等等。直說到遠天霧暗，下起濛濛秋雨，幾位大僚便有些不耐煩起來。蔣廷錫心中會意，也不肯再多耽擱，又說了幾句「來日請諸公列名書押」的客氣話，就請眾人散去。

會議的本章一遞上去，皇帝就很不高興。這樣一件大事，他原本是有集思廣益的打算，若是平常人說話，哪怕不合他的本心，但凡說得在理，也並非不能容納。可單單這阿爾松阿一說，他就氣不打一處來。實因阿爾松阿的父親阿靈阿論親戚雖是自己的親姨丈，卻一向和允禩更好，號稱八王一黨的黨首。且這一門人多勢大，在勛貴中又有威望，所以皇帝即位後，不得已將阿爾松阿用為尚書，做做樣子。原想他年紀甚輕，又不懂政務，雖居高位，就是個擺設而已。豈料他的心氣竟然很高，碰見這樣與己無干的事，也肯代人出頭，洋洋大言。若是此時不加抑制，叫他說得口滑，日後必定肆行無忌，愈發要替允禩張目。皇帝心裡越想越生氣，遂打定主意，要將這件攤丁入地的事做實。

第二天辰初時分，皇帝照例在乾清門聽政。他一落座就陰沉著臉，下頭站班、奏事的大臣不知就裡，只好各自加了小心。站在御案兩側的是御前侍衛，接下來便是四位總理事務王大臣和內閣大學士、學士，各衙門奏事的堂官列於東階，手裡捧著要奏的摺本，《起居注》官則列於西階，記錄皇帝的言行舉動。一場秋雨一場寒，人們站在潮滑的石磚上，都埋低了頭，偶有一兩個抬頭偷覷了皇帝的冷臉，不覺一陣凜慄。

御門聽政的進本次序著有定例，排在第一個的是宗人府，所以侍衛先引著東階上侍立的宗人府丞到御案前跪進本章。宗人府的題本與別的衙門不同，是由黃綾子包著。皇帝接過來先瞥一眼貼黃，又「哼」的一聲，對那府丞道：「是什麼事，你說說吧。」

「回皇上，是廉親王允禩辦理祭祀大禮甚屬不敬，臣衙門奉旨議處的事。」

「議的是什麼？」

「是——永遠停止親王俸米。」

「喔。」皇帝聽這話，低垂著的眼瞼「譃」的一跳，不置可否地答應一聲。允禩所站的班次離他最近，聽得很清楚，所以臉一下子就漲紅起來。宗人府說的是半個月前的事，其時皇帝親奉先帝和四位皇后的神牌安放太廟，照例要由工部在端門前安設更換朝服的帷幄黃帳。也是營繕司的官吏心不在焉，自己和幾個堂官疏於過問，竟把這件例行的事拖了又拖，等禮部發覺一催，才想起來，急匆匆備辦。然則新刷了漆的木頭尚未晾乾，氣味顯得很大，皇帝進去更衣，著實被熏得頭暈。這件事當然可以算個錯處，要往大了去說，議個大不敬也不算不通。這會兒大庭廣眾下被點出名來，允禩雖然沒有顏面，卻無話可說，勉強邁前一步跪下，囁嚅道：「臣無能，辦事錯誤甚多，請皇上從重處分。」

「你要是無能，我讓你總理事務，豈不是沒有識人之明？」皇帝一臉不屑，聲音寡淡得很。他也不看允禩俯首叩頭，只有一搭沒一搭地翻著題本，邊道：「當年人人都說你才具優長，是眾皇子裡最好的，我也未嘗不是這樣想。可見心要不在辦事上頭，才具也不得施展。」

「是，唔——臣知罪。」允禩一向最怕皇帝這個神情口氣，心裡一萬個賭氣，卻既不能應承，也不能駁回，只好連連碰頭，嘴裡嘟嘟囔囔叨念幾句，也聽不清說些什麼。

「行了，你起來吧。」皇帝一陣稱意，抬起頭對宗人府丞道，「早說過，廉親王有什麼不是，你們議你們的，我一概不予處分，這回也是一樣。」他說著就提筆來，在本章上批了「毋庸議」三個很漂亮的朱字，隨手交給侍衛。

六部奏過之後，就是武職各衙門，先出來跪稟的是鑲黃旗滿洲都統。此人是個滿洲舊族的武人，說不出文縐縐的場面話，只揀著大體意思道：「奴才們奉旨會議副都統祁爾薩的摺子。祁爾薩說我滿洲原本的舊俗，誰家有喪事，親友都去送粥弔祭。如今官兵人家有紅白喜事，不論有錢沒錢，都要送豬羊酒食，家裡窮苦的，就算典了衣裳、賒了酒錢，也要比著去送，鬧得傾家蕩產，也壞了風俗。奴才們公議，祁爾薩所奏甚是，應如所請。」

「你們議得不差。」皇帝見他梗著脖子背書一樣，忍不住一個莞爾，隨即輕咳一聲遮掩道，「滿洲的舊俗，原該如此，孝子居喪，飲食不進，親友送些粥飯，是體量他的意思，並不是為了設宴。」皇帝說到這，又瞥了允禩一眼，見他正出神，想是還在琢磨剛才的事，遂自拿了本章走下御座，慢慢踱著，而後口風一轉道，「先前廉親王遭母喪，百日將近，還叫人扶著行走，祭禮也要焚化珍珠金銀。」說著就轉悠到允禩跟前來，見他張口結舌的樣子，心裡又是一陣暗笑，轉身向隆科多道，「當時我恐怕他傷心太過了，也再三勸慰。等到事情完了再看，他自己倒還胖了一圈，是吧？」

「是，臣也記得真。」

「九阿哥、十阿哥、十四阿哥三個人，也是指著饋贈粥飯的舊俗，成日裡大擺筵席，從初祭到百日，每天用豬羊二三十口，排場大得很。皇考為了這件事，幾次教訓我們兄弟說，孝與不孝，無外乎一個誠字，要為了圖一個孝順的好名，就是偽孝。做兒子的，要緊的是父母生前盡孝，單單歿後大操大辦，就說不得是孝了。我謹遵皇考的教訓，辦理皇考和太后的大事，也只有盡禮，並不敢稍有矯飾的地方，這總是大家都知道的。」

「皇上聖德純粹，是臣等親見的。」允祥聽見這個話口，先就跪下附和。幾個離得近的大學士、學士，也紛紛跟著叩首。遠處的大臣雖然聽得不真，見他們都跪了，哪敢怠慢，一時俱都跪下。皇帝滿意地點點頭，回到御榻上坐定了，先命眾人起身，又道：「祁爾薩奏得很是，朝廷沒有粉飾之政，諸王大臣、軍民人等，也要務實而行。回頭內閣將他的摺子和我方才所說的，都發出去，傳示八旗知道。」

一時各衙門的事情都奏過了，照理可以散去，可皇帝卻全沒有叫散的意思。他不待歇一口氣，就又開金口道：「前幾天發議政王大臣會議的事怎麼還不見回奏？」問及議政處，自然該允禩這個名位居首的總理王大臣回話，可這一回聽政兩通折辱，他早羞得魂不歸位，勉強隨著眾人應承而已，皇帝後來說些什麼，全然沒有聽清。此時皇上劈頭蓋臉再問起來，他就更加不知所措，張皇了半天才不得不支吾道：「不知皇上問的是哪一件——」

「真是笑話！」皇帝提著丹田氣嗤笑一聲，「自然是八旗兵丁拴養馬駝以實軍需的那一件，你是昨兒吃多了酒麼？」

允禩這才恍然醒悟過來，搜腸刮肚想著應付的話。軍務上的事，皇帝從來都不問他，他也避嫌不想多管，只在議政處隨眾列名而已。這件事交代下來他是知道的，可為什麼還沒有會議，他卻不很清楚。他下意識將求助的目光送向對面的允祥，見人家不理，就只得硬著頭皮答道：「議政處還未及會議，王大臣們各自都有別的差事——」

「什麼話！」皇帝勃然大怒，從御座上一躍而起，「軍需大事，誰敢這樣怠慢？」

「臣知罪——」允禩緊咬著下嘴唇，再一次頓首請罪。今上即位以來，他三日挨一小責，五日挨一大責，早已被挫磨得心灰意冷。凡說話，從沒有一句能對得上心意，或冷言冷語，或雷霆萬鈞，已經習以為常了。他原是靠著溫和謙恭的性子，積下了許多人望，皇帝也是摸準了他的脾氣，才能如此盡情折辱。

「皇上息怒。」允祥起初瞧著皇帝只是要找允禩的麻煩，便不肯言聲。及見允禩昏天黑地說得不著邊際，惹得皇帝連議政王大臣都罵進去，就覺牽連的人多了，若再不說話，恐怕自己臉上也不好看。於是他趨前一步躬身道：「這件事是廉親王想差了，並不是王大臣們推脫。是臣以為既要商議八旗兵丁拴養馬駝，就不能不確查舊檔，再作計議。所以臣接旨之後，先行文兵部和八旗各都統衙門，叫他們備細查明了，再知會王大臣們會議。事情拖在臣的身上，請皇上下旨處分。」

「誒——這正是會做事的做法，說什麼處分呢。」皇帝的臉色立時轉陰為晴，緩緩坐下，撫著自己的八字鬍朝允祥笑道，「這裡頭自然有許多陳年舊例，也不必太著急了，查細些好。」接著看看允禩垂頭喪氣的樣子，就不再理會他，自轉向眾人道，「如今廷議也大不成話，前天九卿科道議攤丁入地，說的都是些什麼？」他說著，拿起本章翻開來，指指其中的一句話，「有人說攤丁入地為難了有地的窮民——有地的人還能叫作窮民？那有米的也可以叫作餓殍咯？」

蔣廷錫雖是戶部侍郎，卻兼著內閣學士，所以班次離御座也近，見皇帝忽而提及廷議的事，口氣又不好聽，忙要出列跪伏。皇帝揮手說了句「不干你們的事」，又繼續道：「這還罷了。議這樣大事，九卿盡是告假的，就不告假，也不肯發言，全憑科道小臣議論。難道做小官的時候還有主見，位列臺閣，反沒有心肝了？朝廷會議都是這樣推諉塞責，外間的風氣還敢問嗎！」聽政已經近兩個時辰，皇帝也說得口乾舌燥，這會兒終於說盡了興，抓起茶盞緊喝了一口水，向允祥道，「這件事會議的說法雖多，盡是不經之談，還是照戶部所議施行。」

第二十一章　議儲

又過了幾天，就到了皇太后的百日。先前太后駕崩時，皇帝已經為生母擇定「孝恭」兩個字作為謚號，再繫上聖祖仁皇帝的「仁」字，所以朝中盡稱為孝恭仁皇后。皇帝叫欽天監選了吉日，要在中秋後將太后的梓宮親自送到景陵，與先帝合葬。聖駕啟程之前，要備辦的事情自然是極煩瑣的，一進乾清門，滿眼望去，都是穿梭如織的太監、蘇拉*，打點東西、收拾行裝，忙得不亦樂乎。因為有這樣一件大事在前頭，尋常的政務原本要先放一放，所以六部中除了禮部之外，其他人倒可以稍微歇一口氣。譬如吏部的例行引見就暫停下來。隆國舅忙裡偷閒，原說趁著秋高氣爽，告個假到城外去跑跑馬，誰知剛走到西直門邊上，就叫一個乾清門侍衛飛也似的趕上來，傳旨叫他即刻到養心殿去。

隆科多在隆宗門外碰見也被急召去養心殿的允祥，顯然，他也不是個有準備的樣子。兩人對視了一眼，因這裡人來人往，都是抬衣箱、搬器皿的太監，也不便交談，所以各自點頭致意了就往裡走。哪知一進養心門，氛圍就迥然不同，再進到養心殿內，就見皇帝一聲不吭盤膝坐在暖閣炕上，一見他們進來，立即對旁邊小心翼翼的總管太監張起麟道：「給王子和舅舅看座、看茶。完事叫殿裡伺候的人都出去，你和陳福在廊子下頭守著，沒有旨意，任誰也不許近前。」

張起麟應聲之下，沒半刻鐘工夫，殿閣裡就只剩下他們三個人，殿門吱呀呀一闔，殿內日光立刻也暗將下來。這樣詭祕的氣氛，今上皇帝正位以後，還真是少有，倒像一兩年前密談籌劃的樣子。隆科多的一顆心原本還沉浸在院外眾人忙忙碌碌、跑上跑下的場景裡，皇帝忽然如此，真叫他這個經多見廣、心如鐵石的人，也陡然緊張起來，往旁邊看了看允祥自然也是一臉驚詫，然則皇帝不說原委，他們也不便動問。又等了一時，皇帝才皺著眉低聲道：「昨兒下晌不見外官，單同章嘉活佛的弟子說了幾句閒話，又請他問卜，看他支支吾吾的，就多問了兩句，他說只怕這次到山陵去，要有一件大事。他這一說，我又想起來，之前年羹堯進京，說他幕府裡有幾個道士，隨便講些命理的學問，也說今年八九月間，是要有件大事。他叫我不要離京，就離京，也不要超過十天。當時太后的身子並沒有很不好，皇父的靈又是三月就送過了，自然沒往這上頭去想。這會兒旨已經下了，要不去也不能，可心裡有這件事，總是不安靜，昨天一夜也沒有睡安穩，所以急著把你們叫來商量商量。」

所謂「大事」，要是對別人說，或許還有許多的解釋，只有這三個人的時候，就單剩下諸王謀變一解。允祥聽罷心裡也是凜凜生寒，斟酌半晌方道：「這次是舅舅和廉王留京，照說是不礙的。皇上要是放心不下，臣回去上個摺子告病，也留在京裡——」

「不行！你也留在京裡，要是路上有事，連個商量的人也沒有。再說允祉、允禟他們都去，你們都不去，我倒成了群小環伺了！」皇帝一口就打斷了他，又自己氣得一拍大腿道，「都怨我，就不該把老十四從景陵放回來！」

「皇上先別急，依我看，舅舅在京裡看著允禩幾個人，是萬無一失的。允禟空有一個郡王頭銜，

＊蘇拉是滿語閒散之意，用於稱呼旗人中沒有官職的勤雜苦役。

是個沒名沒分沒差事的人了，最多就是鬧喪罷了。至於允祉這些人，從來不曾成事。這一路也不過十幾天，您實在不必憂心。」

「奴才這個提督，一呼可聚兩三萬精兵，京城原本不妨事。皇上既這樣憂心，何不趁出京前將他們都拿了！」隆科多一聽這個題目，登時豪氣干雲，心道這兩個人實在書念得太多，竟如此優柔寡斷。如今大權在握，天下盡在號令之間，怎麼還要為這樣的事對著發愁！是以身子向前一傾，咬著牙出了個硬主意。

「皇父的服制未滿，太后又是新喪，這會子沒有著實的罪名就拿人，也太不好聽了。」皇帝煩躁地擺了擺手，自己又想了想道，「我昨天想了半宿，只有一個主意，還算是遠近兼顧的法子。」

「什麼？」

「立儲。」

「這！」隆科多驚得當即就站了起來，瞪大了眼睛道，「皇上春秋鼎盛，龍體康健，這是怎麼說！」

「舅舅聽我說完嘛！」皇帝一迭聲指著繡墩命他坐下，又道，「自然不是二阿哥那樣的立法。是寫一張立儲的密詔，放在宮裡眾人皆知、又眾人不見的地方。不怕一萬，就怕萬一，也免得像皇父那樣——」再往後的話，他實在也沒法說得出口，總不能說，像皇父駕崩時那樣，再出個倉促之際廢立可以自專的隆國舅吧。

「皇上的聖意——已經定了麼？」允祥雖然也驚得夠嗆，卻沒有隆科多那樣莽撞，半晌回過神來，顫聲問了一句。這件事是何等重大，竟說得如此突然。且即便是自己的身分，也根本不能細談，總不成去問要立哪位皇子。抑或這是權宜之計，還是他早已深思熟慮，偏要借這個當口說出來？

「雖說是權宜之計，終歸是件最要緊的大事，所以先同你們商量。要是覺得可行，我想，就在送靈前一天當著諸王大臣的面下旨，正叫老八他們顧不上準備。嗨，想想也喪氣，誰叫我當了大半年皇帝，仍舊是個孤家寡人呢！」

「皇上聖德聖智通於神明，臣不能及於萬一，不敢不竭力承奉贊襄。」聽皇帝這樣說，允祥頂後悔自己才問的那句話，他倏地跪伏在地，就勢磕了三個頭。皇帝趕忙下地要來扶住，卻見他有些戰慄不能自持的樣子，才待要問，允祥即以袍袖拭淚道：「只是竟讓皇上連去趟山陵也這樣憂勞，比一比皇父連年南巡北狩，做臣子的實在無地自容。」

「賢弟為了我已經操心至極，千萬不要這樣說，他們黨羽固結得厲害，咱們慢慢來就是。」皇帝拍著他的肩膀好言寬慰幾句，待他坐定了，又轉頭問隆科多道：「那舅舅也以為可行麼？」

「奴才自當唯聖命是從。」隆科多早叫這兄弟倆弄得一頭霧水，但他大略也曉得一點允祥的意思，這麼大一件事，怕不是皇帝臨時起意那麼簡單，只是趕這樣的時機說出來，似乎有一石雙鳥的效用。想到這也忙跪下去，叩頭領命。

「好！那麼到時候還要舅舅來敲個邊鼓。」皇帝也扶他起來，見他不解，便笑道，「老八他們怕你。」

皇帝恭送太后梓宮到景陵的前一天，出人意料地將總理事務四王大臣、諸王貝勒、二品以上的滿漢文武大臣，全都召到乾清宮去。皇帝坐在西暖閣寶座上，在京的王公大臣小兩百人，在暖閣和正殿裡排得滿滿當當。這裡頭的人，有兩三成是要隨駕去遵化的，正在家忙著打點東西、收拾行裝。皇帝政令極為嚴密，這樣的時間，這樣大張旗鼓地面見群臣，內監、侍衛中卻一點兒消息也不曾透出來，這在先帝一朝，簡直匪夷所思。

一時大禮行畢，皇帝才一說開場白，就把眾人嚇得直冒冷汗。實因他說的不是別事，乃是聖祖仁皇帝去冬崩於倉促之間，而又於臨終前一言定下大計，命他承繼大統的事！這一向半年多來，說起別的事還則罷了，單這一件事，乃是朝廷最大的忌諱，人人滿腔疑惑，卻絕不敢妄談一回。不想今天皇帝竟當著舉朝重臣自己說出來，殿閣裡這些有干無干的人，霎時屏氣凝神，任誰也不肯走神犯困了。

哪知皇帝才起了這個頭，就話鋒一轉，說道：「當年因為二阿哥的事，聖祖心力交瘁，日夜憂煩。皇父天縱英明尚且如此，我德薄才淺，萬一也遇見這樣的事，豈不成了祖宗的罪人？如今幾個皇子尚在年幼，孰優孰劣也未盡保得一定，只是我身膺宗社之重，實在不能不預先籌劃。」

說罷他將手拍了兩下，就有寶座旁邊侍立的侍衛走到後頭小門，將簾幕掀了起來。眾人抬頭一齊看去，只見領侍衛內大臣馬爾賽帶著兩名御前侍衛從中室裡走出。馬爾賽手捧一個掛著金鎖的錦匣，他是個矮胖敦實的身材，因為恭敬小心唯恐有失，所以就這幾步走，也顯得顫顫巍巍。

待他走到御座旁跪定了，皇帝就站起來，敲了敲那錦匣道：「思來想去，只好先寫一道密旨封在這匣子了，再將匣子放在乾清宮正大光明匾之後。我現在身體還算康健，這件東西要白放上幾十年也說不定。只是要大家都知道這件事，防備宵小而已。」皇帝說著，不由「唉」了一聲，嘆息道，「這也是不得已而為之的事，諸王大臣要有更好的法子，這會兒也不妨再議一議。」說罷側臉就看允禩。

允禩雖該領銜回奏，但因全無準備，心裡又開鍋一樣亂，一時就怔怔的沒有作聲。倒是後頭隆科多搶步出班，長跪朗聲道：「聖祖仁皇帝恩待群臣如同子孫，皇上繼承大統，臣等輔佐皇上，自該和輔佐聖祖一樣。現在皇上已經為萬世大計發下明旨，做臣子的自當遵旨行事，不敢另有異議。」他是自幼習武的人，雖然年過半百，但中氣忒足。先前皇帝說話，只是日常口氣，因殿宇闊大，後班幾個年老耳背的大臣，總聽得半真不真。這會兒隆國舅斬釘截鐵、聲如洪鐘，真有振聾發聵的效用，一時間群臣相隨舞拜，齊稱謹遵聖訓。

既然是眾心所向，皇帝也不再謙遜，他先命群臣退去，只留下四位總理事務王大臣，同自己一起走到正中明間。殿內的至高處是世祖章皇帝親書、康熙年間磨勒上石的正大光明匾。匾額高踞六七丈外，需一個身手靈便的侍衛，攜著錦匣攀梯而上，穩妥安放。皇帝這一件大事辦成，連日裡的忐忑不定也緩和了些。此時天高日朗、殿門大開，一縷秋陽灑進殿內，帶來不少愜意溫暖。他雖對允禩存了一萬分的戒心，但也覺乾在這裡沒趣，遂先開口道：「太后原與良妃母情分最好，這次送靈，本該叫你去盡盡心，只是京裡不能沒有要緊的主子留守，所以叫你和舅舅看家，還需小心些才是。」

「是。」

「老十四自從陵上回來，除了同眾人一處齊集行禮，從不肯請見，難道要我求著他來？你們素來最好，也該多教訓他，叫他知道好歹。」

「是。」

「九貝子已經到西寧幾個月了，你也該問他缺什麼東西不缺，要有缺的，也該替他置辦置辦。」

「是，臣遵旨。」

皇帝一連說了好幾件事，允禩近來動輒得咎，今天又心亂如麻，這會兒生怕哪句話接差了，又生出事故來，所以一應裡低著腦袋，諾諾連聲。皇帝自幼與他同宮居住，分府後又是近鄰，原本最是相熟，深知他是個長於辭令、慣能應答的人，不然怎麼能博得那樣的人望？不想如今在自己跟前，竟如此拙訥枯竭，皇帝一廂裡先生出幾分得意，轉而又想起那「有大事」的卜卦，暗猜道：難不成他心裡藏奸，或是有什麼詭計，才顯得這樣老實？二人話說得這樣乾澀，其餘三個人也難插得上嘴，只好往上瞧著那攀援的侍衛將錦匣放好，又慢慢退將下來。

第二天一大早，太后梓宮即由皇帝和大批的隨扈王公大臣護送著，從景山壽皇殿起行，由地安門出東直門，一路向東而去。皇帝此行不住沿途的行宮，而是每日裡搭建黃幄大帳居住。這是隆科多的主意，因為行宮本有專管，房屋又多，容易藏匿奸人。隆國舅實在是位盡職兢業的宿衛能臣，他雖然自己留守京師，卻對先驅前往的內務府總管、領侍衛內大臣等耳提面命，百般訓教，又派了自己慣用的得力武官相隨。告誡他們，務必緊盯著各站黃幄大帳的搭造，床櫃等具凡有大空當之處，都要用刀劍刺過，沿途官道兩旁的樹林房舍，也要一一清理以備無虞。他甚至囑咐允祥，途中若是騎馬跟隨乘輿，應該內著軟甲、佩劍懸弓，以為防護。皇帝哭笑不得道：「舅舅也想得太玄乎了，要是輪到他來舞刀弄槍，我這皇帝大可不必做了。倒是京師的防備更要緊，一切都要仰仗舅舅。」

皇帝八月十八日啟程，一路急行，二十二日就到了山陵，隨後連著幾天到享殿前哭祭先帝、太后。因為禮儀過於繁複，又不曾間歇，七八天下來，就是年輕的宗親、侍衛也有些支持不住，心道皇帝到底是四十幾歲的年紀，竟這樣不辭勞苦，累日親往舉哀，也實在誠孝感人。焉知皇帝心裡計著日子，只道年羹堯算就的十日內回京可保平安，是萬萬不能做成，但趕在十五日內，總還有望。只是奉安大禮載在《會典》，原是一樣也不能少，少了便是不孝，所以要想提早回京，就只好連日行禮不斷。

皇帝慣忍常人所不忍，吃這些勞累，為的是心裡安穩，終歸不在話下。至於允祉、允禵等人，又是鞍馬勞頓，又是早晚行禮，各個累得心慌氣短。且每逢舉哀，皇帝一進陵寢大門，就自哭了個聲震天地，倒把眾兄弟子侄的哭聲都比下去了，旁人就想哭鬧，也沒有缺空。總之一連數日，俱都禮數井然。

九月初一是安厝地宮、點主上香的大禮。此禮行畢，這一趟的正事就算辦完了。所以到了八月二十六這天，哭得暈頭轉向的諸王大臣們合詞奏請，說聖躬這幾天哀痛過甚，勞瘁已極，請在二十八日暫且稍息，就不要去陵前哭拜了。皇帝先讓了兩讓，隨後才傳出旨意，勉從群臣之請。眾人幸喜得了這道「赦詔」，二十七日祭祀一過，就晃晃悠悠各回各的行帳，叫從人捶背按腿，準備一通好睡。哪曉得剛換了衣裳，就有御前侍衛來傳旨，叫各近支王公次日辰初行宮覲見。

大夥兒一頭霧水挨了一宿，第二天剛在寢宮內排班站定，就見皇帝通紅著一雙哭了幾天的眼睛，一語三嘆，緩緩開腔道：「這幾天馬不停蹄的，你們也辛苦了。我每天到陵上致祭，夜間滿眼裡都是先帝、太后的音容，又想起皇父的聖德功業來，竟是一刻也不能安睡。再思量後天的奉大典安過後，哪怕年年都來祭陵，也不能梓宮前哭上一哭，就愈發難受。前天怡親王替你們轉遞摺子，自己也再三勸諫，說我要是勞損身體，必不是皇父的所願，再者諸王大臣也太勞乏了，今兒該歇一歇。我原也是這樣打算，可有一件事很放不下，所以又叫你們來商議。我想皇父的陵寢關係重大，要是只按照定例派遣大臣守護，心裡實在不安，所以想從親兄弟裡選派一個人封為王爵，從子侄裡選派二人封為公爵，代我駐守山陵。挨個算了算，眾兄弟裡頭，廉親王、怡親王的職任重大，斷斷不能走開。誠親王、恆親王、淳親王，還有十二阿哥府裡都有妃母住著，也不能不在家伺候。再往下就是十四阿哥，現在京裡沒有差事，要是駐在景陵，還能將太后額涅的孝一併替朕盡到，倒是一舉兩得。」

皇帝到此處頓住，目光就往下看去。他一席話說得極為堂皇，先帝皇子雖多，可國事、孝母這兩款走不開的緣由當前，這樁守山陵的差事，一出溜，就出溜到十四阿哥允禵身上。雖然任人都知道皇帝有意為難他，可誰也不能挑出毛病來，一時就沒人吭聲。皇帝見他們無話，乾脆就看著允禵道：「既要常住，你帶著家眷也使得。」

允禵見幾個哥哥都不說話，心裡咬了咬牙，只好自開腔道：「盡孝雖是應當，可我的福晉近來患病，不便挪動。」

「聽說你的福晉自你到甘肅前就常常生病，總是三天好兩天壞的。馬蘭峪的風水最好，又有皇父、太后保佑，在這住一住，靜靜心，不定就大好了。」皇帝心裡冷笑一聲，轉向允祥道，「可叫太醫院挑選兩名有能力的醫生，一同住在陵上，為十四福晉調治。」

「她近來很有些不好——」

「要是實在不宜水土，再奏聞回京去就是，這會兒還是先來。」

皇帝說得斬釘截鐵，按道理，允禩就該叩頭領旨。可他的性情畢竟剛直，與皇帝又久有芥蒂，當眾聽著這道突如其來又不由分說的旨意，壓抑委屈不免又冒出來。一時間青筋暴起，直戳戳站在當地不動，在旁人看，是要當場跟皇帝爭執的架勢。允祉見此情形，生怕又鬧出什麼花樣，且實在可憐允禩的處境，是以仗著為兄的身分，向前解說道：「既然福晉患病，不如叫他緩些日子再到陵上。」「病有久暫，不知緩到哪天是頭？難道一年不好，就要緩上一年？那就換個人罷。還能叫誰留下，我也沒有主意，請三哥來指派得好。」皇帝聞聽允祉開口向著允禩，當即將臉一沉，隨後又自己攏住脾氣，邊用手巾去擦酸澀的眼角，邊等著允祉說話。

允祉本是打圓場，哪料皇帝兜頭一陣風，就把這個往死裡得罪人的事吹回來。他登時就怔在那兒，芒刺在背，彷彿眾兄弟的二十幾隻眼睛都盯著自己看，不覺打了個冷戰，磕磕絆絆道：「皇上慮得極是，該當的。」

允祉這句話出口，皇帝的心就定下來，瞥了恨恨地喘粗氣的允禩一眼，也不要他領旨謝恩，就命眾人散去。

第二十二章　守城

初一日行罷了大禮，皇帝連行宮也沒回，直接起駕返京，當晚就住到薊州馬伸橋的黃幄大帳裡去。單把個允禩留在陵上，任他摔盆砸碗，衝著空山平野發怒。

一連行了三日，進城前一天，大隊人馬駐紮在三河縣新店。因為一路平安，允祥十成裡的心已經放下八九成，所以駐蹕之後，先到皇帝所居的黃幄大帳議過進城後的安排，就回到自己的行帳歇息。他這十幾天來也累得狠了，又要跟著行禮哭奠，又要出出進進周旋於一眾君臣之間，還要特意留心扈從禁衛之事，特是末了幾天，最要防著允禩怒極生事，實在是身心俱疲。他回帳後才待歇一歇乏，十七阿哥果郡王允禮就帶著一行抬食盒、端器皿的人前來，滿面堆笑請安道：「今天是寒露，阿哥天天操勞國事，一定顧不上過節氣。我家裡有去年製的枸杞白菊花酒，昨天叫人從京裡送過來，您要得閒，咱們一道品鑒品鑒？」

「有勞有勞，還是你過日子講究，差這麼一天半晌的，我真懶得折騰。」允祥曉得他總對過去的事心有餘悸，再者前日攤丁入地廷議時，那位跳出來發難的刑部尚書阿爾松阿乃是他嫡親的妻舅，雖說從頭到尾都不干他的事，卻又叫他擔驚受怕了一回。所以出京以來，一路之上，他就時時到自己這裡走動奉承，話裡話外解釋個不住。允祥因有意培植他做個臂膀，倒也樂得受用，就叫侍從們接了酒菜，布置停當，兄弟二人在帳中對飲閒談。

允祥一連十幾天都緊繃著一根弦，現在鬆弛下來，心緒也很不錯，待酒至微醺，便將行旅的倦意掃去一半，越發有了談興，遂對允禮笑道：「酒菜俱佳，可惜是在喪期，不然該請蔣酉君他們幾位好飲的來添酒回燈重開宴，一起領你的盛情。」

「阿哥也太謹慎了，又不是會宴招飲、歌舞動樂的，單請幾個隨行辦事的大臣小酌消遣，誰敢去給您嚼舌頭呢。」

「還是小心些好。」允祥含笑擺擺手，將杯中酒一飲而盡道，「難得浮生半日閒，我可不想節外生枝。」

「王爺！哦——十七爺。」這裡話音未了，就有他貼身的太監帶了一個御前侍衛急匆匆進來。侍衛先朝他行了禮，抬頭就看見允禮坐在一邊，囁嚅著沒有說話。允禮是很乖覺的人，忙站起來，就想告退的說詞。這一來倒叫允祥有些不好意思，且因酒至半酣，也就顧不得那麼多了，皺著眉頭向那侍衛道：「什麼事？說。」

「有一件要緊的事，請王爺從速到大帳去！」

「哦？」允祥一聽這話，頭腦裡嗡的一聲，渾身的酒意登時化作冷汗都湧出來。他趕忙要過手巾擦了擦臉，也顧不得允禮在這，一迭聲命人「更衣」。哪知那侍衛連他換公服也等不及的樣子，趨前求告道：「實在是一件要緊的大事，裡頭傳的話，請王爺即刻就去！」

「竟真有這樣的事？！難道是京信？又或是允禵那裡出事？」眼看天交酉初，落霞滿天，又是行旅之中，若沒有什麼不得了的事，確實不必這個時辰急著召見——難道真是那件「大事」出了？他簡直驚疑到了極處，兩步走出去掀起帳簾，側耳靜聽。那周遭十幾里都是皇帝和隨駕王公大臣、官兵夫役的營帳，因為今上用法嚴厲，又好在禮儀上挑毛病，所以這數萬人聚居之處，竟然十分整肅安詳，沒有任何異常的動靜。離他最近的是允祉所居的營帳，雖說已經點起不少燈燭，又有僕役人等出出進進，但一個個步履安穩，也是日常景象。他正在這裡遲疑不定，那急得抓耳撓腮的侍衛竟又湊上來。看他要再次催請，允祥狠狠瞪了他一眼，拂袖斥道：「我知道了！」

回到帳子裡，允祥從袖中掏出一張朱諭，煩躁地看了一眼。那是皇帝臨出京時交給他的，如果事出萬一，可以即刻將允禵等人拿捕看押。他緊捏著那張朱諭，在帳中疾步轉了兩圈。允禮哪裡見過他這副面若冰霜的神情，彷佛又回到先帝駕崩的那一晚，當即周身僵戰，唇齒哆嗦，不過勉強屏住氣息，站著一聲不吭。允祥轉瞬間定了定心，暗道事體不明，過於激切最要誤事，於是又將朱諭塞進袖中，盡量壓平了聲音向允禮道：「我這會子要去面聖，改日再來回請。」說罷也不等允禮答應一個是字，就逕自出營，帶人往黃幄去了。

一路夕曛靜寂，時有暮鴉飛起，全不似有什麼變故的樣子，允祥心緒也漸漸平緩起來，只道自己是多慮了。及至皇帝大帳所在的黃幔城外，就見禮部尚書張廷玉、理藩院尚書拉錫先候在這裡，他的心裡又是一陣詫異：張廷玉雖是隨侍草詔的親近大臣，但畢竟是個漢人，拉錫雖然通曉青海的軍務，可原是與十四阿哥好的人，真有「大事」，難道也要同他們說嗎？待進了寢帳，便見皇帝騰的一下從寶座上站起來，上前抓住他的胳膊道：「你怎麼才來！果然！果然是有大事了！」

「啊？」

「年羹堯下午到的摺子，羅卜藏丹津扣住了常壽，在西寧城外放銃攻城！」

「竟是這麼一件大事！」允祥聽得一口氣洩下去，腿一軟，差點平地跌了個跤，忙乾咳兩聲掩飾道：「這是反相畢露了。」

「年羹堯原說要明春出兵，不想竟這樣早，他摺子裡說，現在就趕到西寧督戰。」皇帝話說得很快，緊張中透著幾分歡喜，隨即轉向張廷玉道，「即刻給兵部擬旨，總督年羹堯往西寧辦理軍務，調遣兵將之事甚屬要緊，需給大將軍印，還要頒給敕書。叫兵部行文延信，把署理的撫遠大將軍印交人帶去西寧，給年羹堯。延信改授平逆將軍，仍駐甘州防邊。再敕靖逆將軍富寧安，讓他屯兵吐魯番和噶斯口，斷絕叛軍與準噶爾的聯絡，所有動靜，均聽撫遠大將軍年羹堯措置。四川提督岳鍾琪授為奮威將軍，也鑄給印信，叫他協理軍務。」

皇帝接到年羹堯密奏的時候，年羹堯正在日夜兼程趕往西寧。這一座明朝時修建的衛所兵城，此時已近乎於焦土。城池雖尚為官兵駐守，但城內許多蒙藏回民和喇嘛僧人都與城外相通，城外三兩千一股的叛軍，時常深入各處隘口，輪番攻城。年羹堯只帶隨身親軍幾百人，悄然潛入西寧，用西寧城中舊有官兵固守待援。

這一年的西寧冷得格外早，十月初，當地已是天寒地凍光景，且時見狂風凜冽，雨雪不斷。敵軍連續攻城三日，此刻暫沒了動靜，城中的軍士人少，守衛輪換不及，這會兒好歹可以掛槍歇馬。官兵們便倚著城垛、靠著大炮，三三兩兩閒話著家鄉風土、父母妻兒。有的剛說上兩句就酣然睡去，有的說著說著就觸動鄉情，嗚咽出聲。

年羹堯在城上巡視守衛，他這幾年常在川藏、甘青等地奔波，遇上大雪酷寒，身體也不免有損，時常膝踝作痛、肩胛酸麻。但為大將者，總要以剛強示人，所以即便在這樣的冷天，也只用一身棉甲禦寒，不再另著狐裘。按他素日的規矩，兵士們這樣或談或睡的懶散，是絕不能容忍的。可這天卻有些不一樣。一來他陸續收到各路提鎮的呈報，甘肅的永昌、瓜州，四川的理塘、黃勝關，都已依照預定的籌劃，分兵駐守，叛軍即便情急奔突，也難以進入內地，或是潛逃入藏。再者靖逆將軍富寧安所部，也根據自己的奏請紮營吐魯番，扼制叛軍西竄伊犁之路。富寧安是滿洲重臣，先帝末年駐守哈密的大將，將他的部屬也歸於自己節制，叫年羹堯很有些志得意滿。二來西寧城原駐的守軍本來不是精銳，人數又少，這幾日守城確實辛苦。所以他就不計較軍容整與不整，甚或時而指示從人，為沉沉睡去的兵士蓋上征袍，以免凍傷。

除了隨從親兵，年羹堯旁邊還跟著一位五十多歲的老書生，卻是緊縮在一層層衣帽裡，很畏寒的樣子。他是胡期恆推薦來的幕友，姓汪名景祺，浙江錢塘人士。這位汪先生也是世家出身，父親在康熙年間做過侍郎。他少負才名，卻前程蹉跎，考到四十多歲，才得了一個舉人，是以本來自傲的性情，又多加了幾分狷介狂放，自稱悠悠斯世，無一人可為友。胡期恆是個溫和誠實的人，實在和他做不成同調，卻有些可惜他的才情，乾脆將他引薦給了年羹堯。汪景祺一見這位雄豪不拘小節的大元戎，立即引為知己，也不避辛苦，就跟著他一路趕到西寧來。年羹堯並不厭煩這樣的狂恣之人，戎馬之餘，在這天高皇帝遠的小兵鎮裡諷古罵今，也是一件快事。

「武皇開邊意未已，將士可憐啊！」聽著城樓上絮絮的土音，汪景祺也被感染了。他是個多愁多病的老書生，久客他鄉，在這胡笳聲聲之地，難免要生出幾分傷感來。嘆息幾聲，眼圈就泛了紅，卻萬萬不敢流眼淚——在這樣寒冷的地方，一汪淚水下去，就要結成冰，讓風一吹，臉上如刀割一樣疼。

年羹堯雖是翰林出身，卻是見慣了疆場的人，心早已硬透了，見汪景祺如此，也只笑一笑道：「你這話差了。武皇若不開邊，哪來咱們的千古功業？你偏要跟我來，也不盡是做邊塞曲來？」年羹堯自說著，也不理會他，照舊看城上的士卒。見有一個小夥子，才十八九歲年紀，身軀結實強壯，面容卻很稚嫩。連日的煎熬讓他顯得眼神木然，頭腦也不甚靈便，叫年羹堯看了半天，才曉得面前竟是主帥，忙拖著沉重的甲冑行了軍禮，卻不知該說什麼。倒是年羹堯先問他：「你是哪裡人？」

「是肅州人。」

「祖輩就是肅州人麼？」年羹堯又細看那兵士，闊面，細眼，高高的顴骨，褐色的眸子，很像蒙古人的模樣，但他漢語土話說得很好，全沒有生硬的氣息。

「從小抱給人，不知道祖輩在哪。」這是個老實本分的小夥子，說起身世也不覺得悲戚，平靜木訥一如常態。可他這樣的神情，又觸了汪景祺的感慨，不免搖著頭嘆息：「為人子而不能知其父，可憐吶——」

「真是書呆子！」年羹堯又嗤笑一聲，走到一個背風的地方，對汪景祺道，「唐人有詩說，『一自蕭關起戰塵，河湟隔斷異鄉春。漢兒盡作胡兒語，卻向城頭罵漢人。』如今是胡兒盡作漢兒語，卻向城頭擊胡人。你知道麼？」見他詫異，便解說道，「那個肅州的兵原是蒙古人，大約是喀爾喀內附時候流落陝甘，可不是胡兒作漢語麼？」

「倒比漢人的棄兒更可憐些。」汪景祺臉凍得發青，回頭看看那個小夥子，不禁唏噓道。

「羅卜藏丹津叛逆，他兄弟叔伯們都願做我的馬前卒，到城頭去擊胡人，照你這等書生看，不是更可憐了？」年羹堯說笑著，看他實在冷得受不了，正待要一起下城去。就見兩個親軍頂風跑來，呼著冷氣稟道：「大將軍，南門有人求救！」

「嗯？」

「有幾家藏民在城下求救，說一大股叛軍在南門二十里外的莊子放火，他們先聽著信兒，趕來求救，請官兵到莊子上接應百姓進城避難！」

「有我的帖子？」

「沒有。」

「射殺了。」年羹堯的臉陡然沉下去，一揮手，兩個親兵答應一聲，就要下去行令。

「回來！」年羹堯聲氣裡帶著錚錚銅音，見二人齊刷刷轉過身來，便道，「告訴南門將士，準備迎戰。」

「既是求救百姓，如何就射殺了？」汪景祺忍了幾忍，仍說出口來。他曉得年羹堯是個令出必行說一不二的人，可事關人命，他還是免不了幾分儒生意氣。

「那是細作。」年羹堯沉著臉，滿腹心事道，「這幾天夜裡，我已暗地著人出城，護送百姓到就近城堡裡去，南門外百姓，原該在南川申中堡裡。有不願去的，都發了我的曉諭帖子，一旦叛軍擄掠，需得憑帖來投，沒有帖的，就是細作。」

「大將軍真是高明，料敵先機！」汪景祺聽得興起，也顧不得冷，就要拍著手大笑起來。卻聽年羹堯吩咐人道：「送汪先生回城。」

「啊？」

「細作叩門，叛軍不遠。且先備下一盤棋、一桌酒，等我退了敵兵，回去手談幾局。」

果不其然，等年羹堯到了南城城頭，目之所及，三四千的叛軍已從遠處縱馬而來。駐守南城的總兵黃喜林幾步迎上來，單膝禮畢，將一個藤竹的單筒千里眼雙手奉上道：「羅卜藏丹津的兵太狡猾，又趕藏人來給他們打頭陣。大將軍細看看這夥叛軍，十停裡有八九停都是藏人，蒙古人都在後頭，槍炮打不著。」

「只管狠狠打！」年羹堯一隻手緊緊攥著拳頭，露出猙獰冷酷的面容。他接過千里眼握在手裡，卻不肯用，只用自己的目力，去看遠處的旌旗。眼看著連片的寒光就要擁到城邊，他昂起頭，一指黃喜林手中的令旗，咬著牙道：「老規矩，一個藏人十兩銀子，一個蒙古人二十兩。」

黃喜林聽得眼睛一亮，令旗高高舉起，落下時，十幾門子母炮、上百隻火銃鳥槍，還有幾百隻火箭一齊發出。霎時間，轟鳴聲、撞擊聲、哀號聲匯成一片。城下最前一排的藏人們血肉橫飛跌下馬來，鮮紅的血液從頸中、腹中、手足中飛濺出來，在刺眼的日光下一閃，立刻就凍住了，像紅雹子一樣從空中降落下去。藏人們見這樣情形，早被嚇住，撥馬就要回去，卻見後面的蒙古人揮舞著馬刀高聲號叫，大有退後就是一刀的架勢，只好硬著頭皮向前衝去。黃喜林的令旗再一落，又一排魁梧的「肉牆」，在厚實藏袍的包裹下，發出撕心裂肺的呼喊，應聲墜地。

一個多時辰的反覆衝殺，叛軍扔下幾百具缺手斷足的屍首撤走了，城頭上也是一片死寂。不知什麼時候，天上竟又飄起大片的雪花來，將士頹然倒在牆邊，顧不得去看城下的白骨。年羹堯如釋重負，長吁一口氣，衝仍舊緊握令旗的黃喜林勉強笑道，「換班，叫他們回城休整。」

「是！」黃喜林答應一聲。他剛要傳令，就聽身後不遠處一聲驚叫，嚇了他一個激靈。上前一看，就見一個放炮的兵士張著嘴，滿臉驚惶盯著自己的右手。在這極寒之地，兵士放炮時需以棉布護手，否則皮肉碰到鐵膛上，就容易粘在一處。方才戰事慘烈，兵士身上雖冷，手心裡卻都是汗，就不由自主將棉布褪了下去。有汗時還罷了，及至戰罷汗落，又下了雪，他的神思還沒有回過來，右手上的皮肉就死死粘在了鐵炮膛上。他想拔，卻絲毫拔不動，再一使勁，幾乎連皮肉都要拔下來。一股撕心裂肺的疼讓他顧不得軍紀大叫起來，兩旁的兄弟圍攏過來，眼看白花花的雪片落在他手上，一隻粗漢子的手凍得嬰兒一樣嫩紅。兵士用另一隻手抓住自己的右臂，目眥盡裂地嘶喊著，向旁人求救，困獸般的叫聲讓剛從戰事中蘇醒過來的將士們又陷入難以言喻的恐懼之中。

「怎麼弄成這樣！」年羹堯聞聲也走過來，黃喜林所部是自己的精銳，他幾乎認得每一個兵丁的面目。這會兒俯下身，用手微微一碰那紅得發亮的手背，兵士猛地號叫一聲。他一皺眉，慢慢將手撤回來，向黃喜林道：「你怎麼帶的兵？不按規矩來！」

「大將軍救命！」兵士痛哭哀求著，他是久從軍旅的老兵，知道年羹堯殺伐雖嚴，卻不是不體恤士卒的將軍。

「凍掉了更麻煩。」年羹堯又俯身看了看，輕輕拂去那只手上的雪片，從腰間拔出自己的佩劍，「鐺」一聲扔在地上，朝黃喜林說了句「去手」，就轉身往城下去。緊接著，一聲慘絕人寰的大叫灌進他的耳中。年羹堯停住步子，向緊跟上來的黃喜林道：「記五十兩銀子，叫他好生養傷。」

第二十三章　坐困

隨著各路提鎮陸續趕來，西寧這座危城總算固守下來，年羹堯不待休整，就開始派兵向青海各處的叛軍出擊。羅卜藏丹津進犯南川邊口的五千主力首先被擊潰，緊接著大軍又出北川寨口，在七家寨、莽果寺等地殲敵甚眾。眼看著羅卜藏丹津氣勢日衰，和碩特部那些同他交好的王公們，也愈發地坐立不安，紛紛派人到西寧與年羹堯聯絡，自稱是受了羅卜藏丹津的裹挾恐嚇，不得已才與朝廷為敵。年羹堯一面上奏，一面派兵接應這許多的老弱殘部，既要防著他們詐降，又得護著他們不被羅卜藏丹津追擊。再到年終歲末，四川、甘肅等處也紛紛報捷，所謂王師所至，叛逆束手。羅卜藏丹津自己也很驚恐，特意派人送還了早先被他扣押的兵部侍郎常壽，請求議和。表章遞上，皇帝哪裡肯依，仍舊急命年羹堯揮師西向，除惡務盡。

大軍勢如破竹，年羹堯在西寧城也比早先踏實得多了。他初到西寧時上奏的摺子已經發回來，皇帝批得異常細緻，密密匝匝滿紙都是，至他寫到「晝則綜核軍務，夜則分班守城，臣之未能就枕者已十一夜矣」一處，皇帝竟連批了三個「好心疼」，親愛眷顧之情躍然紙上。末了的朱批更是親昵讚頌以至於極，竟像是手舞足蹈說出來的話。饒是年羹堯自詡大將風範，也不禁念出聲來：

「朕躬甚安，實在胖大了，都中內外光景甚安寧如意。但你這一種待朕，朕實實疼你的心說不出來。爾之所奏一切摺子，間或與怡親王看，他皆為之墜淚。朕實在怪不過意的了，好生留著精神心力，不可太過勞了，一點不珍重，就是負了朕了——」

坐在一旁的汪景祺，看看竭力綳著臉、卻按捺不住得意洋洋的年羹堯，極不屑一哂。天愈發冷了，漫天蓋地的都是雪，書房裡擺了許多的炭盆，烤得案上的文書軍報都一勁地發酥。他這個南來的秀才依舊畏寒如虎，緊縮在袍子裡，只露出腦袋和半截手指，捧著熱滾滾的奶茶大口牛飲。他本來喝不慣這個，等天冷得受不了，才知道這是極好的禦寒之物，蒙藏諸蕃那樣結實的身子也離不開。及聽年羹堯念叨出聲，他也忍不住偷眼去瞥密摺，年羹堯的字體粗大工整，用墨濃厚，皇帝鮮紅的行草朱批夾在行間，格外顯眼。邊看著，汪景祺便搖頭道：「大將軍也是兩榜出身，這樣的話，是待士大夫之道麼？」

「你也就是和我，換一個人，恐怕性命難保。」年羹堯聽得雖然不悅，但在這遠僻荒城，只有他一個操持文墨的人，所以不肯太計較，只漫然道，「我與皇上，正應了那句外託君臣之義、內結骨肉之親的話。我勸你這呆性子要收斂些，過兩天小岳他們到了，你再這樣口無遮攔，留神告你的御狀。」

年羹堯說著話，又去看那朱諭，見皇帝話鋒一轉，從叫他節勞珍重，轉又寫道：「有九貝子在陝一切飲食起居行動，著實謹慎留一番心，少不可疏忽，第一要緊。」直看得年羹堯心裡一動，想起前兩天路遇九貝子的情形。

其時西寧周邊已沒了叛軍，在青海的人無不高興，只有九阿哥允禟一人向隅。實因為皇帝有密諭給年羹堯，怕他在西寧蠱惑人心，最好另找個更偏僻的地方安置。青海遼闊荒僻，除了一個西寧城還有些房屋人氣，其餘地方，在允禟這個皇城裡長大的闊阿哥看，全跟野人待的地方差不多。只是聖命難違，他再不樂意，也沒有辦法，不過憑人在西寧往北幾十里一個叫西大通的地方建了院子，連人帶東西都搬過去。

西大通本是個沒人煙的地方，只有前明的一個百戶所，留下些軍戶住的房子和開墾的薄地，前一陣烽煙突起，也叫兵亂糟踐得差不多了。只有一節，這裡是西寧到肅州的必經之路，又駐了兵，所以年羹堯先前在晉陝兩省召募的商賈，多有在此處聚集的。天下熙熙皆為利來，天下攘攘皆為利往，饒是冰雪嚴寒，路無遺草，仍擋不住一隊隊的馱馬載著糧食、鹽巴、磚茶、布帛前後往來，賣給沿途駐紮的軍營，再採購了青海當地的土產藥材，賣到內地去。

這一時房子修好，允禟就先行搬去，前些天年羹堯出城辦事，便在途中遇見了他。既然遇見，也不能不聊作敘談，所以二人就路邊找了間乾淨保暖的民房，各自坐下。哪知年羹堯尚未開言，允禟已是唉聲嘆氣，抽抽搭搭抹起淚來。

年羹堯見他如此，心裡就暗暗笑起來。他是旗人世家子弟，又娶了高門的太太，所以此前在京時，和皇子王公都有來往，和八王一黨的走動，還尤其要多一些。先帝諸皇子中，論謙遜和藹、待人細緻，首推是廉親王允禩。其中他最拿人心的，便在這「會哭」上頭。端的切時切地，感人肺腑，頗有些小說話本裡劉皇叔的意思。至於允禟，因和八阿哥最好，就不免要學他的氣度，去作一個賢王。怎奈允禩人品俊秀，聲音親切，每哭起來，別的不說，就樣子也很好看。可允禟身子本來臃腫，這會兒穿一件素色大胖襖，就愈發顯得橫起來，再學著允禩那樣抽泣拭淚，實在有醜婦效顰之嫌，令人發笑。

允禟一行哭，一行嘆道：「今兒見著亮工你，就讓我想起這些年的情形來。我和當今，原本是最同心合意的，後來為了爭虛名，才得罪了。說來也不是我們自家要爭，都是小人攛掇。唉，不說也罷，你是明白人，自然都知道。」

「羹堯是年久在外的人，貝子說的話，我都不知道。」年羹堯見他邊哭邊說，起初還抬了眼皮瞟一瞟自個兒，往後越說越一門心思大哭不止，倒似有些情不自禁。想著他天潢貴胄落到如此地步，年羹堯的心裡也覺惻然，只是礙著皇帝交代，仍舊板著面孔正色道：「不過就貝子的美名，我實在沒聽見過，不單貝子，就廉親王，也不曾聽說。」

「本來就是虛名，誤人誤己，不曾聽說最好。」允禟叫他噎得一怔，倒也應變得快，當即轉口道，「我是說與皇上原本要好，如今到這個地步，實在是天大的誤會。亮工你知道，我額涅年紀也大了，雖有五爺在跟前伺候，到底我不放心。人說父母在不遠遊，你看我，我這都遠到哪去了！」他一說到此，又哭得凶起來，更一聲一聲叫「娘」。年羹堯曉得他是想回北京的意思，卻不能接茬，只道：「貝子這話大錯了，如今大戰正酣，貝子這個天潢貴胄一走，豈不動搖軍心？常言說人子之道母不大於父，人臣之道父不大於君，要是心裡沒個輕重，就在京裡，太妃也不能替您放心。」

「果然亮工是最懂得忠孝，令尊老大人積德，有你這麼個令子。當年你拜封疆，皇父就罵我們幾個，說你們這些不成器的，要趕上人家一半，也不枉說是我的兒子。」允禟見哭求不靈，就擦擦眼淚，又改作吹捧。卻見年羹堯連稱「慚愧」，笑道：「貝子獨個在這也寂寞，不如把家眷搬來，也便於照料？」

「搬家眷？」允禟深知，這家眷要是搬來，就是常住的打算，一時半刻回不得京去，所以心裡陡然一顫，又擺手道，「家眷要來，還要許多盤費，還是我自己過日子罷。」

「貝子太過謙了，誰不知道您富可敵國來著。貝子不便說，我可以代為請旨，說搬家眷的事。」年羹堯說著就站起來，作告辭的模樣，及見允禟滿臉晦氣寡言不語，又哈哈大笑道，「不怕貝子怪我拿大，要說貝子在我這裡，雖是窮山惡水，還有兩天安靜日子，要在京裡，怕還保不齊呢。」

「那是，自然要仰仗你大將軍。」允禟聽著，心中不免一動，他的口氣神情雖然桀驁自大，斷不是外臣待皇子的禮貌，但話卻說得不錯。這裡山高皇帝遠，端的是年羹堯一手遮天，只要自己應酬好了他一個，皇帝那裡反倒好說了。想到此，他暗自喟然一嘆，臉上卻笑起來，起身說聲「亮工仔細身子」，又上前拍拍他的肩膀，拿滿洲兄弟之禮使勁抱了抱他的腰，就一同走出去。

既然回京無望，就要在西寧這裡想個長遠打算。所以一回到西大通的小院子裡，允禟就叫人請了一對難兄難弟——蘇努貝勒的兩個兒子勒什亨、烏爾陳一起來商議對策。蘇努是太祖皇帝長子褚英一支的遺脈，是宗室裡有分量有功勞的人。他的子女極多，且素來與允禩等人交厚，是當今皇帝很忌憚的人。其中勒什亨、烏爾陳兩個，最惹皇帝討厭，所以隨便一個藉口，就打發他們與允禟同往軍前。說是同往，途中卻不能常見，動輒就有宮中派來的人看著，體己話只好偷偷摸摸地說。等安頓在西大通，三人雖是比鄰而居，卻小半個月還沒找到相聚的由頭。等來等去，允禟總算等到自己生母宜太妃的壽辰，指稱遙祝，才將那兩個人請到自己的院子。他是個會享受的人，又大方，那些派來「服侍」他的兵丁都願意替他效力，所以時間雖急，整治卻很齊整，一個不大的花廳，收拾得四不透風。允禟坐在主位，他的兩個兒子弘晸、弘章侍立在下頭，等勒什亨、烏爾陳一來，允禟就站起來，幾個人一起向東遙拜，說些祝禱福壽的話，隨後才安穩落座。

允禟是個壯實的人，卻偏要做出病懨懨的樣子，他穿著加厚的猞猁猻皮袍，持著一盞羊羔酒，待兒子過來攙扶著，才慢慢起身，緩步走到門口——那裡站著兩個宮中侍衛，他將酒塞在一個人手裡，說道：「跑到這鳥不拉屎的地方來，你們也跟我受苦。今天是我母妃的千秋，我高興，你們也得陪我高興高興。喝了這杯酒，是賞我的臉，好不好？」

「九爺這話奴才們當不起。」那侍衛紅了臉，接過酒，趕忙一飲而盡，不待允禟再說，便對同伴道，「既是太妃娘娘的壽日，不妨叫爺們高樂一天，兄弟你說呢？」

「正是正是，不知九爺肯賞咱們兄弟一桌酒不肯？」另一個人也很知趣，知道同伴敢說這話，必是得了不小的好處，所以也賣個順水人情，嬉笑點頭。

「酒我早給你們預備了，叫我的兩個阿哥陪著你們去吃。」允禟得了計，招手叫過弘晸二人，會意地一挑眉毛，「你們到西廂房好生吃幾盞，選兩個看得過的丫頭去服侍，需得不醉不休！」

「得嘞，謝九爺賞！」兩個侍衛都是三十上下年紀，挑上這個破差事，也不能隨帶家眷，到西寧之後又趕上圍城，連個母耗子也難找。一聽這話，頓時樂得眉開眼笑，打了千兒，三蹿兩蹦就跟著弘晸他們去了。屋子裡只留下允禟三人，由他自己家的親近太監伺候把盞。

「九爺破費了多少，讓他們這樣痛快。」烏爾陳年輕，繃不住話，夾了一箸犛牛肉，眨著眼睛看自己兄長。

允禟也不說話，只伸了兩個手指頭，「吱」地吸進去一口酒，搖頭道：「沒戲沒曲兒的，悶酒難喝啊！」

「二百兩？那是不少。」烏爾陳又用小刀割了兩塊烤羊羔，不屑道，「這地方人唱曲兒跟狼嚎也差不多，本要叫兩個山西買賣人帶的小戲子來，想著您還在先帝爺的熱孝裡，怕不方便。」

「瞧瞧你兄弟，你們家老爺子那樣的手面排場，他竟這麼小家子氣！」允禟撲哧一樂，斜看了烏爾陳一眼，轉對勒什亨道，「二百兩？我早叫四皇上抓回去了！」

「難道兩千？也忒多了些！」勒什亨聽得一愣，他知道允禟是財神，挖人參、通外洋、開當鋪、放印子，對屬下人敲骨吸髓，無所不做的，可也沒料到他竟如此揮灑。先帝比起今上，就是大方的人了，六十整壽大賞宗室，賞到貝勒貝子一等，也不過兩千兩。怪不得那兩個侍衛不怕掛累，答應得利落。

「我是要死的人，留錢做什麼，不如換了大家高興。」允禟幽幽盯著滿桌子的牛羊肉，也不動筷，長嘆一聲，將荷包裡的鼻煙壺掏出來嗅了嗅，「與其叫人這樣折磨，比拿刀子殺了我還難受。」他說著，又指指身後站立的兩個太監道，「把我一個人怎麼樣也罷了，把我這些跟隨的人都帶累在這，我心裡也過意不去。要是能把他們弄回去，過一天平安日子，我死也甘心了。」

「主子又說這些傷人心的話。奴才們哪是怕帶累的，只是心疼主子，金枝玉葉，在這裡受苦。老天不長眼，給主子這樣好人，攤上個沒天良的親哥！」兩個太監都是他最貼身的，平素裡仗著允禟霸道慣了，哪裡吃過這些苦，心裡早就憤懣到了極處，只是不得發洩。今天聽允禟這一番話，又是感激，又想起自己苦處，都一齊趴在地上，哭得個涕淚交流，連帶勒什亨兄弟也跟著難過，把眼睛都憋紅了。

「算了，何苦這樣，又沒人心疼。」允禟又喝了一盅酒。青海這個地方，地勢高，人的五臟六腑與在平地上不同，就說酒量，在京裡是八兩的量，到這少說也能一斤，只是羊羔酒總帶了一股腥膻味，允禟每喝一口，就嗆得一皺眉。他撂下杯子一拍勒什亨的肩頭，「說正事，老穆怎麼還沒來？」

「老穆」說的是葡國人穆景遠，他本是來傳教的，進了宮廷，給先帝作通譯，和皇九子允禟最親近。這次允禟到西寧，他也跟了來。到了西大通，雖住得一牆之隔，卻也成天有人看著，不得自由來往。蘇努一家子都信洋教，勒什亨的三哥蘇爾金還受了洗，如今途窮，再沒有爵位名祿可以顧忌，勒什亨、烏爾陳兩個也愈發相信西人的天主可以救他們於危難，所以特別敬重這位穆景遠神父，時常問候照顧。

聽見允禟問起穆景遠，烏爾陳又想起一件難過事，竟有些哽咽道：「九爺可別提這不開的壺了，真真當今的主子見石頭也要踢三腳，他折騰咱們，好歹有些緣故，可折騰人家傳教的洋人又何必！」

「洋人也礙他了？」

「前兒聽穆先生說，閩浙總督上了摺子，要禁教，把洋人們都趕到海裡頭去。又下旨罵我阿瑪信洋教，是叛國。」

「欲加之罪何患無辭！說你阿瑪的事，與信洋教什麼相干，還不是為了那些窩裡鬥的事。」

他們這裡正說著話，房門「吱呀」一聲開了，就有一個守在門外的太監，領了穆景遠進來。他是從後院土牆上的洞裡鑽過來的，所以滿身的泥水和冰雪，渾身裹得豆腐包一樣，只餘一團花白鬍子露在外頭，已結了冰碴。穆景遠在京城待了二十多年，漢話說得很好，見允禟在座，勒什亨兄弟已是站起來，忙哈著冷氣鞠一個躬道：「讓九爺久等了。」

「你怎麼了？讓風呲了還是哭過？」及坐得近了，允禟細覷他的臉，才瞧出來，他的面色很暗，眼睛也是腫的，臉上似還有淚痕。等人捧過碗碟去，就見他哀嘆著默默在胸前畫了個十字，低聲道：「京裡傳來消息，禮部已經議准，要把所有傳教士都趕到澳門去。」

「我是他親弟弟，都弄到西大通來，何況是你們這些洋人！」允禟沒好氣地一敲桌子，大咧咧地向穆景遠道，「你也甭操那六國販駱駝的閒心，他雖不顧及先帝爺，可他自己最信和尚道士，想來也不會太難為你們傳教的。倒是你跟我好，他是知道的，若再不做個長久打算，往後的下場，怕還不如你那些教友。」允禟正擰著眉毛發牢騷，眼看就要扯上正題，卻聽外頭有人叩打院門，四個人一時就都不作聲了。略等了片刻，允禟朝身旁的太監遞個眼色，那人輕手輕腳開了房門出去，只說了幾句話就踅回來，又緊閉了門，將一個信囊呈給允禟道：「府裡送來的，是八爺的信。」

「喔，」允禟一手接過來拆開，等看完了，就從荷包裡拿了火鐮出來，將信一把火燒了，才嘆息道，「太后的大事已經辦定了，十四爺話也輪不上說一句；咱們八佛爺更窩囊，安郡王家的爵位叫停襲了，所有的屬人都撥給了老十三。」

「安王家停襲？」勒什亨聽這話，激靈一下子。當年的安親王岳樂，在順治康熙兩朝，是何等風光，連允禩這個外孫女婿也跟著提氣不少。如今兒子還有好幾個，卻不叫襲爵，這是哪國的道理？再者安郡王家的爵位說廢就廢了，那自家就更不值一提。他越想越害怕，忍不住問道：「八爺怎麼不給求個情？福晉是跟舅舅家長大的，他怎麼也得——」

「你還不知道我那沒硬氣的親阿哥！」允禟猛一捶桌子，一下子靠在椅背上，氣急敗壞道，「他空掛了個總理事務的名，見著那一位，活像耗子見了貓，早叫人拿死了！別說安王家停襲爵位他不敢言語，就是停到他自己頭上，他也照樣不敢！」允禟也不看勒什亨慘白的臉，兀自和允禩擱氣。他早知道有這一天，可沒想到來得這樣快，所以越想越是可怖，大冷的天，身上一股一股冒著汗。倏地一下，他看向畫著十字、念不絕口的穆景遠，一把抓了他的手顫聲道：「咱們只有一條路，你得幫我！」

「什麼？」

「前兒我見了年羹堯，聽他說一句話，倒還在理。我現在這個地方，只有依靠著他，才不至於遭難。我知道你和年羹堯的哥哥最相熟，煩你去一趟西寧，拜會他一遭。約他得了空，與我再見一回。」

第二十四章 防閑

西大通雖然消息不暢，但穆景遠所說禁教的事卻很準。事情的緣起在福建的福安縣，本年十月，當地的幾位官學生聯名控縣，說西洋傳教士在縣內大建教堂，傳教惑眾，敗壞民風。知縣是個才上任的，臨來時就風聞本縣的教士勢大，小小一個福安，教堂竟有十五六座。每逢布道，男女混雜，教民被教士勒逼，不嗣父母、不奉祖宗，甚至有信教女子被妄稱修女而不能婚配的。知縣是個循禮不悖的儒生，哪裡聽得這個，立即請了閩浙總督滿保的憲令，將所有傳教士一併驅逐出境，押解去了澳門。

事情鬧在一個縣裡，卻叫總督滿保上了心。他在福建多年，深感閩省地接海外，多有與海上洋人勾結，搶掠為患的事。而這類事每經審問，又必問出傳教士幫助聯絡的情節。滿保雖然是滿洲人，卻是從科舉出身的翰林，本來厭惡洋教，一向有根除此弊的念頭，現又揣摸著新君喜歡更張舊制，所以一紙封章上去，不單福建一省，更奏請舉國禁教，擬將各省西洋人全部安插澳門，不准登陸。

其實不只滿保，就是京官們，自羅馬教廷發下不許中國教民尊孔祭祖的教旨，就輿情洶洶，多有請先帝下旨禁教，以正國俗的。先帝雖也氣惱教皇不曉事，卻還法外施恩，要在華的教士各自申明，順從中國禮儀，而後由禮部頒發信票，留居中國。不肯順從的，則加以驅逐。今上皇帝最恨宮中教士在皇子之間挑三窩四，加之滿保奏摺寫得厲害，將耶穌會在沿海如何潛滋暗長，教士如何勾連外洋，教民如何忘本違禮，地方官民如何群情激憤，條分縷析，剴切備陳。皇帝遂拿定了心意，叫他把禁教的宗旨正大光明寫個題本，發交禮部議奏。

待禮部議准，皇帝旨下，尤以科甲出身的地方官員響應最為迅捷。很快，北方各地的驛站遞鋪都不再准許教士使用，不能自備馬匹的教士還沒上官道，就被憎恨洋教的士紳百姓遞解送官。在直隸，保定的法國教堂被知縣罰沒，改為義倉；古北口的葡萄牙教堂被駐紮兵丁搶奪了聖像，當眾燒毀；宣化的教堂則被拆毀，磚土木石一體充公。至於近海的福建、廣西等地，更由督撫直接下達憲令，將通省教堂改為義學、義倉、祠堂或是佛寺道觀。雖然皇帝也下過旨意，命地方官不得苛虐教士，但真到了民間，又有誰去領會這個。波蘭神甫邦庫斯基在杭州的大街上被百姓投來的石塊砸死，平湖縣的卜文氣神甫在縣衙前被人揪住打傷，要不是巡捕阻攔，也就一命歸西了。至於山、陝兩省的大主教洛里姆，叫人像押解犯人一樣押到西安府才得脫身，他嚇得連夜跑到北京去，投奔那些在宮中執事的同胞。先期就在廣州的教士送來更壞的消息，說年羹堯的長兄、一向與傳教士交往密切的廣東巡撫年希堯，自接禮部諮文，就傳下嚴令，讓在粵的教士立即前往澳門，不得稍有推諉。本年之內，粵省全境，不准許耶穌會士一人逗留。

穆景遠身在西大通，雖然一時還沒有驅逐之憂，但事關他們天主聖教在大清的存亡，自然也是憂心忡忡。加之他的保護人——九貝子允禟，如今也命運不定，思來想去，不得不死馬當活馬醫，代允禟做一遭說客，去西寧見年羹堯。

要論允禟和年羹堯的交情，說來也不算很淺，不但早就認識，七彎八拐的，也還算是親戚。年羹堯生在督撫之家，早早就中進士點翰林，是京城中出尖的青年才俊，所以一眼就叫慧眼識珠的大學士明珠看上了，將自己的孫女聘他為妻。而明珠的孫子永福，則蒙先帝指婚，娶了允禟的三格格。兩家論起親誼淵源，還比和今上來得更早近些。再者就穆景遠而言，早年在京城時，與年羹堯的長兄年希堯最好，因為常到年宅討論天文曆算之學，也與年羹堯見過幾遭。康熙末年，允禟幾次打發穆景遠對年羹堯加意籠絡，聽說年羹堯特愛宮中式樣的小荷包，一次就送了數百之多。

不過允禟再急得怎麼樣，也難以親自去見年羹堯，只好拜託穆景遠去遞個話。穆景遠到了西寧，先找到年羹堯的乳兄魏之耀，奉上允禟預備的一千兩銀子，魏之耀也當他是老朋友一般，先囑咐了些大將軍連日商議進兵，未必有他顧之心的話，就將他引見進去。

穆景遠上次見著年羹堯還是康熙六十年，一別三載，物是人非，再相見時，都大有隔世之感。二人敘禮讓座，穆景遠便先問候道：「老大人和允恭兄都好？」

「家父尚健，多承惦記。」年羹堯滿眼都是問來意的神情，心思並不在敘舊上，聽他問及，不覺呵呵一笑：「我看邸報說，貴教的人如今都聚在廣州，家兄好不好，你們該比我知道。」

穆景遠無奈仰起頭，餘光偷看氣定神閒的年羹堯，在胸間畫了個十字架道：「允恭兄如今膽子小了，一點也不顧及老朋友。」他說著，突然誠摯感激道：「不像大將軍講交情，許我在青海建教堂。」

「言重了，咱們談不上交情。」年羹堯目光警覺一跳，穆景遠在西大通傳教、建教堂，他的耳目早有所知。以他的性情，凡事舉其大端而為，這樣的小節，從不屑於勞神糾察，但總不至於有意忤逆聖旨，包庇耶穌會。所以一聞此言，就特意板起臉來，揚著下巴道：「你們私下的勾當，我早就奏過，不過要等旨意發下來，再毀棄遣散。」

穆景遠卻不氣惱，只顯出無可奈何神情，渾身七顛八晃，搖頭蹙眉道：「都說大將軍是硬漢子，原來也怕惹事。」及見年羹堯嘴角微一抽搐，仍默坐無話，便站起來做出要走模樣，語氣裡微帶輕蔑：「九貝子要將千金之體託付大將軍，也是看錯人了。」

年羹堯近來對那位九貝子很不高興，只為允禟住在西大通這個要道上，拿著從京城運來的大把現銀，竟在那裡做起買賣。他的買賣公道，手面又大，商人們趨利而來，無不樂意和他交易。年羹堯為籌措犒軍銀兩，叫自己的二兒子年富經理山西河東食鹽生意，前往青海換取土產，可如今一到西大通，就叫允禟高利截去，實在叫人著惱。這會兒聽見穆景遠公然提起允禟來，更不想同他多說，借著他自家要走，就端了茶盞一抿，隨口道：「年某是朝廷大臣，要聽朝廷的政令。尊駕要去，恕不遠送。」

「朝廷大臣沒什麼不得了，不得了的是藩邸舊人。」穆景遠湛藍色的眼珠顯得深邃莫測，他禮貌周全鞠了一個躬，不帶出一點惱恨神情，聲音沉穩，說出話來卻捅人心窩。年羹堯一向追慕自立功名的大丈夫，最不喜人說自己爵列上公、職任專閫，是拜裙帶之誼所賜，是以陡然大怒，茶盞擱在案上一推，氣哼哼背過臉去，好一會兒才不耐煩地再問穆景遠：「你這洋說客到底來做什麼？」

「九爺讓我來給大將軍賠禮。」穆景遠倒不怕他的橫眉立目，仍舊自說自話，垂著眼皮道：「九爺說，往來青海的買賣人不容易，天寒地凍的，我的錢放著也沒用，不如多給他們些。不曉得妨礙了大將軍的買賣，實在罪過。他還說，如今連這些買賣人都肯贊助軍需，報效朝廷，他是先帝皇子，更要當仁不讓。若大將軍一時銀子不湊手，也請不要客氣。」說罷從袖中抽出允禟的親筆信遞了上去。

「讓我用九貝子的錢？」年羹堯聽至此，笑得前俯後仰。他先笑允禟刻意營求，煞費苦心，又想到中樞戶部的寒酸模樣，更是忍俊不禁——國家無錢，卻要打仗，直鬧到為大將的要向對頭伸手，豈不滑天下之大稽！一時笑罷，再細想想，若論這個錢字，真是不可或缺。西北四省地居偏狹，民力最不堪用，又是連年征伐，再要搜求，恐怕激出民變。可大兵一動，銀錢就如河流海淌一般。允禟的家底，久為他所深知，乃是舉朝第一富翁——當年允禩、允禵謀劃儲位，全靠這位九王爺，才做得來散財童子。所以聽了穆景遠的話，年羹堯不能全不動心，但這樣的事，又決非小可。他邊權衡著，口氣也顯得客氣起來，卻不接那信，示意穆景遠仍自收好道：「我忙著出兵的事，暫不得空說這些，先代我謝過貝子的心罷。」

對年羹堯而言，眼前最要緊的，確是調撥奇兵，深入大漠，窮追已經勢單力孤，逃到柴旦木的羅卜藏丹津。說是勢單力孤，可到底還有十萬部眾，其中精壯男丁也不在少數，所以年羹堯自己想著，需調集甘陝精兵兩萬，四路分進合擊，待來年春草生長，即可一舉蕩平。但另有一個人想的和他不一樣，就是那位受命協理軍務的奮威將軍岳鍾琪。岳鍾琪是岳武穆苗裔，將門虎子，康熙末年由年羹堯一手提攜。其時南北兩路入藏，他率領偏師，搶先進入拉薩，遂成川陝軍中後起第一流人物。岳鍾琪今年只有三十七歲，已經做到正一品武職，正有雄姿英發，立功自效之意。按照他的意思，調兵兩萬，籌糧辦餉、人吃馬嚼，就必定要待來春。海西遼闊，敵部尚有十萬之眾，兩萬人分路入境，敵軍四散，反而不易剿滅。不如趁春草未生，蒙古兵馬也無所供養之際，派精兵五千，搗其不備，直入敵穴，擒拿羅卜藏丹津。

岳鍾琪自有密摺專奏之權，所以二人的方略，也各自送到御前。皇帝拿不定主意，就叫允祥和隆科多前來商議。天一入冬，允祥原本多病的身體就有些不好，才告了三天的假，這會兒奉有特旨，可乘坐暖轎直至隆宗門下轎。隆宗門以內就是內廷禁地，所以門前來往接送文書、傳達事項的六部官員很多，原不免嬉笑閒聊、打探消息的事。因為今上關防甚嚴，這些不合規矩的舉動，近來已經少多了，大小官員、侍衛宮監，一個個只顧埋頭走路，不敢交頭接耳。然則允祥才一下轎，就聽見裡頭傳出大聲呵斥人的聲音，好幾個蘇拉雜役放下手裡的活兒不做，探頭探腦去看新鮮。雖未見人，但聞其聲，允祥也知道這是隆國舅又發脾氣，待走近了，就見他站在廊下，紅頭漲臉訓斥吏部司官。這位司官少說有五十歲，低頭彎腰哈著冷氣，拿著文書的一雙手抖得厲害，嘴唇翕動著卻不說話。

允祥很怕冷風，連著幾年冬天，夜間都咳喘不停，不但睡不安穩，且連帶得肋間生疼。白天咳得好些，卻精神不濟，太醫囑咐，尤其要小心保暖，不能受涼。所以他也不肯迎著風說話，只揮了揮手，命人驅散了看熱鬧的閒雜人等。又略站住，聽隆科多仍舊沒有停口的意思，就自走到廊子裡，扯了扯他的猞猁猻大氅道：「舅舅不嫌冷？」

「王爺的尊體大安了？」隆科多回頭一見是他，也有些不好意思，問候已畢，就朝允祥抱怨道：「王爺瞧這起人糊塗不糊塗，直隸分守道是何等要缺，竟要題補一個家奴，還擬了稿子來給我看！」

「嗯？」

「就是那個叫桑成鼎的，人都說是年亮工的家奴，連籍也沒出過。」隆科多「哼」的一聲，朝那司官啐道：「你和王爺回！」

「是按軍功保舉，所以——」

「軍功保舉軍功保舉，難道直隸也打起仗來了？」隆科多聽司官還要解釋，更是火冒三丈。他明知這是請過旨的，可仍忍不住要發作。吏部本來全由他說了算的，如今大戰一開，年羹堯要風得風，要雨得雨，一張開單，題補的官員少則三五個，多則十幾個。不但西北文武官員出於私門，連外省的也要插手，吏、兵二部竟似他的提線木偶一般，這讓心氣高傲的隆國舅如何咽得下這口氣去。

「河清海晏的，這是怎麼說。」允祥身上酸懶，實不想在這裡久站，所以朝那司官一示意，就拉了隆科多往內裡走，邊掩口低聲勸道：「戰事正緊，舅舅和下頭人說這些，倒顯得將相不和，再者這裡人也太雜。」

隆科多很詫異允祥這些日子的口氣改了不少，常常是維護年羹堯的話，自己愈發連個可抱怨的人也沒有，所以這會兒雖壓低了聲音，仍憤憤然負氣道：「王爺也太能忍耐了。之前議准了要開捐納，竟不開在戶部，要開在西安和阿爾泰軍前。再者這一次捐的人，竟要單立一班，遇缺即補，比兩榜進士補得還快，這都是哪一朝的規矩！照這麼下去，只有我們都辭了差，才能配得上這出將相和！」

「誒，准都准了。」聽他拉扯上自己，允祥心裡有些不快，眼看到了養心門跟前，就不再多說，只清清嗓子，定定神，預備去見皇帝。

皇帝坐在暖閣裡正閉目養神，他昨夜也沒有睡好，一早又御門聽政，回宮後就有些疲倦。但他的耳朵又很靈，聽見腳步聲就睜開眼睛，先飲了一口釅茶，待二人進來行禮，便打發了近侍人等出去，又覷了允祥的一臉倦色，抱歉道：「坐坐，原該叫你再歇兩天，實在有件上緊的事。」說著，就戴上一副玳瑁圈茶晶眼鏡，從炕桌上拿起兩份奏摺，邊翻看著又說：「岳鍾琪幾個都已經到了西寧，議了追剿的章程。年羹堯的法子略緩些，要到開春再分四路進兵。這岳鍾琪倒是個霍去病一樣的人物，竟要自帶五千兵，去突襲羅卜藏丹津的老窩。」皇帝說著看了允祥一眼問道：「我記著岳鍾琪和你是同庚的？」

「是。」

「真是英雄出於少年。我先同年羹堯說過，錢糧兵馬可以盡你去使，岳鍾琪這個人，卻要珍惜著用。」皇帝笑了笑，頗有讚許之意，轉而又沉吟道：「實在他這個法子也懸了一點兒。不過士氣可鼓不可洩，連年羹堯也說其志可嘉，這倒難辦了。」

「奴才有一句話不知當不當奏明——」隆科多坐在旁邊，雙眉蹙得像兩道立著的黑掃帚，方才允祥在外頭和他作大公無私之態，讓他覺得很矯情，心裡愈發對年羹堯憋氣。此時見皇帝游疑不定，便有一抒胸臆之想。

「舅舅怎麼也學那起子酸秀才說半句話？又沒外人。」皇帝叫隆科多一句話說得大笑起來，在他眼裡，佟家的人都是關外樸質剛毅性情，自負少禮，平日裡都仰著腦袋鬥雞似的，叫人一捧更要上天，從不會做委婉聲情。方才這一句的謹慎試探，實在與他平日的做派不合，讓人聽了就想發笑。

「是！奴才這話憋在心裡好些日子，說了怕有搬弄是非的嫌疑。不過奴才受先帝的顧命，蒙皇上特簡總理事務，自想著又是孝康章皇后、孝懿仁皇后兩位主子的至親，與我大清骨肉相託，休戚與共

——」

「得得得，這是怎麼了？竟也扭扭捏捏起來！」皇帝聽他這樣囉嗦，更加笑個不住，半晌才忍住了，指指空蕩無人的殿閣道：「咱們這樣談，有什麼不能直說？」

「謝皇上體恤。」隆科多話已出口，也收不回去了，只得緊了緊嗓子，斟酌道：「奴才以為年羹堯這個人，實在過於狂傲，他主持四川已經十幾年了，陝甘也有三四年，西北各省乃是用兵之地，文武各缺，錢糧轉運都憑他把持，連他家的奴才也想放在天子腳下作道員，全不顧及朝野議論。照這樣下去，羅卜藏丹津剿不剿得乾淨還未準，倒又養出一個平西王來。奴才以為，朝廷不得不預加防備。」

皇帝聽得很是仔細，待他說罷，就放下奏摺，摘了眼鏡，似是而非應一聲，頓了許久才又問道：「要怎麼防備？」

「奴才愚見，既然岳鍾琪存了立功的心，不如讓他們相互牽制，左不過一個漢軍，一個漢人。」隆科多言至於此，也不便再深說下去，只嗽了一聲，等著別人打破靜默。

「也有理。」皇帝帶笑不笑，轉問允祥道：「你說呢？」

「舅舅老成謀國之言，都是為朝廷著想，年羹堯這個人雖有才幹，也是驕縱了些。」允祥說話的中氣還頗有些不足，聲音顯得輕飄飄的，說一句，停一停，像在琢磨後話，又像在等皇帝插話。怎奈皇帝彷彿故意為難他似的，既不搭腔，也不帶出喜怒來供他揣摩，只靜靜等他的下文。直耗得允祥沒有辦法，才續道：「不過僅就目下，似不必先存了這個念頭。皇上既已委任年羹堯，還是聽他盡專閫之道，以求早日奏捷。一味掣肘，令出多門，恐怕於兵不利。不過臣同他生疏得很，怎麼用這個人，還得聖心獨運為好。」

「舅舅都是為了朝廷好，我心裡明鏡似的。」皇帝聽著允祥這番婉轉陳詞，再看隆科多時，只見他滿額上漬的都是細汗，下嘴唇咬得青紫，一時便體味出作帝王的妙處，實在能夠左右逢源。他下炕來直了直腰，輕快地走了幾步，忽一下打身後按住隆科多的肩頭，轉口道：「不過王子也說得中肯，將在外，君命有所不受。其實多少滿洲的大臣都跟舅舅一個心思，想著他到底是一個漢軍，又是那麼個性子。可既然仗已經打起來，想罷兵也不能。舅舅知道，我凡事只講求個不愧於心。命將而盡其材，我就無愧了。他有些人財物上的需索，王子和舅舅盡力而為，也就無愧了。咱們凡事無愧，就要看他了。」皇帝邊說著，就覺得身前的隆科多微微戰慄，不禁朝允祥笑道：「他久在外頭，你們不熟。我做了他十幾年的門主，還是知道的。舅舅信不過漢軍旗，總信得過我？」

「是奴才多心了。」隆科多聞言很是惶恐，就要離座請罪，連嘴上也結結巴巴起來。他深悔今天腦袋一熱，說得太多。年羹堯畢竟是國家干城，又是皇帝寵妃的親哥哥，一擊不中，多半要落個讒害大臣的把柄，實在麻煩得很。

「舅舅的用心，多了少了都是為朝廷，為我。」皇帝毫不在意地擺擺手，一把將他扶住，又向允祥道：「你氣色實在不好，早去歇著，不行叫太醫院再換個方子看看。岳鍾琪很可以大用，不過追剿的事，是疾是緩，怎麼個發兵派將，還是聽年羹堯調遣。」

第二十五章　制勝

京城裡的事姑且不論，年羹堯在西寧籌劃了多日，倒愈發覺得岳鍾琪奇襲柴旦木的方略可行，待與諸將細加商酌之後，就大致擬下起兵的日子。議到最後，帥府的書房裡只留下年羹堯和岳鍾琪兩個人，門緊閉著，裡外三層都有親兵把守，格外嚴密。院子裡是幾位穿甲戴盔的總兵、副將，一個個釘子似的立在階下，都虎著臉一言不發。岳鍾琪自幼飲食兼人，身量極高，比年羹堯還猛出半個頭去，大且生而駢脅，魁偉壯碩異於常人。這會兒每隔上一兩刻，他就親自推開房門，泰山壓頂樣走出來，大喊一聲：「叫總兵黃喜林！」「叫總兵吳正安！」「叫軍前效力一等侍衛達鼐！」每個人進去，不過一盞茶功夫，就闊步走出來，絲毫不肯東張西望，多嘴多舌，只冷著一副面孔，急匆匆走出行轅大門。

「只有五千騎兵，一人三馬，隨軍的夫役越少越好。黃喜林出中路，吳正安出北路，你和達鼐出南路，他們二人是偏師，你是奇兵，直取柴旦木。這下你遂意了？」都分派完畢，年羹堯雙目凝視著窗外被掃成一堆一堆的殘雪，兀自站著不動。

「全仗老師的虎威，學生不過奉命差遣！」岳鍾琪早就大喜過望，只是強掩著，不肯露出來。他素來也自詡是儒將，又因年羹堯喜歡士人之風，所以平日背人，總以師生相稱。眼前一切的布置，皆照自家主張，便覺一件蓋世奇功，頃刻可以成就，繼踵先祖岳武穆的神威，只在旦夕而已。

年羹堯很明白他的急切，卻不屑他故作的吹捧。岳鍾琪是自己一手拔擢的上將，連他的令尊——

前任四川提督岳超龍，也受過自己的惠贈。三十幾歲的副帥，存了爭功誇耀之意，只憑年羹堯冷眼一看，是最清楚不過，自己當年不也有過少年得志，天地不拘之心麼。這些天琢磨著決戰專委岳鍾琪的事，他心裡也有些不是滋味，不過想著是自家師生，總以互相玉成為主，何況自己身為主帥，不論如何敘功，任誰也跑不到前頭。於是轉過身正對岳鍾琪道：「你我之間何必說這些套話。富貴險中求，別太興頭了。」

「老師的大恩，學生終身不忘——」岳鍾琪以為是歡喜太露，引得年羹堯不快，他極窘迫地張了張口，忙又挺著胸脯道。

「你誤會了。」年羹堯接口打斷他的表白，自己仍綳著臉，走到地圖前，轉以平日吩咐軍務的口氣道：「這幾千人有兩個麻煩，你要小心。」

「請大將軍明訓！」

「第一，你得輕裝簡從。乾糧草料雖然有富裕，可多了你也帶不動。我想每人只帶十天，剩餘的你們路上想法子。」

「是！」

「第二，沿途不能遇阻，你路上所經的喇嘛廟，還有各部的營地，雖說是歸附了，也難保他們不反覆。萬一走露了消息，這幾千人，你有什麼主意？」

對於這一層，岳鍾琪是早有謀劃的，卻不好僭越先說，此時聽年羹堯問及，若再謙遜，倒像自己全無主張似的。他稍移了幾步，走到年羹堯身後，仍舊筆挺挺站著，放低了聲氣道：「學生有一點愚見，還沒有請示老師。」

「嗯？」

「若遇阻礙，格殺勿論！」

「敵軍勢眾，怎麼個殺法？」

「先令人深入哨探，稍有異動，不由分說，直取王公台吉大帳，縱火燒之！」

「要有蒙藏百姓、喇嘛番僧在內呢？」

「旦夕間良莠難辨，只有一體處之。」

「大清的祖訓是北不斷姻，這裡頭還有好幾位朝廷的至親，你不怕完事了京裡參你濫殺無辜？」

「那就要憑老師做主！」

「好，不如此不能成大功！」年羹堯一陣狂放的大笑，露出滿臉殺氣，右臂在身前猛地一劃，「你不必顧慮，只管去端了羅卜藏丹津老巢，餘下的事有我。」

「是！」岳鍾琪感動異常，胸中一股無可名狀的激奮之情湧動著，昂首高聲道：「鍾琪請立軍令狀，二十天內不能報捷，大將軍摘了我的人頭獻於闕下！」

「要你的人頭做什麼？我要羅卜藏丹津的人頭！」年羹堯大喝一聲，隨即將自己的金牌令箭從架子上抽出來，鄭重放在岳鍾琪手上：「一切前方的調遣，聽你便宜行事，我只等你的紅旗報捷。」

「不敢有負大將軍的重托！」岳鍾琪單膝點地跪接了，眼淚幾乎要湧出來，他深吸一口氣，想站起來，卻又激動地打了一個晃，被年羹堯一扶，才算站穩。二人又靜坐了一陣，緩一緩神，才前後走到院中，冷風一吹，年羹堯又想起一件事來，看看左近沒有外人，便問岳鍾琪道：「你挑選的這五千精銳，家裡要怎麼安置？」

岳鍾琪早就等這一問，緊隨其後笑道：「此去九死一生，兄弟們也都知道，還請老師多體恤些個。」

「這是自然。不過，現下怕沒那麼多，你且容我兩日，總叫大家出兵前見著。」年羹堯深知帶兵的章法，碰上這些十之八九有去無回的勾當，沒有大筆的現銀，是絕不能辦到。岳鍾琪管不了這些事，惟有自己一力承擔。他邊說著，就見管家魏之耀從遠處小跑過來，遂道：「只是你要盯緊些，必須逐個發到，不要叫那起子混帳營官剋扣了。」待岳鍾琪應諾而退，即向來至近前的魏之耀低聲道：「明天同我往西大通走一遭，別給旁人知道。」

西寧到西大通快馬只要一天光景，年羹堯帶了魏之耀扮作客商模樣，悄然而至。二人都穿著大厚的皮袍子，連頭帶腳一齊捂了，又說得一口秦隴官話。允禟院前守門的侍衛也沒細看，只當是往來談買賣的人，收了幾兩銀子的門包，就放他們進去。如今的允禟不比早先，他大筆現銀隨手賞出去，早已將跟隨的人都買通過來，不說為他效力，總也不肯為難。特別是他做買賣這一條，眾人因有賺頭，更不管他，所以宅院四周，端的門庭若市，竟成了這荒蠻邊鎮的一景。往來盡是山陝客商，甚或連一家妓館也開起來。

允禟平日無事，就與客商們閒聊，這些買賣家哪見過他這等天上人物，更兼這樣隨和可喜，所以無不極力讚美，又罵當今皇帝最是無情無理，把個佛爺似的親兄弟，發配到西大通受苦。這正是允禟想要的話，所以這些日子，他也樂得悠悠蕩蕩，不似初來時那樣身心苦寒。方才聽見門上來報，說又有個鳳翔府新來的大財主求見，就叫領他進來。等走近了，允禟越看越是眼熟，及至他笑著摘去帽子，問聲：「九貝子好啊」，才恍然驚呼：「怎麼是你！」

「九爺不是要見我麼。」待允禟屏退了近侍，年羹堯方坐在炕上，抻著自己腰間的小荷包笑道：「這是三年前的惠贈，舊交信物，誠有緣也。」

允禟拖著肥碩的身子，負手挪了幾步，一面感慨長嘆，再轉過身時，眼圈也紅起來，過去抓著年羹堯的手，又哭又笑道：「人說你是念舊的硬漢子，實在是說對了！」

年羹堯原不是來和他敘舊的，更不想理會他哭天抹淚訴可憐，是以單刀直入道：「當著明人不說暗話，貝子先叫穆景遠去見我，所說的事還當真麼？」

「那是，那是！」饒是允禟見多識廣，也沒料到年羹堯這樣無遮無掩徑直來問，他微微一怔，隨即拍著前胸道：「我雖不得意，到底也同朝廷是一家子，贊助軍務，理所當然。」

年羹堯素來不喜撇清買好，巧立名目，聽允禟還說得這樣冠冕堂皇，不禁大笑，指著自己的額頭道：「我可是冒著日後皇上知道，性命攸關來的，貝子還說是贊助軍務麼？」

「痛快！你這人就是痛快！」允禟「哐」地一拍炕桌，眼中透出長久不見的神采，一把拉了年羹堯，邁步走出客廳，七拐八拐走到內院西廂，再往前去，就傳出殺雞宰羊的聲來。允禟解說一句「這是廚下」，就推開門，見內中廚役們驚訝惶恐，便指著再往裡的一間屋子高聲道：「我帶陝西來的財主見識好酒」。說罷自從腰間取出一串鑰匙，開了門，二人相偕而入，將門關緊。

這是一間很大的屋子，四牆密閉，靠一小天窗取亮。挨牆盡是木櫃，不過尋常粗笨家什，檯面上排的全是盛點心餑餑的大匣子，少說也有一兩百個。中間地上都是酒罈子擺著，屋裡卻聞不見香氣。

允禟幾步走過去，揀了最外頭的餑餑匣子掀開，低聲疾道：「你來看！」

年羹堯緊跟過去，只見那匣子裡都是五十兩一錠的官鑄元寶，齊整整十個一排，在這昏暗的密室裡銀光閃耀。他先讚一聲「好成色」，又自打開五六個匣子，全是一模一樣。

「這是我拿驢馬一匣匣從京裡馱來的，不易！」允禟邊感嘆著，又彎下身，打開一個酒罈子，卻見裡面也堆滿了銀子，只是雜色的，大錠、小錠，乃至散碎小塊都有。他拈了一塊銀子，直起腰來，邊掂著分量道：「這是路上和這些日子買賣現掙的，足色不足色都有，也顧不得拾掇。人都說我愛財，到如今才知道什麼叫做身外之物，真是一朝倒運，屁用沒有。」他說著，將那銀子輕扔到年羹堯手上，呵呵一笑道：「我知道，這阿堵物於你有大用場，你這一仗，七八成都要指著它。我養心殿裡那位阿哥，當家知道柴米貴，恨不得只進不出才可心可意，這不就苦了你們辦事的人麼。我這屋子裡的現銀，多少也沒算過，三十來萬總是有的，你拿去罷，若嫌少，我也再沒多的了。」

「貝子是痛快人！」年羹堯打心裡說不出是什麼滋味，歡喜抑或懵懂，都是有的，就是一絲感激，也不能說全然沒有。他朝允禟拱了拱手，一時不知如何開口，沉吟許久，方低問道：「我幫得上什麼忙？」

「咳，我能求大將軍什麼，還能叫你替我領兵清君側不成？」允禟無所謂一擺手，也不顧年羹堯臉色大變，自是一副參透萬物的模樣，坐在屋裡備著登高的小凳上，苦笑道：「皇上恨我，是兄弟裡頭排第一的，我只求在這鳥不拉屎的地方，得你大將軍的庇護，怎麼樣？」

年羹堯聽他這句話，心略放了下來，思量著，若僅是在西北，這樣的事確乎不難。可他終究還參不透允禟的真心，所以似笑非笑試探道：「就不怕我侵吞了這些銀子，再借天家恩怨殺人滅口？」

「你要是那樣的人，我也只有認命。」

「好！」年羹堯雙眉一展，將手中的銀錠扔回罎子裡，點了點頭：「貝子在我這裡一日，我保你的平安！」

五千精兵領了賞銀，各自歡天喜地。他們都是甘、涼等地的綠營兵，家貧而後顧無憂。岳鍾琪給每人先發了一百兩銀子，許得戰勝之後，再憑功加賞。這些地方的人番夷雜處多年，本就剽悍，加上男多女少，無妻無業者甚眾，甚或還有兄弟共妻的習俗。所以一聽說能得這樣多的銀子，都顧不得什麼赴險不赴險，一時爭先恐後，人躍馬嘶，惟求一戰下來，能發一筆財，先討個婆娘再說。

岳鍾琪帶著這一干虎狼，也不必誓師訓話的虛文，一徑就向西北馳去。然而一出西寧城百餘里，前哨探報，深谷群山之間，便有那湟北諸寺院之母盛名的郭隆寺橫亙路間。郭隆寺是黃教名剎，坐落在往來青藏的必經之路上，康熙年間香火至於極盛，凡大小經堂、僧舍、昂次有兩百多個院落，僧人數萬，氣象較塔爾寺更盛。三個月前，郭隆寺武僧上萬人，匯合羅卜藏丹津部眾強攻西寧，雖被擊退，仍舊依仗天險，固守寺院，不肯屈就歸附。這寺廟極其險峻，湟水群山相為護持，另有五座城堡環峙，易守難攻。岳鍾琪原做了打一場惡戰的準備，及等到了山下，舉目遙望，便見山間白雪覆蓋，靜寂安詳，只有鐘聲隱隱，如傳綸音佛語。時有幾個著紅袍的僧人出出進進，都是擔水劈柴的執事，全無殺氣在身。

和岳鍾琪一起進兵的是一等侍衛達鼐，他是正經的滿洲近臣，早聽見岳鍾琪一意要將郭隆寺踏平的話，就有些不樂。滿蒙本自相親，滿洲貴臣多有崇信黃教的，郭隆寺的法臺章嘉活佛，更被清帝奉為國師，在京中人望最為隆重。這會兒看到寺內平靜如常，達鼐就放下心來，馬鞭遙指遠處一縷一縷白煙，大鬆一口氣向岳鍾琪道：「他們想是沒有預備，咱們悄悄繞過去罷。」

岳鍾琪兩腿輕夾著馬肚子，在山前來回逡巡幾圈。他們父子久鎮西陲，和黃教寺院打交道很多，本來覺得虛妄，再兼百戰鏖兵，屢屢目睹他們與俗家人一同砍殺搶掠，更存了十分的戒心。且他立功心切，哪裡肯放過揚武的時機，所以並不理會達鼐，只回身命中軍守備道：「分兵一千先行，其餘排列山前，相機進剿！」

「這是章嘉大活佛的寶刹，攪擾不得！」達鼐還要再攔，岳鍾琪已躍馬而出，回身大喝一聲：「我帶人在前，若有伏兵，你們就衝上去，先奪堡壘，再攻山梁！」官兵們久聞郭隆寺富庶無比，遍藏金銀，一待令下，無不爭先。出水蛟龍般的戰馬呼嘯而起，踏過凍得結實的湟水，直奔郭隆寺而去。

果不出岳鍾琪所料，喇嘛們的消息遠比尋常蒙古王公們來得靈通，所以早有布置，寺院中故作日常的寧靜，堡壘之內全是伏兵。隨著清軍一陣大動，堡壘裡埋伏的喇嘛就呼喊而出，俱都身穿僧袍，手持藏刀，少說也有兩三千人。岳鍾琪的一千人因有準備，又都血勇正盛，更兼身在馬上的便利，所以人數雖少，卻漸漸占了上風，不過一個時辰，就突出伏兵的包圍，先占取了最外的堡壘。等再要往裡衝時，就見遠處山間又一片絳紅色如潮水般湧動，是幾千僧兵揮舞軍器奔殺而來。

「好個佛門聖地！」岳鍾琪先帶住韁繩定神去看，隨即昂首大笑，對中軍厲聲道：「只管衝進去，按首級請功！」

中軍令旗一揮，後隊的兩千人也興沖沖縱馬向前。一時間，三千名綠營精銳和五六千僧兵混戰一處，僧袍和血肉遮暗了天空，廝殺聲震得山谷內鳥獸奔散。有清軍跳下馬來，和僧兵抱作一團，齊滾到冰凍的河上，盔甲袍服粘在冰面，掙脫不及，兩人各挨一刀在致命處，至死都緊緊扭住。

僧兵雖然日常習武，但畢竟不是軍旅，若論號令森嚴，進退有度，難及岳鍾琪所帶精銳之萬一，不過憑著人多勢眾，一腔血氣而已。時間愈久，愈覺難以支撐，死傷的人數也愈多起來。眼見紅色的人群被衝出一個口子，岳鍾琪帶著兩三百人先殺到寺前。

「軍門，咱們發財了！」一個親兵獰笑著，抓了一把大經堂供桌上的酥油花，碾碎了。他們都知道，蒙藏部眾崇信黃教，凡家有餘資，都要送到寺院中去，就算傾囊而出也毫不心疼。所以不待岳鍾琪傳令，就有心急的親兵抓住活口，逼問寶庫的所在，更有人四處去扒死傷僧兵的袍子，準備包裹寶貝。

「不許搶東西！」岳鍾琪咬了咬嘴唇，他深知眾人的心思，都想大發一筆橫財，然而此去柴旦木突襲羅卜藏丹津，必得輕裝前行才好。於是將心一硬，高聲喝止了這些摩拳擦掌的饕餮鬼，再看一眼壯美富麗的大經堂，命中軍道：「都退出去，點火。」

轉瞬間，郭隆寺中火光沖天，因寺中到處是盛放酥油的大缸，兩壁又有貫頂的經牆，擺放著一函一函積年累月的描金大藏經，所以火一燃起來，就燒得格外濃烈，不一時，塗著金粉的殿頂也被烈焰吞噬，迎風發出畢畢剝剝的爆響，光芒直上天際。

「小岳太莽撞了，皇上的佛法還是老章嘉活佛開蒙，回去可怎麼交代！」達鼐站在旁邊的山坡上看護馬匹輜重，瞧見遠處的火光，跺著腳連聲嘆息。那些還在山間與清軍廝殺的僧兵，見經堂被焚，都扔下手裡的刀，嗚咽著五體投地。清軍的馬蹄順勢踏在他們的身上，又是一陣哀號遍野。

疾行數天，三路兵馬已近柴旦木之地，沿途將各部的散兵游勇邊擒邊審，探問羅卜藏丹津下落。領兵的參將、游擊們撒開了花兒在大漠裡橫衝直撞，先是達鼐部一晝夜疾行兩百餘里，斬殺敵軍千餘人，俘獲婦孺無數；次日黃喜林、宋可進又擒了兩個蒙古台吉作嚮導，往西北山林裡猛追，抓到了羅卜藏丹津的母親、妹夫，以及八名跟隨他叛亂的和碩特王公，差一步就攆上了落荒而逃的羅卜藏丹津。自午時至二更，縱橫一百五十里，所獲的馬匹、羊駝，可以讓全軍的騎乘都換一個遍。

人不解帶、馬不卸鞍地追了八百里，按照羅卜藏丹津近身奴僕所指的方向，三路兵馬匯合一處，到了桑托羅海地方。其時正值夜半，眼前是一望無際的密林，再向前便是騰格里沙地，需得三天三夜才能穿過。岳鍾琪瞪著血絲充盈的雙眼，興奮得手舞足蹈——羅卜藏丹津已經被逼到絕處，必定藏匿在這山裡。如今他水缺糧短，絕不敢逃向大漠戈壁，自尋死路。

兵士們累得上氣不接下氣，癱倒在地上一動不能動彈。吳正安斜盔外甲，灰頭土臉的踉蹌而來，也不顧什麼將軍不將軍，一屁股就坐在岳鍾琪跟前，喘著粗氣道：「歇歇，歇到天亮了再搜山罷，兄弟們都跑得受不了。」

「不行！」岳鍾琪年輕，雖然品級最高，但平日裡對年羹堯麾下的一干總兵、副將尚自尊敬，可他此時卻不客氣，一抓吳正安的肩，將他連鎧甲帶人一同扯起來，自己也三晃兩晃才站穩，借著月光一指前面的密林：「你先帶五百人進去，把岔路堵死，防備他逃。」

「黑燈瞎火，誰也沒見過他恁個模樣。」

「見人就抓，只要活的！」岳鍾琪眼睛一立，拔出佩劍來戳在地上，飛身上馬，馳到就近一個土坡上，居高看著兵士們點燃了火把，三五一群走進山去。

「真他娘的晦氣，找了一宿，就抓這麼幾個嘍囉，還有倆漢奸！」天至大亮，吳正安罵罵咧咧從林邊走到山坡上，後頭跟著的兵士押了六個人，四個蒙古奴僕的打扮，另兩個都是漢民衣裝。

蒙古人魯直，梗著脖子不肯下跪，兩個漢人卻見機得快，一看岳鍾琪的穿戴，便知不是尋常將弁，忙撲通趴在地上，滿口求饒，叩頭如搗蒜一般。

「你們是什麼人，羅卜藏丹津在哪？」岳鍾琪不耐煩聽他們求告，一把拎起一個來，眼對著眼怒問。

「小人是山西的買賣人，被羅卜藏丹津擄來——」

「別他娘的胡說八道，你們這些老西兒錢迷了眼，誰的銀子不敢賺！還擄去？一定是偷運鹽茶給叛軍，人都在他老營裡！」吳正安最恨這樣兩頭賺的晉商，聽他說話就氣不打一處來，一腳猛踢在那人腰眼上：「快說！羅卜藏丹津逃到哪去了！」

「小人財迷心竅，不合去賺番子們幾個錢，並不敢悖逆朝廷——」

「羅卜藏丹津在哪兒？」岳鍾琪見沒尋著正主，心裡的一團火早已騰得老高，見這兩個商人畏畏縮縮，期期艾艾的模樣，更覺一股惡氣直沖頭頂。他大吼一聲，就勢拔出吳正安的佩劍，朝一個蒙古奴僕當心刺去，又猛地抽回。兩個商人眼見那漢子應聲倒下，自己早嚇得面無人色，抱著頭在地上趴了許久，才有一個略膽大些的戰慄回道：「他們四個都是羅卜藏丹津的貼身家奴，我們跟著他，前天跑進這山裡，呆了一天一夜，昨天前半夜，聽見大人們的馬蹄聲，他就帶了兩個人，朝大戈壁裡逃了。哦！臨走還換了女人的衣裳！」

「追上他！」圍在一旁的將弁們揮拳舞刀高喊。搜了一夜的樹林，眾人原本疲憊不堪，但群情激奮，大有不擒敵王，誓不罷休的心氣。

「大漠無邊，糧食和水也濟不上，還是不要孤軍犯險。」岳鍾琪心裡暗嘆一聲，雖追悔莫及，但能以五千騎兵縱橫數千里，襲破八萬敵軍，心知這一路也算不負差遣了。他朝著山林的方向看了又看，彷彿要穿透它，看向遠處的戈壁。默然半晌，才對持著令旗的親兵道：「傳令回師。」

第二十六章　覆土

塞外尚覺苦寒，畿下已近陽春。為著先帝入葬景陵後的第一個清明大祭，皇帝提早七八天，就又帶著近支王公、滿漢大臣前往遵化，預備親行添土之禮，以展孝思。自從岳鍾琪出兵大漠，他是掐著手指頭算日子的，算來算去，終於算到清明前。這次出門，他又滿是不情願——倒不是怕京師有變，只是心裡裝著要緊事，就不愛離開老窩，總以為守在家裡更踏實些。

鑾駕到了姚家莊行宮，守靈的十四阿哥允禵，並內務府大臣已在此迎駕，扈從而來的王公大臣也要一同站班，待皇帝叫散時，再各回行帳。自上年九月太后安厝景陵以來，允禵並幾個家眷孤苦伶仃住在馬蘭峪，終日飲酒，深居簡出，再不過問政事。這會兒卻一反常態，未等眾人盡散，就走到允祥跟前徑直問道：「青海的戰事怎麼樣？」

允祥叫他問得一愣，這些年他們連話也說得很少，當著眾人，雖聽他問得不善，卻不便發作，只好勉強按著自己的額頭道：「一路勞乏得很，早歇著罷。」哪知允禵一股牛脾氣又犯上來，一把抓住他的袍袖，高聲道：「我的格格和額駙到這裡請安，說年羹堯驕縱得沒邊，竟讓阿拉善額駙給他下跪！祖宗和皇父撫恤蒙古至誠至厚，才輪到他安穩坐在西寧城。我當年還不能這樣逞強，他竟敢動搖我大清的國本，你們問也不問！」

「你操的心太多了！」允祥緊鎖著眉頭低聲回了一句，一瞥身後低眉順目，卻豎著耳朵聽笑話的王公們，不覺心頭火起，正要拂去允禵的手抽身而去，便見行宮裡兩個一等侍衛疾趨出來，趕到自己跟前，咧著嘴笑道：「王爺大喜！撫遠大將軍剛遞了摺子，青海大捷！」

「好！」允祥聽得眼光放亮，猛一合掌，又緊握了握雙手，問那侍衛：「要這會子進去叩賀不要？」

「裡頭叫我們先來招呼各位爺，還有隨駕的官兵齊集，一會兒自有大人來宣旨。」

不多時，隨侍皇帝草詔的尚書張廷玉已從行宮中走出來，後跟奏事處的司官。司官雙手托著一個夔龍暗紋的漆盤，上頭放著年羹堯的報捷摺子。兩人在丹陛上停住腳步，下頭幾十號人已經重新按班次排列，連外頭的護軍營官兵也都得了信，一時間井然肅穆，鴉雀無聲。

「奉上諭——」張廷玉的聲音極有磁性，緩緩發出來，略一停頓，下站的王公大臣登時馬蹄袖打得山響，齊整整長跪叩頭：「臣等恭聆聖訓！」

「撫遠大將軍川陝總督年羹堯奏報，二月初八日，遣奮威將軍岳鍾琪率軍往剿青海逆賊羅卜藏丹津。二十二日至柴旦木，得男女駝馬無算，其助亂之八台吉俱已擒獲。今將羅卜藏丹津之母，及賊黨阿爾布坦溫布等八人，及歸降之盆蘇克汪札爾等四人，俱解送軍前。羅卜藏丹津所餘僅兩百部眾，無處藏匿，料不能脫。今青海部落悉經平定，實上蒼垂佑，列祖列宗皇考之福庇。著將年羹堯之奏摺宣示諸王大臣，以為同慶之喜。」張廷玉的官話算是純正，只是稍帶了一點江淮尾音，及至說完，他將奏摺一擎，算是宣示過了。隨後微探了身子，看向跪在最前頭的允祥，因為皇帝仍將允禩留在京裡，所以代替諸王大臣回奏的話，就要由允祥來說。

「這等從古未有的大勝，實在是列祖列宗同皇上的聖德神威所致，臣等謹為皇上賀！」趁張廷玉宣旨的當兒，允祥早想好了一句說辭，說罷率眾一叩，就算是回奏過了。哪知張廷玉卻不急著覆旨，仍舊站在當地，緩緩又開腔道：「皇上還有問郡王允禵的話。」

方才侍衛話說得很快，允禵聽得一陣懵懂，待張廷玉念著上諭，他才慢慢轉過彎來，心裡似有幾千隻蟲在爬，滿不是滋味，只好跪在那垂首摳著磚縫不語。忽聽見叫他的名字，就很有些不知所措，嘟囔了一句「問我什麼話」，呆怔怔地就沒動窩。等一旁的十二阿哥允祹狠狠碰了他兩碰，才滿不情願答應一句：「臣允禵恭聆聖訓。」

「年羹堯數月之間清剿羅卜藏丹津十數萬叛軍，兵鋒所向，海西諸部束手。皇上問郡王，同為大將軍，昔日坐鎮之功與年羹堯孰大？再者郡王曾向人言，若欲令我總理事務，需將年羹堯罷去才使得。問郡王，若依你之言將年羹堯罷去，今日大功何人可成？」

張廷玉眼瞼低垂著站在階上，也不看允禵烏紫的面色和暴出的青筋，他的聲音不帶一點質問，卻叫眾人都替允禵懸起心來。允禵的心裡先是翻江倒海一般，末了垂頭喪氣壓著脖頸，來了個徐庶進曹營，一言不發。

「郡王——」張廷玉實在是個沉著有靜氣的人，只輕呼一聲，是叫允禵務必回話的意思，卻不催促，自己穩穩站著，允禵不說話，他便也不見下文。

「臣不及年羹堯。」沉悶良久，允禵總算憋出六個字來，剛要長舒一口氣，就聽張廷玉又開口道：「皇上再問郡王，朕方才接年羹堯奏捷的摺子，問過隨侍的禮部諸臣，青海平定，勒石告廟之禮，有什麼舊例可循。部臣奏說，應循聖祖平定三藩、噶爾丹之例，遣官告祭天、地、宗廟、社稷、列祖列宗陵寢並奉先殿，勒石太廟、文廟。朕不敢與聖祖比肩，似覺所議太過，問郡王以為如何？」

允禵知道，皇帝要將此番平青海，越過他的入藏之功，去比先帝的平藩、征準之役，方才的折辱已經受了，再說這些，自然少了許多難過，乾脆心一橫頭一低，大聲應道：「部臣所奏合宜！」

允禵回過了話，張廷玉的差事就算完了，仍舊捧著奏摺趄回去，奏事處的司官則走到允祥跟前道：「請王爺也進去說話。」

行宮裡，皇帝剛接到戰報時的興奮勁頭已經緩下來不少，但臉上仍留著許多志得意滿。見他們進來，便大步迎上去，扯過年羹堯的奏摺，翻開了嘖嘖有聲晃著腦袋：「著實不易啊！你看看，著實不易的！大戈壁裡來無影去無蹤，竟是一群飛將軍！真不知道要怎麼賞他們才好！」

「功以爵賞，理當從優。」允祥在外頭就想得出，行宮裡的皇帝一定興頭得像個頑童。他自然也很歡喜，遂笑道：「只是年羹堯的爵位已經是三等公了，要是單晉為一等公，恐怕不足以宣示聖恩，不如再加些什麼，湊個好事成雙。」

「對！」皇帝痛快地一拍桌子，向張廷玉道：「即刻寫一道旨，年羹堯晉為一等公，再加賞個——精奇尼哈番！年遐齡推恩也是一等公，加太傅！」

「是。」

「岳鍾琪在諸將中勛勞最著，授為三等公！」

「是。」

「其餘大小官弁等回京再議，也必得從優褒獎才是。哦！先從戶部撥二十萬兩銀子，交給年羹堯賞兵。這幾道旨意今天就定下來，發回給禮部、戶部，叫他們上緊速辦！」他一邊說，一邊左轉右轉停不下來，饒是張廷玉最鎮靜持重的人，也不禁莞爾，只是趕忙掩過了，躬身應諾。

清明當天，皇帝要親行先帝入葬後的第一次覆土禮。此禮本是明制所遺，滿洲入關後，兩朝君主都是幼年承統，沒有親自成禮的先例。所以禮部只好去查《明會典》的記載，奏呈去後，皇帝自己又改了改，再發給禮部看時，大小官員就齊讚聖主仁孝通天。原來這位四十六歲的今上皇帝，竟要自己從寶城負土，一路膝行著爬土坡，直擔到寶頂上去！

一大早，皇帝就帶著王公大臣來到景陵的明樓前，高大的寶頂赫然在目，下面便是聖祖仁皇帝和孝誠、孝昭、孝懿、孝恭四位皇后以及敬敏皇貴妃長眠的地宮。依照制度，群臣到此止步，只有皇帝帶著他指定的兩個擔土之人——怡親王允祥和郡王允禵仍向前去。等過了石五供，就有掌管陵寢的大學士蕭永藻，以及兩名一等侍衛等候在此。一個侍衛捧著托盤，上面放了兩塊黃棉布，另一個侍衛也是同樣物件，只換作四塊素色棉布，後面是二十六個竹簍的內盛半簍新土，再後面是十三名侍衛，手裡各擎一條黃色扁擔。

三人叫托盤子的侍衛們幫著，用棉布將靴底裹住。他們邊忙，蕭永藻暗裡就看皇帝，他是老臣，見過皇帝年輕時候的模樣。那時節的四阿哥十分清瘦，如今年過不惑，倒發福了不少，步態也不比之前那樣輕快。這景陵寶頂，從寶城上算起，到頂有六七丈，膝行下來，實在很不容易，更不要說負土。正胡思亂想間，三人已經忙活完了，蕭永藻趕忙伏跪到一邊，由身後十三個侍衛各擔兩簍土，送至寶城底下，便都退了回來。

依照《明會典》所載，皇帝只需在寶頂正中跪候，由欽定擔土的王公將土從寶城面東的石道擔到寶頂上，交與皇帝，由皇帝親行添土之禮即可。今上這跪行負土之禮，實在聞所未聞。允祥和允禵一前一後，先擔著土簍上了寶城，隨後將兩簍合為一筐，幫皇帝負在背上。皇帝回頭看了一眼埋頭添土的允禵，一咬牙，仗著春裝肥厚，慢慢匍匐在地上，背著簍，一點一點，朝寶頂上挪去。

清明本來多雨，可這一天卻刮大風，把寶頂上的浮土揚起許多，叫人睜不開眼。這還不算，那寶頂下緩上陡，越往上爬，就越艱難，身子也忍不住東倒西歪起來。皇帝是好勝的人，雖知道眾人遠在明樓以下俯伏在地，未必看得見自己身影，卻仍然竭力硬撐著不肯懈怠。好容易到了頂，他早已喘得直不起腰來，費了九牛二虎之力將土簍卸下來，土倒出，鋪在寶頂之上。隨後又匍匐退行，回到寶城上。

允祥見皇帝擔這一個來回，已經累得汗漬在臉上，手也破了口子，深悔自己沒有極力諫阻，忙指了指一旁供擔土者行走的石級勸道：「過會兒還要去隆恩殿行禮，還是——」

「我覆三次，餘下的你們抬上去。」皇帝大口喘著粗氣，卻不肯聽允祥的話，定了定神，又示意允禵拿筐來給他背上。允禵的心裡很明白，皇帝今日此舉，實在是仗了昨天的青海大捷之勢。武功方盛，孝治又隆，一點兒皮肉之苦，又能算得了什麼？他和今上雖是一母同胞，早先也你來我往多有聯絡，但現在回想起來，自己彷佛從不曾看明白這位兄長的心思，倒是他當皇帝的這一年多，還看得清些：其人之隱忍狠絕，真是曠古少有。自己往後是個什麼下梢，實叫人不敢去想。

添過土，皇帝再到隆恩殿行大祭禮，在寶頂上擔著土三上三下，早累得他軟成麵團一樣，還哪能顧得什麼拜與興，不過伏在地上，由著贊禮官喊一聲「舉哀」，和眾人一處呼天搶地罷了。

一切禮儀完畢，回到行宮的皇帝已經疲憊得無以復加，但情緒卻極亢奮，不肯稍作小憩，一面由著懂推拿的太監給他捏肩按背，一頭興沖沖對允祥道：「我昨兒叫令親翁大禮過後請見，這會子就叫他來。」

「旨意我去吩咐給他，您還是歇歇——」允祥知道說的是兵部侍郎伊都立，可瞧他坐也坐不直，胳膊一動，就「哎喲」一聲叫疼的模樣，想他實在不便接見大臣。不料皇帝絲毫不怕麻煩，擺手道：「不要緊，我要交代他兩句，細處你們再議。」

不一時，伊都立便在暖閣門檻外頭報名行禮，才待要進來，就見允祥親自走到門口，道：「你不必進內請安了，就在這伺候。」說著一揮手，餘人就都麻利退了出去。伊都立知覺事情要緊，忙一叩首，跪在門外豎起耳朵聽裡頭皇帝說話。

「怡親王的格格早指給了你兒子，因為大喪沒有成婚，這件事我一直惦記著。」皇帝卻不急著入正題，反和他拉起家常來，口氣極隨和可親，「如今過了周年，在室孫女的孝就滿了，你的兒子就賞他和碩額駙的銜，擇個吉日和格格完婚。再者他雖然年輕，也要歷練歷練，另挑一個散秩大臣的差事給他，在宮中隨班行走。我膝下也沒有公主，看待格格就如同公主一樣，一切婚禮所用，叫內務府替你操持，只是嫁到你們家裡，可要好生待承。」

「皇上的恩典太厚了，福僧額還沒有二十歲——」允祥剛要站起來謙辭，皇帝一搖頭，做個眼色示意他別說話，自己又道：「也不單為他是額駙，就伊老相國的門第清望，也很配得上。」皇帝這幾句話，加上這些切實的恩惠，早叫伊都立誠惶誠恐不知說什麼才好，找到一個話縫，忙就地連磕了三個響頭道：「奴才父子是何等人，得皇上如此厚恩，奴才粉身碎骨，不能報答萬一。」

「粉身碎骨也不必，如今西邊大捷，再有這樁好事，就是雙喜臨門，你往後盡心供職就是。」皇帝笑了笑，喝一口茶，轉作嚴正語氣道：「去年初叫十阿哥允䄉送喀爾喀大活佛的靈柩回去，他也不請旨，就裝病停在張家口，聽說還有縱使家奴為非作歹，騷擾地方的事，真是混帳至極！這件事原叫廉親王寫信給他，自然是百般庇護，直拖了一年多。現在不容再等，你回京後擬一個本，就用你們部裡的印。」

伊都立登時聽得如墜五里霧中。照理說，宗室王公們的好歹，無論如何挨不到兵部身上。他跪在暖閣外頭，看不見皇帝顏色，應答只能靠心裡揣摩，可他是個極敏捷的人，剛又得了那樣的恩惠，腦筋稍轉了轉，就乾脆叩頭道：「奴才遵旨。」

皇帝滿意地嗯了一聲，遂道：「今兒行禮之了，有什麼不懂，你問怡親王。」說話間，允祥已經走出暖閣，向伊都立道：「你跪安罷。」

伊都立擦著一頭的汗走出去，也不敢回住處，只在行宮外等著。及見允祥從裡面出來，便一臉愁雲迎上去問道：「這王子們的事跟兵部也不相干啊，稿子要怎麼個起法，王爺還得指教指教。」

「怎麼不相干呢？張家口是何等要衝，草場驛遞，兵馬進出，哪件不是兵部太僕寺管的？」

「可王子們的事——」

「你看你，怎麼還較起真兒來了！就讓你起個頭，後頭的事，就不相煩啦！」

祭陵已畢回到京師，皇帝又將青海平定的有功之文武依次封賞，並以此事遣官告祭各處壇廟、祖陵，大張旗鼓，唯恐天下不能盡知。賞功慶賀熱鬧了小半個月，皇帝就收到兵部的題本，參奏敦郡王允䄉奉使口外，不肯前往。又揑稱有旨令其進口，竟在張家口居住。張家口乃是內外分界，向無未經奉旨，任意出入之例，請將允䄉嚴加議處。皇帝翻了翻，並沒有照例將本章交給宗人府，只批了「廉親王允禩議奏」幾個字。

允禩自接到青海平定的消息，便有些坐立不安，他從皇帝洋洋得意的神氣中，看到了前所未有的輕蔑。像允䄉私自住在張家口這件事，原本也有一年光景，皇帝隱忍未發而已。現在青海初定，就由兵部率先參奏，實在是個很糟糕的兆頭。然則一拿到兵部的本章，允禩又猶豫起來，他雖然明知皇帝是要去治允䄉的罪，但再三琢磨，終究心軟起來，不肯做以兄弟為壑，剖白自己無私不黨的事。他甚至暗自安慰自己，允䄉是個沒甚主張本領的紈絝，皇帝原不會當他是個不得了的對頭。且他的舅族鈕祜祿氏勢大，又與皇太后有親，太刁難了他，於皇帝也沒有好處。思來想去，他到底在筆下留了個大人情，請由兵部作速行文允䄉，令其前往差遣之處。再者允䄉奉使不往，擅自留居邊境，乃是王府長史額爾金不行諫阻之故，請將其人交部議處。

皇帝見了允禩這個輕輕放下的摺子，不免心頭火起，只道這一群人真個黨援固結，對自己全沒有一個怕字。再像之前那樣小訓小誡，斷不能叫他們知道利害。所以暫放下允䄉的事不說，先召來誠親王允祉，一見面就劈頭蓋臉問道：「允禩在遙亭送死鷹的事，皇父的上諭，是三哥收著來麼？」

所謂遙亭送死鷹的事，出在康熙五十三年底。其時先帝巡行塞外，走到密雲縣遙亭行宮時，剛剛從遵化祭奠完母親良妃的八阿哥允禩派了一名太監、一名親隨前來請安。按照慣例，允禩祭母，是奉旨而行，祭祀完畢，應該親自趕到一處行宮候駕覆旨。但他當時正為母妃的死而心有不平——良妃作為辛者庫籍的卑微出身，總被先帝用作斥罵允禩不堪為儲君的說辭，良妃性情剛烈，禁不得兒子因為自己受辱，生病後竟不肯服藥，幾乎可說是自戕而死。所以祭祀完母妃的允禩，兀自就要回京。這一番舉動，已經讓先帝不悅，但更糟糕的，是他派人給父皇送去的禮物——兩隻獵鷹，送到御前時，已經奄奄一息了。先帝自兩廢太子後，一直體弱多病，常常感嘆殘年不久，收到這樣的東西，不能不以為是詛咒。他登時暴怒，心悸欲死，隨即將允禩派來請安的太監、侍從抓起來，眾目睽睽下動了大刑，讓他們招出誰是自己主子一黨。折騰一通之後，又給在京皇子們寫一道上諭，盡是怒罵允禩的狠話。

當時為首的皇子是三阿哥誠親王允祉，所以諭旨也收在他家裡。今上皇帝即位之後，要內外群臣將曾經先帝朱批的奏摺都呈繳宮內，允祉送了許多摺件回來，卻留下幾件要緊的諭旨沒繳，皇帝心裡有數，無事也不催他，今天當面發問，說得允祉直發怔，呆了半晌，方道：「好像是有這麼一件。」

「既然有，怎麼早不繳進呢？」

「我見有旨說繳帶朱批的摺子，那——那一件並不是摺子，是單一件皇——皇父的諭旨，所以就——」允祉凡一著急，就有些口吃，一時口說手比的費勁。皇帝見他一臉誠惶誠恐，像是怕追究的樣子，不覺心裡好笑，接口打斷道：「既有就好，還煩阿哥明兒親自帶了來，我有話說。」

第二十七章 擬罪

第二天允祉帶著上諭一進宮，就覺得事情不妙。實因朝房裡他的五弟恆親王允祺、七弟淳親王允祐都在座，不一時，連允禩也走進來——他雖還掛著總理事務王大臣的名，可並不像允祥、隆科多那樣隨時隨地出入內廷，倒是和沒有要職在身的閒散王公一樣，在外朝房候見。今上即位後，這兄弟幾個為了避嫌，很少聚在一處，這會兒眼瞪眼坐著，竟同生人一樣，連話頭也不知從何提起。特別是允祉，身上揣著那樣要緊的東西，既不能向允禩透露，又揣摸不透皇帝要做什麼用場。他本不是個心思深沉的人，這會兒越發坐立不安起來，口齒也不甚爽利。允禩為人精細，正待詢問，卻見門簾一挑，有御前侍衛進來道：「皇上叫各位爺這就進去。」

允祐是個跛子，走路很是不便，且今春的風霾極大，連宮裡也暴土揚塵的，大白天黃沙四起，使人不能辨色，又打得面頰生疼，另外三人湊合著允祐，費了好大勁才到養心殿。殿裡因點著燈燭，倒還明亮，皇帝原和允祥說話，見他們進來，便不再言語。四人先行了禮，還沒等腿腳磕絆的允祐站穩，皇帝就迎頭問允祉道：「阿哥把東西帶來了？」

允祉答應著，正要將所攜的黃匣呈上，卻見皇帝擺著手慢悠悠說道：「我沒記錯的話，這件上諭當年是發給留京眾阿哥的，恆王、淳王都隨班在熱河，雖知道有這件事，卻沒見旨意。廉親王在湯泉，怡親王在家裡養病，也沒同在京的阿哥一處齊集。所以與其各自傳看，倒不如三哥來念一念，大家聽聽。」

這上諭裡所寫之事，允祉是再清楚沒有，皇帝此言一出，他不免瞪大了眼睛，不由自主去看允禩。皇帝見著允祉的樣子，心裡實在好笑，遂用手一拍額頭道：「哦，三哥有些不便，還是廉親王來念。」

允禩尚蒙在鼓裡，滿心疑惑接過允祉遞來的黃匣，打開了，拿出這張他從未見過的朱諭。諭旨是滿文的，有五頁之多。他剛要往後頭翻看，就又聽皇帝催著自己來念。他心裡覺得不好，卻又不得不照皇帝說的行事，因外頭風打窗櫺的聲音很大，又不免提高了聲音，念道：

「諭諸皇子：胤禩因伊母二周年往祭，事畢，理應趨赴行在。乃允禩於朕駐蹕遙亭之次日，以將斃鷹二架，遣太監一名、哈哈珠子一名來請朕安，言伊在湯泉等候回京，並不請旨，藐視朕躬。朕因憤怒，心悸將死。胤禩係一辛者庫賤婦雙姐所生，自幼心高陰險——」

允禩才讀了不滿一頁，已經周身戰慄起來，他的喉嚨裡彷彿卡了一個棗子，一點聲音也發不出來，一張白淨的面皮憋成紫色，眼淚不自知流了一臉。允祺和允祐兩個都是老實厚道人，見他如此，都有些不忍卒聽，各自手腳冰涼低著頭，卻不敢求情。允祉是拿了這件上諭來的人，見此情形，自然更加難受——不知就裡的人必定以為是他和皇帝商量好了，一起來難為允禩！

「不必念了。」皇帝見他實在說不出話來，也就不再逼難，叫人將上諭拿過來，自己翻看過了，才說道：「後頭寫，自此朕與胤禩父子之恩絕矣。日後必有行同狗彘之阿哥為之興兵構難，逼朕遜位，或是朕百年之後，將朕的屍身置於乾清宮，而執刃爭奪。允禩屢屢邀結人心，其心之險惡，百倍於二阿哥。」說至此，他皺著眉頭向允禩道：「這道諭旨後頭，有接旨眾阿哥回奏的話，上頭有允禵的名字，他竟沒有告訴過你？」

「沒有──」允禩此時早已跪伏在地，哭得氣噎聲斷，就著外間的黃霾赤光，尤覺淒慘。他知道為了死鷹的事，先帝是說過極狠絕的話，可這道諭旨裡是什麼話，他確是頭一次看見。

「呵，看來他也沒有那樣膽大妄為。」皇帝點點頭，看允禩現在的樣子，想著這話倒也可信，便不再追問，只放高了聲音道：「你這下知道，皇父恨你黨羽固結，邀買人心，到了何種地步！我給你封了親王，叫你總理事務，只怕三哥還要怪我忤逆了皇父的旨意！」

允祉一聽這話，嚇得登時從椅子上彈起來，我我我了半天，也說不出一句整話。皇帝擺手嘆了兩聲，叫他坐下，仍痛心疾首對允禩道：「我從來待你怎麼樣，你敢說不知道？可你呢？照舊不知恩，不以事君事兄為重，照舊給允禟、允䄉他們做靠山，隔得這樣遠，還要同聲一氣！」他邊說著，就將允禩前幾天奏上的，論及允䄉留居張家口一事的摺子翻出來，交給允祉道：「三哥你們看看，老十抗旨悖逆這樣大的事，換一個人是什麼罪？允禩又怎麼說？他竟說要治長史不行勸諫的罪。老十這個人你們都知道，慣當別人都是他的奴才一樣，他聽誰的勸？也就聽允禩幾句勸罷！」

允祉和允䄉一向不好，對允禩也不過泛泛，可這個場面上，他也實在說不出什麼別的話來，只一味道：「皇上說得是，是議得輕了，確是他的不是──」

「既然他不肯改結黨的毛病，我也不必再替他瞞著當初的事。」皇帝說著話，就將上諭合起來，撫平整，仍放在匣子裡，遞向允祥道：「回頭交給內閣，叫他們端楷謄寫幾份，送在京諸王大臣閱看。」

「別——別別！」允禩聽見這句話，登時抬起涕泗交流的面孔來，膝行幾步到御座前，張口想要阻攔，卻全然不能成句，只好摘去冠帽，用手拍著金磚大哭。哭得幾至噎住時，才從喉嚨裡咕嚕道：「求主子給我留一點兒臉面。」

允祺、允祐看他哭得這樣可憐，真是站也不是，坐也不是，求情也不是，乾看著也不是，四目相對，扎手不敢動窩。允祉是為兄的，自知說話的分量不同，更加不敢多言。允祥先已經接了那個匣子，見此情形，便將匣子仍放回御案上，提著袍角跪下道：「皇父諭旨裡的話，臣當年沒有隨班恭讀，也不知道。剛聽廉親王所念的，好幾句都是家務事，他若能就此悔過，還請皇上稍存體面。」

「皇上開恩！」允祥這一說話，允祉等人也就找了臺階，一時劈里啪啦，全都俯伏於地，齊聲求情。

「你那時候深居簡出的，哪知道他把皇父氣成什麼樣！連我探了他一回病，也叫皇父斥責是他的一黨！」皇帝氣哼哼一拍坐褥，對允祥抱怨道：「外頭人常說我為難他，非把這道旨意發出去，他們才明白，我何嘗為難他了，要說寬縱他，倒還有幾分實！」

「是是是，我們都知道皇上保全骨肉的苦心，外頭人懂得什麼。皇上再開一次恩典，允䄉的事，叫廉親王另議一回，以明心跡，要是還不能秉公，再把皇父的上諭交外間王大臣們看？」允祥跪得離允禩很近，他邊說著，就用手去拍允禩的胳膊，允禩哭得有出氣沒進氣，什麼話也不能回，這會兒好容易緩過一口氣來，哪裡還容得細想，忙連連叩頭，「嗯嗯」答應而已。

「那三哥和你們就做個見證，下次再有這樣黨同包庇的事，不要怨我連大內存的諭旨都發出去，叫他難做人！」

允禩哭得周身疲軟，連路也走不利落，更兼外頭大風呼嘯，黃霧蔽日，他才出隆宗門，就覺胃裡一陣翻江倒海的酸脹，忽而眼前一黑，趕快用手扶住欄杆，掏出帕子來一陣猛咳。允祉等忙招呼侍衛上前將他圍住，拍胸捶背好一會兒，才咳出痰來，痰中又帶著近乎黑色的血絲。眾人唬得「哎喲」一聲，就要將他扶去內值房坐著。允禩執意不肯，只命從人將自己攙架著上了轎子，才拖著半條命回到王府。

他當天又喝得酩酊大醉，隨後兩三天，都懵懵懂懂、呆怔怔的，也不大同人說話。到第四天，才稍微醒過神來，遂叫人準備紙筆，要再寫議處允禩的摺子。一時吮毫搦管，咬牙寫道：「允禩卑鄙性成，行止妄亂。文學武藝，蒙皇考訓諭數十年，終於一無所成，平生無一事可以上慰皇考聖心，貽皇考一日之悅豫。抑且賦性陰險，既不自知其庸懦無能，又不肯安分守己。」待將這些數落人的狠話寫完了，便要給他議罪。想起那道足以致自己於死地的上諭，特別是十幾年前，為了那句「辛者庫賤婦之子」拒不服藥，含恨終天的生母來，允禩也實在沒有膽量和皇帝僵持，遂又飲了一觚酒，將心一橫，寫了個最重最狠的懲處辦法：革去多羅郡王，撤其所屬佐領，沒入家產，解回交宗人府永遠禁錮。

皇帝見了允禩這件奏摺，心裡倒還熨帖，特將「文學武藝一無所成」一句圈出來，指給等著他下旨的張廷玉看：「這一句倒不是虛話。十阿哥的外家是世胄元勛，在諸皇子裡排第一的，偏是他實在不成器，屬人做了外省的大員，他還叫人跑到衙門去搶東西，恨得聖祖牙癢癢。令尊當年在上書房課讀，自然知道這些事。」

雖然心裡得意，但細想起來，皇帝又犯了躊躇。哪怕青海一捷叫他氣壯了不少，但如此之重處置親弟，畢竟是第一遭。他先在即位詔書中有言：「皇考升遐之日，詔朕纘承大統。朕之昆弟子侄甚多，惟思一體相關，敦睦罔替，共享升平之福，永圖磐石之安。孔子曰：三年無改於父之道。我皇考臨御以來，良法美政，萬世昭垂，朕當永遵成憲，不敢稍有更張，何止三年無改？」如今先帝賓天不過一年有半，自己就要悔去前言，將允䄉這個親兄弟抄家圈禁，是否令人心服？思來想去，皇帝便不肯獨擔這個重處昆弟的不美之名，他又將允禩的這件奏摺發交宗室諸王公和議政王大臣會議，令他們各秉公忠，自出意見，速議具奏。

因有「速議」之旨，眾人不敢耽擱，隨即就定了會議之期。允禩是原本上奏之人，不便多言，允祥正在昌平的湯泉調養，連隆科多也另有公幹，所以主持之人乃是宗人府的宗令裕親王保泰。保泰是先帝的親侄子，老裕親王福全一向疼愛允禩，保泰自然也和他好，二人會議前先談過一回，保泰也不繞彎子，直問道：「這是真把十爺捨出去了？」允禩苦著臉攤著手，一句一嘆氣道：「我有什麼辦法，我有辦法能這樣！」保泰氣得跺腳，撂下一句：「你議得這麼重，叫我沒法轉圜！」就扭頭走了。

到會議時，保泰將眼睛向上翻著，彷彿背書一般說了皇帝的旨意，隨後就住了口，只等旁人去說。宗室王公，及議政處的勛貴，多與允禩等人相好，眾人一邊傳看允禩的摺子，雖不敢做仗馬之鳴，但心裡也大不服氣。特別是一等公、刑部尚書阿爾松阿，允禩的生母溫僖貴妃鈕祜祿氏是他的姑母，嫡親的姑表兄要被抄家圈禁，他哪有心甘情願的道理。要說這些王公貴戚裡，只有他任職刑部，雖不能通曉律例，幹了這大半年，也知道議罪的章法，是要逐事敘明，依律定擬，如果律無明文，就要考究舊案，或是比照加減。然則別人尚未出聲，他倒負氣先開言道：「旨意這麼明白，廉親王也議過，咱們還有什麼好說？就是革爵抄家，永遠圈禁罷！」他年輕膽大，這一句出口，就稱了許多人的心，所以當即就有三五個王公站起來，朝保泰道：「王爺叫人寫了本，我們列名就是。」隨後高聲呼喊跟來的僕輩，就是一陣穿衣戴帽的混亂。沒一刻鐘，偌大個議政處，竟走得空空如也。保泰呵呵冷笑一陣，也自帶著宗人府管事的王公、官吏一走了之。

會議的王公大臣雖多與允禩好，終究也有樂意為皇帝效力的人，像果郡王允禮、順承郡王錫保、領侍衛內大臣馬爾賽等皆是。雖然當場不便爭執，但事後自然要將會議上下的情形密奏御前。有說裕親王保泰氣色不善，心裡不服。有說王公們私下議論，皇帝想折磨親兄弟，又不敢擔這個名，所以叫大夥替他當惡人。有說阿爾松阿搶先發言，實屬包庇，是不許眾人將允劣跡一一敘明，分別議罪的意思。更有一個奇的，說聽見兩個人小聲議論，只道這樣要緊的事，怡親王為什麼不在？說到昌平的小湯山去頤養，這話誰能信來？當今皇帝刻薄兄弟，凡不待見誰，就把誰支出京城，看著罷，不定哪天，就得有個意想不到的旨意。

皇帝聽聞這些說法，實在恨得咬牙切齒。狠狠壓了壓火，想著終歸要先了結了允禩的事再議其他，所以就召保泰等人入宮，也不說別的，只冷笑道：「叫你們給允禩議罪，不過要看你們的見識心跡，就是先叫允禩議罪，也是要難一難他的意思，誰叫他們本是一黨呢。允䄉既有當治之罪，我自然以祖宗社稷為重，難道因為是親兄弟，就不敢秉公執法，還要託賴你們？真是笑話！摺子你們拿回去罷，允䄉要治什麼罪，我自有裁決！」不過兩天工夫，皇帝就有旨意，命將允䄉解送回京，嚴行禁錮，並派誠親王允祉和隆科多，將其府中所有文書筆札搜檢入宮。

先帝厚待宗室，從未抄過哪位王爺貝勒的家，更別說是皇子。這次雖然家屬、家財另有旨意，並沒說一體抄沒，可就這搜檢文書筆札一事，也叫跟隨前去的步軍統領衙門官兵番役著實興奮了一陣。興奮歸興奮，既然是隆國舅親自前往，眾人也不敢過於造次。今上即位後，為著清繳虧空，抄家籍產早就是熟門熟路的事，所以紙筆帳簿、一應當用之物，都備得齊全，百來個兵丁番役跟著隆科多的高頭大馬，就往什剎海南官房胡同的敦郡王府而來。至於允祉的府邸，本在積水潭蔣養房，和允䄉最是鄰近，且他又要在隆科多那裡擺身分，所以直等步軍衙門的人都到齊了，封住前後左右正旁大小各門，才慢悠悠出得府門，坐著大轎一搖三晃前來。隆科多拿大慣了，見這位有名無權的三王爺如此，心裡就不痛快，只是不好掛出相來。

允䄉自己還在解京的路上，家裡兩個兒子弘暄、弘晙，一個十六、一個十四，都是半大孩子，又嬌生慣養，哪裡懂得處置這樣的事。福晉赫舍里氏是繼娶的，年紀還輕，自然也慌了手腳。所以允䄉的事雖然前後議了小半個月，弄不好要抄家的消息早傳出來，可府裡始終沒個正經主張，也不及轉移資財、銷毀書札。這邊允祉、隆科多一來，就見弘暄兄弟倆帶著一干屬官跪在大門外，低頭哭個不住。這一日仍舊大風，把個屋簷上的簷鈴吹得叮噹亂響，跪著的一眾人袍褂零亂，辮髮都飛得老高，渾身上下盡是塵土。允祉畢竟是當伯父的，見此情形實在有些不忍，然則隆科多緊隨其後，他也沒有辦法，只好狠心不去看顧，徑入王府大門。

及到銀安正殿宣過旨意，允祉見那一干虎狼撩衣勒臂只待一聲令下的樣子，忙虎著臉道：「先傳信後宅，叫福晉和內眷等回避了，不許絲毫囉唣！」他發此一言，除了自家帶來的王府護衛，餘者步軍衙門的將校番役人等，不過散漫答應。隆科多在旁撇著嘴一笑，也不看允祉，只背著手緩緩言道：「福晉和內眷處不許驚擾，可也要叫老成司員帶領婦差，去看明了有沒有書信收著。其餘各院按房封鎖，凡書籍契券信札，是帶字的，哪怕鞋樣子呢，也一體給我揀出來，誰敢稍有夾帶，你們小心著了！」他話一出口，底下數十人應聲如響，和著外頭風聲，把屋子震得嗡嗡直顫。允祉登時漲紅了臉，好沒趣坐下，再不說話。倒是隆科多轉過身來，向他笑道：「王爺在這裡安坐，我自去簽押房和內外書房看看。」

這邊隆科多自帶人去查看幾個要緊的所在不提，單說允祉懶聽外頭哭叫喧嚷，只好在銀安殿裡枯坐，一面對著兩個年少的侄兒說幾句虛寬心的話。時間不長，就有番役陸續將內院所抄的東西連箱抬至正殿階下，允祉也自移步過來，用袍袖擋著風，叫人打開箱子，隨意翻看幾頁，所見不過是些親友拜帖、居家帳簿。正待回去，就見一名司員捧著一個木匣，頂著風疾步走來，對著自己點頭哈腰笑嘻嘻問安，隨後就往裡看，是要找他的本管大人隆國舅的意思。允祉本來懶得理他，卻一眼瞥見匣子雕刻精細，像是內用的物件，遂點手叫過他來，就要去開蓋子。司員不自覺將雙手向後一撤，激得允祉瞪眼罵道：「好大膽的奴才！」允祉如今雖不得意，可畢竟是皇帝的親兄，論行輩論名位，都是朝中首屈一指之人，他真發起怒來，司員如何敢於違拗，忙單膝跪地稟道：「這是福晉院子裡繳出來的，盡是書信。」

允祉叫他隨至殿內，打開一件一瞧，心裡就咯噔一下，只因所書盡是國語，抬頭乃是「兄胤禟」字樣。再看其餘，也都是允禟的筆跡，不過所寫多是家常問候，倒不要緊。及看到第五件，上來說的是贈送馬匹之事，正待要放回去，便見下頭赫然一句：「事已失機，悔之不及。」允祉不免「哎喲」一聲，眼前就浮現出先帝駕崩，今上登基，允禟怒目忿爭的情形。心道這件東西實在大有違礙，若就這樣送到御前，不定要起多大風波。他只道允䄉真是個蠢人，這樣的文字竟不燒了，還留著等人來抄。一時也不及多想，先將這封信揣在袖子裡，正想著要如何向那司員解說，就見隆科多已帶著人，抬了許多箱篋進來。

允祉上前看時，就見這一眾物什裡，單有一箱符咒畫幡最是顯眼，隆科多叫過弘晅兄弟及敦郡王府管事的官員、太監，質問此為何物。弘晅兄弟只管哭，都不能說話，倒是一個管事的太監來得機靈，一勁磕頭道：「回公爺，這是我們主子為聖祖爺禳禱祛病的符。」

「雍正元年正月裡也為聖祖爺祛病？你瞎話來得倒快！」隆科多冷笑一聲，只一揮手，就有番役上前，將這幾個人鎖起來。允祉見著這樣的東西，也再不能多說，及見司員將九阿哥的書信匣子捧到隆科多跟前，忽想起自己袖子裡那封信，不覺一身冷汗漬上來，只有故作鎮靜，將信從袖子裡抽出來，對隆科多道：「我我我——才翻著一件要緊的書信，原要——」隆科多何等精明之人，當即接過信來，自揣在身上，笑著打斷他道：「王爺都說要緊，自然要單獨進呈。」允祉叫他勘破了心思，實在後悔不迭，便別過頭去，打著哈哈就往外走，一時大風吹過，身上的冷汗盡退，皮膚如針刺一樣，又疼又酸。

這邊隆科多忙著帶人清點查抄的東西，那邊允祥已經冒著大風被皇帝從湯泉急召回城裡來，他尚且不解何事，就見皇帝沒好氣哂道：「你再多受用幾天，人該說你奪爵圈禁了！」

一句話說得允祥當即站起來，他是失意過一回的人，最忌諱這樣的說法，不由得臉色發青，劍眉倒豎，脫口而出：「什麼人？」皇帝先寬慰兩句「少安毋躁」，再將眾王公會議的情形說了一遍，他自己也越說越是生氣，拍案跺腳，逐個數落，先罵保泰忘恩負義，叫他做宗令還不知足。又說阿爾松阿不是東西，和他老子阿靈阿一樣，仗著是國戚，幾次敢替人做出頭鳥。又說到現下宗室王公，並滿洲大臣，不過表面上臣服，心裡照舊都向著允禩。一時再看看外頭的大風天，又怨老天爺不作美，去年旱，今年風，都到了初夏時節，竟還刮個沒完。及等發洩完了這一過，又蹙眉伸出三個指頭道：「他原本與那幾個人不好，可叫他揭出允禩底細那一回，也有些兔死狐悲的模樣，這次去抄家，看他肯不肯替人遮掩。」

「有舅舅呢，他不敢。」允祥和允祉有舊怨，見提起他來，便顯出不屑的神情，隨即嗤笑道：「再者他這色厲內荏的，就有心藏奸，也禁不住三句問，一回話，就露出形跡來了。」

「可說，就這樣的人，當年竟也痰迷心竅，做入主東宮之想！」皇帝想起允祉心裡一急，就結結巴巴的模樣，不覺嘲笑起來，笑罷將氣也消了幾分，吃了兩口茶，又問道：「他一向自視高，現在也這樣怕舅舅麼？」

「舅舅原喜歡人怕，況他手裡又有兵，誰不怕呢。」允祥想起前日允禮同他說的，如今隆科多當眾遇見他們兄弟，連個虛禮也沒有，倒要一干鳳子龍孫先去奉承他。

「這會子有個怕也好，實在少不得這麼一個人。」皇帝見他有些欲言又止的神情，便會意點了點頭，又若有所思嘆道：「只是總拿兵震嚇著也不像樣，終歸要在用人理財、刑名教化上立得住才行。」

第二十八章 戕命

十阿哥允䄉被抄家逮京圈禁的事，引起的動靜著實不小。皇帝此前雖也屢次敲打允禩一派的王公勳戚，但拿著一父同體的親兄弟下這樣狠手，實在出人意料。一時朝堂震慴，允禩又憋悶得嘔了幾次血。皇帝初戰告捷，本想借此機會，也抓個允禟的大把柄，一體處之。不過，允禟遠在西陲，要想挑他的毛病，就非得假手年羹堯不可。是以皇帝寫了一道密諭，給已經返回西安的年羹堯，叫他相機而行。青海的戰事已經大體停當，留下岳鍾琪收拾些許殘眾即可，大將軍坐鎮督署，布置善後之餘，替皇帝操心些家務事，也不算過於叨擾了。

然而這樣的旨意到了年羹堯手裡，叫他著實有些為難——大戰當前使了人家的銀子，一回頭就卸磨殺驢，這樣的事，他自忖做不出來。不過聖命難違，年羹堯思量了兩天，想得了一個辦法。三月間，河州一帶有幾個外地模樣的生人到處轉悠，當時大戰方歇，軍士還很警覺，生怕是敵軍奸細之類，就將他們捉了，交給長官審問。一審得知，這幾個人乃是西大通九貝子手下管放牧的頭目，奉允禟之命，到河州採買草豆，踏勘草場。河州守將不敢自專，將這件事呈報給年羹堯知道。年羹堯曉得允禟一向在甘肅各處都有這類的事，原本不甚在意，這會兒想起來，倒不妨做一個由頭。於是他上了一個本，說河州乃邊口之地，各部雜居，奸細最多，允禟並未向自己告知，就派人前往買賣、踏勘，有違軍法，所以將其參奏。皇帝接了這個半疼不癢的本章，很覺得沒趣，隨手先扔給宗人府議覆，然後大筆一揮，來了個「俱從寬免」。他是極好面子的人，可不想人說自己是雞蛋裡挑骨頭，拿著小錯嚴懲親兄弟。

年羹堯不想為允禟多費頭腦，一則是拿人家手短，二則他另有一件要緊的事，須得用心計較——他當了十幾年巡撫的老窩四川，如今把持在了對頭手裡，將他的成規盡改，甚至協濟軍糧也推三阻四。先前他一心迎戰，無暇料理，現在騰出手來，焉能再置之不問？

實因自康熙六十一年年羹堯升任川陝總督後，四川巡撫便由漢軍正白旗人蔡珽接任。蔡珽乃是漢軍八大家之一的簪纓子弟，自負高才，兼有吏幹，是年羹堯的翰林前輩。二人出身近似，原本是有交情的。皇帝在潛邸時，曾想結交蔡珽這個才俊，就讓年羹堯之子年熙作個中人，代為溝通。待即位後，皇帝也以為年、蔡相好，自然和衷共濟，所以仍舊以蔡珽為四川巡撫，作年羹堯青海之戰的後援。誰知如此一來，就有了麻煩。年、蔡二人性情同類，都是負才而專己之人，若不共事，倒還惺惺相惜，一旦共事，難免冰炭不容。

大戰之前，二人在皇帝那裡你來我往，各自下了不少難聽的話，雖說年羹堯略勝一籌，得了好些撫慰，但蔡珽也並沒有傷及毫髮。大戰之後，年羹堯先上了一個摺子，想在川陝，特別是四川，開礦鑄錢以助軍民之用。蔡珽卻另有奏摺，說鑄錢需用紅銅、白鉛兩項，四川不產白鉛，開採非便，年羹堯所奏難以施行。年羹堯一聞此言，當即怒從中起，心話我在四川十幾年，難道不懂得川省的山川物產，倒要你來教我！他隨即就要上摺，想著不但將這件鼓鑄的事再用言語促成，還要扣蔡珽一個阻撓政事的罪名，連他一併參倒，換自己的心腹、陝西按察使王景灝去接任川撫。

奏摺還未及寫，就有他在四川的耳報神來，說最近川省官場接連出事，重慶一府竟有兩位官員先後自戕。一個是他的老部下、重慶知府蔣興仁，到省城去了一趟，就用小刀自戳而死，現在叫蔡珽報了病故。另一個是駐紮重慶的川東兵備道程如絲，此人年紀很輕，是蔡珽主政後提拔的，聽說是做了虧心事，叫人冤魂嚇得自縊而死。重慶地在要衝，道府是方面大員，出了這樣蹊蹺的事，蔡珽竟不通報自己這個川陝總督知道。年羹堯疑心陡起，就將參奏的摺子先停下不寫，再叫人到成都、重慶等處去，細細打聽此事。

這一打聽，就打聽出一件大事來。原來程如絲並沒有死，倒是蔣興仁因程如絲的緣故死了。這程如絲也是個漢軍旗人，做川東道前，原是蔡珽題保的夔州知府。夔州乃是長江上游第一個重鎮，設有戶部榷關，名曰夔關，向往來商船徵收關稅。這程如絲是個機巧通於權變的能吏，但為人貪酷，喜歡財賄，兼而又要做大官。所以到了夔州這個商賈雲集、通達繁劇的所在，自然要大顯身手，既飽宦囊，又悅上官，再為今後掙個前程。

程如絲一眼看上的，是湖廣鹽商這塊肥肉。鹽乃百味之首，居家飲食，無論富貴貧賤，誰也離不開這件東西。而民間食鹽，要聽官府經營，不但鹽商要有官票，鹽價要由官定，就是哪個地方吃哪裡產的鹽，也要由朝廷一體區劃，否則即是私販，再定個鹽梟的罪名，問刑就同強盜一般，是要掉腦袋的。湖廣一帶並不產鹽，按照鹽法，一向是吃下游的淮鹽，由兩淮鹽商供應。但淮揚路遠，鹽價又貴，靠西府州的百姓，往往願意就近買食夔州府巫溪產的井鹽。所以湖廣的鹽商，就從夔州買鹽，由長江水道過夔關運至當地販賣。夔州鹽民賺了好處，官吏收了賄賂，至於淮鹽在湖廣賣得好歹，原不是四川官民操心的事。民不舉官不究，幾十年來任其行事，久而久之，就成了慣例。

程如絲任職夔州府，並管夔關以後，再看不上湖廣商人這點賄賂的小錢。他找了幾個夔州本地的商賈議論，想將這筆買賣搶到自己手上，賺個大頭。夔商向來忌恨鹽利被湖廣商人占住，也樂得為府臺效力。所以他們先找到湖廣鹽幫中為首之人，要以半價之數，將鹽全買過來，不然就向官府告發，治他們販私鹽的大罪。湖廣商人不聽嚇，照舊運鹽過關。豈知程如絲真個心狠手毒，敢行敢做，竟事先探聽了鹽商過關的日期，埋伏官兵，調集鄉勇，要將他們一網打盡。

瞿塘峽西門稱為夔門，兩岸高山淩江夾峙，北岸赤甲山土石赤紅，南岸白鹽山色似白鹽，一是紅裝，一如素裹，隔岸相望，令人稱奇。夔門以西峽谷曲折，水注多流，至此則劈門而東，浩蕩傾瀉，杜工部云「眾水會涪萬，瞿塘爭一門」是也。其時已近冬月，水勢較夏秋舒緩得多，十幾隻運鹽的商船自西而來，商幫的首腦帶著家人、夥計站在船頭，欣欣然去賞兩岸遍山的黃櫨紅葉。夔關設在夔門南岸，駐關的夔州府通判，以及吏役人等，都是他們的老熟人，打點的銀子禮物早已備齊，順水通關，原是不消多說。待船至關下，眾商正要靠岸下船，與官吏寒暄，卻見關上景況與以往大不相同。數十名差役雁翅排列，中間簇擁著一位青金頂戴、雲雁補服的矮個子官老爺，正是那位平時裡和顏笑語，一口京腔的程太守如絲。

關口高聳，又兼浪湧猿鳴，所以程如絲同人說些什麼，船上人並不能聽清。只見他口說手比了一會兒，忽然顏色大變，拂袖就進關去。隨即就有一個綠營武弁，帶著一隊兵丁小跑著下關來，站在船前喝道：「好大膽的鹽匪，快將私貨都卸下來，省得我們動手！」

商人們大驚失色，正待上岸解說，就見眾兵弁都將佩刀拔出來，呼喝向前，逼令卸船。遠途販鹽的買賣，夥計不能不帶防身的器械，一時就有氣盛的小夥子，去艙內取來棍棒刀槍。那武弁一見此物，大喊一聲：「好賊匪，竟敢持械拒捕！」便率眾後退，自己將佩刀一舉，緊接著一陣銅鑼猛響，關頭就架起十幾支鳥銃來。繼而兩岸林中，又現出上百名山裡漢子，都是精壯矯捷的獵戶。一個個赤身披著獸皮，手中提著鳥槍，腰間別著匕首鉤環。這些人平日打獵為生，閒來也充作鄉團，常被衙門徵調了剿匪殺賊。

商幫首領見此情形，早已顧不得其他，一迭連聲叫水手開船。然則船尚未動，關頭鳥銃已經一齊鳴放，火光一起，船上就有人哀號落水。鹽船大而沉重，被人當了活靶子，哪裡禁得住打，不一時，就打沉了幾隻。押船的人或被火槍擊中，或情急投江，江面隨即就被鮮血染紅了一片。也有水手搖櫓避過火槍，讓人能夠登岸，可岸上獵戶的鳥槍匕首，倒比關頭的火銃來得更有準頭，所以上岸的人們，也大半喪命。只有幾個命大的，或被江流沖下去，免於中槍；或上岸後腿快躲進密林，未被發覺，算是死裡逃生。待程如絲收兵之後，幾個活著的人連滾帶爬跑回湖北境內，又夜以繼日趕到武昌府，去湖廣總督楊宗仁的轅門前擊鼓喊冤。

楊總督聽報如此大案，本想即刻上奏。倒是師爺們將他勸住，說這是陝甘總督年大將軍轄下的事，不宜聽信商人一面之詞，得罪權要。楊宗仁想想也有道理，就先寫信向四川巡撫蔡珽打聽始末。蔡珽一向賞識程如絲精明幹練，且幾次收過他的孝敬，事前又接了呈文，言之鑿鑿，說是剿滅拒捕鹽梟。所以接到楊宗仁的信後，蔡珽很替程如絲遮掩，回信說，因奉了年大將軍的密令，才有此作為。

其時青海戰酣，楊宗仁思來想去，終究不使去拈年羹堯的虎鬚，遂將一件死傷數十人的大案暫且壓下，既沒有上奏，也未向年羹堯求證。

那面蔡珽見事情未發，又收了程如絲數萬兩白銀，將他一本保上，升作川東兵備道，改駐夔州以西的重慶府，與知府蔣興仁同城辦事。然這幾十條人命的大事，如何能夠一掩而止？一時川東各府州縣，不免都有耳聞。那些被殺的商賈，原有在重慶等地安置家眷的，也陸續有人呈控到府，請求伸冤。蔣興仁的心術不錯，又年長資深，實在不忍如許多人做了枉死鬼，也不願同程如絲這樣趾高氣揚的酷吏共事。所以密遣心腹，去到江邊暗訪，想要查清死者的數目、來歷。不過夔州本地的商賈、民團，多受程如絲的好處，不但為他瞞住不說，且充作他的耳目，將重慶府密訪之舉報給程氏知道。程如絲害怕事情敗露，忙致信蔡珽，請他拿出巡撫大人的威風來，先打發走蔣興仁這個礙眼的人。

蔡珽原本不喜歡蔣興仁迂闊，又有些賣老，每每在政事上刁難他，話說得十分難聽。一見程如絲的書信，更是氣惱，深怪他越境查案，無事生非。所以即刻發下牌票給重慶府，說為了虧空不清的事，叫他即刻到省回話。蔣興仁臨啟程前，做了好幾天的噩夢，等進了成都巡撫衙門的轅門，掛號廳遞上手本，又到官廳等候，更覺這一路所遇辦事、候見的本省文武同僚，有認識的，有不認識的，都對他冷淡異常，如避瘟神一樣。

來人說一聲「請」，蔣知府滿心惴惴進了二堂，及見巡撫蔡珽，及布按二司、鹽茶道、成都府、兩首縣俱都在座，忙先行了廷參大禮。蔡珽白面長鬚，端的相貌堂堂，此時昂然高坐，面沉似水，身子都不肯欠一欠，只「嗯」了一聲。待其起身，也不命坐，就指著案上文卷道：「藩司衙門核出你的虧空，僅渝關木稅一項，就有兩千七百五十兩。渝關所管的，不過是竹木稅，本應盡收盡解。虧空如此之多，貴府是侵挪到哪裡去了？」

蔣興仁聽他問得不善，心裡咯噔一下，忙沉住氣回道：「卑府先已呈文給藩臺說明，這兩千七百多兩銀子，原是康熙五十年至今，四任渝關的積欠。卑府接任以來，已經彌補了四成，近半年忙於籌備大軍協餉，料理不及，還望撫憲暫寬時日，自當竭力籌措。」

「貴府很忙啊。」蔡珽見他辯解得理直，又拿為年羹堯籌餉說話，不免冷笑道：「那怎麼還聽人說，你越境去管夔關的事？夔關事繁，卻沒有一文錢的虧空；渝關事簡，倒虧空了小三千兩銀子。你這樣無能，自己的一畝三分地還管不好，反去問別人的事。諸公都在宦海多年，見過這樣做官的人麼？」一他邊說著，就去看旁坐的兩司道府，眾人都是他的屬官，又一向怕他嚴厲，如何敢說個「不」字，所以各自唯唯，都頷首稱是。蔡珽見大家都來迎合他，不覺更加氣盛，遂提高了聲音道：「可見你是有心刻薄賢能，專尋同僚的不是！」

蔣興仁心裡正琢磨著自己的虧空，卻見蔡珽陡然一轉，說起夔關的事來，不覺就怔住了。他曉得巡撫偏愛程如絲有吏幹之才，但想程氏貪財調兵、殺傷人命數十條的行徑，巡撫未必盡知，或是被其蒙蔽也是難免。只是事情尚屬隱祕，堂上人多，話說明了，怕要洩露出去，叫程如絲有所準備。是以他先忍住氣，斟酌半晌，打一個躬道：「夔關的事，另是一樁大隱情，容卑府細細查明，再具詳回稟撫憲。」

「不必故弄玄虛，夔關的事，我早知道。緝拿鹽梟，正大光明，何用你再去查。」蔡珽「哼」的一聲，一拍桌案：「你休管旁人，單說三個月內，繳不繳得清你的虧空？若繳得清也還罷了，若繳不清，我已經寄信給川東道，到時候就叫他去你的衙門摘印。」

這蔣興仁素來有些書生的迂氣，他原本以為巡撫是清華翰林出身，一直做京官，不諳外間的險惡，所以叫程如絲愚弄瞞哄。不想二人竟沆瀣如此！他今年已近六十，歲數比蔡珽還大，自康熙四十三年就到四川做知府，歷任近二十年，可說是通省的前輩，豈堪當眾受此羞辱？他強挨了幾挨，實在挨忍不住，就將帽子摘下來，擎在手裡道：「不勞再遣人去摘印，我這就將頂戴奉上。只是程某當日不過知府，竟敢調動綠營官兵，殺傷多命，撫憲這樣替他擔待，不怕朝廷怪罪！」蔣興仁邊說著，已經氣得手抖鬚顫，一面將帽子放在蔡珽案上，轉身就往外走。

蔡珽本來性傲，自做了這大省的諸侯，哪裡聽人同他這樣說話，何況又是當眾。他登時血貫瞳仁，將蔣興仁的帽子抓起來，往下一摔，厲聲向階下的親兵喝道：「把這老王八蛋給我押回來！」

官場之中，無論上司下屬的寅誼好歹，一向要講究些雍容和藹，才是士大夫氣象。何況知府官居四品，乃一郡之長，在地方上，已經是好大的人物，就算督撫接見，也必須以禮相待，絕沒有惡言辱罵的道理。所以蔡珽這句極粗的話一出口，把堂上眾人都驚得呆住了，蔣興仁立時停住腳，瞪眼回過身去。蔡珽還不解氣，見他惶然張望，特將身子向前一傾，雙手撐著桌案站起來，惡狠狠道：「我知道，你自當是大將軍在川時用過的老人，所以敢於倚老賣老，蔑視上司。我且告訴你，我和亮工大帥，原是二十幾歲在翰林院的交情。你也不想一想，調動綠營兵弁剿匪，沒有總督的鈞令，能行不能行？大將軍現在西寧統兵，你要不怕褻瀆虎威，自可寫一封稟帖去問問，看我欺你不欺。」

這一席話說畢，蔣興仁渾身戰慄如同篩糠。他方才摜紗帽時，原有致書年羹堯，以求公道的打算，卻叫蔡珽兜頭一盆冷水，澆了個透心涼。布按二司見勢不好，趕忙離席去解勸蔡珽，成都知府過來拉住蔣興仁，華陽知縣去撿他的帽子。眾人好說歹說，總算叫二人住了聲，各自散去不提。

等回到下處，蔣興仁越想越是難受。他所住的學道街緊鄰著金河，是成都城裡頂繁華的地方。二三十間書鋪沿河營生，省內士子雅遊至此，評文玩賞字畫，說不盡的鈞汝哥定，道不完的宋刻元槧。蔣知府臨窗而立，本為排遣積鬱，可見此情形，不免鬱結更深。想自家十年寒窗，數十年宦海，兢兢業業，從無大錯。如今年近花甲，叫巡撫當著半個省府的同僚指著鼻子咒罵，斯文掃地，竟至於此！更可恨的，不幾天，消息就要傳到程如絲處，自己再回重慶，不定要受怎樣的羞辱，還有甚臉面高坐府堂，表率官民！

他邊想著，情不自禁流下來兩行濁淚來。隨侍的老管事見主人心緒煩亂，不敢攪擾，忙吩咐跟來的長隨去備辦飯食。時在臘月，天氣寒冷，長隨買了清燉的羊肉送來，以備滋補之用。因羊肉連著棒骨，需要用刀切割，老管事先將菜肴及片肉的小刀一併送到上房，再下去端湯盛飯。哪知湯飯尚未盛好，就聽上房一聲慘叫，管事撇下羹匙去看時，就見主人一把小刀戳進咽喉，鮮血噴濺四壁上，身軀傾倒，已經渾然不知天地人間了。

第二十九章 結親

重慶知府蔣興仁自戕身亡，川撫蔡珽以病故上奏。然而這樣的事，沒有不傳得滿天飛的。年羹堯從西寧回到西安沒多久，就聽聞了這個風聲，叫人再一細查，就打聽了八九不離十。他心道這是把蔡珽逐出四川的好機會，忙一面將程如絲謀財害命，蔣興仁氣忿自戕之事上奏皇帝，單等一道旨下，就叫心腹王景灝去成都府走馬換將，交卸了蔡珽的川撫大印；一面先發制人，派人用川陝總督的身分，密令新任重慶知府周天佑去摘程如絲的頂戴。

只是千算萬算，年羹堯漏算了一件要緊的事。這程如絲雖然貪酷狠毒，在夔關慘殺數十條湖廣商人的性命，但其人在川東，特別是夔州的官聲倒很不錯。且不說重、夔二府的商人占了湖廣商人的鹽利，一應都說他好。單說程如絲發了一筆巨財之後，也有收買人心之舉。譬如頭年川東的收成欠佳，他就叫人到成都等豐收的府縣買糧，平價賣給重、夔各地窮苦小民。百姓得了好處，自然叫他是青天。那周天佑辦事又不縝密，將去摘程如絲官印的消息不慎洩露出來，一時民意洶洶，不但重慶府的商民成群結隊前往知府衙門前街攔住不許，連夔州府，和左近州縣的人，也紛紛趕來，堵住城門吵鬧。要不是周知府腿快，及時跑回後堂，只怕程如絲的頂戴沒革，他自己的頂戴倒要給人踩個稀爛。

年羹堯聞訊氣得要命，正要再發令牌，叫陝西這裡的武將去摘印，不想卻接著一封叫人犯愁的家信，將這事暫且擱下了。信中說他的長子年熙舊病復發，將有不起的危險。年羹堯的子嗣不少，但嫡出的只有兩個，一個長子年熙，是元配納蘭夫人所生；一個七子年斌，是繼配宗室夫人所生。年熙少年老成，頗有克紹箕裘的指望，只是身體羸弱，二十出頭的年紀，就常常生病，雖然竭力調養，也難以強健。所以這封家信傳來，年羹堯雖然傷感，也不算全無準備，倒是隨之而來的一道朱諭，叫他有些措手不及。只因那朱諭寫道：

朕已諭將年熙過繼給舅舅隆科多作子矣。年熙自今春只管添病，形氣甚危，忽輕忽重，各樣調治幸皆有應而不甚效。因此朕思此子非如此完的人，近日著人看他的命，目下並非壞運，而且下有數十年尚好的運。但你目下運中言刑剋長子，所以朕動此機，連你父子亦不曾商量，擇日好即發旨矣。此子總不與你相干了，舅舅已更名得柱，從此自然痊癒健壯矣。年熙病，先前即當通知你，但你在數千里外，徒煩心慮，毫無益處。但朕亦不曾欺你，去歲字中，皆諭你知老幼平安之言，自春夏來惟諭爾父康健，並未道及此子也。朕實不忍欺你一字也。爾此時聞之，亦當感喜，將來看得柱功名世業，必有口中生津時也。舅舅聞命，此種喜色，朕亦難以全諭。舅舅說：我二人若少作兩個人看，就是負皇上矣。況我命中應有三子，如今只有兩個，皇上之賜，即是上天賜的一樣。今合其數，大將軍應剋者已剋，臣命應得者又得。從此得柱自然痊癒，將來必受皇上恩典者。爾父傳進宣旨，亦甚感喜，但祖孫天性，未免有些眷戀也。特諭你知。

年羹堯拿著這道旨意，實在丈二和尚摸不著頭腦。朱筆慎密，又是家事，他也不便去找幕友們商量，就拿進內宅，到上房去見夫人。年夫人是英親王阿濟格支系的宗室格格，有縣君的封號，天潢一脈，玉葉分輝，本與尋常夫榮妻貴的不同。且她自幼讀過書，通曉滿漢文字，年羹堯滿文學得荒疏，但事涉軍機，往往有滿文的諭旨部文，他自己上奏，也不時要用滿文，於是常請夫人幫忙翻譯。翻譯得多了，就要發些議論，甚或出兩個主意。所以年羹堯姬妾雖多，卻對這位小他十來歲的繼室夫人十分禮敬，內闈之事，尤其要問夫人的主張。

夫人十幾歲嫁到年家，就一直照顧髫齡喪母的年熙，雖非親生，聽見他病重，心裡也難過了好幾天。這會兒正看著丫頭檢點貴重的藥材，生參多少、熟參多少、冰片犀角多少、冬蟲夏草多少，要包好了寄到京裡去。一邊看，又想起年熙的病，不免唉聲嘆氣，待見年羹堯從外頭進來，就擦著紅紅的眼睛起身讓座，邊問道：「家裡又有信麼？」

「先看看這個。」年羹堯一面坐下，將諭旨放在炕桌上。夫人見有朱筆，忙叫丫頭服侍淨了淨手，又打發她們出去，自去細看。還沒看到一半，就失聲抬頭道：「什麼叫，此子總不與你相干了？」

「上頭一向喜歡出其不意，我也不明白這是哪一出，原本京裡的消息，都是年熙打聽，現在也沒處去問。」年羹堯打了個咳聲，一對濃眉皺在一起，用手按著額頭半晌道：「才在書房就想破了腦袋，難道是我上個月同吏部抬槓，要拉和我跟隆科多的意思？」這說的是吏部此前為青海戰事議敘有功文武的事。他的二兒子年富以建造營房報了軍功，開九卿會議時，吏部侍郎李紱發言說，年富建造營房，只能算是備辦軍需軍械，應照文官的勞績加級紀錄，不能照軍功從優議敘。隆科多一聽正中下懷，當即以文職勞績上奏。消息傳到年羹堯耳朵裡，惹得他大發虎威，幾次在有京裡辦事部員的場所痛詆九卿，切責吏部，就差點出隆國舅的名字來。他知道，皇帝一向在自己跟前將隆科多誇得天上有地下無，是希望二人和衷共濟的意思，或許這道諭旨，也是如此的用意？

「那也沒有這樣的拉和法！」夫人將諭旨看完，也不同往日那樣，雙手恭敬放在匣子裡，只是隨手一撇，擰過半個身子，悶聲道：「國舅自己有兩個兒子，都老大了，就沒有，他們佟家的子弟也多著呢，怎麼過繼起外姓來，真是沒影的事。」說罷又轉過來，掰著手指頭問年羹堯：「咱們家和國舅家，又不是寒門小戶，多個人丁多張嘴。往後這個孩子，譜裡怎麼算？恩蔭爵位怎麼算？分家析產又怎麼算？隆公爺應得也真痛快，還給取了個名字，叫得杜兒！我的天，這可是個什麼名字呢！」夫人越說越生氣，這事要不是皇帝辦的，但凡換個人，她早一口啐出來，饒是如此忍耐，仍氣得渾身哆嗦，眼淚撲撲簌簌就落下來，邊發狠道：「他要是這會子就沒了，也輪不上咱們家發送了是不是？」

夫人一路說，也把年羹堯攪得心煩意亂，背著手在屋子裡走了好幾圈，才攤手道：「我竟不知道這個謝恩摺子要怎麼寫！」他也是滿肚子怨氣，又不能罵皇帝，只好將氣撒在隆科多身上，說道：「要說佟家，我只和法陶庵先生有交情，那是個有骨氣的豪傑。中樞裡這位國舅，成日當自己是周公霍光諸葛亮一樣，弄得人見人怕，不想也這麼能順竿爬。什麼我二人若少作兩個人看，就是負皇上矣。他這兩年，成日同我作對，這就攀起親戚來了，倒不知五服裡頭算得上哪一服！」

夫人聽年羹堯越說聲音越高，知道他的脾性，是最容易激起火來，口無遮攔四處發怒。所以自己勉強止住氣惱，擦了擦手，將諭旨展平了，照舊放在匣子裡鎖好，再站起來勸道：「既然猜著是為了拉和的事，就少和國舅鬧些意氣，總歸咱們孩子都捨出去了。出氣的話家裡說說，見了人，只說是皇上的恩典罷！」

「我知道了。」年羹堯狠狠壓住了火氣，又定定神，取過炕桌上的信箋鋪展了，邊道：「實在沒有人能打聽首尾，只有找我那位老同年學庭兒問問，他現在紅得很呢。」

把年氏夫婦的揶揄之辭放在隆國舅身上，說來也是冤枉。年熙過繼隆科多為子的上諭一下，國舅家裡的雞飛狗跳，可遠比西安總督衙門厲害得多。只為如今國舅府裡當家的並不是他的正室夫人，乃是一位愛妾，名喚四兒。她本是個京郊貧寒人家投充旗下為奴的出身，父母俱不識字，所以只按排行取了閨名。這四兒雖然貧苦，長相也不過中上，卻極有手段。她原是隆科多岳父的房裡人，不知怎的，偏與個姑老爺勾搭上手，幾下裡暗度陳倉，竟如膠似漆，欲罷不能。只待本家的主人一閉眼，也不管隆夫人如何哭天搶地，痛罵不止，就一頂小轎進了公府大門。四兒進門連生一子一女，而後乾柴烈焰，火燒火燎，大有寵妾滅妻之勢。只礙著隆科多的老父、先帝的親舅舅佟國維尚在，不敢過分逾越。

康熙五十八年，佟國維病逝，隆科多竟撂下夫人在一邊，叫四兒代行子婦之職，迎送賜祭欽差，直把太夫人赫舍里氏也氣得一病不起，第二年就故去了。待今上即位，隆科多爵列上公，身膺重寄，四兒便愈發招搖起來，居喪行禮、逢年過節，每每出入禁宮，形同命婦。這兩年間，先逼死了隆夫人，又欲奪嫡子岳興阿的爵位給己子玉柱，此外欺凌餘妾，勢壓庶母妯娌，更兼包攬政事，賄門大開，直鬧得滿京城都知道，隆公家裡有位極厲害的姨娘，是最能拿得住他的。

聽說皇帝要把年羹堯的病兒子送到自己家來，這位四兒姨娘當即就跳起來，隨手的盤子碗先砸了一個遍，再命她的兒子玉柱去請乃父速回，只說自己頭疼的病犯了，堪堪疼得欲死。隆科多才從吏部會議下來，就被家人趕到衙門，說一聲「太太病得難受，請公爺速回」。等他快馬加鞭回到家裡，早有玉柱候在門首，趨前打千兒道：「我娘頭疼得厲害，單等阿瑪回來。」隆科多邊聽他說著，邊疾步往裡走去，又問道：「請大夫了沒有？太醫裡劉裕鐸最能治風頭疼，怎麼不去請來？」

「誰不知道小劉太醫是京城裡第一好的郎中，香餑餑似的，多少貴人要請。我原說要請，我娘說，她是個不上檯面的人，請不起。」

「胡說八道！我要請個大夫，還有請不來的。叫人去請！」其時天已入伏，隆科多騎馬騎得滿頭大汗，站住腳罵了兒子一句，就快步往裡走去。世襲公府自有規制，四兒在家如同正室一般，就住在昔日佟國維夫婦所居的上房。說是病著，可裡頭一點藥香不覺，玉柱走到階下便停住了，只有隆科多一個人進了內室。就見裡面幾個丫頭都直挺挺跪著，或搥腿，或揉肩，俱不得閒。四兒頭上纏著一條玫瑰紫的抹額，正斜靠在引枕上假寐。她人雖也有四十來歲，卻仍存徐娘之風韻，兩條柳葉眉微蹙著，不時輕「嗯」一聲，示意丫頭推拿的力道錯了。這會兒明明聽見簾子響動，也不肯睜眼，只微啟雙唇，從鼻腔裡擠出一句：「還是報個急病，才回得快，趕明兒要說我死了，不定就更快了。」

隆科多每見了她，總是沒有脾氣，這會兒一聞嬌聲怨氣，更是連居家的衣裳也顧不得換，就走到炕前，用手撫了四兒的前額道：「是真疼假疼？我可叫人請小劉太醫去了，真請了來，又沒事，可實在不像話。」

「我這個病，什麼太醫也使不得。」四兒將隆科多的手撥去，兩隻眼睜開來一哼，翻身坐起來直瞧著他道：「你一早出去，我又想起昨兒的旨意，就疼起來。那個年家的少爺，二十好幾歲的人了，怎麼就糊里糊塗算成了咱們家的孩子，往後襲爵承蔭——」

「我不是說了，他是病得三天兩後晌都沒有，才有這道旨意，你想得也太遠了。」

「性命的事，哪有一個準。年家什麼好醫好藥沒有，他又年輕，不定就調理過來。」四兒咂著嘴兒瞪著眼，頭搖得撥浪鼓一樣，見隆科多不理會，又道：「就算他眼看要死，弄成咱們家的人，難道不晦氣？咱們的丫頭已經訂了辦喜事的日子，要是又鬧出一場白事來，也太堵我們娘兒們的心了。」

隆科多為了這件事，心裡也很不痛快，只道就算皇帝信命數之說，又兼年羹堯刑剋長子，那年熙自有親伯親叔，或是本族昭穆相當又無子嗣之人，找一家過繼，豈不便宜？全無來由過繼到自己家裡來。一則佟氏兩世國戚，乃是當朝為首的令族，譜牒豈能隨意混淆？二則他膝下嫡庶各有一子，都已成年，這四兒姨娘厲害得寵，往後襲爵分家，自己還糾纏不清。年熙乃是年羹堯的嫡長子，若無大故，自有襲爵之份，這會兒弄到自己家裡，要是一口氣緩過來，往後的麻煩，簡直述說不盡。這兩天他也細琢磨過皇帝這番奇異之舉的緣故，要說為了年富報功，吏部又觸了大將軍虎威的事，未免有些太小。難道還是為了大戰之中，自己說年羹堯是漢軍，不得不加防備的事？皇帝總記著這個，那可有些麻煩——

隆科多越想越深，不免怔怔出神。四兒不知就裡，當他對自己的話不以為然，遂捏著手帕，抽抽嗒嗒哭起來。又眼巴巴望著隆科多，將左胳膊的袖子褪上去，露出一截保養得極好的玉臂來，指著上頭一處細長疤痕——這原是她自己狠了心，拿簪子劃的，卻時常擺出來，只說是先頭隆夫人造的孽。

又背過身子去，隱隱吞聲道：「我一輩子是叫人使喚欺負的命，只有這一兒一女是依靠，要是柱兒不能得一個好前程，丫頭不能體面出門子，我竟不知道還有什麼活頭。」

「哎呀呀，你這是說的什麼！已經下了旨，我有什麼辦法！」隆科多被她擺弄得沒轍，自走過去替她把衣袖拾掇好了，又將炕上一條新帕子遞過去，一邊強笑道：「我不早和你起了誓麼，你和柱兒往後，絕不能比旁人差咯。」

「紅口白牙的，誰信！」四兒卻不領他的情，只一啐，將臉一扭，半晌才轉過來，湊近了低聲道，「前兒蔡神仙說的，揚州程鹽商那六萬兩銀子，你要是應了拿來，就算不是混說。」

「那是戶部的事，可不是玩的。」隆科多一聽這話，就擺著手往後一撤步，正色道：「你也別叫那姓蔡的書辦總到家裡來，讓人瞧見，告到戶部王爺那，他可不比別的人。」

「哎喲，那蔡書辦可是六部裡頭一號的人物，什麼事辦不成，所以人才叫他神仙。莫說王爺是坐在天上的一個人，不會過問這些地上的小事，就是部裡積年辦事的老司官，也是不怕的。」四兒的眼淚這會兒早就乾了，緊往前湊了湊，拉住隆科多的胳膊，嘻嘻笑道：「他還從雲南尋了一整副上好的緬翠頭面。我想著丫頭往後的妯娌們，家裡都是做督撫的，自然有好首飾，等過嫁妝的時候，咱們家也不能在這上頭後人呀。」

隆科多叫她磨得沒辦法，只好權且應一句「先看看」。

單說這四兒嘴裡的蔡神仙，乃是戶部山東司一名老吏。山東司除了辦理山東一省的地丁錢糧之外，還帶管天下鹽務，是一個極要緊又極豐腴的所在。六部政務雖由書吏持其長短，但其中亦有顯隱之別，更多攀比之風。吏、戶兩衙門，向來權柄最重，外間稱為大部，所以老吏們也躍躍欲試，欲奪同業中第一把金交椅坐坐。

康熙末年，六部中為首之人，是吏部考功司張書辦。因此人交通權貴，把持考績，所以內外有加級、帶處分的官員給他取了個諢號，叫作「張老虎」。張老虎威風了七八年，末了折在當今皇帝的近臣、吏部尚書張廷玉手上。其時，他初任吏部侍郎，一日坐堂理事，考功司的掌印司官送來一件誥文，說直隸巡撫的來文裡，將元氏縣誤寫了先民縣，應當駁回，請示大人的意見。張廷玉是極聰明精細之人，接過文書一看，便笑道：「要是將先民兩個字誤寫元氏，自然是直隸的錯誤。可將元氏寫作先民，必是你們司裡的書辦需索禮金不成，多添筆劃，故意刁難人家。你去暗地裡查問，看看這件誥文是何人經手遞送，明天告訴我知道。」掌印是個新任，也是認真的人，回去一問，問出是張老虎親信的徒弟所為。張廷玉不動聲色，再叫他細細問去，待得了許多私改文書勒索外官的鐵證，遂就大筆一揮，將這風光無兩的老虎逐出吏部，雖有朝貴替他出頭求情，也無所姑息。因為事情辦得人心大快，張廷玉也得了個「伏虎侍郎」的雅號，賢名動於一時。

吏部走了張老虎，六部又成野猴山。直至新皇登基，首重財源，更兼厲清虧空，奏銷軍需，戶部老吏就成了風口浪尖的人物。其中尤以這位山東司的蔡書辦資歷深、算盤精，上下周旋最稱熟慣。所以六部吏員公推他做了盟主，號曰神仙，比那老虎更添一重厲害。

至於程鹽商，乃是淮鹽八大總商之一，名叫程功義。他受兩淮眾鹽商之託，正在京城裡四處活動，只為穩住兩淮鹽價。實因兩湖地方例食淮鹽，價格十分昂貴，雍正初年已經到了一錢五六分一包，以致百姓不堪，川鹽乘勢而入。像程如絲在夔關槍殺鹽商，鬧出幾十條人命的事，其弊源就在於此。湖廣總督楊宗仁體念民意，命鹽商將鹽價降至一錢銀子一包，又嚴令各官不許收受鹽商規禮，自己先將總督衙門一年四萬兩銀子的鹽規裁革，並上奏皇帝，擬做定制。這樣的舉動，湖廣百姓當然樂意，卻觸動了兩淮鹽商的心肝。為此，揚州的八大總商一齊到兩淮巡鹽御史謝賜履的衙門哭窮，百般言說，只道湖廣一下把鹽價壓去三四成，不但讓鹽商虧了本錢，就是朝廷稅賦也大受損害。只求都老爺上奏天子，管管那個一心買好地方的楊總制，莫傷了兩淮鹽商捐資助餉、報效朝廷的忠赤之心。

一面央求著巡鹽御史和湖廣總督打擂臺，手眼通天的淮商又湊出十萬兩銀子，公推總商程功義北上京城來通關節。不為別的，只為程鹽商的親弟弟是捐納的戶部郎中，在部裡人頭熟悉。程郎中雖說是現任官，可並不管鹽，也不算當紅，遂改託這位蔡神仙，去幫乃兄疏通。蔡神仙拿了程氏兄弟三千兩現銀，並許多稀罕禮物，便嘿嘿笑道：「如今咱們部裡是蔣侍郎當家，王爺最肯聽他的話。可他老人家是個世家的翰林，又等著拜相，一個好名聲比什麼不要緊？何況他跟著王爺辦虧空的事，叫多少雙眼睛死死盯住，只為挑他的錯處。趕這時候去送銀子，他要敢收，你們剜了我的眸子出來。」

一句話說得兩人心涼了半截，只得又拿出一千銀子，再向他討主意。蔡書辦瞧著禮金夠數，就給他們指了一條明路。說當今天子駕前最得意的，只有怡親王和隆國舅。王爺早年深居簡出，如今行事也最謹慎，凡人都靠不上前。國舅雖不管戶部，可要是開九卿會議，他的話分量就重了，或是寫信給地方官說項，也必有情面。且他家裡有位極愛錢，說話又算數的姨太太，與各部各省都有往來。從她下手，沒個不成。總歸破上五六萬銀子，定能叫你們如願。

第三十章　生隙

隆科多怎樣安慰如夫人暫且不提，單說年羹堯詢問這件過繼怪事的信，不幾天就送到京裡，交給了他的鄉試同年、兵部侍郎伊都立。伊都立拆信看罷，就笑起來，心道大將軍也有這樣拿不穩的時候。他隨即派家人到怡王府去，說有事請見面稟。晚間傳回信來，說讓他次日過午到內務府衙門以北的造辦處見面。

伊都立雖在康熙末年做過內務府司官，可雍正改元後就升發了，再沒到內務府衙署這一帶轉悠過。今天故地重遊，還真看出許多新氣象來。先帝一朝雖說也有造辦處的名目，但不過內務府下設的一個小衙門，由郎中督率，承辦些御用細物的製造。今上是做了幾十年藩王的人，自有一套過日子的想法，對內務府一干舊人舊事舊規矩，死活看不上眼。所以登基伊始，就命允祥接手造辦處一應事項，專照自己的喜好另起爐灶。這樣一來，原本一個小小的衙門，雖說名字不改，職權之寬泛，就遠非舊時可比。不但皇帝日常所需所用再不要內務府插手，就是外廷的許多要緊政事，如武備軍械、輿圖測繪，與藩屬外邦之人往來聯絡等等，也一概都管起來。是以慈寧宮和內務府之間這片空地，如今熱鬧得烈火烹油一般，十幾個嶄新的作坊、庫房拔地而起，大小官員、蘇拉、太監、操著江浙閩越口音的南匠、嘰哩咕嚕奇言怪語的洋人，手裡拿著紙的、布的、瓷的、木的、絹的、繡的、金的、玉的，各色物什，往來如梭，真是皇城以內頭一份有趣的景致。

允祥身兼許多要差，每天忙得不亦樂乎。雖是如此，他對造辦處還是格外上心，大事小事親力親為，常為一件要緊物件的置辦，連發三四次諭令。實因這裡的事務雖然瑣碎，卻與皇帝的行動坐臥息息相關。今上雖非聲色犬馬、窮奢極欲之主，但一舉一動之講究挑剔，與先帝的力行簡便大相徑庭，眼界尋常的人實在伺候他不來。允祥自幼受先帝的寵愛，四次隨駕到江南去，又與習尚奢華的廢太子過從最厚，是以在器物服用的精雕細刻、品鑒賞玩上，倒與皇帝不謀而合。加之他的身分又高，權勢又重，與皇帝的私交又密，所以使喚起這些最油滑勢力的內廷官員、太監來，也毫無推諉蒙混之弊，而有令行禁止之效。端的叫皇帝在養心殿過得快意極了，為政之便不時談論，甚或親自指點，也不失閒暇的樂趣。

不過，紫禁城再怎麼收拾，畢竟規矩森嚴，地狹人多，住久了就有些憋悶。皇帝做藩王時，在西郊有獲賜的園囿，名曰圓明園。其地軒敞，又有山環水繞，是怡情避暑的好地方。雖然先帝喪期未滿，皇帝還不能駕幸離宮，但他自登基以來，就撥了大筆銀子，廣建亭臺樓閣，多植奇花異草，改換規制牌匾，設置護軍禁衛，小兩年光景，也拾掇得差不多了。只欠幾間大殿，特別是皇帝寢宮的陳設，內務府不敢自專，行文請教到造辦處來。所以這些天允祥的心思，也常在這件事上，一得空就親自帶著造辦處的司官到各作庫房裡去挑東西。這會兒正看到各式大件瓷器的庫裡，什麼瓶、盤、罐、甕，青花、粉彩、琺瑯、豇豆，龍泉、磁州、宣德、成化，還有本朝御窯廠自行燒造，應有盡有，價值連城。

饒是伊都立宰相公子見多識廣，到了這地方，仍舊滿眼看著新鮮。及至門口，就見許多年輕俊秀的內府包衣應差之人齊齊站著，手裡拿著簿子和毛筆書寫。不時從裡頭跑出一個小太監來，細聲細氣向排列的人傳話道：「把一個琺瑯紫地的雉雞登梅觀音瓶，放在九州清晏東暖閣寶貝閣子裡頭第一層第三格。」他這裡說著，就有人去記錄，一連四五個都是這樣口氣，把伊都立看得饒有興味，半晌才叫住一個傳話的小太監笑道：「煩請小公公就便去回王爺一聲，就說兵部伊都立已經到了。」

那小太監也好說話，「哎」了一聲，就跑進去，不一時又出來說：「王爺請大人進去呢。」

庫裡面很大，因為牆厚，沒有窗子，也不常進人，所以雖是伏天，卻頗有涼意，又帶著樟木的香氣，乍從大日頭底下進來，叫人通體都清爽起來。伊都立叫那小太監引著，繞過幾根柱子，就見靠西牆的大樟木架前頭放著一把太師椅，上覆坐褥。但允祥並沒有坐著，單和造辦處為首的郎中海望站在一旁，指指點點說話，再往後躬身侍立的，便是王府執事人等，和那些傳話的小太監。

海望是皇帝生母孝恭仁皇后的娘家族侄，原本不大起眼，皇帝登基後著意提攜，一步就做到內務府郎中，又因他是個難得的心細手巧之人，就特意指派到造辦處來管事。他這會兒斜側著身子站著，畢恭畢敬邊指著架子上一對豔麗的瓶子邊道：「這一對兒掐金的福壽葫蘆瓶，是上個月景德鎮剛送進來的。」

「俗氣得很，可惜了材料。」允祥搖搖頭，又屈指算了算，感慨道：「現下御窯廠實在不得一個懂行的人，看了這半日，也挑不出幾件過眼的來。還有南邊幾個織造，也不及曹楝亭他們多了。」

「是是，王爺跟著先帝爺，什麼沒見識過，您的眼光高。」

「喔，你是說我太刁了嘛！」

「就借十個膽子，奴才也不敢呀。」海望把兩隻手擺得撥浪鼓一樣，伶俐賠笑道：「要不是王爺仁慈待下，時時周全，奴才們早叫皇上罵化了！」

「那就煩你們用心些，也給我長點兒臉嘛。」允祥叫他說得大笑，邊負手踱著步子，邊道：「要說這上頭的人才，現在數年允恭是第一，哦，就是年亮工的親哥哥，你認不認得？那是個有巧思的人，和西洋人也熟——」他說著話，正好轉過頭來，一眼瞧見伊都立站在後頭，便招手笑道：「叫他們拾掇得迷魂陣似的，還怕你尋不著地方。」

伊都立也笑著走過來，先打了個千兒問安，起身就拍掌叫好道：「我在內務府當差的時候，每天下了值，就到這裡打一套拳，本來再熟沒有。今兒再進來，簡直眼花繚亂，竟看平地裡變出一座百工坊來！王爺真有點石成金的大才能。」

「又不是什麼經國大計，小巧而已。」允祥叫他捧得心裡好一陣得意，不過嘴上謙辭，一面坐下，讓海望接著去選瓷器，又叫人給伊都立搬了凳子，再要了杯茶來呷著，才道：「這比值房裡涼快多了，所以請你到這來談，就便故地重遊。」

「是有一封年亮工的信請王爺看。」伊都立邊說著，就從袖子裡抽出信來，展開奉上。允祥接過一看，見上頭筆走龍蛇，淋漓寫道：

夙疾已愈，不圖近稍轉劇，計自去歲迄今，屢病屢痊，實堪厭悶。過承廑念，心感無涯，非筆能盡。另有寸言相瀆。前奉上諭，有將余子熙過繼隆公之說，捧讀之下，不勝踧踖，未知事從何起？余居邊鄙，實難遙度。兄簡在扉綸，又得朱邸之歡，何事不能看透。尚望示我以南針，無任翹企之至。

「哈哈，人道年大將軍倨傲，這不是很客氣麼。」允祥與年羹堯素無交情，平日裡看的都是官樣文章，並沒見過私下的尺牘。他今天的心緒很好，一時看罷就笑起來。邊將信合上自己揣著，就對伊都立笑道：「那就回覆你的亮工年兄：天心莫測，朱邸亦難知之矣。」

「是是，我寫過了回信再來請示。」伊都立知道他要將信拿去給皇帝看，遂不再問，只笑道：「要說他這個人，也是過於早達的過，又在外頭一方諸侯慣了，才顯得傲。倒是對兩榜的老同年，還有幾分親切。」

「你們這一科的北闈是個龍虎榜，蔣酉君，還有刑部的勵南湖、吏部的史鐵崖、禮部的王枚孫都是？」

「還有大理寺的唐益功、江蘇的藩司鄂毅庵也是。」伊都立掰著手指頭又數了幾個允祥都知道的人，方笑道，「忝居卿貳方面的不少，可要論上馬軍、下馬民的本事，還是亮工出乎其類。」

「所以我也要多向他請教，可惜身分有些不便，只好借你們老同年私下裡的筆。」允祥正說著，就見海望帶著人又走過來，便不再多言，只含笑站起來，往樟木架子跟前走了走，指著一個格子向海望道：「那個魚藻鴛鴦蓮紋的盤子還算雅致，倒可以放在勤政殿暖閣裡頭。」

待挑選好了圓明園寢宮的陳設，允祥叫造辦處按類開列了清單，工整謄抄一遍，就帶著海望到養心殿去見皇帝。

皇帝自青海大捷以來，這一向三四個月工夫，真個雷霆萬鈞，大刀闊斧，把前一年不敢做、不便做的事，著實做了大半：除了圈禁允禩、震懾允禟之外，還將他一向很厭惡的允禩死黨、貝勒蘇努舉家發往大同右衛居住；又嚴令戶部、各省的虧空催追緊上加緊，借機革去不少頂戴；再以入春以來連日大風，天時不調，必是囹圄不清、刑獄不察為由，將阿爾松阿為首的刑部堂司官員召入宮中，連著訓誡了三天，命該部百餘名官員輪班條奏本衙門弊政，以備除舊布新之章程，更作進賢退愚的憑據。先帝駕崩未及兩年，如今放眼望去，內之閣部八旗、外之督撫提鎮，已經大半數都是新面孔，年紀輕的，不過三四十歲。更兼元年、二年連開恩科、常科，取了幾百名新進士，可作一輩新人換舊人之望。

這一番振作下來，皇帝自然是意氣風發，每日裡都有興致。這會兒見呈進這個來，雖然款目甚多甚細，他仍舊戴著眼鏡瞧了好一會兒，用朱筆隨手點過放在一旁，向跪在下頭的海望佯作嗤笑道：「一看就是王子的主意，你們怕沒有這樣知道我。」

海望忙叩了一個頭，嘻嘻笑道：「聖明無過主子，確是怡親王每天下晌帶著奴才們到庫裡去看，挨次看了小半個月才停當。」

「賢弟一天的正事也忙不過來，還為這些瑣屑細事親力親為，倒叫我過意不去。」皇帝笑看著允祥道乏個不住，邊命跟前的總管太監道：「去傳一聲，留王子用晚膳。」轉而又對允祥道：「前兒送來抄沒江蘇吳存禮的東西，有幾匣善本，你要看得中就拿去。」

允祥趕忙離座遜謝了一番，半是玩笑道：「皇上的起居日用，乃是天下頭一等大事，也是臣身上第一件要差，哪能說是瑣屑。趕明兒個河清海晏，野無遺賢的日子，我倒巴不得把外朝的差事全交卸了，專一在宮中服侍聖駕。」

「那我真格再適意不過，可也過分的大材小用了。」皇帝被他奉承得哈哈大笑，笑罷將清單向前推了推，向海望頷首道：「就照這樣先陳設起來，等臨去時再瞧著改一改也使得。」海望心裡一塊石頭落地，忙答應著膝行兩步上前接過了，再叩頭退出暖閣去。

這一面海望出去，允祥又拿出年羹堯的那封信來，交給皇帝，邊笑道：「要不是他自己疑惑起來，臣竟忘了請教聖意，把年熙過繼給舅舅這件事，又是怎麼個廟謨？」

皇帝一目十行看完了信，卻不接他的話茬，只是興味盎然反問道：「先說說看，令親翁要怎麼個回復？」

「我叫他說天心莫測，朱邸亦難知之。」

「唔——還稍欠些火候。」皇帝眯著眼睛想了想，忽然促狹笑道：「可說天心難測，兄既不能知，朱邸亦何由知之？怎麼樣？」他邊說著，見允祥掩口失笑，又沉吟道：「再叫他徐徐探問兩件事，一件是四川程如絲的事，到底是怎麼個情形。順帶再問問湖廣鹽價的事，究竟於民生有沒有大礙。」

「只怕由他來問，顯得唐突。一個京官，又不是戶部，怎好兀的問起這個來了？」

「這也容易，可以不必急，先透出來自家想去謀鄂撫的缺，再問不就順情了麼？」皇帝撫鬚而笑，聽允祥稱讚他「實在高明」，便更加得意起來，彷彿話本小說裡神機妙算的人物。一面拈了瑪瑙盤子裡的冰湃荔枝品著，又改作正色道：「年羹堯既寫了信來問，倒顯得心裡還有疑惑，不然，我竟當他全懶得理會呢。老九的事，我多次同他說，是目下第一件要緊，需得隨打聽隨奏來。他去年忙著備戰，敷衍就罷了，頭三個月上了一道本，你也知道，說允禟在河州買草，顯見是明裡參奏，暗地裡開脫。上個月更奇，又上了一個摺子，竟說九貝子已經知道收斂，跟前的人也知道畏法，像是要我與他撂開手似的。你說他這樣聰明的人，硬裝糊塗，是想做什麼？」

「他們一向處得不壞，大約有些抹不開？他還是明珠家的孫女婿呢。」允祥很知道，雍邸的屬人，多與允禩一派廣有牽連，只是皇帝最忌諱這些舊事，他也不能點破，不過含糊應著，只說年羹堯的話。

「怕不單是如此。你才問我過繼年熙的事，他在京裡是靠年熙通消息的。年熙嘛，雖然聰明，可太年輕欠穩重，又好在人前走動，倒像他外家明珠、揆敘的行事。交給舅舅，可以拘束著些，不然恐要惹事。」皇帝剛才的興頭已經過去了，這會兒顯得心思又重起來。他處置蘇努一家時聽人密奏，說年熙曾為蘇努帶信，聯絡他在西大通的兒子勒世亨。那勒世亨與允禟同在一處，又都是年羹堯的管轄，竟由年熙帶信，豈非兩地三家俱有勾連？皇帝想到這些，心裡就老大不痛快，兼有隱隱的不安。可年羹堯畢竟是剛立過大功的人，想得太深，做得太明，自己那一車一車好聽的話，豈不成了笑話？當年在潛邸時，年羹堯就曾有結交諸王、輕忽門主之舉，自己寫信痛罵，又叫他將子侄輩送回京師，以為震懾。現下拿年熙過繼這件事再試一試，看他能不能知道警醒，如何秉承聖意，開銷允禟。

皇帝邊琢磨著，就乾嗽一聲，一隻手不自覺捏著坐褥搓摩，向允祥強笑道：「總是我待他的好心太切了，忘了他慣來的輕狂之氣難改。往後也該恩威並用，叫他知道誰是他的主子。」

允祥見皇帝的情態不同，話外之音又見崢嶸，心裡不覺一動，皺眉問道：「皇上慮得極遠極是。那麼以後伊都立接了西安的信，是否叫他面承聖訓更便宜些？」

「也不必了，他是部院的大臣，不該輪班的時候總進裡頭來，叫人看著不像，還是你多辛苦些。」皇帝邊說著，已是轉過顏色，站起來撣撣紗袍笑道：「本來要說園子裡的布置，怎麼又說起這些沒興致的事，來來來，先看看那幾匣書！」

說話間，就有總管太監張起麟帶著五個小太監魚貫而入，五人各捧書匣，小心翼翼放在案上。張起麟是個讀過書的人，侍弄起這些宋刻元槧來十分在行。五部善本皆以楠木書盒盛裝，略無縫隙。打開書盒，便覺一股濃香飄來，上下用兩片樟木夾板以防蟲蠹，內即舊團花龍鳳紋錦四合書套。再將象牙別子打開，就露出磁青紙灑金書衣。允祥雅好藏書，在先帝諸皇子中最為有名，他的王府大街新府有大樓九楹，額日明善堂，積書皆滿，插架琳琅。平日裡多請蔣廷錫這樣蘇州籍的大臣代他到江南買書，另外皇帝抄檢官員家產時，凡有珍籍孤本沒入內廷，也常擇其善者賜之。

皇帝先將頭一部拿起來翻看，揭開卷端，即覺紙綿刻軟，點墨如漆，遂向乃弟感嘆善本難得。待細看時，此乃元人郭豫亨所輯《梅花字字香》，其所見古人詠梅傑作，即隨手抄錄，然後集句，成詠梅詩七律九十八首。書係元刻，卻有宋刻餘韻，其行格疏朗，字畫古勁，猶如梅之老幹虬枝，意韻盎然。皇帝賞玩半晌放下，向允祥大笑道：「要沒看見就罷了，看見了倒有些捨不得給你。」

允祥亦是一陣開懷，連稱君無戲言。皇帝邊笑說「那是自然」，邊拿起第二部再看，卻是元刻本《唐陸宣公翰苑集》。他才瞥見首函上的簽條，就將書放下，面露不悅之色，允祥有些詫異，將書接過來，覷著他的臉色問道：「這一部刻印得不精麼？」

「年羹堯一向推崇陸宣公，先前找江南刻工，自己校刻了他的集子，印得倒還像樣。他奔聖祖喪時將書送來，想我作序。我原要自作，不過礙著大喪，總得耽擱些日子，可他竟說不敢上煩聖心，早替我擬就了！」皇帝說著話，乾脆將臉全撂下來，連後頭的好本子也懶得看，揮手命人拿出去，又撒氣似的道：「陸宣公這樣的人，由君上論之，由臣下論之，豈是一理？笑話，他再將稿子呈進來，我也不耐煩看，更不必改，囫圇說個好字，叫他刊去罷。」

允祥是喜歡古籍的人，才看了兩種就作罷，實在意猶未盡，不由得將目光跟著捧書小太監的背影向外張望。皇帝看他眼饞心癢溢於言表，也覺得好笑，遂把煩心事又放在一邊，自用帕子擦了擦手，笑道：「左不過要給你，回去看罷。對了，還有一件事相煩，可以算你的答謝。」

「不敢不敢，請皇上示下。」

「山西的巡撫諾敏、藩司高成齡新合計了一個法子，說於彌補藩庫虧空，裁減地方陋規有益。能行不能行的倒可以再議，難得諾敏一個滿洲舊族，人歷練，又肯在政事上用心。可惜他是恭王府屬，隔著他本主一層，有話不好直說。你要得空，多照應他的事，叫他安心替朝廷效力才好。」

第三十一章 養廉

且說青海奏捷之後，皇帝的心氣全與舊日不同，對山西這等供應軍需的省份也不再優容，屢次下旨嚴追各省府州縣的庫銀虧空，凡有推諉包庇者，真格就要將督撫拿來開銷。山西官場的風氣一向不好，官貪吏墨，火耗收得又重，藩庫積欠又多，太原、平陽、汾州各府，都是一筆爛帳，不然也不能鬧出前任巡撫德音匿災不報，竭力催徵，以致丟了官帽的事情。現在的山西巡撫諾敏是戶部老司官出身，又因與隆科多比鄰居住而得其保舉，所以無論京裡消息，還是本省政事，都比前任明白穩妥得多。且他又有一個很好的幫手，即是本省布政使高成齡。這是個從州縣一路做上來的循吏，刑名錢穀，無所不通，在江西做知府時，就有「天下治行第一」的美譽。為了清繳虧空的事，諾敏、高成齡和撫、藩衙門裡的幾位老夫子屢次商議，才想得一個辦法，即所謂耗羨歸公抵補之一法。

所謂耗羨，本是一等陋規*。自前明一條鞭法後，凡屬國家正項錢糧，多以白銀徵收解運，至於將民間所用的散碎銀子熔鑄成為官錠，其中所需的損耗，就被稱作火耗。官府不能自己生出錢來，火耗當然也要在家家戶戶頭上攤派。且這一個款目，原本沒有章程定數，收多收少，盡憑作官的良心。再者多出來的火耗不入正供、不解國庫，州縣官憑此得利不說，還要往上孝敬道府、藩臬、督撫一干上

* 明清時期所謂陋規，即今天的灰色收入。

司，名曰「節禮」。

此一事上下相習，遷延日久，雖然都知道是個病民的弊陋，然則人人如此，省省皆同，一個也不能例外。實因本朝官俸微薄，各色衙門內外開銷、迎來送往的公費均不足用，若是州縣不收火耗、上司不納節禮，自己枵腹辦公不說，幕友家人無力供養、衙門開銷左支右絀，竟是一天也過不下去。所以凡是州縣官，能夠體念民艱，只在正項之外加收一兩成火耗的，就是境內百姓的福分，其人也可以被稱為清官；遇見那貪得無厭的，就要加到四五成還多。至於督撫大員，若能需索有度，特別是不以節禮多寡來升降、褒貶下屬，就算十分難能可貴；要是趕上欲壑難填之人，難免兩手朝上，見面要錢，連財神見了，也要嚇到一邊。

這些俱是宦途的常情，雖然無人不知，卻因為士大夫素來有個不言利的講究，所以很少有人直白說出來。更有一干扭扭捏捏的巧宦，雖然一錢銀子也不曾少取，但只要在官廳上聽人說「火耗」兩個字，就像在佛寺裡說起夫妻間敦倫之禮一樣，恨不得兜頭就跑，或是口念彌陀不住。

諾敏、高成齡所想的，乃是個務求實效，不計虛名辦法。山西全省一年的正項在四百萬上下，火耗通加一成，就有四十多萬兩銀子，留補欠下的二十幾萬虧空，算是綽綽有餘。至於剩下的二十萬兩，二人合計著，可以分作兩項用途，一項留為府州縣衙門的公費，一項通解到省，到年終歲末，按照本省官員的官職大小、官缺繁簡，酌量發放，作為各官「養廉」之用。兩個人算盤打得很好，然而話一放出去，省裡許多富庶地方的官員就不情願，更有諾敏平素最倚重的太原知府金鉷先就力持不可。

再等摺本奏上，皇帝發交九卿科道一議，就又叫六部大員從頭到尾駁了個透心涼。群臣中，吏部侍郎沈近思率先發言，且話說得極為嚴切。他說火耗本是陋規，現在要把這個說不出口的陋規和正項錢糧一同徵收解送到省，就是將陋規認作正項一樣。在眼下看，是正項之外又添正項，那就難保日後陋規之外不又添陋規。這是加賦擾民之舉，貽害可謂無窮。沈近思話一出口，在座的儒臣無不同聲相應，主持會議的戶部雖然知道皇帝私意首肯，可也不能當廷置眾議於不理，只好將這話原封不動奏上。

皇帝一向以愛民自詡，看見奏議，不能不覺得刺眼，所以在御門聽政輪班時，就虎著臉問沈近思：「你是朱軾保舉的人，只為作地方官有清勤的名聲。想來你是從沒有收過火耗的咯？」

聽皇帝話音不善，沈近思倒很沉得住氣，不卑不亢回道：「臣是收過的。天下州縣，無人不收，不收不足以養身家。」

皇帝被他大實話頂得一愣，聲音愈加嚴厲起來：「你在廷議上說，耗羨是州縣官應得之物，督撫不該與屬官爭利。督撫之陋規，與州縣之陋規，一樣都是民脂民膏，還有什麼誰應得誰不應得？照這麼說，就該一體全革，是不是？」

「皇上責備得極是。然而做州縣官的，不能不養父母妻子，不養便是絕了人倫。」

「一派胡言！」皇帝聽了這句話，一下從御座上站起來，手指著沈近思向左近眾人道：「你們瞧瞧他說這話，竟是我要逼州縣官絕了人倫！」

話趕話到這個分上，任誰也不知說什麼好，面面相覷半晌，允祥才一躬解圍道：「皇上息怒。廷議固然有見淺之處，可也不失為公之心。聖祖在時，屢屢以加賦病民為誡，戶部也駁過督撫奏請提解火耗的事。既然這次是山西提起來的，不如將廷議的摺子發給他們，看他們如何說法。如此大事，也不必一議而下定論，若能再二再三，正見朝廷慎重之意。」

「那就把廷議的本章發給諾敏、高成齡，叫他們回奏。」皇帝知道沈近思為人耿直，那樣拌嘴似的話，純粹出於性情，且所議也是為了公事。見眾人都是一臉不自在，他也只好收斂了脾氣，將這一節轉圜過去。

廷議本章的抄件送到太原府，先由布政使高成齡接著，他一看裡頭的話，大熱天，頓時就漬出一身的冷汗。諾敏行事精明，但性情還算隨和，二人搭檔了這一年多，凡事都好商議。這件耗羨歸公之事干係甚重，弄不好，叫人參個斂財害民，就是身敗名裂的大罪。所以高成齡得了信，再也沒有二想，一迭連聲命人打轎巡撫衙門。

到了巡撫衙門，便有諾敏的管事家人回稟，說大人正在花廳會客，見的是首府金老爺。高成齡也顧不得是誰，緊隨著來人一起進去。穿堂過院到了花廳前，就見諾敏帶著太原知府金鉷站在階下等他，問候已畢進得廳去，高成齡忙不迭掏出那抄件來，未及落座就呈上道：「廷議嚴駁了咱們的事，上頭沒加一個字的朱批，就發回來，叫咱們回奏。中丞看這——」

「我已經聽說了。」諾敏垂著眼皮點了點頭，卻不再同高成齡說話，單用一隻手揉著兩個焗得油亮的「獅子頭」，目視下手坐得筆直的金鉷道：「該說的我已經說盡了，再說句不該說的。你這回進京陛見，總是——唉，咱們同官一省，一貫都能和氣，你的性子我也知道，公私分明得緊，可你看如今——」他向來說話都很爽快，這會兒卻拿捏得吞吞吐吐，說著說著，眼圈兒竟有些泛紅，囁嚅半晌，方勉強笑道：「你知道我的意思。」

金鉷是個漢軍旗人，四十幾歲年紀，十分強幹。他是諾敏一手拔擢之人，三年大計時給了卓異的考語，保薦大用，此次進京，正是要升官的徵兆。然他雖然深得諾敏的賞識，政見卻不一樣，乃是太原城裡頭一個反對耗羨歸公之人。此時見諾敏如此，金鉷心裡也很不安，起身垂手道：「現在中丞是有難處的時候，卑職身為屬官，原不該再叫大人為難。可卑職的愚見，財在上不如在下，州縣是親民的官，寧可叫他們多留有餘，也不便與之爭利。照說今天發了養廉銀子，州縣的用度可謂充足，可天長日久，又要有不足之時。到時候火耗已經歸了省裡，州縣們必定耗外加耗，再朝百姓要錢，或是挪借庫銀，又有虧空。」他邊說著，不覺竟生哽咽，一個長揖到地：「中丞待卑職的情分再不必說，卑職對中丞，也絕沒有自外的心思。可進京面聖，也只能據本心奏陳，不敢因為是中丞的屬官，就曲意承志。中丞若能容納，卑職感激不盡；若不能，就請另上一道摺子，說金某不堪大任，卑職也心甘情願，感念中丞成全之恩的。」

他說得極為懇切，一絲矯揉造作都不見。高成齡聽到此時也已明白了，金鉷此番進京，竟要力陳耗羨歸公之弊。想想諾敏與自己的處境，他不免有些著惱，冷眼瞧著金鉷不作聲。諾敏也沉默了好一會兒，長嘆兩聲，命金鉷坐下，又轉向高成齡道：「我是戶部的筆帖式出身，做的是文法吏的差事，沒念過幾本經典，不比你們兩榜正途。不過有一句聖人語錄，說君子和而不同，我也是深知的。想來咱們和金震方，就算了和而不同了？」繼而又向金鉷笑道：「你的前途無量，日後不拘到哪一處高就，總別忘了咱們同僚一場。書信筆札，常來常往罷！」

金鉷心下感激，竟不知作何言語，踟躕半晌，又是一個長揖，才告辭出去。廳中單留諾、高二人，好一陣靜默之後，高成齡才又拿出那抄件遞給諾敏，諾敏邊接了翻看，邊悶聲道：「昨天晚間我接了怡親王和隆公各自送來的信，說廷議駁了咱們的事，讓咱們再作道理，總歸聖意是向著咱們。我和這裡的老夫子們上緊商議了半宿，原要一早請老兄，就趕上金震方來告辭。」

高成齡有些驚喜地站起來，眼睛瞪得老大。方才諾敏說已經知道了，他雖有些疑惑，卻也不覺稀奇，畢竟諾敏是個滿洲人，京裡總有幾個親朋故舊，可以幫著打聽消息。及等聽見竟是兩位總理事務王大臣專門來信，他可真有些喜出望外了，不由把一顆懸著的心放了七八分，雖知道諾敏未必願意說，還是忍不住問道：「中丞如今和怡親王也有往來了？」

「並沒有什麼，我和戶部的王爺雖是同旗，可另有本主貝勒，我們旗下的人，嗯——」諾敏的面容微有些僵，隨即將手裡的「獅子頭」放在小几上，避開高成齡熱切的目光，岔話道：「昨兒和老夫子們商議，先頭的摺子是我上的，既說上頭向著咱們，這篇與廷議打擂臺的摺子，就請老兄來寫，如何？」

「好，關係錢糧的事，義不容辭！」高成齡心裡托了底，答應得十分痛快，又拱手道：「還要和中丞商量個章程來。」

諾敏邊蹙眉想著，邊用手比道：「我這裡老夫子們的意思，這道摺子總要講出三層意思來。頭一個，州縣官私徵火耗，為的是彌補官俸不足，上司沒火耗，也不能空著肚子辦事，必得向州縣需索節禮，一上一下，名目上看著不同，終歸是一回事。與其叫上司勒索屬員，拿人家手短，不如將全省的火耗收到督撫手裡，再酌情分發給下屬養廉。再一個，如今有貪得無厭的州縣，火耗加到五六成，遇上一點兒災，就逼得小民沒有活路。要是將耗羨提解到省，就必定核出個數目，州縣多收了也不能多留，何必擔這個貪名，倒也可以紓解民困。第三個，大夥兒的意思，咱們也不必客氣，就直言廷臣所議只曉得取悅州縣，沽名釣譽，於國於民，絕無絲毫實用。其餘的，老兄再斟酌罷。」他言說至此，長吁一聲，身子向圈椅裡頭一歪，有氣無力喃喃道：「咱們這回得罪的人多了，我這兩天眼皮跳得厲害，老兄，我看你也得早做預備了——」

高成齡心緒本來好了許多，叫他一句話說得身上一激靈，愣住好一陣子方道：「中丞何不向戶部王爺先討個主意？」

「結交諸王，更險。」諾敏一個決然的手勢打斷了他，正色道：「往後這話別再說了。」

說到底，現下的情形也由不得他在別的事情上多想，高成齡回奏的摺子寫得洋洋灑灑，很快就送到御前，待二次下到九卿科道會議，偏又被駁了回來。這樣的事若是放在先帝時，便是皇帝原本想做，八九成也要俯從眾意，罷開手去。實因先帝心中總有「多一事不如省一事，興一利自然生一弊」的想法。凡做一件干係國計民生的大事，大家都說不好，天子高居九重，怎能知道一定是好？就算一道詔命下去，若是經辦的人不能真心體悟，又怎麼能夠辦好？難免生搬硬派，貌承心違，就算本意裡要好，也必定添出許多弊端來。利弊相較，倒在可辦可不辦之間了。

今上的心思實與先帝不同。他自謂潛居藩邸四十五年，和乃父的生於深宮之中，長於婦人之手絕不相類，所見的人情世故、世態炎涼都比諸臣不少。如今身為君主，又能超脫於名利之外，觀人臨事分外透徹，所以這等興利除弊之事，也只有他能看得真，說得透，做得成。就譬如這件耗羨歸公的事，九卿二次駁回之後，他就準備拋開眾議不顧，另出見解。他原讓張廷玉擬好了一道長篇的上諭，想交內閣徑直發出去了事，可思來想去兩三天，就愈發覺得不痛快，非要和群臣當面辯一辯理，才能叫人心服。

往日御門聽政，都是輪班奏事，輪不著的部院自可以不來。到七月初六這一天，可就熱鬧得多了，皇帝一口氣將總理事務王大臣、大學士、學士，大小九卿、翰詹科道，還有外省入京覲見的四品以上官員，兩百來人，全集在乾清門聽旨。其時天光雖未大亮，可也悶熱得很，像是憋雨的樣子。那些冷曹衙門的官員，除了大朝，原本不常面聖，所以衣箱裡的公服品類就少些，料子也不考究。譬如這樣伏天，服飾充裕的王公大臣們，都穿羽緞或是芝麻地紗、亮紗的單袍褂，輕薄通透。至於家道艱難的小官，就只好用苧麻織的夏布或是實地紗，這會兒眼觀鼻、鼻觀口挨次站著，聖駕尚未升座，各自已經一身透汗。

一時大禮行罷，皇帝就舉著九卿會議的本章道：「高成齡奏請提解火耗的事，廷議仍舊固執前見，這又是誰的首倡？」若說御前奏對，問及意見，倒頗有人肯於應聲。可到了這數百人齊集的所在，皇帝又如此直白白來問，就是再敢言的人，也難免脊背生風。靜默移時，六部班中居首的吏部尚書朱軾才走出來，在御座前跪奏道：「是臣的主張。」

皇帝笑了笑，不置可否點點頭，稍待一刻，又有十幾位大小官員紛紛出列道：「臣也是如此主張。」

「言者無罪，是早說過的。」皇帝一擺手，仍命眾人歸班，卻自放開聲氣道：「就今天所議的，若有見解，也不妨當廷爭論。可要是今天辯不過我，日後就不許再生異見，諸王大臣共作見證，如何？」眾人隨著他的話應聲已畢，乾清門立時聲欬不聞。幾個近臣頭兩天才在養心殿是聽他發作了對廷議的怒氣，不想此時倒是一派和顏霽色，只是他的脾氣變幻無常，一時霽色也並無什麼可喜之處。

皇帝見群臣都不言聲，便目視朱軾笑道：「你是老成忠厚君子，高成齡到山西前，是貴桑梓江西瑞州的知府，因你保奏他治行天下第一，我才將他超擢方面大員。他有耗羨歸公之議，你以為不可，可見各出公心，沒有私相授受，這是我深知的。這會兒有什麼話，大可以直言無妨。」

朱軾既叫他點到頭上，只好又出班行，向前奏道：「臣素性不敏，只是一片愚拙，幸蒙皇上鑒察。」說罷長跪叩了一個頭，緩緩道：「臣的家道寒素，從知縣歷任至今，大略知道小民的艱辛。高成齡所奏將耗羨銀提解到省，那提解之處，就須多發腳夫接運，一絲一毫都是民脂民膏。這還是小節，更要緊的，耗羨銀一至藩庫，若再動用，就如同動用正項錢糧一般，又需請示戶部，層層核銷，發撥甚難。如此一來，地方公費仍是不足，豈不有失便宜地方的本意？地方公費不足，日後不肖州縣，總要巧立名目，另行加徵。臣愚意，就算要將耗羨提解到省，也需在提解之初，將州縣應得養廉數目，和州縣衙門辦公的費用，聽他們足數扣存，不必解而復撥，再費周章。」

皇帝是個最怕熱的人，卻要顧及體統，是以在那裡正襟危坐著，任由額角的汗不住地冒出來，也不肯隨意擦抹，只好將冰鎮的梅湯當作茶喝，聊作解暑之用。及至朱軾說完，才站起來，慢踱了步子，到背對群臣時，就用帕子揩了揩汗，也想一想辯詞。他生性極好辯論，若有人願與他當面鑼對面鼓地說理，就以為是得了顯露高見的良機。一時想定了，便轉過身來，向眾人道：

「前兒諾敏舉薦的太原知府金鉷引見，也是這個說法。初聽有理，細一品擇，就有些見小不見大的毛病。你們往返議了這幾回，道理各自都說明了，火耗不是正項錢糧，論理原該一文不徵，才是愛民；可現在又不能不徵，不徵則衙門沒有公費，官吏也不能養贍家小。既然如此，就不能不循名責實，有所限制。既要官能養廉，事能濟用，又要防備不肖州縣橫加攤派，無恥上司肆意需索。所以這一件事，干係何止在於理財，更關乎民生吏治。諾敏、高成齡所奏的『與其州縣存火耗以養上司，何如上司撥火耗以養州縣』，實在是務實之說。何況各省督撫都是受朝廷厚恩的大員，賢愚貪廉我心裡有數，他們哪一天操守不清，妄加徵派，自然難逃我的耳目。至於朱軾方才所奏的，讓州縣衙門先將公費、養廉足額扣存，再將剩餘之數解省一說，州縣先扣，自然想著額外多徵，先提到省，多徵反而沒有好處，這一多一少，一出一進，豈是腳力民夫的耗費可比？至於奏銷報部的麻煩麼——」

皇帝話說至此，偏過臉去看一旁站著的允祥：「我有言在先，耗羨絕非國家正項錢糧，地方若要用作公費，督撫密摺請旨就是，不必行文戶部。」

「這是皇上通權達變，廓清吏治之法，並非朝廷加賦擾民之弊。日後若有督撫見理不明，將耗羨作正項錢糧報部，戶部自當嚴行駁回。」

見允祥應聲附和，皇帝點了點頭，又問朱軾道：「還有什麼？」朱軾聽他款款而談，句句著實，胸中雖有疑慮，一時也難於措辭。又想著此議一成，萬難更改，遂不甘道：「聖意高明，臣心悅誠服。只是茲事體大，不如先下山西試行為妥。」

「誒，凡事只有可行與不可行兩端而已，可行自然遍行天下，不可行又何必試行於山西？」其時天色已然亮透了，暑氣愈發蒸騰上來，皇帝自覺話已說盡，就換了一張「朕意已定，勢在必行」的面孔，不待朱軾再說，轉而提高了聲調去問旁人。事已至此，眾人何敢多言，只有齊發頌聲，叩拜如儀而已。

第三十二章　遊治

耗羨歸公之議既定，皇帝心裡很是輕鬆得意，就又提起一個月前應下的事。當時年羹堯的〈青海善後事宜十三條〉，與〈約禁青海十二款〉兩篇宏文奏上，縱論青海一戰後處置叛部，獎賞有功，編配札薩克，增設駐軍營鎮，撫綏西藏喇嘛諸事。在朝宗室滿洲大臣，特別是在京蒙古王公，對這兩件奏疏的異議很多。譬如奏疏中說，京師所派官員到彼，如果是傳達上諭，和碩特蒙古各部王公都要出境跪接；如果並非傳旨，只是日常接見，就要以賓主平禮相待，哪怕微末如筆帖式也是如此。還有約禁喇嘛廟之款，提到黃教寺院每寺限蓄僧徒三百人，餘者盡行還俗。青海許多大寺，康熙年間香火鼎盛時，僧侶都有成千累萬，這一限，未免過於苛刻。

不單這兩件奏疏，年羹堯先青海大張撻伐，特別是燒廟殺僧之事，就讓各部蒙古王爺們很不痛快。再者先帝有許多公主、諸王有許多格格嫁給內外蒙古王公，皇帝與眾兄弟有嫌隙，以致姊妹、侄女各自有偏有向，賢婿們也心思不一。所以這兩年間，朝廷與蒙古的親愛，就較先帝時寡淡不少，且傳出今上親近漢軍、漢臣，疏遠滿洲、蒙古的閒話。皇帝聽了雖然生氣，可也沒有辦法。一則他膝下沒有親生的女兒，想同人家聯姻也不能夠。二來他素性喜靜，騎射不甚精通，更兼政敵未除，心神未定，所以也不肯輕離京師，像先帝那樣一連幾個月待在塞外，與蒙古親戚們把酒歡洽。

如今的蒙古之於大清，雖然早沒有太宗年間的勢均力敵，可真要失於籠絡結納，也是動搖國本的大麻煩。皇帝心如明鏡，是以到了改元第二年，也不得不想個變通之策。一個多月前，他就命欽天監卜定吉日，準備讓怡親王允祥和皇十六弟莊親王允祿，帶著所有皇子，以及許多重臣、侍衛，代他到木蘭圍場行獵，並在避暑山莊接見內札薩克各部王公。然則耗羨歸公之議三番兩次不決，允祥離不開京城，此事一拖，也就拖到七月往後。

七夕佳節，皇帝特意召諸皇子到養心殿查問功課，問罷又說起木蘭行圍的事，定以中元之後七月十七日啟程。今上皇帝子嗣不少，可大多夭折，如今尚有四子在世。年紀居長的名叫弘時，序齒作皇三子，是齊妃李氏所生，現已二十二歲。往下是皇四子弘曆、皇五子弘晝，二人年紀相仿，俱在十二三歲。弘曆之母姓鈕祜祿氏，封為熹妃，弘晝之母耿氏，封為裕嬪。另有一個最小的，是年羹堯之妹年貴妃所生，排在皇八子，因為只有三歲，尚未取過弘字輩的學名，只以小名叫作福惠。又因他是康熙六十年生人，長輩私下裡都隨意叫他六十阿哥，取其粗養粗叫，便於長成之意。皇帝愛其母而及其子，一向最寵愛這個么兒。

這一回木蘭秋獮，皇帝不但命弘時、弘曆、弘晝三兄弟整裝前往，以收和睦外藩、學習騎射之效，竟還下了一道特旨，叫這個四歲的愛子福惠同去。這一來可叫允祥有些為難，更叫年貴妃格外擔心。畢竟塞外天寒，起居也較宮中簡陋得多，又要長途跋涉，動槍動箭的，就算有一眾乳母嬤嬤隨身照顧，可孩子畢竟太小，自離娘胎就沒出過門，如何禁得起車馬顛簸？要是萬一得個急病，小命怕都難保。倒是皇帝很放得開手，向他們各自解說道：「列祖列宗並前輩諸王，不是一小就長在馬背上行圍射獵，哪能有我大清的今天？早點歷練，沒有他的壞處。」

所以養心殿的訓示，就連福惠也叫了來，這可把弘時幾個高興壞了，心說有他一道在，自可免去往日長篇大論、疾言厲色的苦處。果然，皇帝為了湊合小兒子不能長久安靜，這一天只教導了他們一刻鐘工夫，且是少有的慈父氣象。先說此行不能貪圖安逸，需得用心學習騎射，以示朝廷重視武備之意；再說與蒙古各部王公，特是姑父輩接談，要不卑不亢，以禮以情，顯出天家的威儀、親戚的熱絡；又說木蘭秋獮，不是爾等在南海子遊逛嬉鬧，那是真正的崇山峻嶺，虎豹叢出，行圍如同行軍，務必令行禁止，不得自恃皇子，任性胡為；最後說你們叔父的身子羸弱，操心的事情又多，可他一向喜好遊獵，只怕一撒開了就沒有節制，大臣侍衛的話他未必肯聽，你們也要時常勸說，叫他不要過勞。

皇帝才說完了這幾句話，下邊福惠阿哥已經站不住了，先是東張西望，盯著奇巧的陳設去看，過一會兒乾脆將身子扭來扭去，又去拉一旁老老實實垂手侍立的弘晝，想要同他說話。皇帝見此情形，也有些忍俊不禁，先誇了一句八阿哥現在很老成了，就一擺手，叫總管太監帶著福惠下去找乳母。又看了看自鳴鐘，想著過會兒還要接見外官，遂叫其他三人一併跪安。倒是弘時見乃父的顏色和霽，忙趁便向前跪奏道：「前聽人說，年熙近來病得不輕。原先在潛邸時，他到府裡請安回事，皇父多叫臣同他說話，所以明天想請旨出宮一趟，去他家裡探望探望。」

皇帝雖對年熙為蘇努傳遞消息的事小有芥蒂，終究看在是貴妃家的晚輩，早年常在王府走動，並沒有十分怪罪。他一向不大喜歡弘時，可聽這兩句說辭，也覺懇切，遂點點頭，叫他趁著這件事一併去圓明園看看修繕工程，不必急著當日回宮。

第二天上書房一下課，弘時就帶著六個親信侍從，一身便裝，騎馬到正陽門內西江米巷的年家老宅。年熙雖已奉有過繼隆國舅的旨意，可他病勢頗重，天氣又很炎熱，所以仍在原地將養，並未挪動別處。因先已得了信，年羹堯的老父年遐齡便帶著家人迎接出來，弘時亦問候寒暄過了，叫人服侍老人家仍去歇息，自己由年羹堯留京料理家務的四兒子年興引導著，到年熙養病的西跨院去。

弘時與年熙的年紀相仿，康熙末年，年熙每到王府替祖父、父親送信送東西時，雍親王常命他與之酬應，故而十分相熟。年熙自幼體弱，近半年來尤覺乏力、胸悶，繼而周身腫脹麻木，小有勞累便心悸欲死。一時遍請名醫，皆無效驗，只是服用補藥，稍作緩解而已。弘時一進他的院子，就覺濃重的藥氣撲鼻，再往屋裡去，更是一陣陣辣眼。及到內室，就見年熙面色慘白倚在靠背引枕上，盡力就著勁兒向前一屈身，掙扎道：「竟勞三爺下降，恕不能遠迎叩拜。」

弘時連忙上前扶住，邊說著「咱們至親至好，該當的」，邊在一旁坐下。奉茶已畢，就問東問西，倒有許多親切之意。年熙多言傷氣，遂由年興代答了許多病狀、用藥之類的話，弘時先還仔細聽著，漸漸的就有些心不在焉，把個容長臉兒拉得更長。年熙雖然病得重，心思卻很清明，見他如此，便衝年興搖了搖頭，問道：「三爺有些不樂麼？」

弘時叫他一問，愈發滿臉的寡氣，萬般不自在起來，咳一聲道：「原本不該跟病人訴苦。我現在宮裡，空擔個皇長子的名，可半點兒用也沒有。竟還不如早先在府裡，有什麼話，能尋個三親兩厚說道說道。」

年熙見他的話裡有話，想說又吞吞吐吐的樣子，不免心中一動，勉強笑道：「我與三爺就是最親厚了，您出宮不易，何不說出來排遣排遣。」

「可說，我妃母也和貴妃娘娘最好，我對大將軍也最欽佩，咱們就是親表兄弟一樣，原沒什麼礙口的。」弘時見他雖然病著，照舊如平日一樣知情識趣，便將那份不好意思的心收起來，又嘆又笑道：「不曉得你聽說沒有，皇父先下了旨，叫我們兄弟都跟著十三叔父到木蘭去行圍，還要會見蒙古王爺。昨兒已經定了日子，十天後起行。老四老五他們都小，怎麼行事也沒人挑禮。我這麼大一個人，又是皇長子，但凡在外藩或是下頭大臣官員跟前有個行差踏錯、言語不周，叫人笑話我是小，丟了皇父的臉，豈不是大罪？可你也知道，我一向沒跟著出過遠門，和外頭的人都沒有交情，哪裡就能堵上人家的嘴了。手頭裡又緊，也拿不出什麼像樣東西賞人。」

年熙雖然年輕，卻久在京裡替他父親管家，又做了兩年實缺御史，要論見多識廣，耳目聰明，比弘時這個不經事的鳳子龍孫強上百倍不止。所以才聽了這幾句話，心裡就已經明白，這位皇長子此來不過就兩個字：要錢。只是不便直說出來，仍聽他絮絮叨叨：「還有一件麻煩。今年是我妃母的四十五歲千秋，不大不小，也是個整數。雖說還在喪期，可也不能太寒磣了不是。我妃母這輩子不容易，生了我們兄妹四個人，現在也只好指著我獨個孝敬。我一個月只有五百兩的月例，雖也分了幾個屬人，可跟叔伯們當年早不是一回事了。」

「三爺一片孝心，叫我們佩服。」等弘時說起他母親齊妃，年熙倒有些不忍卒聽。實因皇帝潛邸中，原以弘時之母李氏最受寵愛，先後生了三子一女，名位資歷僅次於雍王元配、當今的皇后。待到年家小妹入府之後，李氏無論家世才貌，都遠不能及，遂不免色衰愛弛之嘆，帶累弘時也不受待見。

今上即位後，將原本同為親王側妃的年氏封為貴妃，李氏只封為妃，這讓溫柔謙退的年貴妃心裡很過意不去，亦曾對娘家人有所表露。所以弘時要說別的，也還罷了，待提起這個話來，年熙便覺不宜緘默，遂看了看一旁的年興，問道：「不知需用多少，要是多，叫舍弟寄信給我父親。」

「不多不多，這點小事，哪裡就叨擾到大將軍了，必得你能做主的數目。」弘時一聞此言，連忙搖頭。說來諸王阿哥向府屬要錢要物，在先帝一朝，實在家常，甚或強搶豪奪，也不稀罕。今上即位後，對這類事約束最緊，一經發覺，立加嚴譴。弘時的膽子小，又不見愛於乃父，實在想要銀子用，也只好到年家這樣又有錢，又熟悉，又肯擔待的地方告幫。他見年熙的身體委實難支，也不好太作耽擱，既然事情已經挑明了，便伸出一個巴掌來試探道：「先借我五千銀子，等湊手時就還。」

「三爺說哪裡話，豈有叫您還的。只是我父親任上用錢處多，現銀都不放在京裡，五千實在不湊手。您既說十天後就要去秋闈，那我這三五天內先兌三千送去如何？」

「也好，也好。」弘時見他雖還了價，答應得倒很痛快，心中亦自歡喜，忙又說了幾句保重頤養的好話，便自辭去。年興先送弘時到了大門外，再回去看他的長兄。只見年熙勞神半晌，氣色愈覺委頓，自按著胸口猛喘，忙得下人尋湯覓藥，一陣亂走。年興只有十八九歲年紀，許多事並不很懂，這會兒雖看著他難受，心裡一股疑團終不能釋去，等他熬過這一陣憋悶，便自囁嚅道：「我聽說三阿哥如今並不得意，皇上又不喜王子阿哥們同外臣來往，大哥要送他銀子，何不先跟父親回稟一聲？」

年熙聽他此問，不免苦笑一聲，卻實在沒有力氣多說，只擺手含糊道：「也不是什麼大事，就當替貴妃娘娘做個人情。」

弘時離了年家，沒有馬上到圓明園去看工程，而是另會了兩個有交情的堂弟——八叔廉親王允禩的獨子弘旺，與九叔允禟家的老五弘暘。弘時生在康熙四十三年，今上皇帝的子嗣不充，前幾個兒子又早夭，直到他七八歲時，才有了弘曆、弘晝兩個弟弟，三人年歲差得多，並不能作幼年的玩伴。當時胤禛、胤禩兩府緊鄰，最是知根知底，八阿哥素來懼內，嫡福晉雖不生育，卻不許他納寵，直到聖祖發話訓斥，才選了兩個側室，生下一個兒子弘旺。弘旺比弘時小三歲，因為離得近，各自在家又是獨苗，所以堂兄弟間竟如親兄弟一樣友愛。

然則時移世易，物是人非。康熙末年，雍親王因有自立之意，遂與允禩、允禵等貌和神違，大有交面不交心的意思。即位以後，更是互為仇讎，手足之情盡棄。至於幾個小輩兒的兄弟，當年不過十來歲，都是少年心性、胸無城府，對父輩的瓜葛不過一知半解，只曉得自己有一處吃喝取樂的同伴最好。直到這一兩年，才漸漸看出端倪來，不敢再大張旗鼓肆意來往。只是弘時長久悶在宮裡，除了偶有祭祀行禮的小差遣，一件快心稱意的事情也無，好容易出來尋逛兩天，真如同大赦出監的囚徒一般，先想要呼朋引伴，找個久違的樂子。因此頭天一得了旨意，忙就讓人送信兒弘旺，叫他找個僻靜地方敘一敘，喝兩杯。

因為皇帝潛邸擴建，允禩的新王府搬到了台基廠大街，離年宅沒有多遠，所以弘旺先在正陽門內相候，還帶著允禟留在京裡管家的兒子弘暘。等弘時一來，便興致勃勃道：「我領你們尋個有意思的去處喝酒，可要縝密些，咱們各自只帶兩個跟著的人罷。」

弘時聽他說得詭祕，心裡就有些打鼓，忙問：「你先說是哪裡，我叫人認出來可麻煩。」

「王府井大街往東，金魚胡同。」

「要死要死，那不到了怡王府後身兒！」弘時一聽，就把腦袋搖成個轉陀螺，一勁兒罵他著了魔。卻見弘旺嘿嘿笑道：「你是長久不出門，才不懂得行市。就是那兒才最清靜，步軍衙門的人從不敢去攪擾。」弘時想了想，似覺有理，又禁不住弘暘緊在一旁攛掇，說那裡如何清幽雅致，別有風韻，遂半推半就答應了，命跟來的四個藍翎侍衛先到圓明園去打前站，自己帶著兩個貼身太監，上馬同弘旺等人往東北邊去。

金魚胡同在怡親王府北面，四周都是繁華鬧市，惟獨這裡鬧中取靜，別有洞天。三兄弟帶著人，並不肯從王府正門前過——雖說允祥白天幾乎沒有在家的時候，可前來送文書、遞手本的文武官員甚多，難免被人認識，所以寧可繞個遠，從東邊又踅回來，到了一所宅院門首。這邊弘旺的隨從輕一叩門，裡面就有一個老成管事，帶著兩個清秀小童子出來相迎，殷殷勤勤地牽過他們馬去。弘時乍看這座宅子，不過四致整潔，並沒有什麼出奇之處，及跟著弘旺越往裡走，便愈覺此間深堂廣廈，粉牆翠嶂，是個富貴又不落俗的所在。

再往裡走，就到了中堂，兩個俊俏的丫鬟迎在此處，先斂衽行禮，復將他們請進屋去。再看廳堂陳設，雖有大家的堂皇，卻令人適意體貼。三人落座已畢，丫鬟先將三道解暑的香茗，並各色冰湃鮮果奉上，什麼櫻桃、桑椹、荸薺、仙桃，長大黃皮的金皮香瓜、皮白瓤青的高麗香瓜、白皮綠點的「芝麻粒」、色青小尖的「琵琶軸」，七彩斑斕，應有盡有。隨後便有四個十五六歲的婀娜少女，簇擁著一位十八九歲的華服佳人登堂。其體態之風流，豐神之曼妙，明眸之婉轉，笑語之嫣然，真不啻月宮仙子，天府名姝。斯人斯境，弘旺、弘暘兩個常來常往的，尚能含笑飲茶，倒把弘時一個久不出門的看得愣住，及見佳人翩翩下拜，呢喃問安，才恍然失笑，向弘旺道：「你什麼時候找著這樣好地方？不然就是你安置的？」

「我哪有這個能耐！這位三姑娘的芳名，這兩年是京城裡最著的，多少人但聞其名，不曉得入門之徑罷了。」弘旺口中雖作謙詞，面上實難掩得意神色，一面叫那麗人在弘時身側坐下，自同主人一般，命丫鬟置酒擺宴，必要盡歡而歸。弘時未作皇子時，出入自由，原也慣習此道。如今住在宮中，拘束太嚴，才將這些見聞都荒疏了。今天既勾起來，也就顧不得其他，用手將三姑娘的皓腕一拂，竟自娓娓款談。這廂幾句寒溫敘罷，堂下早有美酒佳釀，並各色珍肴傳遞上來。酒過三巡，一少女取過琵琶輕抹慢撚，一小童以紫竹洞簫相和，餘下三位少女聞聲起舞，宛若彩蝶穿花，蜻蜓點水。

既有美人作陪，歌舞相伴，兄弟三人觥籌交錯，又是猜枚行令，哪裡還記得時辰。直等到天色漸暗，三姑娘吩咐了丫鬟掌燈的話，弘時才驀然醒過神來，一拍大腿說聲「不好」，就忙著要走。一旁弘旺喝得步履蹣跚，上前將他拉住，連說「急什麼」，弘時將他一推，邊自念叨：「原是叫我去看園子工程，竟忘得影也沒了！」

「現在出城怕來不及，爺有酒了，騎馬也不穩便，不如今天在這裡安住，明兒再去。」三姑娘雖然陪飲了不少，不過面色殷紅，愈發的豔麗，並不見十分醉意，一面款款起立，牽住弘時的衣襟挽留。弘時雖是戀戀不捨，卻不敢真在這裡留宿，只好溫言解說：「姑娘的好意我怎麼不知道，只是昨兒已經叫人知會過那裡管事的人，實在不能不去。」

「這一身的酒氣，就趕著出城去了，也叫人看著不像。萬一哪個說漏了嘴，更要麻煩。不如找一個說辭，明兒一早從容再去。」弘旺這一句話說出來，倒有十分的道理，弘時聽著心動，又禁不住三姑娘在旁苦勸，一橫心復歸座位，與眾人燈下再飲。

這一飲又近兩個時辰，幾個女孩子俱都釵鬆鬢亂，力不能支。正要布置安寢，就聽房頂一聲呼哨，繼而大門外人聲鼎沸，緊接著一個小童氣喘吁吁闖上堂來，驚叫道：「有官差來拿人！」

一句話出口，把弘時幾個嚇得酒氣盡消，困意全無，乜呆呆坐在當地，如同掉進冰窖一般。倒是三姑娘心神甚定，指了指東邊小閣，小童會意，忙將三人又推又扯，送了進去。三姑娘才待整理衣裙，外頭十幾個大漢已經破門而入。為首的身著五品武官服色，一見堂上華服委地，杯盤狼藉之狀，便冷笑道：「有街鄰指說你容留職官宿娼，特奉憲令拿辦。」

第三十三章　柔遠

放下三姑娘如何應對官役不談，單說弘時幾個，一聽有人來拿，當即嚇得魂飛魄散。幸有小童將他們引到廳堂一側的小閣中，閣內有屏，屏後即有地道相通。又虧得是夏天，衣褂輕便，手忙腳亂剛進了地道，就聽見官兵搜檢廳堂動靜，一口氣跑出去老遠，等身後沒了聲響，才稍稍定下心來。

那地道修得甚寬甚平，且有一里多長，幾個人東西不辨只顧往前，等見著出口，問過引路的小童，才知已經過了東長安街。因三兄弟所帶的侍從、所騎的馬匹都不知所蹤，且周遭步軍衙門堆房密布，巡更查夜兵丁不時往返，所以不容他們久待。這裡離台基廠廉王府不過里許，弘暘家在鐵獅子胡同，也可以徒步回去，惟有弘時進退兩難，實在麻煩。弘旺靈機一動，欲邀弘時到自己家暫歇一宿，說乃父寬厚，最好說話，就算問出端倪，也不至於怪罪。弘時心裡願意，可想著萬一被人發覺，奏將上去，說自己未曾請旨，竟在廉親王府過夜，叫他如何吃罪得起！正在猶豫不決，就聽遠處更梆作響，巡夜之人穿街越巷，眼看就朝這邊過來，他再不及多想，就叫弘旺拉著，跌跌撞撞往廉王府趕去。

果不出弘旺所料，允禩見二人落荒而來，不過盤問幾句，自然知其作為，卻礙著弘時是皇子，又素來同自己最親，不肯多加責難，甚至還指點他幾句，次日如何打發圓明園辦事的官員，叫他們不去多話。弘時感激無比，復又赧顏請教道：「跟著我們的人，並馬匹，還有隨身使用的物件，許多還在那裡，萬一叫步軍衙門的人搜去，怕要有大麻煩？」

允禩見他如此，便含笑安慰：「步軍衙門常做這樣的事，不過是武弁番役希圖些見不得光的孝敬，遇見真正貴家，必不至於莽撞。你且醒醒酒，定定心，明兒一早到園子看工程去罷。」

允禩一向人情世故極通，可到了這件事上，卻大大失算。且說那三姑娘的營生一向縝密，往來又多貴人，步軍衙門尋常不肯攪擾。可這大半年來，即有老辣番役訪聞得知，說八王爺的世子看中了這個去處，已經成了常客。既然干係廉親王府，何人敢於隱匿，遂將此事報在隆科多跟前。隆科多揑住這件陰私，先是按兵不動，只叫人盯住弘旺的往來。近來因見皇帝總為尋不著允禟的錯處煩悶，他就想起這個由頭。國舅是個極有擔待之人，以為此事情節猥鄙，請旨辦理反而不便，所以別出心裁，找來一名得力的武職，喚作梁守備，命他從所屬中揀選精幹番役三十名，趁弘旺去尋歡樂時，不必拿他本人，只拿住他流連勾欄的確據即可。

這梁守備實在是位能員，他曉得這三姑娘深宅大院，最能藏匿生人，且內中必有暗道。弘旺平素往來宴樂之人，一定都是大貴，若真抓住，不但面上難看，要放也著實不易。所以他先差了兩名慣能躥房躍脊的番子，將院內何處飲宴，何處臥寢，何處安頓隨從人等，何處是馬廄騾棚，一一打探清楚，又命十來個人把守住左近街巷岔口。當日眼見著弘旺等人進門，守備就命兩個番子趁暮色潛至正堂房頂，單等屋內歌舞最酣時，響哨以為號令。番役們各司其職，拿住三姑娘，並弘旺的從人、車馬、隨身物件就是。

梁守備萬事謀定，單單一件失算。他區區一個五品武職，哪能認得出與弘旺同來的闊少爺竟是當今的皇長子弘時？次日一早，他帶著一應人物馬匹，興沖沖去尋隆科多報功請賞，豈料國舅才看了幾個物什，就將眉頭緊鎖起來，略一沉吟，並不肯見押來的犯人，單叫潛在房頂上的番子近前，細問與弘旺同來之人的長相舉止。兩個番子都是辦慣精細大案的老手，最能記人面目，待他們一五一十稟過了，隆科多心裡就已全然明白。事到這般田地，要是換一個人，早就嚇得魂不附體，必得趕緊將這燙手的山芋扔出去，掩住不說了事。惟有隆科多自忖天子元舅、朝廷腹心，全不把弘時這樣不得寵的皇子看在眼裡，反自謂得了一件允禩家的機密重情。他當即奏請面見，將事情原委一股腦都向皇帝說明。

皇帝聽了密奏，不免氣得手腳發麻，雖當著隆科多的面，亦是罵不住口。說來弘時身為皇子，最該毓德養正，竟不念國體所關、身名所繫，趁著奉旨辦事，到那萬不該到的地方遊逛，原該作君父的震怒。不過僅僅如此，尚不致如此怒不可遏。畢竟先帝皇子中，誘買民女者有之，癖好姣童者有之，欺男霸女、荒誕淫邪者實不乏人，皇帝自己雖無此病，可見也見得多了，並非全出意料之外。讓他真正惱恨的，乃是弘時仍舊與弘旺、弘暘等人往來親密，毫不做避忌之想。允禩一黨羅列朝班、根深柢固，自己心思用盡，也只把個可有可無的十阿哥允䄉圈禁起來，其餘要緊人物，兀自巋然不動，甚或連年羹堯也不聽招呼，將允禟庇護起來。弘時身為長子，又如此不作臉面，將自己的仇敵之子，倒作了親兄熱弟一般。一旦傳揚出去，那不知內情的王公百官，豈不更生覬望之心？或是說自己刻薄手足，連些小孩子的友愛之道也不如了。

他越想越生氣，隨即命人將弘時從西郊急召回宮，卻又羞惱無地不肯見他，只令親信侍衛背地裡傳旨痛斥，將其鞭笞三十，禁在宮內不許外出。當晚又叫總管太監張起麟去告訴允祥，說三阿哥弘時患病，此次不必隨往木蘭圍場。

允祥一聽這個話，心裡十分詫異，只道前幾天還在宮裡和弘時碰了面，看他精精神神，全不像患病的樣子。再者所有皇子都去的旨意早已傳下去，忽然缺了長子，蒙古王公裡有明白的人也要打聽，到時候自己何以答對？是以向張起麟追問：「三阿哥是什麼病？倘若要緊，我也該遣人去看看他。」

張起麟久在御前，是個機靈極了的人，曉得這麼一件丟人的事，哪怕他二人成日見面，皇帝也難出口相告，這才叫自己來傳話。忙輕描淡寫嬉笑道：「沒有什麼大妨礙，是上馬打滑摔了一跤，崴了腳，所以不能去了。萬歲爺說阿哥是晚輩，又不是要緊病症，請王爺不用費心。」允祥雖覺事情突兀，暗自疑惑，可既然旨意分明，也不便細問，姑以「不巧」「可惜得很」應之。

且不說皇帝如何氣惱他的不肖之子，單說允祥一行自七月中由京城北向，經過順義州的南石槽、密雲縣的劉家莊、要亭三座行宮，便來到峰巒疊嶂中號稱京師鎖鑰之地的古北口。古北口南十里稱為南天門，其地兩山夾峙，下有奔騰的潮河之水，如天塹橫亙蹕路。人馬途經此地，計有兩門通行：一門設於長城口，稱為「鐵門關」，關門狹窄，往來僅容一騎一車；一門設於潮河浮橋之上，稱為「水門關」，浮橋一端有敕建的觀音寺，又有精舍亭榭，供先帝御駕經過時打尖觀景之用。因為剛下過幾場雨，潮河之水清而且湍，拍石有聲。清晨的日光透過薄如蟬翼的雲絮，落在野花草木上，和著山風，不涼不熱，十分明媚適意。山間時有雁過鶻旋，狼奔兔走，襯著一行人鮮衣怒馬、旗幟高張，各與山嵐石黛相掩映。

因為山路險峻，河谷縱橫，允祥生怕不到四歲的八阿哥福惠有個閃失，只好忍住縱馬彎弓的本心，親自帶著小侄子坐在儀仗輿車裡，由同來的領侍衛內大臣馬爾賽領中軍旗纛開路前行。因此行的近臣侍衛，許多都是新朝新貴，此前並未隨駕出遊，故而無不性急。特特是五阿哥弘晝，自來一個猴兒脾氣，片刻也不能多等，見前頭行得慢了，就忍不住大呼小叫抱怨，也不顧兄長弘曆阻攔，催馬就趕到輿車前，扒拉開跟車的侍衛，笑嘻嘻叩窗道：「父王再叫人催一催老馬成不成，前頭又停住了。」

弘晝與允祥的淵源和旁人不同，實因康熙五十八年，八歲的弘晝得了一場大病，雍親王子嗣單薄，所以分外焦急，幾番求醫問藥不成，眼看著此子危在旦夕。幸虧允祥自家久病，多識名醫良方，才救得侄兒脫險。從此弘晝便依雍親王之命，尊稱叔父為父，以報再生之恩。雍親王入承大統，弘晝雖然成了皇子，仍舊稱呼不改，禮儀如前，言談舉動也較同儕少了許多拘束。允祥這會兒正在車中看京信，見他又嬉皮笑臉跑來打攪，只好抬起頭來，先向一旁東張西望四處瞧新鮮的福惠說了句：「瞧見五阿哥沒有，不見一點兒穩重，往後學他不得。」隨後又提著聲音吩咐外頭侍衛：「陪五阿哥去前頭瞧瞧，仔細路！」

一聲應諾之下，就有兩匹馬嗒嗒地向前跑去，去了小半個時辰，就見弘晝一臉沮喪趕回來，跳下馬，一把抓住車轅，自個兒翻身側坐上來，一挑簾，摩挲一把臉上的汗珠，悻悻道：「老馬忒是個虛胖，走這山路，一會兒就要喊累，只好下來歇息。就算他不累，那馬也累得難過，吁吁直喘，蹄子都摳進土裡去了。這時停時走的，可得哪天才能到圍場呢。您下一道令，換了他，叫我領中軍，一準兒利落！」

允祥叫他聒噪得哭笑不得，只有繃起臉來責備：「臨來前皇上怎麼教訓你的？這樣輕慢重臣，成什麼話！他是領侍衛內大臣，就該當領中軍先行。你們幾個現下的安危好歹，都在我身上，這會兒不說好生學習騎射，倒要去當開路先鋒，出了丁點兒錯，我怎麼向皇上交待？」

弘晝叫他訓得一吐舌頭，趕忙唯唯點頭，正要撂簾出去，卻叫允祥一句「慢著」又給叫住了，滿不自在地瞪一眼旁邊笑個不停的福惠，低眉順眼道：「您還有吩咐的話吶？」

「你的蒙古話佛腳抱得怎麼樣了？」

「哎喲——」弘晝心虛肺顫偷眼去看車外的弘曆，這位四阿哥念書一貫用心，連蒙古文字也已識得不少，這會兒泰然自若騎在馬上，雖雙目悠然直視，可瞧那神情，明明是聽見了這些話，在心裡笑話自己。沒奈何，也只有硬著頭皮道：「自從皇父下了旨，我就總練騎射來著，沒有得空兒——」

「喀喇沁是什麼意思？」

弘晝腦袋裡空空，只有咬著下嘴唇，佯作理袍子，卻聽福惠在旁操著奶音答道：「是守衛之人的意思。」

「阿圭圖呢？」

「是有山洞的地方。」

「烏蘭哈達？」

「是紅色的山峰。」接連幾個都是福惠所答，且不說一旁的弘晝早羞得無地自容，連允祥也不免吃驚，一把將他抱起來問道：「你是跟誰學的這些？有蒙古的諳達麼？」

「是在車裡聽您和四阿哥說的！」福惠很有些孩童的狡黠與得意，小手摳著允祥衣帶上的荷包揉搓不停，眼睛卻不住去看弘晝。

「哈哈，我這兩天不過同四阿哥說了幾次，是有哪些旗的蒙古王公來迎候請安，要到哪些圍場去行獵，叫你們先預備預備，竟叫這個小人精聽了去！」允祥很讚歎這個小娃娃的聰明，全顧不得難堪發窘的弘晝，正要再誇獎幾句，就覺得身下一顛，乘輿「槓」一聲又停下來。

「回王爺，是馬公爺的馬禁不住他的分量，失了蹄，前頭又停住了。」一個侍衛疾馳過來，到車外就著馬上一躬，強忍著笑意稟道。

「您瞧瞧，您瞧瞧我說什麼來著，可惜了那匹好馬！」弘晝錯身跳下車去，一個箭步躍到旁邊的高石上向前眺望，轉回來又躥上車道：「依他這樣走，怕還到不了木蘭，就該著返京的日子了！」

「人傷著沒有？先叫大夫去瞧瞧，不要催他。」允祥聞言也大笑起來，先吩咐了侍衛，又向弘晝笑問道：「你就這麼不樂意回京？一點兒都不惦記你皇父和額涅麼？昨兒我在請安的摺子裡寫，臣等每日在御前行走，今當遠行，不能覲見天顏，委實思念皇上。四阿哥說，這盡是眾人的心意。哦，敢情這裡頭是沒有你了。」

「不是不是，我哪能不思念皇父！」弘晝說著，一下又跑到車旁弘曆的馬前，一把抓了他兄長的轡繩嚷道：「阿哥你說嘛，是不是也想多在木蘭幾天？」

弘曆叫他擋在前頭，自然走不動，只好也跳下馬來，被他拉著一併走到輿車邊，只是一個莞爾，卻不說話。

「我也想多待幾天，學騎馬——」車裡的福惠看弘曆不言聲，也有幾分心急，就在旁比畫著叫起來。

「你們多一天少一天有什麼要緊，我在外頭倒要操多少心，回去要補多少公事！」允祥假作不樂長嘆一聲，側過身子朝弘曆道：「這事我可沒半點好處，四阿哥說罷！」

「侄兒們都極思念皇父，不過既奉旨出來，就必得將施恩蒙古，不忘武備的聖意盡到了，總歸日子寬些好，還求叔王體恤代奏。」弘曆是個少年老成的性子，開口前先作一個揖，話也說得有板有眼。

「就是！就是！」弘晝聽得高興，趁著車停的當兒，就鑽進去，拿腔作勢研了兩下墨，麻利鋪了紙，雙手恭敬捧上玉管狼毫，嬉笑道：「您趁著等老馬的工夫，先寫了請安摺的稿子，我好拿給十六叔他們瞧。」

允祥叫他催得無可如何，只好拿過筆來，又打開頭天接奉的朱批，略一思忖，用滿文寫道：「和碩怡親王臣允祥等恭請聖主萬安。竊臣等於前日具摺請安，蒙皇上朱批諭曰：『朕躬甚安，爾等安好？朕確為爾等憂慮，所憂慮者，當爾等肥壯而返時，恐怕認不出來也。』臣等當聞此諭，確不知應如何回奏。此次赴圍眾人，特蒙皇上殊恩，務必學習遊獵。且臣等之舊疾亦得清除，身體亦將強健。倘若確實發胖而不堪寓目者，則將如何是好，臣等特為此事惶悚奏聞。」寫罷就交給弘晝道：「拿去給莊親王看看，等到了兩間房行宮再謄出來。」

「怎麼不提多寬限幾日的事呢？再說您也沒有胖嘛，倒是老馬愈發胖了是真的，馬都叫他壓壞好幾匹，害咱們走走停停。」弘晝將那幾句話顛來倒去看了，嘴裡嘟嘟囔囔念叨。

「叔王這樣說，總歸是討皇父歡喜的意思，皇父歡喜了，求什麼是個不准。」弘曆一瞟那摺子，頓時笑起來，自己邊回去上了馬，邊催著弘晝道：「還不快送去！」

眾人一路歡愉雀躍，再過兩間房、常山峪二行宮，眼看就到了喀喇河城，這是由京師到避暑山莊間的最後一座行宮，亦是先帝每歲駕臨時，蒙古各部齊集迎候的所在。離城十餘里，便見前方大路旁旌旗獵獵，人馬雲集。翁牛特郡王和碩額駙倉津、喀喇沁郡王和碩額附伊達木札布兩個領銜，一眾盛裝的蒙古王公排列分明，遙見允祥等人的儀仗旗纛近前，便齊齊揚塵舞拜道：「內札薩克王公台吉等，恭請皇上聖安！」

曉得要接見蒙古王公，京城來的這一行人已在途次尖營換好了衣裳。允祥一身金黃色朝服，前後兩肩繡四團正龍，襞積飾五彩雲龍紋，上繡行龍六條，下幅飾八寶平水，腰帷、批領、袖端皆以片金緣邊，各繡龍紋。項掛三串綠松石朝珠，腰繫漢玉黃帶，頭戴二層金龍朝冠，共綴東珠十顆，冠頂的紅寶石在日光下熠熠生輝。他生得玉立頎長，劍眉鳳目，本來很有英銳氣象，只是秉政後極力遮掩，欲示人以平和藹然之態。不過既然到了塞外，就要盡顯出本色來，此時在密密麻麻的傘蓋、旗纛中穩穩站住，矜持地看蒙古王公們行過三跪九叩的大禮，用蒙古語向眾人道：「聖躬甚安，且極惦念諸位，只是聖祖的喪期未滿，出巡不便，特命我們來，代問王、貝勒、台吉好。」

內蒙古的王公們久與皇家聯姻，又常到京裡居住，所以禮節甚為熟慣，待請過聖安，又屈身用滿語道：「請王爺安。」允祥登時換了一臉殷切笑容，疾步走出來扶住為首的翁牛特郡王倉津道：「咱們還客氣！」說罷吩咐一旁的侍衛：「去請阿哥們過來相見。」

說著話，身著朝服的莊親王允祿拉著小福惠的手，並弘曆、弘晝兩位皇子，都從儀仗中走出來。皇子尚未封爵，並無冠服之制，所以每人只穿一件秋香色袍子，外罩繡龍褂，繫金黃玉帶，以紅絨結頂，十分大方得體。這會兒見蒙古王公們都齊齊站著等候，忙迎上去。允祥攜了兩位郡王走過來，指著他們笑道：「我十六弟你們見過多次了，這三位都是皇上的龍子，怕是第一回見？這是四阿哥。」

兩位郡王見弘曆雖不過十來歲，但舉止十分端正，自是一派進退有度的天潢之風，遂不敢怠慢，先和允祿打了招呼，又忙依著當日見先帝諸皇子的禮數上前問候。

倉津所娶的和碩溫恪公主乃是先帝愛女，亦是允祥一母同胞的親妹，如今公主雖已故去多年，但倉津仍帶和碩額駙之銜。弘曆臨來前曾經乃父訓教，見蒙古諸額駙，俱當以家人之禮相待，是以謹慎還禮道：「該做晚輩的給姑父請安。」

接著弘晝也有樣學樣，同他兄長一樣見過，及到了福惠處，倉津已曉得這一干人的懷柔禮敬之意，又見他是個乳臭未乾的小孩子，遂不再行禮，聽允祥說過「這是八阿哥」，就彎下腰去摸了摸福惠的小臉笑道：「阿哥才這麼小，皇上就捨得叫來！」

福惠是個早慧的孩子，眼見這七尺多高的蒙古漢子，待自己與兩個兄長不同，心裡就不樂意，所以並不同倉津嬉笑，只仰臉看了看允祥，卻不待他指示，就半似答話，半似挑禮地清脆叫道：「福惠雖小，也是皇子！」一句話噎得倉津打了愣，竟再不敢小看這個奶娃子，忙照弘曆兄弟的樣與他見禮。允祥見福惠如此沉穩貴重，心裡甚是歡喜，又恐倉津而上難堪，忙大笑道：「好好好，我已經餓得前心貼後心了，怎麼還在囉嗦！」說著就走過去，招呼眾人上馬，又向弘曆弘晝使一個眼色，是叫他們與眾王公多談笑親近的意思。幾個人在滿蒙數百兵丁的簇擁下，一路講親敘舊，就向城中而去。

第三十四章　綏藩

因為尚在聖祖喪期，倉津郡王所備的下馬宴雖然豐盛，到底要略去歌舞。金頂大帳裡眾人分主賓盤膝而坐，四個穿著富麗的蒙古健僕抬了大長的黃楊木漆金條盤來，上頭一隻獻祭般的整羊昂首臥著，黃燦燦，油光光，香氣撲鼻。

「皇上總沒忘了我們！」倉津舉起盛滿酒的大金杯，朝允祥一擎。他們上次見面還是先帝大喪的時節，孝子賢婿，披麻戴孝，哀哭擗踴，這會兒想起來，恍如隔世一般。先帝對蒙古人的好是毋庸說的，譬如他早逝的妻子溫恪公主，就由先帝親自送到翁牛特成婚。可今上的心思，他就有些摸不準了。若說性情，絕沒有先帝那樣豪氣；論親誼，也不似先帝在時，上有太皇太后、太后，都是內札薩克的血脈，下有一眾親女嫁到草原朔漠。倉津這兩年總聽人說，當今天子輕視蒙古，也無意再行木蘭秋獮。他也曾疑慮重重給自己的親郎舅怡親王寫過信，信還沒有回，就見他們一行人來，心中倒也寬慰不少。只是此情此景，讓他不覺就想起先帝的親切來，一邊飲酒，一邊嘆息道：「十八年前公主下降，先帝親自到我的部落，王爺也是在的。不知道我這輩子有沒有福分，再接一次皇上的聖駕。」

「誒誒誒，你們瞧他這話，倒像我們這些人，風餐露宿，長途跋涉，都是白來的，夠不上他的臉面。」允祥很知道倉津的心思，聽這半似抱怨的話，便大笑起來，端起一碗酒一飲而盡，又拿出隨身帶的小銀刀來，也不客氣，割著肉吃了幾塊，又用手點了弘曆兄弟道：「你看我沒有體面不要緊，難道阿哥們都來，也不算湊你的趣？」兩句話畢，眾人俱都笑倒，惟有倉津紅著臉訕訕道：「王爺多心了。」

「怕不是我多心吧？」允祥方才還滿面春風，等倉津連賠不是時，卻突然變了臉色，「當」一聲將小刀扔在盤中，凜得眾人都住了說笑，單聽他一人正顏冷語道：「我問你，巴林王為什麼不來？」

倉津叫他嚇了一跳，先看看允祥結了霜一樣的臉，又見旁邊莊親王也不知所措，忙解說道：「他部中有要緊事。」

「他成天就是吃喝玩樂，部中的事都是公主管著，你當我不知道？」允祥「哼」一聲直視著倉津高聲道：「公主是長姊，她不肯屈駕到這來請皇上聖安，我也請不動她。可連小王子也不肯來，這是皇上輕蒙古，還是你們蒙古人輕朝廷？」

二人議論的巴林郡王琳布，乃是先帝長女固倫榮憲公主之子，與倉津同為漠南重藩，都姓博爾濟吉特氏。如今巴林郡王爵位雖由琳布承襲，部中大事則全聽公主之命。公主素性嚴毅，有男子之風，且久掌草原軍政，脾氣愈發剛強。她和誠親王允祉是嫡親的姊弟，一向以孝親著稱，在諸皇女中最得先帝眷愛，一廢太子後比照皇后之女，逾格晉封固倫公主。公主對今上抑壓兄弟之舉一向頗有微詞，又因允祉的緣故，對允祥心懷芥蒂。所以此次喀喇城迎接請安，巴林部並無一人前來。

倉津的翁牛特王府離熱河最近，算是半個地主，又是琳布的長輩盟長，這件事情雖不是他的首尾，可允祥要拿他做伐，也不算全然不通。他彼時實不曉得接什麼話好，只得仍聽這口若懸河的妻舅沉著臉道：「公主的性子我知道，如今烏爾袞額駙故去了，更沒人勸得了她。我不討她的喜歡有什麼要緊，不過是家裡陳芝麻爛穀子事，說說就開了。可不該小事作大，傷了朝廷與蒙古的世親世好。再譬如我那幾位好阿哥家的格格，常使喚額駙幫她們探聽消息，挑三窩四的，不過仗著皇上禮重蒙古，不肯輕易怪罪。換作旗下大臣子弟，看有幾個膽！」

倉津下手坐著的喀喇沁郡王伊達木札布正是允祉的女婿，這會兒早就汗透重襟。他本來輩分小，沒有說話的地步，這會兒見允祥眼睜睜瞧著他，趕忙應聲諾諾道：「是，王爺說得是。」

允祥瞧他臉色蠟染的一樣，心裡不覺好笑，遂換了平和口氣撫慰道：「若說朝廷對蒙古，對諸位公主格格，也很不壞了。皇上並沒有嫡親的公主，也不能變出來一個不是？何苦聽信小人言語亂猜疑，把咱們自來的情分淡了。我這回來，說是帶著阿哥們演習武備，歸根到底，還不是給你們當出氣筒來了？」他邊說著，就拿起金碗來喝了一口酒，再用刀一挑著羊肉道：「好好的肉都涼了，涼就涼罷，還有什麼堵心的事，不如你就一發說開了，總比外頭涼，裡頭烏塗著好。」

「那年羹堯劫掠塔爾寺，燒了郭隆寺，又是怎麼說？這兩處都是章嘉大活佛的法臺，他一個漢軍旗人，誰指使他？」

「這事我不知道，你聽誰說？」

「這樣大的事，漠南漠北早傳遍了。」

「年羹堯的摺子我蒙皇上恩准一件件都瞧過，並沒見他奏。」允祥方才一篇篇的話，滿說得心安理得，到此時，雖說面上不顯，卻也難免心虛起來。雙唇不經意一抿，手指微敲著臺案道，腦子裡突地閃過福惠模樣，稍稍一頓，低垂著眼皮道：「要麼是你道聽途說不真，要麼就是年羹堯起先沒有請旨，事後沒有奏報，自己亂折騰出來。」

「要真有這樣的事，朝廷打算怎麼處置？」

「重修佛院，再塑金身。」

「那年羹堯呢？」

「塔爾寺和郭隆寺附逆羅卜藏丹津，難道不該懲治？」允祥的聲氣頓時又嚴厲起來，嚇得倉津低頭嘟囔道：「可阿拉善額駙又不曾附逆，年羹堯怎麼叫他下跪？」

「阿拉善額駙的事，皇上絕不知道。內外札薩克但能竭誠效順，朝廷定不相負。這件事我替你們作保。」

「王爺作保，我們沒有話說。」倉津眼睛一瞟隨來的王公皇子，見眾人都一氣點頭，自己也好受了些。再瞧瞧滿桌子酒殘菜冷，大失待客之道，更覺十分不好意思，半晌方失笑道：「今天的下馬宴沒有吃好，叫王爺阿哥們受委屈了，明天我再——」

「明兒到了熱河，我們請諸位盡歡！」估量著倉津等人的心結暫消，允祥也算略略寬懷，一面又擠出滿臉的笑容來，再一舉杯，招呼眾人同飲。

一行人在熱河住了三天，除去與蒙古王公宴會接談外，又照先帝舊例，做些拜祭廟宇、閱示駐防八旗騎射的事，隨後就啟程趕往木蘭圍場。允祥年輕時常隨先帝木蘭秋獮，早已將七十二圍遍歷多次，對哪圍險峻、哪圍平緩，哪圍不過狐狼，哪圍或有熊虎，心裡很有底數。想著皇子們年幼，且是第一次到這深山老林裡來，他就特圈出幾個山小路平，林木稀疏的圍來，生怕他們有個馬失前蹄、傷筋動骨。領侍衛內大臣馬武乃是先帝的老侍衛、大學士馬齊親弟，一輩子侍奉先帝行圍幾十次，見允祥如此鋪排，不禁想起過去的事，顫著一臉花白鬚眉玩笑道：「王爺如今這樣謹慎，和早年大不同了。」

允祥因身前還坐著不及馬腿高的福惠，所以騎得很慢，聽馬武這話，閒適中便有些悵然若失。想想他所說的情形，一晃竟有小二十年光景，如今雖是志得意滿，可念及舊事，也不免昔時輕歲月，今也重光陰之嘆，遂唏噓道：「那時候年輕氣盛，哪裡曉得天高地厚。有一年非爭著和太子——哦，和二阿哥分圍，要冒雪到最險的莫爾根約絡佛勒去，不想還真遇見老虎了。那會兒不過十五六歲，非硬撐著要人誇一個好字，也沒喊侍衛們上前，竟把個老虎射死了，雖得聖祖爺的誇獎，到底叫人後怕。」

他這一說，幾位老臣都過來湊趣懷舊，也把一干頭回來的年輕人勾起興致，弘晝興沖沖打馬搶上來道：「皇父老早就說，別看您現在的身子清弱，騎射本領可是叔伯裡頭出尖兒的。」

「出尖兒不敢當，總比你的三腳貓功夫強些。」允祥生怕他聽了自己的話，也生出逞能的心，忙繃起臉道：「這幾天圍獵需得句句聽話，不許四處亂跑！」

「是是是，您都吩咐百十來遍了。」弘晝噘著嘴嘀咕一句，就見允祥身前的小福惠擰過身子仰頭問道：「那我能跟著叔王射老虎麼？」他這半日一直坐在馬上，新奇地看著沿途的山崗、老林、野草，和身邊躍躍欲試的寶馬、細犬、海東青。顯然，和富貴拘謹的紫禁城相比，這裡的一切，都令他血脈僨張，透紅的小臉兒迸出細細的青筋，似乎能感受到祖先賦予的力量。

「今天不行，我們先四處看一看，看準了路，明天再行獵。」允祥拍拍他的頭，將他擺正了身子往懷裡帶了帶。弘晝心下倒有五分酸溜溜的，在一旁嗤道：「一路盡顧著他，也不能盡興。」允祥聽了一笑，卻不理會他的抱怨，回頭對穩穩當當騎在馬上的弘曆道：「莊親王陪著倉津他們觀禮，我要照看這個小人兒，明天頭一圍，你來發第一箭罷。」

一連三天行獵，眾人所獲甚多，可也累得腰酸腿軟。當天一行人駐紮在圍場東北界的胡魯蘇台大營，晚間燒雉佐酒，麕鹿為餐，載歌載舞，盡興盡歡。宴罷歸營，一覺都睡得實在，渾不覺入夜後霰雪紛飛，山巒溪澗已成銀裝素裹。

因為喀喇河漲水，將京中來人絆在路上，所以頭天下晌本該送到的京信，及至入夜才快馬遞到。隨侍在允祥跟前處分文書的是位年輕翰林，名叫尹繼善。名字看著像個漢人，實則正宗的滿洲官宦公子，姓章佳氏，字元長，其父尹泰現任左都御史，與允祥的生母敬敏皇貴妃同族。尹繼善的學問甚好，雍正元年中了二甲高第，選為庶吉士，是滿洲後進中公認的第一才俊。皇帝愛才唯恐有失，對這位少年佳弟子，每以社稷之臣相期，所以特意叫他到允祥身邊執掌文案，以便盡早學習政務。因他年紀輕，人又清秀穩重，唇紅齒白竟有觀音之相，兼以風雅能文，所以宮中府中人人見愛，都稱他為「小尹」。尹繼善夜裡接著京信，不便去擾已經安寢的怡親王，只等天光放亮，才往大營前去。

八月的木蘭午後尚暖，早晚則見寒意，特別是雪後，山風一刺，幾與初冬相似。不過尹繼善實有一件人所不能的本領——氣血最足，從不怕冷。他的父親尹泰曾任奉天府尹，十幾歲的尹繼善隨父就任，隆冬大雪，出門不過一件夾衣，萬一被人勸著穿上羊皮袍子，就不免渾身冒汗。所以現下這個天氣，他也毫不以為寒冷，照舊一件夾袍，就走到大帳前，見那出來進去的執事人等各個棉衣上身，自己也覺得好笑。

眼前方圓百步的空場上，福惠阿哥正獨個兒騎著一匹半大白色母馬緩緩而行。他兩條腿胯在鞍上，卻夠不著鐙，雙手緊緊抓著韁繩，身子卻不由自主地往馬背上貼去，竭力顯出無所畏懼的神情。福惠隨身的乳母、嬤嬤、太監、侍衛都站在不遠處，張大了嘴不錯眼珠盯著，看那馬低一低頭，抬一抬腿，就忍不住「哎喲」「哎喲」叫起來。兩個乳母一個扎著手，一個咬著帕子，都站在風口裡，全不曉得躲避，叫風一刮，眼淚流個不住，臉都成了郎窯紅釉的瓷器。他的首領太監歲數頗大，腿腳卻很利索，幾次跟著馬的步伐來回來去地跑，可又怕驚了馬，又怕分了福惠的神，才跑了幾步就停下來，跺腳拍腿地念叨：「好阿哥，好小爺，可別摔著咯！」

「都住口！做什麼婆婆媽媽的。」允祥身子弱，稍感風邪便要生病，所以一見下雪，忙就狐裘貂帽上身。他原本站在大帳門口，負手看著福惠學騎馬，見眾人這樣一驚一乍的，很不耐煩，先將他們呵斥得安靜了，又高聲向福惠道：「蒙古人三歲就能隨眾馳騁，我大清皇子豈能叫他們看扁了？」一句話，說得福惠膽色壯了不少，身子試探著離開馬背，又慢慢騰出一隻手來，輕拂著馬的後頸。那馬是極為馴良的內廷御馬，頗能感念馭手的心思，見此情形，自也歡快適意，竟嗒嗒地小跑起來。

尹繼善從外頭走過來，及到近前，不免湊趣讚歎些「阿哥真有我滿洲舊風」之類的話。他雖是滿洲人，但自幼飽習文章，把個騎射耽誤了不少。前天圍獵時，一頭受傷的母鹿跑到他馬前，正在進退無措，就聽周圍侍衛們起哄督促，只好摘弓搭箭連射兩回，不想都放了空，第三箭總算著些邊際，「呀」一聲，射在母鹿身旁的樹杈上，將那鹿驚得一溜煙從他馬腿邊跑開。眾人一陣哄笑，把個心高氣傲的清華翰林羞了個大紅臉。是以這會兒在允祥跟前先行了禮，又赧顏笑道：「我要早跟在王爺跟前，也不至於把祖宗的本業全荒疏了。」

允祥一向很賞識尹繼善，見他這樣說，只佯作不悅，眼睛仍看著前頭騎馬的福惠，邊同他道：「我聽說旗下的舉人考進士，都要先考騎射，就你這個身手，真不曉得令尊怎麼辛苦打點？你看見現在的徐蝶園中堂，是康熙十二年的滿洲進士。當年在上書房課讀皇子，聖祖爺要考他的騎射，他竟直言說一向讀書，不能挽弓。皇父震怒至極，當著我們的面就要將他杖責了發遣，過後念他的學問好，又是直性人，才罷了。就你前兒那一出，不用早，擱在三五年前，怕不要挨板子？」

「早先旗下舉人的騎射考校最嚴，所以頭科就沒有考中，去年恩科，因有不拘一格的特旨，才僥倖取中的。王爺訓誨得極是，日後一定加緊習練。」尹繼善知道允祥不過同他玩笑，並非當真責難，所以並不惶恐，只賠笑著連連點頭，隨即將手裡的信匣子一擎，言歸正傳道：「有昨兒夜間遞到的京信，請王爺過目。」

允祥「唔」了一聲，這才側過臉來看他，見他一身的夾衣，雙手叫風吹得紅彤彤的，就皺眉道：「塞上秋寒，雪後更冷，雖說年輕，也不能由著性貪涼。我當年就是這樣，身子吃了好大虧。」邊說著，就命身後侍立的總管太監道：「去找一件新的狐皮外氅來給小尹。」說罷自走到福惠的馬前，輕輕一扯轠繩，那馬就穩穩站住，又伸出雙臂，親自將他抱下來，邊給這餘興未消的侄兒理了理衣冠，才招手叫過乳母道：「帶他換衣裳歇著去罷。」

「叔王我還想——」

「這會子要辦事了，用過膳帶你打兔子去。」

「好嘞！」本來戀戀不捨的福惠聽見這話，立時樂得歡蹦亂跳，轉身就跑，才跑了幾步，又彷彿想起什麼要緊的事，回過身來像模像樣作一個揖道：「叔王慢走！」

「好好，是你該慢走！」允祥也沒料到他這番禮貌，滿面笑容看他走遠了，才轉身向大帳中去。一旁尹繼善緊趕幾步嘖嘖道：「王爺看顧八阿哥實在精心，您這樣愛遊獵，竟還一箭未發呢。」

「受人之託忠人之事嘛。何況我這個身了也不合縱性遊獵，能散散心就很好。」允祥邊說著，就想起福惠小大人兒的樣子，不禁莞爾。一面跨進大帳，換了衣裳，在交椅上坐下，伸手要過信匣來，忽而又笑道：「年亮工雖傲卻有本事，年允恭雖呆卻有巧思，旗下大臣多有不及。你這晚生後輩，要學人的好處。」

尹繼善叫他突如其來說得一愣，又恍然醒悟，正要應聲，就見他已經開了匣子凝神看信，遂在一旁屏息靜待。信有許多件，有日常邸抄、所管各衙門著急的公文，還有王府轉來他內外官員書札。前兩樣公來公往，倒不算要緊，最要緊正是那些私底下的，遂見他先將幾封信札拿出來翻看。

私下的書札共有三件，頭一件是山西巡撫諾敏的請安帖，恭恭敬敬，不過兩句套話。諾敏是正藍旗滿洲人，姓輝發納拉氏，祖上雖做過官，到他父親這一輩，就漸次沒落，只是先帝親弟恭親王常寧府中的閒散章京。如今常寧的兒子、貝勒滿都護承襲本家爵位，諾敏就算他的屬人。因為滿都護和廉親王允禩等人的交情甚好，所以今上看他滿都護不順眼，可對諾敏卻極為賞識，不但聽了隆科多的話，把他從三十多年的戶部司官驟升為山西巡撫，還將他年近七旬、一輩子無甚仕宦的老父授以副都統之位，可謂百計籠絡，煞費苦心。

除此之外，皇帝又極體貼地告訴諾敏，說他辦事認真，糾參了許多官員，遭人毀謗在所難免，且他族中人少，在朝中沒有倚仗，所以要他凡有不解之事，可以在怡親王處打聽，不必存有避嫌的念頭。依照旗下規矩，諾敏既然是貝勒滿都護的屬人，與別的王公親近，就顯得不大適宜，頗有背主的嫌疑。何況中間還夾著他的薦主隆科多，更不便隔著鍋臺去巴結怡親王。所以見了皇帝這個話，諾敏雖不敢回絕，可並不十分照辦，只是隔三差五給允祥寫過幾封請安的稟帖，虛空問候，從未說及什麼正經事。

允祥原笑此公謹慎得很，一心做個能員幹吏，不欲摻和皇子們朝冷暮熱的事。可他到底賞識諾敏的才幹，耗羨歸公廷議糾纏時，還特以手書相告，示其放膽再奏。他思量自己如此熱絡，諾敏豈有再不承情的道理，不想又接了這不鹹不淡的請安帖，心中十分不樂，不覺自言自語：「這人好大架子。」

第二件是他那連襟兼親家、兵部侍郎伊都立的手札。內稱年羹堯定於九月底由西安啟程，進京陛見。皇帝原本有意叫本年覲見的督撫與年羹堯一同進京，是為大將軍增色的意思。卻接著四川巡撫蔡珽的陳奏，說督撫代朝廷坐鎮一方，職任最重，要是一起進京，怕於地方政事有礙。皇帝以此言為是，就將初議作罷不提。年羹堯聽說蔡珽阻撓，又把前仇勾將起來，在部屬舊交中大發怨言，預備重提程如絲案，將蔡珽一舉參倒。

第三件是直隸三屯營副將趙國瑛的信。此人是駐紮景陵，奉旨盯著十四阿哥允禵的武官，按品級，他沒有單獨進摺的資格，皇帝遂命他將許多機密之事，先稟怡親王知道。一見是趙國瑛的名字，允祥就將信放在一邊不拆——凡是干涉他們兄弟的事，他從不肯自行先看，必定要原封不動交給皇帝再說。

待放下這一件，他又拿起邸抄來看，赫然在目的頭款，便是郡王允禵福晉在陵寢住處病故，旨下廉親王允禩等會奏喪儀。允祥心中一動，再看看趙國瑛的信，倒還真有幾分好奇。不過終歸按捺住了，略一思忖，將信遞給尹繼善道：「這一件務必和我的摺子一起直遞御前，別叫多的人過手。」

第三十五章 奪情

趙國瑛信中所說，果然與允禵福晉病故之事有關。允禵在西邊領兵數年，和西番僧侶多有往來，自己也漸漸崇信。今上即位後，他從急火攻心，轉而心灰意冷，每每念及後事，就不欲循什麼入土為安之禮，只想效法喇嘛教高僧，將火化後的骨灰和上佛像、金銀、法器，殮入靈塔之內，供子孫瞻拜供奉。所以自福晉病勢沉重以來，他就在自己所住的陵寢衙門內院，闢出一間隱祕的房舍，令兩個巧匠吃住其中，日夜趕造木塔。木塔依喇嘛教靈塔樣式造有兩尊，每尊高四尺、寬二尺，共二十三層，下設蓮花座臺。造好之後，另在塔身鍍金，並以金葉裝飾蓮臺，留待福晉和自己之用。允禵滿以為行事周密，哪知皇帝的耳目無處不在。福晉病故時，木塔尚未鑲金，卻被三屯營副將趙國瑛的屬下發覺。這趙國瑛雖是個武人，倒很精明，深知茲事體大，干係帝王家的倫常典禮，所以忙不迭就將所探所聞寫一密信，經允祥之手上呈皇帝。

皇帝見著此信，心裡大為警覺起來。滿人殯葬原無一定之規，到康熙年間效法漢俗，有力之家凡遇逝者，均以完體含殮，封樹葬之。至於皇家，就更是如此。先帝、列后、妃嬪等，都以完體葬於景陵地宮及妃園寢，世祖、聖祖兩朝皇子的墳塋，也星布於薊縣黃花山一帶，制度井然，從無違背。若是聽憑允禵依著喇嘛教風俗弄上兩個塔，將嫡福晉的屍身火化殮在塔裡，儼然是自絕父母，背棄宗廟。知道的說他信教信昏了頭，不知道的又要議論皇帝和同胞兄弟鬧彆扭，刻薄到身後之禮、葬身之地也不肯給的地步。

皇帝越想越是光火，心道這個允禵簡直凡事攪鬧，連死了老婆也刻意出奇，拿來傾陷自己的名聲。既然事出非常，就不能不果斷從事，真叫他將塔做好，屍身火化，未免為時晚矣。所以皇帝一面告訴趙國瑛，叫他祕密布置，將木塔取走，工匠帶回；一面又把允禩，並宗人府、內務府的王公大臣都叫了來，大怒問道：「十四阿哥要背棄祖宗，你們知道不知道？」

允禵在京時，曾將身後之事的預備同允禩念叨過一兩句，可他的年紀尚輕，身體又強健，允禩聽他這樣說，也只當他是心灰氣短的緣故，並沒有太當作一回事。這會兒叫皇帝兜頭一問，自然雲裡霧裡，只搖頭說不知道。皇帝見狀冷笑道：「他不遵國制，反從番僧之教，要弄個什麼塔盛殮骨殖，難道是一時起意，從沒和你說過？我倒不大信呢。」

允禩聽是這事，心裡咯噔一下，當地默然不語。皇帝見狀愈怒不止，拍案斥道：「叫你們議定允禵福晉的喪儀，已經五六天了，也不見個說法，竟不曉得你們所司何事！趕明兒個喪儀還沒議出來，他就要做出個大稀罕事，皇父、太后的先靈責備我不能教管他，你們又何以自處！」

他話說得這樣重，允禩等人都只好跪伏請罪，皇帝也不理會，只撂下一句：「你明兒務必將議喪的摺子遞上來，等我看過，就讓你跟前的人帶到陵寢衙門給他看。我已經叫人把塔先取回來，料他不能心服，還煩你寫信勸他知道好歹。」說罷拂袖入內，把一干將頭磕得砰砰作響的王公大臣都扔在外頭。

按理說，十四福晉的喪儀並無什麼可議之處，允禵現封郡王，郡王福晉的喪葬之禮載在《會典》，又有許多舊例，何須這樣興師動眾另議另奏？皇帝既叫商議，自然是要個有別於成例的說法。也搭著允禵這郡王的爵位實在虛誇，甚至連個嘉美的封號也無，官書檔冊中只囫圇稱作郡王允禵，與那真正的郡王並非一事。允禩如今正經軍國大事輪不上過問，除了他工部的本管，餘下專叫皇帝點名來給允禵、允禟，並他一干「舊黨」挑毛病。每回挑得深、議得重還則罷了，若挑得淺、議得輕，便要揪他個黨同庇護，又是一頓好挖苦。所以這次議定十四福晉的喪儀，允禩又是一籌莫展。他曉得允禵夫婦伉儷情深，若議得太不像樣，自己於兄弟分上實在過意不去。可要是全照郡王福晉的例奏上去，皇帝又必定同他刁難。所以躊躇了這四五天，還沒有想定說法，哪知斜刺裡又出來這麼一檔子事，實在棘手得要命。

允禩近年來添了淤阻出血之症，事情一激，或是連日飲酒、失眠，上腹就疼得刀割錐刺一般，又動輒嘔血，身體已大不如前。今天叫皇帝排揎一頓，再接著這件苦差，不免又難過得臉色蠟黃，只好自己勉強按捺著，同眾人到了議政處。邊聽旁人議論，豆大的汗珠就從他額角滾落下來，身上卻冷津津的，待執筆列名已畢，將筆交給一旁掌管宗人府的裕親王保泰時，就聽保泰哎喲一聲驚道：「這才過了中秋，怎麼阿哥的手就冰浸了一樣。」允禩苦笑著搖了搖頭，一言不發就回府去。

奏議中所說，允禵本係有罪之人，蒙皇上額外加恩，才加了郡王銜去守護先帝陵寢，故與實封郡王有別，其妻亦不便依郡王福晉規制，應仍照前封貝子夫人禮葬為是。這樣貶抑弟婦，允禩心裡很不是滋味兒，可也沒有辦法，只好先將本章遞上去，巴望有個「恩自上出」的說法。

皇帝這回倒很痛快，覽奏批了「依議」二字，隨即叫允禩的親舅舅、內務府大臣噶達渾同著一名御前侍衛，攜帶此奏到景陵去見允禵。

論說再赴景陵這一年來，寒來暑往、經冬歷夏，允禵那有棱有角的脾性已經磨得疲怠極了。在這松柏參護、肅穆森然的皇家禁地，他除了家眷奴婢、守護官兵，十天半月也沒有一個外人可見；除了年節朔望拜祭行禮，十天半月也沒有一件外事可做。一樣的關山冷月、風露星河，他在甘肅青海看時，滿眼都是英雄豪氣，恨不能拔劍起舞，擊節而歌；可今天再看，卻是無盡的孤獨與落寞，每日裡除了對著落日喝悶酒，就是聽著鴉噪吹山風罷了。

倒是從福晉病重到故去這一兩個月，他的積鬱一下發抒了不少。又是延醫用藥，又是請良工造塔，又是連番祭奠，又是招呼前來探望的蒙古女婿，著實忙碌了一陣。這一天他正在福晉停靈的閻村地方上祭，忽聽留在住處的護衛來報，說今兒院子裡突然來了一隊兵，自稱三屯營趙副戎的差遣，徑直到了內宅後面小屋子，連塔帶工匠，還有尚未貼好的金箔，一併強取了去。允禵一聽，登時氣貫瞳仁，三下兩下撕碎了身上的喪服，就要飛騎去到趙國瑛的衙門理論。虧得那護衛機警，連滾帶爬將他從馬上拖下來，口不擇言攔道：「是奉旨！他們有旨意！」允禵一聽，知道去也無用，只有捶胸頓足，大哭一場而已。

丟了魂兒一樣的允禵回到景陵，不過三天，京裡就來了人，由趙國瑛陪著，到了允禵的住處。門上人進內轉了一圈，又出來告訴，說我們主子自閻村回來，就過顛倒了。夜間煩悶不能入眠，白天困倦不能會客。趙國瑛隨向前來的御前侍衛悄聲道：「何止不眠，竟是整夜狂哭大叫，撕心裂肺的，比山上的狼嚎還要駭人。」說完卻不肯走，反一本正經向門上人道：「來人是欽使，不是會客，還請十四爺出迎。」

門上沒有法子，只好又回進去。不一時，就見允禩的兩個兒子弘春、弘明提著袍角一溜跑出來，先叩頭請過聖安，又小心翼翼賠情道：「我阿瑪實在病得下不來床，見不得風，不能出來迎請聖安，還煩欽差進內相見。」

為首的葛達渾畢竟是允禩母舅，實不忍過於為難，順勢就點點頭，招呼同來的人一齊進去。待到內院，方見允禩身著喪服，頭纏粗布，拄著一根拐倚門而立。見著眾人，有氣無力說一句：「我的頭阿哥們已經代磕過了，你們進來罷。」說完自進了上房，坐在他日常所坐之處。幾個人眼對眼看著，也只好跟進屋裡，御前侍衛到底忍不住性子，上前正色道：「有幾句上諭，還得十四爺跪聽。」再看允禩耷拉著眼皮渾然不理，葛達渾只好湊前低聲求他：「八爺勸您為長遠計較，還得聽旨才是。」

允禩瞥了他一眼，咬著後槽牙，拄拐站起身來，走到廳中跪下，卻不說話。御前侍衛上手站定，將皇帝要允禩恪遵祖制，以禮安葬福晉的意思一板一眼說了一遍。允禩聽完懶洋洋的，用手指著拐杖並頭上的麻布道：「多蒙皇上恩典。我現在一身是病，命已到頭，恐怕在世不久，也承不得情了。」

侍衛不敢順著他的話多辯，就將京中所議十四福晉喪儀的本章交給他。允禩打開一看，便覺氣貫丹田，狠狠將本章一合，甩給葛達渾道：「既說恪遵祖制，為什麼將郡王福晉照貝子之妻的禮葬？何不乾脆照庶人一樣，隨我怎樣安置最好。」

「郡王也太無禮了——」那侍衛畢竟年輕，見他這番舉動，剛要上前責難，就被葛達渾拉住，叫他「別激出事來」，隨後向允禩賠笑道：「王爺既要另外乞一個厚恩，我們替您轉奏就是。」說罷不敢耽擱，只掏出允禩的信來交給他，就招呼眾人慌手忙腳離了是非之地。

允禵也不肯送客，自回內室一頭倒在炕上，喘了一盞茶工夫的粗氣，才稍緩過來。再將允禩的信拆開，見還是勸他忍耐的話，便扔在一旁，靠著引枕閉目養神。待至渾然睡去，就夢見福晉飄飄蕩蕩自遠處走來，似有話要同他說。允禵上前一把拉住，連連告曰：「咱們原來商議得好，百年之後效法我佛，各將肉身化去，留在塔裡，令子孫世世供奉一處。現在塔已叫人搶了，實在是我無能。我原想你受苦雖多，也不必這樣疾走，現在看來，就我也要早走才好，否則不定再受幾番折磨。」福晉飄在半空，亦如病時面苦，卻哀泣勸道：「咱們雖日日虔心為皇父、額涅、佛祖上香，近在咫尺，卻不能得蒙庇護。倒是他事事得意，件件遂心，可見確有天子的命數。人總難同命爭，我看你又犯急，所以來勸幾句。還望保重身子，顧念咱們的兒女，不要再同他頂撞才是。」說罷就聽西方隱有召喚之聲，福晉抽出手，含淚掩面而去。允禵周身透汗驚醒過來，已是涕淚沾襟，又思來想去大半日，終究還是寫了個摺子，自稱遵旨將福晉在黃花山土葬，只是現議的喪葬之禮未免太過簡慢，望祈斟酌加恩，仍照郡王福晉禮行。

皇帝見了允禵的摺子，心裡又是一陣切齒，對著允禩冷笑道：「他果然還是聽你的話，要是沒有令舅和你的信，單派我跟前的人去，他一定不肯遵旨，不定要一路打鬧到京裡，搶他那兩個塔回去。」說罷不等允禩回言，就筆走龍蛇，以滿語在摺上批道：「以往推重稱讚你之人，無外乎廉親王，故將你福晉之事交廉親王與大臣等議奏，與朕無干。今你既有加恩之請，朕即准允，也為叫你知道，是誰待你的心真。」一面又旨下宗人府，一切允禵福晉喪葬之事，俱加恩照郡王福晉禮行。

允禵家的喪事跌跌撞撞辦完，一晃就到了九月底，朝野上下最受矚目的事，成了年大將軍攜戰勝之威進京陛見。因為午門的獻俘禮已在四月間已經行過了，是以他此次回京，原本無需另進儀注。可皇帝委實不忍屈待，特命部臣因人制禮，擬定章程，專用在年羹堯身上。

論物候，這一路自是侵階暗草秋霜重，可論風光，正是花迎馬首滿目春。陝西自不必說，是他的轄境。再往東走，就到山西河東之地，此處雖非本管，卻一向由年羹堯把持鹽政以供軍需，無論官商，都是他的私人，所以自黃河風陵渡上岸後，經州歷縣，仍如在自家地面般頤指氣使。直到太原府境內，那烈火烹油的熱乎勁兒才顯得稍淡，實因巡撫諾敏的心思並不在應酬他上頭，自己另有一件煩心事，正在焦頭爛額。

說來皇帝一心要挑允禟的錯處，年羹堯又不幫忙，只好另外叫人打聽。到七月間就得了密報，說允禟家眷前往青海，過境山西平定州時，曾仗勢與地方紳民衝突，州縣官不敢招惹這樣的人物，遂壓住不報。皇帝一見這話，就同那原當活寶貝一樣的晉撫諾敏擱起氣來。心道你不過下五旗尋常出身，幾十年不得升發的五品部郎，我對你如此超拔倚重，你竟這樣負恩，敢將允禟的事壓住不報。所以一改往常親密鼓舞的話頭，就著諾敏一件奏報秋糧收成的摺子上氣赳赳批道：

「聞貝子允禟家人在平定州、水頭二地騷擾地方，其隨從太監大逞強梁，將民人打成重傷，此等之事爾若未聞，是何道理？若聞之而隱瞞不奏，殊負於朕，令朕心寒。或爾等同屬一旗素來相識？或有何深恩厚情？或以允禟有何冤枉之處？抑或畏懼伊等尚有勢力？此舉殊屬非是，著速查明，另摺參奏。朕今已將旨，若不為所動，則爾自取重罪也。」

允禟家眷過境山西是在當年五月，諾敏正和京官們打耗羨歸公的筆墨官司，無暇未顧及此事，亦未見地方州縣的呈報。這會兒接著朱批，不覺魂飛魄散，只有急匆匆召了平定知州到省，細問根由。

平定州是三晉門戶，境內有東西南北四天門，其地高峻險仄，往來行旅甚眾，而官道蜿蜒山間，坎坷難行，車馬傾覆時時有之。本地百姓多以石穴為居所，闢山間荒地為薄田，春種秋收，勉強糊口而已。當日允禟家眷過境，前導的太監護衛見著險路不肯走，寧可去踏種在山間的田苗。他們這一行人並無省裡的官兵護送，也沒有州縣官往來迎接，所以當地百姓不知其為何方神聖，只道是尋常大戶人家。平定地方頭年大旱，如今好不容易要見收成，哪容得行旅之人這樣糟踐莊稼，所以就有位生員出頭，帶領鄉親揮鍬掄鎬，將他們當路攔下。九爺府的下人驕縱，山民們秉性也很剛強，幾下裡言語不合，便各自動起手來。既然動手，就難免帶傷，等平定州知州董鈞趕來時，當地帶頭的秀才已經掛了彩，允禟家人也多了些鼻青臉腫。

董知州命官差衙役將雙方喝住，待問清外人的來歷，就不免慌張起來，實不知如何措置。倒是隨後趕來的九福晉董鄂氏為人明白，曉得自家如今的處境，要是再叫人將此事奏上，不但不能出氣，反要落個騷擾地方的罪名。所以就叫跟前老成近侍，拿了幾件內廷珍玩，並幾十兩銀子幾十串京錢，私下央告董鈞。請他將珍玩自己收下，此案大事化小，再把銀兩交給鄉民養傷，銅錢散給差役封口為是。董鈞恨不得無事，再看這等成色的明珠翠玉，為官半世從未見過，所以滿口答應。他做父母官的，找來百姓連嚇帶哄，又拿出銀子，大夥兒也只好依從不鬧。

董鈞壓案未報，諾敏忙著耗羨歸公大事，自然就不知道。反倒是皇帝的眼線廣，耳報靈，沒過幾天，就曉得允禟家眷一行在山西惹出事端。他要等諾敏的奏報印證，等了兩個月也不見，這才發起火來。諾敏驚懼之下，忙不迭派人越境趕到青海，要將已到彼處的九貝子府管事之人抓回山西質審，一面又向皇帝密奏前後情形。

皇帝見著諾敏的摺子，心道此人果然是三十年的戶部郎官，政務上精明，於內廷之事，帝王心術，真個一竅不通，身邊也沒個明白人指點。他摺內所述情節，說是允禟家人仗勢為非，騷擾地方，到底不過踏壞農田，與民互毆，就算平頭百姓，也定不上什麼重罪。且自己的用心，是叫他先將此事公然揭報出來，定下允禟一樁過惡。他可倒好，偏要遠赴青海拿人質審，待問明定罪再上本章。關河萬里，三頭對案，一晃就要三五個月光景，叫性急的皇帝如何等得起？只好向他說了許多允禩、允禟素行悖逆的話，又責怪他不將這樣要事先向怡親王請教，以致辦得大錯，再手把手諄諄教導：「你此行大為不是，應當先奏他們不守本分、狂妄胡行之事，請旨後再取人來審才是。今既去取人，索性到來審明之後，將你此摺所奏之言酌情增加再奏。且不可株連無辜，反掩其真罪，使人視朕著意尋釁一般。」

諾敏看這夾七夾八的天語綸音，實在心亂不得主意，他想要去問允祥，可又拿不定分寸，生怕皇帝的好惡一日三變，自己一頭撞進鳳子龍孫們的是非窩裡，再不得清靜。左思右想，又同兩個親近師爺商量了幾遍，就給他的薦主隆科多寫信去問意見。可等了十來天，卻不見回音，只好又寫信給留在京裡的長子，讓他到國舅府當面討教。

哪知隆國舅近日在家也生悶氣。只因前日他揭出弘時的事來，皇帝口中讚他赤膽忠心揭得好，心裡到底不自在。弘時雖不得意，畢竟也是皇子。皇帝素日責難起弟侄宗親，一貫口若懸河、句句占理，如今親兒子這樣不作臉的事叫人連根兒知道，端的讓他這當君父的落個啞巴吃黃連，有苦說不出。故而此事奏上之後，皇帝幾天避著國舅不見，即便見了，也是目光支離，幾無正視。隆科多心知不好，只能暗自打嘴，罵自己逞強過頭，連著舉動也懶洋洋的，一改平日好攬事的做派，連諾敏這位老鄰居、老相識也給吃了閉門羹。

諾敏哪裡知道這些委曲，只是又盼國舅的京信，又等青海的來人，可左等右等俱都不到，正急得熱鍋上螞蟻一樣，卻把個西安年大將軍的虎駕等到了太原。兩個人雖不對路，卻礙著都是皇帝信寵的封疆，只好拿腔作勢、虛與委蛇了兩天。年羹堯聲勢張不起來，心裡也覺無趣，故而從速出了山西轄地，一路往東而去。

第三十六章　郊迎

離開太原四天，就到直隸境內，因為巡撫李維鈞本是年羹堯一力薦舉，所以沿途道府州縣，或受李維鈞的指示，或是自家有心奉承，無不極盡鋪張之能事。年羹堯本人自不必說，單是魏之耀等打前站的管家，道府一級的官見了，也有朝服跪地迎送之舉，先生大人滿嘴裡亂叫。更有甚者，即便是大將軍派出的傳令營兵，騎著高頭大馬呼嘯而過時，亦有州縣官員跪地聽命。

將到保定府，眼前又是另一番情形。直隸總督李維鈞親率闔城文武，朝服補褂在接官亭迎候，另有駐防旗兵並撫標綠營列隊以待。遠遠見著令兵持旗飛騎而來，巡撫、城守尉、兩司、首府、首縣各官都在驛道旁分班恭立，待遙見大將軍的中軍旗纛，就如鐮刀割麥子一般，同望車塵而拜。

年羹堯馬蹄尚有百餘步，就聽見眾人合辭請安之聲。他高坐馬上，睨視著眼前的一切，不能不生出擁大蓋、策駟馬，意氣揚揚之感。哪怕心中也閃過些許不安，可轉念一想，李維鈞這個巡撫，若非自家的保山，如何能做得穩？就算再孝敬些，也是情理之中。一念及此，馬是再不必下了，不過頷首還禮，寒暄兩句，就進城去。

巡撫衙門前年羹堯下了馬，吩咐眾官散去。他一身便服，穿戴十分隨意，卻見李維鈞鏤花紅珊瑚頂戴，二品錦雞補服，打扮得朝覲似的又過來行禮，不覺心中好笑，就伸手扶住道：「我路上匆忙，不及換衣裳，你也太鄭重了。」

「應該的，應該的，大將軍國家柱石，勞苦功高。」李維鈞站起來挽了袖子，賠笑著將手一讓。年羹堯一面走，一面招呼忙前忙後的管家魏之耀過來，笑問李維鈞道：「我們老魏的乾女兒，你給扶正了沒有？」

「小星既已認了高門，維鈞哪敢作尋常人待呢，早已經扶正了，尚未請得誥封。」李維鈞見他問及愛妾張氏，忙叫跟隨家人道：「告訴太太，就說大將軍已經到了，問著她，叫她快來拜見！」

年羹堯聽得大笑，想著堂堂首善的巡撫，竟成了自己奴僕的女婿，心裡真有說不出的得意。腳下的步子也快起來，邊擺手道：「既已做了夫人，何必出來拜客，只引老魏到你的內宅去，叫他們父女見一見就是。」說罷又笑一陣，方隨李維鈞進了花廳，卻是年羹堯坐在正位，李巡撫斜簽身子陪坐而已。

一時茶果擺上，又客套幾番，見李維鈞還是滿臉僵笑，年羹堯便隨意道：「人都說我托大，其實是看錯了我。這不江蘇藩司鄂毅庵是我的老同年，年初我叫人到江南辦事，順便向他致意。毅庵兄高坐堂皇，只問一句『你主子可好』，就沒有話了。嚇得我家的人說聲『大將軍問大人好』，趕緊跑了出來。我看你也該學學他，封疆大吏，何必這麼拘謹？」及見李維鈞諾諾不住，又閒話道：「你這直撫做了快兩年了，不曉得滋味如何？」

「託大將軍的福，大體還算平順，只是自從攤丁入地的奏議定下來，就被旗下大族埋怨。京畿五百里內盡是旗地，又有許多皇莊土莊，維鈞一介孤寒，不敢不戰戰兢兢。年初面聖時，皇上叫我不必畏難，有麻煩時可以去求怡親王的庇護。這實在是非常之恩，不過我私下忖度著，我本是大將軍薦拔的人，大將軍凡事自能照應我，不必煩勞朱邸。」李維鈞邊說著，就偷眼去看年羹堯的神色，見他先是有一搭無一搭聽著，繼而皺眉蹙眼，再往後，聽見自己示忠示敬的話，就又舒展開，細嗅了嗅那成窯鬥彩蓋碗中的老君眉，不經意道：「這有什麼難處，直隸為天下之首，本該設一個總督做疆臣領袖才妥當。我這次進京原要面奏，將你改撫為督，以資鎮御，也堵上那起人的嘴。」

李維鈞先以為攤丁入地的奏摺得了聖心，自然能夠升官，不料罵他的人實在太多，皇帝雖百般撫慰，卻把個升官的事暫且擱下，自己與愛妾許的願，總是不能成行。聽年羹堯說得如此輕快篤定，實喜得他眉目生輝，忙離座揖道：「大將軍恩情至厚，維鈞實不敢忘。」

「你是常進京的，有沒有聽見，如今西邊暫且無事，皇上是欲讓我回去，還是留京？朝中各位是何意見？」年羹堯不待他多做客套，另外單刀直入來問自己的事。李維鈞一時語塞，依他的意思，自然願意年羹堯宣麻拜相，也算有個倚仗。可京中左右沒有準信，聽年羹堯問起，也只能以「尚未聽說」答對。

年羹堯鼻子裡輕輕吸進一股氣去，繼而重重呼出來，哂道：「我雖人在外頭，可也知道，如今皇上跟前，只有那兩位說得上話，豈有不怕我進京分權之理？可他們把我看得也太小了，這會子就算叫我總理事務，我也怕擔這個盛名。起五更行半夜，朝房待漏，御前伺候，話也說不痛快，氣也喘不均勻，哪及得我在西安，一樣累朝故都，卻落得個舒坦隨性。」

「聽說國舅近來的聲勢小了些，一兩個月沒有言語。」

「刑部大牢都叫他關滿了，還要怎麼言語？」

「說是為了湖廣鹽價的事，國舅手伸得長了，引得聖心不樂。」

「他那一雙猿臂，不說天天伸出來，一個月少說也要伸上一兩回，這有什麼稀奇。」年羹堯因為年熙的事，對隆科多實在厭煩已極，所以一遞一句的，考語極為刻薄，直說得李維鈞訕訕無言，以奉獻果品遮掩而已。

在保定城盤桓了兩日，大將軍黃駒紫騮，直向京師而來。凡從保定進京的外省大員，一向由良鄉經廣寧門入城，可既然是大將軍凱旋而歸，雖不獻俘，也要從北邊的安定門進城才更風光些。於是禮部就在安定門外排好了班，上自內閣，下到八旗六部、各寺各監的堂司官員，都依朝會班次，一大早就在城門處齊集預備，專等大將軍虎駕到來。

天近十月，已是立冬時節，京城裡樹光草淨、風嗖河凍的乾冷。上千官員等在曝土揚塵的官道旁，內閣和各部堂官還能在先搭的棚子裡躲躲懶，剩下一應部寺司員，各旗參佐，哈著手，跺著腳，縮著脖子，聊上兩句就難免喝一肚子風，只好哆哆嗦嗦，眼瞪眼互相瞧著。

待到日上中天，等了幾個時辰的人們終於忍不住了，先還不敢派年羹堯的不是，只好私底議論禮部巴結權貴，太不要臉。幾下裡議論得聲大了，就傳到前後張羅的禮部侍郎三泰耳朵裡——這儀注正出自他的手。三泰叫眾人說的一臉醬茄子色，著實禁受不住，心一橫走到管理部務的裕親王保泰跟前，囁嚅道：「要不——再叫人去瞧瞧？」

保泰一貫只有自家擺譜，從來不曾讓人。這會兒宗室裡的王爺貝勒並無一人在此，只因他是管禮部的，所以被請來坐鎮。他等得一肚子閒氣，早抱著手爐在棚子裡繞了一百來個圈，一見三泰過來，就要發作。待聽他吞吞吐吐說了這句話，就愈發來氣，一蹬那蝴蝶如意紋的瓜棱手爐在案上，罵一句「什麼東西」，便向外大喊一聲「備馬」，怒容滿面拂袖而去。一時鞍轡聲響，四個護衛簇擁著保泰徑直馳向南面城中，留下一干目瞪口呆的官員，仍在原處枯坐。

又等了大半個時辰，就見遠處塵埃泛起，先有一騎快馬飛馳而來。及至近前，眾人才瞧見是一個千總服色的令官，手持一面令旗，在迎候隊伍的最前頭停住，也不下馬，單高喊一聲「大將軍到了！」

聽見這話，大夥兒才顯得稍有活氣。因保泰已經負氣先走，只有禮部兩尚書慌手忙腳招呼著排班。幾位年老位高的大臣從棚子裡走出來，有人已經打了兩三個盹兒，讓風一激，把剛要打出來的哈欠也憋回去，搓手跺腳整齊了冠帶，慢騰騰往人群堆裡走去。這邊好容易安頓停當，就聽官道遠處喧騰開來，本有些陰霾的天被數不勝數的旗幟蒙住一半，顯得愈發暗淡無光。長長的馬隊後面是大小不一的馬車，支支扭扭發出長短不齊的和聲。聲音隨著隊伍臨近變得越來越大，正在眾人耳鳴目眩之際，只見八個精壯漢子在前引導，後頭一等公爵的儀仗排列開來，擁著大纛旗下的年羹堯往近處行來。

百官就在眼前，年羹堯卻不發令，先頭引馬的親兵也只有繼續向前。三泰眼瞧著事情不對，也顧不得自己是五十多歲的二品大員，忙一提袍子小跑過去，才要從中路插到年羹堯馬前，就叫打頭的親兵橫出佩刀攔在當地。他心裡騰得一陣光火，卻不敢真正發作，只好喘了口粗氣勉強笑道：「前頭內閣六部各官排班迎候大將軍——」後頭的話不言自明，總是要年羹堯下馬過去寒暄的意思。那親兵卻是個不管不顧的，只乜斜著眼睛問道：「你是什麼人？見大將軍儀仗，怎麼不跪？」

饒是三泰見識不少，聞此一言也驚得語塞，半晌才強壓怒氣道：「禮部右侍郎三泰，請見大將軍。」那親兵雖是粗人，也曉得禮部侍郎官職不小，所以沒有再問下跪的事，卻是半句不答，扔下三泰不管，自跳下馬來，穩紮著步子走到年羹堯馬前，單膝點地稟道：「回大將軍，禮部侍郎來報，百官在前面迎候！」

年羹堯腰杆筆直坐在鞍橋，先「嗯」了一聲，又吐出兩個字道：「走吧。」

說話間，車馬人眾徑直向百官而來，眾人無不愕然。三泰站在前頭，眼看年羹堯馬頭已到跟前，卻不下馬，想起儀注上的款目，也只有事急從權，高喊一聲「給大將軍請安！」自己便先打下千兒去，後頭的人心裡雖惱，卻無人肯做仗馬之鳴，只好有樣學樣，年羹堯馬頭所到，屈膝問安此起彼伏。唯有吏部班中的侍郎史貽直穩穩站住，待年羹堯馬到近前，方拱手道：「年兄一路辛苦。」

史貽直與年羹堯同科舉人、同榜進士，他的年紀比眾同年都小幾歲，康熙末年尚在翰林院任職，未曾升發。因年羹堯的舉薦，新君改元伊始，才連連遷轉，不兩年做到這少塚宰。史貽直是個美男子，不但儀貌詳華，性情也很自矜，又因是同學舊交，故不肯學眾人的媚態。且他所在吏部，這兩年常與年羹堯為了保舉官員之事抵牾，若再過執卑禮，日後公事上的交道就更難打了。是以神情淡然，不過道旁立候而已。

年羹堯一向看中科場同年，特是登壇拜帥以來，人前人後，愈發要擺玉堂高第的根腳，不同武人氣象。這會兒見史貽直的稱呼做派，不但不以為忤，反顯出十分的親切熱絡，當即下馬上前，大笑著拉住手道：「鐵崖兄久不見了，照舊的好風度！」

史貽直見他禮數周到，才欣然改容，朗然道：「大將軍不以有揖客見怪，風度更佳。」一句話說得年羹堯仰天大笑，也不顧眾人注目，單攜了史貽直入城。

年羹堯家在城南，因要進宮面聖，就打發家眷先回，自己由禮部司官陪著，帶了十幾個親兵往宮中去。一路遇著內城的宗室王公，見人下馬問候，也不過持鞭拱手，就策馬而行。自青海戰勝，京城裡就已經傳開，說年大將軍是白額虎轉世，最有煞氣，因跟隨得道仙人幾世修行才有今日，怪不得連喇嘛番僧也鎮得住。聞聽他今天進京，城裡城外萬人空巷，全往北城而來。房頂上、大槐樹的枯枝上，都爬滿了大小孩子，你推我搡地看熱鬧。一旦年羹堯坐騎經過，路旁老少就都跪下去，口呼「大將軍神勇」。

一路風風光光，赫赫揚揚，待進了宮，來到隆宗門內，就見四位總理事務王大臣站在那裡等候。遠遠看他過來，允禩先滿面春風迎上去，一手親熱拉住，一手拂去他肩頭的浮塵，上下打量著含笑道：「亮工太辛苦了，和去年一比，實在見瘦！」說著就挾了他的手臂，並不待他的身子略彎下去，只往裡拉道：「皇上和我們都著實惦記你，瞧著你平安康健，真是佛祖保佑！」

聽他這話，且不說年羹堯這樣驕矜自負的性情，就是那真正虛懷若谷之人，都難免氣壯起來。那邊剛從承德回京的允祥也上前噓寒問暖，談笑致意。五個人雍雍穆穆，互相謙讓著就往養心門走。這裡的內侍一個個笑逐顏開伺候，待至近前將手讓道：「有旨叫大將軍和王爺大人們進暖閣裡說話。」

皇帝不同往日的盤膝而坐，偏是負手站立，等在西暖閣門檻以內。幾個人魚貫而入，照往日，是兩位親王在前，兩位重臣在後，此時多了年羹堯，卻是站在允祥右手，前三後二局面，一齊向皇帝問安。

「今兒真好齊全了！」皇帝笑得兩眼眯成一條細縫，上前彎下身子，一拍年羹堯的右臂，再命幾個人起身，坐在已經擺好的繡墩上。幾個小太監手托金盤，上置金盞，為六個人都斟上熱氣騰騰的奶茶，一時飲罷，將外頭的寒氣退盡了，皇帝才殷殷切切看著年羹堯道：「你大老遠回來，本該咱們先說幾句體己話，不過實在有幾件要緊的公事，只得叫他們一併進來，好趕著辦了。」一句話說得允禩等人俱不痛快，難不成除了辦事，這正經的中樞宰輔，倒成礙眼的人了？允禩心裡一陣冷笑，餘光一掃旁坐的允祥，見他聲色不動的樣子，也只好起身回道：「臣等聽皇上的旨意。」

「頭一件事，因你回來，我就叫了喀爾喀四額駙和六額駙也進京來。回頭你同怡親王、舅舅，兩位額駙，還有理藩院幾個人，議一議阿爾泰駐兵的事。先頭議政王大臣們議的，你也看過了，總歸他們紙上談兵，不及你知道的明白。羅卜藏丹津雖說剿滅了，留著阿拉布坦這個禍患，還要小心防備。」

年羹堯板著面孔正色一躬，心裡卻極歡喜。國家大事，惟祀與戎。按理，這本是議政王大臣會議的舊管。如今排開眾人，單指了他進來，又說大老遠召喀爾喀兩王入謁，是為湊他的緣故，就連允祥、隆科多也不過裝點陪襯而已。想到這，他一股當仁不讓的豪氣油然而生，起身應口道：「先頭議政處所議，雖不是全無道理，可到底——」

「不忙不忙，等你們擬了摺子來看，只這麼空口一說，也記不得許多。」皇帝見他得意得厲害，當場就欲說話，又是挑出議政王大臣會議毛病的口風，忙打斷了，一笑擺手，轉向隆科多道：「再一件事，吏部先頭給西征將士們議功議賞，雖也議得公道，可總是他更知道哪個出力多些。回頭吏部的會議，也叫他去聽罷。」

「臣衙門必得用心向大將軍請教。」隆科多心裡雖不痛快，臉上卻不敢顯出絲毫彆扭，只有一躬應承而已。

皇帝只當沒看見他的神情，用手一指年羹堯，開懷笑道：「你們怕不曉得，他的記性口才都極好，這些日子既在京裡，雖不便再加一個總理事務的名號，可碰上承旨的事，也叫他和你們一處。或有會議具奏的事，也同你們一併領銜具名。內外同心，將相一體，才是太平氣象。」

幾件事說完，四位總理事務王大臣就辭出去，養心殿裡只剩那郎舅兩個說話。皇帝愈發換了親切的神情口氣，看年羹堯尚自肅然，便笑道：「既沒有外人，何必這麼拘謹，仍舊像在藩邸一樣暢快才好！」一句話說得年羹堯也大愜意起來，登時鬆泛了身子，將繃著的兩條腿放開了，分在兩邊支撐那矮小的墩子。

「就該這樣才是！」皇帝大笑著在胸前拊掌，站起來眉目生輝道：「你這一仗打得實在有光彩！我原本想著好，不料竟這樣好！真是豈有此理！」他見年羹堯也要隨著起來，上前一把將他按住，笑得額前抬頭紋都皺起來道，「我也算個會說話的人了，竟不知該怎麼形容才好！」

「實在是皇上的聖明，折衝樽俎，運籌帷幄——」

「除了列祖列宗護佑，其餘多是你的功勞！這些場面話當著外人說去。」皇帝才聽他謙遜了一句，便忙不迭止住，只嘆著氣搖頭道：「可惜不得一二十個你這樣的人去做督撫，要得了，何必我再宵衣旰食的操心。」

「我大清得天地之所鍾，自然代不乏人。臣這些年在西邊，奉旨留意人才，文武諸臣中實有些出眾的——」

皇帝是個心有七竅，意達八方之人，一聽這話，就知道他要借機薦舉，心思一動不肯接言，改口道：「西北的人才，你早晚都提過，這會兒且先不說。你幾番參蔡珽的摺子我都看過了，不想這人竟如此負恩！前兒已經叫刑部派官去問他，想必是要開缺。還有你同城的范時捷，做巡撫也欠些，想叫他不拘哪旗補一個都統，也算是榮歸。這麼一來，四川、陝西兩個巡撫就沒有人了。兩省都是百戰之餘，疲憊得緊，該調兩個年輕有力量，又懂得民政的人去，也好幫你。」

年羹堯一聽，皇帝竟要派外頭的官到川陝去，心裡不覺一沉。他這些年辛苦布置，川陝甘三省文武，多用自家的心腹。只待蔡珽、范時捷兩個一走，就再沒有一個外人。此時另調兩個不相干的巡撫來，一番經營，豈不付之東流？他在外長久的說一不二，凡聽見不對心的話，一向張口就頂回去，這會兒對著皇帝，雖竭力壓住九十九分的脾性，到底有一分壓抑不住，故起身低頭道：「兩省戰後實在有許多要安頓的事，若不用熟手，恐怕不能勝任。依臣平素裡看，如今的陝西布政使胡期恆，四川按察使王景灝，都有巡撫之才，又是隨臣一路辦軍務下來的，可稱軍民兩便。」

皇帝原要拿這件事做引子，再說允禟的事，豈料這次要緊的事剛一提，就叫年羹堯迎頭一個釘子碰回來，那件頂要緊的，又如何說得出口？只好挨過心裡的不樂，定定神，拍拍年羹堯的肩頭道：「這兩個人都是你用慣的，自然能合得來。西邊要緊，必得慎重從事，咱們再想想看！」說罷自失一笑，又換了輕快口氣道：「過幾天十月初一是怡親王的生辰，他有服不便做壽，可你也該帶些土產去府裡看看。要說這一年多，他替你操的心，也實在不比我少，說起你在西寧守城的辛苦，也著實為你掉淚念佛呢！再者你同舅舅已經成了至親，也該多走動走動才是。」

第三十七章　沮勸

因為仍在先帝的喪期，允祥的生日過得安安靜靜，不排宴、不唱戲、不待客、不升正殿，只在日常燕居的便殿受了子侄、屬官的禮。可以他現在的聲勢，一眾姻戚、朝貴、僚屬，人雖未蒙相邀，不便遽至，但拜壽的賀箋賀詩，特是一應禮物，什麼壽聯成副、繡屏成架、錦帳成鋪、蓮履成雙，種種吉祥名色，或是文玩古物、珍籍善拓、奇石美玉之屬，都絕不能少，各自裝潢精巧，提前送至王府。

因有一天的假，早飯用過，允祥便和趕來拜壽的伊都立對弈閒聊，專候年大將軍。實因年、伊二人俱是世宦子弟，又是順天鄉試的同年，早年就有許多來往，如今公事相通，年羹堯最喜人捧，伊都立最會捧人，自然更加交契，雖隔千里，幾乎手札不斷。

兩人眼睛瞧著棋盤，心思卻全不在棋上。允祥兩指夾著淡鵝黃的象牙雲子，蹙眉不動，伊都立先不敢擾他，半晌才瞥了一眼後頭觀棋的尹繼善，輕呼一聲「王爺」。

允祥「喔喔」兩聲回過神來，將棋子扔進檀木盒子裡，胳膊抵在棋枰上，捋著鬚髯嘆道：「皇上這回可真是難為我了。年亮工外放得早，我和他並沒有什麼交道，他現在功成名就，就這麼兩下裡空口說白話，我實在沒有把握。」

「亮工就是個順毛驢。」

「要我拉下臉來哄著他？」允祥的眉梢微微一挑，修長的手指輕輕一彈那楸木棋枰，含笑接住伊都立剛出口的話：「那咱們還是一起見，好歹你們情分不錯，還是你來哄著他更便宜些。」

「王爺沒有機宜軍務要說？」

「我沒有軍務同他說，只有人物財務。」允祥抿了一口案上的清茶，吐出來的氣息幽幽隱隱，令人捉摸不定，許久方道：「切記切記，我是不要哄的，你只哄著他就是了。」

又等了一炷香工夫，就見外頭王府長史急匆匆走來，進到屋裡垂手稟道：「大將軍已經到了街口，家下人先在門上遞過手本。」

「開中門，請進。」允祥起身整了整衣服，邊道：「咱們到二門去迎一迎。」

「大將軍補服謁見。」長史躬著身子沒動，稍一沉吟，又小心翼翼道。

允祥聞言實有些出乎意料，先笑謂伊都立：「他怎麼這樣客氣起來」，又忙命隨侍之人：「快去預備更衣。」

眼見允祥面露喜色，長史心裡愈發惴惴不安，及等一眾人捧著補服衣冠進來，想著現在若不實說，回頭更難收拾，只好怯道：「請主子稍待，門上人說，年大將軍所服乃是皇上特賜的團龍補服、黃帶，您看這——」

話一出口，就見允祥放在掛珠上的手一抖，將盛珠子的托盤一推，嘩啦一聲，一百零八顆珊瑚珠子就勢碰擊出一陣脆響。論理，公服謁見本是尊敬之意，可年羹堯這一身特賜的打扮，已與親王服色相同。若是允祥沒有問清，也依著賓主同服之禮穿戴去見，旁人單看衣冠，截然分不出尊卑。如此用心，不言自明。眾人都低著頭，再不敢言語，只有伊都立仗著是至親，又兩邊都熟，只好硬著頭皮打馬虎眼道：「亮工也過於鄭重了，畢竟還在喪期裡，又不是整壽，這——」

「王爺可用特賜的金黃補褂、鵝黃帶，方與大將軍的所服相配。」尹繼善的腦子極快，見允祥陰沉著臉不說話，忙上前補了個主意。親王朝服、補服，外袍慣用藍與石青，允祥蒙賜金黃，乃是朝中獨一份，可一則喪期未過，二則不願顯得與常人殊，他雖受了這個恩賞，卻很少穿戴。年羹堯既著特賜的衣飾，允祥以賓主之禮，自然可以奉陪，這一裡一外，就又顯出身分的不同。眾人一聽這個主意，都讚小尹的聰明，連允祥也笑起來，把賭氣的心消了大半，擺手命一干端著頂戴袍服的侍從退去，復對長史道：「去傳話給大將軍，就說我尚在守制，恕不能補服相迎，叫門上服侍大將軍換了家常的衣服來見。」

「王爺體度從容，亮工實不能及。」伊都立一口氣鬆下來，拱手說了一句奉承的話。

「受夾板氣而已，不必說得那麼好聽。」允祥冷笑一聲，卻不肯再到二門去迎，只叫長史在大門上候著，自己到王府東路的九曲迴廊之外等著人來。

不多時，就見年羹堯一身便服，由長史引著朝這裡走來。允祥帶笑向前迎湊，年羹堯亦急趨幾步，等離得近了，口中說著請安，身子微向前傾，卻不當真要拜，是等允祥來扶住的意思。不料允祥陡然站住，只說一句：「亮工何必多禮」，叫他這禮竟不得不行下去。及見他一膝落地，才又緊走兩步俯身相就，笑道：「大將軍太客氣了！」

年羹堯叫他別了這兩遭，心裡極不痛快，可總歸當著面，也不能過於任性使氣，只好先說一句「羹堯奉旨來賀王爺的千秋」，隨後就有些語塞。幸見伊都立也在一旁，便同他玩笑道：「學庭兄如今在兵部當家，忙得很，不得空去瞧瞧我這百戰餘生的故交，也只好在王爺這裡敘舊了。」

「誒，亮工家裡這些天一定勝友如雲，他這個侍郎只怕門檻都踏不進！說起來，我和學庭也是成婚以後才認識，雖是親戚，倒不及你們的交情早。」

「正是正是，當年發了榜，旗下也沒有幾個人，我又年紀小，都是亮工兄帶著，才能不錯了禮數。」伊都立乍聽這話，還真有些不敢接，又想起方才所說「哄著」的話，見允祥朝自己微笑點頭，就忙應承下來。再看年羹堯時，已經得意的滿面春風。

幾個人閒說了幾句笑話，把各自心裡較的勁兒稍鬆了鬆，你謙我讓進了花廳，分賓主坐下。年羹堯四處略一掃視，見這花廳的布置十分簡樸。倒也不是原本就這樣簡樸，是為了年羹堯來，專門將原有華麗精巧的陳設撤去，免得叫他說出將士軍前半死生，朱門幾處看歌舞的話來。不但花廳如此，王府之內沿路各處，也都是如此。

允祥見時機已到，邊飲著茶，仍接了進門時的話道：「我原知道你們好，不想竟這樣好。聽說蔡珽實在混帳不成事，亮工你何不提一提，叫學庭去川省接印，總強過外頭調一個，合不合得來也說不準。」

「這怕不妥。」本是沒話找話的閒談，不覺叫允祥兜頭說到人事上來，年羹堯腦子一醒，張口就駁回來，及說了，自己也覺太過突兀，忙找補道：「四川西連藏地，南達苗蠻，十分緊要，需得熟手才好。」說著略帶歉意又向伊都立道：「學庭兄才具甚為練達，只是邊事不熟，我前兒已經在御前薦了王景灝。」

「王景灝自然很好，」允祥彷彿單等著他說出這個名字似的，一聽見就連連點頭道：「這一向的軍需，有許多是他幫著操持？如此人才，又年輕，我看著實在眼熱，很想調他到戶部來幫幫我，先頭已經和皇上奏過了，你看——」

「大戰之後，地方需人，還是不內調的好。」年羹堯臉色陡變，一開口就把下頭的話堵死。廳中眾人都憋得臉色煞白，一句話沒有枯坐了半盞茶工夫，單聽見自鳴鐘嗒嗒的響聲，撞得人心裡一顫一顫。

「亮工兄有難處，還得王爺體諒。再說我這點能耐，在京裡趨奉辦事還不致大錯，真去做一省封疆，難保不誤了朝廷的事。」伊都立左右瞧瞧，見二人都冷著臉不言聲，只好自己站起來，先向允祥解說，又轉對年羹堯笑道：「亮工兄最會培植人才，王爺愛之又切，見不得你的精兵強將不得大用。」

「學庭說的是，我不過白問一問，自然還是以你那裡為主。」允祥深呼了一口氣出來，心裡雖悶得很，面上還要做出大度的樣子。停了一會兒，又似笑非笑道：「還有件事，我怕說出來你未必歡喜，可也只好直說。陝西的捐納是為戰事開的，現在不能不停。至於川陝地丁正項，山西湖廣的協濟，還有河東的鹽課，今年過了下忙不提，等明年開春，還是照舊報部奏銷為是。」

「王爺這樣急，未免太不體恤地方了。四省大戰凋敝，有多少花錢的去處，朝廷藏富於地方有何不可？」

允祥見他忽地站起來，臉都青了，自己乾脆垂著眼瞼，一下一下撥著茶杯中的浮葉道：「大戰凋敝是實，亮工你請旨蠲免，我沒有什麼可說。可四省地丁鹽榷茶馬使用，不能總做戰時的樣子。你不比那起子沒見過錢的黑心官兒，何苦枉擔這個虛名？」

年羹堯此時滿臉的青筋都暴起來，胸脯也一起一伏的，彷彿對面但凡換一個人，他就要一巴掌拍在小几上似的。勉強壓了幾壓，方忍住沒嚷起來，只一拱手道：「羹堯虛名不怕，只怕不能循名責實。西邊路遠，一旦報部，少說也要經旬過月。現下各營調動、建堡修城開銷極大，羹堯不得已要請聖命，仍准川陝庫帑歸本處調用一兩年，還請王爺體諒。」

「請旨是大將軍之權，我就不體諒，又能怎麼著呢？」允祥聞言一陣大笑，打量著看了他半晌，指著座位示意他又坐下了，才道：「咱們不過閒談混說，不是議政，到底要怎麼著，還是請了旨再說罷。」他原本還想問問允禟的情形，可話趕話到如此地步，自然多一句也不能談，只有靜靜坐著發怔。

年羹堯一言不發又坐了坐，實在無趣得很，好歹尋了個說法，告辭而去。允祥將他送到階下，待走遠了，仍舊大步返回廳中，伊都立滿心惴惴跟著，才要開言勸解，就見他拿起年羹堯用過的仿鈞窯胭脂紅瓷茶碗，狠狠砸在他坐的客位上，勃然作色道：「好不識抬舉的奴才！」

且說年羹堯一肚子火氣回到家，剛到上房外的院子，就見夫人帶著兩個穿紅掛綠的丫頭，輕手輕腳從裡頭走出來，先擺著手不叫他說話，然後拉著他走到影背外頭，低聲道：「老爺子才生了氣，這會兒剛打個盹，先別進去。」

年羹堯雖然性情倔強，倒有十分的孝順，聽見這話只擰眉頭問：「又是哪個不長進的在外頭胡鬧，惹父親生氣？」

「沒有別人胡鬧，是說你──」

「我又怎麼了！」因夾著方才的不痛快，他這一聲就難免大些，但聽裡頭一陣嗆嗽，緊接著就是年遐齡沙啞的音色：「是老二回來了不是？還不叫他進來！」

一時便有一個丫頭出來，戰戰兢兢走到他們夫婦跟前，蹲了身子嚀嚀嚶嚶：「太爺叫二老爺進去呢。」

年羹堯無奈看了看夫人，只好跟著丫頭往裡走，夫人不放心，也隨在後頭。才一進裡間，就見常在大引枕上靠著的年遐齡已經坐直了身子，瞧年羹堯垂手侍立叫一聲「父親」，便怒道：「我聽人說，你在西邊，竟強納了蒙古貝勒的女兒作妾？」

「並不是強納，是──」年羹堯一時語塞，回頭看了看夫人，卻叫年遐齡兩眼一瞪恨道：「問你的話，你瞧格格做什麼？也怨格格太賢德，才縱得你這樣！」年遐齡亦是揚歷中外做到巡撫的人，什麼世面沒有見過，現下雖老，可不糊塗，自捶著炕沿大聲道：「你以為只有你是做官的，我老眼昏花，連個外頭的朋友也不配有，就該叫你成日價蒙哄？你如今的本事也太大了，這次進京──」年遐齡最近感了些風邪，話說得急了，就一陣猛咳，眼淚鼻涕一齊下來，夫人和一干僕婦忙趕過來服侍，年羹堯也只得跪下敷衍道：「這事兒子做得糊塗，往後再不敢了。」

年遐齡見兒子不敢辯駁，總算稍緩過氣來，喝了幾口補藥，又擦了擦嘴，續道：「我一早叫興哥兒遞了摺子，說我年紀太老，身子也不好，求主子免了你西邊的差事，調你回京盡孝。」

年羹堯陡然一驚，不由自主站起身來，惶然看看夫人，見她也是不知就裡的驚訝神情，急得一跺腳道：「如此大事，父親也該跟我說一聲！如今青海的仗雖打完了，可羅卜藏丹津未死，阿拉布坦尚在，聖祖皇帝遺志未竟，朝廷再用兵也是早晚的事。兒子惟有急流勇進，克成大功——」

「你也把自己看得太重了！」年遐齡不容他把話說完，就抖著手指著他的額頭道：「天下人才，後來者居上，我看岳東美就比你強多了！

「小岳是為將之材，節制三軍還欠火候，何況他個漢人，又怎麼能叫朝廷放心。」

「蠢材！蠢材！你們看看這個蠢東西！」年遐齡身子一傾，頭一沉，險些沒折下地來，幸而年夫人一把扶住，才坐穩了，只看著夫人淚眼滂沱恨道：「你嫁他這許多年，曉得他是這麼個蠢人不曉得？我說他不如小岳，難道是說別的？明說他功無可賞，爵無可加，是大不如人家！」

年羹堯叫老父指著鼻子罵得萬般無奈，心裡雖有不樂，到底嘴上服軟，連連叩頭道：「父親息怒。兒子也是讀過書的人，知道做臣子的分寸。只是兒子現在要退，也忒的唐突了，一則皇上怪我不肯效力盡忠，二則對不起西邊一眾文武朋友。父親放心，等兒子安頓好了善後，自然要請旨回朝，膝下盡孝。」

「等旁人都有了著落，只怕你就要沒著落。」年遐齡見這氣宇軒昂的兒子伏在地上，一顆舐犢之心，總歸軟下來，又想起家中諸事，自己拭淚嘆道：「你大哥雖惹不出大禍，可心從不在做官辦事上頭。你如今到了這個份上，再沒有什麼可求，倒該百般自制。你們一眾兄妹，只有你小妹妹的性子最好，又隨和，又知足守分，沒有一處叫人操心。可她的身子又太弱——唉，我這把歲數，只盼你們都平平安安。」

年羹堯見老父如此，自也英雄氣短，陪著掉下淚來，虧得夫人在旁勸解，又說過兩天進宮去看貴妃，自然也有喜信。幾車的吉利話說出來，總算說得年遐齡又困倦起來，夫婦二人安頓老父歇下，就往自己院中去。一路走，年羹堯即向夫人道：「父親年紀大了，只愛有的沒的想，往後外頭的事，少同他說。」

「老爺子經多見廣，說得未必不是，你也該小心些。昨兒八王爺跟前得用的那個司員，叫岳什麼來著？來見你，你竟不說不見了事。這叫皇上知道，不吃心麼？」

「何止來見，還要送五萬兩銀子。」年羹堯攤著手，瞪眼道，「我可並沒有應准，且明兒就要奏上去。你們呀，也未免太把我小看了！」

三天後，年夫人聽著內務府的招呼，去到宮中會親。現如今年貴妃恩寵有加，年羹堯榮典無已，宮中一應人等，自然十分的奉承她。夫人依禮先去拜見皇后，又一路揚揚赫赫到了貴妃所居的翊坤宮，見貴妃站在琉璃花門下等她，不免緊走幾步說聲請安，就直著身子行下禮去。貴妃一把攙住，起頭叫一聲「嫂子」，眼淚就斷線一樣順著臉頰流個不住，哽咽著說不出半個字來。

年夫人叫她嚇了一跳，看宮人們也都十分慌張，忙緊握了她的手，掏出帕子來給她擦臉，邊同著宮人一起將她攙扶進寢殿去，就聽那掌事的姑姑詫異道：「頭幾日聽說格格要進來，主子就盼著，昨兒晚間一直念叨，歡喜得什麼似的。就方才的工夫，也好好兒的。不知怎麼，反倒一見面就哭起來。」

「難不成還有人給咱們娘娘氣受？」論說年夫人，是正經宗室大格格的脾氣，從小就不怕人。這會兒見貴妃哭得傷心，便覺十分疑惑，一邊連連勸慰，一邊問那宮人。

「沒有的事，是我實在想你們，才一見，就忍不住了。」貴妃見她這樣問，忙搖搖頭，淚水也稍止了些，將炕上正做的織繡活計向裡推了推，拉著年夫人挨身坐了方道：「兄姊們幾家子都不在京裡，家中並沒有能來會親的內眷，入宮這兩年，想見著父親也不能了。別宮主位的娘家雖寒微些，也時有親的熱的來看望。只有我這兒，雖說看著富貴，卻從不見團圓。」她說著，愈發耐不住心中的苦處，先還抽泣，用帕子掩著口不肯放聲，越說著，竟是再想不到的悲從中來，只好將臉壓在年夫人的肩頭，哭得周身一併顫抖起來。

「好娘娘，好妹妹，好我的小姑奶奶！」年夫人叫她哭得也心裡一陣陣泛起酸脹來，一邊輕輕拍著她瘦削的身子，一邊自己開解笑道：「如今咱們家這麼個情形，外人看著不定怎麼眼熱呢，怎麼倒心重得這樣？想我剛過門子那會兒，妹妹是怎麼個愛說愛笑來著，我想家，還成日價逗我呢。怎麼做了貴妃娘娘，反不如小時候了？早聽說咱們八阿哥最聰明好學，又得皇上的疼愛。妹妹這樣的全乎人，莫說宮裡，就是天底下，怕也沒有幾個。這麼著還要哭，旁的人豈不要哭死！」

貴妃叫她說得破涕為笑，這才由宮人服侍了淨面擦臉，拾掇清爽，先問過老父、兄長並一家人的好，再要說話時，卻叫年夫人上下打量得不好意思，臉一紅笑道：「嫂子緊看著我做什麼，笑話我這樣大一個人還使小性麼？」

年夫人是直心熱腸之人，看著貴妃如今的面容，雖還是清秀娟麗模樣，但本就窄窄的下頜，越發削尖起來，和殿中幾個小宮女那圓滾滾、胖乎乎、粉嫩嫩的臉兒相比，顯得十分羸弱。且眉目間一縷幽愁，雖竭力笑著，卻似掃之不去。年夫人看得心疼，只好握著貴妃的手低問道：「是看娘娘又瘦得多了，不知道是想家不如意的緣故，還是去年夏天裡落下了病根兒？」

年夫人所說乃是貴妃去歲小產的事。今上踐祚時，年貴妃已有身孕，因為宮內宮外盛傳皇帝得位不正，所以新君及后妃等於喪服典禮隆與不隆，哭奠舉哀悲與不悲，侍奉太后孝與不孝，盡在先帝嬪妃和諸王大臣的眾目睽睽之下，稍有疏忽簡慢，就要落人口實。貴妃是皇帝的寵妃，又是年羹堯的親妹妹，自然更加引人注目，不敢不小心盡禮，以避恃寵驕矜之名。由是則上祭跪拜早晚不輟，問安侍膳無日無之，及到隨駕送葬，又要車馬顛簸。勞心勞力了小半年工夫，便將一成形的男胎小產下來，可尚未容她難過將養，太后就病重崩逝，大暑天裡一番周章又不能免，連她自己的半條命也送進去。好不容易緩和過來，卻落下弱症，時常抱病，這會兒見年夫人問及，不免心裡酸楚，卻不肯叫娘家擔心，反寬慰道：「身子是弱些，仗著年輕，慢慢調理就好了。嫂子回去可得替我報平安，叫他們都放心才是。」

「放心，一定給娘娘帶個平安信兒！」年夫人爽快地答應著，又提起興致來哄逗她高興，連說：「我們難得回來一遭，你二哥帶了好些的紅花、雪蓮、蟲草，還有上好的蜀錦，前天已經遞進來。娘娘從不肯張口，鬧得我們也不知辦些什麼好。他又不像大哥那樣細緻，弄得粗了，可別見怪，純是他親自張羅，從不讓旁人摻和。娘娘若愛什麼，就隨便使，東西有的是；不愛的就隨手賞人，可別叫人說貴妃的娘家小氣，不心疼姑奶奶。」

「小氣還不要緊，我倒怕人說太張揚了。」貴妃聽著她這喜滋滋的話，心裡卻又愁上來，抿嘴怔了怔，將兩手疊著放在年夫人的手上，輕聲細語道：「哥哥嫂子疼我，本不該拂了你們的好意。嫂子也知道，我和哥哥雖不是同母，可骨肉之情，也不亞於同胞，他也不因為是女孩兒就輕慢了我。哥哥的性子從來都顯在外頭，我知道，旁人怕也沒有不知道的。如今他已經是公爵了，這固然是自己本事掙的，可你看皇后主子的兄弟，不過一個侯爵而已。嫂子問我哪裡不如意，我還有哪裡的不如意呢，要說有三分憂心，也是哥哥打仗的時候，恐他有個閃失，等他功成名就了，又怕他那個脾氣，落人的埋怨忌恨。」貴妃是讀書明理的才女，自然也知道周細柳、岳鄂王的故事。本想說落個沒下梢，可當著年夫人，總覺十分的不吉利，遂就勢改了口。及見年夫人默坐著不吭聲，便又道：「我從不肯和人打聽他的事，所以也不知道他在外頭的情形，偶爾聽宮人嘴裡三三兩兩的閒話，說他再風光沒有，竟有些說一不二的意思。」貴妃邊說著，兩隻手突然顫抖起來，一下握住年夫人的胳膊，睜大了眼睛瞧著她，顫微微道：「嫂子若當我是親妹妹，就和我說一句實話，我哥哥在外頭，人望怎麼樣，有沒有不合規矩、招人嫉恨的地方？」她邊說著，大滴大滴的眼淚就又流出來，眼睛裡滿是失神的惶恐，直看得年夫人心裡發瘮，臉一白，懵懵懂懂站起身來，手捂著胸口，竟不知說什麼才好。

貴妃見她如此，也恐說多了叫她生疑，忙起來拉她坐下，自己卻不肯坐，掛著淚珠兒向年夫人道：「嫂子需答應我一件事。」

「一定，一定的。」

「嫂子同我哥哥說，就說我求他，總要學一學郭汾陽，功成身退，善保爵祿名節，以全父子家人。若不能，我雖不怕被他連累，只恐於父親和嫂子侄兒們有礙。」貴妃說著，不免又抽泣垂淚，直叫年夫人答應著勸了好一會兒，才轉回心緒來。再閒聊幾句家常，為年熙月前病故的事嘆息一回，又講到夫人所生的女兒，已經定了曲阜衍聖公的少爺，轉年就要成親。貴妃這才歡喜了不少，直說：「給這樣人家，比給京裡的貴胄好多著呢。」隨手就摘下腕子上的玉鐲，遞與年夫人道：「你們的嫁妝自然不少，這個給侄女貼身戴著，算是我的心意。」

兩人又說了幾句體己話，便有宮人來回，說是與貴妃同住在翊坤宮的幾位貴人常在，都要來看二舅太太。貴妃心裡雖有十分的不捨，也只好依著眾人應酬。待眾人散去，年夫人也到了告辭的時辰，一時匆匆別過，各自回腸百轉。

第三十八章　爭氣

單說年羹堯這一回進京，除了陛見述職，與在朝的舊交相會，還有一件要緊的家事，是要將長子年熙的靈柩送往祖塋安葬。年熙雖在六月初已奉有過繼隆科多的旨意，且叫國舅改了名字叫得柱，可他的病體已經格外衰弱，所以仍在本家調養，到八月間，就不治而亡，竟未及再見父母一面。因是年少夭亡，且本家並無主政之人，所以喪事辦得簡略，需等年羹堯夫婦回京，再辦送殯之事。

年氏祖塋和家廟都在城南五十里外的青雲店鎮，雖說年熙仍議定了葬在年家，但畢竟曾有過繼的旨意，所以隆科多一家也要權作禮數，同來相送。出殯之日定在十月望日，其時大轎數十、車輛數百，各色執事接頭徹尾，就有三四里地，和音奏樂，壓地銀山般出城而去。年隆兩家，一則大功新貴，一則閥閱舊家，又都是皇親國戚，論當下的煊赫，實屬伯仲之間，是以不但本家，就是各自的親友屬僚，心裡也都憋著勁兒，一個個爭先致禮，不肯輸了氣勢。那沿途所設的路祭棚，也不知何人事先知會，或是看準了有樣學樣，除了最前頭幾個是宗室王公之家所設，往下的竟是年家親朋一色在路東，佟家故舊一色在路西，彩棚高搭，筵席大設，吹吹打打，賽會一般。

一路到了城門，兩家謝過親友，各自上馬上車，往青雲店去。一路無事，待到鎮西的德雲寺，就是年氏家廟。大殯一到，寺內眾僧擊金鐃敲法鼓，撐幢幡擎寶蓋，一齊出來接靈。又一番佛事演過，靈柩暫安，眾人才各安其位，吃茶用飯。起先年、隆二人各自行路，各自招待親友，並不曾見面，這會兒諸事辦完，齋飯用畢，若是回城前再不打個招呼，就未免太失禮貌。是以年家先叫寺中住持和尚收拾出一間僻靜的淨室，設擺禪茶，以待這兩位巨公。

二人淨室見著，先敘過禮，各自道惱，又引隨來的子侄上前問安。年羹堯一向不喜隆科多，又因佟家的親友一路與他爭先，心裡早存著十二分的火氣，臉也拉得老長，除必不可少的應酬外，沒有一句多話。倒是隆科多和氣得有些出人意料，不但將一貫的國舅爺派頭收起不少，還說了許多軟話。先說年熙雖然歿了，兩家往後仍是親戚，須得常常走動寄信才好。再說自己年紀大了，兼差又多，照應不到之處，幸勿見怪。又說亮工你年富力強，且是讀書久經外任之人，我的堂弟法淵若一有信來，就將你誇不住口，可見你往後挑起大梁來，必定比我強得多。

因為天光已過晌午，次日尚有公幹，隆科多說了這一套客氣話，就先告辭別過，帶著自家人回城裡去，單留下年羹堯破悶兒似的亂猜。先頭在保定時，李維鈞同他說國舅近來的聲勢小些，他並沒有往心裡去。進京這十幾天，他兩次奉旨去吏部會議，隆科多俱以步軍衙門有事推辭不到，任他將七八個道府官的實缺許人，他也以為是趕巧而已。直到此際面談，他才倏爾覺出不對味兒來——難道此公真有些麻煩不成？

確如李維鈞所言，國舅近來實有些聖眷稍衰的意思，除了弘時那樁莽撞舉動外，還有一件，就是兩淮鹽商與湖廣總督打官司的事。且說隆科多耐不住那位如夫人四兒的軟磨硬泡，就收了兩淮眾商六萬兩賄賂銀子，並一應首飾珍玩。拿人手短，自然就要幫忙。可他不管戶部的事，也不好硬去插手，只有致信浙江巡撫黃叔琳、兩江總督查弼納二位，囑其從中調停，為淮商抬價多說好話。

也是四兒奶奶合該發財，巧得很，本年六月，江浙發了一場幾十年不見的大潮災，海潮沖毀堤壩，將兩淮二十九個鹽場漂沒於巨浪之中，沿海灶戶死傷無數。新任巡鹽御史噶爾泰一面賑災，一面就上摺子，說這大災之下淮鹽產量銳減，成本倍增，若仍依湖廣總督楊宗仁所奏限價銷售，則鹽民不能聊生，鹽商不肯將淮鹽運往湖廣，湖廣百姓亦無官鹽可食，請仍隨行就市，聽鹽民鹽商定價為是。戶部以海潮沖沒，淮鹽減產是實，遂議准了噶爾泰所請。一面是國舅得財，一面是戶部定議，一果二因混之不清，直叫朝野上下議論紛紛。不明內情的人，總是說國舅得財的人少，講戶部得財的人多，弄得允祥、蔣廷錫百口莫辯。

又過了半個月，浙江巡撫黃叔琳就被人舉發，說他收受了淮商重賄。奉旨問案的欽差審了一遭，就將隆科多橫插一槓的事大略問出來，卻不敢深究，只以密摺上達天聽。皇帝知悉內情，自然氣惱得緊，深怪隆科多貪婪無厭不說，還連累他賢弟的名譽、朝廷政令的清白。可一旦揭出來，茲事體大，要將這位傳遺詔的總理事務大臣以貪賄重辦，也實在聳人聽聞。皇帝沒甚法子，只好暗生悶氣，大事化小，將黃叔琳解去浙江巡撫之職即告定論。

論說今上即位兩年來，隆科多口含天憲，出納王命，也實在有些威福自恣。有些事是替皇帝得罪人，有些事亦不免自己得罪了人，歸在皇帝身上，兩下裡摻和著，分也分不清楚。皇帝初登大寶時，對他甚為依賴，實在為著京師不靖，全仗他的威嚴震懾諸王。這一向允禟遠逐青海，允禩圈禁府內，允禵困守景陵，一眾黨羽日漸凋零，剩下允祺雖掛了個總理事務的名，戰戰兢兢惟求自保，再不必國舅肆行虎威、殺伐決斷。至於皇帝自己，大位做得久了，也越發自聖自尊起來，年羹堯雖說驕矜，到底離得遠，跟前有個同樣的人，未免更加難忍難耐。

再說國舅雖然驕橫無學，卻是極聰明人，對皇帝的好惡，隱約也有知覺。他最曉得這位寶座上的外甥是何等樣人——要好，便好得天高地厚；一朝不好，怕連陌路人也做不得。所以幾個月來，他外頭的架子雖不肯倒，行事卻也略作收斂，特是對這位先頭頂不忿的年大將軍，著實客氣不少。

只是他這一客氣，倒鬧得年羹堯丈二和尚摸不著頭腦，原本撐了一肚子的氣爭強鬥勝，現在反不知從哪裡張嘴。不過佛事緊湊，族人應酬又多，也容不得他多想，就把這檔子事一晃過去。一壁裡連做三天安靈道場，年氏族眾就從青雲店回至城裡。年羹堯到家安靜，不覺又想起前情，他本要借著回禮，親到國舅府去探一探——倘若這位顧命重臣真有個風吹草動，倒是朝局中一件大事。待差去送紅單帖的人回來，才曉得隆科多不在家中，是奉有旨意，到咸安宮去探廢太子允礽的病。

咸安宮地在禁城西隅，前明天啟年間曾是皇帝乳母客氏的居所，康熙時另外改建。康熙五十一年十月，舊東宮二次被廢後，就和妻妾一直住在這裡，由特遣的大臣、兵丁看守。先帝雖然恨他不孝負恩，卻難捨舐犢之情，故將他的子女另外照應，又常派人賞賜食物用品。外間時有將他復立，或是立其子弘晳為皇太孫的流言，所以內務府也不敢太過怠慢，日常供應算是足備無缺。

允礽做太子時，曾與今上有隙，兩人一個脾氣暴，一個言語刁，早先年輕氣盛，大有冰炭不容之勢。允礽自恃儲君，全不把諸弟看在眼裡，一次為了小事爭吵動氣，竟將今上一腳踹下石級，跌傷頭頸，虧得一向與太子交好的允祥從中周旋，才免了場大是非。不過今上養氣十年，既得帝位，再看這些少時仇怨，倒很有些漢高祖封雍齒、宋太祖待董遵誨的大氣，對允礽這個落架鳳凰，也頗加恩恤。

不但沒有送卻他的性命，還將其子弘晳封為理郡王，賜居京北昌平州鄭家莊新府，算是皇孫中頭一號的高爵。

倒是允礽自己，聽聞先帝駕崩、今上即位的消息，自知此生再無指望。他囚居日久，本來有病，自此疾患日深，本年入冬後，又愈發沉重起來，大有一病不起的樣子。弘晳帶著諸弟出宮後，他跟前只有側室福晉及妾婢等服侍，執事人等無人彈壓，行事也愈發懈怠敷衍，於病人將養更為不利。

相比之下，允祥對廢太子的病倒真有些掛心。他早年以親近太子獲咎，要不是康熙末年受到四兄雍親王的鼓舞，與之協力謀取大事，恐怕此生志業，也只好不爭榮耀任沉淪了。新君登基，又是一派天翻地覆，允祥以擁立之功得以爵尊親王、贊襄大政，較當年在廢太子跟前的風光還更勝幾籌。其姻戚部屬，雖多為索氏、太子舊黨，這會兒也紛紛還朝，著實揚眉吐氣起來。兩年間政務叢脞，他幾乎顧不上追憶舊事，偶爾清夜難眠，才想起個一回半回。

忽聽允礽病重，幾至不起，允祥只覺中腸纏綿，坐立不安，連在皇帝跟前，也時有心不在焉。一次帶領所管的漢侍衛引見，對著單子上的人名，看著張三，叫起李四，把幾個侍衛嚇得光磕頭不敢出聲。皇帝最是洞察人情，如何不知道他的心思，可說不上什麼緣故，心裡很不想叫他們見面，卻怕他提出來不便駁回，所以乾脆先向四位總理王大臣說：「內務府奏二阿哥的病不好，我原想親去，可不願意見他行君臣的禮，說感激的話。這會兒天寒地凍的，那地方久不去人，必定卑濕陰冷，廉親王、怡親王的身子都不強健，弔喪問病實不相宜。還是舅舅替我去看一看，醫藥之事，萬萬怠慢不得，他有什麼話，帶回來就是。」

允祥暗地裡措辭多日，叫皇帝兜頭一盆冷水，生生憋了回去，心裡很不痛快。一言不發回到隆宗門值房，就見尹繼善帶著戶部堂主事候在門前，待他進去坐定，就呈上奏摺匣子道：「奏事處新發到部裡，蔣大人說很要緊，請王爺定奪。」

允祥展開奏摺一看，是戶部頭天奏上的一件要事。實因這兩年戶部三庫清理虧空，共清出康熙三十一年以來積欠官銀二百五十餘萬兩，錢九千餘串，涉及歷任堂司官吏，現任的、升調的、休致的、亡故的，足有幾百上千人。允祥上年追繳內務府和八旗的虧空，真格殺伐決斷，一定時限不完，就著落家產賠補。如今追到自己衙門頭上，投鼠忌器的事就多了，實不欲大張撻伐，鬧得人心不定。

蔣廷錫猜中他的心思，也在一旁緊發言道：「王爺當家不易。虧空這事，固有貪墨不法，侵吞挪移的混帳，可年長日久，也不能一概而論。家父當年做地方官，有急事緩辦，緩事急辦一說。戶部干係國計，與內府衙門不同，催得太急，未必就有實效，萬一亂起來，咱們的差事就太難辦了，只怕大負聖恩。」

允祥聽得正中下懷，一勁兒點頭附和：「清理之初，我就怕弄得這樣，所以先奏過，要是查出積欠太多，還請皇上略微開一開恩，不然事情也過於棘手。皇上大約怕我畏難，姑且也應著，果然，這句話沒有白墊。」

他一面說完，就向幾個親信司官商量主意，有機靈的人就提：「各省孝敬戶部的雜費向來名目最多，其餘部院十分眼熱，告狀遞小話的不少。王爺自管部就說要限制，礙著官吏們家道艱難，才體恤留到現在。眼下不如學山西諾敏耗羡歸公的法子，拿這些部費抵還積欠虧空，十五年為限，待虧空填清了，再漸次革除。」

眾人一聽，俱都說好，允祥遂命司員照此擬稿，各堂列名上奏。這是一件頂大的事，不想皇帝並未商議，就批得如此之快。所以他立即就聚起精神來，暫將允礽的心事放在一邊，翻開摺子去看。就見朱筆淋漓，夾批滿紙，末了是一段狂草的滿文，好些字畫連在一起，不仔細分辨竟認不真。待反覆看了幾遍，才讀通那圈圈點點都飛到天頭地腳的朱文：

「欠朕兩三百萬兩銀子，尚欲奏請將來餘平飯銀分十五年陸續代為完補耶？歷年經手俱有堂司官員，此時若不徹查追補，便宜了事，任意侵漁之徒得保清譽，脫身事外，簡直沒有王法！豈有此理！孫查濟等該管大臣司官歷年虧空何時償還，如若不還願領何罪，王、大臣當令伊等自行決斷再奏！」

允祥看罷心裡一沉，曉得皇帝不定發了多大脾氣，才將朱批寫得這樣潦草。他只好先將奏摺揣在衣袖裡，向尹繼善道：「去告訴內奏事處，看皇上得閒時，說我請見。」尹繼善答應一聲，挑簾出去，不多時回來，臉上頗有些尷尬神色，邊躬身道：「奏事處的人說，今兒養心殿留大將軍用膳——」

「喔？那就說我後晌請見，有要緊正事面奏。」

「這——王爺怎麼忘了，前兒就有旨，後晌皇上幸西苑，看出征回來的侍衛們射箭，您自然要隨駕同去。」

「看西邊回來的人射箭，大將軍去就是，我去幹什麼？充個賠笑臉的篾片兒相公？」允祥聞言顏色大變，氣哼哼推案而起。戶部虧空的煩心、這幾日朝年羹堯的火氣、夾著不能探望允礽的懊惱，幾椿不痛快齊湧上來，讓他實在按捺不住，當即將眼睛一覷，戴上自家的猞猁猻帽冠，道：「那就再同奏事處說一聲，我這兩天沒有歇好，這會子身上惡寒，頭疼氣熱，先告病了。」說罷疾步而去，徑直打轎回府。

連著三天沒有進宮，倒是允祥自己有些閒不住了：該說的話半句沒有說，想辦的事一樣沒辦，淨在家裡乾坐著賭氣，豈不叫年羹堯看了笑話？他正琢磨怎麼找個臺階下，再到皇帝跟前想法子回旋，便有御前總管太監張起麟奉旨前來探問，一面送來許多名貴藥品，末了又傳上諭，說怡親王要是不忌諱，也不妨到咸安宮去看一看，切不可過了病氣。

允祥聽得一怔，先拜謝了賞賜，說了身體無甚妨礙，即日就能辦事的話，再起身問道：「咸安宮那邊，不是已經叫舅舅代為臨視過了？」

張起麟傳完了旨，忙挪到下手，邊賠笑道：「萬歲爺的意思，是看您自己個兒肯不肯去瞧二阿哥的病，您定了要去的日子，奴才再叫人知會理郡王和看守的大臣知道了。」

「有勞有勞，那就後兒一早。」允祥如釋重負搓了搓手，先命人看座上茶，又神清氣爽同他開玩笑道：「今年雪少風大，天乾物燥，你們該多煮些銀耳梨湯備著，若是皇上肺火太旺，就多進些潤一潤，不但外間王大臣，連我也要感你們的盛情。」

張起麟最是謹慎，雖稱謝座，仍在下頭侍立，聽見這話，當即撲哧一聲，掩口笑了半晌方道：「萬歲爺前兒也同奴才們閒話，說王爺告病未必盡是舊疾，大約是氣躁，肺火太旺，合該多進些銀耳梨湯。」

允祥聽罷，亦不免啞然失笑，又一哂道：「倒是今冬和往年不同，因有西嶽肅殺之氣，才見京師凌厲之風罷。」及見張起麟茫然不解其意，更自大笑起來，又說了幾句閒話，才叫人送客不提。

第三十九章　探病

這邊才說入冬無雪，當天晚間，一場鵝毛大雪就從天而降。且一下就是連日帶夜，到允祥前往咸安宮時尚未停歇。因為雪下得疾，且執事人等都無預備，所以許多要緊宮室的積雪都清理不及，更別說咸安宮這樣冷僻的所在。怡王府的轎夫雖然腳力穩健，平地裡行走如飛，可到了這深一腳淺一腳，上軟下滑的雪地裡，就差得多了，直把允祥晃得頭暈。所以他才到咸安門就命人住轎，自己裹緊了玄狐外氅要走出來。裡面弘皙先已聽人傳知，早帶著幾個成年的弟弟，和府官、首領太監出來等候，迎頭見轎停了，轎簾正啟，也不顧積雪，忙上前行禮攔阻道：「天實在冷，還請王爺到內殿門再下來。」

「你幾時回來的？很好，是該回來。」弘皙自去年到鄭家莊去，雖然隔上個把月也要回京向皇帝請安，但允祥見他的次數不多，一來是忙，二來也要避此嫌疑。是以此時見著，頗有欣慰之感，邊說著欠身將他扶住，握著手道：「我也坐得悶了，並不是為了禮數。」說罷又拍拍他的肩膀，示意他側開身去，自己就走出轎來。

轎外風緊雪疾，因為大雪天難以覓食，烏鴉成群結隊地盤旋在殿宇之上，發出刺耳的叫聲。這一片宮室少有人來，所以積雪上的腳印也顯得單調零星，除了人跡，還有不少野貓、黃鼠狼上下奔竄的腳印，和乾清宮、養心殿前行人如織，殘雪易消的情形大不相同。已經身處花團錦簇之地兩年的允祥，乍到了這樣冷清的所在，如何能沒有感慨。他邊走邊聽弘皙哈著白氣絮說自己父親的病狀，口頭

「嗯嗯」應著，心中卻不住地長嘆。及走到允礽居住的二進宮室門口，他忽然停住腳步，仰頭看著房簷上劈啪掉下來的雪塊，向弘皙道：「你記不記得，聖祖爺賓天的時候，也是這樣的大雪。」

「正是，正是。」弘皙叫他說得一怔，也顧不得多想，只上緊催促道：「王爺快請進，屋裡還暖和些。」待允祥進得明間，脫去外氅，又低聲道：「王爺來的事，還沒敢告訴我阿瑪。我先去瞧瞧，這會兒要是醒著，還請您慢慢兒的進去。」

「為什麼不敢告訴？」

「他十幾年都不見人，前兒隆公奉旨來，提前知會了，嚇得幾天幾夜不敢合眼，又何況是您呢。」弘皙邊說著，先滴下淚來，見允祥喟然頷首，就權且用衣袖揩拭了，躡手躡腳先走進乃父養病的內室去，不一時又走出來，將允祥向裡讓。先進了一個小門，光線就驟暗下來，因為棉簾子厚重，窗子也糊得嚴實，所以藥香就愈發濃郁。允祥乍從亮處進來，覷著眼睛定了好一會兒，才看清床帳上蜷臥著的允礽。十幾年不見，他已經老瘦得脫了相，不細看，根本辨不出面目。惟有眼睛睜得極大，盯著自己看了許久，忽然嗓子裡發出咕嚕咕嚕的聲音，一把抓住趨前說話的弘皙，拚著全身氣力，就要翻下床來。

「阿瑪！阿瑪！十三叔是自己來看您的！」弘皙忙從側面抱住他的身子，又叫一旁伺候的兩個宮人過來，替他撫胸揉背，使其安穩。允祥也趕忙上前幾步，一屈膝跪床前，握著他的手顫聲道：「阿哥誤會了，我不是欽使，是自己來看您的。」

允礽一時明白過來，不再硬掙，由人扶著他半倚了靠背引枕，喉嚨中又咽咽半晌，方能說出話來，只是聲音嘔啞，斷斷續續道：「你——可別待得久了，主子要不歡喜。」

「不要緊，我知道的。」允祥勉強笑了笑，一面重新請過安，站起來又虛問一聲弘皙之母側妃李佳氏的好，就要在床邊坐下。卻見弘皙在旁欲言又止，外頭又有人搬了一把太師椅進來，放在床尾老遠的地方。見允祥疑惑不解，咸安宮的首領太監一臉苦笑跪爬幾步到跟前，連磕了三個頭道：「奴才多嘴，昨兒內務府堂主事來傳大人的話，說王爺的貴體最是要緊，還請王爺探望二阿哥時，稍坐得遠些，別過了病氣。」

「他們是奉了旨的麼？」

「像是——沒有。」

「那就多承費心了。要有人問，你就去回，是哪個大人說的，叫他自己來找我說。」允祥極不耐煩地哼了一聲，那太監登時身子一矮，諾諾而退。

這邊允礽喘過多時的粗氣，才漸漸聚起神來，又執手打量了允祥幾回，方問道：「你的身子還不好麼，我記得四十八年以後就常不好。」

「這幾年好多了，只是氣體還弱，常常外感溼邪，畏寒怕風倒是有的。所以他們總盯著我，聒噪得很，您不要見怪。」允祥含笑解說了，又道：「阿哥的精神倒比我想得要好，等天氣暖和些，自然更好了。」

「你早年的身子很好，都是叫我連累的——」允礽邊聽他說，神情就黯淡下去，也不看人，兀自叨念著：「我連累的人太多了。」弘皙見狀，忙在一旁解勸：「叔父頂難得來看您，何苦說這些叫人傷心的事。」允礽彷彿沒聽見他說話一樣，仍舊直著眼睛喃喃道：「皇父賓天的時候，我原該同去伺候，可他老人家怪我不孝，不肯收留。當今的主子又看你的情面，容我苟活這兩年，我有什麼不知道——」

「阿哥怎麼能這樣想，要說不孝，也是他們先——」允祥一口截斷了他的絮叨，站起來在屋裡走了幾步，實在不肯再說下去，紅著眼圈抬頭看著屋頂發怔。弘晳忙跟過來，赧顏支吾：「我阿瑪病得有些糊塗了，您別往心裡頭去。」允祥一腔鬱悶實無可解之處，遂瞪了弘晳一眼，低聲斥道：「你都跟他說些什麼！」弘晳冤得哎喲一聲，也只好小聲回道：「侄兒何嘗敢多說外頭的事，偶爾說一兩句明發的上諭，他倒猜得很準。」這一句話說得允祥哭笑不得，只心中暗道：「可早沒見這樣精明。」

兩人正說著話，就聽見宮人的呼喚之聲，回頭一看，只見允礽的精神已經極為委頓，連引枕也靠不住了，身子徑直往下出溜。一個宮人將他扶住，另一個就去端爐子上煨著的湯藥。允祥伸手去接藥碗，宮人卻不敢遞，只蹲身去看弘晳。這邊弘晳正要攔勸，就見允礽忽地睜大了眼睛，濁淚滿眶，擺著手囁嚅道：「你在這裡坐久了，上邊要不歡喜，早回去罷。」

「是，就依阿哥的話。」允祥見他又說一遍，明白他心裡是何等的畏懼，所以再不忍違拗，遂將藥碗仍放回托盤上，先走到床前，握了握他的手，復行了一禮。將到內室門前，卻又想起一句話，再趄回來，對著他的耳朵，俯低了身子道：「放心，弘晳他們都不要緊。」

這一廂出了內室，允祥又叫日常為允礽看脈的太醫近前，細問了幾句，太醫知道他久病成醫的人，哪裡敢有隱瞞，直告不過虛挨幾日的辰光而已。允祥默然良久，披衣徑直向外走去，到了雪地裡叫風一激，日光一刺，才停住步子，向緊趕上來相送的弘晳感慨：「你阿瑪的性子實在大變了，竟三番兩次叫我早回，說怕皇上不歡喜。早年怎麼著呢？都是我三番兩次同他說，太子阿哥再這樣，皇父要不歡喜，他也從不肯聽進去一句半句。」說罷又自責：「也怨我太不留心，若能常常過問，還不至於到這步田地。」弘晳邊走邊打躬道：「不是王爺在，這也不能。」允祥一面又寬慰他幾句，交代他等大事出來，雖然朝廷自有制度，但一應的花銷也不小，或是用銀，或是用物，盡可到自己家說話，不許半點見外。待升轎前，又正色囑道：「皇上以德報怨，皇子還沒有封過，就封了你郡王，你們兄弟人前人後務必謹慎小心，盡忠報效，才有後福。」弘晳連說了一車知恩感戴的話，眼看著大轎出了咸安門不見影，才回去不提。

單說允祥不曾回府，即到養心殿請見，將在咸安宮內外的所見一句三嘆盡數奏過，皇帝卻是半聽不聽的樣子，末了笑道：「十幾年才見一回，怎麼坐了一刻鐘也沒有？」

「一來他的病實在重，剛說了兩句話，就打不起精神。且又怕您不歡喜，不肯叫我多留。」

「這人，當我是他早年的暴性兒，動輒就不歡喜。」皇帝「喊」了一聲，不屑地扒拉著白玉蓋碗，正要說兩句譏諷之語，就瞥著允祥的臉色極為難看，話到嘴邊忍住改口道：「照這麼說，他的性情倒是磨出來了，就是晚了些。」他邊說著，邊低頭呷了一口茶，再抬頭看時，卻見允祥喉頭聳動，兩肩也不住地顫抖起來，忙驚問道：「這是怎麼了？」

「看今天咸安宮的情形，我就想起自己來，要不是皇上救臣於將死，只怕如今還趕不上他。」允祥邊說著，已是淚下如注，繼而從座椅上滑下去，伏地大慟道：「臣孑然無依之人，惟有聖恩可以倚仗，求阿哥別像皇父似的，棄我如敝屣。」

皇帝先叫他嚇了一跳，隨即生出無限感慨，又不免三分自得，站起來連嗔幾遍：「說些什麼昏話」，又俯身安慰道：「我早不叫你去，難道是跟個要死的人計較那些陳芝麻爛穀子？不過是怕你撫今追昔胡思亂想罷。好好好，你先起來，他身後的恩榮，我給足了就是。」

「倒不是替他乞恩——」

「是不是的都不打緊，你先起來再說話。」皇帝見他仍舊跪著不動，沒奈何遞過隨身的帕子道：「過會兒年羹堯來見，瞧這是幹什麼呢？」

允祥聞言抬起頭，見皇帝似笑非笑看著自己，只好接過帕子來擦了擦臉，卻仍舊俯下身子，低聲道：「趁著他沒來，臣還有一件要奏的事。戶部清繳積欠的摺子，還請皇上三思。」

「我就知道你要掰扯這個——」皇帝沒好氣地坐回炕上，剛要說話，就有奏事太監來回，說大將軍年羹堯候見。皇帝「唔」了一聲，先朝允祥說了句「得閒再議」，見他應著就要辭去，卻擺擺手，指著暖閣簾後的次間道：「到裡頭坐坐。」

年羹堯自回京來，幾乎每天都要覲見，或是獨對論事，或與總理事務王大臣一齊承旨，從來沒有空閒。所以這會兒進來，自然也是熟門熟路，皇帝滿臉嬉笑和藹，先問說了幾句家長裡短，方道：「昨兒吏部開列了甘肅巡撫的名字，就照你的意思，放胡期恆去。至於川撫嘛，原也想照你的意見，放王景灝，只是怡親王一向很待見他，想叫他到戶部來幫幫忙，說得我倒有些拿不定主意。」

年羹堯聽得眉梢一揚，心道允祥果然先發制人，略一思忖，乾脆放下胡期恆、王景灝之事不說，改了話頭道：「前些日子臣奉旨給怡親王賀壽，有幾句話說得放肆，恐怕惹得王子不歡喜。」

「哦？還有這事？」皇帝頂驚訝的一愣神，繼而攤手笑道：「王子近來又鬧起病，三天好兩天壞，就算進宮來，也不便多累著他。且總有別的事，就忘了問，你們談些什麼？」

叫皇帝這樣一說，年羹堯只好把辯駁的硬話憋回去，不然倒像自己無端生事似的，而另作緩言道：「原為請安拜壽，議的正經事不多，只說了幾句戶部範圍的事。怡親王說停捐納，臣深以為是。又說起內調王景灝作戶部侍郎，還有川陝的正項雜項、山西湖廣的協濟，還有河東的鹽利，都要按期解部的事。從朝廷上想，這自然是不錯的，只是西邊實在艱難，從康熙五十六年預備入藏起，打了六七年的仗，要沒有幾年的寬緩，實在是——」

「我當為什麼，敢情是為這個！」皇帝聽他這幾句軟和言語，恍然大悟點點頭，一面將炕桌上的熱奶茶遞給他一盞，邊嘆道：「錢上頭你也要體諒他些。清理虧空的事，我把他催得狠了。戶部自己的虧空就有兩百五十多萬，其餘各衙門也很不少，都是幾十年積下的。那一干老不羞，都是旗下人，無賴得緊，好言好語，斷不肯拿出一兩銀子來填；追得急些，就各處挑三窩四，攛掇王阿哥們到大街上賣家當；再要抄家拿問、著落子孫賠補，那就更不得了了，彷彿難為他們就是難為聖祖爺，或是要將他們的家私都充到宮裡來給我當私房錢，那不但王子，連我也成了列祖列宗的叛逆了。這一陣王子想學山西諾敏的法子，將戶部的虧空，拿部費分年抵還，我都沒有鬆口。京官不比地方，不怕他們為了自己還銀子盤剝百姓，不能就這樣便宜他們。你說這樣的情形，他難不難？這會兒要是單准了西邊幾省不必奏銷，嚼舌的人不就更多了麼？」

皇帝這裡絮絮叨叨說著，叫年羹堯一聽，都是為允祥解說委屈的話，內裡就不免急躁，面上也露出心不在焉的樣子，皇帝似乎看透了他，話鋒一轉，雖說暖閣裡並沒有旁人，卻刻意壓低了聲音道：「要說用你大將軍這件事，除了我，也只有王子一個人是肯的。早幾個月不便同你說，今兒索性說了。那會子京裡的宗室滿洲大臣，全說要用延信，多少人跑到他家裡道喜。等用你的旨一下，又一股腦說漢軍用不得，看我全不理會，才罷了。別人不說，就是舅舅——」皇帝話到嘴邊一停，見年羹堯已聽得入了神，遂一頓道：「舅舅是頭一個不肯，你都到了西寧，他還說要將岳鍾琪多多培植，延信也不能不用，免得你有什麼別的想頭。」

年羹堯聞言騰地站起來，從腦門到脖頸都漲成紫紅色，他瞠目要辯，卻叫皇帝按住坐下，可又如坐針氈，正百般不自在間，又聽皇帝嘆道：「你是讀飽了書的人，這有什麼稀奇。自古名將，哪個不是自己在前頭苦戰，後頭謗書盈篋。當年圖海、費揚古，都是正經滿洲，也難免有人說三道四，又何況是你。」

話說到這個分上，年羹堯實在不能安坐。他原以為隆科多是驕橫逞強之人，不想竟還十分的陰險柔佞。先在皇帝跟前發此誅心之言，到青雲店相見時，又做那溫言款語，真個大奸似忠，莫此為甚。他越想越是光火，到底站起來，又俯身跪拜下去，先叩了一個頭，又挺身昂然道：「皇上聖恩至厚，臣無以為報。只是臣有幾句話，恐怕有以疏間親的嫌疑。」

「這就是你的不對了，你我之間，還有什麼嫌疑可避。」皇帝一面佯作怪罪的神色，上前將他扶持起來，自己又坐回炕上細聽。

年羹堯起身一躬，也不歸坐，只站立奏道：「那臣就放肆直言了。臣在外間常聽人說，如今國舅身兼文武，又有總理事務的名義，不但尋常大臣官員，就是皇子王公，也都怕他。又有一起小人，聽說皇上信用他，就編排出許多聳人聽聞的言語來。有說皇上同他都好酒，每天在宮內豪飲，等夜間宮門落了鎖，國舅已經醉得不堪，常常宿在宮中，或叫人抬架回府。又傳說他有個小妾，來路大不明白，卻叫他縱的，慣以主母自居。這婦人在家凌虐嫡子，在外招權納賄，實在不成話。這樣的事，叫人街談巷議，不但國舅自己，連朝廷的臉面也不好看。臣是皇上舊臣，雖在外頭，實在聽不得這些，早就想奏給皇上知道，只是這些內宅陰私卑瑣的事，一則不能查證，二來也有瀆聖聽，所以才沒敢及時奏陳。」

皇帝聽他說一句，自己就狠狠點一下頭，及至說完，就「咳」的一聲捶著大腿道：「你這話早該說！他雖說是我的舅舅，又是傳遺詔的重臣，可人哪有十全十美的呢。只是他管了步軍統領衙門十幾年，從來只有他說別人的陰私，要不是你，別人又何嘗敢說他。聖祖爺晚年說了幾次，如今在朝的旗下大臣裡，只有隆科多和年羹堯是人中之傑。有皇父這個話，我也不能不將他大用。只是這兩年細細品擇著，這不讀書的豪傑，到底不如讀書的人更懂得大道理。你今兒說得實在好，咱們是至親，正該說這些至親說的話。我也同你交個底，舅舅的年紀不小了，近來他自己也說，精神不濟，忘性甚大。吏部和九門都是頂頂要緊的差事，他一個人兼著過於辛苦，回頭你替我留心，看九門的缺還有什麼人相宜。」

皇帝一迭連聲說完，也不待他回話，自己就站起身來，邊在暖閣裡來回溜達了兩圈，又倏爾站住，看向年羹堯道：「老九在西寧還安分麼？如今仗也打完了，軍前需有皇子的說法就立不住了，總將他擱在那，難免惹人閒話。我想將他另外安置，省得在邊地惹是生非，擾亂軍心，你看怎麼樣？」

「這是皇上的家事——」

「舅舅都說得，他有什麼說不得。」

「臣回西安幾個月，除了河州買草的事，倒不曾聽見九貝子的劣跡。若是沒有其它便宜安插的地方，就叫他在西寧暫住也無不可。西寧守將盡是可靠之人，臣雖離得遠，耳目也還顧得到，不敢不為皇上分憂。」

「你說得是，別處也未見得妥當。」皇帝說這話時，正調轉過頭去拿什麼物什，年羹堯雖竭力去看，卻覷不見他的臉色，半晌才見他轉過身來笑道：「怎麼你父親好好兒的遞摺子進來，說要你回京？這是你自己的意思，還是他的？」

「是臣父年歲大了，兒子都不在跟前，沒人盡孝，照理，是該有個人在跟前侍養。」

「我說嘛，你是個進取的人，羅卜藏丹津跑到伊犁去，策妄阿拉布坦也給準噶爾窩藏起來，你哪有思退的道理呢，必定是你父親的意思。」皇帝方才拿的是年遐齡的奏摺，這會兒放在手裡掂了掂，就交與年羹堯道：「這一件先不記檔，你回去還給他，再替我好生說說他，這件事做得著實不妥當。他要人服侍，就調你哥哥回來服侍，另叫貴妃多與他寫幾封信就是。你仍舊回去，勤練兵馬，再多培植些大將之材，不定哪天就有用場。」

「臣定不負皇上所期！」年羹堯意氣風發應聲領命，眼見皇帝笑看著他，已是送客之意，心裡卻仍有一塊石頭沒有落地，略一沉吟又問：「那怡親王所說的事？」

皇帝打了一個愣，笑著將兩隻手都翻起來，比劃道：「你跟王子是我左右手，誰過於委屈了，我也捨不得。這麼著，王子想調王景灝作戶部侍郎，這事他退一步，王景灝同你合得來，就叫他到四川去接蔡珽的印。至於報部奏銷的事麼，你就讓一讓，不然往後這交道可難打了，是不是？」

皇帝的口氣極溫和，卻是不容置喙的話頭，饒是年羹堯再有心要辯，也只得忍情道：「臣不敢當一個讓字，自然惟聖命是從。」

第四十章 示誡

這一邊年羹堯前腳出去，就見東暖閣裡次間的棉簾一挑，一頭細汗的允祥走出來，卻是滿腔的鬱結盡掃，如常含笑道：「裡頭地龍燒得實在熱，這聽壁腳還真是個苦差事。」

「還笑得出！」皇帝一改方才的笑意融融，早換了面如深潭，「哼」的一聲拍了手裡的數珠在炕桌上，「曉得我這些天怎麼肺火旺了？你聽他說老九的光景，可見是有勾連無疑。再者朝廷用人理財的大權，咱們幾番好言好語同他商量，竟還講起買賣還起價來，我倒忘了川陝三省原是他家開的鋪面！」

「此人的主意太大，心也太高，不宜久掌兵權。皇上還是調他別處安置的好，西邊用將，可以慢慢物色。」允祥才說了這句話，就見皇帝沉悶不語坐在炕上，兩眼直盯著殿角發怔。他此時的心裡實在翻騰不安，想著年羹堯所轄的陝甘綠營，乃是天下第一勁旅，又有岳鍾琪一干久歷戎行的驍將，關內諸將可以敵他兵鋒的，一時真想不起第二個來。再者川陝形勝，退可效昭烈據一隅，進可學秦王掃六合，比當年吳、耿、尚諸王近便得多了。況且他在當地經營十餘年，四省文武官弁，大都是他的親信，錢財糧物，都由他經劃調度，凡此種種，裂土割據之勢幾乎旦夕可成，所差的不過名分膽量而已。現下實不知他和允禟的干係究竟有多深，要是真勾結起來，這名分還就不缺了呢。他越想越深，心裡不免煩躁，也覺得屋子裡熱氣蒸騰得難受，遂命人將窗子支開一個縫，又換了濃郁提神的新茶。

外頭的大雪已經停下，天色晴霽，十分好看。皇帝叫冷風一吹，頭緒就清明得多，待閒雜之人又退淨了，方向允祥道：「我才拿他父親的話問他，看他並沒有退身的意思。他這樣的人，其實不必試，本來也是有進無退的性子。他的品級爵位，要調到別處做督撫將軍，顯見得不適宜，只有內調進來——」皇帝話說到此，忽然幸災樂禍樣的哈哈笑了兩聲，指著允祥道：「你肯天天同他共事，我就下這個旨。」

允祥一聽此言，也不免訕笑起來，倏爾仰面長嘆道：「那就是將滿城的秋梨都煮了湯，也不濟事了。」

「怎麼樣？呵，人都羨慕出將入相的榮耀，殊不知先為相後為將的倒也罷了，要是調過來，就是人己兩受罪。」皇帝又低頭想了想，念叨著：「除非即刻叫他往西進兵，可時機到底欠些，川陝也太疲敝了」，末了鬆一口氣，用手箍了箍額頭道：「同他說幾句話，竟比同旁人說一車的話還傷神費氣。」

允祥曉得，皇帝即位已近兩年，心氣同作皇子時已經判若兩人，平素裡對著群臣，頤指氣使的恣肆慣了，再和年羹堯這樣違心忍性的說話，自然大不痛快，也必定要記在心上。是以不肯再說戶部虧空的事來惹他，起身待要辭去，又被皇帝「誒誒」點手叫住道：「岳鍾琪的長子岳濬二十歲了，去年賞了一品蔭生，正在京裡候補。他這樣年輕，又是這樣家世，補到六部也不會認真委他辦事。我看就叫他在你跟前行走，也不拘做什麼，要緊的是看看人，要像他父親那樣有本事，也不妨再給些大恩典。」允祥一聽這話，當然是叫自己籠絡岳鍾琪以為日後之用的意思，忙會意點頭，自去安排不提。

一時旨意傳出，胡期恆、王景灝兩個都照著年羹堯的意思放了巡撫，連李維鈞也由直隸巡撫就地升為總督。是以外間愈發傳揚起來，只說如今大將軍在皇帝那裡，真正凡事都說了算，連巡撫要職也能委若屬員。因為年羹堯定了十一月下旬返程回西安，這會兒日期臨近，京城裡的大小官員，以及各省督撫將軍坐京的家人，三天兩頭上衙門一般，往年羹堯家裡奔走探望，真正座上客常滿，杯中酒不空。

此外又有送戲的。年家平時在京的人少，年遐齡年老好靜，家中不肯養戲子伶人。年羹堯愛熱鬧，又嫌陝西只有梆子腔可聽，其餘昆腔、弋陽腔、柳子腔等都沒有好班，所以在京得閒時單闢了一個搭戲臺的院子，粉墨登場，花雅爭競。凡京中有名的戲班，天天有人重金請來送到他府上，輪番作藝。這一向迭遭先帝、太后的大喪，今上又最能挑毛病，京城的貴胄重臣們戰戰兢兢唯恐不及，連累梨園弟子的生計也冷清了一年多。好不容易等來他這樣的大主顧，就各自卯足了勁，將祖傳的本事都使出來，竟像在他家裡打擂臺一般。有人要送大數目的金銀珠玉，怕過於惹眼，也以送戲為名，將黃白之物放在戲班的衣箱裡，日夜扛臺出入，忙得不亦樂乎。

他這裡朝歡暮樂鼓樂喧天，可把京裡的近支宗王氣得夠嗆。如今先帝的喪期將近兩年，官民人等的孝早滿了，唱戲原本無妨，可宮中並皇子皇孫們的孝還未滿，眾人守著清規戒律，看他這樣高樂，心裡豈能不氣？至於說出口的，就是年羹堯受先帝厚恩，實與尋常大臣官員不同，如此大吹大擂，你的良心何在？

別人嘴裡說一說也就罷了，惟有裕親王保泰最不服氣。先帝敬重長兄，對這位賢侄也寵愛遷就。

康熙末年皇子爭儲，眾兄弟以廢太子胤礽、大阿哥胤禔的驕縱敗身為誡，裝也要裝出個溫良恭儉、禮賢下士，惟有保泰無甚顧忌，照舊張揚行事。《會典》所載皇帝大喪，王以下文武官員以上一年內不作樂，百日內不嫁娶。保泰身屬近支，又在宮中長大，喪服若僅比照尋常王公，顯然不能叫今上認可，所以他強忍了近兩年，不曾鶯歌燕舞。且因先叫年羹堯在安定門得罪得狠了，這會兒見他擺流水席一般日夜不息，心裡更覺窩囊。

現下京裡的戲班子以聚和、三也、可娛為首，有「三家老手，鼎足時名」之說，此外還有景雲、南雅、蘭紅諸班，都能兼演昆弋。各王府另有家班，多從蘇州買來俊俏童男少女學戲，有名的亦復不少。保泰為和年羹堯鬥氣，借著福晉生日，要學聖祖南巡和六十大壽時的排場，將京中大班盡行請來，在他王府的六角重簷大戲臺上，連演《安天會》《白兔記》《邯鄲記》《虎囊彈》等二十出戲，又廣邀賓朋，巴不得年羹堯座上無人才心裡熨帖。王府長史叫他嚇得不輕，忙去請與他最要好的允禩來勸阻，豈料允禩才張口，就叫保泰翻著白眼拿話堵回去道：「阿哥你一味委曲求全，落了個什麼好？年羹堯驕縱得這樣，也不見有什麼壞。我給聖祖爺守了兩年的孝，本分早盡夠了，有人要挑禮，我有什麼話說。」說完就不理他，仍舊叫人張羅。等到了正日子，果然大張排場，不到兩天工夫，消息就傳到宮裡。

皇帝這兩天正為眾人極力巴結年羹堯，將政令的增減除布、官員的陟罰臧否都算在他頭上大動肝火，再聽說保泰的作為，便愈加震怒，不等裕王府的繞梁之音散去，就將他叫進宮來，劈頭問道：「聽說你在家裡唱戲做壽？」

保泰自幼在宮裡長大，他和允祹年紀相仿，兩人一道跟著今上開過幾天蒙，因此最曉得皇帝的脾氣。這會兒心裡賭氣，又知道瞞不過，乾脆挺身答個「是」字。皇帝叫他頂得一怔，旋即伸手虛指殿內，怒道：「我還在養心殿齋居守制，你就敢大宴賓朋歌舞動樂！」保泰也不怕他，將頭一偏，嘟囔道：「臣母妃康熙五十九年薨逝，六年不曾演戲。聖祖爺的服，按理只有一年，這會子早過了，不敢跟皇上攀比。」

皇帝從小就有算計，知道先帝與長兄棠棣情篤，常說些私房話，所以借著帶保泰讀書的便，每每在伯父伯母跟前露臉獻勤。可他的性情實在有些古怪，出言又尖刻，哪怕特意買好，也不及溫柔小意的八阿哥能得長輩喜歡。是以老裕王凡談起這些侄輩，多稱許允祹心性好，辦事妥協。聖祖聽在心裡，叫允祹大得了好處。皇帝白使力不見效，暗生悶氣而已。即位以後，皇帝命保泰掌管禮部、宗人府，算是大加重用，可恨保泰不領情，照舊與允祹同聲一氣。又心疼允禟、允禵、蘇努等人在外受苦，四處替他們抱委屈，凡在宗人府領銜給他們議罪，也是半推半躲，不肯與自己一心。

這會兒憶起舊事新情，皇帝不免又要泛酸，心裡惱怒保泰，隨即又轉到允祹等人身上，遂恨聲道：「你要照尋常王公自視，不願替皇父盡孝，就別怪我不顧伯父伯母的情面。」說罷極不耐煩地一揮手道：「你宗令的差事先開缺，回家等信兒去罷！」

沒過幾天，宗人府就以喪期唱戲、迎合允祹為名，議了將保泰革去親王爵位。皇帝大筆一揮，依議而行。雖說三年來皇帝今兒罷這個，明兒黜那個，鬧得大夥兒早疲沓了，可老裕王在朝中是有名的人緣好，如今驟然革去保泰的王爵，宗室貴戚中難免就有微詞。說皇帝自己刁難親兄弟不算，連帶把聖祖爺友愛手足、和睦宗親的聖德也糟踐了。

這話放在旁人還是竊竊私語，三三兩兩議論，惟有一等公、刑部尚書阿爾松阿心裡不忿，且又膽大，專門挑人多的地方聚眾去說。他要単替保泰不平也還罷了，偏談起康熙年間幾位皇子的舊事。說今上早年和廉親王、裕親王都親得很，是跟舊太子二阿哥不好，鬧到狠處還動了手。不曉得如今是怎麼個道理，二阿哥在咸安宮得了病，他倒三番兩次叫人去看，反而把廉親王、裕親王擠對得上天無路，入地無門。這阿爾松阿是第一等皇親國戚，年紀雖輕，內廷的消息卻多，他在這裡「閒坐說玄宗」，由不得外人不信。

可這話又實在觸了今上的大霉頭，甚或比說他得位不正還叫他著惱。是以這一日御門聽政時，皇帝不但齊集滿漢文武大臣，另將年羹堯也召了來，開門見山道：「昨兒已經有旨，將阿爾松阿革職發往盛京，現叫你們來說說緣故。」

下頭許多人都料到阿爾松阿禍從口出，哪知皇帝不但不提近事，反而語出驚人道：「我一輩子和兩個人有不共戴天之仇，一個阿靈阿，一個揆敘。」

此言一出，先把頭班站立的年羹堯聽得一愣。那揆敘是先大學士明珠之子，於年羹堯既是姻家長輩，又是恩師上官，可稱至親至近。他雖與允禩等人有交情，可病故已經七八年了，何至於得個不共戴天的考語？

年羹堯正懵懂著，就聽身後撲通一聲。眾人紛紛抻著脖子去看，見是八旗班中，揆敘的嗣子、正黃旗滿洲副都統永壽嚇得身子癱軟，向前栽倒。虧得鄰近同僚眼疾手快，將他攙架起來。看他一頭冷汗，臉色煞白，兩股戰慄不住，實在不堪至極。

皇帝也不多理，揮手命人將他扶出殿去，續道：「一來他們千方百計為允禩謀取儲君之位，激得皇父盛怒憤懣，幾次傷了龍體。二來他們四處散布謠言，說我和二阿哥有仇，又假意和我相好，倒像我是他們的同黨，一道陷害二阿哥。」待說完這個帽子，又掰著手指頭逐條歷數，說一廢太子前，阿靈阿、揆敘仗著萬貫家資宴會大小官員、士紳耆老、名伶戲子，四處傳揚太子惡行，是所謂「千金買一亂者」；又看允禩柔奸軟善易於挾制，就為其營謀儲位，以逞私欲；自己雖受太子嫉妒，可也一向謹守弟臣之道，二人故意做出依附自己的樣子，使朝野上下以為自己與太子為難。他說得拉拉雜雜，神飛口快，也顧不得什麼忌諱，連阿靈阿誣陷長兄三嫂逾牆通姦的事都講得歷歷如繪。聽得群臣氣也不是，笑也不是，怒也不是，嘆也不是，真不知作何情狀，來應皇帝的景。

皇帝越數落越是生氣，待將舊怨說罷，先痛飲了幾大口奶茶，又向群臣道：「這兩個宵小如此奸佞，氣壞了皇父，又險些禍及祖宗大業。現在雖說都伏了冥誅，可斷不能叫他們生榮死哀，留下大臣體面。昨兒我已經告訴允禩，既然他們鐵了心要扶持你，這件事還得委你去辦。你去將這兩個人現有的墓碑磨了，阿靈阿的碑上改鐫不臣不弟暴悍貪庸阿靈阿之墓，揆敘碑上改鐫不忠不孝柔奸陰險揆敘之墓，讓他們罪孽昭彰，也給諸王大臣做個警戒。」

群臣中多有飽學之士，所謂挫骨揚灰、仆碑毀祠，都在史書上見識多次，獨這磨改碑文，另鐫不臣不弟、不忠不孝字樣，實在聞所未聞。遂各自蠟黃著臉，忍不住面面相覷。年羹堯並幾個大貴之家，都與這兩人有深交，可眾目睽睽之下，也不能有絲毫勸諫，不過強忍著隨眾應聲而已。

惟有佟家的長房長子、一等公鄂倫岱，自先帝駕崩後，就一直被派往蒙古出差，才回來不久，尚不曉得皇帝的手段厲害。他與阿靈阿是好朋友，又任性使氣慣了，聽皇帝說得如此刻薄，不免咬牙切齒，擰眉作色，想好了兩句話剛要張口，就被皇帝一眼看見，當即冷笑道：「阿靈阿罪大惡極，我原想叫他兒子為朝廷效力，去贖他的罪，所以才叫阿爾松阿作刑部尚書。可他敗壞部務不說，還照舊諂媚允禩，一門心思同我作對，也該著是他的家門不幸。」說罷就點著鄂倫岱的名字，命他道：「內閣已經擬好了旨，你拿給阿爾松阿，打發他到盛京看守祖陵，再不痛改前非，看他祖宗饒他不饒！」

鄂倫岱滿頭青筋迸出，一口惡氣堵在嗓子裡，使勁壓著，才沒有當眾跳起來。待接過侍衛遞來的旨意，也不叩頭，逕自咬著後槽牙大步走出殿去。等到了乾清門外，就實在忍耐不住，也不顧往來各色人多，便將那原該用雙手擎在胸前的諭旨狠狠扔在地上，先還抬腳要踩，叫跟隨之人大驚拉住才算作罷，兀自氣哼哼向外走去。

皇帝聲情並茂發作了一個多時辰，群臣才按班次退出。一離了內廷，就各自呼朋引伴議論開來，都說方才這一通實在嚇人，阿、揆二公都是聖祖爺最親信的重臣，在朝的人望又高，不想身故十年還被拿來作伐，更遑論在世的人了。年羹堯大步流星走在前頭，繃著臉一言不發，才甩開大隊人眾，就覺後頭三兩個官員緊跟著他，等他放慢了步子，就小跑著追上來，先打千兒問好，又哈著腰賠笑道：「聖上這番雷霆之怒，真能震懾那些不臣之心，這一定又是大將軍的獻納，實在是既見忠悃，又見高明！」年羹堯為了揆敘的事納罕惶惑，又不便隨眾議論，心裡正煩躁得緊，乍聽這幾個後進小子渾不著調的諛詞，立時虎威大作，瞪著眼罵了一句「放屁」，便自拂袖而去。

皇帝痛罵阿靈阿、阿爾松阿父子，偏稍帶上揆敘，實有試探年羹堯深淺的意思，不料年羹堯本人並未作聲，朝中卻多有議論，說上頭行此非常之舉，是聽了年羹堯的話，真把皇帝氣得嘴歪。要論這一類說法，時下委實不少。譬如說督撫、兩司之舉用，都是大將軍的意見；有旨大發庫帑獎賞兵丁，也是大將軍所請；連去年太后駕崩十四爺不肯出山輔佐親阿哥的事，也算在年羹堯、隆科多頭上。又說如今八王爺是馬尾巴拴豆腐——提不起了，所以他的門下人有難處也不找他，都去求大將軍當靠山。像那工部司官岳周，原是廉親王親信之人，上月就拿著兩萬兩銀子去登年羹堯的門，求薦為布政使。

凡此種種，叫皇帝聽著，實在刺耳極了。他從來自負高才，視同儕若等閒，何況四十年藩邸潛謀於無形，又在千鈞之際決勝於不爭不費。如今高居九重之上，廟算萬里之疆，哪裡受得了別人說他是傀儡木偶漢獻帝？他前半輩子的忍耐已經用盡了，如今再不必留著人不知而不慍的氣量，凡有一點兒委屈，就一定要當眾剖白出來。

眼看到了十一月十三，先帝兩周年的忌日，皇帝命張廷玉洋洋灑灑寫就一篇上諭，痛訴為君難，為臣不易之理。待說到外間小人傳言，政令皆出年羹堯所請時。皇帝便向張廷玉高聲指示道：「這一段你照著我的原話寫：朕豈幼沖之君，必待年羹堯為之指點？又豈年羹堯強為陳奏而有此舉？朕年紀長於年羹堯，胸中光明，洞達萬機，庶務無不洞燭隱微。年羹堯之才為大將軍、總督則有餘，安能具天子之才智？」

張廷玉是倚馬成文的大才，皇帝一路說，他坐在外簾高几旁，刷刷點點擬就初稿。及聽這一段義正詞嚴之後，忽然沒了聲響，遂不免抬頭向內去看，只見皇帝說著話，已經氣得滿臉漲紅，胸口起伏，頗不能自制之狀，平復了好大工夫，才又憤憤道：「後頭加上一句：外間造作浮言，加年羹堯以斷不可受之名，一似恩威賞罰非自朕出，妄謬悖亂，深可痛恨，此不過欲設計以陷年羹堯耳。」

張廷玉邊寫著，心裡替他的老同年狠吸了幾口冷氣，只不肯將喜怒行於顏色。待繕寫完畢，約略算算，足有三千多字。皇帝提筆改了幾處，就定下來，到十五日又在乾清宮召見諸王滿漢文武大臣，叫人將諭旨上的話從頭到尾念了一遍。

年羹堯站在班中，屢次聽見提自己的名字。初還不以為異，越往後聽，就越是心亂。實因諭旨凡提及他，雖無半句責備，卻沒有一件好事，不是薦舉不當，就是叫人行賄，皮裡陽秋，實堪玩味。待念到「朕豈幼沖之君，必待年羹堯為之指點」一句，他的心裡便七上八下打起鼓來，加之此前揆敘的事，更覺渾身都不舒坦。再往後聽，又說凡此種種，都是小人設計陷害，似是寬人心的話，卻顯得似是而非。饒是年羹堯絕頂聰明，頃刻間也如墜五里霧中，尋機去看皇帝的神情，也不見什麼出奇模樣。

這次朝會散罷，年羹堯原定的離京之期就臨近了。難得沒有調任削權之旨，仍叫他回川陝總督任上，帶撫遠大將軍印。他遂將一顆心踏實下來，不再糾纏諭旨裡的蹊蹺言語，照舊風風光光離京西去。

再過保定城時，已經承他盛情升任直隸總督的李維鈞禮數更加殷勤，帶著大小官員出城遠迎，馬前叩首。年羹堯邊說著聖躬安好的話，隨手將一個奏摺匣子遞給他，笑道：「有旨叫我順路帶給你。」

李維鈞不敢怠慢，忙向上拜了拜，才將匣子妥善收好。再與年羹堯敘談些京中見聞，並騎進城。年羹堯的談興很盛，從李維鈞如何高升總督，到胡期恆、王景灝怎麼榮任巡撫，又說自己在青雲店和隆科多周旋應對，在怡王府和允祥擂臺打了個六成得勝，及說至此，就側臉問道：「他金魚胡同的新府你去過沒有？」

「外官不奉旨，怎麼敢登王府的門。」

「那真是個好地方，離東華門只有一條街。」年羹堯邊說著，心裡不免有些發酸，遂找補道：「朱門高廈，宏偉謨烈，內裡卻特意簡慢。他一貫講究，必是見我去，才弄得這樣。如此矯情違意，和楊廣素絹斷弦有什麼兩樣？皇上如今竟同他這樣好，我實在有些不明白。」

如此直言，李維鈞哪裡敢置一詞，只好勉強賠笑，好容易才尋了話縫兒道：「大將軍一路勞乏，不如早歇。」說罷親自安頓，送他到下榻之處。

小心翼翼應酬完畢，李維鈞回到自己書房，喝一口熱茶，平一平躁氣，就將奏摺匣子打開了，借著燈光細看。匣子裡有三份摺子，上頭兩份是公事，朱批也很冗長。他是年近六旬之人，本來有些眼花，加上方才全神貫注照應年羹堯，此時再一用心，愈覺眉脹目緊，頭疼頸酸。待強撐著精神打開第三份摺子，覷眼一看，只覺頭頂囟門一陣涼意，手一鬆，將摺子飄然落在地上。趕緊撿起來湊在燈下，又拿出御賜的玳瑁茶晶眼鏡架在臉上，再細看那朱批時，就見上面朱筆炫目，赫然寫道：

近者年羹堯奏對事件，朕甚疑其不純，有些弄巧攬權之景況。卿知道了，當遠些，不必令覺，漸漸遠之好。

第四十一章 黨庇

帶著家口連走了近二十天，到十二月初九，年羹堯一行總算回到闊別三個月的西安總督衙門。年羹堯雖然生長京師，可從如今的心境說，這樸質渾厚的長安城遠比那繁華帝都更讓他舒心踏實。回了老窩，頭一件事是給皇帝寫奏報抵署的謝恩摺子，述說自己奔走御座三十餘日，受恩深重的瞻戀之悃。等摺子拜發出去，再依次接見屬官，處理公務家務。等雜七雜八理畢，就到了小年封印時節，各署官吏都從忙碌中鬆泛下來，歡天喜地置辦年貨。年羹堯也漸漸將離京時的不安忘卻，又抖起長安之主的威風，連著幾天大宴賓客，入夜才回內宅。

隆冬的西安朔風颯颯，總督衙門的牆宇雖高，也難擋這逼人的寒氣。年羹堯回到書房，就見桌上放著新到的奏摺匣子——旁的督撫拜接奏摺，都要在轅門外放炮行禮，鄭重其事，惟有他懶得囉嗦，只照尋常京信辦理，直接送到書房閱看。隨手將匣子打開，見頭一份是他奏報抵署的摺子批回來，翻開一看，原摺下密密麻麻一片朱筆。他喝得醉眼迷離，實在難以辨認，且又嗔著書房裡地龍燒得不熱，遂將摺子鎖了，回臥室擁著姬妾睡下。次日晨起，先打了一趟拳，又吃了早飯，見過幾個要緊官員，才回書房看那朱批。這一時總算心明眼亮，看得真切，就見上面長篇大論寫道：

「據此不足以報君恩父德，必能保全始終，不令一身置於危險，方可謂忠臣孝子也。凡人臣圖功易，成功難；成功易，守功難；守功易，終功難。為君者施恩易，當恩難；當恩易，保恩難；保恩易，全恩難。若倚功造過，必致返恩為仇，此從來人情常有者。爾等功臣一賴人主防微杜漸，不令置於危地；二在爾等相時見機，不肯蹈其險地；三需大小臣工避嫌遠疑，不送爾等至於絕路。三者缺一不可，而其樞要，在爾等功臣自招感也。朕之此衷天地神明，皇考聖明共鑒之久矣，我君臣期勉之。慎之。

凡人修身行事，是即是矣，好即好矣，若好上再求好，是上再覓是，不免過猶不及。治己求治，安己求安之論，到底是未治未安也。朕生平不為過頭事，不存不足心，毋必毋執，聽天由命，從來行之似覺有效，但未知收原結果如何耳。雖然，亦自擇其易者行之，豈為眼耳鼻舌之累，以亂此意，以害此心乎？」

年羹堯看著頭一段，一腔過年的熱心，霎時冷了一半。再往下看，更覺模棱兩可不知所云。皇帝信佛，在潛邸時由章嘉活佛開蒙，與京中禪密各宗各派的高僧大德都有往來。他的禪語佛偈都寫得好，凡有話不想直說時，就開始洋洋灑灑談因講果，常使迷者迷於悟，悟者悟於迷。年羹堯實在不是個有佛緣的人，也揣摩不透他的意思，只好再看下一件。

另有兩件並無原摺，是專門的朱諭，一紙內寫：「舅舅隆科多行為豈有此理，昏聵至極！多處藏埋運轉銀子東西。朕如此推誠教導，自當感激。今如此居心，真屬可笑！況朕豈有抄沒隆科多家產之理？朕實愧見天下臣工也。你不要做如此醜態，以為天下人笑也。你先評他是極平常人，朕實不然，今看起來，豈止平常人而已。也可愧之，也可愧之。」

另一紙則寫：「舅舅隆科多密奏要辭九門之任，朕尚未議定。朕並未露一點，連風也不曾吹，是他自己的主意。今他既離任，九門之責熟練人沒有，況你先已奏過袞泰與舅舅亦不甚親密，朕欲將他或在九門。可將他打發回來，不要叫他本人知道此旨，不要叫他畏懼，只說叫你回去。」

年羹堯念了一遍，心裡又踏實了些，只道皇帝還肯同自己說這等心腹事，是不見外的意思。轉念又琢磨隆國舅的處境，在京時看他雖低落些，何至於就到了轉移財產，防備抄家的地步？既是轉移，就需縝密，他是京中第一耳目靈通人物，做這樣的事，怎麼又叫皇帝知道？想到這些，年羹堯才放下的心就又提起來，再咀嚼「你不要做如此醜態，以為天下人笑」一句，更是一身雞皮疙瘩脹起來。正在悚慄不安之際，就有門上親隨來稟，說陝西驛傳道金南瑛稟見。

陝甘兩省的道員中，陝西驛傳道因主辦驛遞之政，並兼理鹽、糧兩項，是個一等一的好缺。金南瑛原在北京會考府任司官，經怡親王允祥、大學士朱軾保舉，外放到陝西做官。他是八月底到任，因年羹堯已經離陝進京，所以並未見面。前些天見新屬員時，年羹堯看此人年紀老，言談又有些迂，心裡就不耐煩。他想這樣的要缺，理應由自己在本省的能員幹吏中保舉升補，乍來一個渾不懂的京官，除了壞事，還有什麼用處？所以見面時並沒有好氣，三問兩問，就把人打發走了，想著找個錯處參罷了他，另換得力之人。

向例川陝文武，除了巡撫、學政、兩司，或是武職的將軍、提鎮，並他自己的親信可以隨來隨見，其餘道府以下，都要等逢三、逢八的日子才見，稱為「堂期」。這會兒聽金南瑛莽撞求見，年羹堯十分不悅，就向回事之人一瞪眼道：「什麼東西就敢請見？你收了多少門包敢稟？」

親隨叫他罵得身子一矮，諾諾連道：「小的吃了豹子膽也不敢。實在說得著急，又是要緊道員。」

說罷就將手本、稟文遞上。年羹堯剛要發怒，想想金南瑛畢竟是老資歷的京官，遂勉強忍住，將手本往案上一撇，翻開稟文看了幾眼，登時火冒三丈。幾下將文書撕碎了一扔，揮揮手向長隨道：「讓他滾回去聽參！」又命主文的師爺：「給胡元方寫一封信，叫他寫個詳文送來，就說金某老病疲軟，不勝驛道之任，應當請旨改調閒職。」

年羹堯所以光火，是為金南瑛在稟文裡告了河東鹽運使金啟勛的狀，說他以剿滅鹽梟為名，請總督鈞令夜襲郃陽縣，殺傷無辜平民。

郃陽地近山西，與河東鹽場只有一河之隔，所以民眾吃鹽便利，小商小販肩背手提，就足令闔縣之人食而有味。雍正元年，西安知府金啟勛為了增收鹽課，欲將所屬郃陽縣的食鹽由「民運民銷」改為「官收官解」，令當地紳民大不滿意，以致衝入縣城，砸毀縣衙，鬧得不可開交。陝西布政使胡期恆聞報，忙叫金啟勛收回成命，郃陽鹽務仍以便民為是。

年羹堯青海報捷之後，金啟勛以贊助軍需有力，被保舉升任河東鹽運使。郃陽原是他的眼中釘，這下更撞在刀口上。今年八月間，他指稱郃陽境內私鹽橫行，請了年羹堯的大令，帶領綠營官兵一千餘人，夜襲縣城，捉拿鹽梟。事後向年羹堯報說，此行官兵未射一箭，未放一槍，單將十幾名鹽梟拿省審問，辦得實在利落。年羹堯心裡雖不大信，卻不願意同自己的心腹深究，且急著要進京去，遂大筆一揮，照例結案。

然郃陽本地紳民的說法大不一樣，只道官兵在城鄉村寨各處放槍放炮殺紅了眼，夤夜時分，渾似大股土匪奪城，且當日除鹽販被拿外，其餘無辜老幼被殺被傷、自殺自傷者亦復不少。郃陽人不肯甘休，就叫有頭臉的紳士帶著，到西安告。金南瑛新官上任卻是正管，且有一股書生氣在，雖經衙門老吏提醒，說那金啟勛是大將軍跟前的紅人、又是財神爺，萬萬招惹不得，可他到底將狀子接下來，派人到郃陽勘問。

這邊才問出些許眉目，年羹堯就回了西安。金南瑛曉得近在同城，自己也瞞不住，於是寫了稟文欲過明路。年羹堯原本嫌他礙手，見他上來就挑毛病，不免更加厭惡，遂將那說一不二的派頭端出來，見也不見，就叫要借胡期恆的話攆人。

胡期恆接信本不欲管。他是個穩重人，不似年羹堯驕橫，且一向不喜金啟勛圖利害民。可耐不住師爺勸他，說大人剛升巡撫就駁回大將軍的事情，只怕旁人誤會你們生分，大將軍也有芥蒂。胡期恆想想在理，就依了年羹堯之意行事。年羹堯接著胡期恆的文書，即刻題本，擬將金南瑛在內一共七個人降革開缺，另補在省試用行走之員。

這道本章送到御前時，皇帝正忙另一件事，即挨次將在外要緊臣僚的摺子挑出來，逐個同他們議論年羹堯。其中，議論的措辭又各不相同。跟那些與年羹堯全不相干的人，譬如湖廣總督楊宗仁，便問他：「年羹堯是何等人，就你所知奏來，純之一字，許他不許？」

要是碰上那些與年羹堯素不和睦的人，譬如河道總督齊蘇勒，便安撫他：「近來舅舅隆科多、大將軍年羹堯大露作威福攬勢光景，朕不得不防微杜漸。舅舅只說你操守不好，而年羹堯數奏你不能料理河務，朕依此知卿之自主也。只有怡親王深言汝之好處，況你與王素來並無交往，朕知之最深。今既奉旨，不必疑，可奏摺之便問好請安親近之，與你保管有益。況王公廉忠誠，當代諸王大臣中第一人也。」

至於與年羹堯有交情的親朋故舊，譬如安徽巡撫李成龍，便告誡他：「近日年羹堯擅作威福，逆奸納賄，朕甚惡之。賞你翎子戴是你王子替你討的，你當知你的功名身家都是你王子的好處。你若仗著你王子放膽亂來，王法無私，悔之不及時，你王子救你不下來。你若負了朕恩，壞了你王子的臉面，稍與朕聲名有礙，你自己想一想就是了，應當作何處分。」

他邊寫這些時，允祥就在養心殿暖閣裡坐著。前日二阿哥允礽在咸安宮亡故，皇帝先將其追封為理親王，謚號曰「密」，且冒著大雪，率領諸王到停靈之處祭奠過了，又指派誠親王允祉等一干兄弟、侄輩成服穿孝，外人看來算是哀榮備至。允祥感念皇帝的大度，遂不提要去齊集舉哀的事，只在王府單闢出一間屋子，早晚上兩炷香，此外照舊辦事，言笑亦如往常。這會兒皇帝寫了朱批就拿給他看，邊得意笑道：「你看這樣寫，能嚇著他們不能？」

允祥逐次拿來看過，越看越搖頭笑道：「都這樣說，我也支應不過來。」

「也不勞你挨個支應，不過是給他們吃個定心丸。這些人你還不知道？你說一萬句君子不黨，他照舊信朝裡有人好做官。那就乾脆指一條明路，省得他們撞了東牆撞西牆。」皇帝邊風輕雲淡說著，又拿過胡期恆的本章，隨口問道：「金南瑛是會考府放去陝西的官，你曉得這人怎麼樣？」

「是朱軾很說好的人，所以把他列作一等保舉。」允祥聽他倏爾發問，以為是留意人才，正要找補一句，說會考府司官都是各部選來的人，自己知之不深。卻見皇帝微微頷首，轉而又說起別的。

第二天一早，吏部就接了皇帝的旨意，說年羹堯近日參奏陝西驛傳道金南瑛等七員疲軟不堪，請旨開缺。金南瑛曾經大學士朱軾保題，在會考府行走，怡親王亦曾奏薦，年羹堯遽行題參，必有錯誤，金南瑛仍著留任。年羹堯將金南瑛等人參奏，是要特意出缺，補用他人，此事斷乎不可。再者本內所參官員係甘肅巡撫胡期恆詳揭，胡期恆朕向來未識其面，著其即可來京覲見。

胡期恆接著兵部火票，心裡十分忐忑，卻不敢耽擱，急急忙忙將公事交代了布政使，就一路風塵趕奔京師。他原打算在保定與李維鈞敘舊，卻連面也沒有見上，只有李府的管事家人出得城來，送了些隨手用的東西，順便囑咐了「千萬小心」四個字，鬧得他愈發懵懂不安。他自康熙中就在川陝任官，雖已官至巡撫，卻從未見過當今皇帝的面，此次未及輪班陛見之年，就被匆忙召進京來，更是兩眼一抹黑，故而也不敢拜親訪友，吏部報到、禮部演禮之後，就在北京的山陝會館暫住候旨。

才過兩天就有旨意，命他次日到養心殿而望。一夜未敢安眠，約摸到了卯初時分，就趕著起來擦一把臉，披掛了朝服數珠，帶兩個老僕，坐著僱來的馬車，趁著漆黑夜色，冒著刺骨大風，趕奔宮門。

朝房裡候旨的時間很長，作外官的往往受不了這個苦，再加上心裡忐忑，這一等，就愈發坐立不安起來。直等到巳時將盡，才有人來告訴他：「甘肅巡撫胡期恆入覲。」

帶他覲見的大臣是張廷玉，皇帝盤膝坐在洞暖閣炕上，面無顏色，待胡期恆叩頭已畢在墊子上跪定了，才問道：「你是湖廣武陵人，崇禎進士胡統虞是你什麼人？」

「是臣的祖父。」胡期恆聽皇帝問及祖父，連忙依制叩頭，心裡卻越發的莫名其妙。只是不敢走神，趕緊拉回思緒靜聽。

「當年范文肅公向睿親王進言，說『統虞乃今之許衡，斷不可失』，可見你的家聲。喔，你早年做道府也有政聲，還有當地百姓建生祠的事，是麼？」

「都是百姓的謬獎，臣一介寒儒，不過奉法為政。」

「那怎麼官做到巡撫，就事事攀附年羹堯，連祖德名聲也不要了！」皇帝話原問得平心靜氣，至此勃然作色，連一旁侍立的張廷玉也嚇了一跳。

胡期恆本還想著，皇帝雖駁了他參劾金南瑛的本章，可見面又說起乃祖及他舊任的好事，是有意轉圜，心裡略鬆了一口氣。不料兀地龍顏大怒，竟成雷霆萬鈞之勢。他腦子一蒙，實不知作何言語才好，戰慄許久才叩首回道：「臣父與原任湖北巡撫年遐齡是舊交，臣與年羹堯自幼相識是實，可並無攀援依附之事。」

皇帝滿面的山雨欲來之色，上身前傾厲聲道：「你起家不過佐貳，又非兩榜出身，在川陝二十餘年，竟能位列封疆，不都是年羹堯所薦嗎！年羹堯不喜歡金南瑛，你就將人參罷了，這不是為虎作倀，替他排擠忠良！」

胡期恆是個外圓內方的人，起初心裡驚懼，叫皇帝幾句話一激，倒有了愈挫愈奮的勁頭，也不看張廷玉攢眉凝目的表情，只管穩住心神奏道：「金南瑛操守很好，才能確實不勝道任。臣若見識有誤，參錯了，不能不聽部議處分，其餘的不敢承當。」

「你好大膽！」只聽「啪」一聲脆響，一方翡翠鎮尺被皇帝磕在炕桌角上折成兩截，上半段飛將出去砸在窗棱子的雕花上。皇帝又咄咄逼人盯著胡期恆道：「你既不肯認是一黨，就說說，年羹堯在川陝任上，到底如何施為？」

「煌煌聖訓在前，原不過『公忠體國，朝廷功臣』八個字。」

「沒一點兒驕橫不法麼？」

話說至此，胡期恆就是再惶惑，也明瞭皇帝的用意：是叫他來揭年羹堯的短。一時心寒徹骨，卻不及多想，將頭一叩道：「驕橫有之，依臣愚見，尚屬瑕不掩瑜。」

「好一個瑕不掩瑜！」皇帝自為君以來，政令嚴肅，海內風行，養心殿所懸「惟以一人治天下」的幅聯，真是半字不虛。莫說尋常大臣，就是他那一干不歸天條管的親兄弟，近在君前，何人敢當面忤旨？原以為胡期恆是年氏至近的文官，由他來說出幾條年羹堯的不好來，必定確鑿無疑，誰想此人貌似文質彬彬，性情執拗如此，話又說得滴水不透。皇帝是最肯講理的人，叫他幾句話頂撞的，一時竟無理可講，只好冷笑一聲向張廷玉道：「擬旨給吏部，甘肅巡撫胡期恆，朕原本不識其人，青海平定之後，年羹堯說他可以勝任。先前年羹堯保舉王景灝為四川巡撫，朕命其陛見，以為才具可用，所以此番舉薦胡期恆，朕也不疑惑，特用為甘肅巡撫。上月見他揭參金南瑛等人情形，甚屬不合，可見年羹堯正欲借王景灝之可信，而肆胡期恆之蒙蔽！胡期恆來京覲見，言語荒唐悖謬，何止不稱巡撫之職，即便府道亦屬不稱。甘肅關係甚劇，豈能以此種人為巡撫？將他即刻革職，著岳鍾琪暫行署理。」

張廷玉這裡諾諾應聲，心裡盤算著擬旨的口氣。胡期恆伏地叩了一個頭，由著御前侍衛將他朝珠頂戴摘去，再叩一個頭，便自退出殿去。他的周身抖如篩糠，如同冰窖裡撈出來的一般，正跌跌撞撞走出養心門，眼前忽然閃出一幅奇景：竟是一個披枷帶鎖的重犯，被兩個侍衛帶著，也向這裡來。遠遠看去，此人罪衣罪褲，面目不清，待走到近前看清面目，胡期恆不免驚呼一聲：「是蔡若璞！」

來者不是旁人，正是前任四川巡撫蔡珽。要說他自被年羹堯參後，也真是一步步往絕處裡走去。先因逼死知府蔣興仁一事，被部議鞭一百，枷號三個月，後又扯出程如絲的事來，被定了死罪。因其身為巡撫大員，需得押解進京再問，是以一路千辛萬苦，坐著囚車而來。蔡家本是漢軍旗的高門，蔡珽之父蔡毓榮是平定三藩時的大將，率軍先後克復岳陽、長沙、貴州、昆明十餘重鎮，稱為入滇首功。後來因事獲罪，幾至論死，靠著先帝議功的特旨，才免死改發黑龍江。從縱橫天下到囹圄鋃鐺，蔡珽自幼就曾飽經，所以事到如今，也不肯做無益之悲，單剩下陰結鬱憤，和魚死網破之心而已。

一路曉行夜宿不提，待住進刑部大牢，一連半個多月，卻不見有人提問。蔡珽心裡正在焦灼，卻忽得了一個春雷般的消息，說皇上有特旨，此案恐有別情，要將自己帶到宮中親自審問。他是個經透了世情的人，如今雖是兩眼一抹黑，但一聞此信，即知要有大變，遂愈發打疊起精神，專等面聖之日。

第四十二章　反戈

蔡珽上一次進宮還是康熙六十一年赴任四川巡撫之前，如今殿閣依舊，自己卻已枷鎖在身。早春的北風呲得人臉上生疼，可他的心裡卻極興奮，這一時剛轉過養心門的影背牆，就聽見有熟人喊他的字號。他的鬚髮個把月沒有剃，橫七豎八遮在臉上，擋住視線，所以並未認出來者何人。待再往裡走，便又見一個官服齊整的大臣走出來，向押解的侍衛低語了一句話，就自走開。

暖閣內的光線比外面暗了不少，蔡珽的眼神卻驟然明亮起來，一下看清了皇帝的面目。他原是不信神佛的人，四川名刹甚多，他作了三年巡撫，除了不得已應酬，一向極少去拜寺廟。可這會兒乍見了皇帝，他卻陡然升起善男信女似的虔誠，以往的覲見之禮這會兒全用不上，只是一撲在地，嚎啕痛哭，將那項上木枷扭得啰啰作響。皇帝被胡期恆頂撞得氣尚未平，忽見他這副打扮，又如此哀嗚，頓起一身的寒氣，半晌才森然道：「你仔細失儀。」

「求皇上准罪臣叩頭，罪臣就死而無憾了！」蔡珽這一句話說出來，半點沒有溜鬚討巧的意思，真格字字泣血。皇帝聽得心一軟，便道：「可憐見，倒要擔待你偌大歲數。」說罷一邊示意侍衛給他開枷，一邊又道：「也該叫刑部先給他拾掇乾淨，怎麼這個看相就到宮裡來。」侍衛們心道這原是旨意安排，不然誰敢如此，邊上前將他的木枷除去，仍留幾條鐵鍊在身上。蔡珽頓時撿了命一般，五體投地匍匐向前，搗蒜般不住地磕頭。

人都給我丟盡了，又作這齷齪模樣，何苦來。」皇帝先不言語，任他折騰夠了，才將臉狠沉下來，恨道：「你也是兩榜出身讀書人，怎麼苛虐下屬，到了逼人自戕的地步！」

「實在是罪臣催追虧空不得其法，看蔣興仁屢有拖延之辭，想著國帑至重，聖訓煌煌，心裡著實犯急，就訓斥得重了，不承想他會自戕。」

「還敢拿虧空說事，明是你勒索賄銀不成！」

蔡珽跪爬兩步，一臉的委屈，連聲呼冤，邊道：「罪臣再不堪，受聖祖、皇上訓誨數十年，也知道廉恥，何至於做出這樣的事來！」

「那夔關的事呢？魚肉商民，濫殺無辜，你用的什麼人！」

「程如絲是四川第一好官，川東百姓有口皆碑，年羹堯顛倒黑白，起頭就是構陷！」蔡珽一聽問到夔關，激得周身震顫，昂然一挺身子，迸出一句驚人之語。見皇帝黑著臉瞪住自己，又吐字如流道：「年羹堯在川陝飛揚跋扈，臣等在他荼毒之下，仰不能見天日，俯不能保身家。他的黨羽最多，又肯賣人情，不開了臣等的缺，哪有地方安插。這回要不是有旨押解罪臣入京，只怕早叫他治死了。罪臣身死是小，年羹堯若是稱心如意，將川陝文武一應結成死黨，那他謀反謀叛，就指日可待了！」

「你活夠了，竟敢讒間功臣！」

「年羹堯何功之有啊！青海大捷，上賴皇上洪福，下有將士用命，年羹堯不過坐守城池而已！可他竟視天恩士氣如無物，百般炫耀功勞，遍覽史冊，全沒見過這樣無心無肝無知無恥之輩！」蔡珽本是翰林院的底子，好文章好口才，加上幾個月來心裡已將年羹堯顛來倒去罵了成百上千遍，此時傾吐出來，真如行雲流水，把押解他的侍衛聽得滿心佩服，只道這穿囚衣戴鎖鏈髒頭爛腳的老頭，不但不畏懼怯場，竟還如此能說！

皇帝聽著他慷慨陳詞，心裡只覺好笑，深知他對年羹堯真是恨極了，半點餘地也不肯留。眼見他罵個不休，皇帝擺手止住了下文，慵懶地往後靠了靠，臉上雖尚有陰雲，眉間確有將霽之色，先命侍衛道：「把他身上的鏈子去了，叮叮咣咣的，說什麼也聽不清。」待幾條鐵鍊除罷，又冷笑道：「你這樣造作虛言又有何用？莫須有三個字，是能定大臣之罪的？」

蔡珽先謝過去刑之恩，深知自己已經號著了皇帝的正脈，再聽皇帝嫌他「虛言無用」，就更拉開了話匣子，叩頭有聲侃侃道：「皇上拿罪臣所奏的遍問川陝文武，一定人人都這樣說。年羹堯在軍中，事事效法當年十四阿哥的排場，當同列督撫都是他的屬官，提鎮副參都是他的家奴。皇上賜他的黃帶四團龍補，他不但自己服用，還給他的兒子穿上招搖。又屈抑蒙古，連阿拉善和碩額駙見他也要下跪，又少發糧米，拖欠冬衣，鬧得蒙藏藩人一齊含怨。川陝甘滇四省之人，凡是如他意的，都趾高氣揚，稍不如意，就似罪臣這般寸步難行。罪臣先前親自運送四川軍糧到西寧，隱約聽見人說，年羹堯還與西大通的九貝子頗有些來往，罪臣先不敢信，後頭聽人議論的越來越多。」蔡珽話越說越快，越說越是委屈，頭杵在地上，嗚咽得泣不成聲，待氣息稍緩過來，又補道：「年羹堯狂妄驕縱古今罕有，又自負小才，如今擅作威福，逞事攬權是小，只恐日後行事更不可問！罪臣祖孫三代受朝廷的厚恩，不敢不為皇上憂心！」

「我在潛邸認得你，還是他引見，怎麼鬧成這樣？」皇帝叫他一番話說得心旌動搖，從寶座上緩緩站起來，隨意踱著步子，走到蔡珽伏跪的地方停住，說出這樣曖昧不明的話來。蔡珽哪裡肯認他是在和年羹堯鬧彆扭，忙又叩頭泣道：「罪臣與年羹堯，本來也算是朋友，可自從罪臣到了川撫任上，他仗著是保舉的人，事事都要插手。罪臣蒙皇上朱批訓誨，以戰事大局為重，從不肯和他爭競。可這會兒再不如實說出來，就怕西邊幾省上下一氣，要是聖明久遭壅蔽，臣萬死難辭其咎。」他彷彿與地上的金磚有仇，以頭相碰，硜硜作響，連磚也要砸裂了一樣。待抬起頭時，臉上已滿是血污，血淚摻雜，看著實在瘆人。

「罷了，這些話我在別處也聽過幾耳朵，只是不曾受他荼毒的人，不肯說得這樣白。」一時間，皇帝將那腔劍拔弩張的氣勢驟然鬆弛下來，「唉」了一聲，長嘆道：「一則年羹堯負恩，二來也是我過於操切，因他有兩分才幹，三分功勞，就愛惜太過，也驕縱太過，實在怨不得別人。」

蔡珽雖則手足酸脹，遍體酥麻，可腦子裡極為靈醒，想此間機不可失，若不將年羹堯證到死處，往後必有轉圜，所以血往上湧，還想再說幾句厲害的話，倒是皇帝不肯再聽，只順著舊話道：「年羹堯一心想殺你，也不能什麼都叫他如願，你先回去，收拾收拾，過幾天自有恩旨。」

果然，兩天後就有一道上諭下給刑部，說「朕思蔡珽所犯，係年羹堯參奏。今若將蔡珽置之於法，人必以朕為聽年羹堯之言，而殺蔡珽矣。朝廷威福之柄，臣下得而操之，有此理乎？」刑部尚未醒過悶兒來，吏部也跟著接了新旨，說蔡珽原本有病，又有蔣興仁一事，所以將其革職。今見其並無疾病，且學位尚優，著即刻補授左都御史一職，內廷行走。

一個待死囚徒，一夜間就成了執掌風憲的七卿重臣，就連蔡珽自己也飄忽暈脹雲裡霧裡。至於旁人，要不是眼睜睜看著那珊瑚帽頂、錦雞補服穿戴在他身上，誰又不以為是《邯鄲記》《南柯記》一樣的傳奇戲文？大夥兒看著新鮮可不敢多說，只有暗地裡盤算：怎麼年羹堯離京才兩個月，皇帝就朝他板起臉來？單這胡期恆一落，蔡珽一起，就有多少人變作熱鍋上的螞蟻，乾轉不成主張。惟有皇帝沒事人一樣，照舊一板一眼，言行自若。

新年一過，先帝的二十七個月喪期就漸次熬到了頭。皇帝初登大寶時，為了居喪期間輔佐有人，特命允禩、允祥、馬齊、隆科多為總理事務王大臣，協理政事。如今喪期將滿，自然可以罷去不用。允祥對這事最小心，年前就說下到日子請辭的話。倒是皇帝笑起來，說我曉得你謙遜，可先別大張旗鼓提出來得罪人，且看廉王和舅舅怎麼行事。又過了十來天，眼見要到二月，允禩、馬齊也各自知趣，都上摺子請辭。偏是隆科多處仍然沒有動靜，顯見有戀棧之意。朝中從來不乏會觀風望氣之人，不日即有御史上奏，說先帝服制已滿，總理事務名目不宜再設，四王大臣理當各歸職守。

皇帝將四人召進宮來，拿了御史的摺子給他們看，四人雖說各有主意，至此總歸同聲懇辭。皇帝一面點頭，卻未即刻應允，只說道：「這是大事，也不能因為一個小臣所奏，就稀里糊塗辦了，總要向諸王大臣有個公論。這些日子事多，過兩天再說罷。」

他這面說完，別人都不吭聲，倒是一向都不多話的馬齊趨前跪奏道：「奴才年紀早過了七十，實在老邁遲鈍，昏聵糊塗，占著這樣要緊的缺，全仗主子厚恩，才沒有罷斥治罪。所以奴才先有兩個不情之請，一是請主子將臣不職之處交部察議，給大小官員做個警戒；二是准臣告老歸旗，另選賢能在聖主跟前輔佐。」

皇帝見他乖覺，心裡十分滿意，只道此公雖老，照舊是水晶琉璃心腸，不怨他一家幾世立朝，輩輩大用。遂親自上前扶住，執手道：「你是耆舊元老，原不必親自辦什麼事，單給眾人做一個公忠體國、平和安靜的榜樣就是盡職。告老歸旗大可不必，我看你的精神很健旺，比舅舅也不差什麼，只留一個大學士，有什麼不能應付？看舅舅還兼著多少要緊差事呢！」

隆科多近日受皇帝冷待，頗覺灰心，幾次有辭去九門提督之意，又放不下權。這會兒見皇帝以挽留馬齊為詞，公然捎帶上自己，心裡大不痛快，乾脆一狠心，上前負氣道：「奴才比馬中堂小幾歲，可精神記性也不濟了，還請解去提督之任。」

皇帝雖然正中下懷，可見他說得直衝，似有賭氣之意，不覺怔了怔，正想著是否暫緩圖之，便聽允祥在旁笑道：「前兒見舅舅坐著車進宮來，真是破天荒頭一遭，聽常到我那的大夫說，怎麼您也喊腿疼，不肯騎馬了？」皇帝聞言心裡發笑，先皺眉斥道：「太醫院混帳，這也不奏！」轉又換了關切神情，向隆科多道：「提督總要騎馬巡視，是太勞累了。不過九門的差事要緊，沒有熟手不行，不如另找一個人先署理著，舅舅安坐指教他一陣，再說辭不辭的。」

話既到了這個地步，隆科多想再轉圜也是不能，只好口稱謝恩，忍著一肚子窩囊氣和允禩、馬齊俱退出來。允禩為了先帝駕崩今上登基的事，已經和他結了死仇，先時因他勢大，只好壓抑忍耐，這會兒見他寵眷也衰了，兵權也沒了，氣焰也洩了，不免有些幸災樂禍的快意。及出了養心門，就停步回頭，拍拍他的胳膊含笑道：「舅舅欠安，坐車也顛簸，不如把我的轎子借您坐罷。」隆科多叫他氣得半晌說不出話來，末了草草拱手說一句「不敢」，便自作昂首挺胸之狀，大步流星往外走去。

待他氣沖沖回到宅門，便有管家在外迎著，說內閣查大人、都察院吳都老爺來拜，正在書房坐等。隆科多「嗯」了一聲就往裡走，管家又一路跟著，說他的六弟慶復方才來了又走，是問大公爺的事，要不要合上一個摺子。

隆科多不聽還好，一聽又是一腦門子的官司。管家所言大公爺不是旁人，正是他們佟家門裡的長房長子、一等公鄂倫岱。鄂倫岱乃是八王一黨的魁首，性情又極強橫，早年先帝斥責允禩，他也敢當面頂撞，混不怕死。皇帝初登大寶，很怕這位大國舅橫衝直闖惹是生非，遂將他遠遠派到蒙古整頓臺站，直到去年底才回到京中。鄂倫岱雖也聽說皇帝凌虐兄弟親貴的事，可畢竟離得遠。等回來先聽允禩等當面訴苦，又見皇帝笑談謦欬生風雷處置了保泰、阿爾松阿，他的暴脾氣便犯上來，先在乾清門怒摔上諭不說，年三十晚上大醉一場，大年初一排班朝賀前，又在乾清宮院內撒起酒瘋，當著侍衛處一眾同僚掀衣小解，任誰也攔勸不住。皇帝一經聞奏，自然勃然大怒，又下旨歷數他黨附允禩的罪過，說他雖死不足蔽辜，惟念是兩代皇后至親，所以免其誅戮，發往奉天與阿爾松阿居住一處。

按例遇見這樣的事，佟家各房有爵有職之人應合上一個摺子，來數落鄂倫岱的不是，表明眾族人忠君親上、報效聖恩的心跡。可隆科多心裡明白，佟家各房向來以推戴廉親王允禩者為多，自己打擁立今上即位之日起，就在族裡走了單。早先勢大位尊則還罷了，如今聖眷日衰，連兵權也沒了，再起這個頭，一干族眾不定攢了多少閒話說給他聽。可要是不領銜上個謝恩的摺子，皇帝那雞蛋裡挑骨頭的七竅玲瓏心一動，豈不又要給自己安個黨庇逆兄，事君不純的罪名？是以揉揉生疼的腦袋，站住腳，想了片刻，才向管家道：「叫個妥帖人告訴老六，哪一房的事哪一房出頭，咱們跟著就是。」

說完一面進了書房，就見自己的親信智囊內閣學士查嗣庭、都察院僉都御史吳隆元俱都在內，一個閒坐無聊，把玩案頭今上所賜的筆洗；一個負手而立，評賞牆上張掛的先帝御筆對聯。照規矩，御賜筆札物件，應當恭謹收貯，或是供奉正廳正房，可隆宅的上方之物實在太多，主人又不講求禮數，只在書房、花廳等處隨意放著，親友僚屬跟前，亦有彰顯恩榮之意。

查、吳二人都是常來常往，自然不以為怪，見他進來，先問候過了，又談些客套閒話。隆科多讀書不多，不過稍通文字而已，卻很羨慕早年索額圖、明珠的宰相派頭，也愛延攬些漢官名士在身邊，替他出謀劃策，鼓吹宣揚。因他久任吏部，識人方便，又肯在皇帝跟前開口舉薦，所以一眾翰林高第也不嫌他倨傲少學，都樂於上門應酬捧場，其中在京的，尤以內閣學士查嗣庭、都察院僉都御史吳隆元為最。

查嗣庭是康熙四十五年進士，海寧查氏中首屈一指的才子。他當翰林時就是隆科多的座上客，常為之代筆，作些賀表慶箋文字。今上即位伊始，隆科多即舉其內廷行走，不日又超擢為內閣學士，與張廷玉、蔣廷錫等俱是漢臣中的新朝新貴。查嗣庭今天拉著前輩舊交吳隆元同來，是想求隆科多為他說項個禮部侍郎的兼銜，以為日後謀得翰林院掌院地步。可尚未開言說正事，就見這位國舅總理大臣渾身的不自在都掛了相，遂不便貿然請託，只覥著顏面問道：「公爺的氣色欠佳，敢是過於操勞？」

「操勞？那是人家的事咯！」隆國舅與二人熟不拘禮，這會兒仰坐在交椅上，用手拍著胸口。他的心緒煩亂，又有一腔的委屈，滿腹的塊壘，不著意間，竟生出一句文人的浩嘆，「白帝城託孤之日，正是死期將至之時！」

查、吳二人叫他說得愣住，想他平日言談之間，從來都是與國同休，帶礪山河的豪氣，彷彿社稷安危沒他八分也有五分，京師之重沒他十分也有八分。怎麼十天半月不見，口風竟悽愴若此！是以對視半晌不敢吭聲，倒是隆科多自己坐直了身子，接過下人遞來的熱手巾擦一把臉，又掏出個牙雕鼻煙壺來，用銀匙盛出一小撮鼻煙，放在虎口處，似貼非貼湊上去，聳動鼻子狠嗅了嗅，方舒過一口氣來，放下煙壺解說道：「才養心殿撤了我九門的差，過兩天還要撤總理事務的，說我老得跟馬齊也差不多，趕明兒連吏部也一道撤了拉倒。」

「公爺還不到六十歲，正是年富力強光景——」

「年亮工還不到五十歲呢！又怎麼著了？」隆科多與年羹堯原不對付，可如今倒有些同病相憐之心，甚或也看作半個親戚。遂將兩手一攤，嗤道：「看這會子蔡若璞興頭的，比他老子當年下了昆明城還要得意。」

查嗣庭本為求官而來，見這位大座主如此失意，自然張不了口；告別而去，未免過於勢利；想安慰，又艱於措辭。是以搓了半盞茶工夫的手，方想出兩句話來，強笑道：「當年聖祖爺駕崩之日，京中有一句讖，叫惟有人冬耐歲寒。人冬者佟也，稱讚公爺如松似柏，乃是國之柱石。現在開歲發春，小有波瀾，不過清風拂面而已，公爺何必介懷。」

「皇上的性子，沒人比我更知道，只好走著瞧罷。」隆科多懶得應酬他的虛話，隨意拱了拱手，算作承情。

他這廂先命管家送客出去，自又叫來親信家人，逐個叮囑，令其將各處寄頓的金銀再一一料理明白，務須謹慎周密，莫使人知。隆國舅是個外剛內細、頂頂精明之人，十幾年九門提督做下來，京城的一房一樹、犄角旮旯，都似餖飯拱花，真真切切刻在他的腦子裡。可這會兒不知怎麼了，雖說一應布置停當，心裡還是一陣陣發虛。獨個呆坐半晌，又捋了捋周遭的人、事，琢磨或許應讓家眷進宮，去同親妹妹皇貴太妃墊幾句話。可轉又想起自己那位當家的四兒太太不上檯面，也只得作罷不提了。

第四十三章　發賑

這一面打發了允禩、隆科多等人出去，雖已是下晌日頭偏西光景，皇帝因另有一件棘手的事，所以仍召幾位內廷行走的重臣入宮議論。

所議者乃是江蘇淮安、揚州旱災賑務。去歲兩府亢旱，米價騰貴倍於平日，如今青黃不接時節，這一片富甲天下的金粉之地，平民百姓就越發難過。淮安府是河道、漕運兩總督的駐地，南北通衢，運河要衝；揚州府更不必說，是淮鹽的大本營，徽晉二幫雲集景從，又何止腰纏十萬貫而已。這樣兩個地方糧食不濟，就急壞了江蘇巡撫何天培，半年來齋戒祈雨拜城隍，好一通折騰，卻不見老天爺有什麼動靜。他本想從蘇州、松江兩府平糶了糧米接濟淮揚，無奈江南各府早不是「蘇湖熟，天下足」的局面。前明嘉靖以來，這一帶市鎮勃興，煙火輻輳，棉、絲、茶諸業大起，雖是魚米之鄉，卻漸成糧少人多之勢，又兼江南重賦由來已久，漕白二糧催科甚劇，如今蘇、松幾府的人，自己還要從湖廣買糧食吃，並無餘糧供應鄰居。想來想去，也只好上奏請發外省賑糧救濟江北。

國家財富仰給東南，這在朝廷看來，絕不是說說而已的空話。蔡珽如今是一等一的紅人，正在急圖報效，眼見皇帝犯愁，也不顧允祥還在跟前，就搶先發言道：「江蘇、安徽統歸兩江總督所轄，運糧近便，應敕下兩江總督查弼納，從皖省就近籌糧，來發賑濟。」

蔡珽是個旗人，說起南方的事，自然無所偏倚，張嘴就來。張廷玉是安徽桐城大族，淮揚旱澇短收，按過往的情形，一定有許多百姓順江而上，到自己的故里去討生活，當地的糧價已經高抬起來，哪經得住官府再去買糧。他心裡這樣想，卻不好直說，恐有偏袒桑梓之嫌，所以就不言聲，只向一旁的吏部尚書朱軾看去。朱軾厭惡蔡珽的為人，遂不肯附和他，另外建言道：「江蘇、安徽固然同屬兩江總督的管轄，可依何天培所說，災是淮安重於揚州，要說轉運便利，倒是由河南沿河發去更快，況且豫省去年大豐，幫襯一些，也不吃力。」

張廷玉是個惜語如金的人，聽朱軾說得中意，便不肯多言，只補了一句最叫皇帝高興的話：「豫撫辦事得力。」

現任的河南巡撫名叫田文鏡，除了深得皇帝寵信之外，朝野上下，實在人嫌狗憎。他原本是州縣佐貳出身，熬到近六十歲，做了內閣侍讀學士，今上初登大寶，奉旨祭祀華山，沿途揭出山西巡撫德音匿災的事，所以得了皇帝的賞識。先將其超拔為山西布政使，次年改調河南，不久又升為本省巡撫。田文鏡年已老邁，在朝又沒有得力的師友親戚作靠山，晚運發達至此，實賴皇帝一人之力。他在河南開荒墾田、厲清虧空，藩庫雖為之大充，卻著實開罪了不少人，得了個嚴苛深刻的惡名。

其中動靜最大的，是雍正二年春天的封邱縣生員罷考之事。其時田文鏡正作藩臺，主持加固黃河堤壩。修堤的人手不足，他就不理會朝廷對紳衿的差役優免*，叫沿河州縣的秀才一體上堤做工。因為開封府的封邱縣奉行最力，當地的秀才們就大鬧起來，先在省城散發揭帖，又聚眾攔了知縣的轎子，最後一不做二不休，乾脆湊齊了全縣文武童生院試罷考，又衝進考棚，將赴考之人的卷子盡行撕爛，亂了個天翻地覆。當時的河南學政不是旁人，正是張廷玉的親弟弟張廷璐。他是翰林世家、榜眼及第，如何看得上田文鏡，又怎麼不偏著讀書人。所以張廷璐先看見考生們的揭帖，就同河南巡撫石文焯、按察使張保、開歸道陳時夏等，一例作壁上觀，等著看田文鏡的笑話。

待笑話真鬧出來，皇帝卻出人意料全聽了田文鏡的話，不但把帶頭罷考撕卷的文生員王遜、武生員范瑚立斬開封鬧市，還將學政張廷璐革職，巡撫以下降革有差。張氏兩朝近臣、宰相門第，竟把個三公子折在田文鏡手裡，朝野上下俱都議論紛紛，咂舌這田某人的力量。張廷玉是極謹慎的人，心裡雖有萬般氣惱，總不肯說一個不字，落人口實。

皇帝熟知他們的芥蒂，這會兒聽見張廷玉誇田文鏡，心裡暗道難得，遂不顧一旁蔡珽漲紅的臉，只向張廷玉笑道：「說得是，河南去年的收成好，出文鏡辦事也最認真。河南若不足，再叫山東協濟些個就是。」說罷又問一直沒吭聲的允祥：「在河南買糧，是朝廷發帑，還是先叫他們墊著？」

自罷考公案出了以後，除了皇帝，允祥從沒聽一個人說過田文鏡的好話。特別是河南籍的京官，或是在河南任官的讀書人，都將此人視作天上掉下來的煞星。先不說勒令紳衿們身親力役，單說這半年多，田文鏡先後參罷的州縣屬員就有十幾個，一色進士舉人出身。這些官員各有座師同年，所以如今舉朝無人不知，此人是個專與孔孟門生作對的酷吏。連皇帝用人的名聲，也叫他帶累不少，說是急功近利，親近雜途。田文鏡前日又上了摺子，說去年的秋糧正項，因為省府藩庫周轉不便，請將本該起運戶部的四十餘萬兩京餉暫緩解送。皇帝去問戶部的意見，部員們好歹找了個空，同聲一氣向允祥

＊明清時代具有秀才以上功名的讀書人，或是退休回鄉的官員，可以免除親身為國家服勞役的義務，被稱為「優免」。

道：田文鏡又是開荒、又是催繳，日日斂財，鬧得官民不安，且又吹噓黃河安瀾，粟麥大收，怎麼到了起解京餉時，反說周轉不便？其中緣故，斷不可問。王爺豈能叫他蒙蔽了？允祥聽了深以為然，此時見皇帝問，便將心一動，從容回道：「發京帑到河南要十幾天，又空耗了腳價銀子，不如叫他們先墊支著，豫撫是顧全大局的人，自然辦得好。」

皇帝點頭無話，叫張廷玉先退至外間，擬了旨，皇帝看過了，當即就送出去。這邊又議了幾件事，倒把皇帝說餓了。他素來晌午之後就以看摺子為主，少有這麼晚了還見人論政，遂向眾人言說辛苦，又傳了十幾品晚點，君臣同餐。一時飲饌已畢，天就到了戌正時分，殿外已經黑得透透的，幾個人待要辭去，就聽皇帝笑道：「先前欽天監奏，說本月初有五星聯珠*的瑞兆，昨兒初一沒有，不曉得今天怎麼樣。你們既趕得晚，不如一起看看。」眾人聞言，自然湊趣，都隨著皇帝到乾清門廣場去看天象。

乾清門外開闊軒敞，正宜飽覽天河。因是初二，月光不明，只有穹宇繁星熠熠生輝。皇帝拿了個鑲象牙的藤筒千里眼，興致勃勃才擎起來去看，便脫口而出：「來了！」

京城裡天降吉慶百官朝賀，河南的開封城裡，那位巡撫田文鏡卻正忙著和全省的官逐個較勁兒打擂臺。他是監生出身，從縣丞微員一步一步熬上來的人，地方積弊，一應全熟。在他看來，如今的河南，兩司無能，道府尸位，州縣疲軟，師爺機巧，書吏奸猾，衙役捕快養賊自重，長隨奴僕敲骨吸髓，縉紳秀才跋扈不法，小民百姓健訟放刁，上上下下簡直一無是處，盡都在他這一把老骨頭的整肅之中。

部文一向由各省駐京的提塘驛遞即可，可發賑的事情大，所以戶部又派了個七品筆帖式來親自說明。筆帖式名叫佟泰，是個滿洲人，從沒到過河南，但他聽書看戲慣了的人，豈能不知宋金故事？所以久聞開封府的大名，實在如雷貫耳。心想這樣名城大邑，地在中原通衢，就算沒有北京城那樣巍巍貴氣，總該是燈紅酒綠，滿目繁華的樣子。

到了開封先辦公事，一時文書送進，便有簽押房的師爺來同他說，田中丞正會客，煩請上差稍待。佟泰是個好熱鬧的人，枯坐無聊，就告訴師爺，說先到駐防衙門去會親戚，也不肯要人相陪，自己換了衣裳，溜溜達達往街上走。

開封的內城是駐防滿城，康熙三十六年定了七百六十人的兵額，由城守尉統轄。向外是民城，才算開封府的屬地。滿城無甚意趣，及到外城，雖也稱得上市坊密布，煙火叢集，可那些酒肆茶樓、店鋪歇家的生意卻不甚紅火，街上往來的人大多板著臉，並不見歡喜神色。佟泰問著人，走了幾條有名的街巷，便覺沒甚逛頭，只道這是個徒有虛名的地方，出趟外差，回去連個說嘴處也沒有。

時近正午，他因腹中有些饑餓，就順腿走進一家大門面的酒樓。這買賣十分氣派，窗明几淨，桌椅鏤花，只是食客寥寥，夥計們都百無聊賴閒著。這會兒見個綢衣緞褂的外鄉人邁著官步走進來，眼睛裡都透著驚詫。待佟泰咳嗽一聲，才有兩個年輕夥計緩過神迎上來，操著半土半官的買賣腔招呼他

* 五星聯珠也叫「五星聚」，即水、金、火、木、土五行星同時出現在天空同一方的現象，古人曾認為它是祥瑞之兆。

落座。

佟泰看了一眼牆上掛的水牌，依次寫著「套四寶」「筒子雞」「鯉魚焙麵」「羊雙腸」等本地的名菜。他因為一概都沒聽過，所以不肯露怯，只迤迤然坐在臨窗的八仙桌前，吩咐道：「把你們拿手的菜上四五個，再燙一壺好酒。」見一個夥計下去預備，他便向那伺候手巾茶水的人問：「青天大日頭的，這是要淨街，還是都改了兵營？」

這夥計是開封的城裡人，在大買賣家學徒出師也有兩三年，最能耳聽八方見多識廣。又兼這酒樓離滿城近便，駐防的文武旗員常到他們店裡吃喝，所以聽熟了京腔，也見慣了這等旗下大爺的做派。他看佟泰身著緞面長袍，外套羊皮翻毛巴圖魯背心，舉手投足，比駐防的官弁還有體面，且又從沒見過，就在心裡猜他是京城人物，只不曉得是過路上差，還是本省的新任。夥計琢磨著他的來頭，手底下就越發殷勤起來，卻不敢多話招事，只是恭敬不失俏皮地賠笑道：「老爺見笑，現在是農忙，進城的人少，所以顯得冷清。」

「這倒奇了。」佟泰以他在京城的觀感，只道冬天難免蕭條，現在河開燕來，正是大姑娘小媳婦滿街逛的時節，怎麼反倒冷清？不過轉念一想，這開封城名氣再大，和京城一比，不過也是小去處，怕不能同日而語。

他這裡胡思亂想正等著酒菜，門口又進來兩個客人，年長的四十來歲，看來是個常客，向迎上去的夥計嬉笑幾句，就坐在佟泰的鄰座，熟門熟路叫著酒食聊起來。

「你們田撫院吃了別人屙出去的東西，淨出些沒人味兒的舉動！」年少的二十八九歲年紀，是個火爆脾氣，因屋裡暖和，就一把扯了領口，也不論左右動靜，自顧自恨道：「我也跟過好幾位大人老爺，從沒聽說到任了不讓在省城住，徑直給攆下去。這倒好，老爺不許拜會上憲朋友，連我們也不得好吃好睡，稍要些東西，就說騷擾驛站。都他娘什麼世道！」

「小聲些，別給你們老爺招禍。」年長的行事小心，瞥了一眼左近的佟泰，用胳膊肘一頂同伴，壓低了聲道：「你們黃老爺也是兩榜出身，難保不和我們老爺一樣，觸那老傖頭的忌諱。」

「看他敢！我們老爺可是蔡總憲的保山！」

「先頭張學臺還是張尚書的親兄弟呢，還不叫他擠羆了官？我們老爺一貫小心，也落個革職留任。」年長的自斟了一杯酒，「吱」一聲倒進嘴裡，搖頭道：「黃老爺剛來，還不知道厲害。他打去年就立了規矩，不但新官到任不能在省城呆，就是各府州縣現任的老爺們，凡是到省辦事，都不許多帶長隨，也不許停留，不許拜客宴會。你瞧見沒有，開封城裡有名的酒樓茶座戲園子，哪還有一點兒活氣。」

兩人正說得解氣，就有夥計端了大條盤盛的本地名菜糖醋軟溜黃河大鯉魚焙麵上來，登時熱氣騰騰，油光漬漬，香氣散得四處都是。夥計因與那年長的熟稔，就一邊布菜斟酒，一邊接他的話道：「我們東家的二舅爺在城南開客棧，如今買賣也不興旺。聽說是撫臺大人的鈞令，叫外府的老爺們凡到開封，有事回事，隨到隨見，不准耽擱留宿。要是一天之內辦差不及，連老爺帶跟著的人，都不許住在城裡，需得先出城去，第二天再進來辦事，說是怕跟隨的人多，無故勾結擾民。我們東家和舅爺都說，幾輩子做買賣，從沒見過這樣的令。不說大買賣家不能伺候貴客，就是街上挑挑兒的，趕腳的，套車的，賣小吃食的，也跟著少了好些營生不是！」

「這姓田的六十好幾，也沒兒子，是個絕戶頭，做官的心比旁人熱了一百倍還不止，現如今誰放到河南，就是誰的晦氣！」兩個人喝了幾盅酒，膽子就越發大起來，又罵了許多開封城裡的怪事。佟泰在一旁聽著，慢慢明白了二人身分：這兩個原是同鄉，年長些的是原任開歸道陳時夏跟前的長隨，年輕的則是新任信陽知州黃振國的家人。

吃過了這頓飯，佟泰仍沿著原路往回走，心道這田文鏡確實有些魔怔，怨不得京裡漢官人人罵他。等回到巡撫衙門，又見著方才的師爺，師爺十分客氣，笑道：「我們大人已經看過部文，請上差當面商量。」

田文鏡今天的心緒十分不好，一早見了新官上任的信陽知州黃振國，才說了兩句話，就惹得他大發邪火。新任官拜見巡撫，大多是個虛禮，可他一聽來人是個進士出身，且是蔡珽的保山，就要先給個下馬威，打打這書生的威風。因此儀禮一完便開口道：「信陽三省通衢，最是衝要繁難，我料你斷不能從容辦理州務，只好聽師爺書辦措置。你的上司汝寧府也是個書呆子，只有上蔡令張球是明白人，往後你有不懂的事，要多和他請教，別仗著是兩榜出身，就看低了同僚。」

黃振國是個有脾氣的人，早聽人說田文鏡霸道，心裡很不以為然，遂正襟危坐應了一聲，就不再言語。

田文鏡知道他心裡不服，更要顯示自己的民情熟慣，遂繃著臉又道：「如今地方的第一要務，是招徠百姓，開墾荒地，上實國庫，下固農本。信陽臨近荊襄，多有山川溝壑可以開墾，你到了任，先要曉諭鄉民，加緊屯種。」

黃振國也是做過知縣的人，才剛「教訓」的話不好駁回，及說到民政，就不肯聽田文鏡自說自話，遂欠身拱手，正色道：「現在是春耕農忙，良田好地的勞力還不足，卑職愚見，新墾的事怕要等一等，待農閒時再提。」

田文鏡叫他一句話堵住，登時就將花白的眉毛立起來。開墾荒地，是今上很看重的事，雍正元年就下旨戶部，改訂開荒之後三年起科的舊例，以水田六年、旱田十年為限，待收成恆定，再行繳納稅賦，並由官府發給執照，永為世業。又下詔：「府州縣官能勸諭百姓開墾地畝多者，准令議敘。督撫大吏，能督率各屬開墾地畝多者，亦准議敘。」這原是皇帝重農務本的好意，各省因地制宜奉行開來，也頗有獲益之處。可田文鏡實與別人不同，向來旨意叫行十分，能勸令屬官百姓行著六七分者，已經是卓然的忠臣，可到了他身上，偏是要行個十四五分，才自覺對得起皇帝的知遇之恩。他在河南力行開荒墾田之政，所屬州縣無論境內情形如何，新墾畝數稍有不足，就叫他一本參倒。黃振國在這件事上當面頂撞，他自然惱火至極，雙手朝上一拱，厲聲道：「聖訓煌煌，開墾一事，於百姓最有裨益。這件大事要辦不好，難保我不請你回家去了。」

「卑職不敢違旨，可也不敢希旨。」這邊黃振國正要再跟他抬槓，便有簽押房的人來回，說戶部的上差到了，有要緊部文送到。田文鏡不敢怠慢，只好先收了氣，打發黃振國上任，再叫人去請部差。不料佟泰等不及他的招呼，自己就先逛去，田文鏡沒有法子，只好取來部文先看，又請了幾位師爺來，一起商議辦法。

師爺們看過部文，各自憤憤不平，有氣盛的，就先開口抱怨，說江蘇富庶，不過兩個府遭了災，為什麼不能自己調劑，倒要河南來糴糧？單是糴糧，已經抬高了河南的糧價，怎麼還要河南墊補買糧食的錢？中丞聖眷優隆，哪能叫人這樣欺負！

眾人七嘴八舌，說得田文鏡心煩意亂，只在花廳裡轉磨，等他的首席幕友鄔先生開了言，屋裡才靜下來。單聽他說道：「諸位怎麼不知吃虧是福的道理？東翁是河南的巡撫，也是朝廷的大臣，要是忒計較本省的得失，又置『公忠』二字於何地？內廷諸公與東翁有嫌隙，早在天子聖鑒之中，這次東翁要能秉持大公，當仁不讓，聖上一定嘉許東翁的大度，愈發另眼相看了。」

鄔先生是紹興的名幕，周遊四方後到了河南，叫田文鏡重金禮聘而來，時常討教切磋。所以深知他的見解本事，決然不同尋常。此時聽他的幾句話，果然又高出眾人一籌，恰合了自己取信於上的心思。因此猛一拊掌，叫好道：「老先生說得極是！他們越刁難我，我倒要顯出大公無私的境界來，難得難得，這捨芝麻撿西瓜的好事，竟又偏了我了！」

鄔師爺見他明白，自也撚鬍而笑，卻又補道：「還有一件細事，東翁也要想到，才能把這件功勞辦得漂亮。」

「請指教。」

「東翁的仕途遍歷南北，可知南方人吃不慣粟米麼？」

「對，我原在福建做過官，當地人只吃稻米。不過淮、揚兩府在江北，情形或許不同？」

鄔師爺遊歷天下，見識很廣，當即告訴田文鏡道：淮、揚兩府的人大多也不吃粟米，河南所產的糧食，有粟、麥兩種，既是糶給淮揚兩府，就請將部文中的「米」字換作小麥，才合他們的習慣。

田文鏡略一思量，就大讚鄔師爺的周到。小麥是河南的上等細糧，比粟米貴得多，需得城居人家才吃得上，且每年又要供應漕糧，本地原就不足，若要大批的買來救濟外省，叫他這當巡撫的，如何能不心疼？可既然已經定了顧全大局的主意，索性就送佛上西天，自家的委屈少不得一忍到底了。

田文鏡這邊和師爺們商議妥協，又寫了回文，等見著佟泰，就交付給他，再向他說：「墊款糶糧的事，鄙省自當竭力奉行，斷不負朝廷的委任。只是南方人吃不慣小米，需換小麥運去。去年冬收的小麥這會兒再買，怕要費些時日，文鏡一定從速妥辦，請王爺放心。」

第四十四章　折衝

佟泰接信不敢怠慢，當日馳驛返京。到部後，先將田文鏡的回文呈遞上去，又稟明了回話。允祥聽著納悶，就問蔣廷錫：「江南人一點兒小米也不吃？」

「鄙鄉不吃，江北說不好。」蔣廷錫是蘇州人，且是世宦之家，自幼豐衣足食，也不曉得庶民吃穿，聽此一問，只是搖頭。

「既然是災荒，也不至於一點兒不吃？救災如救火，叫他撥藩庫銀買糧，他倒要費些時日。」允祥本來不喜歡田文鏡，所以又抱怨了兩句，向蔣廷錫道：「罷了，田中丞我也惹不起，明兒御門聽政是咱們的輪班，請旨就是。」

第二天乾清門議政，皇帝聽了蔣廷錫的奏陳，就先讚道：「田文鏡慮得周詳，別省的事也不怕麻煩，可見是實心為朝廷分憂。」說罷又向眾人道：「江南人不吃小米，當年隨皇考南巡時候就有耳聞，江淮一帶我倒記不真。」

張廷玉不願家鄉受糶米抬價之累，才想將這吃力不討好的差事塞給河南，卻不合又叫田文鏡得了一心為公的考語。他的心思深沉，平日裡恪遵「萬言萬當，不如一默」的箴言，雖說已是皇帝須臾難離的草詔近臣，出言仍極謹慎，惟遇著田文鏡討好，心裡大為不甘，上前一躬道：「臣家多食稻米，但鄉里人也常用小米煮粥。江淮歉收，小民饑饉，發糶賑濟，想必也以食粥為主。豫撫辦事周到，只是文書往返，未免耽擱時日。」

皇帝雖有疑惑，可聽他說得言之鑿鑿，也不容不信，就再去看朱軾。朱軾是江西人，多在浙江任官，於淮揚情形也不明白，可厭煩田文鏡的心，與張廷玉並無二致，故頷首附和道：「江淮一脈，想來不錯。」

「那就是田文鏡孤陋寡聞了，倒不怨他，一個漢軍旗的人，如何知道這許多細處。」皇帝「喔」了一聲，卻仍先為田文鏡找了說辭，才向蔣廷錫道：「既這麼著，就再發文給河南，叫田文鏡不必過於執拗，加緊買米，從速發去就是。另外山東的協濟，也催他們快發。」

因為山東所糴的米少，所以不幾天就備齊了，從濟寧起運，沿著枯水的運河人拖夫曳，先送到淮安。江蘇巡撫何天培先從蘇州趕來，正同河道、漕運兩總督在府城祈雨，正好親自接著了糧船，將那一艙艙金燦燦的粟米換船裝車，送往各州縣發賣，以平米價。何天培是旗人，也不懂得粟麥稻米的分別，卻聽師爺們皺眉道：「這樣的糧食怕不好賣。」

賑糧既已運來，自然要按原命行事，待幾萬石粟米發到各縣，傳回來的信兒著實叫人頭疼。實為缺糧的百姓不肯買粟米，或是發到手裡，也都倒賣出去，轉給淮安城裡的大商大官的奴僕，買去餵雞餵雀兒。何天培找來淮安府衙的差役詢問，才曉得本地不產粟米，許多人見也沒有見過，即便知道，也不當是人吃的糧食，只看作伺禽鳥牲畜的飼料罷了。

何巡撫沒有辦法，只好再寫一道摺子說明，這邊才寄出去，就聽說沿黃河西下的河南糧船也到了淮安。因為前車有鑒，何天培只當這河南送來的，自然也是粟米，故而懶得親自到碼頭去看，不過命淮安知府：「先去款待押糧的人，再煩他們將原船運回去，看別糟踐了他們的好糧食。」

等淮安府到了碼頭一看，才曉得河南運來的竟是幾萬石小麥。何天培大喜過望，趕忙又補了一道奏摺，二次奏報上去。

皇帝見了兩道摺子，登時明白就裡，特傳張廷玉到近前，先叫他看了摺子，又道：「田文鏡辦理購糧有功，交吏部議敘。」及見張廷玉諾諾欲退，又叫住道：「令尊張敦復先生一向最能容人，怎麼不學他幾分，偏要和個外官過不去？」張廷玉自入值中樞以來，還從未受過如此重話，又不敢辯，只好惶然謝罪，自認侍君不純而已。

皇帝還不解氣，又明發上諭，直言朱軾、張廷玉兩個，為了張廷璐的事，對田文鏡挾嫌報復。臊得兩位重臣灰頭土臉，旁人也各心驚。次日聽政已畢，張廷玉正滿腹心事往值房處走，就聽身後有人叫他，一回頭，便見伊都立幾步跟過來，向他抱不平道：「衡臣兄何等人，竟因為田文鏡受了挫磨！」二人的父輩是舊僚，早就認識，即便如此，張廷玉仍不肯發甚怨言，只一勁兒說些捫心自省的話。伊都立心裡暗自發笑，嘴上也只好順著他道：「雷霆雨露皆是君恩，兄真是透悟了。」

伊都立此來是奉旨覲見，所以一路閒話著到了隆宗門，才要分別，就見蔡珽面沉似水從裡頭出來。他如今的風頭舉朝無兩，先兼了兵部、都察院、正白旗滿洲都統不說，頭兩天又將朱軾所遺的吏部漢尚書缺一併攬在懷裡。平日裡赫赫揚揚，每一出門，必得是背著手走路，仰著臉看人，少有這樣不得意面孔。這會兒見著張廷玉，倒似見了知己，先撒氣似的「咳」了一聲，方拉著手道：「一個田文鏡，拉扯了朱、張二公不算，又把吏部發作進去。」

張廷玉因是個中人，不便問，就看了伊都立一眼，伊都立是個聞琴音知雅意的人，遂代他問道：「怎麼還有吏部？」

「說我們埋沒了他的功勞，合夥欺負他。運個糧罷了，竟要加三級。」蔡珽是朝中科名最早的進士，說起田文鏡，自然也極氣惱，卻不敢高聲，只一拍張廷玉的肩膀道惱，便自辦事去了。

說來皇帝與田文鏡從無舊交，只有改元伊始他奉祭華山時，和許多人一道覲見過一次，且他的儀表又不出眾，所以三年下來，連他的高矮胖瘦、眉眼相貌，也早忘個乾淨。再者，他的為官辦事，真道皇帝如何器重，也未必盡然，只是看著他不畏勢力檢舉了山西匿災，才青眼有加。

不想這田文鏡一經抬舉，就極為效力，聖旨說一，他便行十，縱受百般譏嘲，也從不來抱委屈，寧肯得罪屬僚巨室，也要以天子之心為心。皇帝暗地裡看著他，雖有許多迂戇操切之處，性情又過於剛愎執拗，常把一件善政辦得人人厭煩，可就這無私無黨、六親不認一件，就什麼賢達的能臣也比不了的。這樣的人，自己若不保他，他必定沒有活路，若保了他，往後遇著緊關節要，自然就有可使之處，不濟也能給眾人樹個孤忠自持的榜樣。

想到這，皇帝便在御案前停下來，翻開田文鏡自述心跡的奏摺，揮朱筆立就道：「朕就是這樣皇帝，就是這樣秉性，就是這樣漢子。爾等若不負朕，朕必不負爾等。勉之！」

皇帝這邊還想著田文鏡的事，就聽奏事太監啟奏，說刑部侍郎伊都立候見，這才將神思拉回來，待他行禮跪定了，便開門見山道：「前兒聽怡親王說，你想著外放呢不是？」

伊都立一聽叫自己御前獨對，就開始揣摩由頭，卻不敢深想外放這樣的好事，不過他素來機變多智，略一支吾，就流利道：「奴才是滿洲世僕，一身一命皆主子所賜，如今在京伺候聖駕，是奴才的福氣，若是主子有旨效力封疆，自然也不敢推辭。」

皇帝聽他頭磕得響，話也講得客套，便大笑起來，說道：「就不必說這些場面上的話了。用人之法親親之道不可違，但凡有一個缺，滿洲漢軍都可用，自然要用滿洲，漢軍漢人都可用，自然用漢軍。可惜這話說是說，實在滿洲的人才太少，叫人著急。像你這樣，不用說，也不會埋沒了你。」

「臣何人——」

「諾敏突然犯了中風，只好回旗養著，空出一個山西巡撫的要缺，非你莫屬。」皇帝先還款款說得慈祥，待伊都立感激涕零時，卻換了嚴峻神情，蹙眉道：「諾敏百樣伶俐，只有一樣糊塗，就是信不過我的話。所以他就不病，現下這個時節，放在山西也不宜，你曉得為什麼？」

「恭請聖訓指示。」

「三晉是京師門戶，要防陝甘之變，豈能不用自己家裡的人？」

「啊？」伊都立雖然知道年羹堯在京時幾番惹得皇帝不高興，可乍聞此言，還是驚得瞠目失聲，又自知唐突，忙低下頭，卻不敢擦臉上的汗，只囁嚅著連聲稱是。

「你不用嚇得這樣，不過先把話說下，有備無患。」皇帝見他驚懼，又把口氣放緩了些，掰著手指頭數道：「你去之後，一則河東的鹽政，一則大同的防務，都要收回來，現在又不打仗，哪省的事哪省管，不能都由大將軍統籌。」

「是是，奴才明白！」

皇帝看他實在心膽俱顫，便不肯再當面多說，又囑咐了幾句勤政愛民、清廉自矢、用心察吏、不墜家風之類平常告誡督撫的話，就預備叫他跪安退去，及見他提著衣角剛站起來，忽然又想起一件事，叫住道：「你跟年羹堯的交情不錯，又多有書信往來，這是好事，不用聽了剛才那幾句話就胡亂避忌，叫人起疑。」

伊都立諾諾應聲而退，一出宮門，就直奔怡王府去。因他是至親，雖說允祥不在府中，亦有長子弘昌接著，招待他用飯閒談。只是伊都立實在滿腹心事，坐立不安，午飯才吃了兩口，就停箸不動，同他說話，也嗯嗯啊啊的胡亂應付。弘昌是二十不到的年輕人，哪裡猜著這裡頭的事，只好陪著枯坐，直等了兩三個時辰，才候著允祥回府來。伊都立幾乎一路小跑迎出去，也不等他換了家常衣服，就請他屏退了閒雜人等，急不可耐道：「上午覲見，說諾敏中了風，叫我去頂他山西巡撫的缺。」

「還當什麼事急成這樣，這不是好事？」允祥一副心知肚明模樣，見他一頭一臉的熱汗，全不似平時的小諸葛風度，便笑起來，正要伸個懶腰再叫人進來服侍，就聽伊都立攤手急道：「又說叫我去山西，是為了防備西邊有變。這——這可真嚇得我一句話也不敢回了。」

「話說得這麼白，可見是信得過你。你沉住氣，只要諸事請旨就錯不了。」允祥也換了鄭重神色，拍拍他的肩膀，自坐在太師椅上，略沉吟道：「你跟年亮工有舊交，你去，他必不起疑，這正是皇上的聖明之處。」

「唉，沒想到，真是沒想到，竟這麼快——」伊都立嘟嘟囔囔自念叨著，再抬頭看允祥的臉，曉得自己話說得不妥，忙住了聲，改口道：「是我從沒有放過外職，頭一回，就擔這樣的重任，實在心裡沒底，所以急著來請教，看王爺還有什麼吩咐。」

允祥想了想道：「諾敏手裡有幾件事辦得太拖沓，你趕緊替他了結了奏上來，最要緊是九貝子家眷在平定州傷人的案子。」這一句話又把伊都立的好奇心說上來，湊近了低聲問：「主子一向看重諾敏，可聽今兒的話茬——他歲數又不大，怎麼就中風了呢？」

「唬的。」

「啊？」

「他是小門小戶的出身，有些事看不明白，也禁受不起，實在可惜了材料。」允祥邊說著，略帶惋惜地搖了搖頭。

說來諾敏為了耗羨歸公之議，原本備受皇帝的器重，在督撫中的風頭，與直隸李維鈞不相上下。可到了去年夏天，就有允禟家眷前往西寧，途經山西平定州騷擾地方的事，諾敏先未詳查上奏，事後處置又不合上意，惹得皇帝大不歡喜了一陣。

再者皇帝曾在朱批中告訴諾敏，若有隱祕不便上奏之事，可以寫信向怡親王打聽。饒是皇帝這樣說，諾敏卻生怕有試探之意，並不敢認真照辦，只以外臣不能與皇子宗王私相授受之說推託多次。他話說得堂皇正大，皇帝也挑不出錯來，卻因為平定州一案，他留在北京的兒子向隆科多打聽消息，就叫皇帝逮了個正著。遂在朱批中盡情譏諷道：「你所奏甚有道理，朕竟失為君之道，像你這樣鐵石心腸之大臣，自然要求相當之大臣照應才是，所云依怡親王照應之事，竟是朕信口胡說。朕覽爾奏，每思前旨，後悔莫及，請賢臣寬恕朕之錯誤。」然後不待他回奏，乾脆將他一家大小撥到允祥所屬的佐領安置。

諾敏本來有頭暈體麻的症狀，叫皇帝夾槍帶棒連著教訓幾次，愈發的氣火俱浮，迫血上湧。這一天竟日的見人辦事，回到後衙便覺乏累異常，不合又接著這道朱批，一時看罷，就嚇得魂飛魄散，以致氣血逆亂，當即就厥仆在地。家人又是請醫，又是灌藥，折騰了大半宿，總算將他呼喚還陽，可惜五十不到年紀，就落下個舌強語滯，半身不遂，連抱拳打躬都要下人幫襯，自然做不了這一省的巡撫。皇帝總算憐惜諾敏的才幹，先命太醫到太原給他看病，見不能好轉，也只好叫他先回京來調治。又籌謀再三，叫伊都立去接任，兼取今年羹堯不加防備之意。

這邊允祥隨口說了幾句原委，伊都立心裡不免感慨，只說以諾敏之能事，尚落得如此地步，可見晉撫一職夾在京城與陝甘之間，委實是個不易做的差事，自己此行需得慎之又慎。他這邊心裡盤算良久，就見允祥已經換了便服淨了手，悠閒喝起熱奶茶來，遂定住神，又滿臉掛上笑容，一個長揖到地，復道：「才慌了神，光顧著自己的小事，不及給王爺道喜。」

「我何喜之有啊？」

「前兒議敘總理事務王大臣功過，皇上褒獎王爺任事忠勤，特旨賞一郡王的事，豈不是大喜？咱們大清立國以來，這樣的榮耀，除了當年禮烈親王，還沒有第二個人呢。」

「我當是說什麼。」允祥叫他說得攢眉聳肩，隨手將那白玉錯金碗放在小几上，咳聲嘆氣道：「這件事我正犯愁，已經辭了兩遭辭不掉，明兒還要去辭第三回，實在麻煩得很。」

伊都立所說，是近日朝中一件大事。先帝喪期已滿，總理事務四王大臣辭去職任，皇帝召集群臣評點四人功罪。其中將允祥大大誇獎一番，說他三年來贊襄治理之功甚大，若不加恩褒異，將來宗室諸王為國效力之心必至懈怠，所以特旨賞一郡王，聽其於諸子中指名奏請授封。此外隆科多、馬齊亦有勞績，隆科多給世襲頭等輕騎都尉世職，馬齊給騎都尉世職。三個賞功的說罷，又將允禩痛罵了一遍，說他因為允禟、允䄉、允禵被疏遠之事心生怨恨，不但不輸誠效力，且每事煩擾，阻撓政事，惑亂眾心，是為有罪無功，不予加恩。

諭旨一從內閣發出來，就令聞者咋舌。允禩挨罵倒在情理之中，意料之外是給允祥的賞賜實在過厚。所謂一門二王，即在開國時亦屬罕見。允祥是早年吃過大虧的人，又親見皇帝待年、隆的用心，哪怕恩遇榮寵冠絕當朝，亦常有如履薄冰之感，這會兒聽他的親翁說起來，仍是無可奈何情狀，倒叫伊都立有些摸不著頭腦，只好欠坐著訕笑道：「這會子年、隆二公都不做臉，皇上的心最熱，再不多疼著王爺點兒，竟是有恩無處施了。」

允祥一時默然不語，良久方道：「這話見得很是。不過，皇上的心也太熱了些，我再不以清涼相濟，豈不是自踞爐火之上了麼？」

二人又說了幾句閒話，伊都立便別過回家，收拾行裝等著吏部的文書。不料尚未出京，朝中就又出了一件半大不小卻叫人心驚的事。始因二月初二所見的「五星連珠」天象，乃是一大吉之兆，皇帝頒旨以告天下，各地督撫將軍提鎮等官照例都有賀表奏上。賀表所寫乃鋪陳酬應文章，一貫是書啟師爺們的擅場，皇帝日理萬機，看與不看，常在兩可之間。可這一回他就認了真，單拿出年羹堯的表文細看，偏是大將軍的幕府粗心，把個頌揚皇帝勤於政事、夙夜匪懈的「朝乾夕惕」四字，錯寫成了

「夕陽朝乾。」皇帝為此大光其火，敕下內閣切責年氏說：

「年羹堯所奏本內，字畫潦草，且將朝乾夕惕寫作夕陽朝乾，年羹堯平日非粗心辦事之人，直不欲以朝乾夕惕四字歸之於朕耳。朕自臨御以來，日理萬機，兢兢業業，雖不敢謂乾惕之心，足以仰承天貺，然敬天勤民之心，時切於中，未嘗有一時懈怠，此四海所知者。今年羹堯既不以朝乾夕惕許朕，則年羹堯青海之功，亦在朕許與不許之間而未定也。朕今降旨詰責，年羹堯必推託患病，係他人代書。夫臣子事君，必誠必敬，陳奏本章縱係他人代書，豈有不經目之理。觀此，則年羹堯自恃己功，顯露不敬之意，其謬誤之處斷非無心。此本發與年羹堯，令其明白回奏。」

那句「年羹堯青海之功，亦在朕許與不許之間而未定」的話說得太重，把朝中那些原本懵懂的人一下都說得警醒了：看來年大將軍不知從何時起，竟已失去了聖心，虧得早先雖想巴結，卻夠不上，實在僥倖，僥倖得很。

第四十五章　勢傾

且說伊都立一路曉行夜宿到了太原府，先與諾敏交接了各項政事，又將他好言安慰，說王爺素來愛重老兄的才幹，此番歸旗，必無為難之事，等尊體將養得大安了，一定還有東山再起之日。諾敏這一場大病下來，心早就灰透了，不過歪靠在躺椅上，一手揉著兩個焗得油亮的「獅子頭」，覷著眼睛同他應付。等一應交代完畢，就從壽陽驛相別往京中去，宦海抽身，無事為福。

伊都立這邊送走了諾敏，就雙管齊下，一面命人嚴審已經提到太原的九貝子府護衛、太監，細查其在平定州擾民一事，一面去支應年羹堯。他先以新官到任為由，給年羹堯寫一手札，自述「初膺疆寄，恐怕力不能勝。弟與兄昔為摯友，今作鄰封，還望凡事照應，不吝賜教云云」。年羹堯回信也很客氣，讚其素有能事之名，雖係初任，亦必遊刃有餘之類。

伊都立經這一回客套，再寫信時便入正題，故作請教之狀，去問河東鹽務諸事。待信寫罷卻不送去西安，而是命親信家人快馬急遞御前，請皇帝先行指示。不過數日，就得了皇帝饒有興味的朱批，告訴他信寫得甚好，只是開頭可先捧上一句：「至於遊刃之能，為年兄不世出才具之所能，非弟輩鉛刀伎倆之所能也。」伊都立見此心如明鏡，曉得是要自己放低了身段與年氏虛與委蛇，再漸次查訪其罪狀。

因皇帝先曾有言，須將大同鎮總兵馬會伯籠絡重用，所以伊都立也很上心，挨到本省文武陸續到太原相見時，就特意邀其內宅敘談。這位馬總兵是康熙年間的武狀元，因讀過幾部兵書，又在宮中任過一等侍衛，就常常自詡儒將、近臣，與行伍出身的武官不大合群，也對時不時以勢壓人、越境發威的年羹堯頗為不滿。半個月前，皇帝先有朱批給他，稱許他軍政嫻熟，功勛卓著，不當屈身於年氏之下；令他漸次與年氏相遠，將所轄一切防邊、屯田、練兵之軍務，俱與新任巡撫伊都立會商。所以這遭巡撫衙門見面，馬會伯不過將本管公事言簡意賅說了幾句，就轉過話頭，起身向北拱手道：「會伯奉旨，凡事都聽中丞大人調遣！」

「豈敢豈敢，日後仰仗總鎮的地方多著呢。」伊都立見他知趣，心中歡喜，忙站起來謙遜一番，又坐下傾身笑問道，「聽說大將軍給陝甘將弁兵丁發賞，動輒成千上萬，所以人樂為用。要說北方各省，當推咱們山西最富庶，總鎮久在戎行，一定更加排場？」

「嘿，中丞沒有聽說？大將軍都為有山西才闊得起來，咱們又拿什麼闊呢？」

「怎麼說？」

「他叫他的公子指名向河東鹽商發引票*，山陝兩省的鹽課一半收到自己家裡，還能有個不闊？」

伊都立佯作不能相信的樣子，蹙眉擺手道：「這怕不能。巡鹽御史豈有不問的道理？我在京裡一點風聲也沒有聽說。」

馬會伯在武將中是矜持之人，可在伊都立跟前到底賣不起乖，乾脆竹筒倒豆子，徑直說道：「管

---

* 清代食鹽由國家專賣，引票即鹽商所持的食鹽專營許可證。年羹堯壟斷山西河東鹽場經營權，向鹽商私發引票。

鹽的都是年選，哪能自己人管自己人呢。」

「鹽商們放著朝廷官引不用，又何必去用他的私引？」

「老西兒嘛，都是無利不起早，聽說岳東美在羅卜藏丹津的老窩裡還捉了幾個！」馬會伯嘖嘖兩聲，向西虛指道，「現在大將軍的勢大，他給的引又比朝廷的賤，自然肯用他的。」

「總鎮見教得很是，可見我的迂處！」

伊都立一句奉承話說得馬會伯極為受用，遂又多了幾分炫耀之意，不待問，便故作詭祕之狀湊向前道：「不但鹽，就是茶的買賣，他也一概攬著。先有私茶販子壞了他的生意，嚇得趁夜從黃河泗水到山西來，陝西的官兒帶著大將軍的將領跨境拿人。聽說那茶變價好幾萬兩銀子賣給蒙古人，收在誰的懷裡，還用說麼？」

「這些細事，總鎮哪裡知道？」

「咳，諾中丞是隆公爺的人，向來不買他的帳，那些幫著拿人的勾當，可不是從我營裡要的兵麼。」

「好！總鎮這樣痛快，就算日後抖摟出來，也不礙著你。」伊都立一時撫掌大笑，又與馬會伯細細商議，請他派出精幹武弁，化作商人夥計模樣，前往河東鹽場並山陝各處行鹽地方暗地查訪，得其確據回報。

約莫一月工夫，眾探報俱有回覆，伊都立遂擬了摺子，參奏年羹堯「擅給鹽商印票，增引十萬道；又差咸寧知縣嚴士俊於山西拿獲私茶，越境提人，將茶變價五萬兩；又擅罰茶犯王欽庵等銀九萬兩，私令贖罪；又保題嚴士俟為河東運同，假捏商名，私占鹽窩，招搖生事」各款。皇帝即刻發交部議，並遣吏部侍郎史貽直、刑部侍郎高其佩，前往山西運城查實具奏。

伊都立這一起頭，各地督撫都曉得他的來路大，所以跟隨參奏年羹堯的人就漸多起來。先還是密摺，此後拜本明參的亦復不少。且不單尋常督撫，就是盡人皆知的年黨——直隸總督李維鈞、四川巡撫王景灝等，亦在被參奏之列。對這些奏疏，皇帝並無一字朱批，只挨個發給年羹堯本人，要他將諸臣所參各條各款明白回奏。

皇帝這裡尚自氣定神閒，倒叫年羹堯的死敵，已經身兼兵部尚書、左都御史、正白旗漢軍都統三要職的蔡珽頗為不安，尋機諫道：「年羹堯久駐川陝，諸將皆其心腹。皇上近來責備甚疾，何不令山西、湖廣、雲貴等處整頓兵事，以防有變。」皇帝聞言先是笑而不語，俟他再要奏時，便負手自得道：「若待卿言而後動，豈不晚了？」

及見皇帝責備之詞愈加嚴厲，就連允祥也小心勸道：「雷霆之下，恐有激變，不如稍緩圖之。」皇帝亦是成竹在胸，哈哈笑道：「賢弟只管放心，不必太高看了他。他這兩三個月用了幾千頭騾子幾百輛車，往各地寄放東西。偌大動靜，怎麼瞞得過人？他要反，只有聚財聚物聚人之理，哪能四處去散？明是留個退身步，要當富家翁罷。」說完即有旨給內閣：

「近來年羹堯妄舉胡期恆為巡撫、妄參金南瑛等員、騷擾南坪寨番民，詞意支飾，含糊具奏，又將青海蒙古饑饉隱匿不報。此等事件，不可枚舉。年羹堯從前不至於此，或係自恃己功故為怠玩，或係誅戮過多致此昏瞶。如此之人，安可仍居川陝總督之任？朕觀年羹堯於兵丁尚能操練，著調補浙江杭州將軍。川陝總督印務著奮威將軍、甘肅提督兼理巡撫事岳鍾琪速赴西安署理，其撫遠大將軍印著齎送來京。」

諭旨下到西安，饒是年羹堯百戰之身，見此也如晴天霹靂，渾渾噩噩多日，就是寫個謝恩摺子，也幾次艱於提筆。

他近來迭遭皇帝的申飭，又眼見陝西的要緊官缺都換了新人，且各有一番門道，一個賽著一個厲害。譬如新任陝西巡撫石文倬一到省城東郊的接官廳，就當著在省大小文武劈頭傳下口諭：「你下旨與年羹堯，怎麼連他也不知道朕呢？著他明白回奏。」說罷不等回言，又迤迤然道，「奉旨，大將軍若在軍前辦理軍務，自當照大將軍體統行事，今既在省城，可照總督之禮行事。」待年羹堯忍著火氣叩頭答應了，便真如尋常同僚一般，稱兄道弟說笑起來。

年羹堯在西安數年，一向唯我獨尊，前任陝西巡撫范時捷雖是開國元勛范文程之後、赫赫漢軍第一家，卻在他的眼皮底下貓兒似的乖順，日常接旨拜摺，也如同總督的屬官，不敢鄭重其事鳴囉放炮。如今石文倬一經到任，就與他督撫平行、分庭抗禮，真把大小官員看得個目瞪口呆。

石文倬來了沒幾天，又有新任陝西布政使圖里琛下車。此人乃是文武兩兼之材，又身長八尺，儀表堂堂。康熙末年他曾奉旨出使萬里之外的蒙古土爾扈特部，道經俄羅斯國時，與其女皇一見而為款交。今上即位後，命其為廣東布政使，與年羹堯之兄、廣東巡撫年希堯同城為官。年希堯是個通今博古、獨不會辦庶務的貴公子，所以本省政事多由圖里琛來拿主意。

自胡期恆升任甘肅巡撫後，陝西布政使一職就由年羹堯所薦之人署理，自然凡事聽年羹堯擺布。

皇帝不肯容他如此，所以派圖里琛來前，特意打開天窗說亮話：「圖里琛是在廣東拿住你哥哥的人，叫他來拿拿你看！」果然，此公一經到省，便自雷厲風行，先將西安的藩庫糧倉俱都把住，一日盤交不清，就不許管庫官吏回家。年羹堯打仗用錢，一向公私混雜，哪裡禁得住一筆一筆細查，所以不到半月光景，就把個陝西藩庫爬梳成了笊籬漏勺，大宗小款樣樣都有虧空。

比這二人更叫他難受的，是新任西安將軍、貝勒延信。延信本是肅親王豪格一系的宗室貴胄，康熙末年入藏之戰，他是允禵麾下北路軍的主將，曾護送達賴喇嘛開闢絕域，由青海進軍拉薩。今上因疑延信與允禵的私交厚，就拿一個貝勒的高爵賞功，將本該歸他的撫遠大將軍印綬，交給了自己的藩邸舊人年羹堯，命延信仍領本部八旗兵鎮守甘州一線，另以年羹堯妻子之叔、從來未經戰陣的宗室普照擔任西安將軍。如今皇帝欲將年羹堯鉗住不動，便又搬來與之勢均力敵的延信到西安執掌旗營，渾如一把利劍，懸在他的頭頂。皇帝對這步棋甚為得意，在給延信的朱批中直抒胸臆道：「朕想年羹堯定料不及，是你來西安做將軍的。」

皇帝三四個月裡步步相逼，直把年羹堯逼得叫苦不迭。他親信的川陝綠營諸將，尚各自駐紮在三省的隘口要害，西安城中只有督標各營，遠不及延信所轄的西安駐防滿兵人多，要說舉旗叛逆，那是萬萬不能，況他也從沒有這樣的心思。

至於遵照旨意，離開陝西到南方去，又叫他斷然不能甘心——他是個雄圖偉烈之人，一生功業、袍澤部將，都在這西陲半壁。如今準部未平，宿敵猶在，竟叫他到那江南靡靡之鄉去，在旁人雖不失為一樁美差，可在他看來，就算官爵富貴尚能保住，也是虛度待死，與螻蟻草木無異。

這位逞強好勝的大將軍，此時甚或想叫自己得一場大病，有個由頭待在西安不走。他在給皇帝上奏時，屢次訴說自己身子孱弱，且越寫越是可憐，只道：「竊臣向有心跳之病，去年臘月忽然舉發，較往日頗重。范時捷起身時，臣託其代為奏明事實。自入春以後，臣因飲食減少，夜不能睡，於二月初一二三等日吐血數次，漸覺頭暈，雖力不能支，而亦必勉強辦事。稍有餘閒，即加意休養，以求痊癒。唯願長為盛世之犬馬，冀得永遠效力奔走之勞。今病已漸退，而瘦弱特甚，精神不足。臣所辦之事，只覺疏漏不能周到，是以於謝恩摺內附陳病狀，欲求聖主知臣為病所累，料理不妥之處，俯賜矜宥。」

然則皇帝不但不肯稍加撫慰，反出言譏諷道：「六極惡弱，原係一事，若不弱，需戒惡。況你先曾奏朕『為善日強』，亦當自省也。」

年羹堯拿著這樣朱批，回想前年在西寧守城時，即便說句手酸腿麻、天熱少眠，皇帝亦有頂親切的批語，又賞賜丹丸方劑，百般慰藉，朱批裡心疼肉疼、愛惜垂淚之語，幾乎無日無之。兩下裡一比，真有恍若隔世之感。每思及此，他實恨自己半世為官，於君臣相交之道全是個外路人，真妄稱一代豪傑、風雲叱吒。

心知頓足捶胸、上奏乞恩未必就能見效，年羹堯也只好聽了幾個管家的話，去學那些他原本瞧不上的俗官，將衙門裡的金銀古董、房屋契據、貴重家什等等，陸續寄頓別處，且防一日抄家，幾代受窮。起先是往外送。自本年正月胡期恆遭革職起，年府的大管家魏之耀就從西安府，以及左近涇陽、三原等縣的驛行車店裡，僱了能馱輜重的騾子兩千兩百多頭、大騾車兩百多輛，四向而出，分赴四川、湖廣、直隸、江南等地親友的住所，能藏多少就是多少。待到年羹堯調補杭州的旨意一下，再這樣大張旗鼓僱車出境，就顯得過於惹眼，只好將剩餘零碎的家私或打箱子，或裝包袱，於夜深人靜時送到西安城內的親信家中，無論深宅花園，池塘地窖，不拘哪裡，先安頓了便是。

且不說年羹堯這裡六神無主，手忙腳亂，單說接任之人——那位從甘肅快馬兼程趕往西安的新任川陝總督岳鍾琪，也實在算得上日夜忐忑，五味雜陳。岳將軍雖是將門之後，又征戰多年，可畢竟是念書的將軍，心思比尋常武人重得多，他知道現在各地督撫連章揭奏年羹堯的罪過，就連年氏的左膀右臂、四川巡撫王景灝也反戈一擊，可見皇帝心意已決，早有布置。每思及此，岳鍾琪便覺得後怕，自己如今是名聲在外的飛將軍，號稱年黨武班第一，若是一時失措，叫皇帝稍存疑心，只怕連胡期恆那樣罷官奪職抄家了局的便宜也沒有。

除了驚懼惶悚，這一路前來，也未嘗沒有幾分說不清道不明的竊喜。岳鍾琪還不到四十歲，年輕資淺，又一向都在外任，此前從未進京見過皇帝，一應功勞好處，都由年羹堯居中敘說。可皇帝近來對他的殷勤嘉許，又彷彿至交老友一般，屢屢在奏摺中批曰：「卿乃曠代奇才，國家棟梁大器，朕雖未見卿之面，中外輿論、一路次第來歷、章奏、辦理事件所效之力，明明設在目前，朕實知卿之居心立志也，朕實慶嘉。」「陝省吏治廢弛日久，兼之用兵十有餘年，地方疲敝已極，總督一任非當代人物如卿者不能料理就緒，今陝甘唯卿是賴。」又將青海之勝的一應功勞，全然算在岳鍾琪頭上；至於濫殺無辜、欺淩番藏、靡費錢糧，種種惡事，俱是年羹堯的罪孽，與他纖毫無干。川陝總督執掌三省、軍民兩兼，多是滿洲重臣充任，由年羹堯這樣的漢軍旗人承當已屬少有，如今落到自己這個漢將身上，就更是稀奇。岳鍾琪是個自視極高，又熱衷仕途的人，得此良機，斷不能不為所動。

等到了咸陽原上，遙望畢陌耆草，又不免五內沸騰，背人時連連唏噓。岳家入清後三代為將，他父親岳升龍曾追隨甘肅提督張勇平叛三藩，屢有奇功。先帝親征準部，昭莫多一戰，岳升龍領三百騎護送糧草，更是聲震天下。此後提督四川，與番藏周旋多年，卻因挪用布政司三萬兩白銀做買賣，被新任的四川巡撫年羹堯查個正著。此時岳升龍年邁休致，雙目俱盲，家中並無餘資可以歸還填補。年羹堯敬慕老將的威名，雖然查實了虧空，卻不以常理參奏，而是自擔干係，邀四川大小官員認捐錢糧，代岳升龍完結庫帑，免其牢獄之災。且又親往岳宅探望，說服屢考文舉不中，靠捐納得了同知缺的岳鍾琪改為武職，屢加舉薦。世交之誼，湧泉之恩，至此就要分道揚鑣，岳鍾琪清夜捫心，不能不生背師賣友的慚愧。不過思及自家的性命前程，兩害相權，也只有狠一狠心腸，冷一冷面皮，渭水過渡，灃水履橋，打馬進了西安城。

進城以後，他仍住在自己的私宅裡，想著下一步的辦法。有個師爺給他出主意，說不如按著爵位品秩，先去旗營，拜一拜延信貝勒。康熙五十九年入藏時，延信是北路主將，岳鍾琪是南路的先鋒，二人會師拉薩，原本是相熟的袍澤。如今時隔數年，於西安將軍的轅門再會，岳鍾琪看著前來相迎的延信，竟有些手足無措，半晌才依舊禮拜道：「給貝勒請安。」

延信也是感慨萬千模樣，向前雙手拉起他，先脫口一聲「小岳」，又報赧笑道：「看我糊塗！東美你封了公爵，又署督憲，眼看就要做我旗營的財東，這樣順口渾叫，太不成話！」岳鍾琪被說得謙遜擺手笑道：「貝勒還是照舊好，您當大帥的時候，鍾琪還是偏裨副將呢。」

二人一邊敘舊，一邊聯袂到了延信的書房，落座獻茶屏退閒雜人等，反倒沒了聲響。默坐良久，延信才乾咳一聲開言：「東美入主長安重任在肩，京裡的意思，想來你都知道了。」

「鍾琪唯貝勒馬首是瞻——」

「可別，咱們各有各的事。」延信比岳鍾琪大了二十歲，又是宗室貴爵，現下雖稱同僚，總歸要占幾分上風，遂要先把定了楚河漢界。他平日的煙癮甚大，就連見客也不能稍歇，這會兒心裡煩躁，乾脆從靴掖裡掏出個白銅鍋、烏木杆、翡翠嘴兒的「京八寸」，先叫人點上火，又將人攆出去，一邊吞雲吐霧朝岳鍾琪道：「咱們一起大雪山裡鑽過，連和亮工的情分也不比別人，哪想到能有今天。我上個月到西安就任，他來看我，還同我說，去年才罷兵，今年的火耗不足，怕難有餘錢幫我這清水衙門，等明年有了錢，一定多給，不叫我犯愁。唉，都是個人的命數，不說也罷。你們從來就在一處，他的脾氣秉性你也比我更熟，皇上叫你來接他的任，自然是信得過你，有些事，你還得多操心。」

「是，鍾琪能得保全，已經是皇上的天恩，不敢不盡力以報君父。」岳鍾琪也曉得延信老辣，自己的棘手差事只怕推不出去。何況他也不敢真推，叫皇帝疑他的心不誠。所以只好站起來，向東拱手，又坐下苦笑道：「有貝勒在西安坐纛，自然也是給鍾琪的倚仗。」

延信聽他一意捧著自己說話，只覺心裡煩躁，站起來在屋裡走了兩圈，方壓低了聲道：「東美要來倚仗我，我倒不知道該倚仗誰去。如今已有了旨，我也不必瞞你，我和亮工原說過先帝駕崩以後十四爺的幾件事，這會子皇上又想起來，偏讓我和他對質。你說這有多麻煩！還有一件，也煩你幫我打聽著，不知皇上從哪得了信兒，倒說亮工怎麼還和九爺有瓜葛。阿哥們的事最是說不清的，我都不敢多一句嘴，他瞎摻合什麼！」

岳鍾琪登時一個冷戰，也不由自主站起身來，又忙作揖道：「這事還得貝勒處分，鍾琪是漢臣，如何敢問！」二人互相推了幾遭，延信也不便過於勉強，只好嘆一口氣，拍著他的肩膀道：「那就先促著他早往南邊兒去，千萬別出岔子。」

第四十六章　易途

回到下處，岳鍾琪輾轉一夜未眠，一早青著眼圈胡亂吃了早飯，就換了公服，到總督衙門去見年羹堯。遞手本的人先到轅門，所以他親身到時，大門外已有年氏的管家魏之耀領人迎候。一見了岳鍾琪的面，再沒有先前那樣呼兄喚弟的親熱，一張臉似笑似哭，難看得緊。支吾半晌，才湊合著喊一聲岳公爺，將他往裡讓去。一路先還無話，越往裡走，到底憋不住，就囑咐道：「我們主子這幾天的身子大不好，所以不能親迎，您有什麼話，還請說緩和些。」

岳鍾琪心裡一動，忙問要緊不要。就聽魏之耀絮絮叨叨說道：「仍舊是心悸手抖，夜裡睡不著覺，比在西寧守城的時候還重些。虧得把皇上去年賞給的天王補心丹服了，才能強撐著辦些交代的事。」岳鍾琪心裡感嘆，口中也只得含糊道：「該勸老師多歇息，別太勞乏。」

兩人一面說，就到了年羹堯的內宅，這原是岳鍾琪熟門熟路的地方，這會兒竟恍惚得辨不清南北，只好跟著魏之耀穿梁繞柱，一通亂走。及到內室，旁人俱都走開，只留了岳鍾琪張皇許久，才挑簾而入。書房裡家具仍在，書籍文玩一類卻多當作行李拾掇起來，預備起運。岳鍾琪知年羹堯有必走之意，心裡稍覺一寬。他正懵懂間，就見年羹堯一身家常便服從裡間出來，抬頭掃他一眼，自坐下道：「久等了，坐。」

岳鍾琪不由自主屈身下拜，才說了句「給大帥請安」，便聽年羹堯強淡然自嘲道：「不敢當，你是大帥。」

年羹堯本是魁梧英壯漢子，長得很高大，雖是讀書的翰林，可體魄強健不遜行伍。且他的音色響亮，聲如洪鐘，指點疆場慣了，即在殿堂之內，對著顯貴之人，言談舉止也有一股橫氣。岳鍾琪時隔一年再見，就覺他面色枯黃，顴骨處露出些細細的褐斑來，人也瘦了不少，稍一側臉，那兩鬢間的白髮就露出來，叫他不忍卒睹。年羹堯先在西寧堅守孤城十一日不眠不休，也曾熬得滿眼血紅，心悸體乏，可整個人的精神挺拔。眼下再看，卻是氣息萎頓，那股煞氣半點無存。岳鍾琪行罷了禮，低眉垂眼掩飾神思，自坐在一旁椅子上，顫聲道：「老師面前，學生怎敢妄自尊大。」

「能見你一面，我的心裡也安慰些。我的病不好，每夜出汗，飲食也少，有一天沒一天地熬罷。」年羹堯慘淡一笑，搖了搖頭，打開手邊案几上長方的印盒，指了指內裡的川陝總督銀鈕關防，衝岳鍾琪一努嘴道，「我一見旨意，曉得是你繼任，就極欽服皇上不拘常格。只是如此一來，你的麻煩怕也大了，旗下的大爺們不定怎麼氣不忿。眼下論準部，策妄阿拉布坦在北，必定要與噶爾丹策凌兩相勾結。論青藏，達賴喇嘛年幼，幾個噶倫彼此爭鬥，我原命周瑛帶著兩千綠營入藏，一要防著羅卜藏丹津西竄，二想青海告捷之後，或許可以設置長久。咳，想來我也是瞎操心，朝廷不定就因為是我興起來的事，要拿著轉運艱難說話，罷去不用。你往後總督大兵，我昔日的志向，就全在你的身上，北顧西防，萬萬輕忽不得。」他說著話，自己先哽了嗓子，眉毛一簇，魚眼紋就極顯眼，像刻在臉上一樣，一根一根，溝壑可見。

「老師何苦這樣沮喪，皇上將老師的總督改為將軍，論品級，還是升遷了。」

年羹堯見岳鍾琪滿面淚痕，先當他念舊動容，現又聽他說出這樣違意開解的官話來，不免怔住。到底又耐不住心裡的起伏，兀地向前一抓，緊握他的雙臂道：「我們難得相與一場，你需實實告訴我，我的事，皇上有私下的諭旨給你沒有？」

「沒有。」岳鍾琪翕動著嘴唇，脫口而出。

年羹堯知道這是句再假沒有的話，只好鬆開雙手，頹然癱在椅中，長嘆道：「我將來身家性命，想是再不能保。自己一死無礙，連累了老父，就大不孝了。」一面說著，不免嗚咽失聲，直淌下淚來。岳鍾琪扎手無言，半晌才想起安慰的話，道：「老師言重了。原本也是太熱心，叫人說出閒話，往後要能諸事安靜，自然就好了。」

年羹堯苦著臉點點頭，用帕子略擦了擦面目，沉吟許久方道：「旨意促迫，我不日就要起身。只有一件事，除了你，我也再沒人可託。」

「老師吩咐。」

「咱們打仗的時節，賞功獎能，全賴我在河東鹽場的幾處經營。我用兩個兒子的名，一個年富、一個年斌，化了一個叫傅斌的名字，權就充作鹽商，由年富主持。如今叫山西的人揭出來，只怕難以保全，東美你且看在咱們兩代世交，看在先頭令尊老軍門的面上，代我疏通疏通。」年羹堯素性亢爽，又少年早達，於人情世故上，向來說不上通。即便如此，他也曉得，岳鍾琪得以高升繼任，必定和自己有了異心。可轉念一想，如今已落得這步田地，除去岳鍾琪，旁人不但不能信，就算相見說話，也輕易不能。因此瞻前顧後許久，只好橫了肝腸，照舊當他是摯交，將幾句肺腑說出來，賭的也不過「良心」二字。

岳鍾琪見他du情小意以子相託，又捨了臉，提起自己的老父，心裡又翻上幾分愧意。可想起自家處境，也不得不叫他落空，只有斟酌詞句道：「河東鹽務是晉撫參奏，京裡已有欽差部堂親自查看，學生不能插手。往後世兄再要行鹽，怕也不成了。」

「行鹽自然不成，不過要保性命。」年羹堯見他踟躕推諉，也無可奈何，且又從河東鹽務想起伊都立來，自忖行事粗疏，交友不慎，實在怪不得別人。遂苦笑一陣，到底厚著面皮又道：「咱們幾十年的交情，我的事，凡可以照應的，還請多加照應。」

岳鍾琪實在怕他再說，登時一硬心，起立跪在地上，先叩了一個頭，又挺了身子直視道：「老師待我之情，學生沒齒不忘。可是君恩友義輕重自分，學生萬萬不敢隱諱存私。老師的事總在聖恩，照應二字，學生不敢如命！」

年羹堯本是烈性之人，英雄末路，氣短屈身，也是不得已為之。待叫岳鍾琪一句話點到山窮水盡之處，他那滿腔的傲氣，反又激上來，緊捏著拳頭重重一擊桌案，便再不作聲。及見岳鍾琪仍跪著不起，亦不肯上前去攙，只漠然道：「總督衙門交接的事，煩你與師爺們去弄，我身子不好，先歇著去了。」說罷抽身而出，將岳鍾琪晾在當地，再不理睬。

岳鍾琪當夜趕寫了兩份奏摺，一是將今天與年氏的交談，凡能說的，一五一十奏報上去；二是把近日查訪的，年羹堯南去的行李多少、家口多少、要緊奴僕何人，財物留於西安幾何、寄放哪裡，一一列明。

奏摺送到宮中，皇帝體念岳鍾琪的赤誠忠愛，倒也真真切切，遂在那密奏二人言談情形的摺上批道：「此奏甚公，且亦真確，竟將年羹堯形象於紙上畫出。誠所謂福薄小人也，朕殊代伊惜之。」一朱批發回西安，岳鍾琪的心只是略放下來。又等到五月中，總督衙門一切公私事務交割完畢，年家近千口人浩浩蕩蕩出了西安城，他才真正舒了一口氣，在這九朝故都行起總督的大權來。

西安城一下裡「送瘟神」，千里之外的邊鄙小城西大通，允禟的日子也愈發難過起來。接替年羹堯看管允禟的是從京裡來的都統，名叫楚宗。此人籍在宗室，是康熙初年大名鼎鼎的鰲拜逆黨班布爾善之孫。這一支雖占個天潢貴胄的名頭，因係罪臣之後，所以名爵不顯；加上不擅經營，到了楚宗這一輩，日子過得很是緊巴。倒是他本人很會鑽營，康熙末年投在財大氣粗的允禟、允禵跟前，湊趣鼓吹，虛張聲勢。適逢允禵拜將西征，他為圖個從龍在前，就央求七親八故湊了幾千兩銀子，說是贊助軍裝，才得以跟隨大將軍帥纛往前線去。哪知一眼看錯了人，十四阿哥赫赫揚揚三四年，轉眼間城頭變幻大王旗，新登大寶的卻是雍親王。他原不是什麼忠臣烈士，見勢不好，忙將舵轉過來，把早先所知所聞允禵結黨諸事，添油加醋奏報新君，以示天日可鑒的忠心。這樣一個活寶巴巴送上門來，皇帝自然樂得笑納，可打心裡頭又極鄙夷，凡見了他粗鄙不通的馬屁文字，就是一陣前仰後合。這一回派他到西寧，一是借他的自效之心辦事；二來又存一番看戲的樂，要出他們舊黨的醜。

楚宗來見允禟，光想著如何刁難他去顯自己的忠心，哪有什麼愧對舊主之意。允禟聽見來人是他，更覺氣怨交加難以自持，先猛捶了一陣炕沿，又一歪身倒在炕上，只恨自己有眼無珠不識人，養的都是白眼兒狼。他心裡生氣，就不肯出去見面應酬，諒楚宗不敢如何。外頭的家人幾次來催，被逼得實在沒法子，只好抹著眼淚道：「主子還是出去瞧瞧，欽差把桌子拍得山響，說主子不出去迎請聖安，是大不敬的罪過。」

「什麼王八蛋欽差！」允禟一陣雷霆作色，卻禁不住眾人跪在地下苦苦哀求，也只好委曲求全罵道，「去，叫那狗不識的滾進來！」

不多時，就見楚宗挺胸疊肚進了內宅，卻不肯往屋裡來，就站在院子正當間，齉聲齉氣叫道：「有旨，貝子允禟跪聽！」

允禟本欲不出門去，不合叫身邊人連拉帶拽弄下炕來，只好換了外穿的衣裳，卻不肯做出恭順服帖的模樣，照舊昂首闊步大咧咧一推門，迎面走到楚宗跟前，又特意抬起下巴，顯出十分倨傲的神情。他把那鳳子龍孫的派頭一擺，確也攝回楚宗三分氣去，只勉力拿住聲調，又說了一遍：「有旨意，貝子允禟跪聽。」

允禟冷笑一聲，先直挺挺跪在地上，待楚宗將皇帝訓斥他如何悖謬妄為，如何縱容屬下，如何擾害地方等事逐一念過之後，便一撣衣襟站起來，再拍拍兩膝的灰土，面無顏色哂道：「諭旨責備我的字字皆是，還有什麼可說？我是要出家離世的人，日後跳出三界外、不在五行中，自然沒有胡行亂為的事了。」說罷也不理會，轉頭就進到屋裡，「砰」一聲將門關了個死。

楚宗見他豪橫如此，也不敢太過逞強，乾脆在左近找個地方住下，一門心思專研允禟的過錯。又將允禟如何傲慢無禮，自己如何忠誠委屈之處，一一敘明奏上，專等皇帝諭旨。

萬里之外如臂使指，坐在養心殿裡的皇帝便覺京中初夏景致，真有鬱鬱乎大觀之美。一時心曠神怡，周身通泰。然而微瑕之處，就是對年貴妃頗有不忍之心。是以這一日晚膳時分，不待御前太監呈上嬪妃的膳牌，皇帝便命人道：「叫貴妃來坐坐。」不料管事太監不敢應聲，反叩頭告罪道：「回萬歲爺，貴妃近來著了暑氣，才好些。」

皇帝並不理會他的話，放下筷子，守著食不言的古訓，細嚼慢嚥了嘴裡的罐悶鹿筋，才道：「太醫院已經奏過了，不要緊。等摺子看到六七分再叫她來，免得乾等。」

年羹堯改謫杭州的事是明發上諭，一傳十十傳百，並沒有什麼談論的忌諱。因此六宮之中，也無一人不知，無一人不曉。早先翊坤宮裡昂首挺胸、意氣風發的低級嬪御，並太監宮女，如今個個哭喪著臉，霜打了似的。倒是年貴妃本人，初聽此信夜不能寐，可靜心一想，倒多了幾分坦然。只說年羹堯若能就此改易秉性，畏威懷德，這罷去兵權、悠遊林下，也未嘗不是好事，所以不但不難過，反而笑勸宮內眾人：「寵辱貴賤本無常數，唯在個人修德與上天命定而已。你們年紀輕輕的，何苦這樣放不下？出去和人說話，還要打扮齊整、歡歡喜喜的好，姑娘家總苦著臉，也不嫌忌諱。」

這會兒御前太監傳旨，說叫貴妃侍駕，且又百般賠笑囑託。翊坤宮眾人這才又多了活泛氣，七手八腳替貴妃梳妝打扮，再往養心殿去。

暖閣中的皇帝盤膝坐在炕上，孜孜不倦地看著各處奏摺，及見貴妃過來便先放下，自揉著額頭笑道：「先坐一坐，找本書瞧。」貴妃也不說話，只微笑著一蹲身，算是答應。輕輕走到炕盡頭挨放著的繡墩上，悄然坐下，接過總管太監遞來的清茶，低聲溫語道：「有勞拿了王摩詰的集子給我。」

夏日天長，直到酉末時分，天才漸漸暗下來。小太監們各秉燈燭，點在殿中各處。皇帝因貴妃在，那全神貫注的心，早已散了兩分，點燈的小太監雖然躡手躡腳地小心，仍不免讓皇帝聞著動靜停筆抬頭。暈黃的光中，恰能瞥見貴妃側坐的身影，她正手持著書卷細細品覽。她的身段精緻纖弱，卻不失大家閨秀的端莊穩重，高高盤起的烏髮上點綴了兩隻簪釧，顯得含蓄而淡雅。一朵若隱若現的鮮花壓在鬢角，襯著柔和的側影，叫皇帝很有些心旌蕩漾。他忍不住重重咳了一聲，卻不見貴妃應和，只好沒意思地拿起筆，再看摺子上的字句。

又過了小半個時辰，公事總算完罷。皇帝下地直了直腰，只留下一份奏摺在桌上，餘者都依人名放在匣子裡，預備次日一早分發。貴妃也將書卷放下，走到皇帝跟前，瞥一眼他食指肚上的新繭，心疼地按了按，邊道：「皇上也忒辛苦了。」

皇帝見她皺眉，心裡也是一熱，便將右臂都送過去，由著貴妃揉按，邊笑道：「看的什麼本子？」

「是蜀刻的右丞集子。臣妾宮裡只有閔凌本，到皇上這來一飽眼福。」

「那你拿去就是，我也犯不著這樣小氣。」皇帝一陣開懷大笑，也不待她謝恩，就勢拉住坐在身邊，又問，「最近做詩了沒有？」

「沒有。」貴妃面色微紅，搖搖頭，輕吐出兩個字來。

「做了不拿出來我可不依。」

「是沒有嘛。」貴妃輕輕掙脫了皇帝的手，站起來去剪燭花。皇帝趁當兒拿起方才留下的摺子打開，又向她招手道：「宮裡就是個房子堆，就是真王維來，怕也作不成詩。等入了秋，到園子裡去，就不乏生情之景了。你先來看看，這句話引得可恰？」

貴妃見讓她看奏摺，忙要推託，卻聽皇帝道：「不是正經事，不過遊戲。」便也起了好奇心，湊前一看，不知是哪位大臣疏漏，摺子上給屬官作一「人明白，做官頗好」的考語，卻脫去一個「做」字。皇帝用朱筆在行間替他補上不算，又在下頭寫了一句：「故人家在桃花岸，直到門前溪水流。因遺落做詩戲諭。」

「這是——典出哪家？」

「常建的〈三日尋李九莊〉，也忘了不成？」

貴妃托著腮想了想，方瞧出皇帝的戲謔來，掩口笑道：「是將『做』字拆成『故人』，笑話此公失落了故人之家麼？」

「正是，正是。」

「只是詩選得太偏，此公若非通人，怕是要給難住了。」

貴妃聚精會神看那文字，不想皇帝已將自己按坐在炕沿上。兩人挨得很近，夏日衣薄，貴妃身上的淡香，讓皇帝很有些心猿意馬，遂伸手抽了那摺子放在一旁，扳過她的身子嗔道：「書呆子，方才思慕詩佛入了神，都不肯輕移蓮步，與居士紅袖添香。」

「那不是怕分了皇上辦正事的心。」

皇帝聞言大笑，也不再矯情掩飾，單攬過貴妃擁住，疼惜道：「你這丫頭怎麼又病了？看瘦的，是吃不下東西，還是又胡思亂想來著？你要有皇后三分心寬，身子也不至於這樣弱。」

「還丫頭呢，都要三十歲了。」貴妃叫他這一擁，先還有些臊，聽見後話，就撲哧一聲笑出來，細聲細語道，「沒有什麼大病，只是忽冷忽熱，衣裳加減不及，有些咳罷了。小劉太醫的方子很好，早不妨事了。」

「那就好，我怕你是惦記——」皇帝本想說出年羹堯的名字，可又有些難以啟齒，才微微一怔。貴妃卻已猜中了下文，借著他兩手一鬆，起身肅然一禮道：「臣妾的兄長性子驕矜，行事又不能檢點，皇上至公至明，不會無緣無故冤枉了他。如今皇上雖革了他的總督，卻肯保全他的爵祿名位，放在江南繁華去處，臣妾只有替他喜，沒有替他憂的。他要是能改過前愆，一心做個純臣，正是他的福氣了。」

「你真這樣想，我倒放心了。」皇帝深感貴妃的明達忠愛之心，邊扶了她坐下道，「很怕你想不開，又不肯說，悶出病來。」

貴妃起先說話時，也不覺如何，可等皇帝搓手拍腿作寬心之態，卻是一股悲涼發自心中，眼睛裡也泛出憂愁的光，兩行淚珠滾滾而下。她很想問問眼前這個溫情脈脈的夫君：「我二哥的事，能不能至此了結？」可她又怎麼敢呢？這個等了四十五年才大權獨攬、睥睨天下的人，怎麼能容得一個女子，拿著他施捨的恩寵來要挾他的決斷。

「怎麼說著話又哭起來了？」皇帝緊緊擁著貴妃，用絹帕揩著她斷線一樣的淚水。他的心裡很疼愛賞識她，此時此地，還多幾分愧疚與憐憫。從做皇子起，他寵幸過的妻妾使女，少說也有十幾個，可對年貴妃，是獨有一番情意。若論顏色，她還說不上豔冠群芳，就與弘時的生母齊妃李氏年輕時相比，也不過伯仲之間。只是有一種溫柔的神韻，讓他覺得適意，所謂腹有詩書氣自華，大約就是如此。他時常覺得可笑，年家幾兄妹的性情迥異，實在不像一父同體，獨有一處相近，就是這「不落俗」三字。眼下貴妃的悲態，讓他頗有些手足無措，他只好避重就輕道：「宮裡的人情世故最叫人生氣，要是有哪個糊塗混帳人來委屈你，你不要替他們瞞著。」

「這是沒有的事，皇上待我的恩厚，大家都看著呢。」貴妃一面拭了淚，仍舊靠在皇帝的肩頭，雙眸微合，用心體會這難得的柔情。

皇帝用雙臂攬著貴妃的腰際，深吸著她身上溫熱的淡香，先低下頭來，啄吻她的前額，邊快慰道：「皇父待我的隆恩，真正天高地厚，不但遺以大位，還賜以佳人。看我輩兄弟裡頭，還誰能有這樣的厚福？」

貴妃眼睛一睜，正瞧見他的得意之色，自己早羞得滿臉通紅，輕輕一推，誚道：「這個模樣，竟說起聖祖爺來，也太不恭敬了。」

「好好好，責備得極是！」皇帝聽罷捧腹而笑，又看看暖閣裡自鳴鐘，就與貴妃到後殿歇息不提。

第四十七章　遇友

且說年羹堯自西安出城，因為官尚高爵尚顯，家口又多，所以車船轎馬，倒也還算排場。這一路先南下湖廣，再順江而東。他在西北待慣了的人，又兼心緒大壞，身子有病，等到了江淮溼熱去處，就苦起夏來，常常大早起悶得渾身盜汗，捂著心口喘不過氣來。年夫人是個京城生京城長的宗室格格，一向最怕行船，每日裡吐得筋酥骨軟，周身無力；又想著一家人前程未卜，不免悲從中來，幾回向丈夫泣道：「咱們家和皇上到底是親戚，又是舊主僕，何至於就到了這個地步！俗話說人在人情在，人家在主子跟前下你的話，你偏是摺子來摺子去的，怎麼比得上？還該請旨進京去，當面訴一訴，有什麼誤會，不定就說開了呢。」

年羹堯聽了夫人的話，半晌都沒言語。他的一顆心早似那斷纜孤舟，惶惶然蕩在這滾滾大江之上。他未出西安城時，就接奉皇帝的朱批：

「朕聞得早有謠言云『帝出三江口，嘉湖作戰場』之語。朕今用你此任，況你亦奏過浙省觀象之論，朕想你若自稱帝號，乃天定數也，朕亦難挽；若你自不肯為，有你統朕此數千兵，你斷不容三江口令人稱帝也。此二語不知你曾聞得否？再你明白回奏二本，朕覽之，實實心寒之極！看此光景，你並不知感悔。上蒼在上，朕若負你，天誅地滅；你若負朕，不知上蒼如何發落你也。我二人若不時常抬頭上看使不得，你這光景是顧你臣節，不管朕之君道行事。總是諷刺文章，口是心非口氣，加朕以聽讒言、怪功臣。朕亦只得顧朕君道，而管不得你的臣節也，只得天下後世朕先占一個是字了。不是當要的主意，大悖謬矣。若如此，不過我君臣止於貽笑天下後世，作從前黨羽之暢心快事耳。言及此，朕實不能落筆也。可愧！可怪！可怪！」

此一篇話，極盡剜心剔骨之能事，可畢竟還有話說。然而時至目下，他雖又上了好幾回摺子去請罪問安，可盡如石沉大海，再無回音。只有皇帝屢屢發下來群臣參劾的本章，連名字也不隱去，偏要明明白白告訴他，這是范時捷劾你的三條、李維鈞劾你的四條、王景灝劾你的五條。大到收受賄賂、濫殺無辜，小到穿錯了衣裳、繫錯了腰帶，都叫他逐條逐款明白回奏。可等他奏過了，卻又杳無音信，並無一字回文。

年羹堯是個急性子，如今叫皇帝磨得真個左右不成章法。當日旨下時，他雖不大願走，可到底不敢抗命滯留，恐怕皇帝疑心自己意存反叛，拖延調兵。自離陝以來，他的心裡反倒坦然，卻總想要剖肝瀝膽，將一腔忠赤表白清楚。

這會兒聽了夫人的話，他也深以為然，只道如今皇帝跟前，有蔡珽這樣的小人在側，自己遠在千里之外，豈能不受制於人？若能進京一回，面陳心跡，總比這樣糊里糊塗、互相猜悶兒的好。是以當晚水次停船，他獨自一人，於熒熒燭火之下，輾轉踱步了許久，又一口氣喝盡碗中苦藥，方坐下來援筆寫道：「臣跪誦上諭三道，輾轉深思，汗流浹背，愧悔莫及。唯自知愧悔而感激亦深，感激既深而恐懼彌甚，難以具摺遵旨回奏。然臣之負罪如山，萬死莫贖，既不敢久滯陝省，亦不敢遽赴浙江。聞江南儀徵地方，為南北水陸分途，臣於雍正三年五月十七日至儀徵縣，靜候綸音，理合奏明，伏乞聖主再施大造之恩，曲賜生全之路。」文至於此，實難自持，幾行淚落在紙上，不合就將墨蹟暈開。只好擦一回臉，再屏住氣，另謄了文字在白摺紙上。

寫罷叫了次子年富近前，命道：「這一回的摺子要緊，須你親自送進京去。到家替我請安，說我很好，請太爺寬心。你送了摺子也不必再來，在家安靜留神，來信也要慎密。」年羹堯諸子中，以故去的長子年熙最為穩妥幹練，所以常在京中替他父親聯絡。年富是庶出的，自幼隨任，雖常在河東經營買賣，可性情十分驕亢，頗有乃父之風。年羹堯恐他氣盛惹禍，囑咐了好幾句話，見年富答應得恭敬，方又道，「路過濟寧時，需到衍聖公府拜望一回，說你妹妹的聘煩他們上緊來下。」

年富心知事大，忙依父命趕辦。待將這請留儀徵的奏摺送到御前，皇帝隨意一瞥就沉了臉色，一時並無別話，只命人叫蔡珽來見。

蔡珽如今聖眷無兩，全仗倒年的功勞，所以一見此摺，自然義憤填膺，正顏厲色道：「年羹堯罪大惡極，皇上不加誅戮，將調任杭州將軍，實在寬仁已極。他竟還敢抗旨，行這樣詭詐拖延之事，真不知是什麼心肝！」

「你說得是，他明裡乞恩，暗地裡仍舊不服。」皇帝一向聽他說，自己不住地點頭，又道：「現在舅舅不知怎麼了，成日價霜打了似的，辦事也著三不著兩。吏部事情最要緊，你是明白人，得多擔待一點兒。」說罷不待蔡珽露出喜色，就指著年羹堯的摺子向他道，「他這幾句昏話，你們部裡會同九卿議了再定。」

蔡珽既得了這句話，連家也不回，當即叫吏部書吏抄錄了年氏摺本送給各衙門先看，第三天過午，就召集九卿會議。九卿會議一向是主稿衙門的意見當先，何況如今蔡珽的氣盛，旁人更不肯直攖其鋒。所以說是會議，不過是他發了言，眾聲附和而已。隨後拿出擬好的參劾本章，再由群臣列名了事。其文曰：

年羹堯受皇上莫大之恩，乃狂妄悖逆至於此極，種種不法，罪大彌天。今調任杭州將軍，又奏稱江南儀徵縣地方水陸分途，至此靜候綸音等語，更不知其何用心。人臣如年羹堯，背義負恩，越分藐法，為天地之必誅，臣民所共憤。請將年羹堯革職，及所有太保並世職，一併革去。從前恩賞團龍補服、黃帶、雙眼孔雀翎、紫扯手等物悉行追繳。敕下法司，將年羹堯鎖拿來京，嚴審正法，以為人臣負恩不忠之戒。

皇帝聽蔡珽念著奏疏，自己就輕誦幾聲佛號，末了道：「就叫年羹堯速赴杭州任去。至於九卿議的革職鎖拿，等他把先頭發去的各款回奏明白，你們再來請旨。」

既然皇帝不許逗留，年羹堯一行也只好從儀徵再往南去。等過了長江再走兩天，就到了江南第一大都會蘇州府。這一日恰逢夏至，他雖沒有在吳越之地任過官，可當年做翰林時，曾扈從先帝聖駕南巡，見識過蘇州的繁華勝景。他自西安啟程，一路心灰意冷，眷屬家人也都鬱鬱寡歡。好容易趕到過節，又至此溫柔鄉中，他也存了些安慰妻兒的心思。是以當天晚上在城外水次停船靠岸，便向夫人和幾個小兒女笑道：「你們這些不見世面的傍子，曉得這是什麼地方？」

「不就是蘇州城！」天氣悶熱，夫人心裡又有事，所以並不理會他；倒是幾個孩子許久沒見他的笑模樣，這會兒頗要討好，一個個搶著說話。

「這天底下再沒有比蘇州城更好的地方。」年羹堯見夫人兀自不語，就轉過身來，單朝孩子們道，「你們也就到過京師、西安、成都，不知道這姑蘇城才是人間勝境。當年我來，是趕上端陽節，和幾個翰林前輩去看龍舟會。那船都是刳木雕的龍，彩繪了鱗甲，顏色豔麗極了。富裕人家的船上都用錦緞做旗子，比錦袍的用料還精細。船尾是一丈多高的龍尾，用鎖鏈掛一個大木板垂下來，上頭有一個會雜耍的美人翻來跳去地演戲，下頭就是江水，一不小心就要栽到水裡去。」

「那看的人是光看，還有什麼玩兒的沒有？」說話的是年夫人所生的嫡子年斌，今年不過八九歲，正是好熱鬧的年紀，聽他父親眉飛色舞描繪，也興味盎然起來。

「那自然有。有一起子畫舫船裡的客人，就往河裡扔瓦罐，再富豪些的扔銀瓶，還有扔鴨子的，讓人下水去搶，誰搶著了，就有重賞。還有龍頭太子戲、獨占鰲頭戲、指日高升戲，名色多得很！水裡岸上滿都是人，與京裡元宵燈會是一樣的，卻沒有那些管束。何況——」他原想說吳地教坊美人鶯歌燕舞，與京華更不同風，然話到嘴邊，想著妻女在此不便，忙改口道，「何況滿城戲臺無數，一等一的名角兒花雅相競，京城也趕不上。」

小孩子聽得有趣，都鬧著上岸逛逛，獨有年夫人所生的小姐，如今已是待嫁之年，自忖不宜拋頭露面去看熱鬧，心裡甚沒意思。年羹堯很愛這個女兒，不願叫她向隅，遂說道：「你也去罷。南邊人過夏至，有女孩兒家互贈香粉團扇的風俗，蘇州地方開化，大姑娘也都逛廟看戲，當年還有許多年輕媳婦圍著先帝的御舟看侍衛呢。」

好容易盼到了第二天，天未大亮，孩子們就急著叫開船。至閶門在望，便停了船，由幾個老成家人僕婦帶著，去岸上遊逛。年羹堯也與夫人並侍妾等僱了當地的小船進城，同觀姑蘇景致。豈知這等衙門都要放假的好節氣，行船半日，雖見百柳千荷，風光甚麗，可管弦聲色之娛，卻不如年羹堯所想的熱鬧，不過是沿街之家擺出許多書籍、字畫、綢緞衣服，來應「曬伏」的風俗。年夫人本來乏興，這會子更洩了氣，抱怨道：「當年大約是為了迎駕才熱鬧，哪裡年年都熱鬧了？光哄我們沒見過罷！」隨後說聲悶熱頭暈，就進艙去，幾個妾侍也不敢說話。不一時，又見幾個孩子並僕婦等垂頭喪氣地回來，年斌迎面快語道：「哪有說的那麼好，我們剛要進一個有香火的廟裡看看，就叫小和尚趕出來了。」

年羹堯正在懵懂，就聽一個年歲大些的船家邊抹頭上的汗，邊操著吳語道：「藩臺鄂大人說蘇州人風氣不好，要禁賭博、禁賽會、禁婦女燒香。中秋的虎丘盛會停了，端陽也貼了告示，違禁的都要枷起來。府裡的小姐進廟，和尚自然要趕。」

「我說大節氣的就這麼冷清，敢情攥在道學先生手裡！沒的焚琴煮鶴，糟蹋了好風流所在！」年羹堯雖聽個半懂，也不由大笑起來。進內又與夫人笑道：「你看看，是我那好同年鄂夫子的令，不是我打誑語！」說完卻怔了一怔，嘆息道，「幾年沒見，到了他的地方，想去討一杯酒，也怕給他白添麻煩。」

年夫人聞言，心裡不免又有些難過，夫妻二人空聽著水聲都不言語。年羹堯只好又走出艙來，卻見迎面駛過一大一小兩隻插官纛的船，頭船上站著位四十多歲的中年人，紗袍雖是半舊，氣度卻很從容。年羹堯遠看他就覺眼熟，待兩船相錯時，便驚喜叫道：「這不是毅庵兄麼！」

果然來船上不是別人，正是方才船家念叨的蘇州布政使鄂爾泰。他是滿洲鑲藍旗人，自幼極好讀書，又至性聰敏，在官學中甚得前朝名臣李光地的賞識。二十歲北闈高中後，卻時運不交，沒有再中進士，終先帝一朝，不過沉淪下僚而已。今上即位後，也多虧了老同年年羹堯一力保舉，才有出頭之日。可他一向不喜年羹堯的桀驁，料之不是善終的名臣，所以雖承舉薦，卻不肯攀附往來，凡事淡淡的，公事公辦而已。年氏敗落後，那些他說好的人，皇帝往往有些疑忌，倒是鄂爾泰不曾沾惹，反而愈得聖眷，照舊安穩地做他這財富淵藪所在的天下第一布政使。

夏至日列在四時八節，衙門慣來放假，吏役各自歇班。鄂爾泰素不喜官場上的年節應酬，遂推說身體欠安，輕舟簡從，出城去看河道情形，不想就遇見年家的船。若換作旁人，聽見年羹堯這一聲呼喚，定要推託說有公事，不肯和他接談。倒是鄂爾泰心地甚厚，雖早先不願同他來往，這會兒反抹不開面子不理，是以向前兩步揮手笑道：「大巧大巧，竟碰見亮工兄！」說話間命人將船往上靠了靠，一伸手，就將尚在猶豫的年羹堯拉到自家大船上，在艙中飲茶敘起舊來。

說了幾句別來無恙、堂上安好的套話，年羹堯就想起他禁辦龍舟賽會的事，遂調笑道：「這麼大熱的天，老兄不在衙門搖著清涼扇等人拜節，倒坐著小船巡街，敢是查你的禁令不曾？」鄂爾泰聽出他的揶揄之心，也不以為意，只微笑道：「吳風過於奢靡，不禁不能崇教化、尚節儉，我是古板人，叫年兄笑話。」

「哪裡哪裡，毅庵兄行的是大道，誰敢說不是呢！」年羹堯見他正色，不禁撫掌大笑起來，雖照舊不以為然，卻感相邀過船的好意，遂放下身段又問此行何往。

「衙門過節不辦公事，我早有疏浚河道的打算，借便到城外看看。」

「老兄如此勤勉公事，我輩愧煞了！」年羹堯雖是個文武通才，卻散漫不切規矩，又貪歡享樂，不及鄂爾泰嚴謹篤實，所以真心感佩，連朝對座拱手。鄂爾泰倒被誇得不好意思，又撫今追昔感慨道：「我不及年兄的才具，只有以勤補拙。年兄殿試高中，又入翰林，而立之年就開府一方，雄才大展。不才年近半百才出為方面，人生將老，時不我待，敢不多做幾件事麼？」

「老兄這樣歷練過的，才堪為鼎器重臣，倒是我，忒輕浮了，不怨有今日之禍！」年羹堯越聽他說，心裡越欽佩起來，起身一揖又自嘲道，「若換先時，我必定聽不進這幾句話，還要笑你酸氣。」

鄂爾泰見他詞色間已帶惆悵，便不肯多說，想了想方笑道：「年兄大才，稍有蹭蹬，何必介意。我初經外任，雖有做事的心，到底不熟慣，也沒有通人去請教。天意在這裡遇見，有一件事，想請年兄替我拿個主意如何？」

「豈敢，老同年下問，自當知無不言。」

鄂爾泰見他答應得痛快，乾脆叫人將船找個水次停駐，又換了冰鎮的梅湯，上岸買了應季的鮮果，並蘇州人夏至日要吃的麥芽餅布上，而後細談道：「上個月各府來送文冊，別的人交代一過照例回去，獨有松江府同知俞兆岳字岱楨的，偏要單留下說話。他說蘇松幾府的賦役實在太重，已經民不堪命，我朝幾任兩江總督，蘇州巡撫、藩司雖多有上奏請減，可部議從來不許。這位俞老爺官聲甚好，曾跟著朱高安相國辦理海塘工程。他在松江任上，幾次給當道諸公呈文念叨，卻沒人敢擔待上奏。這次既肯當面和我說，自然是信得過我。我在蘇州的辰光不長，可也知道江南重賦厲害，窮民過於為難。再者州縣官催科不及，也易得處分。我想冒險再奏一奏請減的事，不知有幾成勝算？」

說來江南重賦一事，不但鄂爾泰身在蘇州，就年羹堯一個不相干的人，也久有耳聞。此事起自宋元，是說江南的蘇州、松江、常州、鎮江四府，並浙江的杭州、嘉興、湖州三府，雖然地當富庶，但賦役之重，也甲於天下，每年丁銀地課，竟有舉國之半。所以江南代有民謠唱道：「一畝田無七斗收，先將六斗送皇州。止留一斗完婚嫁，愁得人來好白頭。」

且重賦之外，又有浮糧。譬如本地河湖港汊密布縱橫，早先或有圍湖造田，得以收成；如今河水漫溢，田畝不見，而田賦仍舊徵收不免。又如明季大征三餉，本是因事而起的加派，戰事既完，課稅的名目卻也留存不廢。日久病民，不免怨聲載道。入清後歷歲經年，江南自督撫而至州縣的官流水一樣換，此等弊政卻萬難更變。間或有正直敢言之人尋機提上一提，奈何江南富甲天下，是朝廷口中第一塊肥肉，戶部三庫年年虛席以待，等的就是南來糧船銀船。是以先帝南巡六次，雖也有聖恩蠲免之旨，可多是舊年積欠，至於正項額數，是斷斷少不得一文。

年羹堯聽他說罷，暗自盤算許久。他知此奏雖不合朝廷「以東南之財賦，養西北之士馬」的慣例，可今上即位以來，倒一向願意在刑名、錢糧兩路上得民心，時機若選得恰當，未必就不能成。遂點頭道：「要能成行，實在是一件好事。以我的愚見，皇上自登大位，最願意在理財上做文章，且是嚴於官而寬於民。如今天下太平，國庫正在充盈，這時候奏請，倒有六七分能成。只是奏法有許多講究，老兄位在藩司，上頭還督撫、戶部兩層干礙，就有密摺可用，怕也不能都越過去。」

鄂爾泰奏請減賦的心早已定了，所躊躇的，就在這個奏法上頭，所以蹙眉搖頭道：「我所慮的也是如此，這件事幾十年來屢議屢駁，督撫們怕不肯多事。何況如今兩江、蘇州的督撫都是滿蒙大臣，自然重朝廷的賦稅，輕百姓的苦疾，若與他們商量，只怕——」

「誒，與他們商量什麼！商量了不敢應承，你反不能獨奏。」年羹堯一句話打斷了他，斬釘截鐵道，「要依我，就隔過他們，硬奏上去。要慮的是戶部，怡親王那裡你隔不得，鬧不好安你個假借愛民、遮掩情弊。」

「我與年兄的計較一樣。」鄂爾泰雖無年羹堯的強橫，可遇事也最能擔當，一面連連頷首，待他說完又沉吟道，「只是我和戶部的王爺從無交道，也只好公事公辦。」

「你先呈文給戶部，蔣酉君就是蘇州人，又是老同年，自然連招呼也不必打，就肯替你敲邊鼓。怡王最能揣測聖意，要成了，就是你送他的功德，他豈有不歡喜的道理。」年羹堯邊說著，連自己也一陣失笑，心道如今與人出主意，偏會這些左右逢源之術，早先胡期恆、李維鈞，並幕下諸友也是這樣勸著自己，但凡能聽進一二分，又何至於落到這步田地。

鄂爾泰並不曉得他的心思，只道言之成理。又說了幾句閒話，年羹堯便起身告辭，二人同學舊識，惜別之情，不免難堪。末了年羹堯故作灑脫，拱手笑道：「毅庵兄當年片紙不拜大將軍，今天卻能邀我這待罪之人過船，如此情誼，我銘記不忘。老兄居心見識，出將入相不在話下，還望珍重，不負有用之身。」

鄂爾泰感慨萬千回揖過了，由著年羹堯帶家人南去。自己也放下查河之事不提，當即回到藩司衙門，與師爺商量著撰寫懇請減免蘇州、松江兩府錢糧的諮文，擇日遞往京中。

鄂爾泰的諮文一經到部，江南司不敢耽擱，就先送到蔣廷錫跟前。蔣廷錫生在蘇州府常熟縣的巨紳之家，於公於私，於名於利，都極想促成這件事，不過礙著桑梓的關係，也不能顯得過於熱衷。恰再過兩天就是大暑，皇帝邀了幾位內廷行走的親王大臣到修繕已畢的圓明園閒遊消暑，蔣廷錫亦在其列。他遂揣著部文而來，只為尋個恰當的時機進言。

第四十八章 蠲賦

圓明園建於康熙四十八年，是聖祖賜給今上的西郊別苑，是以園中正殿，仍奉有先帝所題的匾額。今上幼時中過暑氣，成年後也一直苦夏，每到盛暑，就恨不得泡在冰窖裡才好。紫禁城雖稱鱗次櫛比、堂皇盛大，卻無濃蔭森茂、波光漣漪，實在不是怕熱的人所宜居。現在聖祖、太后的三年喪期眼看熬到了頭，朝政也有百物俱舉、欣欣向榮之勢，皇帝便忙不迭地要到這西郊離宮居住。

因為三年未履其地，皇帝駕臨之前，原存了幾分世事無常、故園不在的感慨，連詩句都有了腹稿。然內務府承蒙怡親王的指點，除將園子南邊仿宮中規制，闢為殿宇官署外，餘者皆是形新而神舊，體變而情故，並無妄行添減之處。皇帝坐在鑾駕裡草草一看，就很高興，隨即傳下旨去，趁著宮眷們尚未搬來，要帶幾位親信大臣，並南書房翰林們一起遊園。

圓明園的景致首在湖山相映，其水發源玉泉山中，由西馬場引過水閘，支流派衍成湖，經日天琳琅、柳浪聞鶯各處水口，從蕊珠宮流出，入清河而去。園中大宮門，及前朝正大光明、勤政親賢諸大殿，都近湖而建，諸多官署值房亦由石橋隔水相連，嚴正肅穆之中，平添許多雅致。

正大光明殿以北就是皇帝燕居的「後寢」，因其水分九汊，旁達諸景，因而取九大瀛海之意，名九洲清晏。從這裡以西以北，就再不見高屋廣廈，只有亭臺館閣錯落而設，使西山之勝百無遮攔，宛若翠衣翠裙的閨秀，側首探顧園中之人。

皇帝走在最前頭的傘蓋底下，嚮導似的，一路口說手畫，大講自己作藩王時優遊行樂、摘句吟詩的故事。允祥緊隨其後，因這園子重修布劃，多是他親自釐定，所以總需順話答音，備皇帝的顧問。往後是朱軾、蔡珽、張廷玉、蔣廷錫幾位，都穿著清涼便裝，十分適意悠閒。幾位漢人大臣裡，現下以蔡珽最為得意，聽皇帝撫今追昔地感慨，特意越次幾步到跟前，躬身笑道：「先王以茂對時育萬物，皇上這會子重修御苑，乃是不求自安而使萬方安和，聖人之道躬履行之而不自覺呢。」

「這話謬讚了，不過是亦步亦趨效法聖祖的行事罷。」皇帝聽著此言很是受用，負手大笑略作謙詞。眾人前呼後擁又走了里許，皇帝便回顧朱、張等人道：「等太后的服滿了，就要常住在園子裡，你們天天進來的人，總住在值房實在辛苦；要是賃住民宅，又狹窄，也不便宜。前兒已經知會內務府和護軍營，原先索額圖的園子就給你們，還有阿哥跟前幾個課讀的翰林居住，關防也和圓明園一體。」

「臣等何人，得蒙皇上眷顧如此！」幾位大臣及後頭詞臣們一聽此言，都忙不迭伏地謝恩。皇帝先命眾人起身，又道：「怡親王住在緊挨著東宮門的園子，已經賜名交輝園，往後有什麼需用，不便向內務府說，就問他去要。」繼而又對允祥笑道，「可不要忒小氣了！」

允祥答應著就地打了個千兒，又轉身對著朱軾等一揖笑道：「奉旨伺候諸位大人。」大夥兒俱笑著回揖，連稱「不敢」。皇帝見這樣雍穆合衷情形，心裡愈加歡喜，點手叫了內務府總管常明近前道：「我也走乏了，與其空口說白話，不如你現在就帶他們去瞧瞧新宅，打那兒散。對了，你們哪一位有才思，可先取一個好名字來。」及見眾人一齊應聲要退，又想起一件事來，找補道，「王子帶廷錫到碧桐書院瞧瞧荷花水鳥，得空畫些冊頁我看。」

沿天然圖畫渡河而北，山阜旋繞之中，便是前宇三楹、正殿五楹的碧桐書院。前湖之水流及此處，環而帶之，以平橋相接，荷花荷葉布滿汀洲。庭前是幾株高大的梧桐，綠陰張蓋，遮暗了小小的一方天。此間炎夏之中，本屬月轉風回、紅妝翠影的清涼國土，又因挨著慈雲普護的觀音堂最近，是皇帝頗心儀的所在，龍潛園居時，常在此處讀書禮佛。

蔣廷錫的父兄都以吏幹名世，他自己早年卻以風流才子著稱。未第時馳馬試劍，顧盼自雄，入值南書房後，又以擅畫花鳥受知於先帝，凡有巡行，都要命他隨扈，而後逸筆寫生，藏入祕閣。今上即位後，深知他的才幹遠非丹青翰墨能限，於是不次擢用，至於戶部當家的侍郎。因為戶部職任繁劇，且身為大臣，總要慎重體度，所以他作畫的次數就漸少起來；即便權貴敦請，也多令門生代筆。唯是皇帝還偶有旨意，叫他出入宮廷禁苑，揮毫以供御賞。今天皇帝遊園的雅興甚高，又思這一帶景致最雅，荷花開得最盛，故而有此一說。

蔣廷錫聞命正中心懷，跟著允祥一路賞景閒談，先將這荷香熏水殿、閣影入池蓮的美景看飽，再講些雙勾沒骨、用墨敷彩的畫法。待說到允祥賓服稱讚，便將隨身帶來的諮文取出遞過去，邊道：「有一件公事，這兩天沒得便同王爺說。是蘇州布政使的呈文，江南司看過，說事情大，不敢擬稿，就先送上來。我思忖著雖是好事，可要避些嫌疑，還得王爺決斷。」

允祥叫他說得奇怪，待接過文書細看時，才曉得是請旨寬減江南浮糧，遂笑道：「怪不得說要避嫌，原來是為貴桑梓討情。」

蔣廷錫聽他言詞中帶著揶揄，倒也不慌不忙，只笑道：「江南的賦稅重，各州縣十成裡能收六七成的，已經算是能員，可照舊要得處分。再要多收，就是酷吏害民。如今國庫富饒，若能將這吳中第一大患循名責實寬減些個，於國帑無甚損害，於官民大有益處。紳民感激之心，一定和先帝的南巡盛典不相上下。」

允祥一時未置可否，轉而問道：「鄂爾泰的名字常聽人說起，朱相也屢次誇他，表字是什麼來著？」

「字毅庵，我們北闈的同榜。」

「貴科人才鼎盛！」允祥欣然稱讚，卻又皺眉道，「現在海內承平，寬減些帳上的虛財好說，日後萬一有事，庫帑又不敷用，再要加可就難了。」

「那麼，王爺要駁回？」

「天不早了，容我回去想一想，先叫司員備了兩府的檔冊來看。」

蔣廷錫與允祥是早年在南書房並扈從南巡的交道，早已熟不拘禮，見他尚在猶豫，不免有些著急，遂丟了避嫌的心，極力攛掇道：「檔冊早備齊了，就等王爺來看。我打量皇上這兩天的興致高，要請恩旨，需得趕早。」

見他這樣掩不住的殷殷熱盼，允祥也失笑起來，說道：「還是少安勿躁，等荷花冊頁畫就了進呈，想必興致更高！」二人正說著話，就見遠處一個小太監跑來，近前笑嘻嘻回道：「張大人給翰林們住的園子取了個好名兒，叫澄懷園。萬歲爺已經准了，讓告訴王爺，知會造辦處預備做匾額。」

「衡臣貴人語遲，倒是難得發言。」蔣廷錫道。

允祥聽了一愣，看著蔣廷錫笑問：「這怎麼講？」

「碧水漣漪，澄爾之懷。是聖祖賜他的字。」

允祥將諮文帶回反覆看過，又同蔣廷錫並江南司官員商量了幾回，議定將蠲免蘇松浮糧的事先面奏給皇帝，探定了口風再行文。不意他這裡才一說完，皇帝就擊節道：「好事，你們核一個數目上本來！」允祥見他這般痛快，忙趁熱打鐵，告以蘇州府歷年正項錢糧，約有三十萬兩不能繳齊，松江府則在十五六萬，兩府合計，可蠲銀四十五萬兩；至於各州縣如何分派，交與蘇州布政使辦理為妥。待稟明了數目，又將那斟酌損益，唯恐日後捉襟見肘的顧忌說了。卻見皇帝將手一揮道：「這一次清理虧空也看得明白，朝廷的錢糧，要抓得緊，就不在乎這一點兒，自是足用有餘；要抓得不緊，就多這一點兒，也不過是將民脂民膏，空填了墨吏的宦囊。何苦來，倒不如趕早施恩。」

「皇上聖訓，實在至理！」允祥哪裡肯掃他的興，忙不迭頌了好一番聖，才又笑道，「只是這一個大恩典，還得皇上下旨得好，部裡題來，怕有邀譽的嫌疑。」

皇帝曉得他善則歸君的美意，大方笑道：「若不是府庫充盈，就想免，也不能。戶部這兩年受怨受謗得多，叫江南官民記著你們的好處也是該當。咱們兄弟一體，就不必三推三讓了。」

不幾日，戶部就題了本，緊接著便有上諭，說此事先帝朝久未舉辦，都是部臣阻撓之過，並非先帝不欲施恩。自怡親王總理部務以來，剔弊清源，悉心籌劃，使朕得以仰體皇考聖心，蠲免蘇松浮糧。《論語》曰：百姓足，君孰與不足。《易》曰：損上益下，民說無疆。聖人之言，亦朕躬之願也。

一時恩膏大沛，海內謳歌，籍在蘇松兩府的京官，俱都上奏謝恩。消息傳至江南，亦是官民雀躍、道路相慶。其時鄂爾泰正在城內紫陽書院與貢舉生員們談論學問。書院是康熙五十二年張伯行任蘇撫時所建，在府學以東。其地闊大，前堂設朱子神位，中建講堂，後建大樓，兩旁建有書舍，正門上高懸先帝御筆親題的「學道還淳」四字，十分堂皇風采。張伯行一代理學正宗，時常親蒞書院講席，所聘董事山長亦皆名望大家，於是士心鼓舞，不但江南各府，就浙江、江西、福建、山東等地學人，也多有不顧窵遠，負笈而來的。

張伯行以下，駐紮蘇州的巡撫、藩司多係滿蒙大臣，能與士子縱橫論道者少，唯鄂爾泰是個講求理學教化之人，所以凡在公餘，就常到書院來看諸生，且不肯叫眾人用官署俗禮相見，只以他的滿洲舊姓，呼為西林先生。

這一日春風亭中正講論得熱鬧，外頭鄂府家人懷揣邸報，趁家主出來更衣遞將上去。鄂爾泰捧讀之下，自然仰天稱頌聖德，且顧不得方便，急忙要將這蠲糧免賦之事，說與亭中生員士子們聽。不料家人卻喚住道：「總督衙門也有話來傳，請主子趕緊上江寧一趟，有面議的事。」

鄂爾泰一愣，以為總督不喜他私請部文成此大事，心中頗覺不安，遂請來山長交代幾句，自領家人先回衙去，次日一早啟程趕赴江寧。

到了漢府街的總督衙門才知道，兩江總督查弼納不但沒有生氣，反而相待甚是殷勤，在二門相迎拉手笑道：「老兄好膽量，要換了我，斷不敢去觸戶部的霉頭！」

鄂爾泰曉得查總督是個實誠人，不全為口蜜腹劍之舉，所以一顆心先放下來，一迭連聲來告僭越之罪。查弼納渾不在意，只同他說笑道：「我接了好幾路的京信，都說這一遭王爺很高興，百般地誇你，這可實在難得。蘇松兩府的京官更不用說，自然沒有不承情的。」

查弼納是先帝信用的世家重臣，因素與隆科多相親，又是蘇努的兒女親家，所以眼下雖在人前端著總督的派頭，實則戰戰兢兢，唯恐叫皇帝劃在哪個黨羽裡。他近來愈發看得清，這鄂爾泰乃是大器之材，日後不定就有相託之處，所以不但不以上司自居，反而待若契友，一面相攜著花廳落座，一面格外親切道：「我一定請老兄跑一趟，頭一件就為這事，怕你疑我怪你。必得當面說幾句欽佩的話，才見我的真心。」

鄂爾泰被這幾句話說得大不好意思，連連遜謝不止。查總督笑著擱下此話不提，又說起江蘇歷年的虧空錢糧有一百多萬，是各省裡最多的，不如也學山西等省耗羨歸公，先把積欠填上，也好早日向朝廷交差。

鄂爾泰幾次聽督撫們說及此事，也有京裡的朋友委婉指點，可他一任藩臺做了兩年，心知江蘇的情形與別省不同，實難一例仿效。蓋因山西等省的稅賦少，耗羨多，有將耗羨加到正賦的五六成的，以致民怨沸騰，難以聊生。耗羨歸公減到一兩成，自然有恤養民生的功效。至於江南之地富甲天下，賦稅又最重，州縣徵收耗羨不必多，只收到半成開外，就比他省收五六成的還富。要是效仿他省耗羨歸公，官員們相率攀比，也去收那一兩成的火耗，則於別省或稱減負，於江蘇實屬害民。就為這一層，鄂爾泰特意不肯應和上司們的意思，這會兒聽查弼納當面再提，不得已離席一躬回道：「制臺明鑒，江蘇的情形與別處不同——」

「是不同的，老兄愛民如子，我最知道。」查弼納曉得他照舊一番說詞，只好伸出兩個指頭來道，「可藩庫的虧空，你們闔省的官每人要兩萬兩攤在頭上，不拿耗羨去頂，難道各個都去抄家？」

查弼納如今每日裡踻踧不安，叫皇帝逼著去揭隆科多的短。現下天氣暑熱，江寧城悶得蒸籠一樣，把他個北邊人擠對得火燒火燎、滿嘴瘡泡。這會兒也顧不得有客，一隻手鬆了鬆領口，用摺扇猛扇幾下，嘆道：「我這裡的老夫子都讚你說得有理，可許多事，我也沒有法子不是？」

「是，制臺的難處大。制臺若不見怪，下官願自行上奏陳明利害，聖主愛民之心有加無已——」

「好好好，老兄既這樣說，我再不肯，就見小了。」查弼納聽他此言，不免啞然失笑，自站起來，看看時辰，就張羅留飯。待用罷了送客回來，有家人呈上新到的邸抄，查總督上眼一看，便覺大熱天一陣心涼，實因頭一道上諭就寫著：

「年羹堯以總督補放將軍，亦為升遷。伊前違旨欲在儀徵縣逗留居住，今又只將接任日期具奏，並不謝恩，有悖臣道。著革退杭州將軍，任授為閒散章京，在杭州效力行走。其將軍印務，著原任副都統、王府長史鄂彌達前往署理。」

浙江巡撫衙門在錢塘縣所屬的裕民坊，是明臣胡宗憲所遺總督署，故其東西各有一坊，東曰保障江藩，西曰澄清海甸，頗有兵戎氣象。衙門背倚吳山，毗鄰西湖，是個風光絕佳的去處，現任巡撫法海是個狂人騷客，又好攜酒登高，按理說，在這樣的仙境居官，也該過一個神仙日子。可他如今的心緒，卻大沒有這個興頭。

且不說他與年羹堯相交莫逆，如今年氏落魄，他這個地主也難當。前些日子皇帝曾有朱批問他，見了年羹堯何以處之。他思量多日，不得辦法，只好以「禮貌照舊，留心訪之」之言暫作敷衍。法海是佟家長房的二公子，早年以貴胄之身高中進士，雖然淵博持正，可在辦事通達上，未免有些個缺欠。特是浙江一省，地當衝要，庶務繁冗，實非他這個老書生所能勝任。他從江南學政任上升轉來不過幾個月，就覺諸事都不措手，自己也越發心急起來。

譬如他上任未久，見各省紛紛奏請遍行攤丁入地之政，且浙省許多州縣自明末即行此法，頗見成效，就思量著要在未行的地方，也一體行之。他做翰林時曾在上書房行走，是允祥、允禵二人的老師，如今京城裡的靠山大，是人盡皆知的事，所以屬官們凡事唯唯，都不敢說什麼掃興的話。然浙江是第一個出師爺的地方，他衙門裡也有前任所留的老幕，最是明事理、通下情。幕友們見他新官上任就這樣急迫，自然從旁相勸，說：「兩浙是文章之區、財富之藪，不比別處。譬如杭州府的紳士豪族最多，且大率田多丁少、人地分離，業主本人居住城鎮，田產遍布各鄉。要行攤丁入地之政，須得小心翼翼，令這樣的人家心服。依學生之見，不如悄悄行下文去，叫未行的州縣依著各自情形，籌劃妥當，再張榜告示。不然體制乍變，只恐刁民奸棍從中作梗，萬一人心惶惑，鬧將起來，就難收拾了。」

法海是個急脾氣，只當師爺們自己就是富裕上戶，此時為著私利掣肘，所以並不理會，一意要在杭州先出告示。果不出眾人所料，告示才貼出兩天，省城錢塘、仁和兩縣的頭面縉紳就在布、按、府、縣各官處，拜託熟人走馬燈樣地前來說情。富戶們呼號奔走，聯絡人眾，到各衙門喊叫阻攔。就是他自己的內宅，挨牆地方也扔進幾十封揭帖*，都是鄰近各縣紳衿聯名懇請暫緩推定攤丁入地的話。他正坐在書房裡生氣，又有親兵來報，說是黑壓壓一片人聚在巡撫衙門前街，叩懇請願。法海爆炭一樣的脾氣，又在軍中待了多年，哪裡忍得這個，當即喝命家人：「去調中軍領著兵來！再到內城知會旗營，請他們撥人預備！」

他一個封疆大吏，實不乏些嚇唬人的本事。一時間，就有巡撫所屬的中軍游擊帶著百十個綠營兵執銳而來，將那圍鬧的人群趕了乾淨。可轉過頭再說，這交稅納糧的事，實在不是靠兵就能做成的。他頭一天才行了權，第二天就又接報：城東慶春橋的買賣鋪戶一起罷市。

慶春橋本在杭州城外，跨在東河上，是南宋舊都遺物，《臨安志》中稱為「菜市橋」。元末張士誠時將其擴入城內，改作今名。橋兩側都是船埠，運載城鄉各色貨物，是以周遭米行、貨棧、果鋪、雜館眾多，商賈輻輳，是杭州城中一處頗大的買賣街市。法海一面罵著「蠻子可恨」，一面帶著文武眾官親自到慶春橋查看。就見街上家家閉戶、鋪鋪關門，連幌子都收拾起來，只有沿街的閒人指指點點、議論紛紛。法海氣得無心多看，打轎就回了衙門。不得已又請出幾位師爺來問道：「眼下這個麻煩，如何處之？」

師爺們雖惱他剛愎自用，怎奈端著人家的飯碗，也只好互相湊合，遂斟酌開口道：「眼看夏稅該徵，州縣們所靠的，就是田多的中、上人戶，至於少地窮民，原本指望不上。與其速行攤丁，將富戶們都得罪了，倒不如先把夏稅辦妥，再慢慢從長計議。」

「各位說得極是，是我莽撞失禮，萬望海涵。」聽師爺給他找了這個下臺階的法子，法海從心裡舒了一口氣，遂拱手道，「那就請替我擬一個告示，將攤丁入地的事先緩一緩。」

他話音未了，就有一位老先生站起來連連擺手道：「不可不可，如此一來，恐怕窮民又要抱怨。何況朝令夕改也非美事，還是不張告示，暗地裡緩辦的好。」

「我怎麼不想暗地裡緩辦？可若不公之於眾，這四處投揭帖鬧罷市的，又怎樣了局？」法海自以為得計，就又犯起舊病來，斬釘截鐵說罷，抬腳就走了。

第二天一早，新告示便貼在了四城門上。然則未及晌午，城裡就炸開了鍋。那田多地廣、不願攤丁的人雖然勢大，卻不及田少無業、情願攤丁的人多。前者不過齊集百十人前來訴懇，而今城關外許多佃戶，並城中做工、幫傭、學徒、閒散遊蕩的許多窮民，竟是浩浩蕩蕩五六百人，都圍到巡撫衙門前街。

最麻煩的，衙門裡不少差役，也是無田少地的城廂窮人，他們先得了信，就不免添油加醋傳揚出去。這會兒見眾人來圍，也都放開了膽，在衙門以內聲聲叫嚷，說要請巡撫大人出來做主，還他們公道。更有幾個好事膽大的，竟然呼朋引伴帶著幾十個人，跑到法海起居的內宅門口，隔牆吶喊起來。

法海聽說衙門外又在聚眾，正自氣得搓手跺腳，忽聽內宅門前竟有喊聲，只當是外頭人衝了進來，登時跌坐在圈椅內，手握著椅柄兩眼瞪直。一旁家人混出主意，要他開了內宅角門，帶著眷屬偷

---

* 匿名的啟示，文告。

跑出去，到旗營裡面躲避。法海倒是豪氣，聞言霍然拍案，立著眉毛罵道：「你這狗才一派胡言！我是欽命的封疆大臣，就是大兵壓境，也只成仁報主之分，豈能棄了衙署逃走？況且不過是些刁民土棍，怕什麼！」他說著，隨手摘下牆上佩劍，直衝衝走到內宅門前。親隨們嚇得忙圍上來。眾人正攔擋著不叫他開門，便聽有人來報，說旗營裡已經派了一隊兵，由左翼副都統傅森親自帶來。

聽說他來，法海才將一顆心放回腔子裡。官兵連勸帶趕，約摸一個來時辰，圍在外頭的百姓也就紛紛散去。唯有衙門裡鬧事的差役，知法犯法，其罪難饒，因此都將他們捆去，交給杭州府審辦。待一應事情辦妥，趕來的文武眾官進得衙內，都向巡撫大人道惱。法海既丟了大醜，也只好放下名士貴胄的架子，對眾人作了個羅圈兒揖道：「各位各位，實在有勞！」

別人尚能和他虛禮客套，只有杭州知府沒法子，躬身下氣問道：「請大人示下，那這攤丁入地的事——怎麼處呢？」

法海紅頭漲臉地長嘆一聲，想了許久，只好尷尬擺手道：「擱些日子再議罷！」

他一句擱些日子不要緊，杭城各衙門就更摸不著頭腦，也不敢行事。且說這前後兩遭折騰，除去那幾個衙役，餘者不論首從，都沒有什麼麻煩，士紳百姓只當是官府虧了心，所以愈發沒有忌諱，緊跟的一個月，就時常有人圍著府縣衙門討說法。如此亂仗，原是法海自己做下的，此時卻沒有主意。趕上這麼個巡撫，杭州城中幾個有密摺專奏之權的文武，自然要將麻煩事奏報上去。所以不過半個月就有旨意，叫法海交卸印信回京，另派吏部侍郎福敏署理浙江巡撫。

第四十九章 恤孤

法海調京的上諭發到時，年羹堯已經沒了將軍之職，褫為旗營的閒散章京。二人雖是舊交摯友，但若有職任在身，也不便私下相見。如今一道旨意卸了任，倒讓法海少了許多約束，他借著交割差事的幾日閒暇，布衣騾車，一主一僕，就到年羹堯在杭州的新住處去看望。

杭州滿城在西湖西濱，建於順治五年，駐兵四千餘人，規模在內地駐防中堪稱浩大。其地瀕湖為塹，防城城牆以巨石為基，青磚砌築，綿延九里之長。城牆高一丈九尺，寬一丈，以兩匹戰馬能在其上並騎為度。城頭設犬牙狀箭垛，又壘築炮臺，上置紅衣火炮和子母炮，炮口對著西湖水面。防城築有五個旱門三個水門。正南的叫延齡門，門西即是「鎮守將軍署」的轅門。年羹堯家口太多，滿城內實在沒有恁大的宅子給他安置，代署將軍印務的副都統傅森又怕他住得遠不便監視，遂商量定了，叫他在延齡門外暫賃一處闊大民房安置。法海幾下裡打聽，才找到年家新居門首。年羹堯得了信，也早早迎將出來。

二人上次見面，還是在甘州的古廟裡，一別三年，宦海跌宕，如今已經物是人非。只是他們的交情未改，法海所到之處，總向人盛讚年羹堯是「天下第一豪傑」，就在浙江也是如此。年羹堯雖與隆科多不和，連帶著鄙薄佟家是仗著國戚立朝，卻單挑出這位翰林前輩，譽為「丈夫偉器」。

一時對面見著，二人各自疾行幾步，一齊伸出雙臂抱住，再沒有多的話說。待互相端詳許久，到底法海先開口道：「亮工久違了。」這才說得年羹堯恍然醒悟，忙作揖讓道：「先生快請進！」

兩人一徑進了書房，年羹堯便命隨至杭州的諸子出來，以伯父之禮拜見，又各自問過父兄眷屬安好。即聽法海喟然道：「不想軍前一別，世事竟如此大變。我先聽見你到杭州來，想著正好我還做得幾分主，不至於叫你太難過。這倒好，你才來，我就要走。想必我辦的那件糊塗事你也聽說了，這一回京，還不知要得個什麼處分。」

年羹堯因有法海在杭州，本來稍覺放心，前日聽他調京，不免又添一重憂慮。雖是如此，見他這樣鬱鬱寡歡，也只能好言寬慰道：「我早就奏過，您是不宜做外官的，留在京中主持臺諫，就再恰當沒有。何況尊兄失了聖眷，這次調回去，怕不是要頂公府的門楣？」

法海聽見這話，越發恨恨嘆了一聲，將端著的茶盞擱下，撚髯低首道：「十三阿哥來信也這樣勸我，說回京未嘗不是好事。話裡話外，要是趕得好了，不定有個公爵等著我襲。可我怎麼不曉得他的意思，要襲這個公爵，不得先舉發幾位家兄的罪過？我早年雖同他們有些齟齬，但也不至於這樣沒有人倫。」說罷伸出一個手指頭來，在自己與年羹堯身前一畫，哂笑道，「就這上頭，你我怕不是一個德性？」

「都是不合時宜之人！」年羹堯先是一番苦笑，又黯然搖頭道，「先生的命數裡有個好學生，現在凡事不怕。不像我，如今一步一步蹚著河走，往後是什麼樣，實在拿不準。」

「西邊未靖，準逆尚在，朝廷正是用人之際。你的本事我尚且識得，何況皇上。」法海自己心裡有事，卻見不得朋友頹喪，當即站起來揚聲道，「要是一年前，這話我也不說，說出來，倒像我奉承你這權貴似的。這會兒我倒要說一句公道話，咱們冷眼看著這些王公貴戚、廷臣疆臣，論文論武，還有比得你年亮工麼？朝廷若不用你，再用誰去！」

年羹堯手握重兵、聖眷優隆時，那上天入地、鑽山打洞的馬屁話，早叫他聽遍了，若論這幾句誇獎，實在不算什麼。可這幾個月來，他已將世態炎涼嘗盡，再聽法海的讚語，如何能不百感交集。是以站起來一躬到地，嘴唇翕動，半晌方道：「我枉叫人稱作結黨，現在落到這步田地，所見的真朋友，竟只有胡元方和兄兩個。先生此番進京，自然要面聖，又要去見怡親王，還望代小弟陳說陳說。那蔡珽實在是個奸佞小人，必定是他陷害我，容我進京一辯，自然明白。」他一向不曾求人，說這話已是面紅耳赤。幸而法海是個痛快人，當即拍案道：「亮工放心，別的我不敢保，就十三阿哥，怕還要聽我幾句話罷！」

中秋前本是京師最清爽時節，不合近日秋雨連綿，總是淅淅瀝瀝下個不住。交輝園與圓明園有角門相通，方便允祥日常出入，每每他所乘的轎子一落，就有許多進進出出的大臣官員，或恰巧趕上，或特意殷勤，都看準了時機過來請安搭話。這一日他正和人寒暄著往裡走，就聽跟著的大太監張瑞忽然說道：「主子瞧前頭那位大人，好像是法先生。」

允祥順著張瑞的手指一抬頭，就見遠處一個珊瑚頂子的官員，自己打了把傘，昂首闊步正往外走。其人少說也有五十多歲，卻是行走如風，踩起來的雨水濺到袍角也不顧及，直叫旁人側目。允祥近幾年沒見著法海，又不知他到京的日子，此時因隔得遠，倒是定睛注目好一會兒，才笑對張瑞道：

「還是你看得真！」邊說著，邊加快了步子向前去迎。

「在園子裡這麼個走路法的，也就他老人家一個。」張瑞嘻嘻一笑，忙跟上去；又叫一個年輕腿快的小太監，緊跑幾步到法海跟前，將他引到這邊廊下。

「阿哥安好。」

「先生好，先生好。」待法海走到跟前，允祥忙趨身一步拉住，不肯叫他行禮，隨又站定了一躬，再上前執手問道，「先生幾時到京？是才覲見了下來？」

眾目睽睽之下，允祥這一番屈尊，早令往來的新晉官員們咂舌。法海卻不在意，坦然受了他一揖，隨意道：「昨兒才到的，有旨今天一早覲見。」

「昨兒就到了，該先知會我一聲嘛。」允祥見他說得輕巧，不禁一皺眉頭。法海這一遭回京，原是辦砸了差事，自己百般彌縫，唯恐他在御前得咎。不想他進京來，竟不先去和自己討主意，就敢貿然請見。是以看了看他的神色，雖有些悶氣，倒還不至於大壞，只好又問：「任上的事都奏過了？」

「奏過了。為還有旁的事，就先叫出來，說另有要問的話，得空再說。」法海剛在四宜堂挨了皇帝的罵，雖不能大庭廣眾之下抱怨，自然也氣不順，遂道，「昨兒到京，門生裡來看的人多，應酬乏了，就早歇下，沒顧上遣人告訴。想著覲見下來再去瞧你也不遲嘛。」這幾句話說得，連怡王府年輕的護衛、太監，也瞪著眼睛面面相覷，心道這是哪裡來的太爺，不但充大輩兒似的一口一個「阿哥」地叫，單這「沒顧上」三個字，也從不見有人用在自家主子身上。

「好好好，先生的膽子大，不要我多操心。這就跟我走罷，我那裡專有一壇好酒奉候！」允祥也久不聽人這樣說話，乍聽有些彆扭，一想起法海的性子，反而覺得親切。是以命跟隨的人道：「同奏事處說，有事再去找我。」說罷拉著法海，熱熱絡絡就往交輝園去。

二人一路就著迴廊踱步閒聊，允祥才就近端詳了他的老師，笑道：「果然江南養人，先生去這幾年，不但風采依舊，還少相了不少。」

「做學政也罷了，偏是浙江人難對付得緊，還不比軍前自在。」法海一想起杭州的事，就是一陣心煩，先沒趣地擺了擺手，又打量著允祥道，「看阿哥的氣色，還有些清弱似的，怕是過於操勞了罷？」

「可不是，一天也不能躲懶。」允祥說著話，無可奈何地將手一攤，卻又嘴角一抿，笑歎道，「我倒很記念早先那些個悠遊林下呢。」

法海平生最喜直爽率性四個字，聽了允祥這話，腦海裡不免泛出杭州城年羹堯的落寞、馬蘭峪允禵的寂寥來，遂揶揄道：「阿哥抱入世之懷，向來所恨是不得施展。這會子身兼宮府，怎麼反羨慕起林下來了？」允祥直噎得戛然無話，抬頭盯著樹上的松鼠看了半晌，才勉強笑道：「到底先生知道我。」

進了交輝園的門，二人相偕著穿梁繞柱，往允祥平日招待貴客的怡仁堂去。褪去朝珠換了輕柔的軟緞便袍，二人盤膝坐在臨窗的炕上，頗覺神舒意適。因早有人先趕回來傳話預備，所以炕桌上杯盤羅疊，一應中秋時節應季的鮮果、蜜餞，配上各色月餅，已經琳琅滿目擺上來。另有一尊仙人吹笙的青花方壺，稍一挨近，便覺陣陣清妙、酒香撲鼻。

允祥親自執壺，一面斟酒一面笑道：「先生在杭城，怕是黃酒喝得最多。這是伊學庭到汾陽縣給我尋的好汾酒，真正的河東桑落不足比其甘馨、祿俗梨春不足方其清冽，所以我請先生以鮮果來佐佳釀，倒比菜肴更能現它的真味。」斟罷才要舉杯，就見一個小太監進來稟告，說萬歲爺賞下克食來，請王爺去接。二人聞言離席，一同出去，果見御前的首領太監滿面堆笑，說：「萬歲爺口諭，河南田文鏡進了幾匣新鮮柿餅，滋味比京裡的好，叫送一匣給怡親王嘗嘗。只是這東西食性寒涼，可別進得多了。」

允祥接了東西，先賞錢打發來人回去，又興致盎然對法海笑道：「這是佐酒的佳品，先生實在有口福，竟沾上田文鏡的好處。」

如此繁華鼎盛景象，若在三年前，法海必定替他的好學生歡喜，可現在看來，卻委實不稱心腸。他是個直性人，從不曉得遮掩，等再坐回炕上時，一張長方臉便拉得更長，又伸手蓋住允祥端起的杯盞，皺眉道：「阿哥的風光日甚一日，可宰相肚裡也要撐一撐船嘛。」

允祥自先帝駕崩第二日受命總理事務至今，預議政、參軍機、綜國計、承大審、接外藩，並執掌內廷、潛邸、皇子、宿衛諸事，大小政務，幾乎無所不總。更兼口含天憲，聯絡封疆，造膝獨對無日無之，若非「勢傾內外，寵冠當朝」八字，斷不能描摹得盡。是以這幾年所聽所見的，都是含著蜜糖的好話，堆著奉承的笑臉，再沒有這般語氣顏色。雖說忠言逆耳，可法海畢竟是他的恩師，這會兒也只好將杯盞擱在桌上，自顧自轉著手上的翡翠扳指，似是心不在焉，又像若有所思。法海是個急脾氣，見他不理，就「吱」的一聲飲了杯中酒，不依不饒又要開口。

「我知道，您要同我說十四阿哥的事。」允祥輕吁了一聲，先前的親切熱絡早已掃盡，只凝著師生之誼搪塞道：「他的事情不比尋常，太后健在的時候都管不了，哪有我多話的地步。」

「那就這麼一輩子放在陵上，連個封號也不給？他好歹當過大將軍，又和皇上一母同胞，這麼仇人似的，豈不叫人笑話？」法海這兩年常怨允祥過於城府深沉、行事機巧，聽他拿著官腔和自己虛與應付，不由嘔起氣來，將臉一沉，捏著酒盅用力蹾了兩下，擺出師傅的譜道，「阿哥於公是做臣子的，當守致君行道之忠；於私是做兄弟的，要合愷悌敦睦之義。怎麼能不聞不問？你當年受委屈，也不是十四阿哥的首尾。」

「這話說得，我就記恨也輪不上他。」允祥叫法海氣得手腳冰涼，別過頭去按捺許久方壓住火道，「好好好，細話也不多說。往後先生自己的事，就再麻煩些，我也可以應承。允禵的事，還請不提為好。先生是國戚，很該知道這裡的深淺，何苦忒多事呢。」

「國戚何敢承當，早晚有爵除族滅的一天！」法海不聽國戚二字還罷了，一聽，不由得血往上湧，原本盤膝而坐的姿勢也改了跪坐，將上身挺直了，幾乎是居高臨下模樣。

「先生聽誰胡說？」

「現在家兄發遣奉天，堂兄動輒得咎，還不是明證！」

「先生自幼叫鄂倫岱輕慢，怎麼又替他說話？就同隆科多，也未見有什麼好處不是？您雖是佟家的人，也是我的恩師，他們好歹，礙不著您。」

「疏不間親，古之禮也！我要是仰仗王爺的教訓好話苟且，再圖些非分的榮耀，只怕夜間睡不安穩。」法海半點也不領情，兀自嗤道，「阿哥如今本事越大，心眼兒怎麼越小了？你就不願和人鼎足而立，又何必把人往死裡頭擠！」他說著話，已是偏身下炕站起來，背著手在地上走了好幾步，饒是天氣清爽，也吵得面紅耳赤，滿頭漬汗。他生就是佟家人的豪橫秉性，當年連先帝也敢頂撞，況又念了一肚子書，比別人多了些會講理的本錢。這會兒脾氣上來，哪裡還能剎得住？他也不管允祥氣得臉色煞白，手指著窗外高聲道：「我在杭州見著年亮工，一個大將軍，都成了什麼模樣！皇上聖訓煌煌，但求天下英雄入吾彀中，你捫心說，年亮工算一個文武全才不算？何苦就容不下！」

允祥心裡至此怒極反笑，冷眼看了看法海，就端起架子道：「敢情先生不但替允禵叫屈，就連年、隆兩個也一力要保？好好好，你在我這裡把夢話一氣說盡，趕明兒安生做你的官，少管閒事。」說罷拍手叫在外伺候的僕輩進來，儼然就要送客。

「你真不肯去進幾句忠言？不怕別人說你擅寵攬權？」

「不勞費心。」

「那我去，不過是一條命！」法海說著話，拂袖就往門前走去。允祥叫他嚇得一偏身側坐在炕沿上，邊催著小太監服侍穿鞋，邊嚷道：「法淵若，你幹什麼！」

「進園子請見！」

「你撒什麼癔症！」允祥一聽此話，登時一身冷汗下來，抬腳將那小太監踢在一旁，先要自己去追。眼看法海已大步走出門去，便自坐回炕上，一拍桌子斷喝道：「外頭都是死人？把他給我攔下了！」

日近正午，外頭小雨就著斜風，下得愈大起來。廊下站班伺候的人原本有些心煩，等聽兩人拌嘴一聲高過一聲，不免就豎起耳朵，努嘴斜眼，相視揣摩裡頭的情形。忽聽珠簾亂響，緊接著法海氣赳赳大步流星出來，也不穿雨衣，也不打傘，單甩著兩臂直衝衝就走。外頭人大多年輕，並不曉得法海身分，只說平日裡報著名進去，躬著身出來的紅藍頂子見過無數，卻從未見這樣硬氣人物，竟是並著肩進去，罵著街出來！幾個人正目瞪口呆全無主張，又聽見允祥在內摔案怒喝。怡仁堂十分闊大，眾人站在階下遠處，那句「攔下了」的話，傳到他們慣聽戲文之人耳中，就不免想作包龍圖驚堂木一拍，成個「拿下了」。故而當即有兩個二十出頭的藍翎搶步上前，說一句「大人得罪」，就各伸出一雙鐵臂來，把個直戳戳正往前奔的法海左右架住，連拖帶掖原路掖將回去。

法海凡事只要人來湊他，何嘗受過這個？登時鬥雞似的昂著脖子，雖渾身上下淋個透溼，還在不住地掙罵。可他再怎麼說也是五十幾歲的人，哪裡掙得脫兩個精壯漢子，只好一路支支楞楞跟著回去。幸得總管太監張瑞是自幼服侍允祥的人，曉得這位老大人深淺，見此情形，心裡「哎喲」了好幾聲，先瞪眼罵那兩個愣頭青道：「該死該死！你們曉得大人是誰！」又朝怒髮衝冠的法海打了幾個千兒賠罪道，「小子們沒見過真神，您老大量，還請再進去一遭。」

「你主子好風采，如今興得他，五倫裡頭還有個一倫半倫沒有！」法海恨極一啐，自知不能隨性出去，只好叫張瑞連哄帶央告、先去廂房淨面換了乾鬆衣服，才氣鼓鼓又回到廳中；也不理負手站立一聲不吭的允祥，逕自坐在炕上，捏了碟子裡的柿餅撒氣般吃。

「先生息怒，是我失禮了。」允祥是個能屈能伸又要體面的人，方才外頭的鬧騰，他站在窗前盡收眼底，心裡不免歉疚，見法海氣昂昂仰臉不睬，也只得換回一副好神色來，一個長揖到地，「還請先生大量，體恤我的難處。」

「豈敢豈敢，我是吃了詿誤的廢員，不敢受王爺的禮！」

「看來是要我跪下請罪。」允祥「唉」了一聲，竟真要屈膝拜下去。這倒叫法海不能坐視，他忙站起來從側面扶住，邊嘟囔道：「這又紆尊降貴來了。」

「先生肯不怪罪，我就磕幾個頭也值得。」允祥見他消了氣，才又笑著坐下。先命人重整杯盤，又屏退旁人自斟酒道：「先生一向扶危濟困，當年寧得罪皇父，也要替我說話，這份恩德我終身不忘。這會兒推己及人，您心疼十四阿哥，或是什麼旁的落難之人，我也體會得來。只是當今天子和聖祖爺並非一樣的人，我的身分也比不得先生超脫。您這幾年不在京裡，怕不曉得我是怎麼個戰戰兢兢法，這一攬子的保人都要我當，實在力不能及。」

「阿哥謹慎至此，真和當年變了個人。」法海叫他說得很是洩氣，呆了好一會兒，到底不甘心道，「你別怪我刁難你，是我眼拙，實在看不明白這些年的事。二阿哥當年和皇上有仇，他一家子反倒好好兒的，外間戚舊們都說是你的力量大。」

「那是皇上眼界大，不肯做些沒用處的計較。喔，就算賣我個人情，不過順便而已。」允祥見法海全然不信，沒奈何又找補一句，說罷再不肯順著這個題目議論，先抿了一口酒，又停杯笑道，「我的力量大不濟管管先生的事。恕我胡亂打聽一聲，您一早覲見，皇上可說了些氣話不曾？」及見法海把滿腔盛氣都沉下去，寡著臉兒不言語，便大笑起來，又問，「那問沒問先生今後的打算？」

「問了。」

「還沒等回，就另有一件事急辦，讓後天再來。」

「怎麼回？」

「您看，這才是要緊大事，咱們掰扯半天，剛說到正題上。」允祥釋然頷首，掰著手指數了數在京各衙門的缺份，含笑道，「我看您還是留在京裡罷，現在都察院的漢缺是蔡珽，滿缺還不得人，先生可有意麼？」

「我和那姓蔡的弄不來！」佟、蔡兩家康熙年間就有舊怨，法海現為年羹堯的事，更鄙薄蔡珽的為人，所以鼻孔裡哼了一聲，就偏過頭去。

「我也厭煩蔡珽的為人，才請先生去，不然臺諫重地，也太淪落得不堪了。」允祥心裡早已想定了主意，不過哄孩子一樣又向他解說了半日，囑咐他再覲見時，務必小心恭敬，總歸是自己在浙江辦砸了差事，哪能立了功一樣挑三揀四。

法海這一回倒真聽勸，再進宮去，就做出一派服膺聖訓的模樣，聽皇帝數落起他的長兄鄂倫岱來，也俯首回道：「臣兄素來粗魯荒唐，皇上教訓得甚是。」他這麼一說，皇帝也合了心意，顏色大緩道：「到底是他不讀書的毛病。如今朝中無論科名門第，你都數在前頭，很該再多出幾分力。叫你去做外任，是我的不是，既糟踐了你的材料，也耽誤了地方公事。按令高足說，該叫你主持臺諫或是禮部，我看也還恰當。現在禮部沒有缺，就是都察院罷。不過風憲重地，不是玩笑，你不貪不虐是好的，可太欠平和。你也是有歲數的人了，怎麼還耍少爺脾氣？往後要做京官，更使不得了。」

第五十章　告幫

法海這廂面聖出來，雖則升官是喜，到底心中不快，只好垂頭喪氣騎馬先回家去。及到門首，便有管事家人邊伺候他下馬，邊稟道：「才有兩個哥兒來拜，說是年大將軍的公子。老爺不在家，奴才實在不知道怎麼處，這年家的情形——」

「人叫你打發走了？混帳！看壞了我的名聲！」法海未待他說完，就發起怒來，扔了轡繩還要罵。管事的忙擺手道：「已經招呼了哥兒廳裡用茶，只是沒敢問來由，單等老爺回來。」「這還罷了，請兩位賢侄書房說話。」法海邊大步進門繞過影壁，邊自摘去頂冠朝珠交給下人。不一時更衣完畢，就帶著一個貼身老僕到書房去。只見年富、年興兩個搶步撲上來，將自己的兩條腿一邊一個抱住，哭叫「世伯」不住。

這小兄弟倆法海從未見過，可想起年羹堯的處境，心裡卻格外憐惜，故而一手挽住一個，細細覷其面貌。只見他們都是二十出頭年紀，年富是個濃眉虎目、寬鼻方口漢子，樣子很像他的父親；右邊年興面嫩些，近來在宮裡當侍衛，倒歷練得更顯穩重，長相也沒有那樣見棱見角。

年富素來敢說話，這會兒先磕了兩個響頭，就挺起身來，直視著法海道：「家父常教導小侄們，說世伯是朝中第一個相投的人。現在家父陷在杭州，祖父病在炕上，小侄無知冒昧，來求世伯擔待。我父親的忠心天日可鑒，求世伯將冤屈上達天聽，替朝廷留一個有用之軀。」

一番話說完，年富的虎目中已經泛出水氣。法海先別過頭去不忍看，可他到底是才覲見下來，想著皇帝說起年羹堯時那氣啾啾、狠刺刺的架勢，並前日允祥的囑咐，也不敢貿然去管這樁潑天大事。不得已把兩條胳膊夯拉下來，也不肯藉口搪塞，只赤面報赧道：「枉叫二位賢侄高看，亮工的冤枉我怎麼不知道呢，可實在我的情面薄——」他一句話說不下去，只好嘆息幾聲，又拿整理衣裳來遮掩。

年興見乃兄話說得急切，惹得法海局促不安，忙拭了淚，膝行兩步再挨前些，懇切道：「小侄知道世伯的難處，或是請世伯帶小侄們去王府稟陳下情，成麼？」

「賢侄真叫我沒臉說話！」法海「唉」了一聲，擺手道，「你們小孩子家許多事不明白，也說不清。」

年興見他實在為難，也只好告了罪，又低聲哀懇道：「小侄們多年隨任，閣部大人都不認識，還求世伯父指一條路，哪位大人與家父有交，又能得些確實的信兒，也好去求教。」

見法海仍舊猶豫，兩兄弟又「嘣嘣」磕起頭來。法海左右攔不住，只好箍著額頭想了想，勉為其難道：「不然去找一找張衡臣？他現在任事不管，每天守著替皇上草詔，自然事事明白，又是你父親的會試同年。可他是個小心極了的人，你們不要過於冒失，只怕適得其反。」

兩兄弟磕頭謝過，也不容他留飯，逕自告辭而去。等出門再商量時，年興便出主意，說張尚書成日內廷伺候，白天從不曾在家，要叫家下人先拿話搪塞住，再去就沒有地步；不如先叫人到他宅門前看著，等他回家時再去。

二人坐立不安候了大半天，到日頭偏西，得聽信兒家人報說「張大人回府」，才打馬往護國寺西的張宅去。待到彼處遞了名刺，就見門上家人客氣笑道：「二位公子不知道，我們老爺因為每天在御前行走，忌諱多些，平時無論京官外官，除非是要緊公事，從不在家會客。二位要有公幹，白天衙門裡見罷。」說完又作一個揖，就要關上角門。倒是年家一個小廝眼疾身快，側身將門卡住，掏出一大塊銀子遞去。一邊年興也賠笑拱手道：「我們做侄輩的來給世伯請安，還請通融通融。」

張廷玉家規甚嚴，門上見此不但未露喜色，反而綳起臉來，逕自將門關上。年富滿面怒容翻身上馬，也不理年興，兀自鬆了轡繩，一路跑回家去。

回到家，年富忍不住去念張廷玉的不是，連在祖父跟前也掛出臉兒來。年遐齡八十來歲的人，雖成日萎臥病榻，心裡卻十分明白，知道年富隨任最久，渾是乃父的脾氣，便拍著炕沿教訓：「少學你爹，整日價滿嘴裡沒有好人。」及見他諾諾答應，又不免一陣酸楚，要過他的手來摩挲著道，「你們安靜些最好，沒得連累親友，又造孽。」

兩兄弟答應一聲正要退去，又聽年遐齡呼喚，遂住了腳。祖父閉目低首如同自語道：「你們一定要找人打聽，就先打聽宮裡娘娘的信兒，看她的身子大安沒有。」

兩兄弟聽著納悶，又不敢問，不過唯唯而已。卻聽年遐齡的聲音越發微小，如喃喃夢囈道：「我兩回夢見她不好。」

一時辭了祖父出來，二人就在家中花園乘涼。天上還下著雨，年興茫然坐在廊子裡，盯著房簷上的雨水，斷線似的就著筒瓦滾落。年富一腳踏住廊外的石頭，任由下半身淋得溼漉漉的，也是愁容滿面。不過他性情堅毅，眼看弟弟灰心，自己就不肯喪氣，先喘了幾口粗氣，又對年興道：「你京裡比我熟，再想想，還有誰使得上手？」

「我看算了，不如聽老太爺的話——」

「快想！」

「嘿！」年興忽然福至心靈，眼睛也亮起來，一拍手道，「怎麼忘了他了！」

「誰？」

「三阿哥！」

「誰家的三阿哥？」

「還有什麼張家李家，就是當今的皇長子！」年興雖說穩重，到底還是少年人心性，一想到興頭，登時拉住乃兄的胳膊道，「去年我回京裡，就見三阿哥親自到家來看大哥的病。他在潛邸時同大哥頂熟慣，一點兒也不拘禮，又問大哥借了幾千銀子花。想他當皇子的，問外官借銀子，怎麼不怕人首告？咱們同他打聽信兒，他一定不敢不說。」

「對對對！你一說我想起來，父親回京時，他也來借過幾千。老魏還同我抱怨，說當今的阿哥，也跟上一輩兒的爺們一樣，都是兩手朝上。」年富一拍大腿，當即虎目灼灼，權當自己是西寧帥臺上的年羹堯一般，跺腳大笑道，「沒想到病急亂投醫，也能撞上好偏方！」

年興也愈發起勁兒出主意說：「那宮裡娘娘的事呢？咱們沒有在京的女眷，走不成會親的路子。不如寫信叫蘇州的大姑奶奶來省親，就說老太爺病得厲害！」

哥兒兩個一行計議定了，就先想法子去見弘時。年興雖是侍衛，可他如今行動招眼，貿然面見皇子，自然萬分不妥。幸而他家的老人和雍邸廣有交往，幾回閒話，就打聽出弘時在燈市口一帶置辦了外宅，雖說膽小不敢多去，可畢竟是一條門路。倆兄弟守株待兔等了小半個月，終於將他等來。年興聞訊而起，剛要拉著兄長去訪這位小三爺，卻叫年富一把推在椅子上，用吃奶的勁頭按住他的雙肩，又瞪眼道：「你伺候太爺，我自去罷！萬一叫人舉發，總不能都折進去。」

「你瞧不起我！」年興一向沒有乃兄的力大，此時卻來了勁頭，上身一掙將年富的胳膊搪開，怒沖沖就往外走。然則才出去三五步，就見年遐齡顫巍巍站在外頭，雙唇翕動許久，方對年興道：「你聽富哥兒的就是。」說罷長嘆一聲，仍由丫頭扶著，一步一蹭轉回上房院去。年興先是渾然如在夢境，繼而號啕大哭起來。年富也顧不上安慰他，一徑出門上馬，急往城東而行。

年富跟著老家人三拐兩繞，就尋到了燈市口同福夾道深處一個半大不小的宅院前面。家人叩門多時，才有一個白淨小廝慢吞吞將門開了個縫，一望便知，是個內宦無疑。這小太監似是剛睡醒模樣，懶洋洋打了個哈欠，瞥一眼門前主僕，沒精打采道：「這位爺叫錯門了——」

「鑲黃旗下佐領年富，來給三爺請安。」

「誒？」小太監雖不曉年富何人，可聽他認得自己主子外宅，心裡就有些驚慌，一下裡就要關門。年富伸手抵住門，笑道：「小公公通稟一聲，就說家父是現任杭州將軍，特命我來送禮。」說著伸手掏出黃白之物，順勢遞進門去。

小太監拿手掂了掂，自是喜笑顏開，說一句「稍候」，就回身進到宅內。不一會兒，仍舊是這個人，捂著紅腫之處豔若桃花的臉小跑出來，將門「哐」地一推，立著眉毛怪腔怪調道：「年二爺，您老快請進罷！」

這邊年富進得上房，就見弘時面色鐵灰坐在炕上，雖想擺出皇子的架子，無奈實在心虛氣短。最可笑的，才慌手忙腳沒有留意，炕角不遠處，竟遺下一方蔥綠色鴛鴦戲水的帕子。這會兒當著外人，拾不能拾，留不能留，直叫他滿臉的鐵灰又添了紫紅，竟湊個豬肝顏色。只好乘人不備，把一隻腳向前伸去，用靴子尖一踩，三蹭五蹭碾回來，就踩在腳底下。

年富看在眼裡，心中狠狠譏笑一番，兀自正色行禮，口內說著請安的話。弘時勉強答應著，又叫他坐下，想問來意又不敢，呆了半晌，終於苦著臉道：「好歹咱們有親，令尊不能這會子來攀扯我呀！」

年富忙站起來，賠笑道：「誰敢攀扯三爺！是為先前在京的存項不多，沒給三爺湊齊了整數，特來謝罪。」

「什麼時候還說這些——」

「三爺要肯擔待家父一兩件事，我們傾家孝敬，也是應該。」

「我雖擔了皇子的名兒，平日裡不叫皇上找尋，已經念佛了。有幾個膽子敢多事，管令尊這樣大案！」弘時叫他說得起急，也顧不得腳底下那方帕子，乾脆站起來，滿屋裡搓著手轉磨。他因為和弘旺等人到娼家偷歡，引得龍顏大怒，被關在阿哥所一個月不能出門，連他的老師、侍從也捎帶受累，一應年節例賞都趕不上別人。此後更越發膽小，除了偶爾到外宅裡出口活氣，餘者一概不敢兜攬。可如今年羹堯的案子要發，他幾回借錢的事，唯有靠人家一字不露才能掩得過去，所以雖惱年富莽撞，卻不敢深得罪了他，也只好一勁兒咂舌訴委屈。

年富不會求人，見他叫苦推託，也只好硬著頭皮道：「不敢勞三爺保，只求看在和家兄的交情上，在近御的人裡幫忙打聽消息，就是天高地厚之恩了。」

「御前的關防最嚴，叫我上哪兒打聽？」弘時先將頭搖得撥浪鼓一樣，再抬眼去看年富，見他長得極為強壯，足足高出自己一個頭去，臉上青筋突起，熱汗津津，十分焦躁狼狽。弘時見此情景，不知怎麼，竟忘了彼此是一條藤上的螞蚱，陡然生出些幸災樂禍的心來。心道你們年家這幾年何等威風，現在卻來求我。他不是個城府深沉的人，這樣想著，就不禁隨口誚道：「尊府的門路多，與其叫我打聽，不如請貴妃娘娘說個一句半句，不頂旁人說上一車？」

「娘娘鳳體欠安，且這是冒險犯顏的事——」

「你們自家人怕險，我倒不怕險了？你家的銀子我說好了是借，早晚就要奉還。」弘時怕他久在此地叫人察覺，乾脆將心一橫，「哼」了一聲，扭臉兒端起茶來，就是送客的架勢。

年富臉皮兒甚薄，叫這兩句話激上火來，不待行禮即去。弘時等他走遠，在屋裡摔盆打碗痛罵多時，待氣出盡了，方從炕桌上扯過一張箋紙來，掭一回筆，發一回呆，又揉一回眼，才寫出兩串字，密密封訖，交給心腹人道：「快把這封信悄悄送到杭州，交給年羹堯親拆！」

放下年富負氣回家不提，單說蘇州織造夫人胡年氏接信後倒來得快。這位姑奶奶的歲數比年羹堯稍小，早年嫁給同旗子弟胡鳳翬為妻。胡鳳翬官運原本尋常，今上即位後，仗著是貴妃的姊夫，才得了蘇州織造的肥缺，凡事都要倚靠妻族。所以胡夫人一接家信，全然顧不上別事，囫圇收拾幾箱行李，就匆忙趕進京來。

聽說貴妃的姊姊進京來侍父疾，又奏請進宮會親，皇帝恐她傳遞消息，原本不想准允，不過憐惜貴妃多病思親，遲疑一陣，到底首肯。進宮當天，胡夫人所乘的馬車本要停在神武門外，從順貞門步行到內廷去。不料才至近前，就聽前頭一陣嘈雜，尤以一女子的聲音又高又厲，彷彿是同人爭吵的意思。神武門是皇城後門，往東是皇子們居住的北五所，隔著北橫街就是御花園深宮禁苑，其間並無官廳衙署。因此除去秀女大挑時熱鬧，平日裡出入往來，多以內眷戚屬為主，一向關防嚴謹，行動安靜。胡夫人現下如履薄冰，前路叫人擋住，也不敢肆意爭競，只命隨侍僕婦向前探問。僕婦去不多時，就來報說：「麻煩了，麻煩了！前頭是國舅太太的車擋路，侍衛們無旨不叫放進，國舅太太氣盛，竟親自下了車，正和人嚷著辯理。」

僕婦所言國舅太太並非旁人，正是隆科多家那位如夫人四兒。且說隆科多自辭去步軍統領職銜，就愈發意氣消沉。上月因為議覆胡期恆妄參金南瑛一案不力，皇帝說有意他包庇年羹堯，下旨把先前所賜的雙眼孔雀翎、紫扯手、黃帶、四團龍補一併繳進，不許再用。前日又革太保，預備將他打發到阿拉善修城開荒。隆科多深知今上為人行事，一時萬念俱灰，整日酩酊不醒。倒是四兒還比他拿得穩些，曉得七親八故求之無用，只有趕到今天——先帝佟皇貴妃的生辰，可以借著拜壽，在自家姑奶奶跟前求情。佟太妃在先帝諸妃中位分最尊，又有其姊孝懿仁皇后的情面，她若肯傾力救護，皇帝念及養母，不定還有一線之恩。

她一早就趕到神武門，想要搶在眾人之前，先同太妃說幾句話。偏這些守門的護軍校都是見事機警消息靈通之人，皆知隆國舅日薄西山，又聽說她是八旗裡出了名的潑辣貨，更存了鄙夷輕薄之心。所以一見是她的車馬，就有兩個年輕氣盛的受人攛掇，氣焰昂昂向前攔住，笑嘻嘻問道：「這是哪府的貴眷？進宮來有旨沒有？」

「裡頭坐的國舅太太，為著皇貴太妃老主子的千秋，和娘家太太奶奶們進宮會宴。」四兒跟前的僕婦，個個由她調教，端的能說會道，走上前一笑一福，本以為萬事無礙。不合叫那小夥子眉毛一聳，明知故問：「皇貴太妃家的爺們，自然都是國舅，尊駕是哪府上的？」

僕婦是個管家奶奶，原本只見人奉承他們，哪裡受過這話。只是如今人在矮簷下，不得不耐著性子堆笑道：「還能有哪個，自然是隆公爺的太太。」

這護軍校嘬嘬牙抻抻脖子，扭臉去問一個年長的同伴：「隆公爺的太太？許是我不上檯面，怎麼聽說隆公太太早歿了呢？什麼時候續弦，哥哥你聽說沒有？」

「公爺繼娶太太，不得驚動半個城！」同伴嘿嘿一笑，又轉頭向大門前一隊弟兄高聲問道，「大家夥誰聽說隆公爺又辦喜事了？」這一干壞小子各自哄然，架得前頭兩個更壯聲勢，叉腰指著僕婦罵道：「哪來的婆娘，竟敢冒認皇親，再不走開，叫你知道宮門的規矩！」

四兒坐在車裡，將這些話一句不落聽在耳中，饒是她暗自恨極，幾度抓著車簾要扯開，終歸忍住一口氣，銀牙咬碎和血吞，叩窗喚近僕婦道：「同他們說，是公爺的側太太到了。」

那僕婦趄回身去，照四兒的吩咐改口說了。不料兩個護軍校舌頭底下仍不饒人，你一言我一語擠對道：「早說側太太不就明白了！」

「那就更不明白。」

「怎麼呢？」

「歷來主子們會親，只有會正的嫡的，哪有側的也能進宮？」

「對對，還是哥哥您的見識高。我說這位大奶奶，您也別難為我們當小差事的，還是請您家的側太太打道回府罷！」

俗話道打人不打臉，揭人不揭短，二人話說得這樣刻薄，就是木頭樁子也有三分火性，何況四兒本來皮酸臉薄的人。這會兒心頭酸辣，伸手就將布簾扯了老高，吊著眉毛偏身離座，立時就要下車。她本是漢人家的姑娘投充旗下，先曾裹了腳，後來忍痛放足，又常穿旗裝旗鞋來顯她的正宗。穿戴打扮好改，可步履仍有些不穩，一顫一擰，需人攙扶。俗話說情人眼裡出西施，她這個儀態，在隆科多看來，實以為腰肢柔美，嬌俏堪憐。可換作輕鄙她的人看，則未免婢學夫人，造作可笑。

見她走下車來，那遠處的護軍都指指點點笑個不停。近處兩個先是一怔，繼而一驚一乍扭過臉去，一個捂嘴壞笑，一個又是痰嗽又是整衣，先作日不斜視之狀，再擺手道：「使不得使不得！瞧瞎了小的狗眼，怎麼敢見國舅的內眷！」

四兒經多見廣，絕不似尋常婦道，向來只有男人怕她，沒有她怕男人。所以見這些年輕小子裝腔作勢，她倒氣定神閒起來，拿捏著走近住了腳，就瞠著杏眼嗔道：「哥兒們都是才挑進來當差的？先帝爺、皇太后大喪的時候，沒瞧見我打這個門進去？今兒老主子千秋家宴，誤了行禮的吉時，怕哥兒們吃罪不起。」

「您見笑，我們後生晚輩，沒趕上那份兒體面。」年輕的見她盛氣淩人，一時心頭火起，也不正過身子瞧她，只一撇嘴道，「老主子的差事，我們大人傳過旨，說佟府裡諸位太太奶奶誥命夫人們要進放行。您老既不是，我們也沒辦法，倆山字摞一塊兒，還請您回。」

四兒聽他不敬，一股市井的潑氣就往上湧。隨行的僕婦見勢不好，一邊一個，先將她掖住緊勸，一面又堆下笑來，向前好言道：「哥兒若不信，請進去問問老主子，就知道今天會親的人裡，有我們太太的名兒。」

「您這話說的，我們外頭當差的人，進了順貞門就是發配黑龍江的罪過，還敢往內宮裡去？」

「你看你，側太太使喚，是瞧得起咱們，別不識抬舉。」另一個閒極無聊，愈發要找點樂子，遂比畫著，朝四兒嘻嘻笑道，「您別忙，破上兩個時辰工夫，等我們先回了該班的參領，再回統領，再知會內務府，再請哪位管事的老公公，進去給您打聽打聽。」

兩人一遞一句消遣，直把四兒氣得花容大變。他正待大發大作，就見西邊又來一乘四人轎，是她們佟氏本家的老姑奶奶。四兒如見救星，當即上去央告。可她先頭隆盛時，在族裡作威作福慣了，實在招人恨。人家當面不能駁她的臉，可進去了卻說反話，只向佟太妃數落，說那四兒在神武門如何撒潑、如何現眼，大壞了咱們家的名聲，還是不叫來為好。

佟太妃半生居於宮中，又做了三年寡婦，早已看盡白雲蒼狗，而今眼明如鏡，心枯似槁。她知道當今天子與先帝不同，先帝一向以籠絡巨室為務，且又念舊，不肯殘傷太過。至於今上，就真是個房頂上開窗戶——六親不認。所以先頭堂兄鄂倫岱發遣，眼下親哥哥隆科多獲罪，她也不過人後抹兩回眼淚，及到人前，都只說自家人的不是，不肯有一句多餘的抱怨。她一向不待見這個四兒，原先就不肯見她，這會兒聽她硬來，知道是求救兵，自然更不肯見，且擺出頗嚴厲的神色來，當眾對管事宮女道：「叫人到外頭告訴，快快兒地打發她去，沒的把我幾十年積下的一點兒老體面，也叫她掃盡了。」

太妃既說了這樣的話，傳到神武門外，護軍們就更得意起來，七嘴八舌，把個四兒氣得厲聲嘶喊。因見後面胡夫人的車到，眾人愈發嫌她擋路。四兒萬般無奈，只好哭哭啼啼落荒而去。胡夫人聽明白緣由，不免生出許多同病相憐的感慨，心道自家貴妃要和佟太妃一樣，年氏一門怕就難保了。

第五十一章 忍情

胡夫人帶著兩個家下使女，沿著宮中長街向貴妃居住的翊坤宮走，眼看那黃瓦歇山頂、萬字錦底門就在眼前，卻未見有人相迎。等到門上聽差的小太監跑進去許久，才見貴妃身邊管事的大宮女夏天兒輕手輕腳走出來。她先也見過胡夫人，所以辨了辨面目就認出來，一面問候過了，就引她走到二進院西邊的藤蘿架下，低聲道：「姨太太進來的信兒我們早接了，可沒敢跟主子回。」

「為什麼？」

「姨太太曉得主子性情，心裡忒能存事。前些日子聽說大將軍不好，就病在炕上起不來。把個千值萬的好藥也不知吃了多少，咱們宮裡上下有個頭疼腦熱，光聞著藥味兒都聞好了；可到她身上，就像潑在鹽鹼地！」夏天兒二十出頭年紀，瘦高的身材容長臉，是個有情義又心細的姑娘，因受貴妃的厚待，說到傷感處，就是一臉愁容。待見胡夫人驚惶，她又穩住了，找補道：「主子聽說姨太太進京，本來高興，又怕會親的旨意難得，一喜一悲，就是兩三宿沒有合眼。她心又軟，怕上夜的人辛苦，睡不著也不肯起來，單睜著兩隻眼睛出神。好容易昨兒困極了想睡，咱們就不敢告訴您來的信兒，怕她又不能睡了。」

胡夫人感激點頭，拉著夏天兒的手讚她辦事周全，又問貴妃這會兒在做什麼。夏天兒回說一早去壽康宮給皇貴太妃拜了壽，正在暖閣裡歇著。說罷指了指後殿東楹的支摘窗，帶著胡夫人躡手躡腳走過去看。不合一陣秋風，正從西邊宮牆之上刮過，呼喇喇一陣，吹了不少凋落的樹葉打在窗紙上。緊接著，就聽裡頭一陣乾曦聲，一個十四五歲團臉兒的小胖丫頭應聲跑出來，見著夏天兒蹲身道：「主子醒了，姑姑快進去罷。」

先者三四天沒得安眠，一清早又乏於酬應禮儀，所以雖說歪在引枕上小憩，貴妃倒真昏昏然睡了小半個時辰。等醒來時，只覺頭蒙體沉，想用手支撐著倚坐起來，卻一下子吃不上力。輾轉半晌，炕下本來跪著捶腿、卻也睡迷了的小宮女才聞聲驚起，她急欲上前服侍，偏是毛手毛腳淨幫倒忙。貴妃也不責怪，只吩咐道：「看這丫頭笨的，快叫你夏姑姑來。」

夏天兒聽著呼喚，忙拉胡夫人一道進內。胡夫人心裡雖急，卻恐貴妃受驚，待到東暖閣外，就推夏天兒先進去，自己駐步門前等候。貴妃搭著夏天兒的手臂撐起身來，又喝了兩口熱湯水，惺忪睡眼中映見一個倚門呆站的婦人。她驀然怔住，以為自己仍在夢中未醒，遂下死力掐了一下左手的虎口，又啞著嗓子問夏天兒：「我恍惚看著門口有客似的？」

「那是姨太太呀！」夏天兒忙到門前，扯過百感交集的胡夫人，見她姊妹都張口淌淚不說話，只好指著炕角洋漆小案上的霽青葫蘆寶瓶笑道，「主子最掛念姨太太，您看這個瓶兒，是頭年您進上來的，主子一直叫擺在跟前，從來不肯替換。」

胡夫人這才醒過神，忍悲來行大禮。貴妃不去攙扶還罷，這邊手才一碰夫人的身子，便一包兒淚徑流下來，直哭得釵鬆鬢亂、滿臉虛汗。夏天兒勸了這個勸那個，好容易將她們勸住，便聽貴妃發急問道：「今年不是姊丈覲見的班次，姊姊獨個兒回京來，一定是父親的身子不好？」

「先頭有些熱症，一入秋，就好多了，娘娘寬心。」胡夫人邊說著，抬頭就看夏天兒。夏天兒是知道眉眼高低的人，忙先打發了殿內眾女子各色差事，自己再出到外間守候。胡夫人暗讚這個姑娘的心靈，先向外望瞭望，才道：「是富哥兒的主意，不過掩人耳目罷。」

「好荒唐，怎麼聽小孩子的話來咒父親！」貴妃是老生的女兒，在家時就是年遐齡的最小偏憐，入宮後又不能相見，所以孝思日熾，過於常人。她聽姊姊如此說，不免氣惱拉下臉來。胡夫人忙起立垂首抽泣道：「實在要一個能見主子的女眷在京裡，免得二哥叫人屈死。」

貴妃聽她說起年羹堯，心裡像針刺了一樣疼，卻開口止住，微搖頭道：「既然有旨准姊姊來看我，就是信我不會有串通消息的事。倘或辜負了聖恩，怕於咱們都沒有好處。」

胡夫人見貴妃淡淡的不理會，猛想起神武門外四兒受辱的場面，暗道這嫁作皇家婦的，竟都如此絕情，是以訕訕笑道：「娘娘真忍得情。」

貴妃心知胡夫人誤會，卻無從解說，只好將委屈化在心裡，仍鄭重道：「我前兒聽說，二哥家兩個哥兒都革了職，這或許是受波累，也不定是自己不安分的緣故。姊姊替我稟知父親，小孩子家年輕氣盛，難免四處抱怨，又想跑門路。皇上的性子別人不知道，父親是最知道的，這實在是取禍之門。請父親略收一收疼孫輩的心，狠攏一攏他們的性子才好。」

胡夫人越聽貴妃說，越是心意難平，不過心不在焉地答應一聲，就拿冷眼向這暖閣中一掃。見那鋪宮陳設，凡金絲楠木的豎櫃，紫檀底座的大鏡，米元章的字、黃公望的畫，焚著龍涎的銅鼎，插著清供的玉瓶，盡是天家富貴氣象。至於金銀珐瑯，緙絲織繡，更不過隨手玩物，任意置於各處。胡夫人才進來時，還見明間正額懸掛御匾，上書「宮廷賢淑」四個楷字，墨蹟鮮亮，一望便知是新賜。思及家中悲苦寂寥，她不免觸景生情，愈發按捺不住，語帶譏諷道：「娘娘書讀得好，又能生養，會行事，所以才有好聖眷。只要家裡人不添麻煩，就是四角俱全了。」

這一句話不要緊，卻把貴妃說得眼淚劈里啪啦連串兒掉下來，也不許胡夫人碰，獨自蜷在炕上哭成一團。胡夫人嚇得乍了手，慌忙告罪不止。她正要出去央告夏天兒來勸，就見夏天兒急忙忙走進來，蹲身稟道：「齊妃娘娘往咱們這邊兒來了，主子快梳洗了去接。」

「傻丫頭，我這樣怎麼見客？快說我已經躺下了，等略好些就去回拜。」

「使不得。這話已經叫人說了兩遍，她偏不肯回去。」夏天兒說著瞥了一眼旁邊的胡夫人，低聲道，「像有急事，穿著家常衣裳就來了，再拖一會子，人都要進來了。」

貴妃無奈點頭，一面叫胡夫人避到裡間，自己慌忙淨了面，敷了眼睛。正要去迎，已見齊妃李氏扶著宮女的手，涕淚滂沱地哭著進到殿內。她是個老去的美人，雖有五十出頭年紀，可身子仍舊保養得好。近前來兩腳一軟，身子一歪，就軟怯怯倒在地中間，待貴妃過來扶時，就一把抓著她的手哭道：「貴妃娘娘開恩，替我說幾句話罷！」

「姊姊這是怎麼了，快別嚇唬我！」

這邊齊妃哭了個天日不醒，一句整話也說不出來，倒是她隨身伺候的宮女還明白些，跪在地上一手掖著齊妃，又向貴妃磕頭道：「前兒我們三阿哥同四阿哥、五阿哥，一齊到南海子演習騎射。才四阿哥、五阿哥和跟著的人都回了宮，只我們阿哥，不知為什麼，說是讓萬歲爺送到暢春園裡，叫人看起來了！妃主子唬得什麼似的，又不敢去問萬歲爺，想請娘娘一道去，也好有個倚仗。」

貴妃雖聽得心驚，可哪敢隨意摻合這樣沒頭沒腦的事，趕緊好言安慰她住了哭聲，方拉手勸道：「姊姊這會子忙不得，非得急事緩辦才好。阿哥年輕，辦事難免毛躁，一時趕在皇上氣頭上，教訓他幾句，也沒什麼要緊。今兒是皇貴太妃老主子的千秋，姊姊傷心哭起來，叫人知道，已經要有閒話，更何況驚動聖駕呢。這樣的事，一定明兒就有旨意告訴，到底為什麼，自然就知道了。」

齊妃哭得只剩一口氣，心裡什麼主意也沒有，聽了貴妃的勸，倒還稍覺安穩，遂先哀求她相助周旋，又借了貴妃的東西梳洗齊整，這才回到自己宮中等信兒。胡夫人在裡間聽得心旌動搖，待出來時，見貴妃風曳細柳般倚在小几上，滿是倦怠神傷之色，只好勉強賠笑道：「娘娘如今歷練得，行事愈發穩便。」

「這下曉得厲害了？」貴妃慘淡一笑，叫胡夫人坐在炕沿，自己靠在她肩上，低訴道，「你們安靜些，不定皇上還看我一點兒薄面。要不肯，我就是一死以謝君恩，怕也沒有用處。」

要說這弘時的運氣實在不濟，因先受了年富幾句話，就自己坐不住，派人送信給年羹堯，囑其將借錢的事守口如瓶。可他哪裡曉得，那新任的杭州將軍鄂彌達、浙江巡撫福敏，早在年羹堯住所周遭遍布眼線。送信之人一副遠行打扮，又是單身高馬，京華口音，一進杭州城，就叫人起了疑心，向巡撫福敏密報。福敏當即警覺起來，就用一個在逃夥盜的名目，將來人綁到衙門裡，單留兩個會用夾棍的番役，三問兩逼，就叫他供出來由，交了密信。

福敏是皇帝潛邸舊人，進士出身，曾為弘曆、弘晝兩皇子教讀，就替自己學生的前程著想，他也不肯給弘時遮掩。遂將書字封固嚴密，放在奏摺匣內，連人帶信，從速潛送至京。皇帝見信震怒，隨即親寫一道朱諭，仍命人帶往杭州，專問年羹堯有無與在京皇子勾結饋贈之事。再叫人傳話給南海子行獵的眾子侄，命旁人進城回宮，單把三阿哥弘時帶往暢春園，由守園護軍嚴加看管，不日另有旨意。

暢春園自先帝駕崩後，再無要緊之人居住，所以未加整飭，已經漸次荒蕪。弘時暫住在緊西邊一個小院裡，周遭野草蔓藤甚多。他整日裡魂飛魄散，水米不沾，夜裡驚怕起來，險些就要上吊抹脖子，多虧跟前人看得緊，才作罷了。這天早間醒來，又在心神不寧，忽然恍見內務府總管大臣常明從窗外走來，是以激靈一下坐直了身子，趿著鞋踉蹌走到門口，想叫住敘話，卻不知如何開口。常明是個老道人，也不和他搭話，不過走進屋去上手站定，說句「有旨」，等他跪好了，才一字一頓道：「著弘時隨內總管回宮。」

弘時答應著連磕了三個響頭，站起來低聲下氣問常明道：「皇父惱我狠不狠？」

「請三爺趕緊收拾東西，大夥兒都在外頭伺候。」常明笑呵呵上前打了個千兒，卻不理會他的話，隨後就退出去。約摸半個時辰，又帶著幾個中年太監進來，三擁兩簇架著弘時到院子裡，上了備好的小轎。

養心殿內，皇帝面沉似水坐在寶座上，弘曆、弘晝兩兄弟低眉順眼侍立階下。這邊常明將人送到跪安出去，弘時便如下地獄的死鬼見了閻王一般，蔫頭耷腦先問聖安。

「你怎麼不抬起頭來，瞧瞧我氣死不曾！」皇帝見他這渾渾噩噩模樣，愈發氣不打一處來，先狠捶著手怒叱一聲，又把御案上的信扔下去，向弘曆努嘴兒道，「拿給他瞧瞧。」

弘時接信一看，嚇得魂兒都飛了，再說不出一句話來，只是以頭搶地，大呼「知罪」而已。弘曆、弘晝嚇得臉也煞白，心裡鼓槌砸著似的，嗵嗵亂跳。他們年紀不大，但眉眼高低已經看得明晰，那日圍獵半截被召回來，就猜著宮中有事，只是不敢胡說亂問。今天先到養心殿來，皇帝不問功課，偏說了許多嚴厲告誡的話，自然更加疑懼；及見長兄狼狽如此，二人忙伏跪叩頭，連稱皇父息怒。

「要錢要到年羹堯頭上，你真是個窮死鬼託生！」皇帝站起來，暴怒地轉著圈子，見弘時體似篩糠光磕頭不說話，便兩步搶上去，一把揪住他的領口提起來，厲聲道，「人家今兒三千，明兒五千，叫花子樣地打發你，你倒受用得好！」

「兒子並不敢和年羹堯勾結——」

「你想勾結他，也要人家稀罕！你打小叫允禩疼得親兒子似的，卻沒學著那樣本事！」皇帝聽他辯解，反而更惱，隨手搡了他一個趔趄，罵道，「我成天嘴都磨破了，叫王子貝勒們不准拿人的錢，要人的東西，今兒可可來個現世報！」皇帝罵著仍不解氣，抬手就是一巴掌，弘時也不敢躲，登時挨了個脆生。皇帝打得手疼，自己一抖右臂，又問：「既已經要了錢，你又寫信做什麼？又與年富什麼相干？」

弘時此刻哪還敢絲毫隱瞞，忙吐實道：「年富拿這件事要挾，要兒子替他打探年羹堯的案子，兒子不敢！」皇帝看他的信，本已猜出七八分，問他不過印證，見他倒還老實，便自「哼」了一聲不說話。

弘曆見這個話縫，忙膝行幾步上前叩頭道：「阿哥確是大錯了。只是這件事干係大，還請皇父稍存體面。」

「自己做下的事，還想叫人遮掩，豈有此理！今兒叫你們來，就是替他傳揚傳揚，也教導你們，人必自侮而後人侮之，凡事都是自尋來的。」皇帝說這話時，臉已轉過來，眼裡森森泛著寒光，凜得兩個少年諾諾不敢言語。

「早就有明旨，王子貝勒誰再敢勒索屬人，必要革爵嚴辦。何況年羹堯是你的屬人？再者你這樣丟人現眼，也不是頭一遭。先和弘旺一起叫人拿住，已經讓我在允禩、隆科多處沒臉；現在又叫年羹堯侮慢至此，你——」

皇帝越說氣性越大，面皮都憋得青了，也不顧弘時哭得渾身抽搐，就叫了常明進來，吩咐道：「你去值房裡告訴張廷玉，叫他擬一道旨，就說年羹堯之子年富為人甚類伊父，乃是大奸大惡之徒，朕前已有旨交年遐齡看管。聽說他仍舊四處探聽音信，出言不遜，先把他交到刑部看押起來，日後再議。」

「嗻。」

「明兒叫廉親王和宗人府管事的王公到養心殿來，有話說給他們。」

「嗻。」

次日見著眾人，皇帝十分言簡意賅，迎頭就說皇三子弘時年輕孟浪，不能恪遵父訓，不可留於宮廷，要即刻遣出宮去，過繼給廉親王為子。見大夥兒面面相覷不知所謂，皇帝也不理睬，只單向允禩道：「你家裡的人少，只要不把銀子都拿去買好，多養一個人不難。這個孽障不知率教，留在宮裡把小阿哥們都帶累壞了。他一向佩服你，乾脆送給你當兒子，能不能救藥，就是你們的緣法了。」

允禩此前一點兒消息全無，這會兒也聽得糊塗。可他叫皇帝挫磨慣了，眾目睽睽之下，只好答應下來，等著弘時收拾東西搬家。說來弘時也有二十幾歲，是個妻妾子女俱全之人，這一道旨意傳進阿哥所裡，自然是婦人哭孩子鬧，折騰得悲戚不堪，連不相干的人也跟著嘆氣。

更苦透了的是他的生母齊妃李氏。她年少時也如嬌花般鮮豔，為胤禛接連誕下三子一女，從包衣宮人，得封親王側妃。哪知天道無情，偏欲笑美人遲暮，十幾年長門恩斷不說，四個骨血沒了三個不提，如今連弘時這一根獨苗，也要被皇帝逐出本支，另認父母，叫她怎麼不生出萬念俱灰的慘痛。

因為宮中有傳言，說三阿哥倒楣是沾了年家的包兒，失子迷心的齊妃不敢埋怨皇帝不是，偏將滿腔悲憤都發在年貴妃身上。她驚瘋般跑到翊坤宮哭鬧，一時間披頭散髮，尋死覓活，只要問姓年的討個說法。貴妃素來安靜要體面的人，從不曾經過這樣的事，實不知如何是好。虧得夏天兒機靈護主，帶著許多宮女太監又拖又勸，更去啟知皇后親自來彈壓，才將齊妃糊弄回去。年貴妃受這一通折磨，委屈得氣短聲嘶，原本帶病的身子禁受不住，到第三天夜裡就發起高燒，一宿也不退去。熬到次日天明，乾脆昏厥不省人事。

首領太監先回了皇后，又去奏明皇帝，命太醫院掌院劉聲芳並常給貴妃診脈的醫官劉裕鐸來看。二劉雖稱杏林聖手，一搭脈，也都漬出汗來。劉裕鐸性情果決，雖知貴妃身子羸弱，虛不受補，也不得不添了熟參熬湯，叫宮人打開牙關，直灌進去。眾人揪心扒肺等了一盞茶工夫，才見貴妃眉目微動，緩上一口氣來。闔宮人等這才心神稍定，又不住地供佛念經，盼著貴妃逢凶化吉，有康復之望。

第五十二章 累親

一時間年富下了大獄，弘時被逐出宮禁，皇帝實下一條心，盡快要了結年羹堯這樁大事，免得群情踟躕，多生變故。是以他先一道旨下，召年羹堯的親兄，原任廣東巡撫年希堯從速進京。

單說那年希堯的性情與乃弟大不相同，一向溫柔敦厚，少與人爭，又愛與西洋教士們切磋，天文曆算、視法幾何，無所不好，雖非循吏中的佼佼，卻是疇人中的奇才。因他有此異稟，且是潛邸舊人、貴妃親兄，所以今上即位之初，便委以廣東巡撫，並粵海關監督的重任，專做這項和外洋打交道的要差。怎奈他雖有偏才，卻不是個大省封疆的材料，對下不能震懾老吏，向上又時常得罪大部，皇帝雖和這位舅子的私交好，卻也有恨鐵不成鋼之嘆，常在奏摺裡稱呼他「傻大公子」，指教他如何為官行事。

年羹堯案發後，年希堯雖與乃弟遠隔萬里，無從勾連，可這天下第一等的肥缺卻做不得了，一紙上諭，內調工部右侍郎。六部中，吏部貴而戶部富，兵部武而刑部威；禮部清水衙門，工部執掌瑣屑，故稱一貧一賤。如今工部正在廉親王允禩的管轄，後娘養的一般，日常辦事動輒得咎，不似個朝廷官署，倒像個敵營似的，任誰也不愛去。是以年希堯這一調，雖是平遷，實同降轉，這是盡人皆知的事。

廣府富庶，又最信鬼神。尋常小家小鋪，每天也要燒香三遍。家中門有門官，房簷上有「天官賜福」。哪怕房屋狹隘，亦專設神廳，正中供奉「天地君親師」牌位，左供財神，右供祖宗，桌下還要供五方龍神、地主貴人。年希堯在此為官三載，也愈發地虔敬起來，如今前路未卜，心中尤覺惴惴。趁著和新任巡撫交接的這一半月，也不分什麼朔望行香規矩，凡省城之內的天后宮、城隍廟、文武聖廟、風火神廟，都叫他拜過一遍。他還特意叫人花了幾百兩銀子搭設浮橋，到八十里外的南海神廟祭拜海神。待到交割完畢，就不敢耽擱，一路車船馬步，緊趕慢趕往京中而來。

不合才到了江蘇境內，年希堯就接到刑部的公文，要他寫一個親供呈送到部，去證年羹堯的罪狀；又叫他急速來京，當堂回話。部文詞句嚴厲，是不容他不辦的口氣。可年氏兄弟的手足之情向來不壞，又有耄耋老父在堂，年希堯一個讀書人，豈能不遵「親親相隱」的聖教，去和親弟弟筆墨對質？但若是公然頂撞不辦，只恐皇帝雷霆一怒，不但自己沒有生理，更要連累老父妻兒流徙受苦。

年希堯的心重，且並非一個機敏會變通的人，思來想去，愈覺沒有孝悌兩全的生路。所以心一橫，破指留一遺書，而後趁著夜色，屏去隨從，褪去冠帶，踩著布襪，悄然來至船尾。那舟船入夜後停泊港汊之內，水淺泥淤，不能溺人，因他自戕之心已定，遂隻身探下水去。時在深秋，雖是江南，夜間也覺水冷，他生就的富家公子，哪裡受過這樣活罪，不覺失聲一喊，就將雙膝跌仆入水，濺得中衣透溼，渾身冰涼。他雙手又一下子杵在泥裡，撲騰半天，才哆嗦著又站起來，邁著篩糠般的腿，再往深處走去。

隨他一起進京的都是久在一處的親信家人，見他自接了刑部來文，人就魂不守舍，雖不敢細問，到底都睡不踏實。待半夜三更，聽見船尾「撲通」一聲水響，還當有賊行竊，等各點燈燭披衣而出，將燈一照，卻見那水中蹒跚泥濘的背影，竟是家主模樣！眾人一時大呼小叫，幾個年輕的忙棄了手中物什奔下船去，七搓八弄，將個二目凝滯、牙關瑟縮、落湯雞模樣的年希堯背上船來。拍胸捶胸，又一陣薑糖水猛灌，過了小半個時辰，他才長吁一聲，總算回了元神，只是淚作泉湧，再說不出一句整話。

眾家人見此情形，都陪著吞聲飲泣，心說我家大老爺這樣一個敦厚人，怎麼竟有今天的境地？可見天道持公一說，再不能信。唯有一個久跟年遐齡的老管家孫七，拄著拐，一把鼻涕一把淚地站在年希堯床頭苦勸。他是桑成鼎的後父，兒子先得年羹堯的薦拔，做了道臺，本來半生富貴有靠，誰知到頭來求榮反辱，身陷囹圄。老管家七十多歲，本來跟著年希堯在廣州享福，這回百般央求進京，一來安慰年遐齡這個老主子，二來也要打探打探兒子的事。他是年老有體面的家人，說話自然直些，見年希堯如癡如呆，流淚不語，恐他仍有求死之意，遂帶著大小家人齊跪下去，泣道：「大老爺這樣輕生，要老太爺怎麼著呢！」

「要我去證老二的壞處，傳揚後世，兄弟相陷，更不知要致父親於何地了。」年希堯在枕頭上輕輕搖頭，一張臉浮腫著，看向孫七道，「我死也是不孝，不死也是不孝，才下了求死的心，又叫你們救了。唉，何苦又要為難我一遭！」

「大老爺何苦總往絕處去想？咱們家在潛邸多年，說句該割舌頭的話，那金殿上的萬歲爺總是咱們家的姑老爺，就沒情分，好歹也有緣分，大老爺有什麼躲不開的難事，總要先分辨分辨。哪能說也沒說，就尋死呢。」

年希堯聽了孫七的勸解，又輾轉思想幾回，也只好做死馬當活馬醫之念，以淚和墨，就紙寫道：「伏念臣與臣弟乃至親手足，是以凡證弟謂之不友；且臣父年老在堂，聞之必加憂慮，以子累父，謂之不孝。似此不孝不友之人，何以立於天地之間？唯有哀懇聖主宏慈，俯垂憐憫，免臣與臣弟對質是非，矜全一家骨肉，則臣父子兄弟世世感戴皇恩，靡有涯涘矣。」

拜摺上奏已畢，年希堯不敢耽擱行程，只好邊等著回音，邊一路向北，到直隸後棄舟登岸，先到保定府去見直隸總督李維鈞。頭天，他先在前站拱辰驛住下，因為落水受涼一直沒好利索，此時挨到北地深秋，又趕上大雨傾盆，就發起低燒來，擁被足睡了一天一夜才略覺好轉。待吃了熱粥稍定了定，就聽家人來報，說昨天老爺病時，恰有山西伊中丞進京覲見，也住進驛裡，說等老爺醒了，要來拜會。

要說伊都立外放晉撫未及一年，辦起事來著實乾脆利落，幾下裡先把年羹堯在河東鹽場的買賣一鍋端了，又將允禟家下太監毆打民人案嚴審參奏。兩件事辦得龍心大悅，此次進京述職，必然領功受賞。所以一路雖是冒雨而行，又碰上山洪，卻走得意氣風發，沿官道快馬加鞭，不過六七天就到了保定。

二人原本不很相熟，因為伊都立與年羹堯鄉試同年，到家裡去過幾次，才有數面之緣。年希堯只道他聰明儒雅，又與乃弟交厚，其餘為人處世，並不深知，全想不到他是天下督撫中頭一個拜本明參年羹堯之人。今既狹路相逢，不能全然沒有芥蒂，便推病道：「劣疾在身，不能迎迓，請伊中丞萬勿見怪。」

不料話音未落，就聽門簾響動，隨見伊都立拊掌而入，邊走邊笑道：「早不如巧，竟和允恭兄有同宿之緣！昨天就要來拜，聽說兄路上受涼欠安，你看這是怎麼說的。」

眼見人家大大方方進來，年希堯就不欲見，也沒處躲藏。只是衣冠不整，措手不及，窘迫得倒像自家賣友求榮見不得人樣。一壁裡蹬上靴子下地拱手，報赧道：「一點小疾，怎好煩學庭大人親自探問。」

「咱們兩家世交，允恭兄和我親兄一般，怎麼當得起大人二字。」伊都立聽他勉強寒暄，愈發親熱起來，近前兩步執了手，神采奕奕笑道，「自兄到嶺南，再不得拜見討教。我京卿京尹一路來，不知道做外官的難處，這回實在知道了。山西的屬員們常逢迎我的門第，我就同他們說，要論當今第一個掌節鉞、建封疆的門第，非兄一家莫屬，竟是父子三人，三個督撫。」

年希堯心灰意冷的人，早已虛不受補，哪裡禁住他這樣吹捧，自然越聽越是心寒，卻惱不得，不過連說幾聲「慚愧」，就垂首不語。

「允恭兄這樣鬱鬱寡歡，是為了亮工的事，怕連累？」伊都立灑脫地坐在交椅上，定睛瞅了瞅年希堯的臉，見他一副愁容三分氣短，不由噗的一下笑出聲來，諄諄懇切道，「咱們旗下的舊俗，絕不似前朝，凡世宦勛戚之家，一人觸了聖怒，動不動連坐族誅。老兄一家宮裡有貴妃，又是潛邸舊人，本來也不必怕。要依小弟說，工部的差事有什麼當頭，不如請旨到刑部去，乾脆就審亮工的案子，以明心志。」

這話說得雖不中年希堯之聽，倒真是本朝的老話不假。從上頭說，滿洲原本丁稀人寡、以族立國，自入了中原，在漢人堆裡，儼然一把鹽撒進湯鍋裡，戰戰兢兢，唯恐人少。是以旗下犯法，哪怕是謀逆的大罪，念及祖上功勛，也多罪止其身，甚少株連。從下頭說，八旗滿州之於皇帝，於公則為君臣，於私則為主僕，做奴才的，就算背了父子兄弟，也萬萬不能背主，故而什麼親親相隱，是談不上的。年家是前明的宦族，書香門第，後雖在遼東入了旗，到底是旗皮漢骨，和滿洲世僕不同。所以年希堯聽了這話，雖不便當面駁斥，心裡卻很彆扭，只好淡淡道：「伊大人體貼照料之意謹領了，只是我的才具下流，當不得這樣要緊差事。」

伊都立見他不理，又改了話風再寬慰道：「就便如此，也不必太犯愁了，聽說現在亮工的案子，雖面上由刑部，內裡都是蔡若璞多事，他叫亮工得罪得狠了。倒是王爺大愛老兄之才，必不肯叫他們羅織進去。」

「那就多蒙照應了。」年希堯一臉苦笑拱了拱手。伊都立見他倦怠，也不肯再擾，只相約次日同入保定府城。

次日平明，二人各帶家人，並騎往府城而去。曉霧之中，只見一人意氣風發，一手持轡，一手指東畫西，不時將雙手高擎北拱，帝德君恩頌不離口；另一人塌腰彎背，或是怔怔不語，或是諾諾應聲，不時躊躇南顧，似是身探虎穴有去無回。眼看近城十里，卻不見有人來相迎，二人不免納悶。直到了城門口，才見清苑知縣帶著零零散散幾個吏胥在此等候，見著面作揖打躬先賠不是道：「我們制臺和在省同僚，都在北關外接旨，實在怠慢了二位大人。請先到督署歇息，制臺午前必回。」

年希堯此時斷聽不得接旨二字，一聽，心裡頭就撲嗵嗵打鼓一樣，乾看著伊都立不敢言聲。伊都立倒很自如，同清苑縣含笑說了兩句客氣話，就拉著年希堯一道進城。這一廂才進了總督衙門，椅子還沒坐熱，便聽衙署以外一陣慌張，隨即就有李維鈞的管事家人進來，哭喪著臉道：「我們老爺接著欽差回來了。」

「哪位大人下降？」

「是領侍衛內大臣馬公爺，並吏部蔡尚書。」

年希堯一聽是蔡珽親來，活像聽見郅都、張湯、來俊臣的名字一般，瑟縮退避不欲去見。伊都立估量二人此來必有大事，遂將年希堯連哄帶勸拖至大門。只見不遠處儀從林立，車馬如雲，馬爾賽、蔡珽一武一文翎頂燦然走在前頭，一旁的李維鈞是浙江秀才，本來身量矮小，這會兒雖穿著朝服，頭頂卻光禿禿的，實難比二人的氣派。更駭人的，是他脖子上還繫了一條晃眼的細鏈，雖不同尋常犯人的鎖銬沉重，可搭在這一品大員身上，也實在刺眼得緊。

年希堯尚在懵懂，伊都立已經拉他下階，至路旁垂手鵠立，待馬、蔡二人上手站定，就齊拜下去，口中道：「刑部左侍郎管山西巡撫事臣伊都立、工部右侍郎臣年希堯，恭請皇上聖安。」

馬爾賽無可無不可的人，受禮已畢，便一手攙起一個，笑容可掬道：「咱們碰得倒巧！」

「公爺一年不見，更見福相；若璞兄如今身兼九職，好羨煞人也！」伊都立先同兩個欽差各自應酬幾句，轉眼見李維鈞欲哭無淚模樣，又換上撫慰探問神情道，「此番進城本來是拜老兄，怎麼就——」

「還不是為了亮工的事，允恭兄別怨我說，他這官做得，也太帶累旁人！他要真拿李制臺當朋友，怎麼自己出了事，還要往保定藏匿家私？皇上聖明燭照，萬里之外都能洞悉，何況是京畿輦下？我們同僚一場，來傳這個旨，心裡也不過意。」蔡珽借著為伊都立解說，又要敲打兩句話給年希堯聽。年希堯一經相見，就如在夢中，哪裡聽得他見說什麼，不過腳踩棉花一般，跟著幾個人往裡邊走。

說來皇帝原本愛惜李維鈞的才幹，要他狠狠挖出年羹堯的罪狀，便是反戈一擊的功勞。怎奈年李二人交往過密，李維鈞萬不敢信皇帝這空口的保人。且他那位寵愛的後妻張氏又時常在旁勸說，只道年家內有貴妃皇子，大將軍的功勞又大，皇帝如何忍心將他重重治罪？老爺要將那落井下石、賣友求榮的勾當做得太狠，莫說你在朝廷裡做不成人，萬一哪天他東山再起，可又怎麼相見？

李維鈞是做過多年州縣官的人，常見縣衙差役開脫犯人的樣子。哪怕縣太爺高坐，堂皇斷喝一聲「與我重重地打」，下頭行刑之人也只當縣官是個近視眼，自將板子高高舉起，輕輕落下，板頭點在地上，虛空挨在臀邊，雖說打聲喊得山響，仔細一驗，不過皮肉小傷。李維鈞打定了主意照此辦理，隨後三日一揭五日一罵，咬牙切齒連參幾本，說的不過是些虛話。

可惜北京城裡的皇帝並不同於那糊塗縣官，他的耳目實在精明，不動聲色看了幾個月，就看出李維鈞「陽為參劾，陰圖開脫」的心思，是以幾番震嚇他：「如欲盡釋朕疑，須挺身與年羹堯作對，盡情攻訐，暴其奸跡與天下人盡知，使年羹堯恨爾如仇，則不辯自明矣」「為年羹堯，爾將來恐不能保全首領」。直到有人揭出李維鈞為年羹堯藏匿家產之事，皇帝就再不肯容忍，一道旨下給內閣，命馬爾賽、蔡珽同往保定府，將李維鈞革職拿問。又以蔡珽就地署理直隸總督，把年、李二人在直隸的房屋田產一併抄沒。

蔡珽既署了直隸總督，此際旨意傳罷，便要反客為主。他先向馬爾賽一揖，又拉拉伊、年二人的手，拍拍李維鈞的肩，半笑半嘆慨然道：「同是宦遊人，難得湊在一處，只是來由不美。咳，不如借一杯酒，為李制臺壓驚，也占兩位回朝升發的好事。」

「那還是先賀大塚宰出將入相！」伊都立湊趣一拊掌，大笑說好。馬爾賽趕路辛苦，聽見飲酒，自也情願。只苦年、李兩個，一個家亡人散，一個披枷戴鎖，強顏說笑已是勉為其難，哪裡還有心應酬吃喝。無奈身在矮簷，也只得聽憑人便。

及至酒宴擺上，蔡珽一看，不過常用的官府應承席面。他這一趟差，罷年黨、掌京畿，好事成雙，興致極高，三五杯酒下肚，就更來精神。他年輕時是個俊美書生，身言書判俱都拔尖，如今過了知天命的年歲，更顯氣度雍容。這會兒伸手一撚半白的美髯，笑向一旁昏慘慘食難下嚥的李維鈞道：「我自中了進士，不曾出得外任，等做了二十五年的京官，才蒙恩外放川撫。去時奉差緊急，並沒在保定盤桓，到回時，唉——豈知又遭人陷害，竟是囚衣入京，自然也不能多留。所以這京畿第一等大去處，有什麼風物土產，我竟一點兒也不知道！老兄是久宦此地的人，何不解說解說。」

「保定近在輦下，風土物產都和京師相近，沒有什麼奇處。」

「誒，風物哪裡沒有，連僻遠小縣都有，何況京畿首府！」伊都立一旁把酒說笑，見李維鈞惶然無措，便同他提醒，「我恍惚聽見人說保定有三寶，不曉得是什麼寶物？」

「不過民間土物，喚作『鐵球、麵醬、春不老』。」

「頭兩個我曉得！」主位上的馬爾賽早已喝得微醺，他本就是個酒糟鼻子赤紅臉的大胖子，這會兒臉愈發油光光地漲起來，鼻翼一扇一扇，從裡往外呼著酒氣。同席幾個人都文縐縐的，叫他插話之處本來不多，好容易說起吃喝玩樂的事來，倒對了他的路，是以搓手笑道，「鐵球是個活血解悶兒的物件，跟『獅子頭』差不多。麵醬麼，膳房供奉的醬都是保定府學的，把麵粉團弄熟了裝在竹木盒子裡頭發，再放醬池子裡灌上淡鹽水，少說也得太陽底下曬半年。那醬又稠又甜，色兒重，盛在碗裡倒個個也流不下來，節下吃白肉蘸著最好。」他一廂說，伊都立就在一旁讚他的見識，直捧得他愈發興頭起來，仰頭飲罷杯中酒，就問李維鈞，「這個春不老倒不曾聽說，想必是——啊？哈哈，怎不見你拿來送人？」

李維鈞本來意氣消沉，叫馬爾賽葷的素的一通調笑，也只好打疊起精神來，哭一樣咧嘴道：「公爺見笑，春不老就是個尋常野物，因為冬月積雪青綠不減，南邊喚作雪裡蕻。保府天寒雪厚，此物每年三月才露出地來，比南邊的更清脆些，所以取名春不老，不過家常佐餐小菜，不登大雅之堂。」

蔡珽自詡科名，素來看輕馬爾賽這樣的孔武粗人，聽他荒腔走板說得可笑，更加懶得兜搭；轉見年希堯停箸不食，也不言語，便連呼了兩聲「允恭兄」。伊都立一旁聽見，見年希堯茫然不作理會，自將胳膊肘一點，輕聲道：「蔡公有話說。」

年希堯滿腹心事，將他們雲天霧地的閒聊渾沒聽見，這會兒猛醒過來，支吾半晌欠身拱手道：「大塚宰賜教。」

「允恭兄魂不守舍的，想是為令弟的事憂心？」

「唉，讓諸公見笑。」

「允恭兄為令尊老大人計，怕也要忍一忍情。」蔡珽不經意瞥了一眼伊都立，他曉得，今日一切的言談舉動，經這一位，必定都要傳到怡親王那裡。這位當家的王爺，如今冷眼看著皇帝對自己言聽計從，面上雖還客氣，心裡定不耐煩。所以此間言談，總要正顏正調，斷不能授人以柄。

伊都立心裡鄙薄他是漢軍旗的罪臣之後，不過借著年案死裡逃生，何至於張狂如此，所以自己一意閃在後頭，偏要捧他向前。遂也覷著他的神情，先布了一回菜，又笑道：「大塚宰見得極是。昨天我還勸允恭兄請調刑部，來表自己的心跡，可他到底忍不過情去。」

「學庭這個辦法實在好。」蔡珽先朝伊都立擎一擎杯，又向年希堯道，「我也勸允恭兄，工部的官不是好當的，廉親王糊塗不曉事的人，老兄有一個難處不夠，何苦又去填這個坑？何況我來前聽說——」他拿腔作勢欲言又止，忽而改向馬爾賽道，「我和允恭兄素有交情，稍微透一點兒風，公爺看妥不妥？」

「咳，左不過要見邸抄的事。」馬爾賽頗憐憫地看了一眼年希堯，赤紅著長方大臉點了點頭。

「聽說廉親王帶著工部堂司合奏，要拒老兄進門，說是不肯與逆臣之兄為伍。你看，他素日一個賢德的名兒，最肯扶危濟困、體恤下情，現在三法司連令弟的罪還沒定，竟這樣落井下石株連起來，真不知這賢名從何而來！」

「工部竟這樣勢利！」伊都立看看年希堯慘白的臉，憤然拍案道，「照此來說，允恭兄愈發要做出個大義滅親的樣來給他們瞧！」

「世風如此，也怨不得人，只好憑自己行端做正。」蔡珽一面點頭，一面站起來，繞到年希堯跟前，拍著他抖個不住的肩頭道，「頭年我叫令弟那一參，幾乎把命丟在成都，進京路上受解差之辱，在刑部大牢遭獄吏之羞，這會子還常做夢盜汗呢。幸得皇上聖明燭照，才洗刷了我的冤枉。可你曉得我當日身戴九條鎖鏈入宮的時節，碰見了哪個？」

「哪個？」

「胡元方。」

「是復齋！」年希堯與胡期恆是總角相交的摯友，連號也取在一處，一個偶齋，一個復齋。胡期恆久任陝西，因為不肯賣友，受了年案第一大的牽累，被革職抄家，音信全無。年希堯為此抱愧傷懷了多日，這會兒聽他提起，忙擱箸問道：「瞧見他怎麼樣？」

「我因衣罪褫進去，死而復生出來；他朝服頂戴進去，摘翎去頂出來，不過都為了令弟。如今胡元方下獄不說，最慘在胡夫人。聽說原籍抄家之日，夫人就同著兩個姑爺逃散出去，這會子叫人四處張榜捉拿，山川城鎮，也不知零落何方。可憐武陵先生一代文宗，子孫落得如此地步。」蔡珽邊說邊嘆，又揩了揩眼角，末了向年希堯道，「胡元方與令弟不過一友，允恭兄，你可要三思呀！」

第五十三章 篤舊

一席散去，次日清早，年希堯和伊都立兩人由官道上路，待到圓明園遞了綠頭牌，便有旨意出來，說叫伊都立次日覲見，另叫年希堯先去工部報到，見廉親王。

時過九月，序在三秋，又因雨水多，天顯得格外陰冷。朝房外淫雨霏霏，風侵入骨，年希堯心裡又寒，身子又僵，雖見正路上人來人往，熱鬧非凡，他這一身一心，卻是不堪紅葉青苔地、又是涼風暮雨天的寂寥。

允禩如今是個喝涼水都塞牙的背時之人，自也門庭冷落車馬稀。他夜裡沒有睡好，清早起來見院中草木搖落露為霜，心裡又是一陣煩躁，回到屋內膳也不進，單命人道：「去將昨兒那半罎子柳林拿來。」

允禩因常跟福晉嘔氣，夫妻倆並不住在一處，兩個側室畏懼福晉威嚴，也不敢靠前，只推福晉身邊一個叫白哥的使女，帶著小丫頭們過去服侍。白哥雖是包衣莊頭的女兒，卻有些小家碧玉的俊俏，且因常年跟著福晉，亦不乏幾分見識，甚或還能規諫主人。這會兒聽見允禩又要飲酒，便放下手裡的活計，走過來委婉勸道：「一大早就喝酒，要是有公事見人，可怎麼著呢？爺還是先進了早飯罷。」

「胃裡寒氣，哪裡進得下。燒酒不吃，就熱些花雕。」

允禩心裡喜歡這個姑娘，只是礙著福晉不便囉唣，所以白哥也不怕他，照舊駁道：「那也不好。

昨兒夜間叫人煨上了八珍羊肉湯，爺嫌胃裡寒，趁熱進一碗也好。」

「大秋天的，忒燥。」

「今年的雨水大，哪燥了？老話說先補重陽，後補霜降，秋補更比冬補要緊呢。」

「一個小丫頭還充起大夫，囉唆！」允禩本來煩悶，聽她對口，愈發焦躁起來，遂不再理她，一別臉坐在交椅上，衝窗外揚聲道，「拿一罎子花雕來！」

他這裡話音未落，就見門簾一挑，有管事的太監馬起雲進來，湊至近前，從懷裡取出個小油包，低語道：「是西寧新送來的。」允禩眉頭一皺，伸手接過掖在袖中，說聲「到書房去」，便抬腳走了。眼看著允禩出去，一眾貼身的太監使女才小心翼翼灑掃收拾起來。允禩原是個體恤下人的主子，在家的派頭遠沒有他的兄弟們大。可這兩年他的脾氣變得極壞，下人稍有不周，他就仗著酒勁兒動氣打人，唬得眾人大氣也不敢喘，只在私底下埋怨。

白哥斜倚在內室門邊，想著允禩日來的頹喪，心裡很是難受。要說允禩的為人行事，一貫溫和謙遜，雖然貴為親王，又曾總理事務，出門的儀從卻仍用貝勒規制，王府的鋪陳也十分簡樸素淨。譬如這幾間起居之所，除去家常用物，桌椅文房之類，熏爐瓶缸不過半舊，古董珍玩全無擺設，與許多王府的奢華富麗相比，多了不少關外樸質之風。只是這番舉動叫皇帝一說，就又成了「紊亂典章，巧取謙名」，左右都不是人。白哥一個年輕姑娘，並不懂得國家大事，只詫異好端端的溫柔敦厚人，怎麼落得朝愁暮嘆、恃酒縱凶的地步。

白哥正鬱鬱想著心事，外面才停了一陣的雨就又淅淅瀝瀝下開。她這裡正要起身去關窗子，就見外頭一個十幾歲的小太監飛跑進院，隔著窗子上氣不接下氣道：「主子氣壞了回來，馬爺爺讓姑姑小心伺候！」

白哥聞言一怔，忙掏出帕子自己擦了擦臉，抬腳才迎出門，就見影壁後頭兩個小太監將允禩一左一右擁進來。他步履踉蹌，一腳一腳特意踩在水坑裡，把雪白的靴子幫汙得寒磣；嘴裡咯咯笑個不停，時而念念叨叨，不知誦得哪路經文。後頭馬起雲舉著油傘緊跟著，也不敢說話，衝著白哥努嘴皺眉，是叫她趕緊來接的意思。白哥也顧不得雨，仗著天足靈便，兩步跨出來將允禩攙定。正要好言安慰，就聽允禩運足了中氣大聲道：「拿酒來，拿上好的！」

他這樣氣大，別人何敢阻攔，兩個小太監一溜煙跑出去，少時，就拾掇了杯盞進來。白哥接過來才要斟上，卻被允禩一把搶過酒壺，咕咚咚仰頭就飲。眾人勸不敢勸，攔不敢攔，只有跪下泣道：「求主子保重尊體！」

「醉死了，好歹是個囫圇屍首！」允禩一口氣吞了半壺酒下肚，因喝得急，酒勁又足，眼睛就通紅起來，臉也從額角一直紅到了脖子根，眉邊一根大筋暴出，秀才般白淨的面龐上，登時有了三分猙獰扭曲。

他激憤如此，實因才看過西寧允禟的密信。信用的是穆景遠替他們密定的西洋字碼，在書房裡取了底本對過，曉得年羹堯離開西安後，允禟已被皇帝新派去監視他的宗室楚宗看了個嚴嚴實實。他那裡大樹傾頹，銀錢又散盡了，早已不做復起之想，只是先前有幾封要緊的書信在年羹堯處，要是落在皇帝手裡，怕就禍不旋踵。所以冒死寄信送京，讓自己想一辦法，或可稍取偷生之道。信寫得淒淒慘慘，叫允禩何忍卒讀，就算讀了，眼下也毫無辦法。只好借著兩口酒，將信撕得粉碎，又叫人取來一個大杯，並一銀箸，將那碎紙盡放在杯中，注了酒，搗鼓成漿，就勢連飲下去。

這杯紙酒才下肚，外頭又有回事的小太監進來，見他這副模樣，也不敢說話，只好拉著白哥小聲道：「外頭有新任工部的年侍郎來，說是奉旨請王爺訓示。」

「主子這樣怕難見人，請大人改日再來。」

「你說誰來？」允禩看著酒後渾噩，這話卻聽得半點都不糊塗，一按炕沿晃晃悠悠站起來怒道，「大聲些！誰來？」

「是新任工部侍郎年希堯。」

允禩先打了一個響嗝，接著一陣大笑，點手叫過白哥來，將左臂搭在她肩上，向前歪歪斜斜走了幾步，就命那小太監道：「叫他書房裡去見。」

年希堯因知工部給他下了逐客令，這會兒也是驚弓之鳥模樣，戰戰兢兢枯坐了好大工夫，才見允禩一身醉態，叫人攙架進來。年希堯也管不了這許多，兀白報了職名行禮，隨後站起來低頭垂手道：「希堯奉旨來領王爺的訓誨。」

允禩與年希堯自來沒有過從，更談不上好惡恩怨。工部拒而不納，不過為了討皇帝的好，只是他和皇帝積怨已深，無論做什麼事，都被一通「居心偽詐」的揶揄。這會兒皇帝又把年希堯支使到自己跟前來，如此調弄奚落，哪裡還是比肩兄弟之爭，倒像是如來佛逗弄孫猴子一樣。他羞得欲撞南牆，卻不曉南牆更在何處，只好借酒撒瘋，東拉西扯起來；一會兒又扶了椅柄欲吐，下人們端著痰盂、醒酒湯等物出出進進，半點沒有接人待客的體統。

年希堯是厚道人，久聞允禩風度翩翩，有賢王的美名，見他這樣頹然自汙，雖說先被刁難，倒也生出幾分惻隱之心，只以禮懇切道：「希堯到部之後，自當勉勵奉差，王爺若有使令，儘管吩咐。」

「年允恭你罵我！」允禩一陣大笑，歪了身子手指年希堯道，「你這人心思不好，不及令弟多了。恨我就說恨我，何苦學那起子陰人，嘴裡頭全是蜜，肚子裡揣著魚腸劍呢！」

「王爺誤會了，我哪裡說得上恨——」

「我這裡是個盤絲洞，往後你辦公事，少到這來。」允禩說了這句話，酒勁就又反上來，涎唾湧上就地要吐。幾個小太監一擁而上，正要拾掇，他那裡已經跌坐椅中，鼾聲如雷了。

年希堯只得朝上作了個揖，叫人指引著出去。外間細風斜雨，斷線般疾落下來，他瑟縮著穿廊繞柱走到儀門，方見自己的家人在此等候，遂嘆道：「這一關可算對付過去了。」

次日又到圓明園朝房候旨，這回皇帝總算肯見他。可他心裡怕得很，跟著引導之人一路走到九洲清宴殿，兩條腿已經近乎僵住。挨挨蹭蹭進得殿去，先向御座行過禮，又轉到西暖閣門檻前跪下去，哆嗦著糊里糊塗道：「奴才叩請聖安。」

「久不見了，你近前來說話。」皇帝盤膝坐在臨窗炕上，並不在年希堯的視野之內。他的音色淡然，並沒有責備的意思，甚或透出一點久違老友的親切。年希堯略穩了穩心神，小心翼翼提著袍角站起來，邁過門檻，在炕前的軟墊上跪下。皇帝先沒有理他，自己又寫了幾行字，才摘下茶晶眼鏡撂在一邊，問道：「見過廉親王了？」

「是。」

「他怎麼個見你法？」

「正趕上酒醉。」年希堯知道自己從來瞞不住皇帝，所以一應都說實話。就聽皇帝冷笑兩聲，也不容他喘氣，緊接著問：「你曉得他為什麼這樣見你？」

年希堯仰臉搖了搖頭，這才瞧見皇帝的臉色極為灰暗，眯著眼緊盯著自己。皇帝道：「他們受了為弟的惠，卻要難為你這為兄的，良心上如何能夠不愧？」

「奴才不明白——」

「我待你們年家哪裡還有不足，竟要如此負恩！」皇帝兀地勃然大怒，一拳擊在炕桌上，嚇得年希堯傻子般怔在當地，連謝罪也忘了。他目光隨著疾走疾停的皇帝轉了一個圈，才俯首叩頭，腦子裡只有「罪在不測」四字嗡嗡作響。

「當年你們兄弟在外頭做官，你父親是我時常照顧存問不是？你一向做官糊塗，幾次叫人參了，是我多方替你彌縫不是？我把你們家扶上馬，送一程，送了一程又一程。年羹堯他自作聰明，以為能得皇父的意——笑話，天下之大，比他聰明的，何止百千？就憑他膽大妄為，眼裡沒主子，若換第二個人，又誰能似我一樣容他？允禩能還是允禵能？」

皇帝一面說著，越發地百感交集起來，連珠炮價點著自己手心數道：「你一家的子侄是誰教導？一族的官爵是誰提攜？你一個廢員，憑哪般就做巡撫？年羹堯一番功名成就，叫我聽了宗室滿洲多少閒言碎語？他開疆萬里，立得好大功，倒叫我把蒙古額駙們得罪了一個遍。這也不說，我豈是拿著自己委屈和大臣爭功勞的皇帝？可他也不能如此負我！」皇帝自說自話，說到痛極冤枉，竟觸動肝腸，說得潸然淚下起來。

「臣弟性傲，大臣們奏他那些得意忘形的事，必定是有的。」

「單就性傲，我能這樣惱他？」皇帝拿了帕子吸溜了兩下，一聽年希堯解說，又斬釘截鐵止住，卻壓低了聲道，「他和允禟勾結這類事，要說出去，你們一家的命，還留不留？我知道，你們兄弟好，心裡頭一定為他不平，怨恨我不念舊。」

「奴才豈敢——」年希堯聞著此言，再不知說什麼好，不過頭暈目眩昏然垂泣而已。

皇帝先還苦口婆心，見他總沒有別的言語，便露出十分的不悅道：「我話說得這樣明白，刑部叫你同年羹堯對質的事，你怎麼想？」

「他大罪通天，皇上如何處置，臣也不敢怨謗。只是老父年邁，要知道我們兄弟對質——」年希堯言至此，已是淚流滂沱，又不敢擦，只得就著咽聲淚雨連叩首道，「皇上若開天恩，求將奴才作附逆誅戮，奴才結草銜環，不能仰報。」

「真是個迂人！」皇帝瞥了他一眼，隨即悶不作聲，稍頓片刻，用手拍了拍明窗的窗櫺，及見總管太監躬身入內，便問，「王子來了沒有？」

總管太監答應一聲，又彎著身子出去，不一會兒就引著怡親王允祥進到暖閣裡來。允祥照例向皇帝行禮問安，並不往年希堯身上去看。皇帝倒是一面吩咐他坐了，又向年希堯道：「你是我門下家裡的人，該與王子見個家禮才是。」

「皇上跟前，哪有臣受禮的地步。」允祥聞言站起來遜謝。唯年希堯是個實在人，聽他們說得不一，就不知如何是好，只得淚眼張皇看著皇帝討主意。卻見皇帝也站起來，上前按著允祥的肩膀道：「這一禮不比別的，必得他當著我來行給你才是。年羹堯的罪你知道，若是輕縱了，朝廷之禍踵至，咱們對不起社稷祖宗；可我待他們年家的恩情你也最知道不過，千不念萬不念，總有福惠阿哥在裡頭。朝議秉承大公，沒有什麼可說；至於我的一點兒私意，也只有賢弟可託。今兒叫他行禮，就是叫你日後照應他的意思。」說罷見允祥不語，皇帝又梭過眼來點著年希堯罵道，「王子是最通透的人，這話本不用說。偏你這個人太過癡愚，又不懂禮數，才勞動我操心。」

「奴才豈敢。」年希堯本來驚懼，叫他這一番話說得，更加惶恐不可名狀，口中囁嚅幾下也不知作何言語，只好挪過身子去，朝允祥磕了一個頭。

允祥知道他語訥，也不為難他，不過笑一笑，道：「既然是皇上的恩諭，我也不敢過謙，且還要托大囑咐你幾句。你都瞧見了，現在連廉親王也要拿你作伐，既這樣，你我也不便露出形跡來，只要深知皇上待你的恩典就是了。回去好生約束子侄，不要亂說亂走，自己討罪名。」

「王子教訓你的極是，今兒的話連你父親也不准說，若叫一個外人知道，自然是你洩露的！」皇帝接過話去，厲色再吩咐一遍，見年希堯諾諾連稱「不敢」，才緩和了口氣道，「你既然執意不肯和年羹堯對質，我也不忒難為你，看在你父親效力多年，給他留個體面罷。」

年希堯如釋重負謝了恩，渾身軟得麵條似的，叫兩個小太監挾著才得出去。他剛走到影壁牆前，就見一個臉熟太監與總管太監張起麟說話，其人面色十分焦急，邊說著話，邊向裡張望，待瞧見年希堯近前，不覺脫口叫道：「這不是大舅爺嘛！」

年希堯久在外省，這會兒定睛看了半晌，才認出來此人是貴妃跟前管事的首領太監，心中十分親切。他才要招呼，就見張起麟臉色一沉，遂不敢多言，只拱手含笑又往外走。走到牆根底下停住，裝作撣袍子上的灰，又立著耳朵聽了幾句，才知道貴妃病勢又重，那首領是來奏的。年希堯原本虛彎著腰，一聽此言，真格兩腿一軟蹲下去，半晌才扶著牆站起來，黯然默禱而去。

這邊張起麟帶了翊坤宮的首領太監進得殿去，回說昨天夜裡住在園內山容水泰的年貴妃又發起熱來，一夜不好，早起愈發沉重。小劉太醫說要用參，劉院使嫌太猛，看了半日，到底用了，這會子略緩一緩，才敢來奏。皇帝聽得皺眉，要過太醫院的印花箋子看了看，不過生黃芪、杜仲、甘草、旱蓮草、女貞子幾味，就遞給允祥道：「你是半個大夫，看看怎麼樣？」

允祥接過方子細看了兩遍，就問那首領：「照這樣看，是腎脾胃氣皆虛，宜溫補的？」

「是是。」

「劉裕鐸還算謹慎的人，怎麼就輕用起參來？」

因那太監並不說話，只是一味磕頭，皇帝就知道，用參又是救急。是以嘆息一聲，轉命張起麟道：「你代我去瞧瞧她。」

待張起麟與那首領一同出去，暖閣中又靜寂了片刻。皇帝的心事頗重，向允祥幽幽嘆道：「福惠的母妃身子素來很弱，這回好便好，若不好，怕就難過冬了。」

皇帝今天這番舉動，允祥早在心裡轉圈咂摸了三遍。貴妃聖眷甚好，他是知道的；且其為人謙和，凡與之接談過的，都十分稱讚。只是如今年案已成定局，內而臺閣部院、外而督撫將軍，摺本雪片兒價飛到御案上來，千言萬語，不外一個「殺」字。若叫他憑著貴妃皇子躲過此劫，日後戰事一起捲土重來，那群臣議其罪者，又當如何自處？允祥念及於此，實在難以發言，只好顧左右而言他，又去評論太醫院方子的好歹。

「年羹堯的事，莫說內閫小節，就再大些，也不能動搖，這你放心就是。」皇帝見他形色躊躇，自己倒舒了眉頭，透過支摘窗看看外頭秋色，忽而失笑道，「我這裡凡有一舉一動，外間不是鶴警狐疑，就是鴉聒雀噪，也實在叫人心煩。福惠如今還小，不懂事倒罷了，再大些，叫人說起母家，就未免可憐，也容易叫小人挑唆生出怨恨。所以年希堯這樣無用的人，賢弟就賣個虛體面也不要緊，日後說起來，你侄兒自然也要承情。」

皇帝話說得十分懇切，且有許多非言詞所能盡道之情，叫人不能不加動容。允祥去年木蘭行圍時，亦甚喜福惠阿哥的聰明，想此子日後必是個大器之材。如今他母病舅危，就長成了，也乏人依靠，皇帝既有託付照料的話，這順水的人情豈有不做之理？所以他連忙站起身來，正色應諾，又說了許多推心置腹安慰的話，才算罷了。

等傍晚回到交輝園中，伊都立已經覲見下來，久候允祥多時。二人大半年沒見，先敘過國禮親誼，就往廊下去看伊都立帶來的禮物。山右巨賈甲天下，原是南北兩貨齊聚之地。伊都立會做官的人，深知「京信長通，炭敬常豐」的道理，且駐京幕友十分得力，各部要緊堂司無不照顧周全，所以上下人等都稱讚他是個會做的。這會兒見他的禮物豐腆，允祥心下歡喜，面上卻淡淡道：「你才有本章請減通省火耗，又帶這些來，怕不妥當。」

「若不從耗羨上打算，只怕官聲難越過諾敏，辜負了皇上、王爺的玉成之恩。」伊都立成竹在胸，笑呵呵俯身將那樟木大箱一開，摩挲著一張緞子般光滑的黃羊皮道，「我一向拮据，哪裡辦得來這些。先前年亮工盤踞河東，鹽商們誰敢同他爭競？如今蒙皇上除去巨蠹，自然商力日蘇，眾口稱讚。這些物件，都是介休幾家大財東託我轉遞，不過為報主子的恩罷！」

「這還說得過去，不然叫人看著，議論我門前苞苴不絕，還得了麼？」允祥看了看那皮子，也頷首說是「上品」，遂命人道，「明兒都送到造辦處備用。」伊都立一愣，覷了覷他面色，問道，「王爺一件也不愛麼？」

「我也不缺這個，就缺，等皇上賞賜的不更體面？」允祥大笑著將箱子合上，招呼伊都立到他的內書房去，坐下又笑問道：「怎麼樣，御前得了什麼彩頭？下一任到哪裡高就？」

「正要和王爺討個主意！」伊都立頗不過意地一撚八字鬚，斟酌措辭道，「皇上說我年富力強，正好高章之改調閩浙，出了雲貴總督的缺——」

「嫌路遠出息少？」

伊都立叫他看透了心思，只好竊笑道：「不是我挑揀，王爺曉得，家母年高，內人體弱，邊陲遠鎮一去幾年——」

「路雖遠，也是我大清的封疆，滿洲的不去誰去？這會子要打起仗來，派你駐防阿爾泰，帶兵黑龍江，難道也嫌遠不去？人家肯去的，就沒有老父老母帶病的家小了？」允祥實在覺得他貪心不足，是以眉梢一挑，口氣下得頗重，見伊都立似有窘促不安之狀，又往回找補道，「大臣升轉也得循一循資歷，你才做了大半年的巡撫，升到雲貴已是特恩，難不成要去湖廣兩江？」

伊都立給他駁得臉紅，正要自己找個臺階下，就見怡親王福晉跟前的管事太監來回，說福晉留姨太太住兩天，只怕旨意到了要遠行，姊妹們就難見面了；還說姨太太的肺病厲害，請王爺幫著留心好大夫。

允祥曉得這話是專說給他聽，遂撲哧一聲笑出來，向伊都立道：「你要太嫌為難，不如還留京裡，怎麼樣？」

伊都立剛受用那起居八座、開府建衙的威風，哪裡樂意做回仰人鼻息的京官？可再要多話，未免不識抬舉，故而權且應諾，以待時機。

第五十四章　泊舟

先頭已有旨意，升山西巡撫伊都立雲貴總督，登了邸報宮門抄不說，連吏部的坐名敕書也擬好了。可沒過幾天，忽又將他改任山西總督，仍管巡撫事。山西是腹裡省份，本朝蒙古向化，河套宣大並無邊事，所以只以巡撫管理，如今忽改總督，顯係因人設職。伊都立心中甚喜，又在京中住了幾日，四處拜別過了，仍回太原做他的一方諸侯。

說來雲貴兩省地遠民窮，苗瑤雜居，且動輒變亂，為官者一向視為畏途，如今伊都立請託不去，皇帝便將雲南巡撫楊名時升任總督，來補雲貴的缺。不過楊名時是當代的儒宗，好名譽、書生氣重，皇帝從心裡不喜歡他。所以思來想去，就將蘇州布政使鄂爾泰升任雲南巡撫，管總督事，楊名時則以總督管巡撫事。職、權交錯，也是首創之舉。

且說鄂爾泰自蠲免蘇松浮糧事後，愈發得到皇帝的青眼，前已有旨，升任廣西巡撫。然而命下不過五七天，蘇州藩庫尚未與署理之員盤交完畢，就又來了這道改調雲南的新旨。新旨下晌送到布政司衙門，一應禮數完畢，又應酬了前來賀喜的同僚，鄂爾泰回到內宅，已是人定時分。他近年雖有聖眷，可如今宦海湧波、世事難料。一聽又有新旨，鄂夫人坐在內闈，心中就不免憂慮，幾番派人打聽，都說外頭熱鬧極了，至於旨意說的什麼，終究未得準信。

鄂夫人姓喜塔臘氏，是現任江西巡撫邁柱之女，知書達理的閨秀。鄂爾泰中年喪妻，以夫人為繼配，成親後琴瑟極睦，相敬如賓。他是個篤尊道學的人，講究修身齊家之道，閨門之內，不置妾媵，除了元配留下一女之外，膝下三子，都是喜塔臘夫人所生。而今夫人珠胎再結，已有七八個月，此時天入夤夜，因為心裡有事不肯就寢，只好胡亂做些女紅，又借燈光瞟一眼案上的《孟子集注》，聽一旁的長子鄂容徐徐講來。

「桀紂之失天下也，失其民也，失其民者，失其心也——」小公子正操著童音溫書，就聽門簾響動，外頭鄂爾泰一身朝服補褂走了進來。夫人大著肚子，不便即刻起身，只擱下針線笑說句「可算回來了」，再慢慢往炕邊去挪，要下地替丈夫更換便服。

見夫人挺著肚子過來，鄂爾泰忙擺手說聲「自己來」。夫人到底不肯，仍舊喚了侍婢送進一件半舊的家常袍子，眼看著婢女替他換好，再親自摩挲平整，才算作罷。她一面又打發公子睡去，方輕聲問：「怎麼剛說放了廣西就有新旨？可真叫人懸心。」

「是從廣西改調雲南，還叫入京陛見。」

「廣西就夠遠了，竟又改了雲南。」夫人聽得一愣，繼而憂心忡忡道，「你的肺病越發重了，時常還要咳血。我阿瑪早年出過雲南的差，一路翻大山過大河，水土不服得厲害，好好的人去，回來瘦得一把乾柴似的。你這樣身子，怎麼經受得了。」夫人說著話，音色已見哽咽，掏出帕子來，背過頭去沾眼睛裡的氤氳。

鄂爾泰盤膝坐在炕上，他勞乏竟日，臉上早顯出疲態，可心緒卻很好，一面笑勸夫人道：「誒，雲南雖遠，卻是丈夫用武之地。我前年到昆明典試，一點兒都沒有水土不服。現在國家鼎盛，歸化苗瑤正在其時，雲貴是重任，很遂我的心。只是——」他神采奕奕說著話，待看夫人的身子，又想了想，報赧道，「路確乎太遠，不如我請張撫臺幫忙照應，你先在蘇州待產，等出了月子再去？」

「你去做巡撫，偌大個衙門，沒有堂客怎麼使得？叫屬員瞧著不像。再者我也不放心你的身子。」夫人擺擺手，自撫著隆起的小腹笑道，「又不是頭一胎，哪有那麼嬌氣。你先進京去罷，我帶著哥兒們慢慢往南走。」

「宦遊無定，叫你陪著受苦。」鄂爾泰心中感佩慰藉，又難言喻，只得搓了搓手，從爐上取了熱水，倒茶遞與夫人，又問，「今年咱們各色收項，共有多少銀子？」

「三萬還多些。」

鄂爾泰點點頭，起身踱了幾步，向夫人嘆道：「要是依我的夙志，只拿正俸錢糧最好。可到了地方上，才曉得官私花銷太多，要是火耗節禮一介不取，竟連家口也養活不來。現在官不滿任，實在受之有愧。自接了去廣西的旨意，就想和你商議這件事，又怕你笑話我迂腐。」及見夫人溫言笑慰，靜候其言，才又問，「這三萬銀子，除了日常用度，還有多少剩餘？」

「咱們家的花銷少，你又不好應酬，算下來，怕有兩萬還富裕些。」

「我先同張撫臺議過，江南人自恃富足，平時不慣積貯，遇上荒年必然狼狽。我這兩年仰仗蘇松的父老扶持，才沒有大錯處。為官者家有餘資，絕非美事，我想咱們既有兩萬銀子，不如留三四千辦盤纏，將其餘一萬五千兩糴了穀米，交給張撫臺，分儲蘇松兩府的倉裡，也不枉我為官一任。」

蘇州布政使是天下藩司裡第一個肥缺，小省巡撫也趕不上。若換作尋常婦人，丈夫得了這樣美缺，能不慫恿他招權攬賄，已經難得了，絕不肯自家裡掏出銀子來去頂公項。鄂夫人生長宦門，又在江南富貴鄉中隨任，偏得布衣茹素，毫無鉛華虛驕之氣，聽了丈夫這一番話，當即頷首道：「要不是在蘇州做官，哪來這幾萬銀子，不定還有虧空。浮財即是禍根，你要拿去做積德的事，那是再好沒有了。」

鄂爾泰這邊又盤交了幾日公事，就輕裝簡從，入京陛見。鄂夫人先在蘇州打點家務，收拾行裝，繼而帶著子女家人，先沿運河北上，再溯長江向西，一路趕奔雲南。這一天船行竟日，夜泊江陰，夫人只覺腹內沉重，倍覺勞乏，就在艙中和衣躺下。到二更時分，不合忽然驚醒，繼而下腹墜痛難耐，出恭時落紅不止。她已育過多胎，心知這是生產的徵兆，隨身的兩個僕婦都是接生老手，且又預備多日，見此情形，自去招呼乳母侍婢，將紗布、棉布、金針、創藥、人參、嗅鹽一應備齊。待夫人吃痛聲起，眾人屏氣凝神，正要接生，忽聽船艙外「呲」的一聲巨響，一團火星直沖天際，接著畢畢剝剝，四下裡鳴鑼放炮，熱鬧喧天。

鄂夫人身體虛弱，又是水次停船，乍聽這樣大作大響的動靜，就心悸神迷，隨之大汗淋漓，呼痛不絕。左右婦人無不慌張，一人跑將出去，連向外間男丁喊道：「快看看是哪家放炮驚了太太！」

管事家人出艙一看，只見相隔半裡多的水次裡拴著幾隻華麗的客船，停泊時原本安靜，現在不知何故，竟然是燈籠火把全點起來，照得四周雪亮。首船艙外站著七八個精壯漢子，圍了一位穿皮袍的官人在船頭，各持酒壺肉食，俱都喜笑顏開。另有三四個小廝模樣的棄舟登陸，手持花炮，一個一個點放起來，直崩得火花四濺，星月失色。周圍船家客商經此一亂，亦多披衣起來看稀罕，更顯得熱火朝天，吵鬧不住。

鄂府長隨原已睡熟，聽說正要生產的夫人受驚，心道自家乃是巡撫門第，如何受得這般委屈？因此人人著惱。特有一二氣大的，此時撩衣勒臂，就要到鄰船上講理。鄂夫人雖百般煎熬，到底心裡明白，遂竭力維持，安撫眾人道：「不定人家喜事放炮，做什麼大驚小怪。」

管家婆子一面替夫人擦著額角虛汗，一面忍氣勸道：「縱然太太不怕，也怕驚胎氣，還是叫人問一問好。」

「只說行個方便，別拿官派欺負人家——」夫人斷斷續續吩咐著，口中已是呻吟不住。管事婆子答應已畢，就有兩個年輕長隨幾步跳上岸去，向那放炮的小廝一拱手道：「煩勞哥兒幾個歇歇，我們太太趕上生產，聽不得響動。」

「巧了，我們太太剛生產完，老爺有命，放炮慶賀慶賀！」答話小廝滿嘴的油腔滑調，說著話抬手又把一串爆竹點起來，「呲」的一下，從鄂家長隨眼前直躥上去，火星子濺在衣襟上，登時燒了個洞。長隨年輕氣盛，伸手去扯小廝的領子，將他一把推個趔趄。小廝正在得意，這一下毫無防備，向後幾步就摔了個仰八叉。他一時怒從心起，抄了一把炮灰，蹦起來就往長隨臉上摔去。長隨吃這一下，不免手腳齊動，兩人就著炮聲，登時扭打一處。

鄰船頭上幾個壯漢見此，都跳上岸來打幫手。一時炮聲歇止，人聲沸起，兩家僕役各舉火把對峙，互相罵將起來。只是一問來由，就全都不說實話，不過責難對面無禮。這邊正沒開交，就見鄰船上一個管事模樣的跳上岸來，仰臉兒向著鄂府船道：「我們老爺請你家主說話！」鄂府家人面面相覷，見來人氣度不似尋常，正思要回夫人，就聽見大船內一陣裂肺呼號，遂再不敢去打攪，只得一位老管家，隨著來人前去。來至跟前，方覺那船的形狀奇特。只因船艙豁大，四面卻封得嚴嚴實實，似有貨物，又覺體輕。官船不像官船，商船不似商船，實在不知用途。老管家見過世面的人，心裡雖然納悶，到底不錯禮數，上前打一躬道：「這位老爺安康。本來不敢打擾，實是我們太太生產，聽不得吵鬧。小子們不會辦事，得罪了貴綱紀，還請老爺見諒。」

那船頭的官人五十來歲，寬面細眼、肩壯腰圓，穿著打扮確是個大富貴的模樣。他今夜本極歡喜，飲酒不少，此時面色尚帶紅光；才叫鄂府家人一攪，就敗了興致，心裡頗為氣惱。此時借著月光，見那老管家的舉止，亦是宦門中人，心裡更存了較勁的意思。因此將臉拉下來，悶聲悶氣道：「我家裡有喜事，在這天高地闊的地界兒慶賀慶賀，有什麼干礙不成？」

「老爺家有喜事，小的這裡恭喜了。只是水次是公用的地方，各家有各家的難處。我們太太趕上大事，實在受不得驚動，還請老爺通融通融，等我們太太母子平安，一定預備厚禮，與您道喜道謝。」

「你這是怎麼說話？我們放炮你家嫌吵，你們緊挨著我們鬧血房，我們還沒嫌晦氣呢！」那邊官人尚未開口，一旁的家奴接口就罵起來，話說得太不中聽，又惹得老管家惱怒分辯。眼看各自吵嚷得聲高，艙內又走出一個面貌氣派的小夥子，附耳對官人說了兩句。官人皺了皺眉頭，啐道：「要死的人，管得倒寬。」說罷氣哼哼就進內艙去了。

艙內十分寬大，布置卻極簡單，裡頭是個五十不到的漢子大咧咧席地而坐。他身穿緞面皮袍，也是富貴打扮；可再細看時，就見交握的兩臂上都纏著鐵鍊，可知是罪囚無疑。另有兩個年輕有體面之人站在一旁，服侍不像服侍，看守又不似看守。待官人進來，那漢子紋絲不動仍在地上坐著，只將手上鏈子嘩啦啦抖著，笑道：「才得了愛妾遇喜的信，興頭放炮，怎麼又同人鬧起來，你這凡事變臉，未免也太快了。」

「隨你怎麼刻薄罷。」官人見他出言嘲諷，並不理睬，才要同那兩個年輕人說話，就聽外頭劈里啪啦，又放起鞭炮來，緊接著就是鄂府管家高聲質問：「看你們也是做官的人家，怎麼不講道理！」

「道理？我們欽差大人就是道理！」

「你們一無旗纛，二沒有江蘇地面的官船護送，就敢說是欽差！不過仗著我們太太好性，要說出根底來，先將你們問個假冒欽差的罪名！」

官人聽他們吵得不著邊際，心裡暗罵一聲「混帳」，就要掀開艙簾去看。那罪囚一口喊住道：「不過是小妾生了兒子，何至於大半夜裡發癔症！與人家眷屬行個方便，豈不給你的小子積德？」

「要你多事！」官人叫他一句話氣得手腳冰涼，就要發怒。又聽那罪囚哂道：「兒子須得賤養，才養得活。不才家裡多子多孫也有些名氣，俱是那『不在意』三個字才養活的。老兄你這樣折騰起來，可小心著了。」

「你不怕叫閻王拔了舌頭！」官人氣得一個哆嗦，跺著腳向外厲聲命道，「爺今兒偏要痛快，給我放到雞叫了再停！」

「你放不放我管不著，可你沒聽見？對面也是為官懂門道的人家，才你的家奴已經放出欽差的話，要是被人抓住了死問，你怎麼答對？難道說是來拿我的欽差？」罪囚見他怒極，也不慌張，又將手上的鐵鍊子甩了兩甩，就大笑起來。官人叫他說到痛處，默然半晌，只好吩咐人不許再放。

岸上鞭歇炮止，星月之下，水面又恢復了寧靜，只有微波輕拍河岸，卷起泛白的水花。不一時，鄂府大船上一聲啼哭，一個胖嘟嘟的男嬰呱呱墜地。鄂夫人渾身癱軟，長噓出一口氣來，待回過元神，看過愛子，便向身旁管事的僕婦道：「明天備些禮，去謝人家的體恤照應罷。」

這鄰船上的官人並非尋常，正是皇帝跟前的親信重臣——議政大臣、理藩院尚書、都統拉錫。拉錫此來江南，也確實是個欽差無疑——他奉有密旨，帶領兩名御前侍衛，將年羹堯從杭州抄家密捕，押解進京。那船中的囚徒，就是年羹堯本人。

說來杭州將軍鄂彌達是個新任，對許多要緊大事，還不敢很拿主意。可現任的浙江巡撫福敏不是尋常人物，他是滿洲鑲白旗人，進士出身，不但是今上做藩王時的屬人，還曾在潛邸為弘曆、弘晝兩位皇子開蒙課讀，和皇帝的淵源之深，並不欠於年羹堯。他自到巡撫任上，就給鄂彌達出了主意，說年某素來傲性，且一貫信口開河，老兄不如將他發去守城，再散出風去，往來商民打聽他的身分，自然好奇圍觀，待他說出些怨毒的話來，人所共見，就更能證其居心了。

鄂彌達聽罷連讚高明，隨即發下軍令，派年羹堯看守杭州城東的太平門，並密令同班官兵察看他的言行舉動，每天到將軍衙門報知。不料年羹堯倒有十分的鎮定，該班則早來晚走，值宿則按更巡行，無事則歸家閉戶，個把月下來，不但憤懣抱怨全無，就是往來行旅聽著傳言，跑來觀看指點，他也不羞不惱，循例辦事而已。

這一天正趕上年羹堯城門值宿。近冬時節，杭州也有了涼意。入夜巡過更次，他便回到值房，剛要睡下，就聽見班頭敲起門來。旗營同班的守衛早得了令，須刻意將他冷待，可私下裡卻多得他的銀錢水酒，奉之若神。所以班頭先在外狠敲了幾下，大叫「醒醒」，進來卻反身關門，貼近了小聲告訴：「將軍衙門有人過來傳話，叫您老前去，不知為什麼緣故。不然咱們報個病？」

年羹堯見班頭滿臉大汗，不由苦笑道：「老弟你說哪裡話，你們吃醉了酒，上峰巡崗，可以報個病。我的事，哪是報病能夠了結？」說著話披衣起立，趿了鞋，舀一碗涼水喝進肚中，又笑道，「再說那鄂將軍，先我進京，他去磕頭迎我，還排不到跟前呢。這會兒只有他怕見我，哪有我怕見他的道理。」

年羹堯略略收拾，就來到管事的所在。來人先驗明了他的身分，才道：「京裡有大人奉旨到普陀山進香，說要見你，這就走罷。」說完各自上馬，趁著夜色到了將軍衙門。入內直趨大堂，就見杭州將軍鄂彌達不過側面陪坐，正座上是位五十多歲、頂戴齊楚的京城大員。年羹堯這兩年進京都見過他多次，正是皇帝信寵的蒙古都統大臣拉錫。

這拉錫原本是先帝身邊的侍衛，曾奉旨意探訪黃河源頭，於河湟地理部族等事最為熟悉，是以今上登基，為著青海戰事，大加任用，以理藩院尚書之職，與允祥、隆科多同備顧問。年羹堯不願受樞府遙制，可不好直接挑允祥和隆科多的不是，便向皇帝進言，說拉錫畢竟是蒙古人，且和青海各部都有交往，叫他參贊帷幄，到了緊要時節，萬一走漏消息，於戰事十分不利。他那會兒寵眷正隆，所說的言語，皇帝自然無所不聽，又對其好言寬慰，說許多機密軍務，自己都並不曾告訴拉錫。

待到時過境遷，「倒年」的風聲一起，皇帝就把年羹堯昔日的「讒間」之詞拿給拉錫本人去看。拉錫又驚又怒，跪奏道：「奴才雖是蒙古人，可蒙兩代主子的厚恩，怎能做出叛國通敵的事來！奴才與年羹堯沒仇沒怨，竟遭他無故陷害！主子若信他的話，何不扒了奴才的心出來瞧！」說著就哭得涕泗交流。皇帝看他哭得可憐，自也唉聲嘆氣，命人扶起他來安撫道：「年羹堯陷害朝廷的股肱賢良，又何止是你一個。且不說旁人，就是青海甘肅的蒙古王公台吉，羅卜藏丹津雖反，可旁人到底是忠心朝廷的多，偏他不分忠奸，一概刻薄。不但別人，就連阿拉善額駙，是皇父親自教養，又許配了郡主的人，他竟然也敢苛待。也怪我忒縱容他了，叫蒙古親戚含冤，險些壞了皇父撫恤藩部的大政。」

皇帝痛心疾首說完這番話，又拿出一道朱諭，交給拉錫道：「如今年羹堯諸事敗露，再留不得。只是他為人狡詐，黨羽又多，若照常人捉拿，恐他轉移杭州的家口財產，單靠福敏、鄂彌達兩個，又嫌他們辦不了這樣要緊的差事，或是叫年羹堯看輕了身分。倒是你去一趟，將他拿回京來，一應細務相機辦理就是。」

第五十五章　解京

拉錫恨年羹堯刺骨，得了這個差，豈有不盡全力之理。他既久在宮廷，又多辦外差，確乎機敏歷練。受命第三天，便帶了兩個侍衛，和一干精壯家人，也不乘船，只沿驛道快馬兼程，日行近二百里，八天即到淮安，又換小船走運河，五天四夜抵達杭州。及到杭城，也不知會地方，不過派人悄悄去將軍衙門告訴鄂彌達，說欽差大人奉旨到普陀山進香，過境杭州，請將軍去見。鄂彌達得了信，趕忙出城來見。見面說罷實情，就約了巡撫福敏先到將軍衙門小坐，又遣得力家人往太平門去誆年羹堯。

年羹堯進得大堂，見正中高坐的乃是拉錫，心裡就明白了八九分，一壁裡上下打量他幾眼，才道：「我如今的身分不配恭請聖安，只是身為臣子，見著京裡來人，到底不敢不問皇上的安。」說罷屈身跪下，再無別話。

拉錫滿心怨恨，見他如此倨傲，愈發氣不打一處來，也不看鄂彌達、福敏二人，獨自離座起身，仰臉面南而立，嗤道：「不但請安不配，你就問一問，也是不配。」此話出口，年羹堯已是挺身而起，緊盯著他的臉看。拉錫輕蔑一笑，說聲「奉旨問你的話」，隨後點頭示意兩個強壯武弁，將年羹堯按跪地上，自己又端起欽差的架子來，問道：「皇上待你的恩典覆天載地，你的罪惡累累數之不盡，已是負恩至極。如今又有人奏你擅調官兵，借捕郃陽鹽梟之名，致死良民八百多口，雖將你立斬也難抵償，你還有什麼可說？」

年羹堯聞言陡然一驚，抬頭道：「郃陽的事我先頭已奏聞，確係剿拿鹽梟，不合誤傷平民數人是實，致死八百多口從何說起？」

「你還敢抵賴！難道欽差高其佩、史貽直是故意陷害你不成？」

「你知道什麼首尾！我說了此事早已上奏，日後自然明白！」年羹堯將頭一偏，不肯再同他說話。拉錫氣得大怒道：「你罪戾如此之多，還敢乖張狂傲，到底什麼居心？」

「就像你說，自然是我的死期到了。」年羹堯見拉錫的傲態，越發要和他頂針，全無半分懼色。鄂彌達見拉錫發怒，深恐年羹堯再說出難聽的話來，才要厲聲喝止。就見拉錫將手一擺，命人道：「果然不愧人說。來，將他鎖了！」說話便有幾個持鎖扛枷的跟役從外頭進來，上前要鎖。

年羹堯兀地將人掙開，瞠目道：「你說往普陀山進香，現在又這樣行事，豈不是矯詔！」

「哈哈，只怕你平日矯詔拿人的多了。我要無旨，莫說是你，就是尋常百姓，也不能拿問。要有旨，又何止是你，就是親王貝勒，也隨我來拿！」拉錫說罷了一陣大笑，將身上諭旨雙手捧將出來，先供在高几上，拜了兩拜，又遞給福敏道，「勞中丞宣諭。」福敏接了諭旨，也拜了兩拜，繼而就念出來，不過是鎖拿抄家的話。年羹堯聞言默然，只得由著差役們鎖了。一應事罷，福敏就帶了巡撫衙門一眾差役先往年羹堯家去，趁夜抄沒。

時已入夜，年氏一家老小俱都睡下。眾差役喊門入內，先將前院各個房屋封住，就往後宅去。年家成年的兒子都在京裡，此間最大的五了年壽未及弱冠，聽見外面大嚷大鬧就嚇得抖顫，跌跌撞撞披衣出門，迎面碰上福敏官衣補服而來，正要上前跪拜，只聽福敏一聲「拿了！」身後便有兩個跟差上來，一把將他按住。年壽不敢掙扎，不過驚惶飲泣。一時又有兵丁押了張定、王七、關瑞、翟四幾個管事家人過來。福敏見狀點頭，不過向年壽說一句「本院奉旨抄沒」，就命人將年氏妻女僕婢一應看管起來，封門把守。

又過了一個來時辰，拉錫、鄂彌達押著上鎖的年羹堯一起到來。福敏迎出門去相會過了，就將年羹堯帶到內宅上房。那裡關的本是一眾女眷，及見差役蜂擁而入，都大驚躲避。年夫人畢竟是宗室之女，又見過世面，此時雖也驚懼，到底強作鎮定，先叫住本宅之人不必亂躲，復向為首的武弁怒道：「你們是什麼人？我們老爺雖革了職，我還有縣君的爵位未革，由得你們放肆！」

此言一出，巡撫衙門的差役尚且冷笑，那帶隊的旗營官弁有曉得老禮，果然垂手不敢向前。年夫人兩手各拉一個幼子，又上前兩步厲聲道：「既不見上諭，又不見我家老爺，你們敢情是來搶奪錢財的不成？」話音未落，就見外頭差役閃出道路，拉錫等人魚貫而入。幾個人聽見夫人言語，並不答言。倒是後面年羹堯，見裡頭大人孩子哭成一團，自己先大聲斥道：「哭什麼，都安生待著！」

這一喊不要緊，不但年家人吞聲飲泣，就連官兵差役，也都面面相覷沒了聲響。年羹堯戴著枷踱到福敏跟前，昂首道：「龍翰兄兩榜出身，怎麼不曉得大防之義？拙荊小女都在，就縱容兵丁入內，豈是讀書人所為？」

「責備得是，我慮得不周到。」福敏和年羹堯是同旗的讀書人，早年也稍有交道，叫他這樣一說，不免顯得尷尬，只得向年夫人打了個躬，說聲「格格恕罪」，就命眾差役退至上房院外，只命四個跟隨的老年吏員抄取房內奏摺書信，所得也不過數匣。拉錫伸手要取，卻被福敏向前遮過道：「亮工兄交際甚廣，怎麼就這些文牘？我聽人說，你先知道保定李維鈞出事，就把許多書信燒了？」

「正是。」

福敏不料他對答如此痛快，登時噎住了話。拉錫見狀斥道：「私燒書信，你眼裡還有王法麼？」

「誰沒有一點私事？皇上天心，我不敢妄測，又豈知必有今天抄檢的事？」年羹堯最不耐煩拉錫說話，見他開言，不免又起心頭之火。正要再爭，就聽外頭來報，說將違禁的物件已經抄得了，請欽差大人過目。拉錫點頭，就有八個人抬上四個硬木大箱子打開，裡頭除了黃綾所覆御賜物件，還有數件四開衩衣服，並杏黃、鵝黃、金黃各色荷包、腰帶等物橫陳。拉錫取出一件看了看，沉臉問道：「你不過一個公爵，擅用黃色，是怎麼說？」

「蓋綾子的是皇上賞賜，另有在京時諸位王爺給的，哪樣是誰，我對不清了。」

「就沒有你私造購買的？」

「有。」年羹堯呵呵一笑，隨性答道，「這就是我一條罪罷。」

「你倒實誠。」拉錫又抖起一件衣服來，問道，「這件四開衩的袍子，又是為什麼？皇上先賜過你四開衩朝服*，難道也賜過便服？」

「便服不曾賜過，只是拙荊是宗室格格，大人不見京裡眾位額駙都肯穿四衩的袍子？」

* 清代輿服制度中，宗室的袍服可以襟開四衩，普通官員只能開兩衩。

「這我倒不曾留心，就由你刑部去辯。」拉錫不肯同他鬥口，只拿眼睛去看那些箱子。他將黃綾所覆之物輕輕搬開，就露出箱底一隻成色上好的翡翠鐲子，卻並未覆黃。拉錫將那鐲子拾起來，上下看了兩看，問道：「此物想必也是內廷珍玩，既不是御賜，可是你自己採辦的麼？」

「這是我妹貴妃之物，賞給小女作妝奩。」

「哦？兄臺家是哪位小姐于歸？刑部所開拿獲人口中，並沒見已嫁之女。」福敏聞言一皺眉頭，目光瞟向年夫人身後幾位閨閣小姐，除了一個約有十七八歲，其餘盡在笄年之下。正要再問，就見年羹堯指著那年長的道：「長女已配了衍聖公府四公子，大定都下過了，京中親友盡知。」

「各位恕我是個粗人，衍聖公家，是不是廣東孔制臺的同宗？」拉錫見福敏不語，卻自笑起來，邊把玩那翡翠，邊向福敏問道。

「不錯，孔制臺是衍聖公的堂叔。」

「那就是了。我出京時皇上有口諭，說前有兩廣總督孔毓珣的摺子，衍聖公府已經和年家退了親，又奏年家嫁妝豐厚太過，必定是貪墨所得無疑。我心裡也說，人家是聖人之後，什麼好親事說不成，哪有和罪臣結親的道理。」

「竟有這樣事？」年羹堯聞言大驚，再看夫人時，見她默而垂首，泣不成聲。後頭年小姐咬了咬牙關，站前一步，向她父親道：「孔家已來過人了，趕父親病著，沒敢回稟。這都是女兒的主意，並無母親、哥哥的錯處。」

年小姐這番話畢，竟連福敏也不免敬佩起來，點了點頭，不待年羹堯發怒，自彎下身去，將幾個箱子一一蓋上，向拉錫道：「既然要緊的東西都看過，家中也沒有已嫁之女、寄宿親友可以開釋，今天這事就算料理了大半。還請欽差大人帶了帘工並子弟、家人去審，內眷先寄在內城舊倉裡，不許驚擾。這裡細物查抄之事，就由巡撫衙門暫且處分，待開列過清單，再請大人奏上。」

「就依大人。」拉錫今天幾回吃了年羹堯的氣，都叫孔家這件事一舉賺了回來，心下十分得意。抬手朝福敏、鄂彌達兩個一抱拳，就將年家主僕老小該鎖的鎖，該枷的枷，一路長長的隊伍，押往將軍衙門去審。

待福敏將杭州各處年宅查抄清楚，拉錫便按旨意，先將年氏眾家小押解回京。那年羹堯自西安來杭時，家人千餘，大船三四十只。至此大廈傾覆，飛鳥投林，同押進京的，只剩妻妾子女近身僕人幾十口，分作三船，由旗營官兵押解北上。至於年羹堯本人，則由拉錫獨個帶著，三天之後，偃旗息鼓，悄然離了杭城。那日夜宿江陰，拉錫接了京中家信，說是愛妾新誕下一個男孩兒。拉錫一路心焦，至此喜不自勝，遂命家人在河次上放炮慶賀，不妨遇著鄂夫人生產，又叫年羹堯揶揄一通。拉錫雖然怒極，只礙著年氏罪名未定，貴妃宮中尚在，也只好暫且忍耐，待回京去，再做主張。

拉錫江南一趟要差回來，就發覺京城官場的氣息已經大變了樣。上至王公貴戚，下到雜佐吏胥，人人面上嚴正，腳下奔走，都是忙忙碌碌的樣子。實因目下有四件大事，件件叫人勞神。一是年羹堯捉拿逮京的消息已經先到，刑部大牢虛席以待不說，內閣六部也都接到聖諭，群僚各懷心事，預備廷議上的說詞來定他的罪。二是先帝、太后的喪期已經過去，皇帝要補行立后冊妃大典，這是今上登基以後的第一次吉禮，禮部、內務府等挨得上的衙門自然忙碌異常。三是秋天直隸大澇，京東、京南幾十個州縣都付於汪洋，數十萬災民湧向保定、天津、正定的府城，連京師裡投親、乞討的饑民也日甚一日。眼看孟冬將至，天氣寒冷，順天府的粥飯施捨不及，街巷角落裡，就漸漸多了餓殍。再者國家財富仰仗東南不假，可八旗生計則大多倚賴於畿輔，如今收秋糧的日子到頭，眼見無數官田、旗地絕收短歉，在京城裡高坐的八旗子弟們不免蠢蠢難安，四處託人，欲請朝廷多發賑濟。四是眼下各省督撫走馬換將甚勤，幾路陛見的大員先後到京，許多待銓的新進、冷灶的京官，不免蜂擁鵲起，輪番打探門路，以求升補外放。

這一應督撫中，最顯眼的是新任閩浙總督高其倬。浙江是富庶所在，高總督又有聖眷，是以他才過了保定府，就接到無數京信，託他舉薦差事的委實不少。高其倬是個老成持重之人，接了信既不曰可，也不曰不可，而是一概拿著去問夫人的主意。

高其倬字章之，是漢軍旗下大族子弟，他十九歲就中進士、選翰林，所以年輕時也叫最有慧眼的大學士明珠看重，嫁以孫女，和年羹堯成了連襟。後來元配亡故，高才子人到中年，又娶了好友蔡珽的小妹為繼室。

蔡家小妹閨名蔡琬，字季玉，其貌麗才清，工於應對，是當世閨閣中第一等人物。至於這位閨秀的來歷，就更是奇特。她的父親蔡毓榮是康熙年間的重臣、平定三藩的名將，曾先率大兵克復昆明，而後就任雲貴總督。蔡毓榮的才能甚著，卻不合有個好色的毛病，他早聽說吳三桂有一寵妾，諢名八面觀音，美豔冠絕天下，待入吳府一見，果然名不虛傳。忘情之下，就將此女收入私宅，後來誕下一位女公子，就是蔡琬。

蔡小姐容貌隨母，性情則肖其父，更兼幼讀經史，遍覽山川，雖有傾國之姿，卻無脂粉之氣，是位見多識廣的女中豪傑。高其倬自己雖是個少年得志的才子，及娶了這位夫人，就自認氣短識拙，是以內閫家政全權託付，衙門公務言聽計從，甚至一應要緊奏牘、酬應筆札，也多勞夫人代筆，且逢人並不避諱，使得這閨閣佳話天下皆知。

今上在潛邸時，曾久聞高章之的大名，不過礙著皇子不能結交大臣的戒律，不便與之來往。康熙末年，高其倬外任廣西巡撫，後改雲貴總督，邊陲遠地，數年不曾回京。皇帝每見他的摺奏穩重，書法宛轉，心中愈發賞識。只是聽人傳言，說這位高總督樣樣不錯，只有「懼內」兩個字出奇，不但家事任夫人所為，連要緊奏疏，亦皆夫人代筆。皇帝不喜官員受制妻孥，聽見此說，不免就上了心。是以故作閒筆，去問同在昆明的雲南鹽驛道李衛，叫他細探高其倬的為人行事。

李衛仗著戶部司官出身，又得允祥的青眼，自入滇境，就不把同僚上司看在眼裡。他不過一個道臺，竟是先告臬司、總兵的刁狀，又徑呼總督、巡撫為老高、老楊，潑賴爭強，連皇帝也要罵他「羞不羞」。不過他任事甚有擔待，政務又很熟悉，終歸能得天子的信寵，這也使得他越發驕橫起來，凡有同僚不遂心意，不但抬筆就參，還另外作書一封送到怡王府，來個雙管齊下。

高總督早年白面書生，也是個玉立頎長、眉清目秀的人物。只是素喜讀書，中年以後公務又繁冗，因此落下眼病，看人看物都覷著眉目，讀書寫字也幾乎要將紙貼在臉上。他是兩省的長官，莫說眼病，就是缺了胳膊少了腿，照理也無人多言。不合與這個促狹鬼李衛同城辦事，就要受他的嘲弄，被他笑話「精光四射」。有時群僚會議，高其倬說著話，他就敢擠眉弄眼與人努嘴兒調弄，惹得眾官欲笑不能，不過弓腰駝背強忍而已。

不但如此，李衛為了討皇帝的好，還在總督署裡安插了探子，將些陰私密事一併奏上。皇帝好奇心盛，見他寫得有趣，就起了親自驗證的心。適逢高其倬進京陛見，自他進殿行禮，御座上的皇帝就不錯眼珠瞧著他，待他叩頭直起上身，便看他細眉長眼，面目可親，雖然神情肅穆，卻是個笑佛模樣，大約年輕時的氣宇，倒和尹繼善八分相似。皇帝心裡先罵李衛胡亂編派，再欲說幾句問慰的話，不料言尚未出，就見高其倬將雙目狠擠了擠，果然放出「精光」來。皇帝吞聲一笑，忙又輕輕一嗽，問道：「你這一路實在很遠，沿途各處還安靜麼？」

「蒙皇上洪福庇佑，沿途各省俱都安靜。」高其倬看皇帝面色和悅，心裡也少了惶恐，一個沒留神，就又擠了擠眼睛。幾句客套說罷了，君臣就談起公事，從苗瑤土司到軍餉協濟，由鹽茶銅馬到地丁錢糧，幾將雲貴兩省的用人行政、軍民兩務說遍。高其倬到底是五十幾歲的人，又在外頭諸侯一方慣了，這樣長久跪著，便覺腰酸腿軟。眼見皇帝沉吟不語，以為他再沒有話要問，一時心中暗喜。不料才一疏神，就聽皇帝忽然說道：「你差事辦得不錯，不過——」話未說完，就指著御座前站班的侍衛，向前努嘴兒。兩個侍衛答應一聲，幾步下階走到高其倬跟前，不等他回過神來，便道：「奉旨，著高總督褪去上衣！」話音一落，就有人抬手去解他的朝服紐子。

高其倬滿心都是公事，哪曉得這是做甚，當即驚呼一聲用手去攔。另一個侍衛見他抗拒，就一彎腰，按著他的肩半壓在地上。高其倬原本不認得皇帝，單聽人說他喜怒無定，雷霆發作時，好驟然加罪大臣，遂不免大驚大駭，實不知緣何得罪，竟至於當殿用刑！一時天旋地轉，不能細想，更兼腰臂吃痛，只好任人擺弄。兩侍衛將他袍服、中衣層層褫起，卻無繩索相加，只有一人摸了摸他身前生出的駢肉，就笑嘻嘻站起來稟道：「高總督胸前是生了老繭，倒有半寸來厚！」

「果然李衛沒有誑語！」皇帝一聞此言，便拍案大笑起來。他擺手叫兩名侍衛退去，又向高其倬笑道：「人言你有懼內之病，自己圖受用，平時公事書啟都由堂客處置。我聽了不信，就問李衛。李衛倒是向著你，說你素日勤勉，案牘勞形，不但累壞了眼睛，連胸前的繭子也磨出來。今兒當堂一驗，確乎不假。」皇帝邊說邊笑，即見高其倬滿頭大汗，驚恐難消，又忍笑撫慰道：「你和李衛同僚三年，自然知道他那些不登大雅之堂的本事。你是持重君子，不必同他計較，再說要不是他，又怎麼成全你的公忠之名呢？」

高其倬聽著皇帝笑語，暗罵李衛光棍無賴成性；無奈皇帝替他說項，也只得連連叩頭稱是。皇帝見他懇切，心中歡喜，又道：「蔡珽的氣度很好，想必你的夫人也與他相近。過幾天是立后大典，皇后跟前的引導女官，向來從內務府命婦裡選出，這些婦人知書達理的甚少，侍奉大典怕不相宜。可巧你一家進京，不如就叫你的夫人去，一切禮儀，著她先到宮裡學習，也算你們郎舅兩個勤謹辦事的體面。」

「臣代拙荊叩謝皇上聖恩！」才有潑天之驚，又逢意外之喜，這一陰一陽的，直把高其倬鬧了個懵懵懂懂。待皇帝命退，他就糊里糊塗叩了幾個頭，張張皇皇辭出殿去。

第五十六章　引玉

高其倬才在殿裡慌張，袍帶衣襟不過隨意掖住，這會兒天氣寒冷，他一身補服頂戴，卻是珠歪領斜，胸前鈕子張三繫著李四，一路跌跌撞撞往外急走，欲尋個僻靜所在收拾齊整。哪想剛出養心門，就和兩個人迎面撞見。走在後頭的他倒熟悉，是早年在翰林院的舊相識，如今的戶部侍郎蔣廷錫。前頭的四十歲上下，腰繫金黃玉帶，正是怡親王允祥。高其倬看著面熟，可他離京日久，實記不起是哪位王爺貝勒，只得側身讓出路來，低著頭沒敢言聲。

「是——章之兄？」他那廂正待蒙混過去，卻擱不住蔣廷錫的眼尖，開口就叫他的表字。高其倬萬般無奈，只好抬起頭尷尬招呼道：「西君兄久違了。」見兩人都緊盯著自己驚異，便紫紅了臉，朝前頭的允祥草草打了個千兒，就搶步趕出去。二人瞧他這遭賊劫似的模樣，俱都啞然失笑，正要議論兩句，就見裡面一名侍衛出來催促，遂不多談，各自整冠進到養心門內。及走至廊下，就聽殿內傳出陣陣笑聲，又復報名進去，就見皇帝歪著身子，伏在寶座的左迎手上笑不住聲；一旁侍衛內監，亦無不掩口捧腹，欲強忍而難抑。二人不解其意，只好照例行禮。皇帝拿茶水狠壓了壓，才笑道：「你們進來瞧見高其倬沒有？」

「見是見了，可他——」

「好好，咱們先說正事。」皇帝又是一番忍俊不禁，卻不接話，咳嗽了兩聲換作正經神情，一抬手，殿內便又鴉雀無聲。待無十之人魚貫退下，皇帝才開口問道：「直隸發賑的事，你們部議如何？」

允祥聽問政務，也自正色起來，一躬身道：「部裡先議了照例，由直隸總督責成各州縣勘災審戶，確查明白，或從直隸各倉發賑，或再請旨撥發庫帑，遣臣部司官辦賑。昨天臣見著司稿，又和幾位堂官商議，想著直隸近在輦下，又是八旗生計所在，終究與別處不同。今年的水災太大，荒歉太重，恐非直隸總督可以經理。再者京東京南幾條大河決口，辦賑之外又有修理河工的事，還礙著許多皇莊旗地，若不欽派重臣悉心查勘，一體籌劃，只怕不能妥協。只是茲事體大，又不單是戶部的干係，臣想先面奏請示聖意為是。」

皇帝聽罷點了點頭，自從寶座上站起身，踱了兩回步子，又憤憤道：「皇父最重京畿，年年親自去看永定河堤工，咱們也都跟著，修堤的銀子花得海淌一樣，照舊一澇就決堤。可知那一干人都是當面欺君！」皇帝說到此處，面目愈覺嚴峻，問道，「這件事頂頂要緊，你看誰去最好？」

「京畿是國本，皇父耳提面命屢有教訓，臣欲親往，只是沒有先例，不敢妄奏。」

皇帝早有此想，也知道他所說的，是除了領兵打仗、祭祀行禮之外，沒有宗室親王獨個出京辦政事的先例，遂開懷笑道：「皇父連年巡視京畿，檢閱營伍，體察民情，我原該亦步亦趨才是。可現在出京不便，本想叫你代我去，只恐你的身子弱，數九寒冬的受不了這份操勞。既然賢弟當仁不讓，那就再好不過，還拘什麼例。」說罷又看了看蔣廷錫道，「你們是商量好了同去？」

「是，正要請旨。」

皇帝素知他們一搭一檔相處得好，且蔣廷錫早年在南書房時，亦常隨先帝巡視河工，故而有此一請。可略一思量卻擺手道：「部裡的事也要緊，況且——咳，就先說了你們也不會洩露，明年會試想點了他的大主考，那還是不出去的好。」

蔣廷錫聞言心下大喜，忙伏地叩謝。允祥也替他高興，自然改口笑道：「那還得皇上另賞個得力大臣幫襯才好。」

「就朱軾罷，他是鄉裡的秀才，做知縣的出身，下情最熟，不會叫人蒙哄。再叫他從翰林院裡挑兩個明白人同去，歷練些辦河務的人材。」皇帝說定了此事，心裡踏實不少，轉臉又向蔣廷錫道，「你們部裡先擬一道本遞上來，就從天津截漕十萬石，挑顆圓粒大的，或發賑或平糶，交給直隸總督分派，所有使費，戶部先奏先銷，不許耽擱。至於王子何時去，等欽天監看了日子再說。」

蔣廷錫應聲一諾，自先跪安退去。皇帝鬆泛了身子，方對允祥道：「昨兒年羹堯到京，你曉得罷？」

「是，今兒一早正瞧見拉錫。」

「先前各地督撫大臣的本章，年羹堯的回奏，還有刑部所審的許多口供，都已經發到內閣，等九卿再會議過，這差不離了。」

「是，臣先同朱軾從容計議，等著九卿會議過了，再出京去。不過，怕就不能陪著皇上過年。」

「你先去看看災情，其他的事不急，年還是回來過得好。」皇帝的聲音很沉悶，這幾年他們兄弟事事倚仗慣了，趕上這樣緊關節要時候，卻不能一處商議，心裡頗沒有著落。允祥無可安慰，也只好連連答應了，又笑問道：「才皇上那樣的興致，是為什麼事？」

「不說也罷，叫你笑話童心未泯。」皇帝聽這一問，不由大樂起來，嘴裡說著不說，到底又忍不住，一手拍腿笑道，「你才見高其倬什麼樣？」

「像是遭了劫，連句話也沒有就趕著出去。」

「這都是李衛的手段！」皇帝洋洋得意，邊抽出一件摺子遞過去，邊把方才的所為繪聲繪色講了一遍。允祥一下子嘴張得老大，想想高其倬去魂落魄、受驚小媳婦的模樣，就再顧不得什麼君前失儀，也自笑成一團。

一應公幹完畢，允祥打轎回府去，更衣吃茶稍歇片刻，便吩咐人道：「去知會福晉一聲，就說我要出外差，一兩個月的光景。請她把貼身的東西拾掇出來。」傳話的人入內未久，就有福晉跟前的女同來回道：「福晉留客用晚點，請王爺稍待。」

「什麼客留這麼晚？」允祥抬眼看看自鳴鐘，已經過了申時，心裡頗覺詫異。怡親王福晉生產剛出了月子，她已是近四十歲的人，唯恐產後調理不周，所以近來十分小心，每天早食早睡，即便見客，亦不過午，不知今日何以破例。允祥這邊隨口一問，那丫頭倒生出許多興頭，笑嘻嘻稟道：「是新任閩浙高總督的太太，福晉愛她會說話，十分待見。」

允祥想起高其倬的窘態不覺莞爾，先打發了使女回去，待天色漸暗，才慢悠悠進了內院。福晉頭戴貂皮抹額迎出來，撫鬢笑道：「下晌有客來，耽誤王爺的事了。」

「那倒不要緊，只怕你太勞乏了。」允祥進內落座，就見炕桌上放著一張精緻拜帖，外書「妾高蔡氏端肅斂衽拜」，內則一筆端秀小楷，詞藻工致，看得允祥連連頷首道：「果然是位才女。」

「何止才女，還最曉事，模樣更不消說，三十來歲的人，倒像二十五六歲似的。」福晉斜倚在炕桌上，一面稱讚蔡琬，一面掩口笑著打聽，「不知那位高總督的人物怎麼樣？跟這個妙人兒般不般配？」

允祥原本接了熱奶茶要喝，乍聽這話，手一抖，半燙的汁水就濺出來滾在手上，嚇得捧碗使女「哎喲」一聲，忙跪下請罪。允祥心緒甚好，也不責怪她，先擦了擦手，而後笑模笑樣，連比帶畫，說書先生一般，將高其倬如何年老近視、如何精光四射、如何胸前有繭、如何叫皇帝勾結了李衛當殿驗看諸事，一一道來。他慣來的好口才，內闈閨房之中，也曾揮灑調笑，只如今年長位尊，愈重規矩體統，就少了這般舉動。一旁伺候的大小僕婦丫頭，從不見他如此詼諧，一時眼界大開，都用帕子捂嘴笑得顛三倒四。福晉靠在一旁，更是手按著肋骨痛笑不止，若不說是皇帝做的，早就要笑罵這欺人太甚的促狹鬼兒。待他說完，眾人又笑一陣。福晉則不免嘖嘖嘆道：「好可憐見的美人兒，怎麼就嫁了個老頭子！」

「誒，話不是這麼說，高章之可是二十不到就選翰林，蔡家罪臣之後，當年也算高攀。」

「這樣出眾的閨秀，必定是好家教，怎麼又成了罪臣？」一眾女人叫允祥說得興起，連捧茶捶腿的小丫頭也伸著脖子傻樂。福晉一個多月悶在屋裡，正不耐煩，這會兒精神甚健，一意拉著他再說。允祥挨不過她苦求，便將當年蔡毓榮與國舅佟國維結怨、獲罪發遣的舊事隨口說了幾句，末了又道：

「我生得晚，不過聽宮中混傳，說當年皇父見押來的吳三桂內眷裡有個叫四面觀音的是絕色，就問：『像你這般顏色，吳邸還有麼？』那女人回說：『另有一個八面觀音，強我十倍。』八面觀音從此就得了大名。你見的高家太太是她親生，容貌自不必說。」

福晉聽戲文一樣嘆兩聲：「可惜了功臣成罪臣，要是沒有家變，很該配個年貌相當的才子，就是小尹那樣的最好。」

「要不是罪臣，少不得大挑記名。」允祥說著話，又拿起那拜帖看了看，也隱約傾慕起高夫人的才貌來。但他嘴角才微微一翹，福晉就看個正著，當即揶揄笑道：「看她的年紀，就算選秀大挑，也挑不到王爺跟前了。」

「這也太沒正經，人家是大臣的內眷！」允祥叫她說得臉紅，再看一旁丫頭們俱都竊笑難掩，不免乾嗽嗔怪，又正顏道，「我同高總督沒有交情，他夫人來見你，為什麼緣故？」

「說是有旨點了她作立后大典的引導女官，和我來請教。我說這倒不巧，我剛出了月子，大典上能成禮就不易了，怕幫不上別的忙。不過也勸她放寬心，皇后主子最厚道，從不肯難為人。」

允祥聞言心裡一動，只說他的四兒真好城府，竟將蔡氏捧得如此之高，遂微笑點頭道：「那倒是很體面。」

福晉哪知道這許多內情，只按著自己的肚子笑道：「一個多月沒出門，也該去見見風，不然都生了蟲了。我才答應她，明兒也進宮去，帶她一起拜見皇后。」

「也好，你替我請皇后的安。不過——要是那位才女子問起年家的事，你可得小心敷衍。」

說來高其倬和允祥原無交道，高夫人前來，是出於乃兄蔡珽的託付。蔡季玉從小沒有父母，一切教養、擇嫁，都是蔡珽一手操辦，所以視兄如父，情誼最為篤厚。當日高其倬入宮覲見，季玉便回娘家看望兄嫂。開頭各道思念不提，說著說著，就說起上年蔡珽在四川，如何叫年羹堯排擠參奏，如何入獄，如何枷鎖進京，如何抄沒家產，如何擔驚受怕的事來。一邊說，一邊自然免不了傷情哭泣。

蔡珽素知妹妹不是尋常女子，不但高家的家事可以全擔，就總督衙門的公事，十成裡亦可決其五六，所以就將自己與年羹堯的過節一一道來，說到動情處，不免涕泗交流道：「要不是皇上隆恩，洞察年羹堯有大逆之心，當殿把我赦出來，咱們兄妹就再無相見之日了。」

季玉性雖剛毅，聽著兄嫂受苦，豈有不心疼之理。且她幼年曾遭家變，最怕想那婦哭孩啼、披枷戴鎖的慘狀。再者年羹堯統領大兵、節制四省時節，高其倬名義上雖是雲貴兩省的長官，實則也要聽他調遣。二人同為總督，年羹堯卻事事居高臨下，高其倬是寬厚人，倒還不覺怎麼，季玉慣來爭強，每每就要生氣。幾下裡湊在一處，叫她如何能不怨恨年氏？是以邊拿帕子擦著眼淚，邊咬了銀牙怒道：「果然天子聖明，不叫咱們家又遭人的陷害。」

蔡珽一行哭罷，又破顏笑道：「好在一片烏雲散盡，愚兄也有出頭之日。這回章之也改了閩浙要缺，父親地下有知，必定替咱們歡喜。」

一家人正說著話，就聽外頭管事家人來報，說姑老爺府裡來人，有要緊事回稟姑奶奶。待高府家人進內，先滿面春風朝上磕了兩個頭，方道：「才老爺進宮領了旨回家，說萬歲爺金口玉言誇獎老爺、舅老爺辦差勤慎。又說過兩天冊立皇后大典，欽點了太太掌管皇后跟前一應禮儀。特來向舅老爺報喜，也請太太早些回府，一同商量。」

蔡珽聞言，自然大喜過望，忙命人排下家宴慶賀。三杯飲過，季玉就要拜辭。蔡珽知道她心急，也不肯多留，只囑咐道：「賢妹這回入宮，一來襄辦大典要緊，二來愚兄有事，還需你幫著打聽。」

「什麼？」

「一是年貴妃如今的聖眷怎麼樣，二是怡親王於年案到底是何意見。」

「貴妃的聖眷，入宮自然就有風聞。怡親王那裡哥哥身為大臣尚且不知道，宮人怎麼會知道呢？」饒是季玉聰明，到底搖頭不解。卻見其兄詭祕一笑，向東指道：「妹妹入宮謁見鳳駕前，先到王府去討福晉的歡喜，有些話，日後就好說了。」

到了進宮之日，季玉一早按品大妝，先乘了小轎，帶著四個僕婦，到神武門等候。過了小半個時辰，才見東邊怡親王福晉的暖轎前呼後擁緩緩而來。待會齊了，又乘轎到了貞順門外，隨後同往皇后居住的鍾粹宮走去。福晉是頂有臉面的人，鍾粹宮既得了她來的信，便有管事宮女先候在東二長街，迎著笑道：「小半年沒見，奴才們借著小阿哥討賞呢！」

怡親王福晉四十得子，宗親裡早傳為佳話，她自己亦深為自矜。這會兒聽見宮人奉承，心裡自然高興，偏臉往後頭一看，就有跟隨的使女拿出賞錢，宮人們各說了許多道謝的好話。又瞧見一個從未謀面的嫺靜美人兒站在福晉身後，遂有為首的大宮女目視笑問：「這位太太倒沒見過，敢是您的妹子麼？」

「好巧嘴，我哪又冒出這麼俊的妹子來！這是高總督的太太、蔡尚書的妹子，趕明兒主子的大禮，就是她的引導，你們瞧著可好？」

「敢情好！正是萬歲爺記掛我們主子的體面！」

「總得比翊坤宮的體面才好。」幾個宮人一連聲稱讚季玉，不合有一個嘴快的，就說出與貴妃攀比的話來。怡親王福晉全似沒聽見，只拉著為首的閒問皇后起居，一路說說笑笑，進了鍾粹宮的院子。季玉因是初來，只在外面等候。福晉進去行過禮，又替怡親王問了安。皇后站起來含笑答應著，又走到跟前用手按住她的腰身，環視眾宮人道：「看看，這都第幾胎了，還這麼苗條！」

福晉見眾人嘰嘰嘎嘎笑成一團，自然也紅著臉笑起來，先說了幾句小阿哥平安託福的吉祥話，又說自己帶了欽點的大典女官來，是閩浙總督的誥命，正在外頭等候懿旨。

「哦！就是那個觀音——」皇后張口就要說出「八面觀音」來，叫福晉輕輕一嗽，才掩口笑道：「這可是個有名的人，快叫進來我瞧瞧。」

一時就有宮人引著蔡季玉進來。因是初次覲見，她故而行全了跪拜大禮，又依著皇后的話向前走了兩步，稍一抬頭，便露出新月眉、杏核眼、櫻桃唇，顯出格外的秀麗。更難得的是舉手投足神清氣定，全沒有尋常命婦初來乍到的局促。皇后將她上下打量了兩回，就不住稱賞道：「難怪人說，還真是大家氣象。」

第一眼看得投緣，後頭的話自然好說，何況蔡季玉是最見世面的女子，要論眉高眼低、接談應對，就是仕宦短些的男子也斷不能及。是以不大工夫，便使皇后再不拿她作外人看待；又為說話便宜，就命人賜了座位。季玉幾回推說不敢，到底卻不過，只好斜簽著坐在怡親王福晉下頭。

一行用過午膳，皇后叫季玉先送福晉出宮，再回來學習規矩。二人一路又說起冊封大典諸事，季玉便問妃嬪公主們行禮的儀注，又特意提起年貴妃來。福晉因有預備，幾次避而不答，待送至貞順門，就自上轎回府不提。

季玉送了福晉，又往鍾粹宮返。不料尚未進得院門，就聽影壁牆後頭兩個小宮女偷閒聊天。一個人興沖沖的，說起皇后宮裡來的總督太太如何俊俏，又有學問，描得繪聲繪色，像她親眼看見一般。另一個先不應聲，末了卻搭腔道：「這有什麼，才給我們姑姑拿帕子時瞧見，美是美，可眼角裡都透著瞧不起人。就算是總督太太，在宮裡也不頂什麼，何苦傲得這樣？要說有才，還能比得過貴妃娘娘？要我看，就論美，也比不上。」

蔡季玉自出娘胎，就無人不誇她美，待至長成，又有文姬、道韞之名傳布士林。于歸高氏不幾年，就隨夫外任，主政一方，那一省文武官紳的內眷，自然逢迎推戴唯恐不及，何曾有人另置異詞。故而她的自視極高，面上雖有禮貌，內裡從不作讓人之想。乍聽這樣的議論，心中不免冷笑，暗想那年貴妃不知何樣的佳人，值得這樣吹捧，早晚也要見識見識。

轉眼離冊後大典只有四五天光景，眼見出宮之日將近，季玉受了其兄託付，卻未得時機去見貴妃，不免有些心急。這一天正陪皇后在御花園散步閒談，忽然得了一個主意，便上前道：「主子宮裡的各款各目都已經預備妥當，倒是各宮妃嬪受冊寶，和向皇上、皇后行禮的事，主子也要有底數才好。」

皇后這幾天處下來，深感季玉慮事周詳，心裡格外看重。聽她一說，就停下步子笑道：「這些事外頭有禮部安排，裡頭有內務府布置，各有各的例，原不犯著咱們操心。」

「衙門歸衙門，例歸例，雖說各有執掌，可主子到底是中宮呢。」季玉穿一身新做的猞猁猻松花緞面小皮襖，在殘雪裝點的御花園裡，顯得格外光彩照人。此時粉面含笑，斜側裡虛攙著皇后，滿是貼心貼意地低語道：「若在別處，這些事件件都要當家太太來管。這會子朝廷雖替主子省心，到底也要問問，才顯主子的體制尊貴。」

「有你這樣的太太，高總督真是福氣！」皇后叫她捧得高興，輕輕一拍她的手背笑道，「我一貫怕麻煩圖省事，可沒有你這樣精細。可你說得也在理，別處不說，單就翊坤宮，還怕她的身子受不來呢。也好，別的宮裡另叫人去問問。翊坤宮那裡，就辛苦你去罷。」

第五十七章 營田

且說貴妃自那日大病一場，就再沒見過皇帝，連福惠阿哥也不再來，說是怕吵吵鬧鬧的，耽誤她養病。她曉得皇帝不肯相見，是不願意提及年羹堯的事，又盼望自己絕娘家而親君上，安生做個賢妻良母。可父兄之情，哪是說割捨就能割捨的；她連喪二子一女，膝下只有福惠一個嬌兒，近在咫尺卻不能見，怎不似剜去心頭肉一樣難過。每日裡空洞洞睜著兩眼，由晝及夜，由夜及晝，越發水米少進，形銷骨立。見她這樣難受，夏天兒幾個只好輪番相勸，說：「咱們二舅爺如今再指不上別人，唯有主子您，還能一靠。」貴妃聽著這話，不過苦笑，心知皇帝心冰意鐵，再不能改變，只是深感眾人的好意，勉強聽從將養而已。

一氣養了月餘，仗著年輕，又有好醫好藥，總算能夠行動不要人扶；且因時近大典，又有許多儀注要學習，便漸漸地有心旁騖，不再苦想家事。宮人們見此，自然都很歡喜，正琢磨如何引著皇帝來解她心裡的扣子。就見一個養心殿的首領太監把個封條裹住的首飾匣子交來，又傳話道：「這是杭州抄出來的貴妃娘娘的東西，請主子收好了。」貴妃拆開一看，正是昔日贈與侄女的嫁妝。她冰雪聰明的人，一見此物，登時勘透了，一注淚水傾瀉而出，任誰也勸說不住。

又鬱鬱寡歡了幾天，就聽報說皇后遣人來看。貴妃先要親迎，卻叫夏天兒攔住，自己走到宮門外向季玉道：「我們主子實在欠安怕風，請您進去說話，或是由我代為答應可成麼？」

「那就勞煩姑娘。」季玉含笑點一點頭，先問了幾句翊坤宮預備大禮的話，夏天兒一一答對無誤。不想季玉又問：「現在貴妃連皇后娘娘幾句懿旨也不能聽，大典怕是也不能成禮？」夏天兒叫她問得語塞。季玉卻不理會，另從小宮女手裡取過一張灑金拜帖來，笑著交與夏天兒道：「外官愚婦，久慕娘娘淑德懿範，原有請教之心。既然尊體欠安，也不敢攪擾，還望姑娘代為請安。」說罷蹲身一禮，就要回去。夏天兒也是個伶俐姑娘，聽她這幾句場面話，雖挑不出毛病，可總覺得和旁人大不一樣。她回過神來正要以禮相送，就見裡頭急匆匆跑出一個小宮女來，看著季玉問道：「請問這位太太，是高總督的夫人不是？」

「正是。」

「我們主子說，久仰太太的芳名，請進去說話。」小丫頭背書般說了這句話，就同夏天兒一起，引著季玉進到貴妃起居的後殿。待貴妃先問過皇后的安，季玉便移到下首款款而拜。拜罷抬頭去看，只見眼前的年貴妃印堂晦暗，眼圈紅腫，一身素緞弱不勝衣，實在是久病纏綿之相；只是眉宇間仍有一股安詳溫柔，不減閨秀氣象。貴妃命宮人等拾掇茶點，又向季玉笑道：「多禮了，請坐下說話。夫人賢名遠播，我早就想一睹尊顏，今天十分有幸。」

季玉見著貴妃真面，就道那背後論人的小宮女何其糊塗，這樣一個病秧子，何以說得上美來？推而論之，以色侍人者，色衰而愛弛，那李夫人傾國之姿，膏肓之日，尚不敢使孝武皇帝見她的面目，又何況如今的年貴妃。她心裡想著，臉上卻仍帶出恭敬的笑意，遜謝道：「臣妾幼失怙恃，又流離邊地，不過隨同兄長識兩個字而已，娘娘謬讚了。」

「夫人也太過謙了。夫人詩文雄健，不讓鬚眉，凡是閨閣裡念過書的，人人都要稱讚。」貴妃與季玉年紀相仿，又同在漢軍旗下，所以早見過她的詩作，且知她自幼遊歷四方，心裡暗自羨慕，只說自己及笄之年就嫁給雍親王，朱門一入深似海，再也沒有這樣的見識。此際見著季玉本人，貴妃確是真心喜悅，邊說著話，就叫人從暖閣裡捧出一個錦匣來，親手打開，盡是些帶墨蹟的花箋。貴妃略翻了翻，就從中取出一張，笑道：「這些年閒來無事，抄錄了歷代閨閣詩文賞玩，或是教讀公主格格，其中就有夫人的大作。」說罷將箋紙遞給夏天兒，命她拿給季玉去看。夏天兒原不喜季玉高傲，見貴妃面露歡喜，如遇知音，也不覺改了成見，笑嘻嘻拿著走到季玉跟前。她正要說幾句討喜的話，卻見季玉將那墨蹟一掃，當即就沉下臉來。

箋上所抄的是一首七律，名叫〈關鎖嶺〉，詩曰：「山從絕域勢遙分，天限西南自昔聞。烽靜戍樓狐上屋，風喧古木鶴驚群。橫磐石磴危通馬，深鎖雄關冷護雲。叱馭升平猶覺險，揮戈誰憶舊將軍。」

此詩雖是季玉隨高其倬入滇途中所作，實喻昔年平三藩時，其父蔡毓榮揮師南下的氣魄。季玉幼時即遭家變，一門老小獲罪出滇，途中父親聽她哭鬧，就親自抱著她，給她講解沿途的山川關隘，哪裡曾屯過兵，哪裡曾打過仗，說著說著，就將她的哭聲止住，甚至笑著去擺弄父親項上的鐵鍊。直到懂事之後，那一種山水迢迢的艱辛，前路渺渺的焦灼，才又從腦海中翻出，成了她不能抹去的痛楚。而將這半生的大喜大悲、心旌難平拋灑出來，便成就了她的詩情與志業。今在深宮中見著此詩，又想起兄長蔡珽與年羹堯的仇隙，並他被逮出川時的狼狽，季玉心中即大不悅，但又礙於身分不能發作，遂低垂著眼瞼，淡然道：「自古文章憎命達，好搜羅的卻是富貴人。臣妾這一寫，娘娘這一抄，就見著命裡的天淵之別。」

貴妃素日仰慕季玉的清才，雖無緣相見，卻暗地裡推為知己。她今天原本身乏力怯，懶於待客，可一想著是季玉來，就命人請來相見。不想才一說話，就看出季玉的冷淡，再談詩時，竟然變顏變色。貴妃並不知道蔡家的舊事，只隱隱聽人議論過年羹堯和蔡珽的爭鬥，方才忘了這一節，現在想起，便自覺失口。她正思量如何彌縫，季玉又徐徐道：「若說境遇，先父與貴妃的令兄，倒很相像。先父當年統大兵、臨絕域，收復再造之功，並不下於年大將軍。到頭得罪了貴戚，也不過如此。娘娘朱門秀戶中玩賞此詩，賞的是嶺外風光、山川奇絕，怎知臣妾吟時，想的是功臣難為、家亡人散呢。」

季玉話說至此，就見貴妃的面色慘白，抖如篩糠，她心中頓時湧上許多古怪的念頭，不知是稱意還是悵惘。那廂夏天兒雖不明白她題中之意，卻很氣她的咄咄逼人，又見貴妃癱坐炕上，遂自作主張道：「夫人不知道上頭是貴妃娘娘麼？」

「多嘴——」貴妃先嗔怪了夏天兒一句，又看看站起來斂衽告罪的季玉，斟酌良久方道，「夫人的見識甚高，家兄禍從自取，全在不知前鑒上頭。我雖不問外事，也知令兄蔡大人現在聖眷最優，還望能以家兄為鑒。」

「臣妾謝娘娘的教誨。」季玉心裡冷笑著拜辭而去。貴妃目送她出去，眼淚就又湧出來。夏天兒一面安撫，一面朝外頭狠狠啐道：「又是一個勢利眼，必定聞著風說主子不得意了，才傲得這樣！」

「那你也太看低她了。」貴妃苦笑著止住淚，再將〈關鎖嶺〉的詩句念了幾遍，又拿起那退回的鐲子摩挲嘆道，「要說高夫人的閱歷，實在讓人佩服，我家的丫頭能去學她倒好。別像我這樣，生有恨而死不能。」

這一邊貴妃嗟生嗟死，那邊季玉回到鍾粹宮，便向皇后回稟，說貴妃病體衰弱，怕不能躬行大禮。皇后聽著有理，就將此事告訴皇帝，皇帝亦恐貴妃病中過於操勞，遂將她的儀注都免去不用。如此一來，那知道內情的也還罷了，一應不知情的外官，就愈發覺出年家的麻煩來。

這一日立后頒詔大典，王公百官來得齊全，凡屬在京，全無曠班。至大禮行畢，禮部引班依次而退，先則循循有序，待退至太和門外，打頭的諸王貝勒就各自尋轎覓馬、招呼奴僕，後頭的大臣們也七言八語，熱鬧開來。尚書班中以蔡珽為首，一身簇新的朝服披領，端的精神抖擻，意氣飛揚。他如今身兼九項大差，在京的吏、兵二部，都察院、八旗，都是緊要所在，何況還遙領直督，為封疆首腦，實有開國以來少見的威風。朝野上下都傳他不日入閣，將拜首輔。所以凡他在哪裡一站，未待開言，便有許多人半真半假湊上來，或問好，或閒談，說著說著，就議論起年案的事來。

蔡珽心裡恨不得將年家滿門抄斬才好，見此際人多，就愈發要顯自己的主見，遂同來問的人高聲論道：「需得照謀大逆的例，父兄子弟並論死罪。」他此話一出，遠近眾人或與年家有舊怨、或曲意討好的，自然附和響應；那事不干己，或是謹慎老成的，也不便出言違逆，不過一哂而已。唯有一個好管閒事的副都統叫傅鼐，聽見是說年案，邁開大步就往前湊。此人是從小侍奉今上的潛邸舊人，性情與法海相似，最好搶白興頭上的人，會議時連允祥也敢頂撞。旁人知他底細不肯計較，皇帝念著舊情也懶得多問，是以越發顯得他快言多語，與眾不同。他看蔡珽睨視百官，風毛奓翅，已經厭惡日久，這會兒又見他洋洋得意，侃侃而談，就特意要去刁難。先站在眾人後面不響，待聽他說出「不但該斬全家，連附逆之黨也該重治」時，倏爾高聲嚷道：「我看聖心沒這個意思！」

「是閣峰兄。」蔡珽原本背對著他，聽見身後的響動先要變臉，等轉過身見是傅鼐，也只好將氣收回幾分。他知道傅鼐在潛邸時與年羹堯不和睦，遂不妨著是他來說話，一時語塞，半晌才笑道：「閣峰兄侍奉聖駕最早，還請指教指教。」

「指教不敢。皇上是佛祖樣慈悲的聖主，一定不肯株連不相干的人。」傅鼐一向倨傲，比蔡珽的聲調還高上兩層樓。蔡珽不想和他鬥口，可面子又掛不住，只好冷笑道：「年羹堯是謀大逆的罪，律有明文，說不上株連二字。何況他罪戾至此，自然有父兄不行教導、子弟慫恿攛掇的緣故。他的逆產幾輩子吃用不盡，難道沒有親戚故舊一起受用？」蔡珽身材高大，眼睛又尖，這邊和傅鼐口說手比；又見道旁大學士朱軾正走過來，忙一口叫住，分開人群過去道：「中堂稍待，有事請教。」

朱軾此時逆眾而行，正要往內廷走，且一路和人說話，原沒理會這裡的吵嚷。即見蔡珽招呼，也只得站住腳，和同行的官員交代兩句，才緩步過來，向蔡珽詢問緣故。

蔡珽先說了原委，又道：「相國先在會考府輔佐怡親王稽查虧空，曾有抄沒家產還不能還的，令其父子兄弟幫還，不幫者一體抄沒的話，深蒙聖意嘉許。您給評一評，錢糧賠補尚且有父債子償、兄欠弟還一說，何況是神奸巨蠹的家屬呢。」

「這是大事，該廷議上各抒己見，怎好大路當間爭執起來。」朱軾叫蔡珽一說，已經心如明鏡，及見傅鼐酸臉要爭，忙擺手止住。幾個人正在這裡糾纏，就見一個中年太監匆匆走來，對著朱軾打個千兒道：「請老中堂這就帶著陳翰林到值房去，王爺已經到了。」

說來朱軾大典完畢，原要帶一個精於水利的門生來去應允祥之邀，談畿輔賑濟修河的事。此人姓陳名儀，字子翽，順天府文安縣人，現任翰林院侍讀學士。文安是京東三府十州縣的咽喉，卻因地在九河下梢而水患連年，百姓久在汪洋苦毒之中。陳儀少居鄉里，除了讀經書、作八股之外，喜好講求經世致用之學，尤精歷代河渠、水利之書。他二十幾歲就中了舉人，可惜運蹇時乖，淹滯不前，只好留在家鄉修纂縣誌。文安知縣賞識他的志向，遂接濟銀錢，供他遍走本縣並順天、津門各處河湖淀泊，察勘海河一脈的水土形勢。繼而乘一葉扁舟，上下求索，遊歷京東、京南各府州縣，於直隸水系的脈絡、灌注及壅塞、潰決根由，都了如指掌。

一晃到了四十六歲，陳儀的大運又漸次起來，先中了進士，再選為翰林院庶吉士。因他的文采甚好，且能洞徹世情，言之有物，故而頗得翰林院掌院朱軾的賞識。朱軾從州縣起家，最愛留心時務的人才，是以一經接談，便生知己之感。見他自嘆年過半百，衰老無用，就勉勵道：「先生有濟世之才，宜自珍重待時。」

恰前日有旨，讓朱軾和允祥一起到直隸賑災，並勘查畿輔水利、朱軾當即就將陳儀的職名履歷說出來。待允祥歡喜要見，朱軾卻又道：「可惜他職銜太小，怕不便輔佐朱邸。」允祥知道這是央他保舉之意，遂笑道：「中堂放心，是真能吏，我自然有話說。」

兩人約好了大典之後到隆宗門值房去見，不想半道叫蔡珽等人絆住腳。好不容易走脫了，待到內值房，隔窗見允祥已經換了便服，正坐在炕上看書。引導的太監進內說聲朱中堂到了，允祥便站起來。太監打簾說一聲請，朱軾先自己進去，待要屈身行禮，已叫允祥扶住，見他仍舊一身朝服，不免詫異問道：「中堂這麼大工夫還不得換衣裳？」

朱軾沒奈何，將方才的事說了，末了搖頭道：「蔡若璞的氣勢太盛了。」

「難為他走這個時運，也是天上有地下無。」允祥先譏誚一句，又呵呵笑道，「咱們到直隸去，還有跟他打交道的日子呢。先不說他，那位陳翰林怎麼不見？」及聽說尚在候命，就先叫人預備座椅新茗，才說一個請字。

陳儀本是鄉間書生，入仕後雖有名望，交際往來的也盡是翰林文士、年兄戚弟，於宗王貴胄從無交道。何況允祥自雍正元年清繳虧空起，就在官場中得了個精明嚴厲的名聲，沒見過的人，無不懼其威勢。是以陳儀在外等候時心裡就十分局促，低著頭剛邁過門檻，就自報職名，長跪問安。

允祥聽他聲音顫抖，曉得是心裡惶恐，自微笑頷首，說聲「不必多禮，請坐下說話」，再將手一讓，就有太監過來攙扶。陳儀聽他言辭和藹，心中稍定了定；又不免有些好奇，待抬頭看時，就見前頭一個四十歲不到的清俊男子，身著緞面紫貂皮袍，正滿面含笑瞧著他。遂又低頭一揖道：「殿下在座，小臣豈敢有座？」

「誒，往後朝夕相見，翰林這樣拘謹，咱們都要彆扭。」允祥邊止住他的辭謝，邊上下將他打量一番。陳儀年齒五十五歲，卻因多年探尋河源、舟車勞頓，就顯得老相，倒有六十來歲樣子，尤其一雙手青筋外現，全不似讀書人的細膩。不過他的精神健旺，目光沉毅，是極有定見的樣子。允祥暗自說聲不俗，又朝朱軾一點頭，即入正題道：「朱相推許先生是濟世之才，在京畿河渠水利上頭更有高見，所以請你來教我。」

「不敢，不敢。」

「今年夏秋的雨水大，河湖氾濫，淹了直隸七十多個州縣。有旨叫我和朱相去發賑治河，撫綏百姓，請教先生，直隸治河要從哪裡著手？」

「朱子云，治河當從低處入手。」

「怎麼說？」

「就京東說，天津是百川歸海之處，夏秋雨水一多，南北兩運河、東西兩淀，都要漫堤。諸水彙聚天津，加上海潮倒湧，難以宣洩，自然氾濫成災。所以加固河堤之類，不過權宜之計，要緊的是在開寬入海之口，更要緊是減少入海之水。」

「入海之水是怎樣減法？我想京畿少雨，滴水如油，入海水多，實在可惜，可有變害為利灌溉沃野的辦法麼？」

「水聚則為害，分則為利；變則為害，疏則為利。南方人爭水如金，北方人畏水如仇，實在是不能用水的緣故。若能在廣袤旱田間採掘無數溝渠，直通河流，一河之水散於百溝，一溝之水散於千畝，灌溉田園，就直隸來說，現在這些水怕還大大地不夠用，哪裡還能漫堤為害、堵塞漕路、氾濫海口？只是各府州縣力量微薄，要動這樣的大工，必得由朝廷親自主持，發國帑興辦。」陳儀初來時舉止惶恐，待說到自家通明的學問，就半點拘謹全無，雖身在宮禁之深，眼前卻有山川之闊，只覺雙目炯炯，言之鑿鑿。

允祥早年隨先帝巡查京畿永定、子牙等河數十次，雖多走馬觀花，可他是凡事仔細留心的人，眼見直隸官員年年請款修堤，河堤卻屢修屢潰，就知道是河道、地方兩重蒙蔽，將修堤築壩做個致富門徑的緣故。現聽陳儀說得情理通順，又與眾不同，且確是從遊歷察勘中來，並非紙上談兵之說，不覺傾身向前聽得入神。他正在邊聽邊想，就見旁坐的朱軾又問：「依子翽的高見，若要興工，是怎樣的興法？」

「水高於地的地方開溝灌溉，水與地平的地方抬高水位灌溉，水低於地的地方用水車灌溉。再築壩以防雨水積聚，建閘洞以備蓄積排洩。高田種大豆粟米，窪田種稻米。初夏借河淀之水育好稻秧，到插秧時正值雨季，窪田裡的水稻自然不旱。要是高田的雨大，就向稻田洩水，兩相調劑，可以變害為利，不愁稻粳菽粟不能大收。」

「這樣說來，治河之本，是在營田了？」

「正是。」

「依先生所言，可得一個輦下江南！」允祥聽得大為歡喜，當即站起來，指著陳儀回顧朱軾道，「讀書明理，空作了尋章摘句學問有什麼意思，必得像子翽先生這樣，才配得上士大夫三個字。」說罷不等陳儀謙辭，便上前執手道，「我和先生相見太晚，這次多虧了朱相。不知道先生的尊府在城裡哪一處，要是得便，還望搬到交輝園暫住幾天，替我好生寫一道請開水利營田的本章。我也要找一個時機，將先生引薦到御前去。」

第五十八章 巡畿

這一年天冷得很早，到十月中，京師內外已經連下了幾場大雪。地鋪白氈、簷掛冰柱，把四九城都換了白茫茫世界。皇帝素來愛雪，只是那「六出飛花入戶時，坐看青竹變瓊枝」的美景，在紫禁城的廣廈低屋、磚頭瓦塊中看不出十分好來，所以立后大典一過，即刻就移駕到圓明園去，一切公私應奏之事，也隨至離宮辦理。所以允祥、朱軾將水利諸務一應籌劃完畢，也同到圓明園陛辭請訓，以為三日後起行準備。

二人才一進園，就有御前太監笑呵呵迎出來道：「萬歲爺在湖邊兒看跑冰呢，叫王爺和中堂過去說話。」允祥瞧他是特意等自己的意思，就順手從荷包裡取出一塊銀錠子丟過去，邊跟著他沿湖往九洲清晏處走。

滿洲發於白山黑水之間，冬日裡向有跑冰的習俗，既可作嬉戲之樂，又當是演武之法。入關後時至三九，皇帝也要親臨太液池，看八旗將士跑冰。凡受閱軍校，都按旗色分在兩翼，身穿馬褂，背插小旗，依次在冰上滑行，變換隊列。另揀選身強力壯、善於冰戲者，或射箭，或擊球，競技爭先，花樣百出。這是軍中大典，暫且不論，先帝閒暇無事時，也常在三海、御苑看親近侍衛作冰上之戲。今上不如先帝好動，即位以來尚不曾行過此事，所以連允祥也詫異他今天的興致。

冰封的後湖湖面已經結結實實凍成一塊白地，北面岸上大張傘蓋，下設半個屋子大的花梨木托床，黃油彩漆，雲龍暗紋，高麗木的御座並圓盤帽架、抽筒痰盂等都置於其上，顯得舒適愜意。皇帝坐在御座上，一旁侍立著領侍衛內大臣馬爾賽並一眾近御武臣。湖上插著黃色的大纛龍旗，前面設一高門，門上設一球，稱為天球；門下設一球，稱為地球。更遠的冰面上，幾十個年輕侍衛持弓插箭，穿著帶鐵齒的烏拉滑子，十人一隊，手持弓矢，在冰上雁翅排列，如游龍般滑行。待滑到門前，便張弓去射，先射天球，後射地球，白羽紛落，煞是漂亮。這會兒大約是皇帝歡喜，說了什麼誇讚的話，冰面上的侍衛們歡呼鼓噪，得意非常。允祥在先帝時見多了這些玩樂的辦法，見朱軾看得目不暇接，便給他解說：「這叫轉龍射球，人少沒什麼瞧處，等大閱八旗再看，要百十人成隊齊射，才顯得威武氣派。」

二人說著就走到拖床御座前。待行過禮，皇帝就指著冰面上的健兒向允祥笑道：「怎麼樣？你這打老虎的，還敢去試試身手麼？」見允祥擺手連稱「老矣」，又道：「那你出去也不要逞能，冰天雪地河湖港汊，跌打損傷不是玩的。」

幾個人又說笑了一陣，皇帝方換了正色道：「摺子已經看過了，道理很明晰。不過京畿水利前朝也舉行過多次，總是因人成事、人去政息的多，所以還要囑咐你們，毋欲速，毋惜費，毋聽浮議。」

「請皇上賜教。」

「看你們的摺子，是有畢其功於一役的意思。可欲速則不達，賢弟年輕，籌劃妥帖從容行事，十年八年也使得。朱軾老成，需替王子把持住了。」

「臣等謹記。」

「徵調民夫，使役兵丁，寧寬裕些，才能人樂為用。」皇帝說到這就笑起來，指著允祥回顧眾人道，「王子自管戶部就添了毛病，人一要花錢，他就心疼，還一定疑人家有虧空。」一旁近侍聽著此言，俱掩口竊笑。允祥自己也啞然失笑道：「是是是，不定多少人背地裡罵我。」

「至於浮言麼，你們這樣從天而降的，地方官自然懼怕，又嫌多事，再一興工耗帑，可說的閒話就更多了。你們當指示則指示，當賞罰則賞罰，不必顧慮，我沒有不准的事。賢弟就便巡閱營伍，看看綠營將校的優劣，小處說給總督，要有可造之才，寫摺子來就是。」

二人聽皇帝這樣信任體恤，心中甚是感激，當即叩首領命。就見皇帝又指著湖上校射的眾健兒道：「今天得勝的侍衛，你們帶十個去。賢弟代我巡視京畿，禮儀也不能太簡慢了。」

三天以後，允祥和朱軾帶了上百名官員、侍衛、太監、雜役、兵丁人等，離京往東南而去。若說本年夏秋的大水，也實在是一場奇災，直隸七十餘州縣被水，京東、京西、京南的大川細渠，潰決氾濫者十有七八，沿岸窮民或投親，或靠友，或乞討，或賣兒女，由里到縣、由縣到府，三五相依十百相偕，成群結隊，離鄉背井。官府大開粥廠，鄉紳解囊捐資，生怕流民衣食無著，嘯聚為匪。

這場水災不但來勢洶洶，且綿延時日長，眼見諸法都不濟事，災民們便東奔西擁，向著保定、天津，乃至京城而來。皇帝連發兩道上諭，先按分數蠲免了受災各府當年的秋糧，又從在天津運河口截住南來抵京的漕糧十萬石，就地散給百姓。所以允祥一行才到良鄉，就見原本要進京城的災民，現得了截漕放賑的信兒，都紛紛返鄉。等到了固安再向南去，那扶老攜幼之人就愈發綿延載道，因為凍餓病困倒斃途中的婦孺亦復不少。

一行人早起晚宿走了三天，就到了陳儀的家鄉文安縣境內。文安本是大小六十六河灌注之區，西水自霸州、保定、雄縣、安州、高陽而來，南水自大城、任丘、河間而來，縣境內泊淀縱橫，村落田畝如在水間。放在平常年份，諸河東奔入海，尚要在此顯一顯威風，何況趕上這樣大澇，一應堤壩盡被沖毀，樹木民房隨水裹挾。如今河無岸、水無渠，漫流四處，隨著幾場寒風，死死凍在地上。那些先逃離濁浪，現在領了賑糧回家的鄉民，或刨冰挖河尋覓親屍，或扒樹掘土重建房舍，幾下裡哭爹喊娘、打幡出殯，叫人看著好不慘傷。這樣的情形旁人尚且不忍卒睹，陳儀情關桑梓，更是一路痛哭個不住。

再向東去，就出了順天府，來到河間府靜海縣地界。知府、知縣早欲出境遠迎，並備辦各色供應之物，不想卻接到總督衙門轉來怡親王的通行諭令，說：「今積潦遍野，民不聊生，聖心焦勞，甚為軫念。司牧各官當以賑災恤民為務，本府車騎所到，不得出境迎謁，尤忌供億擾民，倘有違者，即行申飭。如有光棍奸邪假稱藩邸，肆行勒索，著該管地方嚴加查拿，從重治罪。」府縣二官不曉得這位親王是真心不愛奉承，抑或是堂皇套話，只好提早到縣境等候；又四處差人打探，若是在前的地方官都出境去迎，他們當然就去，果真有人碰了釘子，自己也好縮頭。不料允祥一行來得甚快，還沒等派去打聽的差役回來，便有王府前導之人前來告訴，說明兒下晌王爺就到貴境。

二官聽得發蒙，只得照不出境的辦法迎候。次日未正時分，果見官道遠處車騎如雲、冠蓋蔽日，心知是王駕無疑。眾官朝服頂戴立於道旁，不多時，便見前引侍衛打馬而過，高聲問道：「河間府、靜海縣到了嗎？」

二人聽他的聲氣不善，也不敢多言，忙出列應個「在」字。侍衛也不下馬，說一句「王爺到了，叫你們過去說話」，便自趲馬回隊。二人聞言，忙提著袍帶一路小跑上前，見迎頭四匹馬上各坐頭戴花翎的年輕侍衛，懸弓佩刀，十分英武。隨後居中一人，黃韁紫騮，行袍馬褂，正是怡親王允祥。二官顧不得群騎所過揚塵起土，忙在道旁伏跪，口稱恭請聖安。允祥面沉似水，不待二人拜完便道：「聖安豈是爾等墨吏隨意請的？」見二人瑟瑟抬頭，不明就裡，又厲聲問道，「你們設粥廠，是為救人，還是害命？」

說罷就有後跟的軍校，帶著一隊七八個流民過來，各個衣衫襤褸，枯瘦無神。允祥指著這些人向靜海知縣道：「我這一路來，就有幾撥人告你，你們當面對質對質。」及見百姓惶恐不知所措，就有個機靈侍衛跳下馬來，把個穿著破長衫的老秀才晃一晃道：「你們有什麼冤屈就說，王爺自然做主。」

其時百姓告狀皆在州縣，州縣判得不公，則可上控，由縣而府，由府而省，甚或京控叩閽告御狀也是常見。另有許多家貧少資，不能離鄉的苦主，常在官道通途守候，遇著上官巡視，就上前攔住轎馬，呈狀訴冤，時人稱為「攔輿」。允祥在京時，許多京控之人打聽著他的大名，就有府前頂狀、半路喊冤之舉，何況如今身臨被災深重之地。四野小民雖未準知他是誰，但見那金瓜黃傘、冠蓋如雲，也曉得來人官職大過府、縣老爺。是以出京以來，沿路攔輿百姓一起接著一起，因災而起的雖多，那婆媳不睦、鄰里相爭的家長裡短亦復不少。幸而他早年常隨先帝巡幸，這類事見得多了，遂不以為異。

這一路攔輿的饑民裡，以靜海縣為數最多，都說家鄉淹沒，柴米全無，只有去縣衙門設在各鎮的粥廠吃賑。粥廠管事的胥吏貪圖柴薪之利，將撥發的好柴拿回家去，另換了石灰塊填在釜底。又勾結戶房書吏，把天津撥來的上好漕糧換了糠秕下鍋。糠秕本來難熟，拿石灰一燒，粥湯登時沸起。災民饑寒難忍，顧不得許多囉嗦，幾碗生糠下肚，難免腸腹澀脹，疼得滿地打滾。窮民缺醫少藥，體弱之人禁受不住，多有暴疾而亡。

縣城中頗有消息靈通之人，一面探得了何人作怪，就糾集百姓，到縣衙去告。知縣是個新任，一干應酬正忙，哪裡顧得小民好歹，叫戶書幾句話對付下來，只嫌著百姓多事，隨口打發出衙。家裡死了人的不肯輕易罷休，才又爭嚷幾句，就惹得縣官發怒，拖下去板子一打，落個骨斷筋折。

奸吏見狀愈發得意，原本還是五成米五成糠，此後竟將糠粃加到八成煮與人吃。百姓們叫天不應、叫地不靈，只得拖家帶口，背井離鄉他處乞食。這一干流離窮民中，也不乏幾個家道貧難的秀才童生，雖然跟著鄉親逃荒，可畢竟念過書、見過官，不能全然自棄，等遇見允祥的車駕，便挺身而出，率眾告狀。

朱軾是久任知縣的人，素來知道此等伎倆，且聽一起一起喊冤的人多，遂向允祥道：「靜海縣若真有昏官墨吏害民，王爺問得情實，不容不辦。只看如何辦法，要給總督留幾分情面。」允祥見他說到蔡珽，便冷笑道：「咱們出京十來天，蔡若璞好大架子，竟是貴步難移，連個面也不肯露。這樣看，只好我去請他。」

眼見府、縣二官跪於馬前，那吃秕粥死了孫子的老秀才不免聲淚俱下，將前情當眾又說一遍；其餘百姓同聲一氣，也都叩頭不住號哭不止。直哭得允祥心頭火起，鞭梢一指，問靜海縣道：「縣城粥廠，向例由正印官每天巡視。奸吏為非至此，你敢說不知道嗎？」

「卑職本來在省候補，奉總督大人札委，署印不過十來天，實在不能知道。」

允祥據鞍一哼，又指河間府道：「你所轄州縣的粥廠，自然是你派員督察，你也是新來署印的不成？」

「卑府確是從保定奉調的新任。」河間知府期期艾艾回了一句。允祥被氣得倒噎，回頭向朱軾冷笑道：「蔡若璞倒會用人。」

朱軾畢竟老成，只一點頭，另道：「可叫這一行官吏長隨都跟在隊後，不許私自回城。另遣人到縣城四鄉去看粥廠的情形，拿住以假混真的鐵證。」

親兵等依令而行，不過一日，就將靜海縣的戶房書吏並管理粥廠的吏役盡數帶來；又用幾個大缽，將幾處賑粥各盛一瓢，炭灰各取幾撮，送到允祥跟前。因為天冷，那粥早已凍成冰坨，只有面上的渣子露出冰來，戳碎了往裡一看，果然粒米不見，只有半碗糠秕。再將那炭灰找瓦匠一看，也確是石灰燒的無疑。允祥見狀，即向朱軾切齒道：「單就縱容墨吏汙瀆聖恩一條，就該先摘了靜海縣的頂子，至於勾連分肥沒有，讓他刑部去說。可既是總督委的好官，咱們也不便越俎代庖，我現在就下一個札子，叫蔡若璞河間府來見。」

蔡珽自署直隸總督，在保定坐鎮的日子並不多，隔三差五就要到京裡去做他的九卿之首、經筵講官。這會兒剛回到自己的一畝三分地，就接著要他速至河間府議事的信，也只好輕裝簡從，撥馬往東。到河間府城又等了一天，才見允祥一行前來。一時城外擺隊迎著，就聽允祥當頭問道：「河間知府、靜海知縣，都是才委的新任？」

蔡珽聽他這一問，心裡就不痛快，只說你查你的河，怎麼張口就管我的公事。那前任的府、縣二員，都是李維鈞用的人，俗話說一個將軍一個令，一朝天子一朝臣，蔡珽一經上任，便拿著辦賑不力說事，將他們摘印待參，另委新官。他先已風聞了靜海的消息，暗自預備說辭，遂賠笑著打了個半躬道：「前任辦賑不力，所以摘了印。」

允祥「嗯」了一聲，又說幾句閒話，便同進城去。待到公館落座，就又提起這個茬道：「舊任不力摘印，新任也很不力，自然要一視同仁。」說完便自啜茶。朱軾接過腔來，將沿途所歷一一講過，末了說道：「王爺本欲當場摘他的頂子，因念在是若璞兄所委，就要請你來商議。」

蔡珽心雖不樂，也只好做出義憤模樣，先瞪著眼睛赤著臉，將府縣二官大罵一頓。可他的心裡卻另有一番盤算。因想允祥滿直隸轉這一通，明說是為查看賑濟、撫恤災民，可單單這樣的事，又何必定要他來？必定是為日後大張旗鼓興建水利的籌劃，斷非一朝一夕能完。現在他剛一出京，心就如此之熱，又要參府，又要罷縣，待至習以為常，自己這個直隸總督哪裡還有做頭，不過人家的跑腿聽差而已。蔡珽素來心高，凡事最喜自專，先在四川做巡撫時，就因不甘居於總督之下，才和年羹堯鬧了個你死我活。如今聖眷正隆，舉朝側目，自然更不肯做個傀儡官。是以這兩天輾轉斟酌，想著無論如何也要先替這府縣二人開脫兩句，免得口子一開，以後再沒有自己說話的地步。一面想著，就在座上一欠身，請將他們傳進質問。

那知縣是個捐班，花了許多銀錢才打點出這個放賑的肥缺，哪知放屁砸了腳後跟，剛上任不到半月，就捅出天大的婁子。這幾日雖未戴枷，也同囚犯一般，不過三四天工夫，就兩腮凹陷，面露菜色，比那忍饑挨餓的流民也強不了幾分。此刻見著總督，恍若救星臨世，卻不敢放聲去求，只哆哆嗦嗦跪在廳中，不住向上磕頭。蔡珽見他窩囊，心裡實在有氣，當即聲色俱厲道：「胥吏為非，你也眼瞎耳背？」

「卑職糊塗該死，不及分辨。」

允祥低頭飲茶，眼也不抬詰道：「有人告你主持分肥，還說你的缺也是賄買？」

「卑職實在冤枉，求王爺明察！」

「冤不冤枉，只有請你法司衙門去辯。」允祥並不肯多同他說話，只看著蔡珽道，「為官的不能察吏，已不堪用，要再有分肥賄買的事，合該交付重辦。總督怎麼說？」

蔡珽離座一揖，面上帶笑道：「天下的官，除了極聰明強幹的，怕是十之七八都要受制於吏。至於分肥害民，既是新任，自然談不上。王爺在京安坐時，尚且每天有人告狀哀求，何況親臨這被災之地，百姓濫鬧乞恩也是情理之中。」

「喔，可見是我沒經過事。」允祥聽他開脫中帶著輕視之意，心中大為不悅。正要將他駁回，就聽朱軾在一旁正色道：「貪墨賑糧是何等罪，何況還釀出人命。既有人告，就要交付法司問明。果真冤枉，日後還可以開復。豈能叫個不清白的官，玷辱了朝廷厚恤窮民的恩典？」

蔡珽叫他二人一遞一句說著，心裡愈發較勁，甚怪他們滿口的大道理以勢淩人，硬逼著自己開銷屬員，所以乾脆站起身來，向允祥道：「如今正是用人之際，再換新手，不能督責吏役也是枉然。再者朝廷辦賑，向來只救垂死之民，十個裡能救六七個，已經是善政。要是人人靠著吃賑飽暖，又何苦回鄉種地？」

允祥聽他寸步不讓，心中愈加氣惱，只道我今天不能令你就範，日後巡視畿甸、辦理營田，哪還使得動地方官？遂將蓋碗一扣撂在案上，冷聲冷氣道：「總督一向有愛護屬官的美名，蔣興仁、程如絲的事就很明白。何況吃賑窮民十個裡死了三四個，也不值什麼，尤不值一個七品頂戴。是我少見多怪，多礙著總督的善政。」

蔡珽見他話鋒越來越狠，連蔣、程二人的名字都提起來，心裡雖極羞惱，也只得退了兩退，先打了一個千兒，又站起來悶聲道：「王爺言重了，下官不敢承受。地方官雖有難處，可王爺是代天子巡行，論賞論罰，自可出於鈞諭。」

「他們都是總督的屬官，我一上來就多嘴，你日後可怎麼行權呢？」允祥見蔡珽低了聲氣，自己也站起來，走過去一拍他的胳膊，又到那兩眼猩紅、呼呼直喘粗氣的知縣跟前，彈一彈他官帽上素金頂子。蔡珽見他滿臉淡笑，只瞧著自己不言語，繃了好一會兒工夫，終歸不敢鬧得過僵，只得命隨帶的親兵道：「將他的頂子摘了，戴罪聽勘。」

蔡珽先丟一陣，次日回保定的路上，越想越是生氣，待至督署，也不尋眾夫子商議，便將此事絜絜奏上；雖不肯明著訴委屈，到底宛轉陳詞，說出允祥濫接民間呈狀，對地方官過於刁難的意思。末了請道：「此事從前時日原迫，今更急不得。皇上若遣人暗查，倘得何處情形，亦求諭其密使臣知，以便同心籌辦也。」

皇帝早知道他們一定要鬧彆扭，不過笑一笑將摺子放下，並不多加理會。

第五十九章　失措

一晃到了十月三十，就是皇帝的萬壽聖誕。雖說不是整壽，卻是先帝、太后喪期過後的第一個萬壽節，不能不有所慶祝。如今皇帝折衝樽俎、步步為營，大位坐得日益穩當，所以心緒也很暢快。內務府見他有興致，就奏請在圓明園搭臺唱戲，諸王重臣俱陪宴慶賀。皇帝雖然謙遜兩回，聲言不可過於靡費鋪張，可到底是點頭應准了。及到管宴大臣請示所演戲目時，他卻不看戲單，只隨意笑道：「就唱全本的《百老上壽》罷。」

說到這《百老上壽》一齣戲，最令皇帝得意。那是康熙四十六年秋冬，聖祖心裡忌諱太子胤礽，又不便發抒，所以日日煩悶，龍顏不悅。四貝勒胤禛看在眼裡，欲使皇父歡愉，遂邀了幾位通詞曲擅聲律的文士，在府中專寫雜劇院本，又命南來的名伶隨時教習排演，以備進御之用。這《百老上壽》係吉慶大戲，所演不過椿萱並茂，棠棣同馨，斑衣戲彩，橘懷荻晝之類，並無什麼匠心孤詣。然而排場極為壯觀，要用梨園弟子一百二十人輪番登臺，取「上壽百二十」的美意；又將曲子譜得聲調工麗，宮商五音不差唇吻。等戲排熟了，胤禛便請聖祖駕幸圓明園散心。那一日隨駕之人甚多，各宮妃嬪、太子、諸皇子，及大學士、南書房翰林在班者無不相陪，實在叫他這作東的人風光至極。

這《百老上壽》一唱就是一天，因為演的都是父慈子孝、千秋萬歲故事，所以甚合聖祖的心境，不但在御座上撫掌擊節看得入迷，還連連稱讚四貝勒用心出力，誠孝過人。可一旁陪坐的太子、諸王都大不買帳。眾兄弟青春正富，喜新奇精巧不喜鋪陳俗套，隨駕而行本來拘束，誰又耐煩聽這連篇累牘的奉承大戲。那些有城府的，尚能覷著皇父臉色嘻嘻哈哈，說好道妙。像太子這樣張揚外露的，就顯出滿臉的不高興來；可又不敢離席而去，只好一會兒要吃，一會兒要喝，一會兒左顧右盼，一會兒更衣如廁，再沒個安生光景。待看到兩個時辰頭上，就忍不住發起躁來，低聲同旁座的三阿哥胤祉罵道：「這老四真是騎馬不帶鞭子——就剩下拍馬屁了。」胤祉是個通今博古最懂戲的人，哪裡看得上這樣手筆，故也同太子一唱一和嘲諷起來。二人說得起勁，不免聲音漸高，其中三言兩語，就飄到聖祖耳中。聖祖心裡有氣，又要給太子留臉，乾脆愈發誇讚胤禛，賞給他許多御用貼身之物。後來聖祖六旬萬壽，又專門叫他籌備吉慶戲目。

胤禛原無絲竹伶優之好，於傳奇雜劇也不留心，唯有這《百老上壽》一出，倒像軍功政績似的，叫他想起來就能會心一笑。所以登基後頭一遭排宴唱戲，自然要以此慶賀。管宴大臣不懂他的回腸九轉，可戲目排單一傳出去，允祉、允禩兩個當事的人心裡就明鏡一樣。

待到萬壽節當天，皇帝御臨圓明園萬方安和。這一處殿閣是臨水而建，屋宇在湖中曲折相連，其中有室內的戲臺，宜作冬日演劇之用。皇帝的御座設在萬字軒西暖閣內，近支王公並內廷行走大臣、侍衛等都在東西廂並廊下聚坐同觀。那些在教坊司教習唱戲的內監，因為大喪清閒了幾年，好不容易得以施展，自然卯足了力氣為天子歌舞昇平。可到了慣看花雅各部、昆弋名班的王公大臣眼裡，這一百二十人的應承大戲，就著實拖沓無趣，從早到晚，聽得人昏昏欲睡。

特別是允禩，天一冷，他脾胃上的老病就重起來。夜間失眠心悸，白天畏寒怕風，若是借酒驅邪多喝幾杯，就勾得嘔血便血，愈發不好。王公們聽戲的東廂房地龍燒得很暖和，別人都不覺得冷，唯有他坐得一久，身上就起寒意，叫人取了手爐烘著也不濟事。且這戲又冗長，皇帝的用心又有深刻，他越聽臺上唱著，就想起十幾年前的事來，心裡越是煩躁不安，身上就更不舒坦了。好容易等到戲罷宴收，他這裡懵頭懵腦地隨眾行禮，散班而去，便有內務府司官從後頭小跑著趕上來，就地打千兒提醒他，說明天下晌有跟莊親王允祿和內務府堂司各官的會議。是叫他別忘了時辰的意思。

挨了這一天的凍，等回到家中，允祺就發起熱來。本想第二天告假不去會議，可怕皇帝知道了，又要說「我做個壽，他也病一場，不曉得是何居心」之類的話，只好力疾前往。

會議的題目是早定下來的。實因近年內務府三旗包衣生齒日繁，皇家的內帑養不起如許多人，皇帝就向王公大臣等詢問撙節裁減之法。允祺在康熙年間署理過內務府大臣，對其中委曲頗為明晰，他原本不欲多嘴，可既叫皇帝問到頭上，也不能做鋸嘴葫蘆。思來想去說道：「內務府三旗每佐領有披甲錢糧七八十份，較外八旗實在顯得多了。可他們的差事又少，不如減省些，與外八旗相當為是。」裁減披甲員額，就是斷人生計，萬不能莽撞行事，所以皇帝就叫允祺去和管理內務府的十六阿哥莊親王允祿，並內三旗包衣出身的總管大臣常明、來保會議具奏——內務府肯依，替自己節省了錢糧最好；若不依鬧起來，也是允祺的倡議，眾人縱有怨氣，自然就朝他去。

允祺一生最不肯做的就是「得罪人」三個字，所以臨來之前已經心生怯意。他邁步進了議所，雖見眾人到得齊全，卻唯有允祿與他寒暄致意，餘者一個個哭喪著臉，請安問好都是強打精神。一時各自落座，總管大臣常明就領頭叫苦道：「咱們是萬歲爺家裡的奴才，三親六故都在一個窩兒裡討吃，比不得外頭部院大臣，能夠公事公辦，翻臉無情。這挨家挨戶革人錢糧的話，紅口白牙的，我們實在張不開嘴。王爺一定要辦，不如賞奴才一根上吊繩，乾脆吊死了罷！」

他這一開口，眾司官無不響應。有哭窮的，說張三家生養五男，只有一人披甲，要連這一個也革去了，那男婦老幼十幾口子，豈不都要斷炊？有叫屈的，說李四家滿門忠烈，如今難得過上太平日子，卻要將子孫的差事革去，四時八節連祖宗也祭拜不起，豈不傷了大家夥兒為國效力之心？有攀親的，說先帝爺的內廷主位多是內三旗人，連王爺的外家也是，要是披甲錢糧減得太狠，難保不叫妃嬪娘家也受委屈，萬歲爺和王爺們的孝心到哪裡去盡？有唬人的，說內三旗下作光棍最多，咱們要是執意裁革，這些人一定四處撒潑混賴，鬧大了怕是難以收拾，給人看笑話不說，連皇上也要怪罪。

眾人七嘴八舌絮叨不住，把個本來就在病中的允禩說得頭暈眼花，胸悶噁心。允祿是年輕的王子，人又厚道沒剛性，從來彈壓不住這些老油條，眼見允禩坐在椅子上一陣陣打晃，他也只有自己報赧，紅著臉上前賠不是道：「阿哥別見怪，內務府先為還虧空的事，已經受了窮，現在又議裁減錢糧，心裡難免有些委屈，並不是衝您為難。」

「看你說的，就是衝我為難，我也沒有法子。我又不是隆舅舅，帶著步軍衙門的兵坐在你們大堂上，一聲令下，管誰是有體面，誰是沒體面，都拿了抄家。」允禩自嘲一笑，摩挲了幾下胸口，才將心神穩住。看著眾人眼巴巴的樣子，想著內三旗盡是皇帝的家奴，自己何必固執己見，替人傷眾。遂長出一口氣，起身離座道：「我這幾天冒了風，身上不好，不便久坐。你們說得在理，現在一動不如一靜，各佐領的披甲數目，還是照舊例為是。」

他說完朝允祿一點頭，正待要走，眾人攔住，又求告道：「內三旗的人實在披甲艱難，一個個精壯漢子閒在家裡，不能為朝廷效力。王爺一片佛心，若能替我們請旨增添些個，就是您老普度眾生了。」允禩叫他們聒噪得心煩，當即撂下臉道：「豈有此理，你們也忒得寸進尺了！」

眾人都知道他好說話，所以不依不饒，有幾個乾脆跪在門前耍賴似的求情。允禩頭腦發脹，胃裡作酸，實在不想同他們磨牙，只好勉強「嗯」了一聲，匆匆忙忙離開議所。

常明等見此大為高興，即日擬了奏稿，說內三旗生齒日繁，用度不敷，今與廉親王議定，將每佐領披甲數加至九十份，以資養贍。皇帝本叫他們議減，要是議不成也就罷了，哪想到還有不減反增之事。所以將內務府各官找來好一通罵，說他們靡費錢糧，只圖買好，一個個混帳透頂。隨後徑直下旨，內三旗每佐領披甲減至五十份，現在多餘之數不必裁去，日後出缺不補就是。

這道旨意一下，可氣壞了內三旗一乾等著披甲的閒散男丁。這些人或許本家貧寒卑賤，可七拐八繞，多能同內務府衙門做官管事的人論上親戚，所以消息傳出去不過一天，趕到常明、來保兩人家講理鬧氣的就有幾十撥，嚇得二人有家也不敢回。到第二天，又有長輩親戚將來保堵在衙門裡，指著鼻子一通臭罵。來保百般解說無用，只好作了個羅圈兒揖道：「起頭就是八爺的主意，跟我們都不相干！」

這話一傳，頓時就開了鍋。內三旗的無賴都知道允禩是個喝涼水也塞牙的人，正好可欺，所以一夜之間糾合了數百人，次日一早聚到台基廠大街廉親王府。眾人先是堵門吵鬧，齊喊家裡沒有下鍋的米，求王爺開倉賞飯。王府親軍護衛雖也不少，可全無準備，竟叫這群人三衝兩撞擁了進去，彷彿抄家一般，直闖到中路銀安大殿。護衛們醒過神來，一面到裡頭回稟允禩，一面就要去步軍統領衙門招呼官兵。倒是允禩不願多事，生怕鬧得大了，又叫皇帝一通排揎，遂向護衛們道：「來的都是些無知小人，聽見斷了錢糧，混鬧也在情理之中。你們快去傳我的話，叫他們趕緊散了，我不怪罪。要等九門提督的人來，任誰也不能脫罪。」他跟前的親信心裡不忿，嘴裡嘟囔道：「這些天殺的蠢驢！自己主子刻薄愛錢，斷了營生，反跑來鬧咱們。」允禩聽他們連皇帝也敢罵，忙做了個噤聲的手勢，又嘆道：「我的身子不好，饒了他們只當積德。」說罷就打發人出去，仍舊悶頭飲酒。

他自己雖不肯奏，辦理府事的人卻不敢由他的性子。親王府長史秩在三品，職事和內務府大臣相近，是本府的大總管。康熙年間，各王府長史多由府主的近親充當，便於說話，也叫屬員敬畏。今上即位後，則一概換作不相干大臣，將此一職從諸王的管家，改為朝廷的監軍。廉親王府長史名叫胡什屯，也是皇帝欽派，內三旗人闖到王府時，他本人並未在內，可一經聽人傳報，就連忙跑到圓明園去，說有要事懇請面奏。

皇帝一聽是允禩家事，自然格外留心，當即就召胡什屯入內。胡什屯見著皇帝，先磕了三個頭，又道：「今天一早內務府三四百人圍了廉親王府，幾十個人衝進去，質問裁減披甲數目的事。這件事皇上才從園子裡下旨，怎麼兩天工夫，那些無職無缺的人就全知道了？奴才心裡琢磨，一定是有人挑唆的緣故。」

皇帝心比比干多一竅地精明，一聽就知道是內務府常明、來保做鬼，不禁怒從心頭起，立即叫人傳在圓明園當值的常明來見。御前太監由內務府正管，常明雖是上司，可素來很捧著他們說話，與眾人都是酒肉朋友。所以傳旨之人雖應聲下去，卻拖下來一盞茶工夫，估量著皇帝怒氣稍息，又進來回道：「常明才剛回城去了，要不要叫人去追？」

果如傳旨太監所料，此時皇帝倒像忘了惱常明，不耐煩地說聲「算了」，單衝胡什屯罵道：「王府是什麼去處，有人鬧鬧，他竟不叫人拿，還裝得沒事人一樣，又要顯他賢德，襯我的刻薄！」說完再生一陣悶氣，又問道，「他這些日子在府裡，聽說多有飲酒責打下人的事，可真麼？」

胡什屯才見皇帝發怒，嚇得戰慄不止，轉眼再看，卻又是十分沉穩有成算模樣，心道人言當今聖上喜怒不定，真是不假。只是一念閃過，再不敢走神，忙低頭奏道：「奴才不常在廉親王跟前照應，所以都是隱約聽聞。他原本有些好酒，今年越發喪氣，每天醒來就要酒喝，下人怕他鬧酒，輕易不敢近前。月初因為酒醉生氣，要打一個護軍叫——唔，叫九十六的板子，因為打得重，有人請奴才去勸，等奴才趕到，人已經抬出去了，說要醫治。奴才看他們神情慌張，或是當場打死也說不準。」

「你回去細查，查明白再奏。」皇帝點點頭，擺手命胡什屯退去。又讓人傳旨給城裡的莊親王允祿及常明、來保，叫他們次日到園子來見。

這三人心裡有鬼，一夜不能安眠。第二天戰戰兢兢出西直門趕奔圓明園，大冬天，漬出一頭皮汗來。及召見時，就遭皇帝迎頭痛斥：「幾百人到廉親王府攪鬧，是你們誰惹下的？為什麼不奏？」

「都是臣等糊塗！」允祿慌得兩排細牙上下打架，一面叩頭如搗蒜般不住地請罪。皇帝素知他秉性軟弱，倒也不好太嚇著了他，稍緩了口氣正要再問，就聽侍衛奏報，說步軍統領阿齊圖有緊要事情面奏。

待皇帝應准了，便見阿齊圖進內稟道：「昨天先有四百餘內務府閒散闖鬧廉親王府，廉親王並沒知會奴才拿人。今天一清早不知怎麼，又有近千人圍到副都統李延禧家去。李延禧家人報到奴才處，奴才親自帶人趕去驅散。只是這些哄鬧之人，都是內務府的，奴才不敢擅自主張，特來面請旨意。」

皇帝聽罷氣得跺腳，想砸東西又尋不著趁手的，只好運著丹田氣一指跪伏在地的三個人嚷道：「平日看你們老實，竟然合夥欺君！你們這會子就去，將為首的拿住嚴審，要敢開脫一個，明天莊親王革爵，常明、來保菜市口正法！」

允祿等三人嚇得屁滾尿流，也顧不得鞍馬辛勞，忙扯住阿齊圖飛奔回城。待到了李延禧家，只見這四進院子內外盡是狼藉，黑漆大門砸個稀爛，影壁牆上爛泥污水早已結冰，各院房門大開，棉布簾子都扯下來，屋裡桌椅板凳全挪了地方，儼然遭了賊劫一般。李延禧站在院中，身上還算乾淨，身後站著兩個子侄模樣的年輕人，一個滿臉淤血，一個臂纏白布，都是怒容滿面。李延禧本是內務府出身，昨天眾人去鬧廉親王府時，哄傳是他吃裡爬外，攛掇允禩請減披甲數目。所以那一干閒人帶著親鄰戚友，一早又來他家攪鬧。且眾人尋思，昨天鬧了王府尚無官兵來拿，今天不過鬧一個官兒，又有什麼懼怕？因此不但叫嚷論理，及那李家子弟對罵阻攔，就乾脆動起手來，連搶帶砸，反了賊營一般。

此時哄鬧之人已被步軍衙門兵丁盡數驅趕，前後兩條街都叫按劍帶刀之人圍個水洩不通。四五十個為首鬧事的個個被上綁，見著莊親王等人也不懼怕，仍舊站在當地罵不住口。李延禧氣得講不起禮數，先衝阿齊圖道了謝，又到允祿跟前氣哼哼打個千兒，甩一句「王爺做主」，就偏頭不吭聲。

允祿叫皇帝嚇得，站在門裡乍著手不敢多話，只推常明、來保兩個向前。二人也顧不得人情，忙上前來，抓住一個綁著的，厲聲問道：「哪個指使你們去鬧八爺府的？」

「就是大人您！」被揪住的是個出名的滾刀肉，見他們不但不給自己人做主，反在這裡裝模作樣，心中大為不忿，擠對得二人張口結舌答不上來。虧得阿齊圖機警，忙走過來，一腳踢在那人迎面骨上，罵道：「胡唚什麼！照實說，哪個指使你們來鬧李大人家？」

「八爺說，就是他出的主意！」那人手縛在背後，齜牙瞪眼又衝著李延禧大叫。阿齊圖遂不再問，轉臉向莊親王道：「請王爺示下，這些人您帶回內務府去審？」

「你就受累罷，快別難為我了！」允祿聞言大皺眉頭，擺手就往後讓。阿齊圖心裡好笑，面上點頭，又道：「要是到廉親王府錄親供，怕還得您帶著我們去。」

允祿心知推託不過，只好唉聲嘆氣答應，帶著幾十名精幹校尉，押了為首十來個人犯，浩浩蕩蕩趕到廉親王府。

第六十章 燃萁

允禩喝了半日悶酒，這會兒正閉著眼歪在炕上叫水。滿地的書、筆、紙、墨叫人踩得稀爛，硯臺筆架也打得粉碎，一個銀酒壺傾在炕沿上，裡頭的酒已經淌乾了，地上倒是溼漉漉的。福晉郭絡羅氏坐在炕上，釵鬆鬢亂喘著粗氣，顯見是摔東西摔乏了，不過一時哭一時罵幾句「沒志氣、沒筋骨」之類的話。允禩的眼皮抬也不抬，頭栽在錦被垛裡，任由涎水順著嘴角往下流。

正這個當兒，外頭一層層傳進來，說莊親王並九門提督阿大人來了。允禩權當沒聽見一樣，倒是福晉擦了一把眼淚站起來，啐道：「就他們指使的，昨兒連王府也敢抄，還來充什麼好人！快請他們檯面上的人別處喝茶，別在這個晦氣地方汙了貴步！」

王府管事之人經了昨天的亂仗，嘴上不說，心裡都怪自家主子太過軟弱可欺；聽福晉如此剛強，無不痛快，答應一聲，就跑下去傳話。可不一會兒又跑回來，撲通一聲跪在地當中，帶著哭腔兒道：「莊親王說有話要問主子。」

「有話問？」

「就是請主子錄親供！」

福晉一聽，當即把眉眼都立起來。實因朝廷律法，別有宗室一款，凡親王貝勒干礙刑律，或繫佐證，雖奉有旨意，也不必上公堂，只在府中錄寫親供即可。福晉當允祿等人來，是為昨天的事過府賠禮，不想竟來問罪！她一時怒起，恨不得脫口而出一個「滾」字，好一會兒才咬著嘴唇壓下去，也不看允禩，只命回事的太監道：「就說王爺欠安，不能見客。」

「外頭不但有王爺大人，還有兵，還押著人。」太監自抹著眼淚，卻不敢領命，仍磕頭道，「只怕王爺不出去，他們再不肯走。」

「我去瞧瞧。」炕上的允禩聽得頭疼欲裂，勉強撐臂坐起來，伸手想去要一碗醒酒湯。福晉卻先奪過來蹾在小几上，怒道：「你給他們臉！」見他瞪著眼不說話，又含淚拉手道，「你這樣出去，一句話說不對，不又叫人拿了把柄？」

允禩狠撐了撐自己的太陽穴，又挪動身子取過醒酒湯來喝了，也不說話，逕自淨面漱口，更衣往外頭去。

莊親王允祿的年紀很輕，其母又是漢人，是以對儲位從無念想，和一眾兄長也都相安無事。他於琴棋書畫、騎射算學都很精通，唯獨膽小，也沒有治事的能耐，這會兒奉了嚴旨來和允禩對口舌，實在有些迫不得已。待見乃兄步履微蹣，叫人扶掖著進了待客的正堂，他心裡更多了好幾分不安，勉強硬著頭皮拉下臉道：「有件事來請教八哥，說得不到之處，請您包涵。」

「不是錄親供麼？怎麼個錄法，你們教給我就是。」允禩冷笑一聲，看看一邊鋪紙研墨的書辦、筆帖式，又見步軍統領阿齊圖正站著指點他們，便指著自己會客的正位道，「阿大人請上座？」

「王爺說笑話了，您請坐。」阿齊圖心裡有成算的人，並不理會他的揶揄。待眾人都坐定了，才拍拍手。就有數名精幹校尉將十來個鬧事的首犯押跪階前。阿齊圖即向允禩笑道：「提督衙門已經把昨天攪鬧王府的人都捉了，首犯已經帶來，不敢請王爺的尊面去驗，煩您打發見過的人去瞧瞧，做個干證。」

「你客氣了，我有什麼尊面，就是去過你的大堂也不妨。」允禩哈哈一笑，就叫貼身護衛去看。護衛下階認了認，回來稟說「拿得正是」。阿齊圖便又問道：「王府何等重地，放膽擅闖乃是大罪。提督衙門失於糾察，是下官的過失。可王爺既在府裡，何不知會我們前來料理？」

「你成日價忙，我也是曉得的。這些都是無知下愚的奴才，少了錢糧，鬧一鬧，也是常情，何苦去驚動你。」允禩人前坐這半晌，酒也醒個八九不離十，又顯出善解人意的賢王風度，再看一旁掃眉搭眼的常明、來保，便笑道，「再連累了內務府的老人兒，我更於心不忍。」

「王爺仁慈，可礙不過還有國法。今兒一早，這起子人又去鬧副都統李延禧的家，王爺有耳聞麼？」

「我今兒一起來就頭暈，喝了幾盅酒，現在還懵懂著。」允禩說著話指了指自己的臉。

阿齊圖呵呵一笑，又道：「那怎麼有人說是王爺指點他們去的李家呢？」

「是哪個混帳栽我的贓？」允禩聞言，將那長久都掛著笑的臉往下一沉，指著阿齊圖道，「你把人帶進來，我同他說！」

阿齊圖先說「怕髒了王爺的屋子」，見允禩執意不肯，也不便違拗，遂命校尉將那十來個人帶進來，分兩排跪在近前。這些人被拿時少不得挨打，即在路上，你一拳我一腳也在所難免，所以各個鼻青臉腫，衣服殘破，身上露出一撮一撮的破棉花來。阿齊圖見他們跪定，就把眼睛一立，問道：「你們再說一遍，是誰指使你們去鬧李延禧家？」

李延禧的事，大夥原是亂中聽人哄傳，至於在李家咬出允禩，也多是為了洩憤。這會兒臉對臉見著本尊，看他鳳子龍孫氣派，畢竟有些不怒自威，所以再要混賴，不免舌根兒發硬。只是前言已出，翻供無益，遂有為首膽大之人，瞪眼挺腰喊道：「是八王爺叫去！」

這邊話音剛落，就有兩個王府太監扯著嗓子罵道：「你是什麼東西，能聽見王爺說話？」「當面未準聽見，有人傳了王爺的諭也不一定？」阿齊圖本是御前侍衛，因與今上早年認識，先帝駕崩時又有擁戴之功，所以新君改元後步步高升，半年前即取隆科多而代之，榮任九門提督。如今他已將大金吾派頭拿得十足，聽見王府太監無故搭話，便沉下面孔，冷哼駁難。常明、來保也在旁連聲附和，逼得允禩霍然起身道：「那你把傳話的人綁來，咱們三頭對案，就在這兒審！」

「王爺息怒。」阿齊圖見他變色，忙又擠出笑臉來，喚了昨天傳話的王府護衛上來，問道，「昨天王爺叫你傳話給鬧事的人，你是怎麼傳的？」

「王爺有諭，攪鬧王府乃是死罪，我可憐你們無知，暫且不奏不拿，你們快快散去，各自安分回家。」護衛是個有閱歷的人，在下沉著跪稟，並無慌張。允禩欣然點頭，又向阿齊圖道：「他是你現叫來的，可沒有人囑託教供。」

「那是，那是。」阿齊圖朝他答應一聲，轉而拍案怒斥眾犯，「你們好大狗膽，竟敢攀誣親王！小子們外頭搭了席棚，給我夾棍伺候！」

外間眾番役齊齊答應，擁進來就將眾犯往外拖去。允禩氣得手腳發麻，青著臉怒道：「你也霸道得過了，我府裡是你動刑的地方？」

「下官是為王爺出氣。」阿齊圖正在得意行權當口，哪裡容他分說，眼鋒一掃，就見番役們手上加力，更拖得起勁。

那些內務府的閒人，吵鬧砸搶是漢子，等到被擒挨打，已經成了狗熊，即說動刑，登時肝膽俱裂，都哭號著朝莊親王、常明、來保求饒。三人戴罪之身，自己還要仗著阿齊圖說好話，所以支支吾吾，都推手不敢吭聲。眾犯見求他們無用，又改了嘴裡的話，齊喊「八佛爺救命」，好個王府廳堂，渾似殺豬般淒慘。

允禩實在不堪其辱，大喝一聲「住手」；見番役們都也不理他，只好轉向莊親王冷笑道：「內務府的人慣來好體面，叫外廷衙門說夾就夾，十六弟以後怎麼服人？」

允祿正低著腦袋數珠串，冷不防聽見叫他，手裡一哆嗦，站起來只管苦笑。允禩見他沒有指望，只好又負氣向阿齊圖道：「你既說為我出氣，我的氣已經消了，替他們說個情，不必夾了。」

「為王爺出氣是實，可到底要查出主使的人來。皇上為這件事十分震怒，說內務府的奴才吵鬧廉親王府，不知道的人不說奴才們混帳，反倒說我和廉親王過不去。王爺不叫動刑，倒屈了主子的心了。」阿齊圖話說得滴水不漏，允禩怒也不是，應也不是，見番役們得了令，仍要拖人，情急之下，竟脫口而出：「罷了，是我說的李延禧，你稱心了？」

「王爺所言確實？」

允禩話已出口，無可轉圜，見眾人都眼睜睜瞧著他，乾脆心一橫，點頭「嗯」了一聲。阿齊圖如同唐僧在雷音寺得了真經，當即衙錄口供的書辦一點頭，請允禩畫押用印，就帶著眾人辭去。

次日皇帝聽政完畢，這一干人就來奏頭天的事。皇帝心裡氣惱允祿幾個，將他們撂在外頭不理，只命阿齊圖一人進內獨對。阿齊圖先說眾人指認廉親王是搶奪李延禧家的主使，允禩亦直認不諱。見皇帝沉吟不語，又低聲道：「奴才混猜，廉親王素來奸詐，最肯代人應承，圖人感激。看他昨天說話的口氣，此事若果然是他指使，他必然不認；既認了，就未必作得準。」

「你說的正是他的為人。你回衙門去，再審那起子光棍！」皇帝聽他把話說到了自己心坎兒，不免大加賞識，又囑咐了兩句，末了問道，「明年秀女大挑，你家裡有應選的孩子麼？」

「蒙主子下問，奴才長女應選。」

「十幾？」

「剛滿十七。」阿齊圖是蒙古正黃旗下博爾濟吉特氏，門第甚好，聽見此問，心中一喜，忙屏氣細聽。皇帝見他拘謹，不由藹然笑道：「沒有什麼事，是看你的心地聰明，相貌也很端正，一定養得好女兒。怡親王的長子剛沒了福晉，你的女兒十七，很般配。等王子回京來，我替你說個媒。」皇帝興致勃勃說罷，見阿齊圖滿臉的誠惶誠恐，滿不在意地擺手道，「這件案子你放手去辦，不必聽莊親王的，他是個沒心膽的人。」

阿齊圖心領神會答應了，再出園子已是躊躇滿志，又快馬趕回城裡，將一眾人犯隔別審訊。三木之下，哪裡有個不說，許多人又翻了供，說那天鬧李延禧家的事，並不是廉親王指使，是看他家裡有錢，大家商量了去搶。阿齊圖得了口供，又上一本。皇帝召集群臣，將前後兩份供狀都給眾人傳看一過，方問允禩：「一件事這樣反覆不定，到底是什麼意思？」

允禩叫他詰得無言以對，只好嘆氣道：「這些下愚之人，臣應承下來，不過想免他們一死。」

「你一向到處代人應承，不過圖一個賢德的好名兒，這些人的死活，哪就在你眼裡。」皇帝將頭一轉嗤之以鼻，見允禩不說話，又諷道，「糾集數百人到你王府嚷鬧，驚了惠妃母的駕，豈不是我的不孝？這樣大罪，憑你私意保全，國法安在？還煩你移動貴步，到步軍統領衙門再認攪鬧之人，挑出為首幾個立正典刑，其餘的按律治罪。你可要慎重些，人命關天，要有冤抑出入，可就辜負你的好名兒了。」

允禩人在矮簷下，只好咬咬牙，低頭歸班。皇帝心中稱意，向群臣道：「這件事實在混帳，鬧得京裡謠言遍地，說我叫內務府抄了廉親王的家！都是莊親王、來保、常明糊塗至極。」眼見下頭允祿三人垂頭喪氣出班而跪，又道，「莊親王罰親王俸三年，常明、來保革去內務府總管之職。來保連夜通傳罪過更大，鞭一百，枷號三個月，以儆效尤！」

允禩萬般無奈到了步軍統領衙門大堂，見那十幾個為首鬧事的人都是皮開肉綻，各被刑傷，實在噁心得要吐，偏過頭去正要不看，就見堂下校尉送上人犯名冊，阿齊圖站起來一拱手道：「王爺請。」

「你已經動了重刑，為首為從，自然都問明白了，何必要我看。」允禩頭雖正過來，眼睛卻不肯往冊子上瞧。卻見阿齊圖滿臉堆笑不依不饒道：「皇上當殿的口諭，須得王爺親自指出為首之人。」說罷將手一讓。允禩無奈，只好帶著隨來的護衛，一步三挨走下去，階下立定了仰著頭道：「這些人我都沒見，你們說是就是。」護衛們見眾犯皮鬆腮凹，面目青紫，或說難以辨認，或是剛指出一個，被指的就大叫冤枉。允禩頭痛欲裂，不肯久待，遂箍著額頭向阿齊圖道：「人我認過了，你再問罷。」說完匆匆離去，留下幾個隨從聽阿齊圖再問。

豈知回府當晚，就又接旨意，叫他次日再進園子說話。允禩如今落下了病，凡聽說要見皇帝，就覺得心慌，需服下天王補心丹才能動彈。可今兒雖吃了藥，使女白哥替他更衣時，仍見他手指尖兒顫得厲害，不由心中擔念。等送他出了門，自己就倚在熏籠上，斷線珍珠價掉下淚來。正哭得傷情，外頭廉親王福晉帶著兩個丫頭走來，拉著她的手進到屋裡，自己先坐在炕上，又指著一個腳踏叫她坐在跟前。待拭了淚，就將她的雙手疊放在自己膝上，藹聲問：「王爺臨去說了什麼？」

「沒說什麼，只是嘆氣。」滿府的人無不怕福晉厲害，尤其是那些模樣周正的姑娘，見著她，更是兩腿打戰。只有白哥不同，她不過是個莊頭女兒，入府以來卻很得福晉青眼，見她服侍允禩盡心也不妒忌，反而時常賞賜吃用物什，又叫她的父兄到府裡辦事。特別是這些日子，她愈發覺得福晉的性子不像早先那樣爭強，除了暗地裡仍舊咒罵皇帝不休，對下人倒是和氣得多了。此時抬眼看去，見福晉一向齊整的雙鬢，多出許多散髮，魚眼紋隱在眼角邊，一笑，也顯得折折疊疊。福晉看看桌上酒壺，閉著眼睛難過了一陣，再睜開時卻道：「他如今這樣難過，倒有三分是怨我。」

「主子這是哪兒的話，明擺著是都怨——」

「不許胡說！」福晉見白哥嘴一抿，要說出罵朝廷的話來，忙拍了一下她的手止住，又幽然嘆道，「是我忒好強，不懂得世道艱難。」福晉說著，自己也斟了一盅酒喝下去，又訕笑道，「可我這個脾氣，自小慣了，再改也難。不入人家的眼，也沒法子。你主子如今的日子難過，以後怕是更難。我頂後悔的，是不許他多留幾個人在跟前，不能多傳些血脈。我瞧你是個明白有志氣的丫頭，以後就託你多照看勸解他罷。」

白哥服侍他們夫婦多年，從沒聽福晉這樣剛強的人說過軟話，心裡實在難過極了。主僕二人先是各自抽泣，漸漸傷心難忍，不免抱頭痛哭起來。

再說允禩到了九洲清晏殿中，尚未站穩，就聽皇帝迎頭斷喝，拍案質問：「你審的好案子！那五個人真是首犯？」

見阿齊圖繃著臉垂手侍立一旁，允禩不免心慌，忙低頭回道：「臣當天並沒見攬鬧的人，就叫護衛辨認。」

「人命關天，輕忽如此！」皇帝取過一摞畫供的卷子扔下去，指道，「你看看，第三個人，說他頭一天感冒風寒臥床，並沒去你家裡，單是第二天去了李延禧家，內務府的干證也說是真。要聽你的話判斷，就要冤死一條性命！」

允禩心道「不好」，忙去翻那供詞，就聽皇帝冷言冷語道：「原不指望你來明斷，我已經叫人把他們解到刑部，再審再斷。」說罷也不等允禩回言，又寡淡道，「老九不在跟前，我想你的用度該有些不足，可聽說你給太監閻進發賞，一賞就是四百兩銀子，可見還有富裕。」

允禩雖知他府裡多有皇帝的耳目，可不想這樣的細事也能叫人知道，所以先是驚訝抬頭，對著皇帝有一搭沒一搭的神氣，才俯首道：「他長年服侍勤謹，又趕上家裡蓋房子。」

「哦，是家裡要蓋房子，不是為了打死護軍九十六的事？」

「這——」

「你的酒量不濟，何苦喝起來沒夠，不知道酗酒最能亂性？」皇帝見他一張臉憋成了紫茄子，說話更慢下來，身子略傾向前，半眯著眼道：「你喝多了酒，就把頂撞你的人立斃杖下，又給監刑的重賞，想掩過去，是不是？」

允禩聽皇帝說出這樣的話來，才知道自己一舉一動，日常行事，哪怕極盡小心，也無不在他的指掌之中，遂覺宮殿裡全無火炭一般，登時來了個透心涼。皇帝坐在上頭，或說他「專擅生死，非人臣之志」，或說他「外作仁慈，內藏殺戮之心，殘刻狠虐，無所不用其極」。他聽著都像過耳風一樣，似聽見，又似沒聽見。不知過了多久，就見一個熱心腸的灑掃小太監過來，同他說「萬歲爺佛堂去了」，他才恍然覺察，哆嗦著站起身來，擦著一頭冷汗離了九洲清晏。

第六十一章　香消

允禩在西郊也有先帝所賜的苑囿，其地與九阿哥允禟的園子相鄰，如今兄弟倆相隔萬里，通個信也比登天還難，每見故園雜草荒蕪、狐兔競奔，他的心裡就很難過。況且他畏懼皇帝如虎，恨不得遠遠離開，絕不相近。所以近來皇帝雖然駐蹕西郊，他卻仍在城中府邸居住，有事召見再來。可他此時的心緒極壞，頭也叫西北風吹得生疼，再不耐煩路途奔波，只好命人先去園中拾掇幾間乾淨屋子，暫住一夜了事。

園子多年沒有住人，趕上數九寒冬，就尤顯清鍋冷灶。那管園的王府官員，不見本主督促查問，自然就要偷懶，屋宇花木雖偶爾收拾，到底不如常住的齊整。這會兒忽聽他來，少不了手腳忙亂，嘴裡抱怨。雖說七拼八湊將地龍燒熱、熏爐點起，等人到了屋裡，仍覺門窗透風，格外陰冷。

允禩這些天忍氣吞聲，虛火上旺，乍住在這久乏人氣的屋子裡，夜未過半，就內火外寒發起熱來。半夜去找太醫，怕人說他矯情，可周遭除了苑囿就是兵營，再沒一個民間的大夫可請。只好強撐硬挨，將渾身上下裹得嚴實，拿滾熱的燒酒喝了發汗，巴望來個蒙頭大睡。可他的心事實在太重，又兼頭疼欲裂，兩杯酒下肚，除了臉憋得通紅，心跳得雷轟一般，再沒別的用處。

既然杜康難醫病，美酒不消愁，他也只好在床榻上輾轉反側，胡思亂想。一時想允禟在西寧冰天雪地，一時想允禵在景陵孤寒無依；一時想自己躊躇滿志而笑，一時想皇帝百般凌辱而哭；一時想先帝愛恨交加，一時想母妃肝腸寸斷。思來想去，漸覺天光露白，頭疼體熱積蓄到了極處，便是通身躁鬱，喉乾指麻，恨不得掀去被子不蓋。等實在躺臥不住，他乾脆翻身坐起來，沙啞著嗓子命人：「去把長史找來見我！」

長史胡什屯這幾天心裡犯虛，刻意躲著允禩不見，聽說他住在西郊裡，心裡就踏實多了。豈料正在家中安坐，就有園裡來人喊他去見王爺，幾下裡推託不過，只好磨磨蹭蹭前去。胡什屯是允禩封王后的長史，並沒有到過他的私園，所以道路並不熟稔，入園後經人引導，穿廊過院走到湖邊敞亮開闊之處。就見允禩靠坐在湖畔亭內的石椅上，貂裘重裹，身邊放了兩個大炭火盆。

待走至近前，又見石桌上排放著幾個銀酒壺，炭盆上還溫著一個。允禩的臉色極難看，彷彿青紫之上抹了赤紅，正飲水般自灌酒喝。引導之人稟過「胡長史來了」，胡什屯也只得趨前行禮，小心翼翼問道：「王爺有什麼吩咐？」

「吩咐不敢當，請教你哪天得了都察院的加銜？」允禩的聲音很弱，嗓子裡咕嚕咕嚕叫人聽不清，可神情中的戾氣是胡什屯從未見過的。二人雖不一心，向來也還客氣，胡什屯遂也強忍著心慌，咧嘴笑道：「王爺說笑話呢。」及見允禩扶著石桌勉力起身，就忙上前攙住，又笑道：「奴才只有王府裡的差事，服侍王爺第一要緊。」

「不是斷送我的性命第一要緊？」

胡什屯在側後攙著允禩的胳膊，自己又是低眉賠笑之狀，原本看不見他的正臉。可冷不防他一個渾身打戰中氣不足的病人，竟然掄起胳膊猛甩過來，一聲脆響，正中自己的右頰。這一巴掌打得足色，不但胡什屯踉蹌幾步絆到亭子外邊，連打人的允禩也站立不穩，一個踉蹌跌靠在身後柱子上。他先還有三分顧忌，這一巴掌打出去，倒把十成的怒氣都激起來，又仗著酒氣病體作膽，自己推開柱子站直了，用手指了胡什屯面門，向一旁隨侍之人斷喝道：「把這吃裡爬外的奴才給我狠狠打！」

滿洲人最重主奴之分，性情又多悍勇剛烈。先帝寬待宗親，縱容得一干王公貴胄全不把臣屬的性命當一回事，動輒打罵苛虐。連允禩這樣出名的好人，也曾有偏袒奶公、毆打御史舉動。到了當今治下，這干鳳子龍孫自保尚難，打罵屬人的事就做得少些。何況王府長史是朝廷欽派的三品大員，並非護軍、筆帖式之輩可比，是以眾人聞命之下，都面面相覷不敢向前。胡什屯趁這個工夫，頭腦已經清明起來，想到允禩如此暴怒，一定是為告發九十六的事，只好先站穩了，再忍辱向前道：「王爺消消氣，容我說兩句話——」

允禩見眾人遲疑不動，心中更恨，眼睛瞪得血絲爆出，嘴裡大口呼出酒氣。他一面顫巍巍扶著柱子往前走，一面揮手擋開上前攙扶的近侍，待惡狠狠走到胡什屯跟前，先用雙手死命一推，又抄過小太監捧著的銅手爐兒頭猛砸一陣。幸有兩個護衛見機得快，一個上前將他抱住，一個拉著胡什屯緊往後躲。

亭子建在水榭上，一面是岸，三面臨水。孟冬時節冰凍得結實，踩在上面原不打緊。可不巧允禩園居日短，管園的官員、雜役常常乘興釣魚，又以亭榭便於歇腳，就在這裡砸了個冰窟窿。胡什屯心裡驚慌，四處閃避，又叫那護衛一拉，不合磕絆在石階上，一腳踩進河裡。那冰面乾滑，又多腐葉碎石，他幾下子連跌帶撞，眼看就滑到冰窟窿前頭。眾人眼睜睜看著，都大喊叫他留心，怎奈他再管不住自己的兩條腿，就聽「撲通」一聲，將個七尺多高的身子重重跌進冰水裡。

胡什屯身上的袍服厚重，一浸水，更愈發沉重起來，渾要將他的全身墜入湖底。幸而他體格結實，手腳靈便，又曾習水，幾番撲騰，嗆了半肚子水，到底勉強把頭頸浮上水面來。只是湖水酷寒，碎冰劃在裸出的皮膚上刀割一樣疼，四處又都是冰，沒有鳧水的餘地。他想扒著冰面爬上來，可冰面極滑，身上又溼，無論如何也使不上力氣，只好盡力呼喊，等人來救。

岸上眾人都嚇得三魂不在七魄，有腿快的奔去找粗大竹竿，有膽大水性好的走到冰面上，四處踩踏，試探虛實。唯有允禩恨紅了眼，滿腔怒火未息，見眾人又喊又叫，穿梭般在自己跟前亂晃，更加忍耐不住，遂拚著全身氣力嘶喊：「這樣賣主的奴才，合該淹死，誰也不許去救！」而後幾步向前，一把薅住取竹竿的小太監，抬手就是一拳。聽小太監「哎喲」一聲栽倒在旁，救人的都猝然停手，相顧不敢出聲。再看水裡的胡什屯，上下沉浮間已有力竭的徵兆，再沒人救，怕就難以支撐。

允禩跟前的首領太監馬起雲從小伴他左右，看他目眥欲裂、歇斯底里的樣子，一把撲過去，抱腿哭道：「主子醒醒，長史有個好歹，無論如何瞞不過去！」聽他仍舊咒罵不休，馬起雲將心一橫，自己三下兩下脫光了上衣叫道：「奴才不會水，願意跳下去陪著長史一起死。」

眾人見此無不動容，齊齊跪倒求情。允禩兩行淚下，卻說不出話來，忽而天旋地轉，兀地栽倒。馬起雲忙叫人將他抵住，七抬八架送回屋裡去；自己又帶了幾個壯小夥子，將只有半口氣在的胡什屯拖曳上岸。

這裡又是給允禩瞧病，又是給胡什屯救命，正忙得四腳朝天不停轉。不合又有內廷的人來傳話，說皇帝冬至之日要親往天壇祭天，在京諸王大臣盡數隨駕。允禩急火攻心難以下地，理應由長史代為回奏，可胡什屯又如何能動彈得了？所以沒兩天工夫，允禩園中的亂仗就都傳到圓明園皇帝耳朵裡去，分毫也瞞不過。

不過皇帝此時心亂，又顧不到允禩身上。實因這幾天年貴妃病勢日重，已至膏肓。皇帝前向皇后詢問貴妃的病情，皇后是個誠實厚道人，從來不會說謊，只好吞吞吐吐道：「小劉太醫好拽文，當著我的面只是背醫書，叫內總管又問了幾回，才肯說是挨日子的意思。」邊說著，已是不住地拭淚，又絮絮道，「她進府不過十五六歲，雖說名分上是姊妹，我看著和自己的女孩兒也不差什麼。她的心細，又識文斷字，這些年替我操了不少心。可憐她身子太弱，才三十歲，竟到了這步田地。」

皇帝心裡長嘆了幾回，臉上卻不肯很顯出來，只低頭擺弄著手上珠串，又稱讚皇后的賢德，末了才悶聲道：「之前因為她病著要靜心，才把福惠阿哥放在你宮裡。既然到了這個地步，就叫福惠多去請安罷。」

晚間皇帝無心看奏摺，獨自枯坐許久，回味著皇后的話，心裡愈覺空蕩不安。夜至二更，忽然命人傳進劉裕鐸來，再問貴妃的病勢。這劉太醫夙稱杏壇的聖手，這會兒也只有搖頭嘆氣。皇帝無甚怪罪之言，只是竟夜輾轉，次日聽政一完，就帶著幾個近侍，往貴妃所居的山容水泰漫步而去。

另一邊皇后也命妥當宮人一早將福惠裹得嚴嚴實實，領去貴妃居所探望。昨夜又一場新雪，這會兒還飄飄灑灑落個不停。管事的宮人說雪下有殘冰，唯恐阿哥奔跑摔跤，所以要叫個穩重的太監背著他。福惠一個四五歲的孩子，見著下雪就要撒歡兒，一面喊著「不要」，一面掙脫了乳母的手，一骨碌滾到雪堆裡，太陽底下四仰八叉伸個懶腰，才在眾人大驚小怪的呼喊聲中翻身起立，用小手將身上的雪拍了拍，嘴裡邊叫著「看額涅去咯」，邊向山容水泰飛奔。

孩子已經一個多月沒見著親娘，等到了貴妃寢宮外頭，見到掌事的大宮女夏天兒，先清清亮亮叫一聲「姑姑好」，又探頭探腦向暖閣裡看去，小聲問：「額涅還難受麼？」

夏天兒從來把這孩子當作心肝來疼，乍一瞧見，真像見了個活寶貝，不知道怎麼高興才好。「哎呀哎呀」叫了幾聲，才將他全身摊在懷裡，先攥住兩隻冰涼的小手，再把紅通通的小臉連頭焐在胸前，又嗔又笑道：「看又貪涼，也不拿個手爐暖一暖。」

「猴兒沉的，我才不要！」孩子被溫暖柔和的身子攏著，心裡熨帖得很，又把臉在夏天兒身上蹭了蹭，就掙開她，急著要跑到暖閣裡去。夏天兒用胳膊一擋，食指放在嘴邊噓了噓，說句「先別去，正睡著呢」，就拉他到了殿內東牆邊的空地。福惠會意地靠牆一站，又悄悄蹺起腳尖來。夏天兒心知肚明抿嘴一笑，忙從頭上拔下一根簪子，就著福惠的腦瓜頂，在牆皮上一畫。福惠轉過頭去，拿手比了比最上頭的兩道畫痕，蹦著高笑道：「這回長得比上回多！」

「可不是嘛，長了有小兩寸！」夏天兒面上雖帶喜氣，心裡卻大傷感起來，又不敢讓孩子瞧破，忙背過身去吸了口氣。待要給福惠琢磨新鮮吃食，就聽暖閣裡傳出痰嗽呻吟之聲，緊接著一個小宮女躡手躡腳出來，壓著聲道：「主子醒了，叫姑姑呢。」

福惠上次來時，貴妃雖也瘦弱，可還能行走起坐，言語清明，全不似這樣地沉屙難起。暖閣的進深於成人不覺得寬，可對四五歲的孩子也不算窄，是以福惠站在門邊，眼見炕上一個危病的女子，形銷骨立，連挪動身體也要喘一喘，就再認不準那是自己原本秀麗的母親。他呆了一會兒，就回頭去看夏天兒，夏天兒緊在後面推他，連催「快去，快去」。

炕上的貴妃眼花頭沉，本來看不清人的面目，可見著福惠卻眼前一亮，只是欲叫名字，卻喉嚨發緊出不得聲。幸而福惠見機得快，先叫一聲「額涅」，又跑到跟前，規規矩矩磕了一個頭，站起來偎在床邊，兩隻小手捧著貴妃的臉看了許久，方顫悠悠道：「額涅瘦了。」

貴妃費了好大勁，才從臉上擠出笑來，又哽了幾哽喉嚨，方說出一句：「傻孩子，哪瘦了？」「是瘦了！嬤嬤說額涅不愛吃肉，只有我去年打的兔子肉愛吃！」福惠屬牛，平素雖然乖巧，骨子裡卻有個頂強的小牛脾氣撐著。見母親不肯認帳，就愈加堅定起來，皺著眉頭道，「今年叔王不肯帶我們去木蘭，額涅又不吃肉了。明年我一定去，自己抓一隻大兔子回來！」

貴妃邊聽他說孩子話，邊盯著他的臉龐細看，是要把他的模樣刻在自己頭腦裡一般。福惠的眉眼很像今上，鼻子往下的地方卻像貴妃的父親年遐齡。他說著去木蘭打獵的開心事，小嘴一張一合，湊著小鼻子一翕一收，就讓貴妃想起自己兒時隨任武昌的情形。那是大江橫亙的名城，東湖曲折，山巒清秀。貴妃是年巡撫最小的嬌女，所以每逢公餘，父親就常捧著她瘦削的臉，嗔她不肯吃肉。又教她背「少年從獵出長楊」「為報傾城隨太守」「所向無空闊，真堪託死生」；再令她的二兄羹堯相攜，去磨山打獵秋遊，得了獐狐野兔，就烤給她吃。

她一時恍惚，口中喃喃念出一句「老夫聊發少年狂」來。福惠雖還沒到進學上書房的年紀，可平日裡名詩好詞也念了不少，又正是好勝爭強要人誇獎的年紀，遂得意洋洋順口接道：「左牽黃，右擎蒼，錦帽貂裘，千騎卷平岡。」不料貴妃聽見「牽黃、擎蒼」一句，頭腦中兀地現出「鳥盡弓藏、兔死狗烹」八個字來，一個冷戰，便覺胃裡翻江倒海，緊接著將才喝的兩口水都嘔出來，前襟並錦被溼了一片。福惠先嚇了一跳，邊在嘴裡喊著「額涅」，就跺腳甩了兩隻靴子，一骨碌到炕裡頭，舉著小拳頭替貴妃拍背。

一旁宮女們先聽見福惠背詩，想著貴妃應該高興才是，不知為什麼又觸動心腸吐起來。夏天兒先在這裡安撫幾句，就帶著小宮女到外間端藥，可才邁了一隻腳到門檻外，就「呀」的一聲叫出來。實因皇帝背著手從外頭進來，後有兩個御前太監相隨。皇帝並未理會她們的跪拜，照舊走進內間來。福惠眼尖率先看見，趕忙就推貴妃，大喊「汗阿瑪來了」。

貴妃剛剛吐過，臉蠟紙一樣黃，這會兒勉力抬起重如千斤的眼瞼來。殿宇深深，床帳半垂，恍惚見一男子的面目漸漸靠近，長臉、淡眉、細眼、八字鬚，似是她及笄之年就陪伴的夫君。可細看又不像，她的夫君面容瘦削，氣宇輕捷，談笑間眉目靈動，不見一絲愁苦之氣；可眼前這個人已經發起福來，地閣寬大，神情沉滯，似有無限的心事又不肯吐露分毫。她極力定著心神，卻滿是不知有漢、無論魏晉的惶惑。等皇帝叫了幾遍她的閨名，福惠又喚「額涅」，她才明白些，繼而淚水恣縱，一串一串滾落下來。

「怎麼一下病得這樣，怪我忒疏忽了。」皇帝滿腔的兒女情長泛上來，一面自責，一面要了手巾去擦貴妃的眼淚。宮人們挪動著貴妃的上身，往高枕上靠了靠，她原本躺著的地方，就現出一撮一撮脫落的長髮。皇帝探身撿在手裡捋了捋，又遞給夏天兒，問道：「你主子用的髮塔，還是潛邸那個？」

夏天兒才答應了一聲，就捂住嘴，將要湧出來的一包眼淚憋回去。等忍住了才掏出絹帕子來，將頭髮小心托住，隨後一蹲身，就要帶福惠退出去。皇帝擺擺手，將孩子攬在身前，又向前傾了身子，才聽貴妃竭力說道：「臣妾不該這樣不梳不洗見您。」

「什麼話，又不是漢武帝跟李夫人。」皇帝笑著寬慰她，又低頭問身前的福惠，「瞧你額涅是個美人不是？」

福惠脆生生答一個「是」字，把周圍淒風苦雨的人們都說得破顏發笑。唯皇帝又想起舊事來，倒不知作何言語。

且說當年貴妃尚未及笄就進了雍親王府，年歲尚小，天癸未至，花燭之夜並不曾圓房，及至二八佳誕，方行周公之禮。一夜春宵苦短不提，次日一早，三十幾年晨讀不輟的雍親王遲遲不肯移步出閨房，只是披衣而坐，笑呵呵看著年輕的側福晉梳妝。大家閨秀初做了小媳婦，不免又羞又臊，磨磨蹭蹭拿起東放下西，披散著秀髮挨了好一會兒，才上前推他的肩道：「王爺快去，好叫丫頭來梳頭。」

「叫什麼丫頭，我給你梳來試試！」雍親王說著話，將抽身要跑的側福晉捉在懷裡，按著她坐在妝臺前，將一個木雕的梳具匣子從她手裡要過來；打開一瞧，那方的、長的、月牙兒的，竹的、木的、象牙的，凡梳子、篦子，足有十一二件。他自己摸不著頭腦，又不肯屈尊下問，只好隨手拿了個秀氣的木齒丹，打頭頂上一攏，就聽身前人「呀」的一聲嬌呼，七八根青絲順勢脫落下來。側福晉愛美，又是小姑娘脾氣，一把搶過梳具匣子抱住道：「瞧您能的！通頭的要那長的大的，這細的小的，是攏下梢才使得！」說罷看看飄落散下來的秀髮，氣得跌腳噘嘴委屈道，「瞧瞧，又掉了這麼多，本來就成日價掉，照您這個梳法，過兩天要成比丘尼了！」

「小丫頭胡說，髮為氣血之餘，掉頭髮，是你氣血不足，怎麼賴上我了？賴我不說，還敢毀僧謗道！」雍親王自知理虧，喬張作致高聲兩句，就氣短下來，拉著她的手撫慰道，「回頭給你個好樣子的髮塔，把每天掉的頭髮都存著，等掉成了比丘尼，就拿出來給我看看，也好笑話笑話你。」

「女生四七，筋骨堅，髮長極，身體盛壯。你才三十歲，正是強健的時候，怎麼就病得這樣，我還說太醫院危言聳聽來著。」皇帝看著垂危的貴妃，想起小兒女往事，也情難自禁地垂下淚來，半晌才揩拭著強笑道，「可得好好養著，等頭髮掉成比丘尼，還要給我笑話呢。」

皇帝又坐了一會兒，看貴妃精神實在不濟，只好交代眾人幾句出來。迎頭見著按例進內診脈的太醫院使劉聲芳、御醫劉裕鐸兩個，雖知無甚可問，仍張口問道：「貴妃的病還有大愈之望麼？」

劉聲芳是個久在朝中侍奉貴人的老宦，一向最會說話，一聽皇帝此問，忙叩頭回道：「貴妃得沐天恩慰問，感戴之下，不定氣血俱通，五臟俱調。」

「我又不是藥王菩薩，哪有那麼大道行？」皇帝聽慣他的委蛇虛詞，不過擺手苦笑。想想沒有再問的話，只好嘆息兩聲，命傳張廷玉候旨。

九洲清晏暖閣之中垂設珠簾，待張廷玉進內，皇帝就指著簾外座椅高几向他道：「坐坐，替我寫一道旨給禮部。」張廷玉整日待在內廷，凡屬要緊旨意，大多由他草擬。現見皇帝踱步不止，心知所辦必是急務，遂打點精神提起筆來，想著邊聽皇帝口述，邊打腹稿成文。卻見皇帝踱了半晌，又坐下去，沉吟許久方道：「眼下貴妃年氏病重，她在藩邸多年，又育有皇子，還該加以優禮。就寫——妃素病弱，如今漸次沉重，朕心軫念，著晉封為皇貴妃。」及見張廷玉一躬落座就要動筆，皇帝又將他止住，頓一頓道，「一定將貴妃在皇考、太后人喪上盡禮的事多寫兩筆。」

妃嬪冊封旨意多係具文，不過翰林筆法，原不用這麼鄭重其事。如今朝中辦理年羹堯案，蔡珽一干人吵得極凶，大有牽連其滿門家口之意。張廷玉是日侍帝側的近臣，料知皇帝並無此意，此時又見他神色悵然，禮儀鄭重，心中越發篤定，不過稍加醞釀，就提筆寫道：

「諭禮部：貴妃年氏，秉性柔嘉，持躬淑慎。朕在藩邸時，事朕克盡敬誠，在皇后前小心恭謹，馭下亦寬厚平和。朕即位後，貴妃於皇考、皇妣大事悉皆盡心盡禮，實能贊襄內政。妃素有羸弱之症，三年以來朕辦理機務，宵旰不遑，未及留心商榷診治，凡方藥之事悉付醫家，以致耽延。目今漸次沉重，朕心深為軫念。著封為皇貴妃，一切禮儀俱照皇貴妃行。特諭。」

寫罷自看了兩回，見無舛誤，便持稿呈給皇帝去看。皇帝看過先點點頭，又拿起筆，在「一切禮儀俱照皇貴妃行」句前，加上了「倘事出」三字。待再看時，卻有不忍卒讀之意，嘆息著放在一邊，又向張廷玉道：「先頭律例館進呈新律，我看婚姻一款，除了『七出』『三不去』之外，還有夫妻義絕一說，你知道麼？」

「皇上恕臣不曾研習律例。」

「是說夫妻族屬相毆相殺，夫妻之間即稱義絕。」皇帝雖同張廷玉說話，卻似自言自語，娓娓笑道，「明兒要殺年羹堯，放在尋常人家，貴妃遞上狀子，縣老爺就可以斷離了。」

張廷玉雖然親近，到底是個漢臣，於宮廷家務豈宜多加置喙，只好伏地拜道：「國法不同於常情，皇上此言，非臣所敢聽。」

「說笑話而已，不用當真。」皇帝見他惶恐，也不便多發感慨，遂將才擬的諭旨發下去，叫禮部和內務府預備貴妃後事。

第六十二章 虎兆

晉封的旨意下了沒幾天，年貴妃就在圓明園病逝。皇帝傷懷悲悼，特地選了「敦肅」兩字做她的謚號，又參酌《會典》，添加些禮儀，以慰逝者在天之靈。

按例皇貴妃位同副后，薨逝之後，皇子王公並福晉等都要到停靈之所齊集穿孝。現下正是隆冬，寒冷異常，這披麻戴孝的勾當，除了特意要拍馬屁的人，誰個又能樂意。所以旨意傳到各王府，誠親王允祉打頭就不痛快。他如今是皇家近支中第一個年長位高之人，禮儀上難免有些自矜。今上登基以來，壓制宗室之事做得過多，對他這個為兄的，也無格外敬重，譬如這樣穿孝齊集的苦差竟然不能免去，實在叫他生氣。

至於廉親王允禩，自那日痛責胡什屯後，他的病就愈發重了，窩在西郊園子裡躺了十來天，連皇帝將這件事遍諭群臣，把杖斃九十六的太監砍了腦袋，他也全然顧不得了。這會兒將將能夠下地，就趕上皇貴妃的喪儀。福晉原本要他告病假，可臨事頭一天，偏是少有來往的允祉氣咻咻趕來探病，又當面撒氣道：「哪有作兄長的為弟妾穿孝的禮數？我明兒斷不能去，你這病人去不去？若不去，咱們一處告假。」

允禩本不想去，聽他這樣說，自己反倒不敢不去，生怕皇帝挑起禮來，又扣個黨同欺君的罪名。可他又不想得罪允祉，所以寧可自己委屈，遂苦笑道：「三哥確實不宜去，何況榮妃母在堂，也不吉利。我的體面遠不及三哥，不敢不去做做樣子。回頭主持的人問起來，我就說三哥另有要差去辦，替您遮掩了罷。」

果然，到了齊集舉哀之日，誠親王允祉並未前往，廉親王允禩雖去了，可纏著頭，拄著拐，一臉病容，委實不堪。俗話說千人走路，一人領頭。允祉託故不到，允禩又這個模樣，餘下人本來不服，見著榜樣，就愈加懈怠起來，不但禮儀不肯謹慎，閒話也說了不少。皇帝耳目周到，自然有所聽聞。他暗生悶氣，可礙著倫常有恆，長幼有序，也大不便為了這樣的事去和允祉較勁。只好橫挑鼻子豎挑眼，找出些不是來，將禮部堂官各降幾級，以儆效尤。

皇帝心中煩躁，又拿出九卿會議年羹堯案的本看，見本尾上寫：「伏請皇上將年羹堯立正典刑，以申國法。其父及兄弟子孫伯叔、伯叔父兄弟之子、年十六歲以上者，俱按律斬。十五歲以下，及母女妻妾姊妹，及子之妻妾，給付功臣之家為奴，正犯財產入官。」外間的半陰天撲簌簌下著大雪，皇帝隔著明窗看了半晌，才揉揉發澀的眼角，叫來九門提督阿齊圖吩咐道：「現在為了年羹堯的案子，京師裡人心不定，或是鑽刺打點，或是造作謠言，各處一定不少，你務必加意留心。」

阿齊圖自辦了內府披甲圍鬧廉親王府一案，更得皇帝寵信，他自己亦精神抖擻，官當得十分起勁。所以上午得了這句話，下晌就加派兵丁番役，日夜盯住年家各處宅子，凡有動靜，即刻回報。

沒過幾天，果然有一件新鮮事，麻煩到阿齊圖頭上。只因現在的年家，年遐齡老邁多病不說，年希堯行事也欠精明，加上貴妃薨逝以後，舉家既要應付官司，又要到停靈之處守喪，所以再沒精神料理家政、管束下人。家奴僕役中告病請假、私下逃走的，都漸多起來，那些暫沒找到去處的，見家主無力，也難免借機偷竊、曠閒躲懶，頗有些樹倒猢猻散的意思。

這一日天已入夜，內城裡都靜謐下來，家家關門閉戶，街上空無一人。年家司閽的家人本有五六個，近來走的走散的散，只剩下兩個，一人一天地輪班。這天當班的是個老僕，眼花耳背，天一晚，就忍不住犯困，實難照應大門並院牆的動靜。晌午他京東老家的兒子前來探望，說現在連鄉下人也知道，在年家做事沒有好處，他們要是鬧個滿門抄斬，豈不連下人也跟著丟了小命兒？您老在他家年久，不如聯絡幾個管庫管廚的人，拿些錢米物什，回家做個小買賣去罷。這老家人是個厚道稟性，又受過年遐齡的好處，不但不肯應允，反將兒子臭罵一頓趕回家去。獨留下他孝敬自己的幾斤羊肉，待晚上關了門，就在牆根處架起炭火盆烤肉吃，又拿出自己存的半瓶燒酒，自斟自飲。

悶酒易醉，又兼是有年紀的人，所以喝了不到二兩，老僕就覺得頭沉，一壁裡靠著炭火盆，合著大棉襖，迷迷糊糊睡將過去。一覺睡了小半個時辰，等酒勁稍過，他蒙矓中就覺出些許寒意，想端著火盆挪到屋裡再睡。可剛揉著眼睛要坐起來，就聽火盆前窸窸窣窣的，似有些不同尋常的動靜。他原當是鬧耗子，也沒在意，披了棉襖就往盆邊摸去。此時正是三更天到，走街串巷的更夫又恰巡到年宅門口，更夫才將更梆敲得作響，不合火盆邊「嗷」的一聲怪叫，就見一個毛乎乎的活物騰空躍起，驚馬般亂跳起來。

老僕叫這活物一嚇，登時就醒透了，一把抄起身下板凳，借著殘火微光，兜頭向那活物打去。那物極是靈巧，向前一躥，躲開板凳，卻將尾巴掃在炭火盆裡。火盆裡的火雖滅了，餘燼到底未滅，一下掃上，就疼得它慘叫起來，黑夜中兩眼露出凶光，反身撲到老僕肩上就是一口。這一口實在厲害，不但把棉襖全撕爛了，連裡頭的肉也狠狠咬住，鮮血一下子洇上來。老僕呼痛正要再打，卻見它大叫著，奪路往後宅狂奔而去。

如今年家人風聲鶴唳，夜深人靜聽見門上呼喊，只當是來抄家。上房裡年遐齡驚得渾身盜汗，顫抖不止；東進院年希堯聞聽人報，也慌了神，不曉得該去安慰老父，還是到大門應付，一時亂哄哄的全沒個章法。直等十幾個家人燈籠火把齊點起來，跟著司閽老僕一路追到花園，才看清是個黃地花斑半人多長的大個野狸貓，叫人逼得無路可逃，躥到一棵半高的樹上，抱著枯枝大口喘粗氣。

年家人多，這一亂，就沸反盈天，吵得四鄰不安。阿齊圖派來的番役探得動靜，立刻就往他家飛報。阿齊圖蒙皇帝這樣恩寵，實在很肯盡心，一聽年家有事，雖在夢中，也即披衣而起。待聽說是個大個畜生，或是猞猁，或是豹子之類進了家門，他便覺得無趣；正趕了來人要睡，忽而又警醒過來。先前年羹堯青海大捷凱旋時，京裡到處傳揚，說他是個老虎轉世，天生的煞神，跟得道之人修煉過了，才成個人形，又能做大將軍。阿齊圖想起舊話，略一思忖，就翻身下地，召來幾個精幹親信，如此這般一一吩咐，隨後穿戴整齊，趕到衙門升座。

其時天尚未明，他倏爾發下大令，調集五十名身強力壯的滿洲兵丁，鳥槍火銃、強弓硬弩都配得齊全，一路張揚著往年家去。沿街居民正忙著洗漱打點、預備早飯，見此情形，心裡各自納罕，無不七嘴八舌議論起來。其中還有不少好事的，陸續跟在兵丁後面，往年家去看熱鬧。

待這一行人到了年宅，天光已經放亮。年遐齡折騰一宿未睡，此時周身虛軟，歪在炕上不能起來。年希堯聽見阿齊圖帶兵親來，嚇得真魂都散了，衣裳也來不及換，就跌跌撞撞迎出門來，卻見門外不但兵丁，就連看熱鬧的也圍了上百。年希堯打著躬要往裡請，就見阿齊圖滿面狐疑問他：「年大人，聽說你家裡竟進了一隻虎，傷著人沒有？」

他話一出口，就驚得年希堯瞪大了眼，一旁看熱鬧的閒人也炸窩般叫起來，東拉西問，再沒一刻安靜。年家鄰里被擠在人群中，可逮著顯擺見識的機會，彷彿親眼所見似的，左顧右盼向眾人解說：「可不是！昨兒夜裡再不知進來個什麼畜生，嗷嗷叫得瘮人。他們合宅裡喊殺喊打滿院子跑，把我們都吵醒了！」

「軍門怕是聽錯了，那不是虎——」年希堯趕忙解釋，聲音卻蓋不過眾人的議論。所以他一句話還沒說完，阿齊圖已經將手一揮，高聲道：「老虎進城可不得了！你們快把那畜牲打死了抬走，看別傷人！」說罷帶了那些持械的兵丁，連擠帶搡，將年希堯一併擁進院去。

及到宅內花園，阿齊圖命眾人在外等候，自己只帶七八個親信隨年希堯入內。那裡頭一隻大野狸子的屍首，已然橫在當地，幾個家人揮鍬弄鎬，正要在牆腳挖坑掩埋。年希堯遂向阿齊圖道：「夜間門上貪睡，不知怎麼，就叫這畜牲跑進來，將一個人咬了一口，傷處已經敷了藥，不打緊了。都怨我不能約束下人，一點小事慌裡慌張，攪擾四鄰不說，又傳出訛誤，竟驚動軍門親自趕來。實在是我的罪過。」

阿齊圖聞言不置可否，臉上似笑非笑道：「這畜生的皮毛甚好，埋了可惜，不如給我，賞給置不起皮衣裳的兵丁怎麼樣？」

「好好，軍門請便。」

阿齊圖笑著拱了拱手，才向前走了兩步，又忙退回來，指著那狸子道：「看這大小，比個小虎羔子也差不多，也不曉得死絕了沒有？」說著話一把抓過親兵手中的鳥槍，瞄準它的頭就是一槍。年希堯被唬得倒退幾步，心裡蹊蹺，卻不敢問，任阿齊圖帶來的親兵圍上前去，將畜生的屍首抬在一個大木板上，又蓋了厚厚兩層麻席在上頭，只露出一截黃黑相間的尾巴梢來。在外頭等待的官兵一聽槍響，只當真有老虎，趕忙就圍進來，卻見阿齊圖泰然自若握槍站在當地，說聲「告辭」，就叫人抬著席板，浩浩蕩蕩出了年家。

大門外裡三層外三層的閒人聽見槍響，越發認定院中有虎。此時見官兵搭出板來，裡頭鼓鼓囊囊，似個大畜牲模樣，還有截尾巴毛乎乎的。城裡人沒見過虎，如何能辨真假，是以街上男女婦孺，都將這年家進虎的消息作一個稀罕事，七姑八舅傳將開來。更有那會編排的，將前因後果也連綴上，說頭天下晌就在老齊化門外見著此虎，不但齊化門見過，就東便門城頭也有人見過。幾下裡七拼八湊，不出三五天，就將這老虎何等模樣、何等大小、何來何往，傳了個有鼻子有眼。再把年大將軍是老虎轉世的掌故接在一處，一傳十、十傳百，竟成個人人爭說的新聞，連宮裡太監、侍衛也有不少知道的。是以不待阿齊圖奏報，皇帝就有了風聞。

皇帝辯才高明，最能講因說果，見眾人各自不解，便泰然道：「你們不曾讀書，怎麼知道天人合一的道理。我先頭用年羹堯為大將軍，就曾夢見一頭虎。那時候諸王大臣都說他不是滿洲宗室，怕生異心，我不過一笑置之，並沒說這樁緣故。現在既有老虎躍深溝攀高壘，不傷人畜，專奔他家，又叫兵丁合力擊斃，可見天意如此。」內侍們聽得一知半解，不過點頭稱聖。也有一二心思靈動之人，聽見這話，就曉得皇帝心意已定，年羹堯的死期將到。

果然，又過了幾天，皇帝便將廷議的本章發回，又寫一道上諭，內稱：「朕念年羹堯青海之功，不忍加以極刑，著交步軍統領阿齊圖，令其自裁。年羹堯剛愎殘逆之性，朕所夙知，其父兄之教，不但素不聽從，而向來視其父兄有如草芥。年遐齡、年希堯，皆屬忠厚安分之人，著革職，寬免其罪。一應賞賚御筆衣服等物，俱著收回。年羹堯之子甚多，唯年富居心行事，與年羹堯相類，著立斬。其餘十五歲以上之子，著發遣廣西雲貴極邊煙瘴之地充軍。年羹堯之妻，係宗室之女，著遣還母家去。年羹堯及其子所有家貲，俱抄沒入官。其現銀百十萬兩，著發往西安，交與岳鍾琪、圖里琛，以補年羹堯川陝各項侵欺案件，其父兄族人皆免其抄沒。年羹堯族中有現任候補文武官者，俱著革職。年羹堯嫡親子孫，將來長至十五歲者，皆陸續照例發遣，永不許赦回，亦不許為官。有匿養年羹堯之子孫者，以黨附叛逆例治罪。著內閣明白記載。」

刑部監獄沿用前明錦衣衛北鎮撫司監所，地在衙署西南。因為國家承平，人口日增，刑名獄政也愈發繁冗，以致監舍擁擠，額定關押二十人的監舍，在押者常有四五十人。不過，為著「刑不上大夫」的古禮，做官之人即便獲罪，也不必在那腌臢牢房裡受苦，而是另住外監板房，不但屋子明亮乾淨，只要本家銀錢足備，就是讀書寫字、吃酒吃肉，也與在外不差什麼。哪怕未經定案，只要與司獄、禁卒的好處到了，那些親友往來、書信串供的事，雖然有干禁例，終歸屢禁不止。

不過年羹堯絕與旁人不同，他是天字第一號的欽犯，刑部上下再不敢由著俗例湊合。自部裡得了他押解到京的實信，在部當家的漢尚書勵廷儀就提起心來，早早喚來一滿一漢兩個年富力強、老練精幹的司獄，責成專委，嚴加曉諭，告以結案之際必得重賞、若見紕漏提頭來見的話，先斷了他們借機發財的念想。二司獄諾諾叩頭，領命回到監中，當即挑了八個識文斷字、手眼利索的獄卒排班照應。是以年羹堯一經押到，獄中已是萬事俱備、嚴陣以待。二司獄辦過文書，就將他引到收拾一新的板房裡。等一應交代完畢，就見年羹堯從隨身行李內取出一大錠銀子放在桌上，說道：「你們為我擔的干係大，這是辛苦錢，打壺酒喝。」

二司獄都是廣見世面的伶俐人，一路上極為客氣，公爺長大帥短叫個不停，及見年羹堯拿出銀子，卻又將嘴一咧，嘿嘿笑道：「咱們兄弟都敬重公爺的威名，斷不是那起子勢利眼。您一應吃喝需用，我們盡能擔待。只是親友探訪、寄送書信這一類事——咳，都是妻兒老小一大家子人，您老賞下再多，卑職們也不敢應承。」

「好！這位老弟是個痛快人！」年羹堯叫他說得大笑，自將銀子收起來，拍拍他的肩膀道，「我沒有求你的事。既不敢應，也不要緊，等案子有了著落，咱們一併會帳。」

「那卑職先替兄弟們謝賞！」二司獄點頭哈腰又陪著說笑了一陣，就留下兩名獄卒在此照應，自到堂上回報不提。

一連月餘，刑部奉著旨意，隔三差五就要年羹堯過堂。凡要說要辯的，他早在先頭的摺子裡辯過，再聽堂上背書一樣再問他的話，不過挨次又說一遍。只是每過一堂，他就要請審官代奏，許自己面見天子，一陣冤枉。

轉眼天至酷寒，不但聖顏從不曾見，就連奉旨的堂訊也越來越少。年羹堯心裡漸漸沒了底，不知這樣安靜日子是何徵兆。又過了十來天，一日晚間，漢司獄忽然給他送來一身麻衣，說上頭交代，宮裡貴妃娘娘歿了，裡頭遞了這件衣裳出來，我們堂官讓交給公爺。年羹堯聞聽此言，真真五內欲焚，跌坐炕上寒戰許久，方大哭出聲道：「我這不孝不悌敗家累親的罪，來世也不能贖了！」

相交月餘，司獄已經摸清了他的秉性，曉得他是個傲極了的人，心裡全沒有個怕字。譬如上堂見著三法司大人，回到監中，就要逐個評點嘲笑。平日裡又好給他們講古，說這明朝的錦衣衛大獄裡，關押過多少名臣烈士，不定自己就和陽明先生踩了一片土，同楊椒山共過一輪月。這會兒見他如此傷心失態，司獄心裡詫異，又怕他自戕，遂不肯離去，欠坐一旁勸道：「我自伺候公爺，不曾見您難過，怎麼聽見娘娘的事，就這樣悲慟起來？想是自幼的情分好，或是娘娘要在，您的案子就有指望？」

「手足關情不假，更恨我一個讀書的丈夫，不但不及小妹的見識，反倒累她抱屈而死，我還算是個人麼！」年羹堯一面說，那撲撲簌簌的眼淚，又沿腮雙淌下來。司獄雖不知內情，也叫他哭得唏噓，正不知作何開解，就聽遠處咣咣當當的聲響。又有獄卒帶酒嚷道：「真他娘的晦氣！又趕著老子當班抬死人！」

司獄出門看時，就見後頭虎頭深牢裡，一個獄卒掌燈，兩個獄卒連拖帶拽，弄出一具裹著破席子的屍首來，屍身上鐐銬未去，又逢夜靜更深，故而響動甚大。幾個人都是半醉，走路也不穩當，滿嘴裡罵罵咧咧，隔著老遠就能聽見。司獄截在當道，迎頭斷喝。三人見是現管，立時嚇得酒醒，將屍首隨地一扔，一齊趴在地上。為首的先打了兩個酒嗝兒，想想這確乎不是女監，方覥臉笑道：「給老爺磕頭。」

「半夜聚飲，又偷抬屍首，你們好大的狗膽！人是怎麼死的？是你們討錢不著，治死的不是？」司獄在官場上是雜佐微員，於監中幾百獄卒而言，卻如天神一般。他先站住打個官腔，就捏著鼻子，用靴子鉤住裹席的破爛處，去掀看人臉，待曉得不是要緊犯人，就放下五分心來；再命獄卒將席子打開，燈火掌近，說要驗傷。幾個獄卒聞言變色，為首的上前擋住，哈腰強笑道：「您老說哪兒的話，是受刑的舊傷，加上天冷，凍死的。傷處腌臢得緊，您老正在本命年上，可看不得晦氣東西。」說著話就往腰間伸手，摸出兩串錢來獻上。

「呸！」司獄正不想看，聽他一說，順勢就作罷了，只抬腳踢了一下獄卒的屁股，罵道，「趕緊拖出去，明兒上帳！」

幾個人聽他發話放行，忙應一聲，拖著屍首就走。司獄將兩串錢顛在手裡，哼著小調正往回走，就見年羹堯換了孝衣站在板房門口，大月亮底下，泛著慘白的淡光，著實嚇了他一跳。還未及說話，就聽年羹堯沉聲道：「好歹一條性命，錢拿著不怕咬手？」

「叫公爺笑話。」司獄臉一紅，將錢揣好了，進門盤腿坐在炭盆邊的席子上，嘖嘖道，「刑部大牢裡的死鬼天天有，我湊東借西捐了這個苦缺，就想行善，也行不過來。咱只說大將軍您見慣了殺人，不覺這是個稀罕。別說，我原也伺候過幾位翰林出身的老爺，夜裡聽見這樣響動，都嚇得不敢合眼。」

「何止戰場上見殺人，就做個尋常地方官，也曉得你們管牢的都是活閻王。」年羹堯坐在炕上，目光幽暗想著心事，聽這話不免「嘁」地嗤笑，邊箍著腦袋，有一搭無一搭問道，「死的人是誰？什麼罪？」

「是個半大小子，也沒有三親六故，投了口外一夥響馬盜，做些放風守門的勾當，叫當地團保拿住。也奇了，這小子人不大，可真能扛刑。那一夥十幾個都供說認得他，偏他不認，硬說自己不是把風的夥盜，是個路過看熱鬧的。好，這一路從縣到省，再到部裡，為他一個人，白審了多少來回！押來那天是我當班，就看他身上沒一處好皮肉，可肉爛嘴不爛，把承審的司官老爺氣個沒轍。得，今兒人死如燈滅，也省了大家的事。」司獄是個老行家，又會揣摹，把個心事重重的年羹堯聽得也入了神，末了又感嘆道，「可惜，年輕輕不走正道，若去投軍，定是個不怕死的。」

「瞧您說的，扛刑不招，還不是怕死，哪能跟從軍的好漢子比。」

「倒也不是這樣說。慷慨赴死易，忍辱負重難，難就難在一個熬字上。大丈夫上戰場，若能頃刻就死，倒是個快意事。譬如我，要是去年西寧守城，叫番兵一炮轟死，倒落個生榮死哀，俎豆千秋，何至於今天這樣煎熬，又何至於敗家累室如此——」他說著，又想起自家的處境，竟與個不知其名的響馬盜生出些莫名的同情，遂從懷中掏出一小錠銀子，遞給司獄道，「你才得的錢，就給他落個好發送，我再與你幾兩銀子補上。」

這邊司獄謝過出門，年羹堯就獨個穿著喪服躺下，輾轉幾回睡不著覺。不但睡不著，眼睛裡還彷彿倒了水一般，一注一注的眼淚撲簌而下。不知道過了多久，就聽外頭四更梆響，他到底又坐起來，點了燈鋪開紙筆，思忖半晌寫道：

「臣年羹堯謹奏。臣今日一萬分知道自己的罪了。若是主子天恩憐臣悔罪，求主子饒了臣。臣年紀不老，留下這一個犬馬慢慢地給主子效力；若是主子必欲執法，臣的罪過不論哪一條哪一件皆可以問死罪而有餘，臣如何回奏得來。除了竭誠懇求主子，臣再無一線之生路。伏地哀鳴，望主子施恩，臣實不勝嗚咽。謹冒死奏聞。」

第六十三章 死別

這一道乞恩摺上去沒幾天，就有位上官來獄裡傳話，卻不是帶他面聖，而是轉監——另解到步軍統領衙門的監獄看押。按理說，步軍衙門所管獄訟，多是內城的笞杖輕罪，凡是徒流以上的重犯要犯，都要轉到刑部監押，這反其道而行之的事，還真不曾聽說。年羹堯心裡納罕，可來人卻不肯多話，只一迭聲催他收拾東西。刑部的滿漢兩司獄並一干獄卒，雖不敢從年羹堯處得財，可承他的豪爽，聽了不少戎馬逸事、天下奇聞，這會兒說走就走，又不知凶吉，心裡竟十分難捨，趁那上官出去，俱都納頭拜道：「您老這一去，必定遇難呈祥。日後東山再起，別忘了咱們裡裡外外伺候過公爺！」

「多謝諸位的好話！」年羹堯見眾人熱腸，心中也自感激，挨次作了個羅圈兒揖，又取出幾件稀罕值錢的隨身之物，分別相贈。待再要說幾句臨別的話，就見押送官員去而復來，只好止住不說，隨同離了刑部監所。

等到了步軍衙門監獄，已是天將日暮，四下裡黑濛濛的，道路也看不清爽。這裡看牢的人倒很客氣，和押送的人交接完畢，就由著他進內歇息。步軍衙門不設犯官專用的板房，只有略乾淨的單間，供些使了大錢的犯人使用。因此牢內的擺設簡陋，四壁黢黑不說，氣味也頗不堪，只一盞老舊的油燈，泛出螢蟲之光，與牆腳炭火盆裡的火光相應，總算添些活氣。

年羹堯此生所到寒冷的地方極多，不說早先在川西深山裡剿匪，就上年隆冬困守西寧，一場大雪下過，也足能讓人凍掉了耳朵。可他此時所感的寒氣，卻是川藏、青海再不曾經歷的，是一股陰寒直攝心口，把個熱騰騰的心浸透了，擰成一個結，又順著那結攝出來，泛到全身的汗毛孔裡。他失魂落魄地退到散著臭棉花味的炕邊，強坐下去，卻不敢細看昏燈之下的情狀。只好閉上眼，半蜷身子面壁躺下，合衣囫圇睡去。

一時濛濛矓矓的，就想起自己殿試文章寫得不好，名次落在三甲倒數，原本要等著吏部領憑，到哪個邊遠小縣去做縣官。不想御前領訓之日，跪在末排的他高出旁人一頭多去，先帝見他模樣英武不似文士，就點著問了姓名，待曉得是湖北巡撫年遐齡之子，又不免多談了兩句。他自幼膽大，又仰慕先帝的才略，當即一問一答，當殿討論起來。先帝聽這少年進士縱論博引，不但不以為忤，反而稱賞有加，特旨將他選作翰林，留京任職。他得這一番異數，自然得意非常，回到家洋洋大言，逢人就說自己御前的際遇。年遐齡聽見這話，不但不誇他的聰明，反令他跪在近前，罵他初入仕途就狂誕若此，日後家門之禍，必由今始。他當日聽這一罵，嘴上不敢回言，心裡著實不服。豈料老父遠見若此，竟能一語成讖。

想至此，他頭腦中又盡是老父的模樣，鬚髮皆白，衰弱不堪，兩手在眼前摩挲，彷彿失明一般。旁站的年希堯獨個垂泣不能勸解，下頭椅子上坐著自己夫人，白衣白裙，抱著兒女痛哭。一眾兵丁將老屋重重圍住，呼喝之聲不絕於耳。後又見一夥混沌全無面目之人蜂擁而入，拖前掖後，要將父兄妻小帶去。老父哭聲戛止，未待來人上前，就「啊」的一聲，閉目昏死過去。

噩夢陡然驚醒，年羹堯豁開二目，所見仍是這間昏暗監房。他原有心悸之症，這會兒一陣陣絞痛欲死，手腳也抽麻不住。強撐了小半個時辰，才喘過這口氣來。待要勉強躺下，那夢卻揮之不去，一個「死」字顛來倒去彌散心頭。眼看天光漸亮，他才咬牙自罵道：「大丈夫畏懼如此，何以為人。」說罷竭力靜下心來，合目假寐。不大工夫，就聽外頭門鎖響動，隨即有兩個獄卒進來推他，道：「快起來，外頭有欽差傳旨！」

待出了房門，就又見步軍衙門四名校尉，帶著幾個乾淨體面書吏、番役站在當地，也不說話，只是接了人，默默領著出來。一時穿房繞室，就覺守衛之人愈多，氣氛也愈肅殺起來。年羹堯一路跟行，很快就到步軍衙門正堂，只見廊下三法司和步軍衙門的文武官員足有二十來人，俱公服嚴整，分班而立。見他們前來，堂前一名佩刀的校尉便跨前一步，高聲道：「大人有話，人犯既到，即刻進去！」

一進門，就見大堂正面一張長案，上設香燭，供著黃匣上諭。兩旁各擺三張椅子，分坐刑部、都察院、大理寺滿漢六位正堂。見他進來，六堂對視一眼，俱整衣起立，法海一聲「亮工」狠憋著沒有叫出聲來，到底別過頭去。就聽身旁刑部滿尚書塞爾圖清了清嗓子，上前擎起諭旨，悶聲道：「有旨，年羹堯跪聽。」隨後就從匣子裡取出摺本，將群臣與他所列的九十二款大罪一一歷數。念了近兩刻鐘，方換作皇帝諭旨，揚聲道：「朕覽三法司會審之摺本，並九卿議奏，特念年羹堯青海之功，不忍加以極刑，著交至步軍統領衙門，令其自裁。」

塞爾圖一句話說得寡淡少味，然聽到年羹堯耳朵裡，卻是一道飛自天外奪命符。他大半年貶謫、數十天牢獄，無日無夜不想到這一步絕路，可終究不敢深信。此時親耳聽見人說，更是如同夢境。看看堂上站立諸公，個個面目熟稔，又模糊不清。左手邊法海半轉了身子，不肯同他直視；右手邊的蔡珽卻是冷眉冷眼嘴角傾著，顯出嘲諷的笑意。他未等塞爾圖的後話，就一用力站起身來，戴著腳鐐向前兩步，下意識要奪諭旨來看。兩旁衙役慌得緊趕上來，將他重新按跪在地。塞爾圖叫他嚇了一跳，忙將諭旨合好了，仍舊奉在案上，邊鎖眉斥道：「你是做過大臣的人，該知道好歹，九十二款大罪，論死也是應當，怎麼如此無禮！」

「我既沒叛心又沒反行，小人欲加之罪，何患無辭！」年羹堯如今病骨嶙峋，叫兩個精壯漢子按著，雖竭力仰身，又如何能抗得住，只是勉強抬起頭來，僵著脖子大叫。塞爾圖見狀急得搓手，卻聽一旁蔡珽怒道：「你已到了上路的時辰，不過稍等阿軍門的回話。」說著朝下頭番役們一擺手，厲聲道，「帶他空屋子候著！」年羹堯也不理會他，轉將兩隻血紅的眼睛直怔怔看向法海，喊道：「淵若兄！知道家父妻小的著落麼？」

「放心，放心——」法海站在一旁，本來滿心悲愴不欲說話，待見蔡珽發威，就又激起他的火來。上前兩步斥退衙役，卻不敢徑直安慰老友，只好含糊答覆。正不可開交之際，就見外頭校尉來報，說年羹堯之兄年希堯已帶家人來到，現在二門外跪求，請大人准他們兄弟道別。

一聽年希堯來，屋內眾人都是一愣。刑部的塞爾圖名義上是個主持，卻見都察院法海、蔡珽兩個劍拔弩張，都是他惹不起的，一時就不敢說話，只「哦」了一聲，就低頭嗅起鼻煙來。蔡珽才叫法海駁了，心中正自氣惱，遂拍案怒道：「你們混帳！家裡人來收屍，這會子回什麼！若是請恩要見，你去問他，他做官幾十年的人，聽見過這個規矩麼！」

法海暗罵一句「沒人心的東西」，瞪眼止住來人，高聲道：「國法上也沒有必不准看一條。這裡眾目睽睽，難道還怕串供？你去！請了年大爺來！」及見那人惶惑不知所措，又氣得一拂袖道：「待我去請。」說罷大步要往外走。

刑部漢尚書勵廷儀與年羹堯兩榜同年，終究有些香火情分；又因本部是三法司之首，要是法、蔡兩個當堂失態，他們的麻煩著實不小。眼見滿尚書塞爾圖沒有主意，他不免站出來，上前拉住法海勸說幾句，覆命隨帶的書吏，將年希堯請上堂來。不一時，就見年希堯白布衣帽，年興、年壽二子粗麻斬衰，都是哭不住聲，踉蹌而來。眾大臣並官吏等見此情狀，各自嗟嘆不語。只有蔡珽氣哼哼的，獨自撚著鬍子，踱到院子裡仰頭看天。

年羹堯一見兄、子來到，這一腔離愁，就是塊生鐵，也早化成了冰水。他先謝過法海、勵廷儀的厚情。卻見法海掩面嘆道：「原該叫你們兄弟另找一處敘話，實在你的事不同一般，只好將就將就。」年羹堯含淚點頭，轉身一撲，抓住其兄衣襟道：「我昨夜做了個父親欠安的怪夢，他老人家現在怎麼樣了？」

年氏兄弟宦海分離已有四年光景，其間無論年羹堯蒙殊寵、掌大兵、拜上公，名揚天下，或是遭申斥、貶官爵、入囹圄，身敗名裂，都不曾見上一面。豈料今日一見，竟成永訣。年希堯素性敦厚，這會兒聽見弟說話，卻發瘋似的大怒起來，上前揪住領口，將他狠狠一搡，大哭道：「娘娘薨逝，富哥兒問斬，一家子妻離子散，把父親的眼睛也哭壞了，你竟有臉來問！」說著揮手就打。年羹堯跪在當地一聲不吭，任其打罵而已。

到底法海將他兄弟分開，又拉住年希堯勸道：「到了這步田地，抱怨他有何用。聽他交代幾句話，轉給老世伯與縣君，也不枉進來一趟！」

「叫陶庵先生笑話了。」年希堯一面哽咽告罪，一面走過去，見弟衣冠不整，以頭抵地，自也把持不住，撲前抱住哭作一團。好容易收住了淚，年羹堯就命二子將伯父攙定，自己長跪泣道：「小弟有三句話請兄長聽，有三個頭請兄長受。一是小弟不孝通天，一切父親養老送終大事，只有全託兄長。請兄長受我一個頭，日後盡孝，算個雙份兒。」說罷一個響頭磕在地上，再仰臉時，額上就見了青紫。

年希堯叫兩個侄子掖著，也不能去扶，只好連聲道：「這是自然。」

「小弟十幾個兒女，只好全做兄長的拖累。弟婦雖回娘家，到底我們夫妻一場，也求多接濟她些！」

「這也不用你說。」年希堯見他磕這個頭時，指甲扒住地縫，摳得全是汙血，聲音斷續不能連綴，遂一把掙開二侄，就要上前拉住。卻被他就勢抓住雙臂，嗚咽道：「我不聽父兄教訓，才有今天，如今闔家叫我連累，我有什麼面目為人。蒙兄長不棄，冒險看我，我也只能磕一個頭，求結來生未了因罷！」待要再叩首時，身前的年希堯已是肝膽俱裂，哆嗦著哭倒在地。

「馬公爺、阿大人傳聖旨來了，請各位大人出迎！」兩兄弟正痛極訣別，就見外頭一聲高喊。眾人忙整衣冠，依次下階肅立。就見領侍衛內大臣馬爾賽手捧上諭在先，步軍統領阿齊圖遍身戎裝在側，後跟四名侍衛，由外而內，正容前來。眾人階下迎著，簇擁二人進了大堂。馬爾賽居中站立正要宣旨，卻被阿齊圖一眼瞧見年家三個伯侄，遂皺眉向自己衙門的人道：「這是什麼地方，竟放了不相干的人來？」

「這不是貴衙門的事，是淵若兄說，臨死見見家裡人，不干禁例。」蔡珽一直在院子裡散步，聽見阿齊圖發怒，不免冷笑著搭話。阿齊圖既與允祥結親，對法海自然格外賣些情面，故而轉嗔為笑，單衝著他道：「老先生說得不錯。可這道旨意要緊，只說讓年羹堯聽，沒有別人。」

年希堯沒有法子，只得一步三回頭，灑淚而去。馬爾賽見他們走遠，又清了清嗓子，朗聲道：

「奉上諭，年羹堯跪聽！」

「罪臣恭聆聖訓。」

「爾亦係讀書之人，歷觀史書所載，曾有悖逆不法，如爾之甚者乎？自古不法之臣有之，然當未曾敗露之先，尚皆假飾勉強，偽守臣節，如爾之公行不法，全無忌憚，古來曾有其人乎？朕待爾之恩，如天高地厚，且待爾父兄，及爾子，並爾闔家之恩，俱不啻天高地厚。爾捫心自思，朕之恩尚忍負乎——」

馬爾賽本來認的漢字不多，句讀費力，幸而諭旨的字畫圓大，才能勉強順讀下去。無奈這上諭實在冗長，中間雜七雜八的，又說起當年青海戰事，年羹堯怎樣遲延不進、怎樣結黨營私、怎樣挾嫌報復之類，聽得人頭也悶脹起來。待至將完，才將話鋒陡然一轉，又道：

「即就廷臣所議，九十二條之內，爾應服極刑及立斬者，共三十餘條，朕覽之不禁墮淚。朕統御萬方，必賞罰公明，方足以治天下，若如爾之悖逆不臣至此，而朕枉法寬宥，則何以彰國家之憲典，服天下之人心乎？即爾苟活人世，自思負恩悖逆至此，尚可以對天地鬼神，靦顏與世人相見乎？今寬爾殊死之罪，令爾自裁，又赦爾父兄子孫伯叔等多人死罪，此皆朕委曲矜全莫大之恩，爾非草木，雖死亦當感涕也！」

又要人死，又要人心感涕，法海跪在一旁聽著，想起家兄鄂倫岱流徙時，皇帝如出一轍的話，不免心中唏噓。等再抬起頭時，就見一個侍衛帶了三名差役，分捧鴆酒、匕首、白綾，緩步走到左次間空屋子裡去。

年羹堯到此時節，反而鎮定下來，先叩頭謝過聖恩，再朝眾大臣一揖，復轉過臉來，向法海笑道：「才給家兄磕了頭，未及與家父叩頭道別，現請淵若兄代受，等往我家送賻禮做道場時，勞兄轉達。」說罷上前扶定了法海，自己又退回幾步，長跪拜了三拜。

法海淚如滂沱，勉強等他拜完，便上前執手痛哭。一旁別人也還罷了，唯有蔡珽頂不耐煩，又忌憚法海強橫，遂繃著臉嗤道：「亮工自詡英雄豪傑，怎麼也這樣怕死？囉哩囉唆的，叫我們如何繳旨。」說著回頭一擺手道，「還磨蹭什麼，快請大將軍進內！」

「你也算一個讀書人，偏長了狼心狗肺！」法海這半日下來，早給蔡珽氣炸了肺，不過時悲時嗟，不曾騰出工夫計較。直至此言一出，他一股邪火直衝囟門，呼一下站起身來，箭步邁至蔡珽跟前，手起拳落，正打在左面頰上。

他這一拳下去，眾官哪裡回得過神來，倒是年羹堯上前抱住，才將他拖到別處。蔡珽一行吃痛，氣得目眥欲裂，捂著傷處就要上前。虧得阿齊圖見機甚快，挺身擋在二人中間，邊喋喋勸道：「先辦差，先辦差。」

他這一攔，大夥兒也都警醒過來，紛紛上前拉勸。實因如今蔡珽風頭太勁，所以這一干人等，倒是拉住挨打的人多，去勸打人的人少。

年羹堯深感老友的義氣，可事到如今，也只好把萬難報答之情壓在舌頭底下，不過朝法海緊抱一抱拳，就站起來，轉身向那侍衛道：「勞駕帶路，我去領皇上的天恩。」

第六十四章 飲鴆

空屋子裡只有一張半舊的條案，三樣什物放在上頭，都用黃綾子覆蓋。年羹堯揭開綾子時，因為手抖得厲害，險些將鴆酒灑了小半杯出來。人生苦短，哪個不是戀生畏死，只是年羹堯要面皮的人，經蔡珽「怕死」的話一激，才不肯過於拖延。他是為將之人，看這三樣東西，頭一想自然是匕首。然則刀柄冰涼凝手，剛一碰上，渾身就打了一個冷戰。他身後跟著步軍衙門的仵作，因為親戚裡有從軍之人，對年羹堯頗為仰慕，這會兒不免小聲提醒：「公爺手抖，只怕用刀不便。」

年羹堯聽他這麼一說，就想起當年征戰時，自己有個勇猛的親兵，率先拚入敵陣，叫番兵用利刃割在喉嚨上，卻不曾立死，回身又砍了一個人才倒下去。待背回本營讓軍醫診治，才知道他的食管已斷，氣管未斷，直折磨了一整夜光景，才氣絕而亡。想至此，年羹堯的畏懼陡然升騰上來，暗道此法斷不可行，到時候疼痛受苦不說，豈不叫蔡珽輩恥笑？是以將手縮了回來，再往一旁去看白綾、鴆酒。復聽仵作低語：「盞裡配的烈性燒酒，最助藥力。」

「多謝！」年羹堯一言已畢，待仵作抬頭再要說時，就嚇得「啊」了一聲，只見他一仰脖頸，早將鴆酒囫圇吞下。不到一盞茶工夫，便覺臉色發青，站立不穩，先是癱坐在地，繼而縮著身子抖若篩糠。仵作們慣經此事，都拿手捂起耳朵，怕聽忒過驚心的慘叫。可到底未曾聞著一聲。幾個人面面相覷嘆息一番，上前試過氣息，驗過傷處，就往外間報了人犯氣絕的話。勵廷儀是監過刑的，聽裡頭動靜輕微，又見來人身上無血，便詫異地指指房梁，權作詢問之意。

「回大人，是喝藥死的。」仵作搖搖頭，呈上空酒杯來。勵尚書瞥了一眼，就忙擺手說「知道了」，待仵作走開，又喃喃自語道：「怎麼沒有聲響？」一旁法海掩面大慟，並不肯同眾人進內看驗，單命人告訴了年希堯，叫他有個預備。

裡邊一切料理停當，外頭才叫了年家伯侄進來。年希堯兩股戰戰不能動彈，不過倚在牆壁上，命侄兒家人進去。直等年興哭報「都收拾了」，他才挪步向內，只看了一眼白氈墊上的逝者，就趕緊閉上眼睛，哽著喉嚨許久，說出「回家」兩個字來。

年宅頭進院內停著兩口棺材，一口為年羹堯，另一口為次日要受斬決之刑的年富。伯侄三人沒回來前，全家都悄無聲息各忙各的。年遐齡自接了一子一孫賜死的旨意，就痰湧心竅昏厥過去；至今時迷時醒，大夫不敢離身。年希堯夫人帶著一眾僕婦家人，都在上房伺候。至於西院年羹堯房內，夫人早已哭得淚盡，不過躺在炕上，有氣無力指示丫頭收拾東西，一待聖命，就要被趕回娘家住去。等到四進院逐次傳進「大老爺回來」的信兒，年羹堯夫人一骨碌從床上滾到地下，蓬頭垢面幾步衝了出來。年希堯也顧不得禮，一壁裡自己擋住屍身，衝年興兄弟大聲嚷嚷：「快拉著你太太別看！」可年興兄弟都是庶出，對嫡母並不十分敢攔。眼看夫人扒開人群就要過來，倒是小姐從身後將她抱住。

「休我也是有旨休的，又不是我們兩口兒不好！」夫人邊說邊掙，一意要看屍身。年希堯本來口拙，此際更無以對，不過陪著掩面而已。倒是小姐尚能把持，抹淚向夫人道：「您別誤會了人老爺，原為我父親不是好死的，怕您看了傷心！」夫人禁不住跌在女兒懷裡，將身子哭得軟了。年希堯滿頭大汗安頓了弟媳、老父，再去前奔後跑，料理報喪發送諸事。

這邊年家淒風慘雨不提，單說皇帝聽了諸臣覆旨，情態倒很安詳，只是感慨了幾句臣不密則失身的淡話，就了結了這樁事。他看蔡珽面帶慍怒，腮下又見紅腫，不免生疑，想是年羹堯臨死發威，逞強與他撕捋，遂另外叫住他細問。蔡珽經馬爾賽等人百般解勸，央求他息事寧人；可叫皇帝這一問，到底忍耐不住，就將法海如何飛揚跋扈，如何縱容逆臣，如何欺壓同僚，前後種種，一一訴說，越說越見苦楚，不由放聲痛哭。又道自己因蒙聖眷殊恩，常常招人嫉妒，不能自處於朝列之中。法海本是年羹堯一黨，至今尚敢公然包庇，在場大臣不將他同聲申飭攔阻，反而怕他的氣焰來攔自己，人心畏強若此，皇上不可不察。

他這裡哀哀訴苦，上頭皇帝反而噗嗤笑出聲來，邊叫人遞過帕子給蔡珽擦臉，邊擺手笑道：「法海和年羹堯早就要好，可說是一黨，倒有些冤枉。他們佟家人的毛病令尊不曾告訴你？就是結黨，也只要人家來攀他，他再不肯湊合旁人。」待見蔡珽實在委屈難堪，又皺眉怒道，「可這當眾毆打大臣，也忒混帳了，純學了他父兄習氣，屢教不改！」邊說著就要命人叫法海問話。倒是蔡珽有些氣短，躊躇道：「只恐怡親王怪臣小氣。」

「賑濟的事你們各自為公，都沒有不是。」皇帝一陣大笑，走下來撫其背道，「法海雖是王子的老師，可王子也拿他沒辦法，你大可不必疑心。」及見蔡珽支吾不能回言，又笑道，「你兼差最多，遭忌也難免。我看步軍衙門呈進的抄沒單，年羹堯在南城還有一所宅子，裡頭家什物件齊全，是早年皇父賞給他的。聽說你在京的房子窄小，不如搬一搬，難為你一年的辛苦。」

蔡珽聽了皇帝的鋪排，頓覺腮上一拳挨得很值，忙叩頭謝恩，唏噓泣下，半晌又搜腸刮肚道：「年羹堯雖死，到底他的根基不小，這幾天肯到他家上祭弔唁的，自然是死黨無疑，似該提防著些。」「人死如燈滅，祭又祭不活，隨他們罷。」皇帝聽他說得懇切，不過笑一笑，就命他跪安去了。

這一天雖是年羹堯的死期，卻不礙著旁人各辦各事。金水橋畔九卿議所內，陳儀正對著吏、戶、工部各堂侃侃而談，將他們一路巡視衛、淀、永定、子牙四河的情形，並清淤、疏浚、築壩、建閘諸事，一一指圖陳說，請於灤縣、薊州、文安、霸州等處興辦水利營田，以防水患，兼濟民生。允祥年前趕回京來，雖有各樣雜事，到底最上心的，還是他親自操辦的這件曠世大工。今見部臣均稱欽服，心裡十分歡喜。談笑風生定過奏稿，頷首說句「諸公請便」，就帶著侍從人等先離了議所。

天是個大晴天，卻飄著幾朵小雪花，十分清爽宜人。因為新春將至，大夥兒心緒也都甚好，天街上來往之人臉上都帶著笑紋兒，見著熟人各自問候，少不了一句「拜早年」的吉祥話。允祥很愛雪，隨意緊了緊身上的狐裘，就離開廊子走到雪地裡，賞著景往造辦處值房踱去，要看過年進奉的節禮如何。

他一路往西走到右翼門，就叫身後的人聲喊住。回頭一看，正是尹繼善從南邊趕來。他已經做了皇帝跟前的起居注官，這會兒忙裡偷閒跑出來，及到跟前，喘了兩口粗氣才打千兒道：「還當王爺在議政處，不想這麼早就下來了。」

允祥見他跑得額角漬汗，知道有急事，卻不肯露出聲色，反笑話他道：「明兒要當宰相，也這麼一陣風似的跑？你整日價見張衡臣四平八穩好氣度，怎麼不學他呢？」

尹繼善赧然一笑，半背過身用手帕揩了揩額角，又湊前低聲道：「才三法司奏覆年亮工的事，說陶庵先生早間竟和蔡尚書動了手。皇上剛叫蔡若璞獨對，這會子又召回陶庵先生去。我怕老先生吃虧，所以借空來回王爺。要等旨意下來，就難轉圜了。」

允祥聽見「動手」兩個字，先在雪地裡氣得打跌，恨道：「我料他就有這一出！」轉一思量，又向尹繼善苦笑，「皇上已嫌我忒遷就他，再去講情，恐怕適得其反。他這個脾氣，也該吃些苦頭。」

「可萬一真降下罪——」

「不至於，好歹有我的薄面。你進去罷，等老先生挨完了罵，請他到我值房說話。」允祥見尹繼善作難，自己反笑起來，將他肩頭一按，說道，「他們有年紀了，國家大事託在後輩，你須有自奮之心才是。」

允祥回到值房才坐定了，就聽窗外厚底官靴的聲響，知道必是自己的恩師無疑。才站起來要往前迎，就見法海滿面愁容低頭進來，再細看時，瞳仁中尚有血絲，眼角處隱有淚痕。允祥先讓了座，又命人奉上茶果，而後略帶埋怨道：「不是我派先生的不是，蔡若璞到底同列大臣，破了臉，以後怎麼共事？皇上責備您，實在不算冤屈。」

「也沒有過於責難，只說了幾句習氣難改，下不為例。」法海怔怔的，並無畏懼憤懣之意，只是一味嘆息。允祥只好安慰他道：「先生重情義，想必還為亮工難過，趕明兒多送些賻儀，也不枉朋友一場。」

「宗人府參奏十四阿哥在大將軍任上虧空軍需帑銀的事，阿哥知道麼？」

「我說不知道，先生必定不信。」

「皇上才召我去，說要依宗人府所參，將十四阿哥的郡王革去，降為貝子，你一定也知道了？」

允祥見他抬頭盯著自己，心裡一陣叫苦，將臉一側，看著牆邊的自鳴鐘道：「聖心默定的事，多說也沒有益處。」

法海喝了黃連湯似的，滿嘴裡都是苦味，站起來走到門前，又回身低沉道：「有些話你雖難答，可我憋在心裡也實在煎熬。如今亮工沒了，我們佟家也是朝不保夕，再往後，就該到各位王子頭上了不是？」

允祥叫他一句話噎到南牆，字斟句酌半晌，才說了句「皇上化家為國之心久矣」，就見法海一拱手，挑起門簾大步而去。

他這一走，倒叫允祥心裡空落落的，隨著門開風入，身上也打了個寒戰，搓著手就地轉了兩圈，不知該做些什麼。可他終歸是個大忙人，空了沒半刻鐘，就又有人來稟道：「禮部來人請王爺示下，說朝鮮國朝賀新年的使臣已經到京，在北會同館住著，說想先給王爺請安，替他們國王問好。」

允祥雖不管禮部，卻奉有特旨，專管朝鮮、琉球等國來使之事。北會同館就在東華門外金魚胡同，和他的府邸南北相鄰，使節先拜亦屬常情。是以他點點頭，有一搭沒一搭問道：「他們來得倒早，今年的進賀使是誰？」

「正使是密昌君李樴，副使名叫權赫。」

且說李氏朝鮮自明以來，世為中國藩屬。滿洲入關前，為廓清海上，曾經兩次逼迫李氏約定城下之盟，稱臣納貢訖於今日。不過朝鮮敦崇儒教，仰慕故明，雖說名義上服順清室，心裡倒有十分的不服，對滿洲君臣常以胡虜稱之，巴不得他們早日亡國才好。

此番正副二使離國以前，曾與國王及群臣議論，又一路聽些略知清國密事的人說：當今胡皇十分暴虐，不但將半朝的大臣罷官抄家，就連他的親兄弟，並王公、外戚、勛舊世家，也罷斥的罷斥、革爵的革爵、幽禁的幽禁、發遣的發遣，鬧得人心惶惶、眾叛親離。又說新君肆意株連不為別的，都是他在先帝賓天之際，巧取了十四阿哥的皇位，名不正言不順，令朝野不能心服的緣故。二使臣將這些話聽在耳朵裡，心中就存下鄙薄之見，只道這胡虜之邦果然不成體統，等到了燕京，必得細聽細問，小心從事才好。

使臣由遼東進京，要住本國的會同館。順治、康熙年間，朝鮮國的館舍本在玉帶河以西，人稱玉河館。後來俄羅斯通使，因看這個地方好，便兀自占去。朝鮮國小勢單，只好另闢一館居住。可新館地小，不敷使團居住，所以今上即位後，又找了金魚胡同一處大臣的舊宅，權作他們的使館。

李檝頭天抵京，第二天就聽說年羹堯被賜死的消息，一時大為驚訝。康熙四十八年，年羹堯曾以副使職銜到朝鮮去，和自己有一面之緣。後聽聞他封疆拜帥，建立大功，怎麼不過一年就要處死？不想清國皇帝刻忌好殺、倒行逆施，竟到如此地步！遂向久居燕京的本國通譯金是瑜道：「像胡皇這樣做法，他國中一定民不堪命，不日就要有鼎革之事？」

金是瑜漢文極通，又長於醫道，和北京的宮廷達官、三教九流多有來往，聽密昌君動問，便解說道：「國中傳說清國之事，多是賄買所得的流言閒話，有些不錯，有些也未盡實。今皇帝即位以後，京畿先大旱，次大風，今年又有大水，雖三年未見豐稔，可城鄉倒還安靜。我親見改元時糧價騰貴，近京小民有斷炊之憂，倒難得皇帝發賑又多，修理城垣又快，建造普濟堂救護老弱婦孺又眾，四鄉流民都稱其便。先皇帝在時，待貴胄官民無不仁愛有德，然官仗其勢，總能欺民。今皇帝嚴於上而寬於下，宗室勛貴畏懼奉法，官吏們也不敢肆意而行。可見皇帝雖是胡人，倒未必沒有民心。」

李檝細細玩味他這話一番，雖在半信半疑之間，到底不似才來時成見深重。他先在館中安頓歇息兩日，就借著尚未演禮覲見之便，到城內外的街市上隨意遊逛幾回。目之所及，確乎有些政通人和景象。

其時正值歲末，從臘月初一起，大街小巷裡賣雜果大小吃食的就漸漸多起來，什麼核桃、柿餅、棗栗乾、菱角米，都是小販拿筐裝著，肩上挑挑兒，沿街叫賣。又有肥野鴨、關東魚、醃臘肉、鐵雀兒等北貨鮮品挨次上來，漸漸聚集成市。到初十開外，各家又都張羅掛門神、貼倒酉，多換些金銀箔錁子，並金銀小梅花海棠元寶，預備過年打發小孩子的玩意兒。那太液池、玉帶河裡，每天叮叮咣咣又鑿起冰來，成車運到冰窖胡同的冰窖裡存放，以備來年夏季解暑之用。待至小年前後，便是官署封印，學生散館。忙了一年的官吏都停下公事，張羅著送灶、掃塵、寫春聯斗方、置新衣年貨。等到除夕之夜，交子十分，則是鳳簫聲動，玉壺光轉，寶炬爭輝，玉珂競響，帝京輦下，夜作魚龍之舞。次日平明，則又見肩輿簇簇，車馬轔轔，正是百官趨朝，同賀新禧景象。

主要歷史人物簡表

- 康熙帝：名玄燁，清入關第二代君主，康熙六十一年十一月十三日倉猝駕崩於暢春園，年六十九歲。
- 胤禛：皇四子，封雍親王，於其父駕崩之日即帝位，年號雍正，在位十三年病逝。出場年齡四十五歲。
- 胤祉：後改名允祉，皇三子，封誠親王，皇位主要競爭者，雍正八年革爵圈禁於景山永安亭，雍正十年病逝於禁所。出場年齡四十六歲。
- 胤禩：後改名允禩，皇八子，封廉親王，皇位主要競爭者，雍正四年黜宗室，改名阿其那，幽死京中禁所。出場年齡四十二歲。
- 胤禟：後改名允禟，皇九子，封貝子，胤禩黨核心成員，雍正初年派往西寧軍前，雍正四年黜宗室，改名塞思黑，幽死於保定直隸總督衙門。出場年齡四十歲。
- 胤祥：皇十三子，封怡親王，由太子黨轉為雍正帝首要支持者，雍正八年病逝，是清朝入關後第一位鐵帽子王。出場年齡三十六歲。
- 胤禎：後改名允禵，皇十四子，雍正帝同母弟，胤禩黨、皇位主要競爭者，封郡王，雍正四年幽禁景山壽皇殿，乾隆年間病逝。出場年齡三十四歲。

- 年羹堯：字亮工，漢軍鑲白旗人，康熙三十九年進士，雍正初年任撫遠大將軍平定青海叛亂，雍正三年十二月以九十二款大罪賜自盡。出場年齡四十三歲。
- 隆科多：佟佳氏，滿洲鑲黃旗人，康熙帝駕崩時受顧命，雍正初年權傾朝野，雍正五年以四十一款大罪永遠禁錮，次年死於禁所。出場年齡約五十五歲。
- 蔡珽：字若璞，漢軍正白旗人，康熙三十六年進士，雍正二年經年羹堯參奏擬斬，年案發後免罪，身兼多項要職，雍正五年定罪十八款，擬斬監候，乾隆元年獲釋。出場年齡約五十歲。
- 年貴妃：湖廣巡撫年遐齡女，年羹堯妹，漢軍鑲白旗人，先為雍親王側妃，雍正改元後封為貴妃，雍正三年底晉封皇貴妃，隨即病逝。出場年齡約三十歲。
- 張廷玉：字衡臣，安徽桐城人，胤禛業師、大學士張英子，康熙三十九年進士，雍正帝即位後專司草詔的最親信漢臣，官至大學士、軍機大臣。出場年齡五十歲。
- 法海：佟佳氏，字淵若，滿洲鑲黃旗人，康熙三十三年進士，胤祥、胤禛業師，後以阿附允禵、年羹堯獲罪發遣，乾隆年間病逝。出場年齡五十一歲。
- 伊都立：伊爾根覺羅氏，字學庭，滿洲正黃旗人，大學士伊桑阿子，康熙三十八年舉人，胤祥姻親，雍正年間官至總督。出場年齡三十六歲。
- 鄂爾泰：西林覺羅氏，字毅庵，滿洲鑲藍旗人，康熙三十八年舉人，雍正朝三大總督之一，主持西南地區改土歸流，官至大學士、軍機大臣。出場年齡四十三歲。

其他歷史人物簡表（按出場順序）

- 張伯行：號敬庵，河南儀封人，康熙年間理學名臣，出場時任戶部侍郎、倉場總督，年齡七十歲。
- 馬齊：富察氏，滿洲鑲黃旗人，曆仕順康雍乾四朝，任大學士三十年。出場年齡七十歲。
- 胤䄉：後改名為允䄉，皇十子，封敦郡王，胤禩黨邊緣成員，雍正二年革爵圈禁，乾隆年間病逝。出場年齡三十九歲。
- 魏珠：康熙晚年總管太監，與胤禩、胤禟交好，雍正即位後欲將其處死未果，乾隆年間病逝。出場年齡約四十歲。
- 陳夢雷：號省齋，福建閩縣人，隨胤祉編纂《古今圖書集成》，雍正即位後被流放黑龍江，乾隆年間死於戍所。出場年齡七十二歲。
- 周昌言：陳夢雷介紹給胤祉的術士，為其拜斗祈福、詛咒對手，此事成為胤祉的重要罪狀。
- 阿齊圖：博爾濟吉特氏，滿洲正黃旗人，康熙末年侍衛，雍正三年接替隆科多任九門提督。出場年齡約四十歲。
- 劉聲芳：江蘇淮安人，康熙帝南巡時帶回宮中的名醫，官至太醫院使，雍正年間加尚書銜，是清代御醫中政治地位最高者。出場年齡約六十五歲。
- 胤祐：後改名為允祐，皇七子，封淳親王，跛足，雍正八年病逝。出場年齡四十二歲。

- 胤祹：後改名為允祹，皇十二子，雍正時屢有蹉跌，乾隆年間晉履親王，高齡病逝。出場年齡二十六歲。
- 佟貴妃：佟佳氏，康熙帝孝懿皇后及隆科多親妹，康熙末年後宮地位最高者，雍正帝繼位後尊為皇貴妃。出場年齡五十四歲。
- 胤禮：後改名為允禮，皇十七子，初為胤禩黨邊緣人物，後為雍正帝效力，封果親王。出場年齡二十五歲。
- 鄂倫岱：佟佳氏，法海長兄、隆科多堂兄，胤禩黨「黨首」，雍正三年革爵發往奉天居住，四年處死。出場年齡約六十歲。
- 德妃：烏雅氏，內務府包衣旗人，康熙帝重要嬪妃，胤禛、胤禵生母，雍正元年五月病逝，諡孝恭仁皇后。出場年齡六十四歲。
- 宜妃：郭絡羅氏，內務府包衣旗人，康熙帝寵妃，胤祺、胤禟生母，與雍正帝不睦，雍正十一年病逝。出場年齡六十二歲。
- 哲布尊丹巴呼圖克圖：名羅桑丹貝堅贊，蒙古喀爾喀部人，康熙二十七年噶爾丹進攻喀爾喀部時，曾勸說部眾歸順清廷，與康熙帝私交甚密，雍正元年在京圓寂。出場年齡八十八歲。
- 拉錫：圖伯特氏，蒙古正白旗人，康熙年間奉命探訪黃河源頭，與和碩特蒙古各部關係密切，官至領侍衛內大臣。出場年齡約五十歲。
- 李衛：江蘇豐縣人，捐納戶部員外郎，後為雍正朝三大總督之一。出場年齡三十五歲。

- 孫查濟：那木都魯氏，滿洲鑲紅旗人，康熙末年任戶部尚書，雍正二年革職。出場年齡約六十五歲。
- 田從典：字克五，山西陽城人，康熙二十七年進士，官至大學士。出場年齡七十二歲。
- 田文鏡：字抑光，漢軍正藍旗人，以監生入仕，雍正朝三大總督之一。出場年齡六十一歲。
- 德音：滿洲人，康熙末年任山西巡撫，雍正元年以匿災不勝巡撫之任，改調京職。出場年齡約五十歲。
- 延信：宗室，肅親王豪格孫，康熙五十七年以平逆將軍率軍入藏，雍正朝晉封貝勒，五年以結黨允禵、偏袒年羹堯等罪名奪爵幽禁，次年死於禁所。出場年齡四十九歲。
- 羅卜藏丹津：青海和碩特部首領，康熙末年協助清軍入藏，雍正初年發動叛亂，後逃亡準噶爾部避難，乾隆二十年清軍討伐準噶爾部時投降。出場年齡四十歲。
- 察罕丹津：羅卜藏丹津族侄，雍正初年因抵制羅卜藏丹津叛亂受到清廷獎賞，成為青海前旗首任札薩克親王。
- 郭絡羅氏：安親王岳樂外孫女，康熙三十七年嫁胤禩為妻，雍正四年以「暴戾不仁，欺侮其夫」罪名休回外家。出場年齡四十一歲。
- 諾敏：納拉氏，滿洲正藍旗人，雍正初年經隆科多舉薦升任山西巡撫，因提議施行耗羨歸公倍受賞識，雍正三年中風歸旗。出場年齡約四十五歲。
- 李維鈞：浙江嘉興人，貢生入仕，雍正初年由年羹堯舉薦為直隸巡撫，提議在全國範圍內施行攤丁入地賦稅改革，雍正四年以黨附年羹堯擬斬監候，病死獄中。出場年齡約六十歲。

- 朱軾：號可亭，江西高安人，康熙三十三年進士，居官廉潔有政聲，雍正朝大學士，乾隆帝師。出場年齡五十八歲。
- 布蘭泰：拜都氏，滿洲正白旗人，康熙末年戶部司官，後官至巡撫。出場年齡約四十歲。
- 范時繹：漢軍鑲黃旗人，範文程之孫，雍正初年任馬蘭峪總兵，官至兩江總督、戶部尚書。
- 蕭永藻：字采之，漢軍鑲白旗人，康熙朝大學士，雍正帝即位後令其守護景陵，雍正五年以阿諛允禩奪官。出場年齡七十九歲。
- 趙國麟：字仁圃，山東泰安人，康熙四十八年進士，為官清峻有賢名，後官至大學士。出場年齡五十歲。
- 李張氏：原係僕婦，李維鈞奪之為妾，令與年羹堯管家魏之耀認作義父女，後扶為正妻。出場年齡約三十歲。
- 胡期恆：字元方，湖廣武陵人，父獻徵與年遐齡為舊友，年黨核心人物，雍正三年下獄，乾隆年間獲釋。出場年齡五十二歲。
- 史貽直：號鐵崖，江蘇溧陽人，康熙三十九年進士，官至大學士。出場年齡四十一歲。
- 蔣廷錫：字酉君，江蘇常熟人，康熙三十八年舉人，雍正朝地位榮寵僅次於張廷玉的漢大臣，清前期著名花鳥畫家。出場年齡五十四歲。
- 年熙：年羹堯長子，雍正初年任監察御史，次年過繼隆科多為子，旋病死。出場年齡二十五歲左右。

- 阿爾松阿：鈕祜祿氏，滿洲鑲黃旗人，康熙帝孝昭仁皇后侄，胤禩黨核心成員，雍正初年任刑部尚書，後革職發往盛京，雍正四年處死。出場年齡三十一歲。
- 勵廷儀：號南湖，直隸靜海人，康熙三十九年進士，久官刑部尚書。出場年齡五十四歲。
- 馬爾賽：馬佳氏，滿洲正黃旗人，名臣圖海孫，官至領侍衛內大臣、大學士，雍正九年授撫遠大將軍征準噶爾，後以貽誤軍機處斬。
- 汪景祺：字無已，浙江錢塘人，康熙五十三年舉人，年羹堯幕友，著有《西征堂隨筆》，雍正四年以大逆不道梟首示眾。出場年齡五十一歲。
- 黃喜林：康熙末四川綠營將領，年羹堯平叛羅卜藏丹津時任西寧總兵官，雍正四年病逝。
- 蘇努：宗室、努爾哈赤長子褚英孫，胤禩黨核心成員，舉家信奉天主教，雍正二年革爵黜宗籍。出場年齡七十六歲。
- 勒什亨：蘇努第六子，康熙末年任領侍衛內大臣，皈依天主教，雍正元年隨允禟發往西寧，四年解京禁錮。
- 烏爾陳：蘇努第十二子，皈依天主教，與其兄一同發往西寧，後解京禁錮。
- 穆景遠：葡萄牙籍耶穌會士，積極參與清宮儲位鬥爭，隨允禟到西寧發展教徒、修建教堂，後被押回北京監禁。
- 年希堯：字允恭，年羹堯長兄，雍正三年因弟罪革職，四年起復內務府總管、景德鎮御窯廠監督，官至都察院左都御史，乾隆元年因事革職。出場年齡五十三歲。

- 桑成鼎：江蘇沛縣人，因繼父為年府管事孫七，一度改孫姓，名宏遠，年希堯伴讀，捐官後復姓，更今名，官至湖北按察使，年羹堯案發後革職拿問。
- 岳鍾琪：字東美，四川成都人，隨年羹堯平定青海叛亂，與之決裂後任川陝總督，七年以寧遠大將軍征準噶爾部坐失戰機，革職下獄，乾隆年間復起。出場年齡三十八歲。
- 魏之耀：年羹堯乳母之子，隨軍辦事，得副將職銜。
- 達鼐：蒙古正白旗人，初任侍衛，與岳鍾琪一同出擊羅卜藏丹津，首任西寧辦事大臣。
- 吳正安：康熙末年四川綠營將領，年羹堯平定青海時任總兵官，升任鑾儀使，五年革退。
- 良妃：衛氏，內務府辛者庫人，康熙帝嬪妃，胤禩生母，康熙五十年病重後拒絕服藥而死，年四十九歲。
- 保泰：康熙帝親侄，第二代裕親王，與胤禩黨交好，雍正二年以國喪期間在家唱戲革爵，雍正八年病逝。出場年齡四十二歲。
- 蔣興仁：漢軍鑲紅旗人，以貢生入仕，雍正二年任重慶知府時被巡撫蔡珽凌辱自戕。出場年齡約六十歲。
- 程如絲：漢軍正白旗人，經蔡珽保舉升至四川按察使，雍正六年以貪殘不法論死，部文到前自縊而亡。
- 楊宗仁：漢軍正白旗人，雍正初任湖廣總督，雍正帝稱讚其「廉潔如冰，耿介如石」。出場年齡六十三歲。

- 年夫人：年羹堯繼室，英親王阿濟格曾孫女，雍正初年封為縣君，年羹堯賜死後令回母家居住。出場年齡約三十五歲。
- 四兒：初為隆科多岳父之妾，後為其嬖幸並奪主母之誥封，由此產生嚴重家內矛盾，加速隆科多敗亡。出場年齡約三十五歲。
- 劉裕鐸：字輔仁，順天人，雍乾時期名醫，被雍正帝稱為「京中第一好醫官」，清代館修醫術《醫宗金鑒》編纂者。出場年齡約四十歲。
- 海望：烏雅氏，滿洲正黃旗人，德妃族侄，雍正朝內廷造辦處事務主要負責人，官至尚書。
- 高成齡：字笙三，直隸滄州人，康熙三十五年舉人，為官「天下治行第一」，任山西布政使時與巡撫諾敏共同奏請施行耗羨歸公，雍正六年受諾敏虧空案連累革職。出場年齡五十六歲。
- 沈近思：字位山，浙江仁和人，康熙三十九年進士，雍正初年以吏部郎中超擢侍郎，以敢於直諫名重一時。出場年齡五十三歲。
- 金鉷：字震方，漢軍鑲白旗人，官至廣西巡撫。出場年齡四十六歲。
- 胤祿：後改名為允祿，皇十六子，康熙年間與胤禛關係較好，雍正初封為莊親王。出場年齡二十九歲。
- 弘時：雍正帝第三子，雍正三年以放縱不謹過繼允禩為子，隨其黜宗籍，雍正五年抑鬱而終。出場年齡二十歲。

- 弘曆：雍正帝第四子，雍正十一年封寶親王，十三年即皇帝位，年號乾隆。出場年齡十三歲。
- 弘晝：雍正帝第五子，雍正十一年封和親王，乾隆三十五年病逝。出場年齡十三歲。
- 福惠：雍正帝第八子，母貴妃年氏，雍正六年夭亡。出場年齡三歲。
- 年興：年羹堯第四子，雍正初年任侍衛，後革職發往雲貴煙瘴之地。出場年齡約二十歲。
- 齊妃：李氏，內務府包衣旗人，先為雍親王側妃，胤禛即位後封為齊妃，弘時生母。出場年齡約四十五歲。
- 弘旺：胤禩獨子，雍正四年隨父黜宗籍，改名菩薩保，發往熱河充軍。出場年齡十七歲。
- 弘晹：胤禟第五子，雍正四年隨父黜宗籍。出場年齡十六歲。
- 年遐齡：漢軍鑲白旗人，年羹堯之父，康熙年間以筆帖式累官至湖北巡撫，年羹堯獲罪後未被牽連，雍正五年病逝。出場年齡八十一歲。
- 張起麟：雍正朝總管太監，乾隆帝稱其「效力最久之人」。
- 倉津：博爾濟吉特氏，蒙古翁牛特部杜楞郡王，康熙四十五年尚和碩溫恪公主，即胤祥同母妹，雍正五年因事奪爵。出場年齡約三十八歲。
- 榮憲公主：康熙帝第三女，胤祉同母姊，康熙三十年下嫁巴林部烏爾袞，雍正六年病逝。出場年齡五十一歲。
- 尹繼善：章佳氏，字元長、號望山，滿洲鑲黃旗人，雍正元年進士，官至大學士、軍機大臣。出場年齡二十八歲。

- 趙國瑛：漢軍旗人，雍正初任直隸三屯營副將，後升任總兵。
- 十四福晉：完顏氏，滿洲鑲紅旗人，胤禎嫡妃，雍正二年病逝於景陵。
- 噶達渾：衛氏，內務府辛者庫人，胤禩母舅，雍正年間曾任內務府總管。
- 三泰：石氏，漢軍正白旗人，仕至協辦大學士。
- 王景灝：漢軍鑲黃旗人，以監生入仕，雍正二年經年羹堯保舉為四川巡撫，年氏案發後革職。
- 胤礽：後改名為允礽，康熙朝皇太子，兩次立而復廢，幽禁咸安宮，雍正二年冬病逝，追封理密親王。出場年齡五十一歲。
- 弘皙：胤礽次子，雍正帝即位後封為理郡王，乾隆四年以心懷異志黜宗籍，幽禁至死。出場年齡三十歲。
- 揆敘：葉赫那拉氏，滿洲鑲黃旗人，權臣明珠次子，官至都察院左都御史，因一廢太子後謀立胤禩為儲，為雍正帝記恨，康熙五十六年病逝。
- 阿靈阿：鈕祜祿氏，滿洲鑲黃旗人，康熙帝孝昭仁皇后弟，官至領侍衛內大臣，與鄂倫岱並稱胤禩一黨「黨首」，康熙五十五年病逝。
- 金南瑛：雍正初年任會考府司員，後外放陝西驛傳道，由年羹堯參罷，此事為年案導火索之一。
- 金啟勛：漢軍正白旗人，年羹堯親信，雍正初年歷任西安知府、河東鹽運使，年羹堯案發後革職拿問。
- 查嗣庭：字潤木，浙江海寧人，康熙四十五年進士，雍正初任內閣學士兼禮部侍郎，雍正四年以諂事隆科多下獄，在獄中自殺。出場年齡六十一歲。

- 吳隆元：號易齋，浙江歸安人，康熙三十三年進士，雍正二年為僉都御史，雍正帝責其阿諛隆科多、年羹堯。
- 何天培：蒙古正白旗人，雍正初年署江蘇巡撫，六年以阿附隆科多、年羹堯下獄，乾隆改元獲釋。
- 張廷璐：字寶臣，安徽桐城人，張廷玉三弟，康熙五十七年榜眼，雍正元年督學河南，以罷考事革職，後起復，官至侍郎。出場年齡四十九歲。
- 黃振國：直隸武清人，康熙四十八年進士，雍正二年任河南信陽知州，巡撫田文鏡參其挾勢婪贓，狂妄不法，奉旨正法。
- 馬會伯：甘肅寧夏人，康熙三十九年武狀元，雍正七年以兵部尚書辦理西路軍需。
- 石文倬：漢軍正白旗人，年羹堯案發後任陝西巡撫，雍正五年以承審程如絲案錯誤停俸回京。
- 圖里琛：阿顏覺羅氏，字瑤圃，滿洲正黃旗人，兩度奉使俄羅斯，官至侍郎。出場年齡五十八歲。
- 年富：年羹堯次子，為其父經營河東鹽場，後經刑部定擬斬立決，隨父而死。出場年齡約二十二歲。
- 查弼納：完顏氏，滿洲正黃旗人，官至吏部尚書，雍正九年從征準噶爾部，戰死和通泊。出場年齡四十三歲。
- 福敏：富察氏，字龍翰，滿洲鑲白旗人，康熙三十六年進士，弘曆、弘晝業師。出場年齡五十二歲。

- 張瑞：怡親王府總管太監，造辦處檔案中多見其名。
- 胡年氏：年遐齡之女，嫁蘇州織造胡鳳翬，雍正四年夫妻二人在織造衙署中自縊。出場年齡約四十五歲。
- 常明：朝鮮裔，內務府包衣下人，雍正年間任內務府大臣，頗受信用。
- 孫七：年遐齡舊僕，桑成鼎繼父。
- 白哥：允禩侍女，曾勸其戒酒、向皇帝認罪，後自縊身亡。
- 馬起雲：胤禩親信太監，其主被黜後，發遣雲貴廣西等地，途中散布關於雍正帝得位不正言論。
- 鄂夫人：喜塔拉氏，滿洲鑲藍旗人，湖廣總督邁柱女，鄂爾泰繼室夫人。出場年齡約三十歲。
- 鄂彌達：鄂濟氏，滿洲正白旗人，乾隆年間官至協辦大學士。
- 年小姐：年羹堯之女，訂婚衍聖公孔毓圻第四子孔傳鏞，年羹堯案發後遭孔府退婚。
- 高其倬：字章之，漢軍鑲黃旗人，康熙三十三年進士，官至總督、尚書。出場年齡四十九歲。
- 蔡琬：字季玉，蔡珽妹，高其倬繼室，史稱其博極群書，兼通政治，有詩集傳世。出場年齡三十歲。
- 怡親王福晉：兆佳氏，滿洲正黃旗人，胤祥嫡妃。出場年齡三十九歲。
- 皇后：烏拉那拉氏，滿洲正黃旗人，胤禛潛邸嫡妃，雍正九年病逝，謚號孝敬憲皇后。出場年齡四十五歲。
- 傅鼐：字閣峰，滿洲鑲白旗人，胤禛潛邸最信用之人，官至尚書。

- 陳儀：字子翽，直隸文安人，康熙五十四年進士，精於治水，主持雍正年間直隸水利營田工程。出場年齡約五十五歲。
- 胡什屯：胤禩王府長史。
- 李延禧：內務府包衣旗人，雍正初年任內務府大臣。
- 塞爾圖：富察氏，滿洲鑲紅旗人，雍正二年至五年任刑部尚書。

雍正
天地古今惟一嘯

作　　者	鄭小悠
責任編輯	何維民
版　　權	吳玲緯　楊靜
行　　銷	闕志勳　吳宇軒　余一霞
業　　務	李再星　李振東　陳美燕
副總編輯	何維民
編輯總監	劉麗真
事業群總經理	謝至平
發 行 人	何飛鵬

出　　版　麥田出版
115台北市南港區昆陽街16號4樓
電話：02-25000888　傳真：02-25001951
發　　行　英屬蓋曼群島商家庭傳媒股份有限公司城邦分公司
115台北市南港區昆陽街16號8樓
客服專線：02-25007718；02-25007719
24小時傳真服務：02-25001990；02-25001991
服務時間：週一至週五09:30-12:00，13:30-17:00
郵撥帳號：19863813 戶名：書虫股份有限公司
讀者服務信箱E-mail：service@readingclub.com.tw
城邦網址：http://www.cite.com.tw
麥田出版臉書：http://www.facebook.com/RyeField.Cite/
香港發行所　城邦（香港）出版集團有限公司
香港九龍土瓜灣土瓜灣道86號順聯工業大廈6樓A室
電話：852-25086231
傳真：852-25789337
馬新發行所　城邦（馬新）出版集團
41, Jalan Radin Anum, Bandar Baru Seri Petaling,
57000 Kuala Lumpur, Malaysia.
電話：+6(03) 90563833
傳真：+6(03) 90563833
E-mail：service@cite.my

印　　刷	前進彩藝有限公司
內頁排版	黃雅藍
封面設計	兒日設計工作室
初版一刷	2024年5月
定　　價	599元
I S B N	978-626-310-652-9

國家圖書館出版品預行編目資料

雍正：天地古今惟一嘯／鄭小悠著. -- 初版. -- 臺北市：麥田出版：英屬蓋曼群島商家庭傳媒股份有限公司城邦分公司發行, 2024.05
　面；　公分
ISBN 978-626-310-652-9（平裝）
857.457　　113003095